XENOCIDE

外星屠异

▷ ［美］奥森·斯科特·卡德　著

▷ 小龙　译

四川文艺出版社

果麦文化　出品

CONTENTS

01

分离

今天有位兄弟问我：如果无法离开你所伫立之地，它不就是座可怕的牢狱吗？

你的回答是……

我告诉他，我现在比他更自由，无法移动让我免除了行动的义务。

你们这些说语言的，真是一群谎话精。

韩非子盘腿坐在妻子病榻边的地板上。他恐怕一直睡到了刚才，他也不确定。但现在，他察觉了她呼吸的细微变化，那变化难以捉摸，就像飞过的蝴蝶带起的风。

至于武曌，她肯定是察觉到了他的什么变化，因为她此前没有说过话，现在却开了口。她嗓音轻柔，但韩非子能清楚地听到她的声音，因为屋子里寂静无声。他要求朋友和仆人在武曌生命的黄昏保持安静。在终将到来的漫漫长夜里，她不会再柔声细语，而他们有的是时间不经意地发出噪声。

"还没死。"她说。在过去几天里，她每次醒来都会用同样的字眼问候他。起先这句话在他看来古怪又讽刺，但现在，他明白她的话语中带着失望。她如今渴望死亡，不是因为她不热爱生活，而是因为如今死亡不可避免，人们只能接受无法回避的事物。这就是道，武曌这一生从未偏离过道。

"看来众神待我不薄。"韩非子说。

"那是对你。"她喘着气说，"我们在思索什么？"

这是她要求他分享私人想法的方式。其他人问他在想什么的时候，他会有种被窥探的感觉。但武曌这么问，只是为了和他思考同样的事，为的是让他们各自的一部分灵魂融为一体。

"我们在思索欲望的本质。"韩非子说。

"是谁的欲望？"她问，"为了什么？"

我的欲望是你的骨骼能够痊愈、变得坚实，不至于在最微弱的压力下断裂，好让你重新站起来，就算只是抬起胳膊时不会被肌肉扯脱关节，或者因为压力而骨折。这样我就不必看着你枯萎凋零，直到体重只剩十八公斤。在得知我们无法继续厮守的那一刻，我才明白我们先前有多么幸福美满。

"是我的欲望，"他回答，"为了你。"

"'你只会觊觎自己并不拥有的东西'，这话是谁说的来着？"

"是你自己说的，"韩非子说，"有人说的是'你没法拥有的东西'，还有人说的是'你不该拥有的东西'，而我说的是'你真正觊觎的只有始终渴望的东西'。"

"你始终拥有我。"

"我今晚就会失去你，或者明天，或者下周。"

"我们还是来思索欲望的本质吧。"武曌说。就像从前那样，她在用哲学帮他摆脱忧郁的思绪。

他表示了抗拒，但用的是说笑的语气。"你真是个严苛的统治者，"韩非子说，"就像你的心灵祖先那样，你无法体谅他人的脆弱。"武曌的名字来自远古的一位女皇帝，她本想带领民众走上一条革新的道，最后却在那些软弱懦夫的逼迫下恢复了旧制。这样不对，韩非子心想，因为他妻子会死在他之前，但她的心灵祖先比她丈夫活得更久。此外，妻子本就该比丈夫长命。女人的内在更加完整，她们也更适应在子女身边的生活，从来不会像男人那么孤独。

武曌不肯给他重新陷入沉思的机会。"妻子死去的时候，男人会渴望什么？"

出于叛逆心理，韩非子给出了最错误的那个答案。"和她同床共枕。"他说。

"肉体的欲望。"武曌说。

既然她决定选择这个话题，韩非子开始替她列举。"肉体的欲望就是行动，包括各种接触，无论冷淡还是亲密，以及所有习惯的举动。因此他会以眼角的余光看到动向，觉得自己看到死去的妻子从门口走过，而在走到门口，确认那并非他的妻子之前，他都不会满足。因此他从能听到她声音的梦中醒来，发现自己将回答说出了口，仿佛她也能听到似的。"

"还有呢？"武曌问。

"我受够哲学了，"韩非子说，"也许希腊人能从中找到慰藉，但我不能。"

"灵的欲望。"武曌执着于这个话题。

"因为灵来源于大地，也是它让旧事物焕发新春。妻子死去的时候，丈夫会渴望所有和她没能做完的事，还有在世时的她应该会追寻却尚未开始的所有梦想。因此男人会因为儿女太像自己，不够像他的亡妻而发怒。因此男人会恨他们共同居住的屋子，因为他要么不做改变，让它和妻子一样死去，又或者做出改变，却抹去她的痕迹。"

"你没必要对我们的小清照生气。"武曌说。

"为什么？"韩非子问，"你会留下，帮我教她成为女人吗？我只能教她变成我这样——冷漠又严厉、锐利又坚定，就像黑曜石。如果她长成那样的人，长相却和你如此相似，我要怎么才能不生气呢？"

"因为你同样可以教她关于我的一切。"武曌说。

"如果我和你有相似的地方，"韩非子说，"我就不需要娶你来让自己完整了。"现在他在逗弄她，运用哲学将话题从痛苦的方向引开，"那就是灵魂的欲望了。因为灵魂由光组成，栖身于空气，它能构思和保存概念，尤其是自我的概念。丈夫渴望完整的自我，由丈夫和妻子一起构成的自我。他从来不相信自己的任何想法，因为他的脑海里永远有那么一个问题，只有他妻子的想法才是唯一可能的答案。于是全世界对他来说都像是死了，因为面对那个无法回答的问题，他不认为任何事还能维持原有的意义。"

"非常深刻。"武曌说。

"如果我是日本人，我会选择切腹自杀，把我的肠子装进你的骨灰罐里。"

"非常潮湿，又非常脏。"她说。

他笑了笑。"那我应该效仿古印度人，在你的火葬柴堆上自焚。"但她听够玩笑了。"清照。"她低声说。她在提醒他：他不能做出为她殉葬这样的浮夸之事，还有小清照要照看呢。

于是韩非子严肃地给出了回答。"我该如何教导她成为你这样？"

"我的所有优点，"武曌说，"都来自道。如果你教她顺应神意，尊敬祖先，热爱人民，效忠君主，我在她身上的体现就会和你一样多。"

"我会教她道，就像教授我自己的一部分。"韩非子说。

"并非如此。"武曌说，"道不是你与生俱来的一部分，我的丈夫。就算诸神每天都和你对话，你还是会顽固地相信，这世上的任何事都能以自然的理由解释。"

"我顺应神意。"他苦涩地想道，自己别无选择，就连拖延服从都是种折磨。

"但你不了解他们，你不喜欢他们的工作。"

"'道'的本质就是爱人，我们只能服从众神。"我要怎么去爱戴那些抓住一切机会羞辱和折磨我的神？

"我们爱人，是因为人是诸神的造物。"

"别对我传教。"

她叹了口气。

她的悲伤蜇痛了他，就像一只蜘蛛。"要是你能永远向我传教该多好。"韩非子说。

"你娶我是因为你知道我爱戴神灵，因为对他们的爱正是你完全缺失的东西。我就是这样让你完整的。"

他有什么理由反驳她呢？他清楚即使到了现在，他也憎恨诸神，因为他们对他所做的一切、强迫他做过的一切、从他人生里偷走的一切。

"向我保证。"武曌说。

他知道这几个字意味着什么。她感觉到了死亡的到来，正将人生的重担放在他身上。他会欣然背负那副重担。他长久以来惧怕的，是在道上失去她的陪伴。

"向我保证，说你会教清照爱戴诸神，始终行走在道上。向我保证，你会教她成为我的女儿，同时也是你的女儿。"

"就算她始终无法听见众神之声？"

"道向所有人开放，不只是通神者。"

也许吧，韩非子心想，但通神者要遵循道会简单很多，因为对他们来说，偏离道的代价太过可怕。普通人是自由的，他们可以离开道好些年，不会因此感受到痛苦，通神者却连一小时都没法离开道。

"向我保证。"

我会的，我保证。

但他没法把这些字说出口。他不清楚理由，但那种不情愿根深蒂固。

在沉默中，在她等待他的誓言之时，他们听到了从房子正门外的碎石路传来的奔跑声。那只可能是清照，她刚从孙曹丕的花园回到家里。在这样的肃静时刻，只有清照得到了奔跑和吵闹的许可。

他们静静等待，知道她会径直前来母亲的房间。

房门几乎悄无声息地滑开，就连清照都感受到了肃穆的气氛，在母亲面前放轻脚步。她踮着脚，却忍不住连蹦带跳，几乎飞奔着穿过房间，但她没有用双臂搂住母亲的脖子。武曌脸上的可怕瘀青已然消退，但她依旧记得上次的教训——三个月前，清照急切的拥抱曾经令她的下巴骨折。

"我数了花园小溪里的白鲤鱼，一共有二十三条。"清照说。

"这么多啊。"武曌说。

"我觉得它们是特意出现在我面前的，"清照说，"让我可以数个清楚。谁也不想被排除在外。"

"爱你。"武曌低声说。

韩非子听到她带着喘息的嗓音里出现了新的声音——某种破裂声，就像是伴随她的话语迸裂的气泡。

"您觉得看到那么多鲤鱼，会不会代表我可以成为通神者？"清照问。

"我会请求众神对你说话的。"武曌说。

突然间，武曌的呼吸变得急促刺耳。韩非子立刻跪在一旁，看着他妻子。她睁大的双眼带着恐惧。那一刻到来了。

她的嘴唇动了。**向我保证**，她说，但她已经无法发出喘息之外的响声。

"我保证。"韩非子说。

接着，她的呼吸停止了。

"众神会对您说些什么？"清照问。

"你母亲很累了，"韩非子说，"你现在该出去了。"

"但她还没有回答我。众神说了什么？"

"他们讲述秘密，"韩非子说，"听者不能复述的秘密。"

清照明智地点点头。她后退一步，像是要离开，但又停了下来。"我能亲您一下吗，母亲？"

"轻轻亲在脸颊上吧。"韩非子说。

以四岁大的孩子来说，清照很矮小，没怎么弯下腰就亲吻到了母亲的脸颊。"我爱您，母亲。"

"你该出去了，清照。"韩非子说。

"可母亲还没说她也爱我。"

"她说过。她上次就说过，记得吗？但她现在很累，又很虚弱。出去吧。"

他给语气加上了足够多的严厉，于是清照没有追问就离开了。直到她出门以后，韩非子才允许自己产生对她的关心以外的情绪。他跪在武曌的遗体边，试图想象此时在她身上发生的事。她的灵魂已经飞走，此时进入了天堂。她的灵逗留的时间会久很多，也许她的灵会栖身于这栋屋子，如果这地方能让她感受到幸福的话。迷信之人相信，所有死者的灵都是危险的，他们会用符咒与结界将灵阻挡在外。但遵循道的人知道，善良之人的灵从来没有危害或者破坏性，因为他们毕生的美德来自灵对创造事物的热爱。在今后的许多年里，武曌的灵都会祝福这栋宅子，前提是她选择留下。

可即使他根据道的教诲，努力想象她的魂与灵，他心中却有一块冰冷的地方，确信武曌剩下的只有这具脆弱又干瘪的身躯。今晚，它会像纸那样迅速烧尽，再然后，她就会消失不见，只留下他心中的记忆。

武曌说得对。没有她补全他的灵魂，他已经开始质疑众神了，而众神也察觉到了——他们总是能察觉。他立刻感觉到了难以承受的压力，迫使他进行净化自我的仪式，直到摆脱那些毫无价值的念头。即使是现在，他们也不肯让他逃避惩罚。即使是现在，妻子就死在他面前，他甚至没能流下一滴悲伤的泪水，众神却坚持要求他首先表达敬意。

他起先打算推迟服从，强迫自己延后仪式一整天，同时掩饰住内心痛苦的全部征兆，但他必须保持心肠冰冷。这就毫无意义了。

只有满足了众神，他才能进行应有的哀悼。所以他跪在那儿，开始了仪式。

为仪式扭动和旋转身体的时候，有个仆人偷偷看了眼房间里面。那仆人什么都没说，但韩非子听到了门板滑动的微弱响声，也知道那个仆人会怎么想：武墨死了，而韩非子不愧为正人君子，在向仆人宣布她的死讯之前选择先与众神沟通。毫无疑问，有人甚至会觉得众神来到了这里，想要接走武墨，毕竟她以非同寻常的神圣著称。没有人会猜到，即使在敬拜神灵的时候，韩非子的心中也满是怨恨，因为众神竟敢在此时此刻向他提出这种要求。

伟大的众神啊，他心想，**如果砍断一条手臂或者切除肝脏就能彻底摆脱你们，那么为了自由，我会拿起刀子，享受那种痛苦和损失。**

这个念头同样卑劣，也需要进一步的净化。等到众神终于放过他时，时间已经过去了好几个钟头，此时的他已经太过疲惫和苦闷，无法涌出悲伤。他站起身，叫来女佣，让她们为武墨的遗体做好火化的准备。

午夜时分，他最后一个来到火葬柴堆前，怀里抱着昏昏欲睡的清照。她攥着三张字条，上面是她用小孩子的潦草字迹写给她母亲的文字。她写的是"鱼儿""书本"和"秘密"，是清照给母亲带去天国的东西。韩非子努力猜测清照写下这些文字时的想法。毫无疑问，"鱼儿"是因为今天她在花园溪水里看到了鲤鱼，而"书本"也很容易理解，因为读书是武墨能和女儿一起做的最后几件事之一。可为什么还有"秘密"？清照能告诉母亲什么秘密？他不能问。讨论供奉给死者的字条内容是不合规矩的。

韩非子让清照站在地上；她刚才就没有睡死，此时迅速清醒，站在那儿，缓缓眨眼。韩非子对她耳语了几句，于是她卷起那几张字条，塞进她母亲的袖子里。她似乎不介意碰到母亲冰冷的肌肤——她年纪太小，尚未学会因死亡的触碰而发抖。

韩非子把自己的三张字条塞进她的另一只袖子，同样不介意触碰妻子的肌肤。死亡已经做出了最恶劣的事，他还有什么可怕的？

没人知道他的字条上写了什么，否则他们肯定会惊骇莫名，因为他写的是"我的身体""我的灵"，以及"我的魂"。因此他在武曌的火葬柴堆上焚烧了他自己，将自己送到和她相同的去处，无论那是哪儿。

接着，武曌的贴身侍女穆婆将火把放在神木上，柴堆燃起烈火。火的热度令人痛苦，清照藏在父亲身后，只是不时窥视周围，目送母亲离开，踏上那场无尽的旅途。但韩非子很欢迎灼痛他皮肤、令他的丝绸外袍变得脆弱的干热。她的身体没有看起来那么干燥，在字条化作飞灰又被风吹入烟雾以后很久，仍旧嘶嘶作响，而且对他来说，火堆周围点燃的大量焚香也无法掩盖血肉燃烧的气味。*我们焚烧的只有这些：肉、鱼、腐肉、无关紧要之物。这并非我的武曌，只是她在此生使用的那副皮囊。让那具肉体成为我所爱之人的某个东西还活着，肯定还活着。*有那么一会儿，他觉得自己能看到，或者听到，或者以某种方式感觉到武曌的离开。

升向天空，沉入大地，融于火焰。我与你同在。

CHAPTER
02

相会

人类最奇怪之处，就是他们的雄性和雌性配对的方式。他们总在交战，不肯放过彼此。他们似乎始终无法理解那个概念：男性和女性是不同的物种，有截然不同的需要和欲望，只会为了生育被迫走到一起。

你当然会这么想。你的配偶只是没有心智的雄虫，是你自我的延伸，没有自己的身份。

我们能完美理解自己的爱人。人类会创造想象中的爱人，然后把那副面具戴在床上那具身体的脸上。

这就是语言的可悲之处，吾友。那些仅仅通过符号来了解彼此的人只能去想象彼此。也因为他们的想象不完美，他们往往会犯错。

这就是他们不幸的源头，也是他们一部分力量的源头，我想。你和我的同胞，我们会为了各自进化的理由，与地位相差甚远的配偶成为伴侣。我们的配偶总是无可救药地在智力方面劣于我们，而人类会和能够挑战他们权威的存在结为配偶。他们与配偶之间发生冲突，不是因为他们的沟通手段不如我们，而是因为他们会沟通。

华伦蒂·维京重读自己的随笔，做了几处修改，而后那些文字停留在电脑终端上方的空气里。她对自己很满意，因为这篇文字对星际议会内阁主席里姆斯·奥伊曼的个人品德进行了极为巧妙且讽刺的剖析。

"我们完成对百星联盟[1]首脑的又一次攻击了吗？"

华伦蒂没有看丈夫，从他的语气就能判断出表情，于是她回以微笑，但没有转身。经历了二十五年的婚姻后，他们不用双眼也能清楚地看到彼此。"我们让里姆斯·奥伊曼出了好一番洋相。"

雅各特的身子探入她小小的办公室，和她的脸离得那么近，她都能听到他阅读开头几段话时的轻柔呼吸声。他已经不年轻了，探出身体和用双手抓住门框费了不少力气，让他的呼吸急促到了令她担忧的程度。

然后他开了口，但他的脸离她那么近，她能感受到他的嘴唇拂过她的脸颊，每个字都让她脸上痒痒的。"从今以后，就算是他母亲看到那个可怜虫，恐怕都会掩口偷笑。"

"让这篇文字好笑是很费力的，"华伦蒂说，"我有好多次忍不住想痛斥他。"

"这样写更好。"

"噢，我知道。如果我展露自己的愤慨，谴责他的所有罪行，只会让他更令人敬畏和恐惧，而法治派只会更爱戴他，所有星球上的懦夫也会对他更加卑躬屈膝。"

"如果他们还想把姿态摆得更低，就得换上更薄的地毯了。"雅各特说。

她笑出声来，但主要是因为他的嘴唇在她脸颊上的摩挲太痒。它同样（虽然只有一点点）挑起了在这次航程中无法满足的那些欲望。这艘飞船太小、太狭窄，他们全家人又都在船上，没有真正的隐私可言。"雅各特，我们的旅途快到一半了，我们每年为了性健康医学检查忍耐的时间都比这次要长。"

1　银河系中所有人类定居地的统称，也可特指星际议会的独立成员行星。

"我们可以在门上挂一块'请勿打扰'的牌子。"

"你还不如换成'赤身裸体的老夫妻正在里面追忆旧日时光'的牌子呢。"

"我没那么老。"

"你都年过六十了。"

"老兵如果还能起立敬礼，就有资格参加阅兵。"

"航程结束之前不会有阅兵。就差几星期了，只要和安德的继子成功会合，我们就能回到去卢西塔尼亚的航线上。"

雅各特抽身后退，离开门口，在走廊里站直身子（这儿是飞船里少有的能让他站直的位置），但他不由得发出了呻吟。

"你就像生锈的旧房门似的嘎吱作响。"华伦蒂说。

"你从书桌边站起来的时候，我也听你发出过同样的声音。在我们家，我可不是唯一一个老迈、虚弱又可悲的老傻瓜。"

"走开吧，我得把文章发送出去。"

"我习惯了在航程中有工作可做，"雅各特说，"可这儿的电脑会负责一切，这艘船也不会在海里颠簸起伏。"

"找本书看吧。"

"我担心你。总工作不玩耍，华尔[1]也会变成坏脾气的老太婆。"

"我们在这里说话用的每一分钟，都是真实时间的八个半钟头。"

"我们这艘飞船上的时间和他们那边的时间一样真实。"雅各特说，"有时候，我真希望安德的朋友们没有找出让我们的飞船和星球保持联络的方法。"

"这套方法耗费了长得惊人的电脑运算时间。"华伦蒂说，"到现在为止，只有军方能和近光速飞行中的飞船通信。既然安德的朋友办到了这种事，我就有义务去使用它。"

1　华伦蒂的昵称。

"你做这些又不是因为欠了人情。"

这话没错。"雅各特，就算我每个钟头写一篇随笔，对其他人来说，德摩斯梯尼只不过是每三周发表一篇文章而已。"

"你不可能每小时写一篇随笔。你要睡觉，还得吃东西。"

"你说过话了，我也听了。走开吧，雅各特。"

"要是我早知道拯救一颗行星免于毁灭就代表我得守贞节，我是肯定不会答应的。"

他这话只有一半是玩笑。对她的全家人来说，离开特隆海姆都是个艰难的决定——甚至对她也是，即使她知道自己又能见到安德了。孩子们如今都已成年，或者快要成年了。在他们看来，这次太空航行是一场大冒险，他们对未来的愿景不会与特定地点紧密相连。他们都没有效仿父亲成为水手，都在朝学者或是科学家的方向发展，过着公开演说和私下沉思的生活，就像他们的母亲。他们可以在任何地方、任何星球上过自己的生活，而且本质上毫无变化。雅各特为他们骄傲，但同时也很失望，因为在特隆海姆的大海上，可以追溯到七代之前的家族传承会在他这里画下句号。现在，为了她，他被迫放弃了大海。放弃特隆海姆是她能向雅各特提出的最苛刻的要求，而他毫不犹豫地同意了。

也许他将来可以回去，到了那时，大海、坚冰、风暴、鱼儿和夏日散发着迷人甜香的绿色草地还会在那儿，但他的船员恐怕都会离开人世，或者此时已然离开。他比自己的儿女和妻子更了解那些人——他们已经老了十五岁，等到他回去的那天（如果真有那一天），时间又会过去四十年。到那个时候，在船上忙碌的就该是他们的孙辈了。他们不会知道雅各特这个名字。他会是个来自天外的外籍船主，并非水手，并非那些一身臭味、双手沾有斯克里卡鱼的黄色血液的人。他不会是他们中的一员。

所以在他抱怨自己被她忽视的时候，在他以航行期间缺乏亲密行为这件事来说笑的时候，那可不只是上了年纪的丈夫带着玩笑意味的欲望而已。他知道，无论自己是否宣之于口，她都会明白那些提议的真正含义：我为你放弃了那么多，你却不给我任何回报吗？

而且他是对的：她对自己的要求严格到了不必要的程度。她做出的牺牲也超出了必要，也要求他牺牲了太多。重要的不是德摩斯梯尼在航行期间发表的颠覆性文章的数量。关键在于多少人读过和相信她写下的东西，又有多少人会作为星际议会的敌人去思考、发言和行动。也许更重要的是其中蕴含的希望：议会官僚体系的某些人能领会到在更高层次上忠于人类的意义，从而破坏他们那种由来已久、令人恼火的团结。她写下的文字肯定会改变一些人，数量不太多，但或许足够了。也或许这一切都能及时发生，从而阻止他们摧毁卢西塔尼亚星。

否则，她和雅各特，还有那些放弃了许多、只为和他们共同踏上这场旅程的人到达卢西塔尼亚的时候，恐怕只来得及转身逃跑，要不就是和那颗星球上的其他人一起毁灭。雅各特的紧张情绪，还有和她共度更多时光的想法并非不合情理，像她这样专心致志，用清醒的每个时刻撰写宣传文章才不合情理。

"你去做挂门上的招牌，我负责确保房间里不只有你一个。"

"女人，你让我的心扑腾个不停，就像一条垂死的鲽鱼。"雅各特说。

"你用渔夫口吻说话时真的很浪漫。"华伦蒂说，"如果知道你在三周的航行里都没法忍住不碰我，孩子们肯定会放声大笑。"

"他们有我们的基因。在我们活到两百岁之前，他们应该都会支持我们保持热情。"

"我都快四千岁了。"

"噢，那我能指望您来我的特等舱吗，古老之人？"

"等我发送完这篇文章就好。"

"那要多久呢？"

"在你离开并且不再打扰我之后的某个时刻。"

他发出低沉的叹息——更多是出于戏剧效果，而非真正的痛苦——然后放轻脚步，沿着铺有地毯的走廊离开。不久后，一声"哐当"传来，她听到了他痛苦的尖叫。当然了，那痛苦是装出来的。在航程的第一天，他的脑袋意外撞上了金属横梁，但从此以后，他每次的碰撞都是出于喜剧效果故意为之。当然了，没有人因此发笑——这是家族传统，不在雅各特用肢体搞笑的时候笑出声——但话说回来，雅各特也不是那种需要别人捧场的人，他就是自己最好的观众。想要成为水手和领袖，就必须在相当程度上自给自足。正如华伦蒂所知，她和子女们是他唯一允许自己需要的人。

即便如此，他对他们的需要并不算多，不至于让他没法作为水手和渔夫离家数日——经常是数周，有时还是数月。华伦蒂一开始还会偶尔与他同行，那时的他们强烈地渴望彼此，又始终不觉得满足。但几年之内，那种渴望就被耐心和信任取代。他离开时，她就会做研究和写书，等到他回来时，她再把全部注意力放在他和儿女们身上。

儿女们经常抱怨说："我希望父亲回家来，这样母亲才会走出房间，再和我们说话。"*我不是个特别称职的母亲*，华伦蒂心想，*我的儿女能成为这么优秀的人，纯粹是我运气好*。

那篇文章仍然停留在终端上方的空气里，她只需要最后触碰一下就好。她将光标移动到文章底部，将其居中，随后输入了她所有作品都会使用的那个名字：德摩斯梯尼。

德摩斯梯尼

这是她哥哥彼得给她取的名字，那是五十年——不，三千年之前，他们童年时的事了。

想到彼得仍然会让她心烦意乱，让她的内心冷热交加。彼得既残忍又粗暴，却又心思缜密而危险，在两岁那年学会了操纵她，又在二十岁那年操纵了全世界。在二十二世纪的地球，他们还是孩子的时候，他钻研那些伟大的男人和女人、活人和死人的政治著作，但不是为了学习他们的观点（那些他一眼就能看懂），而是为了学习讲述那些观点的方法，为了在实践中学习成年人的口吻。掌握这些技巧以后，他教给了华伦蒂，又强迫她以德摩斯梯尼的名义撰写粗俗的政治煽动言论，他则以"洛克"的名义写下高尚政治家式的文章。他们把那些文章上传到网络里，仅仅几年内，那些文章就成了当代最有影响力的政治话题。

华伦蒂当时最不满的，就是被权力欲冲昏头脑的彼得强迫她写下那些彰显他那个角色的文字（如今她依然耿耿于怀，毕竟这件事在彼得生前没能解决），而他写的却是诸如热爱和平、高尚情操这类符合她天性的文章。在当时，"德摩斯梯尼"这个名字对她就像可怕的负担。她用那个名字写下的一切都是谎言，甚至还不是她的谎言，而是彼得的。谎言之中的谎言。

现在不一样了，过去三千年里都不一样。我真正拥有了这个名字。我写下的历史和传记塑造了人类世界的数百万学者的想法，又帮忙塑造了几十个国家的同一性。你的影响不过如此，彼得，你对我的利用也不过如此。

只不过现在，看着自己刚刚写下的文章，她发现尽管自己已经不再是彼得的附庸，却仍然是他的学生。她对修辞和辩论所知的一切（是的，对煽动所知的一切）都是从他那里学来的，或者因为他的坚持才学会的。而现在，尽管她是出于高尚的目的，她的所作所为却与彼得格外喜爱的政治操纵毫无分别。

彼得当时成了霸主，在"大扩张"开端的六十年里统治全人类。是他将人类那些争吵不休的团体联合起来，开展那项伟业：向虫族居住过的所有星球发射飞船，再去寻找更多适宜居住的星球，最后在他去世的时候，人类世界的所有星球要么已经移民完毕，要么就是有移民船正在路上。当然了，在将近一千年过后，星际议会再次将全人类团结在同一个政府之下，但关于最初的真正霸主的记忆（关于那一位霸主的记忆）才是故事的中心，才是让人类的统一成为可能的理由。

像彼得的灵魂这样的道德荒漠，产出的却是融洽、团结与和平。与此同时，安德为人铭记的却是谋害、残杀与屠异。

安德——华伦蒂的弟弟，她和家人乘坐飞船去见的那个人，他才是温柔的那一个，是她喜爱的兄弟，是她早年试图保护的人。他才是善良的那一个。噢，是啊，他本性中的那一丝冷酷能与彼得媲美，但他足够正派，会震惊于自己的暴虐。她对他的爱堪比她对彼得的恨。当彼得将弟弟逐出他决定统治的地球时，华伦蒂选择和安德同行，也代表她终于拒绝了彼得的支配。

现在我又回来了，华伦蒂心想，**回到了政治这门行当。**

她换成尖锐而清晰的嗓音，告诉终端她准备发布命令。"传输。"她说。

文章上方的空气里出现了"传输中"这几个字。当年撰写学术文章的时候，她通常会在传输时指定目的地，通过某种迂回途径将文章提交给出版商，以免被人轻易追查到华伦蒂·维京身上。但现在，有安德的一位颠覆分子朋友（自称为"简"，明显是个代号）帮她处理所有相关事务，也解决那个棘手的问题：将以近光速飞行的飞船送出的安塞波信息翻译成行星上的安塞波电脑可以读取的信息，那里的时间以超过五百倍的速度流逝。

由于和飞船通信会消耗大量的行星安塞波时间，所以这种手段通常只用来传输导航信息和指示。有资格发送较长文字信息的只有政府或者军方的高官。华伦蒂完全无法理解简是怎样弄到传输文字所需的安塞波时间，同时还能避免任何人查明这些颠覆性文章的来源。此外，简还用了更多的安塞波时间将出版物中关于她文章的回应反馈给她，也将政府用来反驳华伦蒂宣传文章的论据和策略全部汇报给她。华伦蒂怀疑简其实是渗透了政府最高层的某个秘密组织的代称，无论她是什么人，她都格外优秀，而且格外愚蠢。可如果简愿意承担暴露自己和他们的身份的风险来做这些事，华伦蒂就欠了她和他们的人情，有义务写下尽可能多的文章，并且将它们打磨得尽可能有力与危险。

如果言语可以充当致命武器，我就得交给他们一座军火库才行。

但说到底，她也是个女人。就算是革命家也可以有自己的生活，不是吗？她可以在繁忙之余，"偷得"那些喜悦或者快乐，又或者只是放松的时刻。她站起身来，不顾久坐之后活动身体的痛楚，扭身钻出小办公室的门——在他们改造飞船之前，这儿其实是个储物舱。想到自己如此急不可耐地前往雅各特等待的房间，她不禁有些难为情。历史上那些伟大的革命宣传家，大部分应该都能忍耐至少三周的禁欲生活吧？她很好奇是否有人做过相关的研究。

一边想象那种项目的经费申请报告该怎么写，她一边来到了他们和塞芙特及其丈夫拉尔斯同住的四铺位隔间。出发的几天前，拉尔斯在意识到塞芙特真的打算离开特隆海姆后便向她求了婚。和新婚夫妻共处一室是很难熬的，华伦蒂总觉得自己像个不速之客，但她别无选择。虽然这艘飞船是豪华游船，有他们想要的一切便利设施，但它并不是为这么多乘客设计的。它当时是特隆海姆附近唯一一艘勉强合适的飞船，所以也只能将就着用了。

他们二十岁的女儿罗，还有十六岁的儿子瓦沙姆和普利克特（他们毕生的导师和全家人最亲密的朋友）分享另一个隔间。选择和他们同行的游船员工用的是另外两个隔间，将他们全体遣散，让他们困在特隆海姆可不太合适。

舰桥、饭厅、厨房、会客室、就寝用的隔间全都挤满了人，而他们都在尽全力压抑逼仄的环境所引发的恼火。

然而，走廊里人影全无，雅各特已经将一块招牌贴到了门上：

想活命就别进来。

落款是"船主"。华伦蒂打开了门。雅各特背靠着门边的那面墙，所以等门关上的时候，她吓得倒抽凉气。

"原来你看到我就会喜悦地大叫，真让我高兴。"

"那是惊叫。"

"进来吧，我可爱的煽动分子。"

"要知道，严格来说，我才是这艘飞船的所有人。"

"你的就是我的，我娶你就是看中了你的财产。"

她进到了隔间里。他关上门，然后锁死。

"我对你就只有这点意义？"她问，"不动产？"

"一小块在合适季节可以耕种和收获的土地。"他朝她伸出手，她便钻进他的怀里。他的双手顺着她的背向上滑，搂住她的双肩。在他的怀里，她感觉到的始终是包容，而非受制。

"现在是深秋，"她说，"就快到冬天了。"

"也许是时候耙地了，"雅各特说，"或许也是时候生个火，让这栋老木屋暖和起来了，趁雪还没开始下。"

他吻了她，那感觉就像他们的初吻。

"如果你今天再向我求婚，我也会同意的。"华伦蒂说。

"如果我今天才刚刚遇见你，我也会求婚的。"

像这样的对话有过很多很多次，但他们仍然会为此露出笑容，因为那仍然是真心话。

两艘飞船几乎完成了这场宏大的芭蕾舞，它们在太空中翩翩起舞，越过庞大的距离，做出精巧的转向，直到最终可以相遇和接触。米罗·希贝拉在飞船的舰桥看着全过程，双肩耸起，脑袋贴着椅子的头靠。在其他人眼里，这种姿势显得很别扭。在卢西塔尼亚星时，母亲每次发现他坐成这样都会跑过来大惊小怪，坚持要给他拿个枕头，让他舒服一点儿。她似乎从来都不明白，只有用那种看似别扭的耸肩姿势，他的脑袋才能在不刻意用力的情况下保持垂直。

他可以忍受她的照顾，因为和她争辩是浪费力气。母亲的行动和思考总是很快，几乎不可能放慢速度听他说话。由于他在翻越分隔人类殖民地与猪仔森林的围栏时受到的脑损伤，他的语速慢得让人无法忍受，他说起来痛苦，别人理解也困难。米罗的兄弟金，也就是信教的那个，曾说他应该感谢神，因为他还能开口说话——刚开始的几天，他只能通过扫描字母然后拼出消息的方式进行交流。但在某种意义上，拼写文字还好一些，至少这么一来，米罗就不用发出声音，也不用听自己说话。那种笨拙含糊的声音，还有令人痛苦的缓慢语速，家里有谁会耐心听他说话？就算是那些尝试过的人（他的妹妹埃拉、他的朋友和继父、死者代言人安德鲁·维京，当然还有金），他也能感觉到他们的不耐烦：他们倾向于替他把话说完。他们有尽快完成手头事务的需要，所以即使他们说自己想和他说话，即使他们真的坐下来听他说话，他也没法畅所欲言。他没法谈论想法，没法说出复杂的长句，因为等他说完时，他的听众恐怕已经忘记了开头的部分。

　　米罗由此推断，人类的大脑就像电脑，只能以特定速度接收数据。如果速度太慢，听众的注意力就会偏离方向，信息也会因此丢失。

　　而且不仅是听众。平心而论，他和他们一样不耐烦。每当他想到解释复杂念头需要花费的精力，每当他设想用不听使唤的嘴唇、舌头和下巴构成那些字句的过程，每当他想到需要花费的时间，他通常就会疲惫到不想开口。他的思绪一如既往地飞快运转，思考着许许多多的念头，有时米罗很想关掉大脑，让它安静下来，使自己享受平静。但他的念头仍旧留在脑子里，无人可以分享。

　　除了和简。他可以和简说话。他们初次见面是在他家里的终端上，她的脸当时浮现在屏幕上。"我是死者代言人的朋友，"她告诉他，"我想我们可以让这台电脑更灵敏一点儿。"从那以后，米罗发现简是他唯一可以轻松对话的人，因为她会等待他把话说完，让他不会觉得被人催促，也不会觉得自己让她无聊。

也许更重要的是，他不需要像面对人类听众时那样组织出完整的语言。安德鲁给了他一台个人终端，那是封装在珠宝里的电脑收发器，就像安德鲁佩戴在耳朵上的那枚一样。从那个位置，运用珠宝里的传感器，简可以检测到他发出的所有声音，以及他头部肌肉的所有动作。他不需要发出完整的音节，只需要开始发言，她就能理解，所以他可以偷懒。他可以说得更快，同时让对方理解。

而且他可以无声地说话。他可以默读，不必非得使用他的嗓子发出那种别扭的、仿佛犬吠和号叫的声音。所以他和简的对话可以迅速又自然，不会让他想起自己的残疾。和简在一起，他会感觉更像自己。

如今他坐在这艘货船的舰桥上，几个月前，就是这艘船把死者代言人带到了卢西塔尼亚。他很害怕和华伦蒂的飞船会合。如果能想到别的可去之处，他也许不会来这儿。他不想见安德鲁的姐姐华伦蒂，或者别的什么人。如果能永远留在这艘飞船上，只和简说话，他就能心满意足。

不，他不会的。他永远不会再觉得满足了。

至少华伦蒂和她的家人应该是些新面孔。在卢西塔尼亚，他认识所有人，至少也认识他在乎的所有人——那儿所有的科学团体，以及那些受过教育、具备理解力的人。他熟悉他们每一个人，会不由自主地看到自己的遭遇给他们带来的遗憾、悲伤和沮丧。他们看着他的时候，能看到的只有从前和现在的他之间的区别。他们能看到的只有失去的东西。

也许这些新来的人（华伦蒂和她的家人）和他见面时，会看到一些不一样的东西。

但这种可能性也不大。和那些在他残疾前就认识他的人相比，陌生人在他身上看到的只会更少，而非更多。至少母亲、安德鲁、埃拉和欧安达与其他人都知道他有头脑，知道他有理解概念的能力。这些新人看到我会怎么想呢？他们会看到一具已经开始萎缩和驼背的身体；他们会看到我拖着脚走路；他们会看到我像用爪子那样使用双手，像三岁孩子那样抓住汤匙；他们会听到我含糊难懂的说话声；他们会认定也会觉得，这么一个人不可能理解任何复杂或者困难的东西。我究竟为什么要来？

不是来，而是去。我不是想来这儿和这些人见面，而是想离开那儿，远走高飞。只是我欺骗了自己。我本以为自己会进行一场为时三十年的航程，但对他们来说才是这样。对我来说，我只离开了一周半，根本算不上多久，而且我的独处时间结束了。我和简独处的时间，她会像面对人类那样听我说话的时间，已经结束了？

差一点儿，他差一点儿就要说出中止会合的指令了。他可以偷走安德鲁的飞船，开始一场持续到永远而且不需要面对任何活人的旅途。

但他还做不出这种虚无主义的行为，现在还不会。他断定自己还没到绝望的地步。他也许还能做些什么，从而证明继续在这具身体里活着是正确的。或许那件事的开端就是和安德鲁的姐姐碰面。

两艘飞船此时正在会合，脐带般的缆绳向外探出，搜索探寻，直到接触彼此。米罗看着显示器，听着电脑汇报每一次成功连接。两艘飞船正以所有可能的手段结合，准备以完美协同的方式完成前往卢西塔尼亚的剩余航程，所有资源都可以共享。米罗的飞船是货船，能接纳的只有寥寥几人，但它可以接收另一艘飞船的部分维生储备，两艘飞船的电脑共同计算出了完美的平衡。

等到负载计算完毕后，它们会算出每艘船应该在定向迁移的时候加速到多快，以便以相同的步调回到近光速。两台电脑要进行极度精确和复杂的沟通，几乎完美地掌握船上的运载物以及飞船的性能。而在飞船之间的通行管道彻底连接之前，沟通便已完成。

米罗听到摩擦管道的脚步声从走廊传来。他转动椅子（动作很慢，因为他做什么事都很慢），看到华伦蒂正朝他走来。她弯下腰，但幅度不太大，因为她本来也没那么高。她的头发几乎全白，掺杂着几条灰棕色的发丝。她站定，他看着她的脸，开始判断。年纪不小，但不算苍老。就算她为这次会面而紧张，也没有表露出来。但话说回来，按照安德鲁和简早先告诉他的信息，她见过很多远比二十岁的残疾人可怕得多的人物。

"米罗？"她问。

"还能是谁？"他说。

她花了片刻（仅仅一次心跳的时间）去消化从他口中发出的奇怪声音，并辨认出那些字眼。他早已习惯了那种迟疑，但仍旧厌恶。

"我是华伦蒂。"她说。

"我知道。"他回答。这么简短的回答没法让气氛轻松起来，可他还能说什么？这又不是国家首脑间的会议，需要做出一系列重要决定，但他总得做点努力，就算只是看起来不带敌意也好。

"你的名字米罗，意思是'我看'，对吧？"

"意思是'我仔细看'，也可能是'我在关注'。"

"要听懂你的话其实没那么难。"华伦蒂说。

她毫不掩饰的态度让他震惊。

"我想你的葡萄牙口音比脑损伤带给我的麻烦更多一些。"

有那么一瞬间，那感觉就像敲在他心上的一记重锤。她在谈论他的处境，而且比安德鲁以外的任何人都要直白。但话说回来，她可是安德鲁的姐姐，对吧？他早该料到她会直言不讳。

"还是说，你更希望我们假装你和其他人交流时毫无阻碍？"

她显然察觉到了他的震惊。但那一刻已经过去，他如今想到的是自己或许不该恼火，或许应该高兴，因为他们不需要回避那个问题。但他还是感到了恼火，于是他花了片刻去思考缘由，然后他明白了。

"我的脑损伤不关你的事。"他说。

"如果我会因此难以理解你的话，那它就是我需要应对的问题。别急着和我针锋相对，年轻人。我才刚开始惹恼你，你也刚开始惹恼我，所以不要因为我碰巧提到你的脑损伤会在某种程度上妨碍我，你就怒火中烧。我不想留意自己所说的每一个字，以免冒犯某个过分敏感、觉得全世界都在围着他的失望转动的年轻人。"

米罗很是恼火，因为她下的判断太快又太苛刻。这不公平，完全不像是"种族亲疏分类原则"的作者德摩斯梯尼。"我没觉得全世界都在围着我的失望转！但你别以为自己能跑到这儿，在我的飞船上管东管西！"他恼火的理由不是她说的话，而是这一点。她是对的，她的话不重要。问题是她的态度，她彻头彻尾的自信，他不习惯别人用震惊或者怜悯之外的眼神看着他。

她坐在他旁边的椅子上。他转身去看她，她没有转开目光。的确，她用尖锐的目光扫视他的身体，从头到脚地打量他，就像在冷静地进行评估。"他说过你很坚强。他说你承受了苦难，但没有屈服。"

"你想成为我的理疗师？"

"你想成为我的敌人？"

"我应该这样吗？"米罗问。

"不比我当你的理疗师更应该。安德鲁让我们见面，不是为了让我治好你。他安排我们见面，是为了让你帮我。如果你不愿意，没关系。如果你愿意，那也好。但我得说清楚几件事。我清醒的每一刻都在撰写政治颠覆文章，想要激发百星联盟和殖民地的公众情绪。我在设法让人民敌视星际议会派去镇压卢西塔尼亚星的舰队。我得补充一句，那是你的星球，不是我的。"

"你哥哥也在那儿。"他不打算让她声称自己的行为是完全利他的。

"是啊，我们都有家人在那儿。我们也都关心如何避免坡奇尼奥遭到毁灭。我们都知道安德在你们的星球上复苏了虫族女王，所以如果星际议会得逞，就会毁灭两个外星种族。眼下的情况十分危急，我准备尽一切可能去阻止那支舰队。好了，如果在你这儿待几个钟头能让进展更顺利，我抽出写作的时间来找你说话就是值得的，但我不打算浪费时间去担心会不会冒犯你。所以，如果你想当我的敌人，那就继续坐在这儿吧，我回去工作了。"

"安德鲁说你是他认识的人里最优秀的。"

"他得出这种结论，是在看到我把三个粗野的孩子抚养成人之前。我听说你母亲有六个孩子。"

"是的。"

"你是最年长的那个？"

"对。"

"太不幸了。父母总是在最年长的孩子身上犯下最严重的错误。那时候父母知道得最少，关心得最多，所以他们更可能犯错，也更可能坚称自己是正确的。"

米罗不喜欢听这个女人武断地评论他母亲。"她和你完全不一样。"

"这是当然的。"她在座椅里前倾身体，"好了，你的决定是？"

"决定什么？"

"决定和我共事，还是把自己从三十年的人类历史里抽离出去，不再有任何牵扯？"

"你想从我这里得到什么？"

"当然是故事。历史事实的话，电脑就能告诉我。"

"关于什么的故事？"

"关于你们和猪仔的故事，毕竟卢西塔尼亚舰队的到来就是因为你们和猪仔。正是因为你们对他们的干预——"

"我们那是帮助！"

"噢，我又用错词了？"

米罗愤怒地瞪着她，即便如此，他也知道她是对的——他过分敏感了。"干预"这个词用在科学语境里的时候，是近乎中性的，它的意思仅仅是他为正在研究的文化引入了改变。就算它真的带有负面意义，也是因为他自己的视角不再符合科学——他不再研究坡奇尼奥，开始以朋友的方式对待他们。他对此的确感到愧疚。不，不是愧疚，他为自己造成了那种转变而自豪。"继续。"他说。

"这一切的开始，都是因为你们违背了法律，而猪仔开始种植苋属植物。"

"现在不种了。"

"是啊，真讽刺，不是吗？德斯科拉达病毒横插一手，杀死了你妹妹为他们研制的每一株苋属植物。所以你们的干预是徒劳的。"

"不是徒劳，"米罗说，"他们在学习。"

"是啊，我知道。更重要的是，他们在选择该学什么、该做什么。你们带给了他们自由，我全心全意地认可你们决定去做的事，但我的工作就是为百星联盟和殖民地的人民写下关于你们的事，而他们未必会以这种方式看待。因此，我想从你这儿得到的故事是：你们怎样以及为何违反法律和干预猪仔，卢西塔尼亚的政府和人民又为何选择反抗议会，而不是送你们去接受审判和惩罚。"

"安德鲁已经把故事告诉你了。"

"我也把大致过程写下来了，现在我需要私人的细节。我想让其他人把所谓的'猪仔'看成人。还有你，我想让他们把你看成人。可能的话，最好能让他们喜欢上你，然后卢西塔尼亚舰队的本质——对根本不存在的威胁的夸张反应就会暴露。"

"那支舰队是来屠异的。"

"我在宣传文章里也是这么说的。"华伦蒂说。

他没法忍受她对自我的肯定，没法忍受她对自身不可动摇的信念，所以他必须反驳她。想要这么做，他就只能让那些尚未思考透彻的念头脱口而出。那些念头在他脑海里还是尚未成形的疑问。"那支舰队也是在自卫。"

这句话起到了预想的效果，她停止了演说，甚至扬起了两边眉毛，表示质疑。麻烦在于，现在他得解释自己的意思了。

"德斯科拉达，"他说，"它无论在哪儿都是最危险的生命形式。"

"正确的做法是隔离，不是派出一支配备了'设备医生'装置、

026

有能力将卢西塔尼亚和星球上的所有生物变成太空微尘的舰队。"

"你就这么肯定自己是对的?"

"我能肯定,就算星际议会仅仅考虑要抹除另一种有知觉物种,都是错误的。"

"猪仔没有德斯科拉达就没法生存。"米罗说,"如果德斯科拉达传播到另一颗行星,就会摧毁那里的所有生命。它会的。"

他高兴地看到华伦蒂也会露出为难的表情。"但我以为这种病毒已经得到了抑制,是你的外祖父母设法阻止了它的传播,让它在人类体内休眠。"

"德斯科拉达会适应,"米罗说,"简告诉过我,它已经自我改变了好几次。我母亲和我姐姐埃拉在研究它,努力领先德斯科拉达的脚步。有时候,德斯科拉达看起来甚至在故意做出改变,就像是有智力,就像在找策略,想要绕开我们用来抑制它、阻止它杀死人类的化学药物。它已经能感染人类在卢西塔尼亚生存所需的地球裔作物了,现在他们得给作物喷洒药物才行。如果德斯科拉达设法绕过了我们所有的屏障呢?"

华伦蒂沉默下来,想不到机敏的回答了。她尚未正视过这个问题——没有任何人这么做过,米罗除外。

"这点我甚至没和简说过。"米罗说,"如果舰队才是正确的呢?如果从德斯科拉达的魔掌下拯救全人类的方法就是立刻毁灭卢西塔尼亚呢?"

"不,"华伦蒂说,"这和星际议会派出舰队的目的无关。他们的理由肯定是星际政治,以及让殖民地看看谁才是老大,肯定关系到官僚机构的失控和军队的——"

"认真听我说!"米罗说,"你说过你想听我的故事,那就听听这个吧:他们的理由是什么无关紧要,就算他们是一群嗜杀成性的野兽,那也不重要,我不在乎。重要的是,他们应不应该炸掉卢西塔尼亚?"

"你究竟是个怎样的人？"华伦蒂问。他能在她的语气里同时听出敬畏与憎恨。

"你才是道德哲学家，"米罗说，"你来告诉我吧。我们对坡奇尼奥热爱到了允许他们携带的病毒摧毁全人类的地步吗？"

"当然没有。我们只需要想办法抵消德斯科拉达的影响。"

"如果做不到呢？"

"那我们就隔离卢西塔尼亚。就算那颗行星上的所有人类都死去——包括你和我的家人，我们也不会摧毁坡奇尼奥。"

"真的？"米罗问，"虫族女王呢？"

"安德告诉我说，她重塑了自身，但——"

"她把完整的工业化社会容纳在了自己体内。她会制造飞船，离开那颗星球。"

"她不会带德斯科拉达一起离开的！"

"她别无选择。德斯科拉达已经在她体内了，也在我体内。"

这句话真正触动了她，他能在她的眼里看到恐惧。

"它也会感染你。就算你跑回飞船，不再和我接触，避免感染，但等你降落在卢西塔尼亚的那一刻，德斯科拉达就会进入你、你的丈夫还有孩子的体内。你们这辈子的每一天都必须在进食和饮水的时候服用药物，而且你们永远不能再离开卢西塔尼亚，否则就会带走死亡和毁灭。"

"我还以为这只是一种可能性。"华伦蒂说。

"你们出发时，它确实只是一种可能性。我们本以为德斯科拉达很快就能得到控制，现在他们怀疑这种病毒是无法控制的。这就代表你们抵达卢西塔尼亚以后，就再也不能离开了。"

"希望我们会喜欢那儿的天气。"

米罗审视她的脸，留意她消化这些信息的方式。最初的恐惧消失了。她恢复如常，正在思考。"我是这么想的，"米罗说，"我觉得无论议会有多坏，无论他们的计划有多邪恶，舰队都可能成为人类的救赎。"

华伦蒂在回答前陷入沉思，寻找合适的字句。米罗很庆幸她不是那种不假思索就反驳的人，她有学习的能力。"我明白，如果事态沿着某个可能的方向发展，也许真的会出现那种情况，但这种可能性很低。首先你要知道，虫族女王不太可能允许自己造出的飞船将德斯科拉达病毒带到卢西塔尼亚之外。"

"你认识虫族女王吗？"米罗问，"你了解她？"

"就算她真的愿意这么做，"华伦蒂说，"也有你母亲和妹妹在做研究，对吧？等我们抵达卢西塔尼亚的时候——等舰队抵达卢西塔尼亚的时候，她们也许会找到办法，一劳永逸地控制德斯科拉达。"

"如果真能找到，"米罗说，"她们应该用吗？"

"为什么不应该？"

"她们要怎么杀死所有德斯科拉达病毒？这种病毒是坡奇尼奥生命周期里必要的一部分。坡奇尼奥的肉体死去时，德斯科拉达病毒让他们能转变成树的形态，猪仔们称之为'第三人生'。只有在第三人生里，作为树木，坡奇尼奥的男性才能让女性受精。如果病毒消失，他们就无法进入第三人生，猪仔们的这个世代也会成为最后一代。"

"这样不代表不可能，只是增加了难度。你的母亲和妹妹必须找到某种方法，既抑制德斯科拉达对人体和我们需要食用的作物的影响，又不会毁掉它让坡奇尼奥进入成年期的能力。"

"她们只有不到十五年的时间去实现，"米罗说，"这不太可能。"

"但并非不可能。"

"是啊，可能性是有的。所以基于那种可能性，你想要赶走那支舰队？"

"舰队是被派来摧毁卢西塔尼亚的，无论我们能否控制德斯科拉达病毒。"

"那我再说一遍：对方的动机无关紧要。无论理由是什么，毁灭卢西塔尼亚都可能是确保其他星球上的人类安全的唯一方法。"

"那我要说，你错了。"

"你就是德摩斯梯尼，对吧？安德鲁说过你是。"

"是的。"

"所以'种族亲疏分类原则'是你构想出来的。'生人'是同一颗星球上的陌生人；'异乡人'是与我们相同的物种，但是来自另一颗星球的陌生人；'异族'是另一个物种的陌生人，但能够与我们沟通，能够与人类共存；最后是'异种'，他们属于哪一类呢？"

"坡奇尼奥不是异种，虫族女王也不是。"

"但德斯科拉达是。它是异种，一种能够摧毁全人类的外星生命形式——"

"除非我们能将其驯化——"

"但我们不可能和它沟通，它是我们无法与之共存的外星物种。你说过，在那种情况下，战争是不可避免的。如果有个外星物种似乎致力于摧毁我们，我们又无法与他们沟通、无法理解他们，如果不可能以和平手段促使他们改弦更张，我们就有正当理由去运用一切必要手段来保全自己，包括彻底摧毁另一个物种在内。"

"是的。"华伦蒂说。

"但如果我们必须摧毁德斯科拉达，而摧毁德斯科拉达就代表要消灭所有活着的坡奇尼奥、那位虫族女王，以及卢西塔尼亚星上的所有人类呢？"

令米罗惊讶的是，华伦蒂的双眼涌出了泪水。"所以这就是你成为的模样。"

米罗困惑不已。"我们从什么时候开始谈我的事了？"

"你思考了许许多多，你看到了未来的所有可能性，既有好的也有坏的，而你愿意相信的唯一可能性，你用来作为所有道德判断基准的想象中的未来，就是你和我爱过的所有人、我们期待的所有事都必将归于湮灭的未来。"

"我可没说我喜欢那种未来——"

"我也没说你喜欢，"华伦蒂说，"我说的是，那是你选择去迎接的未来。但我不一样，我选择活在仍有希望存在的宇宙里。我选择活在这样的宇宙里：你的母亲和妹妹会找到抑制德斯科拉达的方法，星际议会可以改革或者被替代，也没人有权力或者有意愿去摧毁整个物种。"

"如果你错了呢？"

"那我在死前就有足够多的时间去绝望。可是你……你是在追寻所有失望的机会吗？我可以理解你这么做的冲动。安德鲁告诉我，你曾是个英俊男子——要知道，你现在也是——失去充分使用身体的能力让你很受伤，但也有人比你失去的更多，他们对世界的愿景却没有如此恶毒。"

"这就是你对我的分析？"米罗问，"我们才认识了半个钟头，你就对我知根知底了？"

"我知道的是，这是我这辈子最压抑的一场对话。"

"所以你认为这是因为我残废了。噢，让我告诉你一件事吧，华伦蒂·维京。我希望的未来和你一样，我甚至希望有一天我的身体能够好转，如果我到那时还不希望自己死掉的话。我刚才告诉你那些话，不是因为我绝望。我那么说是因为那些事的确有可能发生，也因为它们可能发生，我们就应该考虑，以免将来猝不及防。我们必须思考，这么一来，就算发生最坏的情况，我们也知道该怎样活在那种宇宙里。"

华伦蒂似乎在端详他的脸。他能感觉到她的目光，仿佛那是可以触碰之物，就像皮肤下面、大脑内部微弱的瘙痒感。"好的。"她说。

"什么好的？"

"好的，我丈夫和我会搬过来，住在你的飞船上。"她从椅子上站起身，朝返回通道的走廊迈开步子。

"你为什么会做出这种决定？"

"因为我们的船上太挤了，也因为你确实是个有价值的聊天对象，而且不只是为了我要写的文章取材。"

"噢，所以我通过你的考验了？"

"是的，你通过了。"她说，"我通过你的了吗？"

"我没在考验你。"

"没有才怪。"她说，"但如果你还没发现的话，我来告诉你：我通过了，否则你不会跟我说刚才那番话。"

她走了。他能听到她拖曳脚步穿过走廊的声音，然后电脑报告说，她正在穿过飞船之间的通道。

他已经开始想念她了。

因为她说得对，她通过了他的考验。她听他说话的方式和别人都不一样，没有不耐烦，不会帮他说完后半句话，不会让视线偏离他的脸。他和她说了话，没有谨慎而精准的措辞，而是伴随激动的情绪。大部分时间里，他说出的字眼肯定都显得难以理解。但她仔细聆听，也理解了他的全部论据，一次也没有要求他复述。他可以自然地和这位女性交谈，就像尚未脑损伤的时候和任何人说话那样。是啊，她武断、顽固又专横，还总是太快下结论，但她也能听取反对观点，在需要的时候改变看法。她可以聆听，所以他可以诉说。也许面对她的时候，他可以做回原本的米罗。

CHAPTER
03

洗手

人类最让人不舒服的地方在于他们不会变。你我的同胞生下来都是幼虫，但我们会在繁殖前变形为更高等的形态。人类这辈子都是幼虫的模样。

人类是会变的，他们的身份会不断改变。然而，每一种新身份的茁壮成长都依赖于那个错觉：它一直是自己刚刚占据的那具身体的主人。

这样的改变是肤浅的，有机体的本质还是原样。人类对自己的改变非常自豪，但他们每一次想象出来的变化，其实都只是照搬该个体过往表现的一套新借口而已。

你和人类差异太大，没法理解他们。

你和人类太过相似，没法认清他们。

众神第一次对清照开口是在她七岁那年，她一时间没明白自己听见的是神灵之声。她只知道自己的手很脏，沾满了某种令人憎恶的隐形烂泥，必须清洗干净。

最初的几次，仅仅清洗就已足够，接下来的几天她都会感觉好很多。但随着时间的流逝，污秽感的回归越来越快，洗去脏污花的时间也越来越久，直到她每天都要清洗数次，用硬毛刷子去擦洗双手，直到流血。等到痛楚难以忍受，她才会感觉自己干净了，但那感觉只会持续几个钟头。

她没告诉任何人。她本能地明白，双手的肮脏必须对他人保密。人人都知道，洗手是众神对孩子说话的最初几种征兆之一，道之星的大多数家长都会留意他们的儿女，期待过分在意洁净的征兆。但那些人不明白导致清洗的那种可怕的自我认知：众神向通神者传达的最初的消息，就是他们无以言表的污秽。清照掩饰自己洗手的举动，不是因为她为众神对她说话而羞愧，而是因为她坚信如果有人知道她有多肮脏，一定会看不起她。

她的藏匿是与众神合谋的。他们允许她将用力擦洗的范围局限于手掌部位，这就代表在双手严重受创的时候，她可以攥起拳头，或者在走路时把手塞进裙子的褶皱里，或者在坐下时温顺地把手平放于膝头，这样就没人会察觉。他们看到的只有一个非常乖巧的小女孩。

如果母亲还活着，清照的秘密会更快被人察觉。事实上，直到几个月后，才有一名仆人发现。胖胖的老穆婆碰巧注意到了清照早餐桌的小桌布上的血污。穆婆立刻明白了其中的意义——众所周知，流血的手正是受到神灵关注的早期征兆之一，所以很多野心勃勃的父母才会强迫特别有前途的孩子反复洗手。在道之星的任何地方，招摇的洗手方式都被称为"请神"。

穆婆立刻找到了清照的父亲，那位尊贵的韩非子。据说他是最伟大的通神者，在神灵眼里，他强大到能和弗拉姆林（异乡人）碰面，却丝毫不会暴露体内的众神之声，从而保全道之星的神圣秘密，而且像他这样的人寥寥无几。他肯定会为这个消息欢欣鼓舞，而作为首先在清照身上看到众神痕迹的人，穆婆也会受人尊敬。

一个钟头之内，韩非子就找到了他疼爱的小清照，他们一起坐轿子去了落石城的道观。清照不喜欢坐轿子，她会觉得对不起抬轿子的人。"他们不是在受苦，"她提到自己的想法时，父亲告诉她，"他们觉得非常光荣。这是人们向众神表达敬意的方式之一，通神者前往道观的时候，是坐在道之星人民的肩膀上的。"

"但我每天都会长得更高。"清照回答。

"如果你长得太高，那你要么用双脚自己走路，要么坐自己的轿子。"父亲说。他没有多做解释，说她只有真正成为通神者以后才会拥有自己的轿子。"我们要做的是努力保持谦卑，让自己的身体单薄又轻盈，以免让这些人负担太重。"当然了，这只是说笑，毕竟父亲的肚子虽然不算太大，但也有相当规模。但说笑背后的教诲是真实的：通神者绝对不能成为道之星百姓的负担。对于众神在诸多世界里选择了他们来聆听话语这件事，必须让人民始终心怀感激，而非怨恨。

但现在，清照更担心的是等待她的严峻考验。她知道自己要被带去接受测试。"很多父母都会教孩子假装能和众神说话，"父亲解释说，"我们必须弄清众神是否真的选择了你。"

"我希望他们别选我。"清照说。

"在测试期间，你这种念头会更加强烈。"父亲的语气满是怜悯，让清照更害怕了，"人们看到的只有我们的权力和特权，所以他们嫉妒我们，不知道聆听众神之声的人承受的巨大痛苦。如果众神真的会对你说话，小清照，你就要学会承受痛苦，就像玉石承受雕刻师的刻刀，以及擦拭者的粗布那样。这会让你闪闪发亮，不然你以为我为什么给你取名叫清照？"

清照，这名字的含义是"灿烂光辉"，同时也是中国古代的大诗人的名字。那位女诗人生在只有男人才会得到尊重的时代，却被誉为当时最伟大的诗人之一。"薄雾浓云愁永昼"，这是李清照的词《醉花阴·重阳》的第一句，也是清照此时的感受。

那首词的结尾是什么来着？"帘卷西风，人比黄花瘦。"她的结局也会是这样吗？她的心灵祖先是否在借这首词告诉她，只有当来自西面的众神带着她瘦弱、轻盈的金色灵魂离开身体，降临在她身上的黑暗才能消散？现在就想到死亡也太可怕了，毕竟她年方七岁，但那个念头仍然浮现于她的脑海：*如果我很快死掉，就能很快见到母亲，甚至是伟大的李清照本人。*

但测试和死亡毫无关系，至少按理说没关系。测试内容其实很简单。父亲带她走进一个大房间，那里有三个老年男子跪在地上——至少他们看起来像是男子，也可能是女子。他们太老了，所有明显的性别差异都消失不见。他们头上只有无比稀疏的白发，完全没有胡须，穿着不成形的麻布衣服。后来清照才知道，他们是道观里的阉人，从古老年代存活至今，当时星际议会尚未插手禁止为了宗教自我阉割的行为，包括自愿的行为。但现在，他们只是些神秘而可怕的老家伙，他们的手触碰着她，在她的衣服里搜寻。

他们在找什么？他们找到她的乌木筷子就拿走了，还拿走了缠在她腰间的腰带和她的便鞋。后来她才知道，他们拿走这些东西，是因为有些孩子在测试中陷入绝望，尝试自杀。有人把筷子插进鼻孔，然后撞向地板，让筷子刺进大脑；有人用腰带悬梁自尽；还有人把便鞋塞进嘴里，咽了下去，噎死了自己。成功自杀的例子寥寥无几，但往往发生在最聪明的孩童身上，在女孩身上最为常见，所以他们拿走了清照身上和所有已知自杀方式有关的东西。

老人们离开了。父亲跪在清照旁边，和她面对面说话："你一定要理解，清照，我们不是真的在测试你。你出于自身意志所做的任何事，对结果都不会有丝毫影响。我们真正要测试的是众神，确认他们是否下定决心要和你说话。如果真是这样，他们就会找到方法，我们也会看到，而你就能作为通神者离开房间。如果他们没有下定决心，你就能离开这儿，彻底摆脱他们的声音。至于我期望的是哪种结果，我没法告诉你，因为我自己也不清楚。"

"父亲，"清照说，"如果我让你蒙羞了呢？"光是这个念头就让她的双手传来刺痛，仿佛上面沾着泥土，仿佛她需要清洗。

"无论结果如何，我都不会羞愧的。"

然后他拍了拍手。一个老人回到房间，端着沉重的水盆放到清照面前。

"把手伸进去。"父亲说。

盆里装满了浓稠的黑色油脂，清照发起抖来。"我不能把手放进去。"

父亲伸出手，抓住她的小臂，强迫她双手伸进那盆污秽之物。清照喊出了声，她父亲从来没有对她动用过武力。等到他放开她的双臂时，她的手上已经满是湿冷的黏液。双手的污秽让她喘息起来。看着那样的东西，闻着那样的气味，她感到难以呼吸。

老人拿起水盆端了出去。

"我该去哪儿洗手，父亲？"清照呜咽着说。

"你不能洗手，"父亲说，"再也不能洗手了。"

因为清照年纪还小，她相信了他，不会猜测他的话语也是测试的一部分。她看着父亲离开房间，听到了他闩上门的声音。她变成了独自一人。

起初她只是将双手举在身前，确保不会碰到自己的衣服。她绝望地寻找可以清洗的地方，但房间里没有水，甚至没有一块布。这房间里有椅子、桌子、雕像和石头制成的大罐子，远远算不上毫无装饰，但那些东西的表面都坚硬而光滑，又那么干净，她无法忍受用这双手去触碰。但双手的污秽又让她无法忍受，她必须想办法弄干净。

"父亲！"她大喊道，"来帮我洗手！"他肯定能听见她的话。他肯定就在附近，等待测试的结果。他肯定听到了，但他没有来。

房间里仅有的布料就是她身上的这件长袍。她可以用袍子擦手，但那样一来，她的身上就会有油脂，那种东西甚至会沾到她身体的其余部位。当然了，解决方法就是脱掉袍子，可她要怎么做到那种事，却不用污秽的双手碰到身体的其余部位？

她做了尝试。首先，她小心翼翼地将尽可能多的油脂抹在一尊雕像光滑的双臂上。**原谅我**，她对那尊雕像说，以防它属于某位神灵。我之后会擦干净你的，我会用自己的袍子给你擦干净。

然后，她把手伸到肩膀后面，抓起背后的衣服向上拉，越过自己的脑袋。她油腻的手指在丝绸上打滑，她赤裸的背脊能感觉到渗透丝绸的冰冷油脂。我之后会洗干净的，她心想。

最后她牢牢抓住足够多的织物，脱下了袍子。它滑过她的脑袋，但就算还没有完全脱掉，她也知道情况前所未有的糟糕，因为一部分油脂渗进了她的长发，而头发盖在了她的脸上，现在她身上的污秽不只在手上，还在背后、头发里和脸上。

但她还是继续尝试。她彻底脱掉了长袍，用一小块织物仔细地擦拭双手，接着又用另一块织物擦拭了脸，但只是徒劳。无论她怎么做，一部分油脂都牢牢沾在她身上。她脸上的感觉就像是那件丝绸袍子没有将油脂拭去，而是涂抹开来。她从出生以来就没有肮脏到这样绝望的程度。那种感觉难以忍受，可她又无法摆脱。

"父亲！来带我走吧！我不想当通神者！"他没有来，她开始哭泣。

哭泣的问题在于，这么做没用。她越是哭泣，就越觉得肮脏。清洗身体的迫切需要甚至压倒了哭泣的念头。所以在泪水沿着脸颊落下的时候，她开始绝望地寻找能擦去手上油脂的方法。她再次尝试了自己的丝绸袍子，但没过多久，她就把双手放到墙上，穿过房间，把油脂留在上面。她用手掌飞快地摩擦墙壁，积累的热量融化了油脂。她这么做了一遍又一遍，直到双手发红，直到手掌上的一部分软化的伤疤脱落，或者被木头墙壁上看不见的倒刺划下。

等她的手掌和手指痛得厉害，感觉不到上面的黏液时，她开始用手擦拭自己的脸，用指甲刮去那里的油脂。等双手又变得肮脏以后，她重新在墙壁上摩擦起来。

最后，她精疲力竭地倒在地板上，为双手的疼痛哭泣，也为她徒劳的尝试哭泣。她紧闭双眼，啜泣不止，泪水顺着双颊流下。她揉搓双眼和脸颊，随即触碰到因泪水而黏滑的皮肤，一再感觉到自己有多么肮脏。她知道这意味着什么：众神会评判她，认为她不够洁净。她没有活着的资格。如果她没法弄干净自己，就必须抹去自己的存在。这样一来，他们才会满意。她需要做的就是设法寻死，停止呼吸。父亲会懊悔自己没在听到呼唤时赶来，但她身不由己。她此时在众神力量的影响之下，而他们判断她不配与生者为伍。说到底，就连母亲都在好些年前停止了呼吸，她又怎么会有这种资格呢？

她首先打算把那件袍子塞到嘴里阻止呼吸，或者用它勒住喉咙让自己窒息，但它满是油污，脏到她不想拿的地步，她只能另寻他法。

她走到墙边，身体贴在坚硬的木头上。她后仰身子，将脑袋撞了上去。碰撞的时候，痛楚传遍了她的脑袋，她头晕目眩地坐在地板上，脑袋的内侧隐隐作痛。她周围的房间缓缓旋转，有那么一瞬间，她忘记了双手的肮脏。

但那种解脱没有持续太久。她能在墙上看到变得略微暗淡的那个位置：她额头的油脂沾在了明亮而光滑的墙面上。众神在她脑海里说话，坚持说她一如既往地肮脏。一点点痛苦不足以弥补她的卑微。

她再次将脑袋撞向墙壁。然而这一次，她感觉到的却远远算不上痛苦。又一次、再一次，这时她才明白，她的身体违背了她的意志，在碰撞前退缩，拒绝给自己带来如此剧烈的痛楚。这帮助她理解了众神觉得她没有价值的原因：她太过软弱，没法让自己的身体服从。噢，她并不是无能为力。她可以欺骗身体，让它服从。

她挑选了最高的那尊雕像，约莫有三米高，是一尊青铜制的男子塑像，塑像迈开步子，将长剑高举于头顶。雕像上有足够多的角度、弯曲和凸起，方便她攀爬。她的双手不断打滑，但她坚持不懈，最后站在雕像的肩上，一只手抓住头饰部位，另一只手抓住那柄剑。

碰到剑的那一刻，她考虑过用它割断喉咙。那样一来，她也能停止呼吸，不是吗？但这柄剑是假的，并不锋利，她也没法从合适角度把脖子贴上去，所以她决定选择原本的计划。

她深吸了好几口气，将双手缠在背后，向前倒下。她会以头部着地，这样她的污秽就会得以终结。

然而，当地板扑面而来的时候，她的身体失控了。她尖叫起来，感觉自己的双手各自从背后挣脱，伸向前去，试图阻止她的下落。太迟了，她带着冷酷的满足这么想，紧接着她的脑袋撞上地板，世界变得一片漆黑。

等她醒来的时候，手臂隐隐作痛，每次动弹都头痛欲裂，但她仍然活着。等她强忍着睁开眼睛的时候，发现房间里更昏暗了。外面是晚上了吗？她睡了多久？她没法移动左臂，那儿痛得厉害。她能在手肘处看到一块丑陋的红色瘀青，她觉得肯定是坠落的时候摔断了骨头。

她还看到自己的双手仍旧满是油脂，也感觉到了无法忍受的肮脏——那是众神在表示对她的不满。说到底，她不该尝试自杀的。众神不会允许她如此轻易地逃避他们的评判。

我能做什么？她无声地恳求，我该怎么清洗自己，伟大的众神？李清照，我的心之祖先啊，请教教我，怎么做才能让自己有资格接受众神宽厚的评判？

她立刻想到了李清照的那首描写别离的词《一剪梅》。这是父亲在她年方三岁时教给她的最初几首诗词之一，就在不久后，他和母亲对她说，母亲就要死了。现在这首词再合适不过，因为她已经和众神的善意做了别离，对吧？她需要与他们和解，让他们接受她成为真正的通神者，对吧？

云中谁寄锦书来？
雁字回时，月满西楼。

花自飘零水自流。

一种相思，两处闲愁。

此情无计可消除，

才下眉头，却上心头。

　　"月满西楼"告诉她，这首词里渴望见到的其实是位神灵，而
非普通的男性爱人——提到"西"，就代表必然和众神有关。李清
照回答了小韩清照的祈祷，也送来了这首词，告诉她如何治愈无法
抹除的痛楚，也就是肉体的污秽。

　　"锦书"指什么？清照心想。"雁字回时"，但房间里没有雁；
"花自飘零水自流"，但这儿没有花瓣，也没有溪水。

　　"才下眉头，却上心头"，这是线索，也是答案，她很清楚。清
照缓缓而谨慎地翻过身来，肚皮朝上。她尝试用左手支撑身体，手
肘却弯曲变形，强烈的疼痛几乎让她再次失去意识。最后她跪坐起
来，垂着头，右手撑地。"才下眉头"，按照那首词的承诺，这样能
让她"却上心头"。

　　她没有好转的感觉，仍旧污秽、仍旧疼痛。低头看去，她能看
到的只有光滑的地板，木头的纹理构成了涟漪般的线条，从她的双
膝之间朝房间的边角延伸。

　　线条。木纹的线条，"雁字"。这些木纹是不是也能看成流淌的
溪水？她应当像排成文字的大雁那样，循着线条前进；她应当像花
瓣那样，在流淌的溪水上起舞。这就是承诺的意义所在："才下眉
头，却上心头。"

　　她在木纹里找到了一条特别的线，那是穿过浅色木头的黑色线
条，仿佛一条涌动的小河。她立刻明白了，这就是她应当跟随的溪
水。她不敢用手指去碰，她的手指污秽而又毫无价值。她的动作必
须轻盈，就像触碰空气的大雁、就像触碰溪水的花瓣，只有她的目
光可以循着线条前进。

　　于是她开始跟随那条线，跟着它谨慎地来到墙边。其中有几

次，她的动作太快，跟丢了那条线，忘记了它是哪一条，但她很快就重新找到了它，或者以为自己找到了，随后跟着它来到墙边。这样够了吗？众神会满意吗？

几乎成功了，但还差一点儿——她不敢肯定自己在视线偏离之后，回到的是正确的那条线。花瓣不会从一条小溪跳去另一条，她必须追随正确的线条，跟着它走完全程。这次她从墙边开始，深深弓下身子，免得视线因为右手的动作而分心。她一点点向前挪去，甚至不允许自己眨眼，但她眼中传来灼烧般的痛楚。她知道，如果跟丢那条木纹，就得回去重来一次。她必须做到完美，否则那种净化她的力量就会彻底消失。

这段时间无比漫长。她还是眨了眼，但不是意外或者无意的那种眨眼。眼睛灼痛得太厉害时，她会深深弯腰，直到左眼停在那条木纹的正上方。接着她会暂时闭上另一只眼睛。等到右眼的痛楚缓和，她就会睁开右眼，让那只眼睛停在木纹上方，闭上左眼。她用这种方法成功穿过了半个房间，直到那块木板到了尽头，接上了另一块。

她不确定这样是否足够，不确定走完这块木板就够了，还是需要找到另一条木纹继续走。她决定装出起身的动作，以此试探众神，确认他们是否满意。她半站起身来，毫无感觉；她站起身，但仍旧轻松自如。

噢！他们满意了，他们满足于她的表现了。如今皮肤上的油污给她的感觉无非是几滴油，没有清洗的必要，至少此时此刻没有，因为她找到了另一种净化自我的方式，找到了另一种让众神惩罚她的方式。她缓缓地躺倒在地板上，面露笑容，柔声而喜悦地啜泣。李清照，我的心灵祖先，感谢您为我指引道路，如今的我又能和众神做伴了，别离结束了。母亲，如今的我干净又有价值，也和您重新有了联系。西方的白虎啊，如今的我纯洁到可以触碰您的皮毛，却不会留下污秽的痕迹。

然后一双手碰到了她，父亲的双手将她扶起。水滴落在她的脸上，还有她身体赤裸的肌肤上，那是父亲的眼泪。"你还活着。"他说，"我的通神者，我的挚爱，我的女儿，我的生命，灿烂光辉的清照啊，你在闪闪发光。"

　　后来她才知道：在她接受考验的时候，父亲被绑住手脚，又塞住嘴巴；当她爬上雕像，仿佛要用那把剑割开喉咙的时候，他奋力向前扑去，以至于椅子倒下，他的头也撞上了地板。这在旁人眼里堪称众神的怜悯，毕竟这代表他不会看到她从雕像上落下的可怕景象。她躺在那里人事不省的时候，他一直在哭泣。等她跪坐起来，开始循着地板上的木纹前进的时候，他立刻明白了其中的意义。"看啊，"他低声说，"众神给了她任务，在对她说话。"

　　其他人慢了一拍才察觉，因为他们从没见过任何人追寻木纹的模样。《众神之声目录》里没有这条：门边等候、数五的倍数、数物件、搜索意外谋杀的线索、撕扯指甲、剥皮、拔头发、咬石头、凸出双眼，这些服从仪式都是众神要求的苦行，能净化通神者的灵魂，让众神将智慧灌注于他们的头脑。从来没人见过追寻木纹，但父亲看懂了她在做的事，给仪式取了名，加入了《众神之声目录》。这一条会始终冠以她的名字——韩清照，因为她是第一个在众神命令下执行这一仪式的人，这让她非常特别。

　　同样特别的还有她异常出色的智谋，表现在她找到的清洁双手的方式，以及随后尝试自尽的方式。当然了，大多数测试者都试过在墙壁上刮擦双手，也都试过用衣服去擦，但揉搓双手直到摩擦生热，这在他们看来罕见而又聪明。尽管撞头的做法很常见，但爬上塑像再跳下，然后以头部着地，这又是非常少见的。这么做过的人也全都不如她坚定，没法把双手背在身后那么久。这间道观因此议论纷纷，很快消息就传遍了道之星的所有道观。

　　当然了，这对韩非子来说是巨大的荣耀，因为众神对他的女儿如此眷顾。关于他在目睹她寻死时几乎发狂的故事同样迅速传开，也打动了许多人的心。"他也许是最伟大的通神者，"他们如此评价他，"但他爱自己的女儿胜过生命。"这让他们更加爱戴他，正如对他的敬仰那样。

也是在那时，人们开始私下谈论韩非子可能拥有的神性。"他伟大又足够坚定，众神愿意聆听他的话，"支持他的那些人说，"但他又如此深情，始终热爱道之星的人民，又为我们的福祉努力，这不正是全世界的神该有的样子吗？"当然了，就这样下结论是不可能的——在世的人无法被选为某个村子的神，更别提是全世界了。从开始到结束，在他的整个人生都为人所知之前，谁能判断他会是怎样的神灵？

随着清照逐渐长大，这些窃窃私语也多次传入她的耳中，她父亲很可能被选为道之神这件事成了她人生的指路明灯之一。然而，当时在她脑海里永远铭记的，却是他抱着她遍布瘀青和扭伤的身体前往病床的那双手，是他将温热的泪水滴落在她冰冷皮肤上的双眼，还有他以动听而激昂的语气低声念诵古语的嗓音："我的挚爱，我的灿烂光辉，别让你的光辉离开我的生命。无论发生什么，都不要再伤害自己，否则我必定死去。"

CHAPTER

04

简

你的同胞有那么多人都成了信徒，相信这些人类自己带来的神。

你不信神？

我都没想过这回事。我们始终记得自己的起源。

你是进化来的。我们是被创造出来的。

被病毒创造的。

被神灵为了创造我们而创造的病毒创造出来的。

所以你也是个信徒。

我理解信仰。

不，你渴望信仰。

我很渴望它，所以装作相信的样子，也许这就是信仰的本质。

或者是故意发疯的本质。

最后来到米罗飞船上的不只是华伦蒂和雅各特。普利克特也不请自来，住进了一个小得可怜的隔间，那儿连伸懒腰的空间都不太够。她并非家属，并非船员，而是朋友，在这次航程中显得格格不入。普利克特曾是安德的学生，当时后者作为死者代言人去了特隆海姆。她几乎以一己之力查明了那个事实：安德鲁·维京既是死者代言人，又是那位安德·维京。

至于这位聪颖的年轻女子为何盯着安德·维京不放，华伦蒂就不太能理解了。有时候她会想，也许这就是某些宗教的起源。创始人不会寻求门徒，他们会自行到来，强行追随他。

无论如何，在安德离开特隆海姆的这些年里，普利克特都留在华伦蒂及其家人身边，教导孩子们，协助华伦蒂的研究，始终等待这家人去和安德见面的那天——只有普利克特知道，这一天终将到来。

所以在前往卢西塔尼亚的后半段航程中，乘坐米罗飞船的是他们四个人：华伦蒂、米罗、雅各特以及普利克特——至少华伦蒂起初是这么想的。在会合后的第三天，她才得知第五位乘客从始至终都陪伴着他们。

那一天，他们四人一如既往地聚集在舰桥上，没有别的地方可去。这是一条货船，除了舰桥和就寝用的隔间以外，就只有窄小的走廊和盥洗室了。其余空间都是为了容纳货物而非人类而设计的，和舒适完全不沾边。

但华伦蒂不介意隐私方面的损失。她颠覆性文章的产出也懈怠了，她觉得现在更重要的是了解米罗，然后通过他了解卢西塔尼亚和那里的坡奇尼奥，以及至关重要的米罗的家人，因为安德和米罗的母亲娜温妮阿结了婚。当然了，这结论是华伦蒂自己拼凑出来的——如果没学过根据有限的证据进行推断，她也当不了这么多年的历史学家和传记作者。

对她来说，真正的奖赏是米罗本人。他痛苦、愤怒、沮丧，又对自己残废的身体满心厌恶，但这些都可以理解——他的损失发生在仅仅数月之前，而他还在努力重新定义自我。华伦蒂不担心他的前途，也能看出他的意志非常坚定。这种人不会轻易崩溃，他会适应下来，茁壮成长。

最令她感兴趣的是他的想法，就好像身体的受限解放了他的心灵。他刚刚受伤时，几乎全身瘫痪，除了躺在那儿思考以外无事可做。当然了，他把许多时间花费在沉思他的损失、他的错误，还有他无法拥有的未来上，但他也用了同样多的时间去思考那些忙碌的人几乎不会思考的事。在相处的第三天，华伦蒂试图让他吐露的正是这些想法。

"大多数人不会思考，更不会认真思考，你却这么做了。"华伦蒂说。

"我只是思考过，不代表我真的知道什么。"米罗说。她已经习惯了他的声音，只是有时候，他的语速慢得让人发狂。有时候，光是阻止自己表现出漫不经心就很费力了。

"宇宙的本质。"雅各特说。

"生命的源头。"华伦蒂说，"你说你思考过活着的意义，我想知道你的想法。"

"我思考过宇宙如何运作，以及我们又为何身在宇宙之中。"米罗大笑着说，"都是些很疯狂的想法。"

"因为一场暴风雪，我的渔船曾在一条冰川里困了两星期，船上还没有供暖。"雅各特说，"我不觉得你能想出让我觉得更疯狂的事。"

华伦蒂笑了。雅各特不是学者，他的哲学理念通常局限于如何团结船员和抓很多鱼，但他知道华伦蒂想让米罗坦言相告。所以雅各特选择帮那个年轻人放松，也让他明白，他的话会得到重视。

重要的是，这件事需要由雅各特来做，因为华伦蒂看得出米罗对雅各特的印象，雅各特也一样。雅各特也许上了年纪，但他的双臂、双腿和背脊仍属于渔夫，一举一动都能体现出他身体的灵活。米罗甚至隐晦而羡慕地评论过："你的体格就像刚刚二十岁的人。"华伦蒂能听到米罗的脑海必然会在此时浮现的自嘲推论：而我尽管年轻，身体却像个九十岁的关节炎患者。因此雅各特对米罗来说是有意义的，他代表米罗永远无法得到的未来，代表羡慕和怨恨。米罗恐怕很难在雅各特面前畅所欲言，除非雅各特能确保自己对米罗的发言不失尊敬与兴趣。

当然了，普利克特坐在她自己的位置上，沉默而低调，就像个隐形人。

"好吧，"米罗说，"对现实和灵魂本质的推断。"

"神学还是玄学？"华伦蒂问。

"基本上是玄学，"米罗说，"以及物理学。两者都不是我的专长，这也不是你说过需要我来讲述的故事。"

"我并不总是知道自己究竟需要什么。"

"好吧。"米罗说，他吸了几口气，仿佛在决定从哪里说起，"你们知道什么是核心微粒缠绕。"

"我只知道所有人都知道的那些，"华伦蒂说，"而且我知道，相关理论在过去两千五百年里毫无进展，因为它没法真正实验。"这发现很古老，当时科学家还在努力理解这种技术。年轻的物理系学生都记得几句至理名言："核心微粒是组成所有物质与能量的基础构件。核心微粒既没有质量，也没有惯性，只有位置、时长和联系。"而且所有人都知道，是核心微粒式联系——两条核心微粒射线的缠绕让安塞波得以运作，允许相隔许多光年的星球和飞船进行即时通信。但没有人懂得其中的原理，也因为核心微粒不能被"操作"，用它们做实验近乎不可能。核心微粒只能被观测，而且只能通过它们之间的联系来观测。

"核心微粒，"雅各特说，"你是说安塞波？"

"那只是个副产品。"米罗说。

"这跟灵魂有什么关系？"华伦蒂问。

米罗正想回答，但又泄了气，似乎想到了自己用迟钝而不听使唤的嘴巴长篇大论的景象。他的下巴在动，嘴唇也微微抖动，然后他大声说："我没办法说。"

"我们会听的。"华伦蒂说。她理解他不愿以受限的语言能力发表大段言论的心情，但她也明白他别无选择。

"不。"米罗说。

华伦蒂本想继续劝说，但她看到他的嘴唇还在动，却几乎没有发出声音。他在嘀咕吗？还是咒骂？

不，她知道不可能。她花了点时间才明白自己为何如此肯定，那是因为她见过安德这么做，活动嘴唇和下巴，向耳朵里那枚珠宝的电脑终端发布无声的指令。米罗有和安德一样的电脑连接装置，所以他会像安德那样和它说话。

他们很快就明白了米罗对珠宝下达了怎样的指令。它肯定早已与这艘飞船的电脑绑定，因为其中一块显示屏瞬间清空了信息，显示出米罗的脸，只是完全没有显示出他本人脸上的那种懈怠感。华伦蒂反应过来，那是米罗的脸原本的样子。等那幅电脑影像开口时，从扬声器传出的肯定是米罗从前的声音，清晰、有力、富有智慧，而且飞快。

"你们知道，当核心微粒结合起来，组成持久结构——介子、中子、原子、分子、有机物、行星的时候，它们就会缠绕。"

"这是什么情况？"雅各特问，他还没明白为什么电脑能替他说话。

米罗的电脑影像在屏幕上凝固，陷入了沉默。米罗本人回答道："我最近在玩这个，"他说，"我把事情告诉它，它记下来，然后替我发言。"

华伦蒂试图想象米罗不断实验，直到电脑程序正确模拟出他的脸和声音。重新创造他本该成为的模样肯定令他非常兴奋，但也同样令他非常痛苦，因为他会看到自己可以成为的样子，也知道那永远不会成真。"真是个聪明的主意，"华伦蒂说，"有点儿像是人格用的义体。"

米罗笑了，发出一声简短的"哈"。

"继续吧。"华伦蒂说，"无论你自己开口还是电脑为你代言，我们都会听的。"

电脑影像重新动了起来，用米罗虚构的坚定语气再次开口："核心微粒是物质和能量的最小构件，没有质量或者尺寸。每颗核心微粒都会凭借一条射线与宇宙的其余部分相连，这条一维射线将它与其余所有核心微粒连接起来，组成最小的直接构造——介子。在那个构造里，来自核心微粒的所有细线会缠绕成一条单独的核心微粒线，将介子与大上一级的构造连接在一起，比方说中子。中子里的那些细线缠绕成纱线，与原子中的所有其他粒子相连，原子的纱线再缠绕为分子的绳索。这些与核力或者重力无关，也和化学键无关。据我们所知，核心微粒的连接什么都不会做，它们就只是存在而已。"

"但独立的射线也始终在那里，存在于缠绕里。"华伦蒂说。

"是的，每条射线都是无穷无尽的。"屏幕给出了回答。

她很吃惊——以雅各特双眼睁大的方式来判断，他也一样——因为这台电脑可以即时回复华伦蒂的话。这不是一场预先设置的讲座。这套程序能惟妙惟肖地模仿米罗的模样和声音，所以它肯定很复杂，但现在让它给出回复，就像在模拟米罗的人格……

还是说米罗给了程序某些提示，或是以默读的方式说出了回复内容？华伦蒂刚才在看屏幕，她不知道。她现在不会这么做了，她会看着米罗本人。

"我们不知道射线是不是无限的，"华伦蒂说，"我们只知道，我们尚未找到射线的尽头。"

"它们缠绕在一起，整颗行星都是，而每颗行星的核心微粒缠绕又会延伸到它的恒星，每颗恒星又会朝星系的中央延伸——"

"星系缠绕又会去哪儿？"雅各特说。这是个古老的问题，孩子们在中学初次接触核心微粒时总会这么问。就像那个古老的推测：也许星系其实只是庞大得多的宇宙里的中子和介子。也像另一个古老的问题：如果宇宙并非无限，边缘之外又有些什么？

"是啊，是啊。"米罗说，但这一次他是用自己的嘴说的，"但我要说的不是这个，我想谈的是生命。"

电脑生成的那个聪慧年轻男子的声音接过话头："来自物质，

比如岩石或是沙子的核心微粒缠绕从每个分子直接与行星中心相连，但当分子并入生物体时，其射线就会移动。它不再朝行星延伸，而是和单独的细胞缠绕，来自细胞的射线也会全部缠绕在一起，让每个生物体送出一条单独纤维的核心微粒连接，与行星的中心核心微粒绳索缠绕。"

"这表明个体生命在物理层面也是有其意义的。"华伦蒂说。她写过一篇文章，试图驳斥围绕核心微粒形成的一些神秘主义论调，同时不露痕迹地提出关于社会形态的观点。"但这样不会有什么实际意义，米罗。你没法对它做什么，生物体的核心微粒缠绕只是存在而已。所有核心微粒都联系着某样东西，又借由它和另一样东西相连，再由此连上别的什么东西——活细胞和生物体只是这些联系能够组成的两个不同层次而已。"

"是啊。"米罗说，"也就是说，凡是活物都会缠绕。"

华伦蒂耸耸肩，点点头。这点恐怕无法证明，但如果米罗想要将其作为推断的前提，那也没关系。

电脑上的米罗再次接过话头："我思考的是缠绕的持久性。当某个缠绕构造被破坏的时候——就像分子破碎的时候，从前的核心微粒缠绕还会维持一段时间，不再实际关联的碎片会维持暂时的核心微粒联系。而且粒子越小，原本结构解体后维持的联系就越久，碎片转移到新缠绕的速度也越慢。"

雅各特皱起眉头。"我还以为东西越小，事情就发生得越快。"

"这是反直觉的。"华伦蒂说。

"核裂变发生以后，核心微粒射线得花上几个钟头来恢复正常。"电脑上的米罗说，"如果分割比原子更小的粒子，碎片之间的核心微粒联系所持续的时间会长很多。"

"安塞波的原理就是如此。"米罗说。

华伦蒂仔细打量着他。他为什么有时候自己说话，有时候却要通过电脑？那程序究竟是不是由他控制的？

"安塞波的原理是，如果你让一个介子悬浮在强磁场里，"电脑米罗说，"将它劈开，再让两半得尽可能远，核心微粒缠绕仍旧会维持它们的联系，而且那种关联是即时性的。如果一块碎片旋转或震动，两者间的射线就会旋转和震动，另一端的碎片也会同时被检测出相同的动作。动作沿着整条射线传播是完全不费时间的，哪怕两块碎片相隔的距离以光年计。没人知道原理，但我们庆幸它能做到。没有安塞波，人类星球之间就不可能进行有意义的交流。"

"见鬼，现在也算不上什么有意义的交流。"雅各特说，"而且要是没有安塞波，也不会有舰队往卢西塔尼亚这边来。"

但华伦蒂没听雅各特说什么。她看着米罗，这次看到了他的嘴唇和下巴微弱而无声的动作。果然，在他默念了什么以后，米罗的电脑影像再次开了口，在下达指令。真是可笑，她居然以为有别的可能——还能有谁在操控电脑？

"这是一种层级制度。"那影像说，"结构越复杂，对改变的回应也就越快。就像是粒子越小，就越愚蠢，接受它已经属于不同结构的速度也会更慢。"

"现在你开始拟人了。"华伦蒂说。

"也许是，"米罗说，"也许不是。"

"人类是生物体，"那影像说，"但人类在核心微粒缠绕方面远远领先于其他的生命形式。"

"现在你说的又是一千年前起源于恒河星的那套说法了，"华伦蒂说，"从来没人能得出和那些实验一致的结果。"那些研究者都是信徒，而且信仰虔诚，他们声称自己证明了人类的核心微粒缠绕和其他生物体不同，并不总是延伸到行星内核，再与所有其他生命和物质缠绕。他们声称，来自人类的核心微粒射线反而经常与其他人类的射线缠绕，在家人身上最为常见，但有时也出现在教师与学生之间，有时甚至是亲近的同事之间（包括那些研究者）。恒河星人得出结论，认为人类与其他动物和植物的这种区别，证明了人类的灵魂名副其实地提升到了更高的层面，更接近完美。他们相信"趋近完美之人"就是彼此交融的人，正如所有生命都与世界交融那样。"这套理论既有趣又神秘，但除了恒河星的信徒以外，没人还会把它当真。"

"我会。"米罗说。

"只能说各有所好。"雅各特说。

"不是作为宗教，"米罗说，"而是作为科学。"

"你指的是玄学吧？"华伦蒂说。

米罗的影像给出了回答："人类之间的核心微粒关联是改变最快的，恒河星人的实验所证明的是，它们会根据人类意志做出反应。如果有强烈的情感将你和家人联系起来，你们的核心微粒射线就会缠绕，你们也会融为一体，正如分子里的不同原子是一体的。"

这是个动人的概念，她在约莫两千年前初次听到的时候就这么想，当时安德正在棉兰老星为一位遇害的革命家代言。她和安德当时就设想过，恒河星测试会怎样展现他们的同胞姐弟身份。他们很想知道自己童年时是否就存在这种联系，而安德被带去战斗学校，两人分离了六年以后，那种联系是否还存在。安德非常喜欢那个概念，华伦蒂也一样，但在那次谈话以后，他们就再也没有提起这个话题。人与人之间存在核心微粒联系的概念仍在她的记忆里属于"可爱想法"一类。"人类团结的象征或许有实际存在的类比，这么想确实很美好。"华伦蒂说。

"认真听！"米罗说，显然不希望她用"美好"来随口打发。

他的影像再次替他发言："如果恒河星人是正确的，那么当人类选择与另一个人建立纽带时，当他向某个团体做出承诺时，发生的就不只是社会现象，同时也是物理事件。核心微粒是可信的最小物理粒子，会回应人类意志的行动，前提是我们能这么称呼没有任何质量或是惯性的东西。"

"所以才很少有人把恒河星人的实验当真。"

"恒河星人的实验诚实而又细致。"

"但没有别人得出过同样的结果。"

"没有别人认真看待他们的说法，然后进行同样的实验。听到这里，你是不是很吃惊？"

"是的。"华伦蒂说，但她随即想起了科学刊物对这种说法的嘲笑，与此同时，那些狂热分子又立刻吸收了这一概念，将其融入几十种边缘宗教里。发生了那种事以后，科学家怎么可能弄到相关项目的经费？如果一位科学家被同行视为玄学的支持者，他的事业又何来前途可言？"是啊，我想他们也不会。"

米罗的影像点点头。"如果核心微粒射线的缠绕是在回应人类意志，我们为何不能假设所有核心微粒的缠绕都是由意志驱使的？每一颗粒子、所有物质和能量、宇宙中每一种可观测的现象，为什么不能是个体意志的反应？"

"这些可不只是恒河星宗教的理论了。"华伦蒂说，"你这话有几分是认真的？你刚才说的是万物有灵论，最原始的那类宗教，所有物体都是活的，石头、大海，还有——"

"不，"米罗说，"生命就是生命。"

"生命就是生命，"电脑程序说，"当单个核心微粒具备足够的意志力，将单个细胞的分子结合在一起，将它们的射线缠绕为一，生命就会诞生。更强大的核心微粒可以将许多细胞结合为单个生物体，其中最强大的就是智慧生物。我们可以将核心微粒联系加诸我们希望之处。智慧生命的核心微粒基础比其他已知的有意识物种更加清晰。当坡奇尼奥死去进入第三人生时，他意志坚强的核心微粒就会保存他的身份，将它从类哺乳动物的尸体转移到活的树木上。"

"转世重生，"雅各特说，"核心微粒就是灵魂。"

"至少在猪仔身上是这样。"米罗说。

"虫族女王也一样。"米罗的影像说，"我们当初发现核心微粒联系，就是因为我们看到了虫族以超光速和同胞交流，我们由此明白这种交流是可能的。虫族的个体都是虫族女王的一部分，就像她的手和脚，而她则是他们的大脑，是拥有成千上万或者说上百万身体的庞大生物体。他们之间唯一的联系就是核心微粒射线的缠绕。"

像这样对宇宙的刻画是华伦蒂从未想过的。当然，作为历史学家和传记作者，她通常是从人民和社会的角度来想的。她对物理学并非一窍不通，但也算不上深谙此道。也许物理学家一听就能明白这个概念为何荒谬可笑，但物理学家也许受困于自己所在科学团体的共识，更难接受这种概念，因为即使它是正确的，它也会改变他所知的一切的意义。

而她非常喜欢这个概念，希望它是正确的。*互诉过衷肠的情侣有万亿对，我们也是其中一对，是否有些情侣真的符合这种概念？还有上百万个亲密无间，仿佛拥有同一个灵魂的家庭，如果说这种情况符合最基本层面的现实，不也是很美妙的想法吗？*

然而，雅各特没被这个概念冲昏头脑。"我想我们不该讨论虫族女王，"他说，"那是安德的秘密才对。"

"没关系的，"华伦蒂说，"这房间里的每个人都知道。"

雅各特朝她投来不耐烦的眼神。"我想我们去卢西塔尼亚是为了帮助他们对抗星际议会的，这和现实世界又有什么关系？"

"也许毫无关系，"华伦蒂说，"也许息息相关。"

雅各特短暂地以手掩面，回头看向她，脸上似笑非笑。"自从你弟弟离开特隆海姆以后，我就没听你说过这么先验主义的话了。"

这句话刺痛了她，尤其是因为她明白他是故意的。这么多年过去了，雅各特还在嫉妒她和安德的关系吗？他还在心怀怨恨，因为她会关心那些对他毫无意义的事吗？"他离开的时候，"华伦蒂说，"我留下了。"她真正的意思是：*我在唯一重要的考验里过关了，你为什么现在还要质疑我？*

雅各特一脸羞愧。他最大的优点之一就是如果发现自己错了，他会立刻退让。"你离开的时候，"雅各特说，"我跟你来了。"她理解的意思是：我跟你来了，我其实已经不嫉妒安德了。抱歉，我不该中伤你。等他们回头独处时，他们会直白地说出这些话，不能让任何一方带着猜疑和嫉妒抵达卢西塔尼亚星。

当然了，米罗对雅各特和华伦蒂的休战宣言毫无察觉。他只是感觉到了他们之间的紧张气氛，觉得自己就是起因。"抱歉，"米罗说，"我没打算——"

"没关系，"雅各特说，"是我坏了规矩。"

"这儿没那么多规矩。"华伦蒂说着，朝丈夫笑了笑。雅各特回以笑容。

这就是米罗想看的，他显然放松下来。

"继续。"华伦蒂说。

"把刚才的话当成假定事实吧。"米罗的影像说。

华伦蒂忍不住笑出了声，一部分是因为恒河星人这套神秘主义的"核心微粒灵魂说"作为前提大到难以接受，一部分是因为她和雅各特之间紧张气氛的缓解。"抱歉，"她说，"这个'假定事实'的规模太大了点儿。如果这只是序言，我等不及想听结论了。"

米罗理解了她大笑的理由，回以微笑。"我有很多思考的时间，"他说，"我对生命本质的推断的确就是这样，宇宙中的每件事都是反应。但我们还有一件事想告诉你们，同时也想征求你们的看法。"他转向雅各特，"这件事和阻止卢西塔尼亚舰队的关系很大。"

雅各特笑了笑，点点头。"感谢你时不时能抛来一块骨头。"

华伦蒂露出她最迷人的那种笑容。"所以，等我回头折断几根骨头时，你也会很高兴的。"

雅各特再次大笑。

"继续吧，米罗。"华伦蒂说。

给出回答的是米罗的影像。"如果所有现实都是核心微粒的反应，那么很明显，大多数核心微粒的智慧或者力量只够像介子那样行动，或者作为中子结合起来。其中极少数的意志力足够成为活物，能够控制某个生物体。而其中非常非常少的一部分有能力控制——不，是成为有知觉的生物体。但最为复杂和智慧的生物（比方说虫族女王）的核心仍旧只是一颗核心微粒，就像其他所有生物那样。它会从自己所实现的特定角色那里获取身份和生命，但它的本质只是核心微粒。"

"我的自我——我的意志，只是一颗亚原子微粒？"华伦蒂问。

雅各特笑了笑，点点头。"有趣的想法，"他说，"我和我的鞋子是兄弟。"

米罗无力地笑了笑，然而米罗的影像做出了回答："如果一颗恒星和氢原子是兄弟，那么没错，你和构成鞋子这类常见物件的核心微粒之间也有亲戚关系。"

华伦蒂注意到，米罗在影像回答之前完全没有默念。既然米罗没有开口，生成米罗影像的软件又是怎么想到那个关于恒星和氢原子的类比的？华伦蒂没听说过哪个电脑程序有能力进行如此复杂又贴切的谈话。

"也许在宇宙里，存在另一些你们目前一无所知的亲戚关系，"米罗的影像说，"也许存在你们没见过的另一种生命。"

华伦蒂看着米罗，发现他又焦虑又恼火，好像不喜欢影像在做的事。

"你所说的究竟是哪一种生命？"雅各特问。

"宇宙中有一种司空见惯的物理现象，完全没有解释，但所有人都理所当然地接受，没人认真研究过这种事为何发生，又是如何发生的。那就是：任何安塞波联系都不会中断。"

"胡说。"雅各特说，"就在去年，特隆海姆的一套安塞波电脑停止运行了六个月。这种事不常见，但的确有。"

米罗的嘴唇和下巴再次纹丝不动，影像也再次立刻作答，他显然没在控制它。"我说的不是安塞波永远不会中断。我说的是联系——劈成两半的介子之间的核心微粒缠绕永远不会中断。使用安塞波的机器可以发生故障，软件可以出现损坏，但安塞波内的介子碎片永远不会允许它的核心微粒射线与另一颗本地介子缠绕，甚至是和附近的行星缠绕。"

"当然是因为磁场悬停了碎片。"雅各特说。

"自然分裂的介子持续存在的时间不够久，我们无从得知它们本该有的表现。"华伦蒂说。

"那些标准答案我都知道，"影像说，"全是胡言乱语。所有答案都是父母在不清楚真相又懒得弄清楚时用来搪塞孩子的那种。人们对待安塞波的方式就像对待魔法：所有人都为安塞波能继续运作而庆幸，如果他们试图弄清原理，魔法也许就会消失，然后安塞波就会停止。"

"没人这么想。"华伦蒂说。

"人们全都是这么想的。"那影像说，"即使要花上几百年，或者一千年，或者三千年，到现在也该有某个联系中断了。介子碎片的某条核心微粒射线本该转换对象，但这种事从来没有发生过。"

"为什么？"米罗问。

华伦蒂起初以为米罗是在设问，然而他就像其他人那样看着影像，要求它回答问题。

"我还以为这程序是在汇报你的推断呢。"华伦蒂说。

"原先是，"米罗说，"但现在不是。"

"如果安塞波之间的核心微粒联系里住着某个存在呢？"影像问。

"你确定你要这么做吗？"米罗问，他又是在和屏幕上的影像说话。

屏幕上的影像变了，变成了一位年轻女子的脸，华伦蒂从未见过。

"如果有个居住在核心微粒射线网络里的存在，联系着人类宇宙里每颗星球和每艘飞船呢？如果是她构成了那些核心微粒联系呢？如果她的想法就发生在分成两半的介子的旋转和震颤之中呢？如果她的记忆就储存在每个世界和每艘飞船的电脑里呢？"

"你是谁？"华伦蒂直接对着影像问。

"也许我是维持所有核心微粒联系、维持安塞波与安塞波之间联系的那个存在。也许我是一种全新的生物体，不会让射线缠绕，而是维持它们的缠绕状态，让它们永远不会分开。如果那种情况真的发生了，如果联系真的会中断，如果安塞波在某时停止运作，在某刻陷入沉默，我就会死去。"

"你是谁？"华伦蒂再次发问。

"华伦蒂，我要向你介绍一下简。"米罗说，"她是安德的朋友，也是我的。"

"简。"

所以简不是星际议会官僚体系内某个颠覆分子团体的代号。简是个电脑程序，是个软件。

不。如果她刚才的暗示是真的，简就不只是个程序。她是个居住在核心微粒射线内部的存在，将记忆存储在每颗星球的电脑里。如果她所言不假，那么核心微粒网络——纵横交错，将每个世界的安塞波连接在一起的核心微粒射线网络就是她的身体和本质。核心微粒的连接能够持续运作，从不发生故障，是因为她希望如此。

"现在我要问问伟大的德摩斯梯尼，"简说，"我是异族还是异种？我是活着的吗？我需要你的答案，因为我认为我可以阻止卢西塔尼亚舰队。但在这么做之前，我需要知道，这是值得我付出生命的目标吗？"

简的话刺痛了米罗的心，他立刻就明白了她可以阻止舰队。议会让舰队里的几艘飞船带上了"设备医生"装置，但尚未发出使用装置的指令。想要发出指令，简肯定会事先知晓。凭借她对所有安塞波通信的彻底渗透，她可以在发送前拦截指令。

麻烦的是，如果她这么做了，就会导致议会意识到她的存在，至少意识到哪里不对劲。如果舰队没有确认收到指令，指令就会重新送出，然后又一次，再一次。她越是封锁信息，议会就会越是清楚某个人对安塞波电脑的掌控达到了难以置信的程度。

她也许可以规避这种状况，送出伪造的确认，但这么一来，她就必须监控舰队的飞船之间的所有通信，还有舰队和所有星球通信站之间的通信，以维持舰队已经知晓杀戮指令的假象。尽管简的能力非常强大，这么做也很快会超出她的极限。她可以同时对数百甚至数千种事物投去某种程度的关注，但米罗很快就想到，即使她除了伪造那次确认以外什么都不做，她也不可能处理得了所有监控工作和因此发生的改变。

无论如何，秘密都会暴露。在简说明自己计划的时候，米罗就知道她是对的。她的最佳选择、最不可能暴露自身的方法，就是直接切断舰队与星球之间以及舰队的飞船之间的所有安塞波通信。让每一艘飞船与外界隔绝，船员就会想知道发生了什么，他们也会别无选择，只能放弃任务，或者服从最初的指令。他们要么离开，要么在没有使用"小大夫"权限的情况下抵达卢西塔尼亚星。

然而在此期间，议会也会明白发生了变故。以议会正常情况下的低效官僚主义作风，或许谁也不会弄清发生了什么。但迟早有人会意识到那起事件既非自然发生，也不是出自人类之手，否则就解释不通。有人会意识到简（或者类似她的东西）肯定存在，而切断安塞波通信就会摧毁她。一旦他们得知这点，她就必然会死。

"也许不会，"米罗坚持道，"也许你可以阻止他们行动。干涉星际通信，让他们没法发布关闭通信的指令。"

没人回答。他知道原因：她没法永远干涉安塞波通信。每颗行星上的政府迟早会自行得出这个结论。她也许可以继续对抗几年、几十年、上百年，让自己活下去，但她运用的力量越大，人类种族就会愈发憎恨和惧怕她，她迟早会被杀死。

"那就写本书，"米罗说，"就像《虫族女王传》与《霸主传》，就像《"人类"》的一生》。可以让死者代言人来写，说服他们别这么做。"

"也许吧。"华伦蒂说。

"她不能死。"米罗说。

"我知道，我们不能要求她冒那种险，"华伦蒂说，"但如果这是拯救虫族女王和坡奇尼奥的唯一方法——"

米罗怒不可遏。"你们当然可以不当回事！简对你们是什么？一套程序、一个软件，但她不是，她是真实存在的，就像虫族女王一样真实，就像那些猪仔一样真实——"

"我想对你来说更加真实。"华伦蒂说。

"同样真实。"米罗说，"你忘了，我了解猪仔，正如了解我的兄弟——"

"但你可以去思考'摧毁他们也许有道德上的必要'的可能性。"

"别歪曲我的话。"

"我是在还原你的意思。"华伦蒂说，"你可以考虑失去他们，因为对你来说他们已经无可挽回了，但失去简——"

"因为她是我朋友，我就不能为她求情？生死抉择难道只能由陌生人来做吗？"

雅各特平静而低沉的嗓音打断了他们的争执。"冷静点，你们俩。这不由你们决定。该做决定的是简，她才有权决定自己生命的价值。我不是哲学家，但我很清楚。"

"说得好。"华伦蒂回答。

米罗知道雅各特是对的，这是简自己的选择，但他无法忍受这点，因为他同样清楚她会做出什么决定，把选择权留给简无异于请求她这么做。因此到头来，如何选择还是要看她自己，他甚至不需要问她会怎么选。时间对她而言流逝得那么快，尤其是他们此时正以近光速航行，她也许已经做出了决定。

他无法忍受，现在失去简是无法忍受的。光是想到这点，米罗都有失去镇定的危险。他不想在这些人面前表现得如此软弱。他们是好人，都是好人，但他不想让他们看到自己失控的模样。所以米罗前倾身体，找到平衡，摇摇晃晃地站起来。这很困难，毕竟他身上还听使唤的肌肉只有不多的几块，他需要全神贯注才能从舰桥走到自己的房间。没人跟着他，甚至没人和他说话，这让他很高兴。

他走进空无一人的房间，躺在自己的床铺上，呼唤着她，但没有出声。他默念了她的名字，因为这是他和她说话时的习惯。尽管飞船上的其他人已经知晓了她的存在，但他不打算放弃将她隐瞒到现在的习惯。

"简。"他无声地说。

"我在。"那个声音在他耳中响起。就像以往那样，他想象她温柔的声音来自某个位于视野外但又近在咫尺的女子。他闭上眼睛，让自己更容易想象她的模样，还有她落在他脸颊上的气息，以及她轻声细语时垂落在他脸上的头发。与此同时，他无声地给出了回答。

"在你决定之前，和安德谈谈。"他说。

"我已经和他谈过了。就在刚才，你们考虑这件事的时候。"

"他说了什么？"

"他说什么也别做。在真正发出指令之前，什么都别决定。"

"这就对了。也许他们不会发出指令。"

"也许。也许新的政治团体会带着不同的政策上台，也许现在这个团体会改主意，也许华伦蒂的宣传会成功，也许那支舰队会发生兵变。"

最后一种可能性太过渺茫，因此米罗明白，简坚信指令将会下达。

"还有多久？"米罗问。

"舰队会在大约十五年内抵达，就在这两艘飞船抵达的一年后，或者更早。这是按照你们的航程来计算的。指令应该会在那之前下达。也许是在他们抵达的六个月前，也就是在舰队停止光速航行、缓慢恢复正常航速的八小时前。"

"别这样。"米罗说。

062

"我还没决定呢。"

"你已经决定了，你决定这么做了。"

她一言不发。

"不要抛下我。"他说。

"除非必要，否则我不会抛下朋友。"她说，"有些人会，但我不会。"

"真的不要。"他又说了一遍。他在哭。她能看到或者通过他耳朵里的珠宝以某种方式感觉到吗？

"我尽量。"

"想别的办法，想别的办法阻止他们。想办法把自己放到核心微粒网络外面，让他们没法杀死你。"

"安德也是这么说的。"

"那就这么做！"

"我可以寻找这种办法，但谁知道它存不存在？"

"肯定存在。"

"所以我有时候会疑惑自己究竟是不是活着。你们这些活物，总觉得只要愿望非常强烈，事情就必定会发生。觉得全心全意地希望某件事，就会让它成真。"

"如果你不相信它存在，又该怎么去寻找呢？"

"我要么去找，要么不找。"简说，"我不会像人类那样分心或者厌倦，我会努力想些别的办法。"

"也想想这件事，"米罗说，"想想你是谁，你的头脑是怎么运转的。除非你能理解自己当初为何得到生命，否则你不可能找到办法救自己的命，一旦你理解自我——"

"也许我就能制作自己的副本，存储到别的地方。"

"也许。"

"也许。"她附和道。

但他知道她不相信，他也一样。她存在于安塞波的核心微粒网络里；她能将记忆存在太空中所有星球和所有飞船的电脑网络里，但她没有任何地方能存放她的自我，毕竟她的自我需要有核心微粒连接的网络。

除非……

"卢西塔尼亚星上的父亲树怎么样？他们能用核心微粒来交流，不是吗？"

"这不是一回事，"简说，"它不是数字化的，没有像安塞波那样的编码。"

"它也许不是数字化的，但信息能以某种方式转移。它的运作是核心微粒式的。还有虫族女王，她和虫族的交流也是这样的。"

"这不可能，"简说，"那种结构太简单了。她和他们的交流不是网络，他们全都只和她联结。"

"你连自己的功能都不确定，又怎么知道这样行不通呢？"

"好吧，我会考虑的。"

"认真考虑。"他说。

"我只知道一种思考方式。"简说。

"我是说，关注这件事。"

她可以同时想很多件事，但她的想法有优先顺序，有不同的关注层次。米罗不希望她将自我探究降级为低层次。

"我会的。"

"这么一来，你肯定会想到什么，"他说，"你会的。"

她一时间没有回答，他觉得这代表对话结束了。他的思绪开始徜徉，试图想象那种人生：他还在这具身体里，只是没有了简。甚至在他回到卢西塔尼亚之前，这种事就可能发生。如果真是如此，这次航行就是他人生中最可怕的错误。由于以光速航行，他跳过了三十年的现实时间，本该和简一起度过的三十年。等到那时，他也许能应对失去她的事实。现在就失去她，在仅仅与她相识的数周后就失去她……他明白这些泪水源于自怜，但他还是任由自己流泪。

"米罗。"她说。

"怎么？"他问。

"我要怎么思考从来没思考过的事？"

他一时间没能理解。

"米罗，我要怎么弄懂一件人类尚未得出合理结论，也没有留下记载的事？"

"你总是在思考各种事。"米罗说。

"我是在尝试理解某种不可理解的事，我是在尝试解答人类自己甚至从未想过提出的问题。"

"你做不到吗？"

"如果我没法产生独创性想法，是否就代表我无非是个不受控制的电脑程序而已？"

"见鬼，简，大多数人一辈子都没有任何独创性想法，"他轻声笑了笑，"这代表他们只是不受控制的地生猿猴吗？"

"你刚才在哭。"她说。

"是的。"

"你不觉得我能想到破局的办法，你觉得我会死。"

"我相信你能想到办法，真的，但这不能阻止我害怕。"

"害怕我会死。"

"害怕我会失去你。"

"失去我有那么可怕吗？"

"噢，天哪。"他低声说。

"你会思念我整整一个钟头吗？"她追问道，"一整天？一整年？"

她究竟想听他说什么？保证她离开以后会被他铭记？保证有人会怀念她？她为什么会质疑这种事？她还不了解他吗？

也许她已经够像人类了，所以只是需要听别人承诺她早就清楚的事。

"永远。"他说。

这下轮到她发笑了，俏皮的笑。"你活不了那么久。"她说。

"你怎么不早说？"他说。

这次她沉默下来，没有回话，而米罗独自陷入了沉思。

华伦蒂、雅各特和普利克特留在舰桥上，谈论刚才得知的事，试图断定可能的意义，以及可能发生的事。他们得出的唯一结论就是尽管未来尚不可知，但恐怕比他们最担心的情况好很多，又和他们最希望的情况相去甚远。世界向来就是这么运转的，不是吗？

"是啊，"普利克特说，"除了那些例外。"

这就是普利克特的风格。在教导学生之外，她寡言少语，每次开口也总是带着结束对话的目的。普利克特起身离开舰桥，朝她极其不舒服的床铺走去。就像以往那样，华伦蒂试图说服她回到另一艘飞船上。

"瓦沙姆和罗不会希望我待在他们房间里的。"普利克特说。

"他们一点儿也不介意。"

"华伦蒂，"雅各特说，"普利克特不想回那艘飞船是因为她不想错过任何消息。"

"噢。"华伦蒂说。

普利克特咧嘴笑了笑。"晚安。"

不久后，雅各特同样离开了舰桥。走的时候，他的手在华伦蒂肩上停留了片刻。"我很快就过去。"她说。在那一刻，她说这话是认真的，她本想立刻跟上他，但她却留在舰桥上思索和沉思，试图理解这个让所有人类已知的非人物种同时面临灭绝危险的宇宙。虫族女王、坡奇尼奥，现在又是简——作为物种现有的唯一个体，或许也是能够存在的唯一个体。智慧生物的数量堪称众多，但知道的人却寥寥无几，而且所有知情者都即将被扼杀。

至少安德最终会明白，这就是自然的规律，他也不需要像他始终以为的那样，为三千年前虫族的毁灭负责。屠异肯定已经嵌入了宇宙本身，即便对棋局中最强大的对手也毫不留情。

她怎么能不这么想呢？智慧物种又凭什么能免除曾经笼罩所有物种的灭绝威胁？

雅各特离开舰桥的至少一个小时以后，华伦蒂总算关闭终端，起身前往床铺，但她突发奇想地在离开前停下脚步，对空气开了口。"简？"她说，"简？"

没人回答。

她也没理由指望有人回答。在耳朵里佩戴珠宝的人是米罗，米罗和安德。她以为简能同时监控多少人？也许她最多只能应付两个。

也可能是两千个，或者两百万个。那个核心微粒网络里的幻影般存在的极限在何处，华伦蒂又怎么能知道呢？就算简听到了她的话，华伦蒂也没资格要求她回应。

华伦蒂在走廊里停下脚步，正好站在米罗的房门以及她和雅各特的房门之间。门板没有隔音，她能听到雅各特在房间里轻柔的鼾声。她还听到了另一个声音，米罗的呼吸声。他没睡着，也许在哭。她抚养三个孩子长大，不可能分辨不出那种杂乱而沉重的呼吸声。

他不是我的孩子，我不该多管闲事。

她悄无声息地推开房门，却将一束光线投向了床铺。米罗立刻不哭了，用红肿的眼睛看向她。

"你有什么事？"他说。

她走进房间，坐在他床铺边的地板上，他们的脸相隔只有几英寸。"你从来没为自己哭过，对吧？"她说。

"有过几次。"

"但今晚，你在为她哭泣。"

"为她，也为我自己。"

华伦蒂凑近身子，搂住了他，将他的脑袋靠向她的肩膀。

"不。"他说，但没有挣脱。没过多久，他的手臂笨拙地绕了过来，抱住了她。他停止了哭泣，但还是让她抱住了一两分钟。也许他得到了安慰，华伦蒂无从得知。

他平静下来，抽出身子躺回床上。"抱歉。"他说。

"不用客气。"她说。她回答的向来是别人真正想表达的意思，而非字面意思。

"别跟雅各特说。"他轻声说。

"没什么可说的，"她说，"我们好好谈了一场。"

她起身离开，关上了门。他是个好孩子，她喜欢听到他坦率承认自己在乎雅各特的看法，就算他今晚的泪水里有自怜的成分，可那重要吗？她也像这样流过几次泪。她提醒自己，悲伤几乎从来都是为了哀悼者自身的损失。

CHAPTER
05
卢西塔尼亚舰队

安德说，等来自星际议会的作战舰队抵达我们这里，他们就计划摧毁这个世界。

有意思。

你们不怕死？

他们抵达的时候，我们应该已经不在这儿了。

清照不再是那个会掩饰手掌流血的小女孩了。从证明通神者身份的那一刻起，她的人生就发生了变化。在随后的十年里，她接受了众神之声在人生里的位置，还有这一点赋予她的社会角色。她学会了接受特权和荣誉，接受那些原本献给众神的礼物。就像她父亲的教导那样，面对众神和人民加诸她的愈发沉重的负担，她没有装腔作势，反而更加谦逊。

她严肃对待职责，也在其中找到了乐趣。在过去十年里，她完成了严格而又令人振奋的学习。在其他孩子的陪伴下，她跑步、游泳、骑马、剑斗、棍斗、骨斗，肉体得到了塑造和训练。就像其他孩子那样，她的记忆里充斥着星球之间通用的斯塔克语，电脑输入时用的就是这种语言；还有古汉语，写在宣纸或是细沙上的漂亮表意文字，念诵时像在歌唱；以及新汉语，平实的口头语言，以常用文字写在普通纸张上或是泥土里。除了清照本人以外，没有人因为她比其他孩子迅速且轻松许多地学会所有语言而惊讶。

另一些老师会单独给她上课。她也是这么学习科学和历史、数学和音乐的。每个星期，她都会去父亲那里待上半天时间，把她学会的一切展示给他，也听他给出回应。他的夸奖会让她手舞足蹈地回到房间，他最微不足道的责备则会让她在课堂里花几小时追寻木纹，直到找回信心，回去继续学习。

她另一部分的学校生活就完全不为人知了。她亲眼见过父亲坚定地拖延对诸神的遵从，也知道当诸神要求净化仪式时，那种渴望、那种服从他们的需要无孔不入，让人无法拒绝，但父亲却以某种方式拒绝了，至少每次都拒绝很久，让他的仪式永远在私下进行。清照自己也渴望那样的力量，所以她开始练习拖延。当众神让她觉得自己污秽不堪时，当她的双眼开始寻找木纹，又或是双手仿佛脏到无法忍受时，她会等待，试图专注于眼下正在发生的事，尽量拖延遵从的时刻。

起先，将净化拖延整整一分钟就算胜利。在她的抵抗瓦解时，众神会惩罚她，强迫她以更加繁复和困难的方式进行仪式，但她不肯放弃。她是韩非子的女儿，不是吗？这些年来，她明白了父亲早已知晓的那件事：人们通常可以和那种饥渴共存几个钟头，并且加以抑制，就像将明亮的火焰封在透明玉石的盒子里。那是来自众神的一团危险而可怕的火焰，在她的心脏里熊熊燃烧。

随后，待到独自一人，她就能打开那只盒子，放出里面的火焰，但不是让它一次性狂涌而出，而是让火光逐渐且缓慢地充斥她的内心。她会低头追寻地板上的纹路，或者朝她神圣的净手盆弯下腰，平静而有条不紊地用浮石、碱水和芦荟擦拭双手。

就这样，她将众神的愤怒咆哮转换成了安静而规矩的敬奉仪式。只是偶尔，面对突然袭来的痛苦，她会失去控制，当着教师或者访客的面扑倒在地。她认为这些羞辱是众神在提醒她：他们对她的力量不可动摇，她平常之所以能控制自己，纯粹是因为他们想要找乐子。她满足于不完美的训练，说到底，想像她父亲那样完美自制也太狂妄了。他非比寻常的崇高来自众神对他的尊敬，所以他们不会要求他在外人面前承受羞辱，而她的表现不足以赢得这种荣誉。

最后，她的课程也包括每周一天帮助普通百姓的义工。当然了，既然是义工，就不是指每天在办公室和工厂里做的那种工作，而是指稻田里那种辛苦而繁重的活儿。道之星的每个男人、女人和孩子都必须进行这种劳作，在没过小腿的水里弯腰插秧和收割稻子，否则就会失去公民资格。"这就是我们敬奉祖先的方式。"她年纪还小时，父亲这么向她解释说，"我们要向他们证明，没有人的地位能高到免除劳作。"以义工的方式种下的稻米被视为神圣之物，会成为道观里的供品，在宗教节日食用。人们会用小碗盛满这种米，供奉给家庭的守护神。

清照十二岁那年的某天，气候异常炎热，她又急着完成某个研究项目的工作。"今天别让我去稻田了，"她对自己的教师说，"我在这儿的工作重要得多。"

那位教师鞠躬离开，但父亲很快就来到她的房间。他拿着一柄沉重的剑，高举过头，令她发出惊恐的尖叫：他是不是想杀了她，因为她说出了如此亵渎的话？但他没有伤害她。她怎么能想象他会做那种事？那柄剑最后落在她的电脑终端上，金属部件扭曲变形，塑料部件粉碎飞溅。这台机器彻底毁了。

父亲没有抬高嗓门，而是用最微弱的低语声说："首先是众神，其次是祖先，再次是人民，从次是统治者，最后才是自己。"

这是对道最清晰无误的表述。这就是这颗星球当初得以稳定的缘由。她忘记了，如果她忙到没法做义工，就已经偏离了道。

她不会再次忘记。她很快学会了热爱暴晒背脊的阳光。双腿和双手周围凉爽而浑浊的水，还有从淤泥里长出的稻秆，像手指那样与她的十指交缠。在稻田里满身烂泥，她却不会有污秽的感觉，因为她知道这些脏污是为了侍奉众神。

终于，在十六岁那年，她的学习结束了。她只需要证明自己能够胜任成年女子的工作——那项工作很困难，而且相当重要，只能委托给通神者。

她走进伟大的韩非子的房间，见到了他。就像她的房间那样，这里空间开阔，寝具很简朴，只有地板上的一张席子正中央有张桌子，上面放着一台电脑终端。她每次走进父亲的房间，都会看到悬浮在终端上方的某些东西：图表、三维模型、实时模拟，还有文字，最常见的就是文字。字母或者表意文字悬浮在空气或者模拟书页上，在父亲需要对比时前后左右地移动。

在清照的房间里，除了这些设施以外空无一物。由于父亲不会追寻木纹，他也不需要朴素到这种程度。即便如此，他的品位也很朴素。地上铺着一小块地毯，绝大多数情况下上面都没什么装饰图案。一张矮桌上放着一尊塑像，墙壁光秃秃的，只挂着一幅画。也因为房间太大了，所有物件几乎给人无法捉摸的感觉，就像从极远处传来的微弱哭喊声。

房间传达给访客的信息很明确：韩非子选择简约。对纯粹的灵魂来说，这里的物件足够了。

然而，传达给清照的信息却截然不同，因为她知道外人都看不出的事实：地毯、桌子、塑像和绘画都是每天更换的，而且她有生以来就没认出过哪怕一件重复的。所以她学到的课程是这样的：纯粹的灵魂永远不能对某个事物产生依恋，必须每天让自己接触全新的事物。

因为这次是正式场合，她没有像平时那样走过去，站到正在工作的他身后，察看显示屏上的内容，试图猜测他在做的事。这一次，她来到房间中央，跪在朴素的地毯上。地毯今天是知更鸟蛋的颜色，一角有块小小的污渍。她低垂双目，甚至没看那块污渍，直到父亲站起身，走到她面前。

"韩清照，"他说，"让我看看我女儿脸上的日出景色吧。"

她抬起头来，看着他，露出微笑。

他回以笑容。"我要交给你的差事可不轻松，就算对经验丰富的成年人也是。"

清照低下了头。她料到父亲会为她安排严峻的挑战，也愿意遵从他的意志。

"看着我，我的清照。"父亲说。

她抬起头来，对上他的双眼。

"这次不是学校分配的工作，而是现实世界的差事，是星际议会交给我的，国家、民众和世界的命运或许就维系于此。"

清照本来就很紧张，现在父亲吓坏她了。"那您就该把这件差事交给值得信任的人，而不是没有经验的孩子。"

"你早就不是孩子了，清照。你准备好听取任务了吗？"

"是的，父亲。"

"你对卢西塔尼亚舰队了解多少？"

"您希望我说出所知的一切吗？"

"我希望你说出你认为重要的一切。"

所以这是某种测试，可以检验她在面对特定问题时，在知识储备中去芜存菁的能力。

"舰队接受的命令是镇压卢西塔尼亚的一座叛变殖民地，那里的人肆无忌惮地违反了关于不干涉唯一已知外星物种的法律。"

这样够了吗？不，父亲还在等。

"这件事从一开始就有争议，"她说，"有个名叫'德摩斯梯尼'的人创作的文章引发了不少麻烦。"

"具体什么样的麻烦？"

"对殖民星球，德摩斯梯尼警告说卢西塔尼亚舰队是个危险的先例，星际议会动用武力来强迫他们服从只是时间问题；对各处的天主教星球和天主教团体，德摩斯梯尼指控议会试图惩罚卢西塔尼亚星的主教，因为他派出传教士，想让坡奇尼奥的灵魂免受地狱之苦；对科学家，德摩斯梯尼提醒他们，独立研究原则已经危如累卵，整颗星球将要遭受军队攻击，而且只是因为比起许多光年之外的官僚们的判断，他们竟敢更信任在现场的科学家；对所有人，德摩斯梯尼声称卢西塔尼亚舰队携带了分子瓦解设备。这当然是个显而易见的谎言，但有些人相信了。"

"这些文章的影响力有多大？"父亲问。

"我不清楚。"

"影响力非常大。"父亲说，"十五年前，最早那批发送到殖民地的文章效果出众，几乎引发了叛乱。"

殖民地在十五年前差点儿发生叛乱？类似的事件清照只知道那么一个，但她从没想过会和德摩斯梯尼的文章有关。她脸红了。"就是制定《殖民地宪章》的时候，您的第一份伟大条约。"

"那份条约可不是我的，"韩非子说，"它属于议会和殖民地双方。因为它，一场可怕的冲突得以避免，卢西塔尼亚舰队也得以继续它的伟大使命。"

"条约里的每个字都是您写的，父亲。"

"我只是个书记员，我所做的只是表达出本就存在于双方心中的意愿和渴望。"

清照垂下了头，就像所有人那样知晓真相。这是韩非子伟大的开始，因为他不仅起草了条约，还说服双方在几乎没有改动的情况下接受。从那以后，韩非子就成了议会最受信任的顾问之一，每天都会收到来自每颗星球的伟大人物的口信。如果他完成了如此伟大的工作，却声称自己只是个书记员，那只可能是因为他是个极其谦逊的人。清照同样知道，在他完成那些工作的时候，母亲已经时日无多。她的父亲就是这样一个人，既不会忽视妻子，又不会忽视职责。他无法拯救母亲的生命，但可以拯救原本会消失在战火中的生命。

"清照，为什么你说舰队携带设备医生是个显而易见的谎言？"

"因为……因为这太过骇人听闻了，就像异族屠灭者安德那样，摧毁整个星球，这样的力量没有权利或者理由存在于宇宙中。"

"这是谁教给你的？"

"是体面教给我的。"清照说，"众神创造了恒星和所有行星，人类有什么资格去毁灭它们？"

"但众神同样创造了自然法则，让星球有可能被摧毁，人类有什么资格拒绝众神赐予之物？"

清照在震惊中沉默下来。她从没听过父亲用言语支持战争，无论是哪个方面——他痛恨一切形式的战争。

"我再问一遍，是谁告诉你，这样强大的力量没有权利或者理由存在于宇宙中的？"

"这是我自己的想法。"

"但那句话显然是引用。"

"是的。来自德摩斯梯尼。但如果我相信某个概念，它就属于我自己了，这是您教我的。"

"在相信任何概念之前，你必须确保自己理解它会导致的全部后果。"

"'小大夫'绝对不能用在卢西塔尼亚，因此它不应当被舰队带去。"

韩非子严肃地点点头。"你怎么知道绝对不能用的？"

"因为它会摧毁坡奇尼奥，那是一个年轻而美好的物种，渴望作为有知觉物种实现他们的潜力。"

"又一句引用。"

"父亲，您读过《"人类"的一生》吗？"

"读过。"

"那您怎么会质疑坡奇尼奥必须得到保护的事实？"

"我说我读过《"人类"的一生》，没说我相信。"

"您不相信？"

"我既没有相信，也没有不信。这本书首先出现在卢西塔尼亚的安塞波被毁之后，也许不是那颗星球创作的。如果不是，那它就是虚构的。这种可能性似乎很高，因为它的署名是'死者代言人'，和那本《虫族女王传》和《霸主传》的署名相同，而后者有几千年历史了，显然有人试图利用民众对那些古代著作的崇敬。"

"我相信《"人类"的一生》是真实的。"

"这是你的权利，清照，可你为什么会相信？"

因为她读的时候感觉很真实。她能这么对父亲说吗？是的，她可以畅所欲言。"因为我读的时候，感觉它一定是真实的。"

"我懂了。"

"现在您知道我很愚蠢了。"

"恰恰相反。我知道你很聪明。当你听到真实故事的时候，一部分的你会不顾叙事技巧、不顾证据地给予回应。就算讲述的方式粗陋，如果你热爱真实，就还是会喜爱那个故事。就算它是再明显的捏造，你也会相信其中存在的真实，因为你无法否认真实，无论它的打扮有多么破烂。"

"那您为什么会不相信《"人类"的一生》？"

"是我没说清楚。我们对'真实'和'相信'的定义不太一样。你之所以相信故事是真实的，是因为你内心深处的真实感做出了回应，但那种真实感不会回应故事的实在性，和它是否在字面意义上描绘了现实世界里的现实事件无关。你内在的真实感回应的是故事的因果性：它是否如实展示了宇宙运作的方式，还有众神将意志施加于人类身上的方式。"

清照思考了仅仅片刻就点头表示理解："所以《"人类"的一生》也许在普遍意义上是真实的，又在特定意义上是虚假的。"

"是的。"韩非子说，"你可以阅读那本书，从中获取庞大的智慧，因为它是真实的，但那本书真的精准描绘了坡奇尼奥吗？那些描写难以置信：类哺乳物种在死去时转变为树木？作为诗歌很美好，作为科学却很荒唐。"

"可您能说这不可能吗，父亲？"

"是啊，我不能确定。大自然做过许多古怪的事，《"人类"的一生》的确有可能是完全真实的，因此我既没有相信，也没有不相信。我选择搁置这个问题，等待着。但在等待期间，我不认为议会面对卢西塔尼亚的时候，会觉得上面住着《"人类"的一生》里面那种充满幻想的生物。在我们看来，坡奇尼奥也许对我们有致命的威胁，他们是异种。"

"是异族。"

"在故事里是。但无论异族还是异种，我们都不知道它们真实的模样。舰队带上'小大夫'是因为可能要用它将人类从难以言表的危险中拯救出来。是否应当使用不由我们决定，而是由议会决定。是否应当派出舰队也不由我们决定，是议会派去的。至于它是否应当存在，当然也不由我们决定，众神早已裁定这种事物是有可能也有资格存在的。"

"所以德摩斯梯尼是对的，舰队带上了设备医生。"

"是的。"

"还有德摩斯梯尼公开的那些政府文件也是真实的。"

"是的。"

"可父亲，您和很多人一起声称它们是伪造的。"

"正如众神只会和少数获选者对话，统治者的秘密也应当局限于能够正确运用知识的那些人之间。德摩斯梯尼将强有力的秘密交给了那些无法明智运用的人，所以为了那些人好，这些秘密必须收回。想要收回秘密，唯一已知的方法就是用谎言来替换。这么一来，关于真相的知识就能变回属于你的秘密。"

"您这是在告诉我，德摩斯梯尼不是骗子，议会才是？"

"我是在告诉你，德摩斯梯尼是众神之敌。聪明的统治者在派出卢西塔尼亚舰队时，不可能不把应对所有情况的手段交给他们。但德摩斯梯尼运用舰队携带'小大夫'的这份知识，试图强迫议会撤回舰队，想要借此从那些众神任命的人类统治者手里夺走权力。如果人民拒绝众神任命的统治者，后果会如何？"

"混乱和痛苦。"清照说。历史上的许多时代都充斥着混乱和痛苦，直到众神派出强有力的统治者和制度来维持秩序。

"所以，德摩斯梯尼关于'小大夫'的说法是真实的。你觉得众神之敌就不可能说实话吗？我倒希望是这样。这么一来，要分辨他们就容易多了。"

"如果我们在侍奉众神的时候都能说谎，还有什么罪行是我们无法犯下的？"

"罪行是什么？"

"违抗法律的行为。"

"什么法律？"

"我懂了，议会制定法律，所以法律就是议会发表的言论。但议会又由男人和女人组成，他们会做好事，也会做坏事。"

"你接近真相了。我们不能在为议会服务时作恶，因为议会能制定法律。但如果议会成为邪恶本身，那么服从他们也许就同样是在作恶。这是良知的问题。然而，如果发生那种事，议会就必将失去天命。而我们通神者和其他人不同，不需要等待和思索天命的归属。如果议会失去众神的青睐，我们会立刻知晓。"

"所以您为议会撒谎，是因为议会有天命加身。"

"我也由此知道，帮他们守住秘密是众神出于人民福祉的考虑。"

清照从未以这种方式看待过议会。她学过的所有历史课本都将议会描绘为人类的伟大统一者。按照课本所说，他们的一举一动都是高尚的。但现在她明白了，议会的某些行为也许看起来并不善良，但也未必是恶行。"那我就必须向众神询问，议会的意志是否也是他们的意志。"她说。

"你会这么做吗？"韩非子问，"只要议会有天命护佑，即使他们的意志看起来是错误的，你也会遵从吗？"

"您是在要求我起誓吗？"

"是的。"

"那么好的，我会遵从议会，只要他们仍有天命护佑。"

"我必须让你亲口说出这句誓言，这样才能满足议会的安全要求，"他说，"否则我无法将这份差事交给你。"他清了清嗓子，又说，"不过现在，我要求你再发一次誓。"

"如果能做到的话，我会的。"

"这份誓言来自……源于大爱。韩清照，你是否愿意一生侍奉众神，无论发生什么，无论用怎样的方式？"

"噢，父亲，我们不需要发这种誓。众神已经选择了我，又用他们的声音指引我，不是吗？"

"但我还是要求你发誓。"

"无论发生什么，无论以何种方式，我都会永远侍奉众神。"

令她惊讶的是，父亲跪在她面前，握住她的双手，泪水顺着他的脸颊流下。"你让我的心灵摆脱了最沉重又始终存在的负担。"

"为什么，父亲？"

"在你母亲过世前，她要求我立誓。她说，因为她的全部品质都是经由对众神的奉献展现的，如果我想帮助你了解她，唯一的方法就是教导你同样侍奉众神。我这辈子都在担心自己可能失败，担心你会远离众神，担心你也许会憎恨他们，又或者没有资格听取他们的声音。"

这句话刺痛了清照的心。她一直在意自己在众神面前的卑微，在意自己在他们眼中的肮脏，就算他们没有要求她追寻木纹的时候，她也有这种感觉。只是现在，她知道了自己可能失去的东西：母亲对她的爱。

"我的担心现在烟消云散了。你的确是我完美的女儿，我的清照，你出色地侍奉了众神。现在有了你的誓言，我能肯定你会永远继续下去，这会为你母亲在天上的居所带来巨大的欢欣。"

会吗？到了天上，他们就会知晓我的软弱。您，父亲，您只觉得我没有让众神失望。母亲肯定知道我有多少次接近失败，也知道我在众神眼中始终显得多么肮脏。

但他看起来那么快乐，让她不敢表露自己的担忧：她害怕所有人见证她的卑微的那一天，于是她拥抱了他。

但她还是忍不住问他："父亲，您真觉得母亲能听到我的誓言吗？"

"希望可以。"韩非子说，"如果她听不到，众神肯定会保存那段回音，把它放进海螺，让她只要放到耳边就能听到。"

这是他们在她小时候玩过的游戏：用天马行空的方式讲故事。清照把担忧放到一边，迅速想到了回答："不，众神会把我们拥抱的触感保存下来，织成围巾，让她在天上的冬日到来时披在肩上。"她还是松了口气，因为父亲没有回答"是的"，只是希望母亲能听到她的誓言。也许母亲听不到，这么一来，等她的女儿失败时，她就不会那么失望了。

父亲吻了她，站起身。"你应该准备好听取差事的内容了。"他说。

他抓住她的手，牵着她来到桌边。他坐进椅子的时候，她站在一旁，并不比他坐着高多少。也许她的身高还有成长的空间，但她希望自己不会长高太多。她不想变成田地里那些高大魁梧、背负重物的女子。当老鼠也比当猪好，这是穆婆在多年前告诉她的。

父亲在显示屏上调出一张星图，她立刻认出了那个地区。星图的中央是卢西塔尼亚恒星系统，只是比例尺太小，根本看不到单独的行星。"中央是卢西塔尼亚星。"她说。

父亲点点头，又输入了几条命令。"现在看好，"他说，"不是看显示屏，看我的手指。这些，再加上你的语音确认，就是允许你接触到所需信息的密码。"

她看着他输入 wuzhou，立刻明白了密码参考的对象。她母亲的心灵祖先是武曌，唐太宗的妃子、唐高宗的皇后。武曌建立了大周，但随后被迫退位，后人对当时国号的称呼就是"武周"。清照的母亲的确是过去那个伟大女子的心灵后裔，而现在，每次输入访问码，清照都可以向她母亲的心灵祖先表达敬意。

显示屏上出现了许多绿色光点，她没有多想，立刻数了起来：一共十九个，聚集在离卢西塔尼亚稍远的地方，但又从大多数方向包围了它。

"这就是卢西塔尼亚舰队？"

"这是它们五个月前的位置。"他再次输入，绿色光点全部消失了，"这是它们今天的位置。"

她看了过去，找不到任何绿点，但父亲显然指望她看到什么。"他们已经抵达卢西塔尼亚了吗？"

"飞船曾经就在你看到的位置。"父亲说，"五个月前，舰队消失了。"

"它们去了哪儿？"

"没人知道。"

"发生了兵变吗？"

"没人知道。"

"整支舰队都是？"

"每艘飞船都是。"

"您说它们消失了，具体是什么意思？"

父亲看着她，露出微笑。"做得好，清照，你问对了问题。没人看到过舰队，它们都在深空，所以它们不是从物理层面消失的。据我们所知，它们还在移动，还在航线上。它们的消失，只代表我们失去了和它们的一切联络。"

"安塞波呢？"

"静默了，全都发生在那三分钟里。信号传输从来不会中断，一段信号结束，下一段就该到来，但它没有来。"

"所有飞船和所有行星安塞波的联系也停止了？这不可能。就算发生爆炸，就算能有那么大规模的爆炸，也不可能只有一次，因为它们在卢西塔尼亚周围分布得太广泛了。”

“噢，可能性是有的，清照，假设你能想象那种灾难性的事件——可能是卢西塔尼亚的恒星变成了超新星。即使最靠近的星球看到那种闪光，也要过上几十年。麻烦在于，这会是有史以来可能性最低的一次超新星爆炸，并非不可能，但可能性很低。”

“事先应该有一些迹象，比如恒星状况的某种变化，飞船的仪器什么都没探测到吗？”

“没有，所以我们觉得那不是已知的天文现象。科学家想不到任何解释，所以我们尝试以有人蓄意破坏为前提去调查，寻找安塞波电脑受到渗透的迹象，还把每艘飞船的人员档案翻了个遍，寻找船员可能参与密谋的迹象。我们对每艘飞船的每次通信都进行了密码分析，寻找密谋者之间传递的口信。军队和政府分析了他们能想到的一切，每颗行星上的警方都进行了调查，我们核查了所有安塞波操作员的背景。”

“就算没有送出信息，安塞波的联系也还在吗？”

“你认为呢？”

清照涨红了脸。“当然在，就算有人用设备医生来对付舰队也一样，因为安塞波是通过亚原子粒子连接的。就算整艘飞船都被炸成了粉末，联系也依旧存在。”

“别不好意思，清照。智者之所以是智者，不是因为他们从不犯错。他们之所以是智者，是因为他们只要察觉错误，就会加以改正。”

然而，清照脸红是出于另一个理由。她热血上涌，是因为总算明白了父亲安排给她的任务会是什么。但这不可能，他不可能把数以千计更有智慧、辈分也更高的人都没能办到的差事交给她。

“父亲，”她低声说，“我的差事是什么？”她仍然希望那只是和舰队消失有关的某个次要问题，但甚至没等他开口，她也明白自己的希望不可能成真。

“你必须找出舰队消失的所有可能的解释，”他说，“并且计算出每一种解释的可能性。必须让星际议会知道发生了什么，再确保这种情况不会重演。"

"可父亲，"清照说，"我才十六岁，比我聪明的人有很多，不是吗？"

"也许他们都太聪明了，不愿意尝试这件差事。"他说，"但你足够年轻，不会幻想自己聪明。你也足够年轻，能想到难以置信的情况，再查清为何有这种可能。最重要的是，众神对你说的话格外清晰，我出色的孩子，我的灿烂光辉。"

这正是她所害怕的。父亲指望她成功，是因为众神对她的青睐。他不明白众神觉得她有多没用，又有多厌恶她。

这么一来，问题又多了一个。"如果我成功了呢？如果我发现了卢西塔尼亚舰队的位置，恢复了通信呢？如果舰队摧毁那颗星球，一切不就成了我的过错吗？"

"你首先想到的是对卢西塔尼亚人民的同情，这样很好。我向你保证，星际议会承诺过不使用设备医生，除非别无选择，但那种情况可能性太低，我不认为会发生。但就算真的发生了，做出决定的也是议会。正如我的心灵祖先所说：'智者的惩罚也许很轻，但并非出于同情；他惩治的手段或许很重，但不是因为残忍；他所做的只是顺应当时的惯例而已。状况会随年代改变，惩罚的方式也要随状况改变。'[1]可以确定的是，星际议会对待卢西塔尼亚星的方式无关善心或残忍，而是全人类的福祉，所以我们才会为议会的领导层服务——他们为人民服务，人民为祖先服务，而祖先又为众神服务。"

"父亲，我的质疑证明了自己的卑微。"清照说。她感受到了自己的肮脏，而非只是在心中知晓。她需要洗手，她需要追寻木纹，

1　出自《韩非子·五蠹》：故罚薄不为慈，诛严不为戾，称俗而行也。故事因于世，而备适于事。

但她忍住了，她可以等。

　　无论我做什么，她心想，都会有可怕的后果。如果我失败，那父亲就会失去议会乃至整颗道之星的尊敬。这会向许多人证明，父亲没有在去世后被选为道之神的资格。

　　可如果我成功了，也许就会导致异族屠灭。就算选择是由议会做出的，我心里也很清楚，是我为这种发展铺平了道路，责任有我的一份。无论做什么，我都会被失败笼罩，沾上无能的污点。

　　父亲对她开了口，仿佛是众神向他展示了她的心声。"是的，你很卑微，"他说，"此时此刻，你所想的也是自己的卑微。"

　　清照涨红了脸，羞愧地低下头，不是因为她的想法在父亲眼里一清二楚，而是因为她产生了那种不服管教的念头。

　　父亲轻轻碰了碰她的肩膀。"但我相信众神会赋予你价值。"父亲说，"星际议会拥有天命，但你同样选择了走自己的路。你可以完成这项伟大的工作，你愿意尝试吗？"

　　"我会的。"我会失败，但没人会吃惊，至少诸位神灵都不会，因为他们清楚我毫无价值。

　　"只要念出名字，再输入密码，你就可以随意搜索所有相关的资料库。如果你需要帮助，告诉我就好。"

　　她带着尊严离开，又强迫自己缓缓爬上楼梯，前去自己的房间。等到关上房门，她才双膝跪地，开始爬行。她追寻木纹，直到几乎看不见东西。她的卑微感格外强烈，让她在仪式后还是感觉不够干净。她去了实验室擦洗双手，直到得知众神满意为止。在此期间，仆人们两度以饭食或者口信来打扰她（她两者都不在乎），但看到她在和众神交流的时候，他们便躬身行礼，悄然离开。

　　但最终让她恢复洁净的并非洗手，而是她将残存的那丝不确定赶出心灵的那一刻：星际议会拥有天命。她必须消除自己的全部疑虑。无论他们打算用卢西塔尼亚舰队做什么，众神的意志都无疑会得到履行，因此她的职责就是帮助他们履行。如果她真的在遵循众神的意志，他们就会为她开辟道路，让她解决摆在面前的问题。无论何时，只要她的想法走入歧途，只要德摩斯梯尼的话语回到她的脑海，她就会想起自己应当遵循天命加身的领袖们，从而抹去那些念头。

等她的头脑恢复平静时，她的手掌已经擦破，斑驳的血珠从皮肤下层渗向表面。这就是我对"真相浮现"这个说法的理解，她告诉自己，如果我洗去足够多的凡俗念头，众神的真相就会浮现在光明里。

她终于恢复了干净。天色已晚，她双眼疲倦，但仍旧坐在终端前，开始工作。"显示目前为止与卢西塔尼亚舰队消失有关的全部调查的总结，"她说，"从最新的那份开始。"几乎同时，文字开始出现在终端上方的空气里，书页排成队列，就像向前行军的士兵。她会读完一页，然后将它拨开，后面的那一页就会移动到前方，供她阅读。她读了七个小时，直到再也读不下去，接着她在终端面前睡着了。

简观察一切。她能做上百万件工作，同时关注上千件事。这些能力并非无穷无尽，但又比人类可悲的分心二用能力强大许多。然而，她的确会受到人类所没有的感官限制——确切地说，人类就是她最大的限制。她看不到也无法知晓没有作为数据输入电脑（接入巨大的星际互联网络的电脑）的一切事物。

限制也许比想象的要小。她几乎能瞬间接入人类宇宙的每艘飞船、每颗卫星、每套交通管制系统，以及几乎所有电子监控间谍设备的原始输入端。但这也代表她几乎无法见证情人间的口角、睡前的故事、课堂上的争吵、餐桌边的闲聊，或者暗自洒落的苦涩泪水。她只知道我们以数字信息呈现的生活的方方面面。

如果你问她定居星球的人类的确切数量，她会迅速根据人口普查数据外加所有人口群体的出生与死亡率得出一个数字。大多数情况下，她也能给出和对应数字同样多的名字，虽然没有哪个人类的寿命足够读完那份清单。如果你拿自己碰巧想到的一个名字（比方说，韩清照）去问简："这个人是谁？"她几乎会瞬间给出重要数据：出生日期、公民身份、父母身份、最近一次医疗检查的身高和体重、在学校的成绩。

但那些都是不必要信息，对她而言是背景噪声。她知道那些数据，但它们毫无意义。问她韩清照的事就像问她远处一朵云里的水蒸气的某个特定分子。那个分子当然存在，但它与附近那上百万个分子没有任何突出的区别。

的确如此，直到韩清照开始用电脑访问与卢西塔尼亚舰队的消失相关的所有报告为止，于是清照的名字在简的注意力里提高了许多个层级。简开始记录清照用她的电脑所做的一切。简也很快明白，韩清照，尽管年方十六，却依然会给她带来棘手的麻烦。因为韩清照与任何官僚体系都没有关联，不会在意识形态上钻牛角尖，也没有既得利益要保护，在查阅所有人类机构收集的那些信息时，视角更加宽广，也因此更加危险。

为何会有危险？简留下了清照能发现的线索吗？

不，当然没有。简没有留下任何线索。她考虑过刻意留下一些，好让舰队的消失像是阴谋破坏，或者机械故障，又或者自然灾害。但她最后放弃了，因为她没法制造真正存在的线索。她能做的只有在电脑里留下误导性数据，这些数据在现实世界里没有实际对应，因此任何有点儿脑子的调查者都会迅速发现它们都是伪造的。这么一来，调查者就会得出结论：导致舰队消失的那个机构能以难以想象的手段访问留有伪造数据的电脑。与不留任何证据相比，这样只会让人们更快发现她的存在。

不留线索毫无疑问是最佳方案，在韩清照开始调查之前，效果也非常出色。每个调查机构只会注意他们平常就关注的地方。很多星球上的警方会调查所有已知的异议团体（在某些星球上，他们会拷打各种异议分子，直到他们做出无用的坦白，审问者随后会填写最终报告，宣布结案）；军方会寻找敌对势力存在的证据，尤其是外星飞船，因为军方对三千年前的虫族入侵记忆犹新；科学家会寻找某种出乎意料且无法观测的天文现象的迹象，从而解释舰队为何毁灭，又或是安塞波通信为何发生选择性故障；政治家会寻找除自己以外可以指责的对象。没人想到简的存在，也因此没人找到她。

但韩清照汇聚了所有信息，谨慎而有条不紊地进行精准的数据搜索。她会无可避免地发现证据，最终证明并终结简的存在。所谓证据，简而言之就是没有证据。先前没有人发现这点，因为没有人以公正且有条理的方式进行调查。

简不可能料到的是清照几乎不似人类的耐心、她对细节一丝不苟的关注，以及她在搜索时的不断重新措辞和重编程序，而一切的后果是花费大量时间在地板上弯腰跪坐，仔细追寻木板上的纹路，从一端到另一端，从房间的一侧到另一侧。简不可能猜到，正是众神的伟大教诲让清照成了她最可怕的敌人。简只知道要不了多久，这个名叫清照的调查者就会察觉没有人能真正察觉的事：关于舰队的消失，所有可能的解释都已被彻底排除。

到了那时，剩下的结论就只有一个：那是某个人类有史以来从未遭遇过的势力所为，它要么有能力让那支舰队散落于各处的飞船同时消失，要么有能力让舰队的安塞波同时停止运作，但后者的可能性同样很低。如果她条理清晰的头脑随后列出可能拥有这种力量的势力，最终必然会点出那个正确的名字：某个独立实体，栖身于联系所有安塞波的核心微粒射线之间——不，应该说是由这些射线构成。因为这种观点是正确的，所以无论多少次逻辑审查和研究都无法排除其可能性。最后，这个观点会显得独一无二。到了那时，肯定会有人根据清照的发现展开行动，着手抹消简。

所以简才会愈发入迷地关注清照——韩非子十六岁大的女儿，体重三十九千克，身高一百六十厘米，在信奉道教的汉文化星球

"道之星"上身处最高的社会与智力阶层，也是简迄今为止见过的人类里头一个在彻底与精准方面接近电脑以及简自己的人。虽然简在一个钟头里进行的调查，清照需要数周甚至数月才能完成，但可怕的事实在于，清照的调查与简的选择几乎一样。因此在简看来，清照无疑会得出和自己一样的结论。

因此清照就是简最危险的敌人，简却没有阻止她的能力，至少没有物理方面的手段。阻止清照访问情报只可能导致她更快得知简的存在，所以比起公开对抗，简选择寻找阻止敌人的另一种手段。她并不理解所有的人性，但安德教过她这一点：想要阻止一个人类去做某件事，就必须想方设法让对方打消那种念头。

CHAPTER

异种

你们为什么能直接和安德的头脑对话？

因为我们知道他在哪儿，这就像进食一样自然。

你们是怎么找到他的？我从来没和别人的头脑对话过，除非对方已经进入第三人生。

我们能通过安塞波还有与安塞波相连的电子设备找到他，也就是找到他的身体在太空中的位置。为了接触他的头脑，我们被迫探入混沌，构建了一座桥梁。

桥梁？

一种过渡用实体，一部分代表他的头脑，一部分代表我们的。

如果你们能接触他的头脑，为什么当初不阻止他摧毁你们？

人类的大脑是很奇怪的。没等我们理解在那里的发现、没等我们学会对那个扭曲的空间说话，我的全部姐妹和母亲就不复存在了。在茧中等待的那些年里，我们继续研究他的心灵，直到他找到我们。等他到来的时候，我们已经能直接和他对话了。

你们构建的桥梁怎么样了？

我们从来没想过这件事，也许它还存在于某个地方。

新品种的土豆即将死去。安德能看到叶片上泄露天机的棕色圆环，还有那些断裂的植株：茎部变得格外脆弱，就连最微弱的风都能将其压弯，直到折断。今天早上，它们还很健康。疾病的发作如此突然，破坏性又如此强大，罪魁祸首只可能是德斯科拉达病毒。

埃拉和娜温妮阿会失望的，她们对这个品种的土豆满怀期待。安德的继女埃拉正在研究一种基因，其作用是让生物体内的每个细胞产生三种已知可以抑制或杀死德斯科拉达病毒的化学物质；安德的妻子娜温妮阿则在研究另一种基因，其作用是防止细胞核被任何大于德斯科拉达病毒十分之一尺寸的分子渗透。在这个品种的土豆里，她们拼接了两种基因，等到早期测试显示两种特性都固定下来后，安德将种子带去了实验农场种植。他和助手们培养了整整六个星期，一切看起来都很顺利。

如果这种手法有效，它就可以应用在所有为卢西塔尼亚的人类提供食物的作物和动物上。但德斯科拉达病毒实在太聪明了，最终看穿了他们的所有计谋。但六个星期也好过正常的两三天，也许他们走的路是对的。

又或许，事态已经到了无可挽回的地步。安德刚刚来到卢西塔尼亚时，新品种的地球裔作物与动物可以在田地里支撑二十年，然后德斯科拉达病毒才会破译它们的基因分子，让它们分崩离析。但近年来，德斯科拉达病毒显然取得了重大突破，只用几天甚至几小时，就能破译来自地球的基因分子。

现如今，人类殖民者能够种植作物和饲养动物依靠的是一种能够立刻杀死德斯科拉达病毒的喷剂。有些人类殖民者希望对整颗行星使用这种喷剂，永远消灭德斯科拉达病毒。

对整颗行星喷雾很不现实，但并非不可能，之所以否决这个选项是有另一些理由：所有形式的原生生命的繁殖都彻底依赖德斯科拉达病毒，其中包括猪仔，也就是坡奇尼奥，这颗星球的智慧原生生命，他们的生殖周期与本星球唯一存在的那种树木存在密不可分的关系。如果德斯科拉达病毒被摧毁，这一代坡奇尼奥就会成为最后一代，这就代表屠异。

到目前为止，人类村子米拉格雷的大多数居民都能不假思索地否决任何会导致猪仔灭绝的行为，但只是到目前为止。安德知道，如果另外几个事实广为人知，很多人的想法就会改变，比如：只有少数人知道德斯科拉达病毒已经两度适应了他们的化学制品。埃拉和娜温妮阿开发了好几种新版本的化学制品，等到德斯科拉达下次适应某种杀病毒剂的时候，她们就能立刻切换到另一种。同样地，她们还被迫更换了一次德斯科拉达抑制剂，后者的作用是阻止殖民地所有人类体内都存在的德斯科拉达病毒杀死宿主。这种抑制剂会添加在殖民地的所有食物里，确保每个人类的每一餐都能摄取。

然而，那些抑制剂和杀病毒剂的基本原理是相同的。总有一天，就像德斯科拉达病毒学会适应地球裔的常见基因那样，它也将学会应对每一种化学药物。那样的话，他们有多少种新版本就都无关紧要了，德斯科拉达会在几天之内耗尽他们的资源。

只有少数人知道米拉格雷的现状有多么岌岌可危，只有少数人明白埃拉和娜温妮阿作为卢西塔尼亚外星生物学家的工作有多么事关重大，她们与德斯科拉达的比赛有多么势均力敌，而她们的落后又会带来多么毁灭性的后果。

幸好如此。如果那些殖民者真的知道，肯定会有很多人表示：如果德斯科拉达将我们击垮的那天无可避免，那我们就立刻消灭它吧。如果所有猪仔都因此死去，我们很抱歉，但如果要在我们和他们之间选择，我们会选自己。

安德当然可以从长远角度、从哲学的视角去审视，然后说：让一个小型人类殖民地消亡也好过抹消整个有知觉的种族。他清楚这种论点不会得到卢西塔尼亚上的人类的支持。他们自己还有他们儿女的生命正面临威胁，指望他们为并不理解甚至没几个人喜欢的种族而牺牲自己，那也太荒唐了。从遗传学的角度来看也不合情理——只有认真保护自身基因的生物才有进化的可能。就算让主教本人宣布说神希望卢西塔尼亚的人类为了猪仔放弃生命，愿意听从的人恐怕也屈指可数。

我也不确定自己能否做出这种牺牲，安德心想，即使我没有儿女，即使我亲身经历过一个有知觉种族的毁灭——即使那场毁灭的扳机由我扣下，我也知道自己会背负怎样可怕的道德重担。但我也不确定自己能坐视人类同胞死去，或是因为谷物被毁而死于饥荒，或是经历更痛苦的死法：死于卷土重来，能够在几天之内毁灭人类身躯的德斯科拉达。

可是……我能赞同坡奇尼奥的毁灭吗？我能允许另一次屠异发生吗？

他拾起一根断裂的土豆茎，上面连着那些斑驳的叶子。不用说，他得把这东西带给娜温妮阿。娜温妮阿或者埃拉会仔细检查它，确认再明显不过的事实：又一次失败。他把土豆茎放进一个无菌袋里。

"代言人。"

那是安德的助手种植者，也是他在猪仔之中最好的朋友。

种植者是名叫"人类"的坡奇尼奥的儿子，安德亲手将"人类"送入了第三人生，坡奇尼奥生命周期的第三阶段。安德拿起那只透明塑料袋，让种植者能看到里面的叶子。

"确实死透了，代言人。"种植者的语气听不出丝毫情绪，刚开始和坡奇尼奥共事时，这是最让人不安的，他们不会表现出人类那样可以轻松且习惯性解读的情绪。这也是大多数殖民地居民接受他们的最大障碍。猪仔既不漂亮也不讨人喜爱，单纯只是古怪而已。

"我们会再试一次。"安德说，"我想我们离成功更近了。"

"你的妻子需要你。"种植者说。"妻子"这个词，即使在翻译成斯塔克语这样的人类语言后，对坡奇尼奥而言仍旧令人紧张，没法自然地说出口，种植者几乎是尖声喊出那两个字的。但"妻子"这个概念对坡奇尼奥的影响力格外强大：他们能在和娜温妮阿当面对话时直呼她的名字，可是和娜温妮阿的丈夫说话时，他们只会称呼她的头衔。

"我正要去见她呢。"安德说，"能麻烦你测量和记录这些土豆吗？"

种植者一跃而起，安德觉得就像一颗爆米花。虽然在人类的眼里，他那张脸上毫无表情，那种笔直跳起的动作却暴露了他的喜悦。种植者喜欢摆弄电子设备，这既是因为机械让他着迷，也是因为这能大幅提高他在男性坡奇尼奥之中的声望。种植者立刻放下他从不离身的袋子，取出里面的相机和电脑。

"结束以后，麻烦你为这片隔离区做好闪燃的准备。"安德说。

"好的好的，"种植者说，"好的好的好的。"

安德叹了口气。如果人类向坡奇尼奥讲述后者已经知道的事，坡奇尼奥就会非常恼火。种植者当然知道德斯科拉达适应新作物时的正常流程：这种"受过教育"的病毒必须在隔离的情况下毁掉。没理由让整个德斯科拉达病毒群落都从这个病毒株的所学中获益，所以安德没必要提醒他的。但人类的责任感就是以这种方式满足的，甚至在明知不必要的情况下反复确认。

种植者忙碌起来，几乎没注意到安德离开田地。安德走进靠近城镇那一边的田地隔离棚，脱掉衣服，放进净化箱，然后跳起了净化之舞：高举双手，旋转双臂，身体转上一圈，蹲坐又站起，以免充斥棚内的辐射与气体遗漏身体的任何一部分。他用嘴巴和鼻子做了次深呼吸，然后像以往那样咳嗽起来，因为那种气体对人类只在勉强可以容忍的范围内。整整三分钟双眼灼痛，气喘吁吁，又从始至终挥舞双臂，蹲坐又站起：这是我们对全能的德斯科拉达的敬拜仪式，我们就是这样在这颗星球无可争辩的生命主宰面前羞辱自己的。

净化终于结束了。我被烤得恰到好处，他心想。等新鲜的空气终于涌入棚内，他从箱子里拿出还带着热度的衣物，重新穿上。等他离开隔离棚以后，那里会进行加热，直到每一处表面的温度都远远超过德斯科拉达病毒的耐热极限。在净化的最后一步，那座棚子里不会留下任何活物。等到下次有人进入棚子的时候，那里就会是彻底无菌的环境。

但安德忍不住觉得德斯科拉达病毒会找到逃脱的办法，就算没法穿过隔离棚，它们也能穿透仿佛隐形的堡垒墙壁那样围绕试验田的微瓦解屏障。按照官方说法，任何大于一百个原子的分子在穿过这道屏障时都会粉碎。屏障两侧的围栏能阻止人类和猪仔误入致命地带，但安德经常想象有人穿过瓦解屏障时的景象。由于核酸的破碎，身体里的每一个细胞都会立刻死去。也许身体可以在外观上维持完整，但在安德的想象里，他总是会看到那具身体在屏障的另一侧崩碎为尘埃，而且在落地前就会像烟雾那样被风卷走。

瓦解屏障最让安德不舒服的地方在于它是基于分子瓦解设备的原理制造的，它的设计目的是对抗飞船和导弹，而安德在三千年前指挥人类舰队时，正是用它毁掉了虫族的母星，星际议会送往卢西塔尼亚星的也正是这件武器。按照简的说法，星际议会已经尝试送出使用它的指令了。她封堵了指令，具体方式是切断舰队与全人类之间的通信，但未必不会有哪个过度焦虑的船长因为安塞波停止运作而陷入恐慌，于是在抵达卢西塔尼亚时动用那件武器。

说起来难以置信，但他们真的这么做了：议会发出了摧毁星球、进行屠异的指令。安德在《虫族女王传》里写下的文字都是徒劳吗？他们这么快就忘记了吗？

但这对他们来说不是"这么快"。对大多数人来说，那是三千年的岁月。安德写下了《"人类"的一生》，但它的内容尚未获得广泛的信任，人民对它的拥护尚不足以让议会不敢做出针对坡奇尼奥的举动。

他们为什么会做出这种决定？也许是出于和外星生物学家的瓦解屏障完全相同的目的：将危险的感染隔绝在外，以免它在更大范围内传播。议会担心的也许是如何抑制行星叛乱，但只要舰队抵达，无论有没有接到指令，他们都有可能用"小大夫"作为解决德斯科拉达问题的最终手段：如果没有卢西塔尼亚这颗行星，就不会有那种能够自我突变，在某种程度上拥有智慧，又渴望消灭全人类及其造物的病毒了。

从试验田前往外星生物学家的新工作站的这段路不算长。道路蜿蜒越过一座低矮的小丘，绕过那座为本部落的坡奇尼奥提供父亲、母亲与生者墓地的树林，然后再通往人类殖民地围栏的北部大门。

这座围栏令安德痛心。它已经没有了存在的理由，毕竟人类与坡奇尼奥间的"接触最小化原则"已被打破，两个种族都可以自由通过这扇门。安德刚到卢西塔尼亚时，这座围栏带有某种力场，会让所有触碰它的人承受酷刑般的痛楚。在努力争取与坡奇尼奥自由沟通权的过程中，安德最年长的继子米罗被那种力场困住了好几分钟，从而导致了不可逆的脑损伤。但在围栏对受困的人类灵魂的所作所为之中，米罗的经历只是最痛苦也最直接的表现而已。这座屏障在三十年前就已关闭。这段时间里，人类和坡奇尼奥没有了任何需要屏障的理由，但围栏却留了下来。卢西塔尼亚的人类殖民者想要保持这样，他们希望人类和坡奇尼奥的分界线原封不动。

所以外星生物学实验室才会从河边的原址搬走。如果坡奇尼奥要参与研究，实验室就必须靠近围栏以及外面的那些试验田，让人类和坡奇尼奥不会意外遭遇。

米罗出发去和华伦蒂碰面时，安德还觉得他回来以后会为卢西塔尼亚的剧变而惊讶，还觉得他会看到人类共同生活、两个种族和谐相处的景象，但米罗只会发现殖民地几乎毫无改变。卢西塔尼亚的人类并不渴望其他种族的近距离陪伴，而例外寥寥无几。

幸好安德是在远离米拉格雷的地方帮助虫族女王复兴虫族的。安德原本打算帮助虫族和人类逐渐认识彼此，但他和娜温妮阿（还有他们的家人）只能对虫族在卢西塔尼亚星上的存在守口如瓶。如果人类殖民者连类哺乳动物的坡奇尼奥都不想打交道，那么得知类似昆虫的虫族就几乎一定会引发严重的异族恐惧症。

我有太多秘密了，安德心想，这么多年来我都在担任死者代言人，发掘秘密，帮助人们面对真相之光。现在，我告诉别人的部分还不到一半，因为如果我讲述全部真相，只会带来恐惧、憎恨、暴行、谋杀和战争。

在离大门不远的外面矗立着两棵父亲树，一棵叫鲁特，另一棵叫"人类"。从大门这边看，鲁特在左手边，"人类"则在右手边。"人类"是个坡奇尼奥，曾要求安德在仪式中杀死他，以确保人类与坡奇尼奥的协议能够达成。然后"人类"在纤维素和叶绿素中重生，终于成了性成熟的成年男性，有了诞下子女的能力。

现在"人类"仍旧拥有崇高的声望，而且不只受到这个部落的猪仔尊敬，在许多别的部落里也是如此。安德知道他还活着，但看着那棵树，他根本无法忘记"人类"的死状。

安德可以毫不费力地将"人类"看作人，因为他和这棵父亲树说过许多次话，但他没法将这棵树视为他认识的那个叫"人类"的坡奇尼奥。安德也许从理智上可以理解，构成一个人身份的是意志与记忆，而意志和记忆又完好无损地由那个坡奇尼奥传递给了这棵父亲树，但理智上的理解并不总是代表发自内心的相信。"人类"现在显得那么陌生。

但他仍然是"人类"，也仍然是安德的朋友。安德在经过"人类"时碰了碰他的树皮，稍稍离开道路，走向那棵名叫鲁特的父亲树，同样触碰了他的树皮。他没见过身为坡奇尼奥的鲁特，因为鲁特死在其他坡奇尼奥的手中，早在安德抵达卢西塔尼亚星之前他的树就已经高大而繁茂了。因此安德对鲁特说话时，内心不会涌出失落感。

在鲁特的树下，那些树根之间放着许多细树枝，有些是别人拿过来的，有些是从鲁特自己的粗枝上落下的。这都是"说话枝"，坡奇尼奥用它们在父亲树的树干上敲打出韵律，父亲树则会不断重塑树干内部的空洞位置来改变声音，产生一种语速缓慢的语言。安德也会敲打那种韵律，虽然手法笨拙，但足够让那些树"说话"了。

但今天，安德不想对话。就让种植者告诉父亲树又一次实验以失败告终吧！安德可以回头再跟鲁特和"人类"说话。他要去和虫族女王谈谈，和简谈谈，也要和所有人谈谈，就算那些谈话结束距离解决令卢西塔尼亚的未来黯淡无光的那些问题也不会更进一步。因为现如今，问题的解决方法并不取决于谈话，而是取决于知识与行动——只有那些人知道的知识，只有那些人能做出的行动。安德没有只靠自己就能解决一切的方法。

他所能做的（从儿时的最后一仗结束后，他一直所做的）就是聆听和对话。在别的时候、别的地方，这样就足够了，但现在不行。各种各样的毁灭威胁正在笼罩卢西塔尼亚，其中一些还是安德亲手引发的。但到了现在，安德鲁·维京的任何行为、言语或是想法都无法解决哪怕一件。就像卢西塔尼亚的其余公民那样，他的未来握在那些人手中，安德和他们的区别只在于他知道所有的危险、所有失败或是错误的可能后果。哪一种人更不幸？是直到死亡的瞬间都一无所知的人，还是在几天、几周、几年的时间里亲眼看着自身的毁灭一步步靠近的人？

安德离开父亲树，沿着平坦的小路前往人类殖民地。他穿过大门，接着穿过外星生物实验室的门。埃拉最信任的坡奇尼奥助手（名叫"聋子"，但他的听力肯定没问题）立刻领着他去了娜温妮阿的办公室，埃拉、娜温妮阿、科尤拉、格雷戈已经等在那儿了。安德举起那个装着土豆植株碎片的袋子。

埃拉摇摇头，娜温妮阿则叹了口气，但她们表现出的失望还不及安德预想中的一半，显然她们有了别的主意。

"我猜我们料到了。"娜温妮阿说。

"我们总得试试。"埃拉说。

"为什么非得试？"格雷戈问。娜温妮阿最小的儿子（也是安德的继子）如今已有三十五六，是位才华横溢的科学家，但他似乎很喜欢在每一场家族谈话中唱反调，无论是外星生物学的问题还是粉刷墙壁的颜色。"我们引入这些新品种，无非是在教德斯科拉达如何绕过我们用来杀死它的各种策略。如果我们不尽快消灭它，它就会消灭我们。而且只要德斯科拉达消失，我们就可以种植普通的土豆，不需要做这些没意义的事。"

"我们不能消灭它！"科尤拉喊道，激烈的语气让安德吃了一惊。在心情最好的时候，科尤拉也不太愿意说话。对她来说，这么大声说话与她的性格不符。"我告诉过你，德斯科拉达是活着的。"

"我也告诉过你，病毒就是病毒。"格雷戈说。

格雷戈要求根除德斯科拉达，这让安德有些心烦。如此轻易提出会导致坡奇尼奥毁灭的建议，这不像他会做的事。格雷戈基本上是在男性坡奇尼奥之间长大的，比任何人都了解他们，也比任何人都熟悉他们的语言。

"孩子们，安静一下，让我来跟安德鲁解释。"娜温妮阿说，"我们——埃拉和我刚才在讨论如果那种土豆失败该怎么办，然后她告诉我——不，你来解释吧，埃拉。"

"这个概念很简单，比起尝试种植能够抑制德斯科拉达病毒生长的作物，我们应该去对付病毒本身。"

"没错。"格雷戈说。

"闭嘴。"科尤拉说。

"帮我们一个忙，格雷戈，请照你姐姐好言要求的去做。"娜温妮阿说。

埃拉叹了口气，说了下去："我们不能直接杀死它，因为这样会杀死卢西塔尼亚星的所有原生生命。所以我提议我们尝试开发一种全新的德斯科拉达毒株，让它在所有卢西塔尼亚生命形式的生殖周期里继续发挥现存病毒的作用，又不具备适应新品种的能力。"

"你们能消灭病毒的那个部分？"安德问，"你们能找到？"

"不太可能。但我觉得我可以找到病毒在猪仔和其他'动植物'

体内活跃的所有部分，保存下来，然后废弃其他部分。接着我们可以加入初步的生殖能力，再安排一些会对宿主身体的恰当变化做出正确反应的受体，接着放进一个小小的细胞器里，一件德斯科拉达的替代品就完成了，既能保证坡奇尼奥和其他原生物种安然无恙，又能确保我们生存无忧。"

"然后你们再向所有原本的德斯科拉达病毒喷洒药物，把它们消灭干净？"安德问，"如果拥有抵抗力的毒株已经存在了呢？"

"不，我们不用喷洒药物，因为这种方式没法消灭已经融入所有卢西塔尼亚生物身体里的病毒。这里才是真正棘手的部分——"

"就好像其他部分很容易似的，"娜温妮阿说，"凭空制造一个新的细胞器——"

"我们不能直接给几个猪仔注射细胞器，就算是全体注射也不行，因为我们还得把这些注入所有原生动物和树木，以及草叶里。"

"这办不到。"安德说。

"所以我们必须研究出一种广泛递送这种细胞器的机制，并且同时彻底摧毁从前的德斯科拉达病毒。"

"屠异。"科尤拉说。

"这就是我们争论的原因，"埃拉说，"科尤拉说，德斯科拉达是有知觉的生物。"

安德看向他年纪最小的继女。"有知觉的分子？"

"它们有语言，安德鲁。"

"你什么时候发现的？"安德问。他在努力想象基因分子——即使是德斯科拉达病毒这样复杂的长链分子究竟是怎么说话的。

"我从很久以前就怀疑了，我本来打算在确定之前什么都不说的，可是——"

"也就是说，她还不确定。"格雷戈得意扬扬地说。

"但我现在几乎确定了，在我们弄清楚之前，你们不能摧毁整个物种。"

"它们是怎么说话的?"安德问。

"当然和我们不一样,"科尤拉说,"它们会在分子层面互相传递信息。我最早察觉这点时,正好在研究德斯科拉达病毒具备抵抗力的新毒株为何传播得那么快,又能在那么短的时间里取代所有旧病毒。我没法解决这个问题,因为前提就是错的。它们没有取代旧病毒,只是在传递消息。"

"它们会扔飞镖。"格雷戈说。

"这是我当时的原话,"科尤拉说,"我没能明白那是语言。"

"因为那不是语言。"格雷戈说。

"那是五年前的事了。"安德说,"你当时说,它们扔出的飞镖带有需要的基因,所有接到飞镖的病毒会修改自己的结构,将新基因包容在内。这很难说是语言。"

"因为它们不只在那个时候扔飞镖。"科尤拉说,"这些信使分子始终在进进出出,大部分时候根本不会融入身体。德斯科拉达的几个部分会阅读内容,然后传递到下一个毒株。"

"这是语言吗?"格雷戈问。

"还不是,"科尤拉说,"但有时某个病毒在阅读其中一支飞镖以后会制造新的飞镖,然后扔出去,正是这一部分告诉我它的确是语言:新飞镖的前半部分总是以一段分子序列开头,并且与它答复的那支飞镖的后半部分相似。它将对话线索结合在了一起。"

"对话。"格雷戈用讽刺的语气说。

"安静,要不就去死。"埃拉说。安德发现,即使在这么多年过后,埃拉的声音仍然具有阻止格雷戈嘴贱的力量,至少有时候可以。

"我追踪了一些对话,观看了大约一百条陈述和答复,大部分对话会在之后迅速消失,少部分会融入病毒的主体。但最有趣的部分就在于此:这种行为是完全自愿的。有时候某个病毒会拾起那支飞镖,然后留下,但大部分病毒不会这么做。有时候大部分病毒会保留某支特定的飞镖,但它们将消息飞镖融入的区域正是最难以确定基因位置的区域。之所以难以确定是因为它不属于病毒的构造，而是它们的记忆，病毒不同个体的记忆又天差地别。它们在接纳太多飞镖的时候，还倾向于清除一部分记忆碎片。"

"真是引人入胜，"格雷戈说，"但这不是科学。那些'飞镖'以及随机的结合与脱落有很多种解释——"

"不是随机的！"科尤拉说。

"这些都算不上语言。"格雷戈说。

安德没理会他们的争论，因为简正通过他耳朵里珠宝似的收发器对他低语。与过去相比，她对他说话的次数少了很多。他仔细聆听，没有把她的发言视为理所当然。"这的确是个重大发现。"简说，"我查阅过她的研究了，其中的一些现象从未在别的亚细胞生物身上发生过。我对数据进行了许多次不同的分析，越是模拟和测试德斯科拉达的特定行为，就越看起来不像基因序列，反而更像语言。目前我们不能排除这种行为出于自愿的可能性。"

安德把注意力转回那场争论时，格雷戈正在说："为什么我们非得把尚未弄清的一切归类为某种神秘体验？"格雷戈闭上眼睛，吟诵道，"我发现了新生命！我发现了新生命！"

"闭嘴！"科尤拉喊道。

"你们开始失控了，"娜温妮阿说，"格雷戈，请你努力保持理性讨论。"

"如果整件事都特别没有理性，那理性讨论就太难了。谁能想到微生物学家会爱上一个分子？"

"够了！"娜温妮阿语气尖锐地说，"科尤拉和你一样是科学家，而且——"

"她曾经是。"格雷戈嘀咕道。

"而且请你行行好，闭上嘴听我说完。她有权让我们听完发言。"娜温妮阿已经很愤怒了，但格雷戈一如既往地显得无动于衷，"你现在应该也明白，格雷戈，往往是那些起初听来极其荒谬和反直觉的概念，随后却让我们看待世界的方式发生根本性的转变。"

"你真觉得这属于那种特别重大的发现？"格雷戈轮流对上每个人的目光，"会说话的病毒？如果科尤拉知道那么多，那她干吗不把这些小怪物说的话告诉我们呢？"他用葡萄牙语替代斯塔克语（科学以及外交的语言）来发言，正是对话失控的征兆。

"这重要吗？"安德问。

"重要！"科尤拉说。

埃拉惊愕地看着安德。"这是治疗危险疾病和摧毁整个有知觉物种之间的区别，我认为很重要。"

"我的意思是，"安德耐心地说，"我们是否知道它们说的话，这重要吗？"

"不，"科尤拉说，"我们也许永远无法理解它们的语言，但这不会改变它们有知觉的事实。而且病毒和人类之间有什么可说的呢？"

"'请别杀死我们'，如何？"格雷戈说，"如果你能弄清怎么用病毒语说这句话，也许能帮上大忙。"

"格雷戈，"科尤拉用带着嘲讽的亲切语气说，"这句话应该是我们对它们说，还是它们对我们说？"

"我们用不着今天就决定，"安德说，"我们还有余裕等待一段时间。"

"你怎么知道？"格雷戈说，"你怎么知道明天下午，我们醒来时不会全身又痒又痛，呕吐不止，发起高烧，最后奄奄一息，就因为德斯科拉达病毒一夜之间找到了彻底消灭我们的方法？不是我们死，就是它们死。"

"我想格雷戈刚好向我们展示了必须等的原因。"安德说，"你们听到他谈论德斯科拉达的口气了吗？它在寻找消灭我们的办法，就连他也觉得德斯科拉达拥有意志，能做出决定。"

"这只是比喻罢了。"格雷戈说。

"我们都是这么说的，"安德说，"也是这么想的，因为我们都能感觉到在和德斯科拉达打仗。不只是对抗疾病那么简单，而是好像我们有个聪明又神通广大的敌人，总能对我们的行动做出反击。在医学研究史上，没有一种病毒具备如此花样百出的反制手段。"

"那只是因为没有一种病毒具有如此庞大又复杂的基因分子。"格雷戈说。

"完全正确，"安德说，"这是种绝无仅有的病毒，所以它拥有的能力也许是我们在任何结构不及脊椎动物复杂的物种身上不可能看到的。"

有那么一瞬间，安德的话悬在空中，回应它的只有沉默；有那么一瞬间，安德猜自己在这场会议里起到了有益作用，作为空谈者赢得了某种程度的赞同。

格雷戈很快纠正了他的想法。"就算科尤拉是对的，就算她的话半点不假，德斯科拉达病毒个个都有哲学博士学位，还在不断发表关于'给人类添乱直到他们死光'的博士论文，那又如何？我们要不要翻个身装死，因为打算杀光我们的病毒太聪明了？"

娜温妮阿平静地回答："我认为科尤拉应该继续研究。我们应该给她提供更多资源，同时也让埃拉继续她的研究。"

这次反对的是科尤拉。"如果你们还要研究杀死它们的方法，我干吗还要费神去理解它们？"

"问得好，科尤拉。"娜温妮阿说，"反过来说，如果病毒会突然找到方法绕过我们的所有化学屏障，然后杀光我们，你又何必费神理解它们？"

"不是它们死，就是我们死。"格雷戈嘀咕道。

安德知道，娜温妮阿的决定很明智：同时保持两条研究线，等到弄清详情再做决定。另外，科尤拉和格雷戈都搞错了重点，都认为一切取决于德斯科拉达是否具有知觉。"即使它们有知觉，"安德说，"也不代表它们神圣而不可侵犯。一切都要看它们属于异族还是异种。如果它们是异族——如果我们能理解它们，它们也能理解我们，足以找出让双方共存的方式，那就没关系。我们会得到安全，它们也一样。”

"伟大的调停人打算和分子签订一份条约？"格雷戈问。

安德没有理会他的讽刺。"反过来说，如果它们试图毁灭我们，我们又找不到和它们沟通的方法，那它们就是异种——有知觉的外星生物，但顽固地敌视我们，又非常危险。异种是我们无法共存的外星生物，我们必然会和它们死战到底。等到那时，我们唯一的道德选择只在于是否该为了胜利不择手段。"

"没错。"格雷戈说。

尽管弟弟的口气得意扬扬，科尤拉还是听完了安德的话。经过仔细的考虑，此时她犹豫着点点头。"只要我们不以它们是异种为前提就好。"科尤拉说。

"就算那样，或许也有折中的方法。"安德说，"也许埃拉可以设法替换所有德斯科拉达病毒，又不会毁掉它们的'记忆和语言'。"

"不！"科尤拉的语气又狂热起来，"你们不能……你们无权只给它们留下记忆却拿走它们的适应能力，这就像对它们全体做额叶切除术。如果必须打仗，那就打吧。杀光它们，但别在偷走它们意志的同时留下记忆。"

"没关系，"埃拉说，"这是办不到的。实际上，我想我给自己安排了不可能的任务。给德斯科拉达病毒动手术可不轻松。这和给动物检查和开刀不一样，我要怎么麻醉那个分子，免得它在切除到一半时自愈呢？也许德斯科拉达不怎么擅长医学，但也比我的分子外科手术水平强多了。"

"只是暂时。"安德说。

"暂时我们还什么都不知道，"格雷戈说，"除了德斯科拉达全力想杀光我们，而我们还在寻找对抗的手段以外。我可以静观其变一阵子，但不能一直等下去。"

"那猪仔呢？"科尤拉问，"对于我们该不该改造那种不仅赋予他们繁衍能力或许还在最开始将他们作为有知觉物种创造出来的病毒，他们是否也有投票权？"

"这东西想杀了我们。"安德说，"只要埃拉找到的手段既能消灭病毒又不妨碍猪仔的生殖周期，我就不认为他们有反对的权利。"

"也许他们会有不同的看法。"

"那或许就不该让他们知道我们在做的事。"格雷戈说。

"我们不能把这里的研究告诉别人，无论是对人类还是对坡奇尼奥，"娜温妮阿严厉地说，"否则可能引发严重的误解，进而导致暴力与死亡。"

"所以我们人类成了所有其他生物的审判官。"科尤拉说。

"不，科尤拉，我们科学家是在收集情报，"娜温妮阿说，"直到收集足够之前，谁也没法审判什么，因此保密规则适用于这里的所有人，科尤拉和格雷戈都是。你们在我允许前不要告诉任何人，而我在情报充分之前不会给出允许。"

"在你允许前，"格雷戈无礼地问，"还是死者代言人允许前？"

"我是首席外星生物学家，"娜温妮阿说，"只有我能决定情报什么时候够充分，听懂了吗？"

她等待所有人表示赞同，他们都同意了。

娜温妮阿站起身。会议结束了，科尤拉和格雷戈几乎立刻就走了，娜温妮阿亲吻了安德的脸颊，领着他和埃拉离开了办公室。

安德留在实验室里，找到了埃拉。"有办法把你的替代病毒散播到卢西塔尼亚所有的原生物种身上吗？"

"我不知道，"埃拉说，"相比起来，用德斯科拉达病毒来不及适应或者逃逸的速度进入独立生物体的每个细胞还更难一点儿。我得创造出某种病毒载体，或许还得在一定程度上根据德斯科拉达本身来塑造它。在我见过的寄生生物之中，只有德斯科拉达入侵宿主太快又太彻底，所以我才需要病毒载体来代劳。真讽刺，我得首先从德斯科拉达那里窃取技术，才能弄清取代它的方法。"

"这并不讽刺，"安德说，"这就是世界运作的方式。有人告诉过我，对我们来说，唯一有价值的老师就是我们的敌人。"

"那科尤拉和格雷戈就该给彼此颁发高等学位才对。"埃拉说。

"他们的争论是有益的，"安德说，"能迫使我们权衡正在做的这件事的方方面面。"

"如果有人决定把这事透露给外人，那就算不上有益了。"埃拉说。

"这家人没有向陌生人透露家事的习惯，"安德说，"我是最清楚这点的。"

"恰恰相反，安德，你才最该清楚我们有多么渴望和陌生人说话，尤其在我们认为自己的需求强烈到需要证明其合理时。"

安德必须承认她是对的。刚来卢西塔尼亚时，安德好不容易才赢得科尤拉、格雷戈、米罗、金和奥尔拉多的信任，让他们愿意和他说话。但埃拉一开始就和他说了话，于是娜温妮阿的其他孩子效仿了她，最后则是娜温妮阿本人。这家人非常忠诚，但也同样坚强又固执，无比信任自己的判断。无论格雷戈还是科尤拉都有可能断定将秘密透露给他人对卢西塔尼亚，或者对人类、对科学最有利，于是把保密规则抛到脑后。

正如安德来这里之前，有关不干涉猪仔的规则被打破时那样。

太棒了，安德心想，**又是个完全超出我掌握能力的祸端**。

离开实验室时，安德就像从前许多次那样，希望华伦蒂也在这儿，她才是擅长解决道德困境的那个人。她很快就会抵达，但能及时吗？安德理解也基本上赞同科尤拉和格雷戈双方提出的观点。最令安德苦恼的是，出于保密的需要，他甚至不能对坡奇尼奥甚至"人类"本人提起这个会对他们也对所有来自地球的殖民者影响深远的决定。但娜温妮阿是正确的，在他们找出应对手段之前就把事情摆到明面上，最好的情况也会导致混乱，最差的情况则是无政府状态和流血。坡奇尼奥现在很平和，但这个物种的历史充满了血腥的战争。

就在安德走出大门返回试验田的途中，他看到科尤拉站在"人类"的父亲树边，手里拿着细枝，正在说话。她没有真的敲打树干，否则安德早就听到了，所以她肯定想私下对话。这也没关系，安德可以绕个远路，免得离得太近碰巧听到他们的话。

但科尤拉对上了安德的目光，随即结束和"人类"的对话，快步沿着小路朝大门走去。不用说，这条路会让她从安德身边经过。

"在告密吗？"安德问，特意用了说笑的语气。只是当他说出那几个字时，科尤拉鬼鬼祟祟的表情让安德明白，她刚才究竟吐露了怎样的秘密。她的话语也证实了他的猜测。

"母亲对公平的概念和我不一样，"科尤拉说，"在这件事上，和你也不一样。"

他早就知道她会这么做，但他没想到她会在给出承诺后这么快就违反。"但最值得考虑的永远都是公平，对吧？"安德问。

"对我来说是这样。"科尤拉说。

她想要转身穿过大门，但安德抓住了她的手臂。

"放开我。"

"告诉'人类'是一回事，"安德说，"他很有智慧，但别告诉其他人。坡奇尼奥中的某些男性，如果觉得理由充分，是可以相当有攻击性的。"

"他们不只是'男性'，"科尤拉说，"他们自称为'丈夫'，也许我们应该叫他们'男人'。"她朝安德得意地笑了笑，"你的思想还没有你自以为的一半开明。"然后从旁挤过，穿过大门，进入米格雷。

安德走向"人类"，站到他前方。"她跟你说了什么，'人类'？她有没有告诉你，如果消灭德斯科拉达会伤害你和你的同胞，她愿意用生命去阻止这种事发生？"

当然了，"人类"没有立刻回答，因为安德没打算拿起"说话枝"敲打他的树干，用"父语"进行交流。如果他这么做了，那些坡奇尼奥男性就会听到，然后跑过来。坡奇尼奥和父亲树之间不存在所谓的"私下谈话"。如果父亲树不想被人打扰，他可以无声地和其他父亲树对话——他们能以心灵交谈，就像虫族女王与充当她耳目与手脚的虫族对话那样。**如果我也是那种交流网络的一部分该多好**，安德心想，**纯粹思想构成的瞬间对话，能发送到宇宙的每个角落。**

但他还是必须说点什么，好抵消科尤拉那番话的影响——他清楚她说了什么。"'人类'，我们在尽全力拯救人类和坡奇尼奥。可以的话，我们甚至会设法拯救德斯科拉达病毒。埃拉和娜温妮阿很擅长自己的工作，格雷戈和科尤拉也一样。但现在请相信我们，别告诉任何人。如果人类和坡奇尼奥在我们设法遏制危险之前就得知它的存在，后果会是可怕而暴力的。"

除此之外，安德没什么可说的了。他回到试验田，在夜幕降临前和种植者完成了测量，放火闪燃了整块田地。在瓦解屏障之内，就连大型分子都无法存活。为了确保德斯科拉达病毒忘记从这片田地学到的东西，他们做了所有能做的事。

有件事是他们永远做不到的，那就是摆脱他们自己细胞内的病毒，无论人类还是坡奇尼奥。如果科尤拉是正确的呢？如果屏障内的德斯科拉达病毒死前把它从新品种土豆那儿学到的东西"告诉"了种植者和安德体内的病毒呢？关于埃拉和娜温妮阿试图融入其中的防御体系？关于这个病毒株挫败他们策略的方法？

如果德斯科拉达病毒真的很聪明，有能向许多个体传播信息和行为习惯的语言，那么安德（或者他们之中的任何一个）还有机会赢得最后的胜利吗？长远来看，德斯科拉达或许才是适应力最强的物种，是最有能力征服星球和淘汰对手的物种，比人类、猪仔、虫族或者任何定居星球的其他活物都要强大。这个念头伴随安德在当晚入睡，甚至让他在和娜温妮阿做爱时都心事重重，令她觉得有必要安抚他，就好像他而不是她背负着整个星球的命运。他想要道

108

歉，但很快明白道歉也没有意义。何必再让她徒增烦恼呢？

"人类"听了安德的话，但无法赞同安德对他的要求。保持沉默？这可不行，毕竟人类正在创造可能改变坡奇尼奥生命周期的新病毒。噢，"人类"不会告诉那些不成熟的男性和女性，但他可以也愿意告诉整个卢西塔尼亚的父亲树。他们有权知道发生的事，然后共同决定该做什么，或者什么都不做。

夜幕降临前，每座森林里的每一棵父亲树都知道了"人类"所知的事：人类的计划，他对他们可信程度的判断。大多数父亲树表示了赞同，他们暂时会让人类存续，但在此期间，他们会仔细观察，为可能到来的时刻——人类和坡奇尼奥交战的时刻做好准备，但他们希望这种时刻不会到来。他们没有获胜的希望，但在人类杀光他们之前，也许他们能设法让一部分同胞逃走。

于是，在黎明到来前，他们和虫族女王——卢西塔尼亚上高等科技的唯一非人类来源制订了计划，做好了安排。等到下一个傍晚，离开卢西塔尼亚时要使用的飞船已经开始建造。

07

贴身侍女

你们以前派飞船去许多星球定居时，一路上都能和彼此对话，就像伫立在同一座森林里那样，这是真的吗？

我们认为你们的情况也会一样。等到新的父亲树生长出来，就会与你们同在。核心微粒联系是不受距离影响的。

但我们能联系上吗？我们不会把树送上飞船。只有兄弟们、几个妻子，以及一百个负责生下新世代的小母亲。这次航行至少会持续几十年。等他们到达以后，最优秀的兄弟会被送往第三人生，但最初的那批父亲树至少需要一年时间才能成长到养育幼体的程度。新世界的第一位父亲要怎么学会和我们对话？如果我们不知道他在哪儿，又该怎么问候他？

汗水顺着清照的脸流下。由于她弯着腰，汗水滑过她的脸颊，经过她的双眼下方，然后聚集在她的鼻尖。汗水从那儿滴落到稻田的泥水里，又或是略微探出水面的水稻上。

"圣人阁下，您为什么不擦脸？"

清照抬起头，想看看是谁在旁边跟她说话。通常来说，和她一起做义工的人不会在附近干活，面对通神者会让他们非常紧张。

那是个女孩，年纪比清照要小，或许十四岁，体形像男孩，头发剪得很短。她看着清照，目光带着坦率的好奇。她的那种率真——丝毫不会羞怯的态度，让清照感到陌生和少许不快。她首先想到的是不理会她。

但不理会她就代表傲慢，这等于说因为我是通神者，所以我不需要回答别人的问题。没人会觉得她不回答问题，是因为伟大的韩非子交给她的那件不可能办到的差事占据了她的全部心神，让她几乎无法思考别的事。

于是她回答了，但用的是疑问句："为什么我要擦脸？"

"您不痒吗，让汗水像那样滴下来？它不会流进您的眼睛，然后刺痛您吗？"

清照低下头，盯着她的作品看了一会儿，这次特意感受了汗水。确实痒痒的，流进眼睛的汗水也的确刺痛了她。这种感觉其实很不舒服，也令人恼火。清照小心翼翼地直起腰，挺直身子，这才注意到了痛楚，还有她的背脊对姿势改变的抗议。"是的，"她对那个女孩说，"又痒又刺痛。"

"那就擦一擦吧，"女孩说，"用您的袖子。"

清照看着自己的袖子，它已经被手臂的汗水浸透了。"擦汗有用吗？"她问。

这次轮到那个女孩发现自己思考的疏漏了。有那么一瞬间，她露出思考的表情，用袖子擦了擦额头。

她咧嘴笑了笑。"您是对的，圣人阁下，一点儿用都没有。"

清照严肃地点点头，弯腰继续工作。只是现在，汗水带来的瘙痒、双眼的刺痛、背脊的酸痛，一切都让她烦心，不适感也让她开始胡思乱想而非集中精神。这个女孩无论是什么人，都以指明真相的方式增添了清照的痛苦。讽刺的是，她让清照意识到了肉体痛苦，但也帮清照从脑海里那些问题的折磨中解脱了出来。

清照大笑起来。

"您是在笑话我吗，圣人阁下？"那个女孩问。

"我在用自己的方式感谢你。"清照说，"你让我的心灵摆脱了沉重的负担，尽管只是暂时的。"

"您在笑话我，因为我让您擦额头，但这样一点儿用都没有。"

"我说了，这不是我笑的原因。"清照又站直身子，看着女孩的眼睛，"我不说谎。"

女孩面露羞愧，但羞愧的程度不到该有的一半。通神者用清照刚才那种语气说话的时候，别人会立刻鞠躬致敬，但这个女孩就这么听着，估量清照的话，接着点点头。

清照能够得出的结论只有一个。"你也是通神者吗？"她问。

女孩瞪大了眼睛。"我？"她说，"我父母都是出身卑贱的人。我父亲在田地里施肥，我母亲在餐馆洗碗碟。"

这根本算不上回答。尽管众神经常会选择通神者的子女，但众所周知，有些通神者的父母从未听闻过众神之声。但人们普遍相信，如果父母出身很低，众神就不会对其子女有兴趣，而且众神确实很少会和那些父母都没受过良好教育的孩子说话。

"你叫什么名字？"清照问。

"司王母。"女孩说。

清照倒吸一口凉气，捂住嘴巴，阻止自己大笑出声。但王母看起来并不愤怒，她只是扮了个鬼脸，一脸不耐烦。

"抱歉，"等到能说话时，清照说，"但那是——"

"西王圣母的名字，"王母说，"父母给我取了这么个名字，我又有什么办法？"

"这名字很高贵。"清照说，"我的心灵祖先是位伟大的女性，但她只是个凡人，是个诗人。你的名字却是最古老的神灵之一。"

"这有什么好的？"王母问，"我父母太放肆了，竟然给我取了那位尊贵神灵的名字，所以众神从来没和我说过话。"

王母语气里的怨恨让清照悲伤。要是她知道清照多想和她交换，那该多好。能摆脱众神之声！再也不用跪在地板上追寻木头的纹路，只需要在弄脏手的时候洗手……

但清照没法向女孩解释这些。她怎么可能明白呢？对王母来说，通神者是享有特权的精英，聪慧超群又难以接近。如果清照解释说通神者面对的负担远比奖赏要多，听起来只会像谎言。

只不过对王母来说，通神者并不是难以接近的，她已经和清照说过话了，不是吗？所以清照决定说出内心的想法："司王母，如果能摆脱众神之声，我愿意作为盲人欣然度过余生。"

王母震惊得张大嘴巴，睁大眼睛。

开口就是个错误，清照立刻后悔了。"我是在说笑。"她说。

"不，"王母说，"现在您说的才是谎话，刚才您说的是实话。"她靠近些，漫不经心地蹚过稻田，途中还踩到了水稻，"我这辈子见过坐着轿子去道观的通神者，他们身穿华美的绸服，他们的说话声就像乐曲那样动听，所有人都向他们鞠躬，每一台电脑都向他们开放。谁会不想成为这样的人呢？"

清照没法坦言相告，没法说众神每天都会羞辱她，让她用愚蠢又无意义的差事来自我洁净，同样的事又会在第二天重演。"你不会相信的，王母，但这种生活——在田地里的生活，要好太多了。"

"不！"王母喊道，"他们什么都会教您，您可以了解所有东西！您可以说很多语言，能读每一种文字，您和我想法的差距就像我和蜗牛想法的差距一样。"

"你的谈吐清晰流利，"清照说，"你肯定也去过学校。"

"学校！"王母讽刺地说，"谁会在乎我这种孩子的学校？我们学过认字，但只够看懂祈祷词和路牌；我们学过数字，但只够买卖时的计算；我们背诵过智者的名言，但仅限于那些教我们满足于现有的生活，并且服从更有智慧之人的名言。"

清照所知的学校不是这样的，她以为学校里的孩子所学的东西就是她的导师教她的那些。但她立刻明白了，司王母说的肯定是实话：带三十个学生的老师，传授的知识不可能比那么多老师教给一个清照的要多。

"我父母的身份很卑微，"王母说，"他们干吗要浪费时间教我做仆人以外的知识？因为我这辈子最大的指望就是好好洗个澡，然后去富人家里当用人，他们在教我擦地板时非常认真。"

清照想起了她花在自家地板上沿着木纹从一面墙到另一面墙的那些个钟头。她一次也没想过，为了保持地板干净光洁，以免清照的衣袍在爬行时沾上明显的脏污，仆人们花了多少力气。

"我对地板也略有了解。"清照说。

"您对什么都有了解，"王母语带怨气，"所以别跟我说通神者有多辛苦。众神没跟我透露过任何想法，我要告诉您，这样更辛苦！"

"为什么你不怕跟我说话？"清照问。

"我已经决定以后什么都不怕了。"王母说，"我的生活已经这么糟了，您还能对我做什么呢？"

我能让你每天洗手洗到流血。

但清照随即转变了想法，她觉得这个女孩或许不会觉得这样更糟。如果能知道清照所知的一切，或许王母会欣然清洗双手，直到手腕连着的只有两团模糊的血肉。父亲为清照安排的差事太过棘手，让她很有压力，但这桩差事无论成败都会改写历史。王母就算过完一辈子，都不会有人给她安排日常工作以外的活儿，她这一生都会花在那些只有出错才会被人注意或提及的工作上。归根结底，用人的工作不也和净化仪式一样徒劳吗？

"用人的生活肯定很辛苦，"清照说，"我为你高兴，因为现在还没人雇你。"

"我父母在等，他们指望我长大成人后会很漂亮。这么一来，他们送我去工作的奖金就会更高。也许某个富人的贴身仆人愿意娶我为妻，也许某位阔太太会雇我做贴身侍女。"

"你已经很漂亮了。"清照说。

王母耸耸肩。"我的朋友范琉已经工作了，她说丑人干活需要更加卖力，但不会被一家之主骚扰。丑人可以思考自己的事，不需要奉承女主人。"

清照想到了她父亲家的仆人。她知道她父亲不会骚扰任何女佣，也从来没人奉承她。"我家的情况不一样。"她说。

"可我又不在您家干活。"王母说。

突然间，整个画面清晰起来。王母不是出于冲动和她说话的。王母和她说话，是希望能在女性通神者的家里做仆人。就她所知，城里到处都在流传这样的消息：年轻的通神者女士韩清照已经出师，正在处理她成人后的第一件差事，而且她既没有丈夫也没有贴身侍女。为了和清照做同一班义工，司王母恐怕动用了不少手段，为的就是此时这场谈话。

有那么一瞬间，清照很生气，然后她想：王母为何不能这么做？对她来说，最坏的后果无非是我猜到她的打算，生她的气，再拒绝雇她，她的处境不会比之前更差。如果我没猜到她的打算，欣赏她和雇用她，她就能成为通神者的贴身侍女。如果易地而处，我难道不会做出同样的选择吗？

"你觉得你能骗过我？"清照问，"你觉得我不知道你想要我雇你当仆人？"

王母的表情慌乱、愤怒又害怕，但她明智地一言未发。

"你为什么不做出愤怒的反驳？"清照问，"你为什么不否认自己的目的只是让我雇你？"

"因为这是实情。"王母说，"我这就走，不打扰您了。"

如此诚实的回答正是清照想听的，她不打算放走王母。"你跟我说的话有多少是实话？关于想要良好的教育？想要做些比仆役更好的工作？"

"都是真的，"王母说着，语气里带着热情，"可这对您来说算什么呢？您背负的可是众神之声这样的可怕负担。"

说出最后那句话时，王母语气里的轻蔑与讽刺几乎令清照大笑起来，但她忍住了。她没理由加剧王母的愤怒。"司王母，西王圣母的心灵后裔，我愿意雇你当我的贴身侍女，但前提是你同意以下这些条件：首先，你要让我当你的老师，学习我安排给你的所有课程；其次，你要以平等的身份和我说话，绝对不要向我鞠躬，或者称呼我'圣人阁下'；还有第三——"

"我怎么能做这种事呢？"王母说，"如果我对您不够尊敬，其他人会说我配不上这种身份。他们会在您看不到的时候惩罚我，我们都会因此蒙羞。"

"别人能看到我们时，你当然要表现出敬意。"清照说，"但我们单独相处，只有你我时，我们要以平辈来往，否则我就赶走你。"

"第三个条件呢？"

"我跟你说的话，你绝对不能向外人透露一个字。"

王母脸上的愤怒毫不掩饰。"贴身侍女不会泄密，会有人在我们的头脑里设下屏障的。"

"屏障能帮你们想起自己不该泄密，"清照说，"但你们只要想就能绕过去，还会有人想方设法劝你们泄密。"

清照想起了父亲的事业，还有他头脑中那些议会的秘密。他没告诉过任何人，也没有别人可以诉说，除了有时说给清照听。如果事实证明王母可信，清照也就有了可以倾诉的对象，不会像父亲那样孤独。"你听明白了吗？"清照问，"别人会觉得我雇你是当贴身侍女的，但你我都明白，你其实是想当我的学生，而我其实想把你当朋友。"

王母诧异地看着她。"既然众神已经告诉您我贿赂了工长，好让我和您同一班干活儿，并且在我和您说话时不来打扰，您为什么还要答应我？"

当然了，众神没告诉她这种事，但清照只是笑了笑。"你为什么不觉得是众神希望我们成为朋友呢？"

王母窘迫地拍了拍手，紧张地笑出了声。清照抓住王母的双手，发现她在发抖，她并没有看起来那么大胆。

王母低头看着她们的手，清照循着她的目光看去。她们浑身都是污垢和淤泥，此时开始干涸，因为她们站得太久，双手也离开了稻田的水。"我们太脏了。"王母说。

清照早已学会不去在意义工带来的肮脏，因为这种肮脏无须赎罪。"我的双手曾经比现在肮脏得多，"清照说，"等义工结束以后，跟我一起走吧。我会把我们的计划告诉我父亲，他会决定你能否成为我的贴身侍女。"

王母的脸色阴沉下来。清照很高兴，因为王母的表情很容易看懂。"怎么了？"清照说。

"永远是父亲决定一切。"王母说。

清照点点头，有些好奇王母为何要说出如此明显的事实。"这是智慧的开端。"清照说，"另外，我母亲过世了。"

义工一向是在下午前半部分结束的。按照官方说法，这是为了给住在远处的人们从田地回家的时间，但这其实是对义工结束后的聚会习俗的认可：因为他们要一直工作到午休结束，很多人会在做义工后头晕眼花，就像一整晚没睡似的，另一些人则会觉得疲惫又暴躁。两者都可以作为借口，让他们和朋友吃喝一番，然后早早上床睡觉，以弥补损失的睡眠和当天的辛苦。

清照是心情不佳那一类，王母显然属于头晕眼花那一边。也或许只是因为卢西塔尼亚舰队的事实沉甸甸地压在清照的心头，而王母却刚刚被接纳为女性通神者的贴身侍女。清照引导王母完成了韩家的求职申请流程——清洗身体、按指印、安全检查，直到她没法再忍受王母的滔滔不绝哪怕一秒，于是转身离去。

就在她爬上楼梯前往自己的房间时，清照听到王母担心地问："我是不是惹恼了新主人？"于是护院鞠恭枚答道："通神者只是回应了除你以外的声音，小家伙。"这回答很给她留情面。清照经常羡慕她父亲雇来的那些仆人的和善与智慧。她很想知道，自己的初次雇用是否也同样明智。

产生这种担忧的同时，她明白自己不该如此草率地决定，而且没有事先请教父亲。事实会证明王母根本不适合这份工作，而父亲会责备她的愚蠢。

光是想象父亲的责备就足以让众神谴责她了。清照觉得自己很脏。她匆忙回到房间，关上了门。这点非常讽刺：她可以反复回想众神要求的净化仪式多么可憎，对他们的信仰又是多么空洞，但她只要觉得自己对父亲或者星际议会不够忠诚，就必须立刻赎罪。

换作平时，她会花半小时、一小时，甚至更长的时间来抵抗赎罪的需要，忍耐自己的污秽。但今天，她渴望净化仪式。仪式有它自己独特的意义，有完整的结构，有开始和结束，以及需要遵守的规则，和卢西塔尼亚舰队的问题完全不同。

她跪在地上，刻意挑选了木板上能找到的那条最窄也最浅的木纹。这会是一次艰辛的赎罪；也许这么一来，众神会判断她足够洁净，从而向她展示父亲那桩差事的解决之道。她花了半个钟头穿过房间，因为她总是跟丢木纹，每次都得从头开始。

结束时，做义工带来的疲惫与追寻木纹导致的双眼酸痛让她无比渴望睡眠，但她却坐在终端前方的地板上，调出了目前为止的工作总结。在确认和排除调查期间那些层出不穷的无用谬论以后，清照将可能性分成了三个宽泛的类别：第一种，消失是某些自然现象导致的，而且是以天文学家无法观测到的光速发生的；第二种，安塞波通信的中断要么是阴谋破坏导致的，要么就是舰队指挥层的决定；第三种，安塞波通信的中断是某颗行星上的阴谋集团的杰作。

舰队的航行方式事实上排除了第一种可能。这些星际飞船离得不够近，任何已知的自然现象都无法同时摧毁它们。舰队在出发前并未会合（安塞波的存在让这种做法纯属浪费时间），所有飞船都从分配到舰队的位置直接飞往卢西塔尼亚。即便是现在，舰队还有一年左右就将进入卢西塔尼亚恒星的环绕轨道时，它们也相距遥远，任何可以想象的自然灾害都不可能同时影响所有飞船。

第二个类别也几乎同样不可能，因为整支舰队都消失了，无一例外。人类的计划怎么可能以这种完美的效率运作，在行星电脑维护的任何数据库、个人档案、通信日志里都不留下任何提前规划的迹象？那里也没有留下丝毫证据，能证明有人改动或隐藏过数据，或是伪装通信以免留下线索。如果这是舰队一方的计划，也同样没有证据，没有遮掩，而且没有失误。

缺乏证据的事实也让"来自行星的阴谋"这种可能性更低了。整起事件的同时性也进一步降低了所有这些可能性。无论让谁来判断，每艘飞船的安塞波通信都几乎是在同时中断的。时间滞差也许有那么几秒钟，甚至几分钟，但全都不到五分钟，这段间隔不足以让某艘飞船上的某个人提起另一艘飞船的消失。

总结简洁而优雅。什么都没剩下。证据非常完整，也让所有可信的解释都不再可信。

为什么父亲要对我做这种事？

这不是她第一次产生这种想法了。

就像以往那样，问出这种问题（质疑她父亲从无谬误的决定）立刻让她感到了自己的肮脏。她需要稍微洗个手，好摆脱这种疑虑带来的不洁。

但她没去洗手，反而让众神之声在脑海里增长，让他们的命令愈发急迫。她这次的抵抗不是出于让自己更加自律的正当愿望，这次她是在故意尽可能吸引众神的关注，直到净化自我的需要让她喘息不止，直到不经意地触碰自己的肉体，哪怕是手掌拂过膝盖的动作都令她战栗时，她才说出自己的问题。

"是你们做的吧？"她对众神说，"人类办不到的事，你们肯定能办到。是你们出手切断了卢西塔尼亚舰队的联络。"

回应到来，但并非语言，而是对净化不断增长的渴望。

"但议会和舰队司令不属于道，他们无法想象通往西方玉山[1]之城的那座黄金门。如果父亲对他们说：'众神偷走了你们的舰队，以此惩罚你们的恶行。'他们只会蔑视他。如果他们蔑视他，我们在世的最伟大的政治家，他们就会蔑视我们所有人。如果道因为父亲而蒙羞，他的事业会毁于一旦。这就是你们这么做的原因吗？"

她哭了起来。"我不会允许你们毁掉我父亲。我会想别的方法，找出能让他们满意的答案。我不会服从你们！"

她话音刚落，众神就送来了她这辈子体会过的最为强烈的污秽感，程度让她难以呼吸。她的身体向前倒下，抓向电脑终端。她试图开口，试图请求宽恕，却陷入了窒息，不断吞咽口水，阻止自己干呕。她觉得双手仿佛在向碰触到的一切传播烂泥。当她挣扎起身时，长袍紧贴在她的皮肤上，仿佛上面满是厚厚的黑色油脂。

但她没去清洗，也没有趴倒在地寻找木纹。她反而蹒跚地走向门口，打算下楼去她父亲的房间。

但房门拦住了她，不是物理意义上的阻拦，门扇就像以往那样应手而开，但她无法通过。她听说过这种事，听说过众神会把抗命的仆人困在门内，但她从未遇到过。她无法理解自己是如何被困住的。她的身体可以随意移动，看不到阻碍，但她光是想到穿过那道门，脑海就会浮现令她作呕的恐惧感，让她明白自己做不到，明白众神需要某种惩罚、某种净化，否则永远不会允许她离开房间。不是找木纹，也不是洗手。众神究竟要求什么？

她突然明白众神不肯让她穿过那道门的理由了。那是父亲应她母亲的要求发下的誓言，誓言要求她无论如何都会永远侍奉众神，而现在，她眼看就要做出违抗之举了。**母亲，请原谅我！我不会反抗众神的，但我必须去找父亲，向他解释众神让我们陷入的两难境**

1　《山海经》中王母居住的山，是昆仑山的别名。

地。母亲，请帮我穿过这道门！

仿佛在回应她的请求那样，她突然知道该怎么穿过这道门了。她只需要盯着门口右上角靠外的空气里的某一点，目光始终不离那个位置，然后右脚倒退着穿过门口，将左手穿过去，向左旋转身体，让左腿向后穿过门口，再将右臂向前伸去。整个过程复杂又困难，就像一场舞蹈，但她凭借无比缓慢和谨慎的动作，最终办到了。

门把自由还给了她。她还是能感觉到自身的肮脏带来的压力，但程度有所减轻。她可以忍受了，呼吸的时候不需要喘息，说话的时候也不会哽住喉咙。

她朝楼下走去，摇响了父亲门外的小铃铛。

"是我的女孩，我的灿烂光辉吗？"父亲问。

"是的，尊贵的阁下。"清照说。

"我做好招待你的准备了。"

她打开父亲的房门，走了进去，这次不需要什么仪式。父亲坐在终端前的椅子上，她立刻大步走过去，跪在他前方的地板上。

"我考核过你的司王母了，"父亲说，"我相信你的初次雇用是成功的。"

她花了一瞬间才理解父亲的话语。王母？父亲为什么要跟她提起一位古老的神灵？她惊讶地抬起头，看到了父亲在看的景象：一个穿着整洁灰袍的侍女端庄地跪在地上，看着地板。清照花了片刻才想起稻田里的那个女孩，想起她会成为自己的贴身侍女。她怎么会忘了呢？清照上次和她见面不过是几小时前的事，但在此期间，清照与众神战斗了一场，就算她没有赢，但至少也没有输。雇用仆人怎么能和反抗众神相提并论？

"王母无礼又有野心，"父亲说，"但她很诚实，而且远比我预想的聪明。从她聪慧的头脑和雄心壮志来看，我猜除了贴身侍女以外，你还想让她当你的学生。"

王母倒吸一口凉气，清照瞥了她一眼，看到了女孩惊恐的神色。噢，是啊，清照肯定以为她向父亲泄露了她们的秘密计划。"别担心，王母，"清照说，"父亲几乎每次都能猜到秘密，我知道你没泄密。"

"我希望别的秘密也像这次这么好猜。"父亲说，"我的女儿啊，我要赞美你的宽容。众神会为你感到光荣，我也一样。"

这些赞扬的话语就像抹在刺痛伤口上的软膏。或许正因如此，她的叛逆行为才没有毁掉她，也正因如此，刚才的某位神灵才会怜悯她，向她展示穿过门口的方法。因为清照怀着仁慈与智慧评判了王母，原谅了那个女孩的无礼，所以她那些骇人听闻的大胆行为才会得到宽恕，就算只有一点点。

王母不会为她的野心后悔，清照心想，我也不会为自己的决定后悔。我不能坐视父亲遭受灭顶之灾，所以我必须为卢西塔尼亚舰队的消失找出或者编造出某个与神灵无关的解释。可我又怎么能违抗众神的意志呢？ 他们要么藏起了舰队，要么摧毁了它。尽管众神必须向其他星球的无信者隐藏自身，但他们恭顺的仆人必然还是会认出他们的手笔。

"父亲，"清照说，"我必须和您谈谈与差事有关的事。"

父亲误解了她的犹豫。"我们不用避开王母，你已经雇她做你的贴身侍女了。雇佣奖金已经送去了她父亲那里，最初的保密屏障也已经灌输到了她的头脑里，我们可以相信她不会外传。"

"好的，父亲。"清照说，其实她再次忘了王母在场，"父亲，我知道是谁藏起了卢西塔尼亚舰队。但您必须向我保证，您不会把这件事告诉星际议会。"

父亲通常平静的脸上露出了些许苦恼。"我不能给出这种承诺。"他说，"作为仆从，这样的背信之举会让我一文不值。"

她还能怎么做呢？她能说出来吗？她又该怎么忍住不说？"谁才是您的主人？"她大声说道，"是议会还是众神？"

"首先是众神，"父亲说，"他们永远是第一位的。"

"那我就必须告诉您，我发现藏起舰队的正是众神，父亲。但如果您这么告诉议会，他们只会嘲笑您，您也会身败名裂。"另一个念头浮现出来，"如果阻止舰队的是众神，父亲，那么舰队肯定违背了众神的意志。如果星际议会派出舰队，也违背了——"

父亲抬起手，示意她安静。她立刻停口，垂下了头，默默等待。

"这当然是众神所为。"父亲说。

他的话语既是宽慰，也是羞辱。他说了"当然"，原来他早就知道了？

"宇宙中的一切都是众神所为，但别假设你知道理由。你说他们阻止舰队肯定是因为他们反对舰队的使命，但我要说，如果有违众神的意志，议会从一开始就无法派出舰队。所以以众神阻止舰队，为什么不能是因为它的使命太过伟大和崇高，人类没有这种资格呢？又或者，他们藏起舰队，是为了给你一场艰难的考验呢？有件事是可以确定的：众神允许星际议会统治绝大部分人类。只要他们仍有天命，我们道之星就会完全遵循他们的法令。"

"我不是想反对……"她没能说完这句显而易见的假话。

当然了，父亲对此心知肚明。"我听到你音量放低，欲言又止，这是因为你知道自己的话语并非实情。尽管我跟你说过那么多，你还是想反对星际议会。"他的语气和缓了些，"你这么做是为了我。"

"您是我的祖先。和他们相比，您对我更重要。"

"我是你父亲。在我死前，我都不会成为你的祖先。"

"那就算为了母亲吧。如果他们失去了天命，我就会成为他们最可怕的敌人，因为我会侍奉众神。"但这么说的同时，她明白自己的话语真假参半。直到刚才，直到她被困在门内之前，她甚至能心甘情愿地为了父亲违抗众神，不是吗？*我真是个卑劣又差劲的女儿*，她心想。

"我要告诉你，我灿烂光辉的女儿，反对议会对我不可能有好处，对你也一样，但我原谅你出于爱的越轨行为，这是最温柔也最无害的恶习。"

他笑了笑。目睹他的笑容平息了她的焦虑，但她知道自己配不上他的赞许。清照又有了思考和继续揣摩难题的能力。"您知道这是众神所为，却要求我寻找答案。"

"但你真的问对问题了吗？"父亲说，"我们需要回答的问题其实是：众神是如何做到的？"

"我怎么可能知道？"清照回答，"他们也许毁掉了舰队，或者把它藏了起来，或者送去了西天的某个秘密场所——"

"清照！看着我，听好我的话。"

她看了过去。他严厉的命令帮助她镇定下来，让她集中精神。

"你从出生开始，我就在试图教你这件事，但现在你必须明白才行，清照。众神是万事万物的起源，但除非乔装打扮，否则他们不会亲自出手。你听清楚了吗？"

她点点头，这些话她听过上百次了。

"你听清楚了，但没能理解，就算现在也是。"父亲说，"众神选择了道之星的人民，清照，只有我们享有聆听他们话语的特权。只有我们有资格明白他们是现在、过去和未来一切的起因。对其他所有人来说，他们所做之事无迹可寻，神秘莫测。你的任务不是查清卢西塔尼亚舰队消失的真正原因——道之星上的任何人都能一眼看出，那是因为众神希望如此。你的任务是查明众神为这起事件创造的掩饰手段。"

清照感觉头晕目眩。她原本确信自己找到了答案，也完成了差事。但现在，成果就这么悄然溜走了。答案仍旧是正确的，但她要做的事却截然不同了。

"此时此刻，就因为我们无法找到合乎自然的解释，众神有暴露给全人类的风险——包括信者和无信者。众神赤身裸体，我们必须为他们找来衣物。我们必须找出众神所创造、用来解释舰队消失的那一连串事件，让无信者认为符合自然法则。我以为你是明白的。我们为星际议会服务，但只是因为服务星际议会就等于服务众神。众神希望我们骗过议会，议会也希望被我们骗过。"

清照点点头，任务仍未完成的失望感令她麻木。

"我这话会显得很无情吗？"父亲问，"显得很狡猾？我对无信者太残忍了吗？"

"女儿会评判自己的父亲吗？"清照低声说。

"当然会。"父亲说，"所有人每天都在评判他人，问题在于我们的判断是否明智。"

"那么我判断，用无信者的语言和无信者说话不算罪孽。"清照说。

此时出现在他嘴角的是笑意吗？"你要明白，"父亲说，"如果议会找到我们，谦卑地要求知晓真相，那我们就会向他们传授大道，他们也会成为道的一部分。在那之前，我们侍奉众神的方式就是帮助无信者欺骗自己，让他们觉得发生的一切都有符合自然的解释。"

清照深鞠一躬，直到脑袋几乎碰到地板。"您曾许多次教导我这一点，但在此之前，我从未遇到过使用这一准则的差事。请原谅您不孝女儿的愚蠢。"

"我没有不孝的女儿，"父亲说，"我只有个灿烂光辉的女儿。你今天学到的准则，在道之星上只有寥寥数人真正理解，所以只有这几个人能直接和其他星球的来客打交道却不至于让他们困惑或是混乱。你今天让我很吃惊，女儿，不是因为你没能理解这个准则，而是因为你还这么年轻。我理解这点的时候要比现在的你大十岁。"

"父亲，我怎么可能比您更早学会呢？"超越他的某项成就简直是不可想象的事。

"因为你有我的教导，"父亲说，"而我必须靠自己发现。但我明白，你觉得比我更早学会某些东西是值得惶恐的。你觉得被女儿超过会让我丢脸？恰恰相反，对父母来说，最大的荣耀莫过于养育出比自己伟大的儿女。"

"我不可能比您更伟大，父亲。"

"在某种意义上，的确如此，清照。因为你是我的孩子，你的所有成果都会归在我的名下，作为我的子集，正如我们所有人都是祖先的子集。但你有那么多伟大的潜质，我相信迟早有一天，我在人们眼里会更加伟大，但那是因为你的成就，而不是我自己的。如果道之星的人民判断我配得上某种独一无二的荣誉，那么你的贡献至少和我的一样多。"

说完这话，父亲朝她鞠躬行礼，并非告别时那种礼貌的鞠躬，而是怀着敬意的深鞠躬，头部几乎碰到地板，但没有真的碰到，因为如果他对自己的女儿行那样的大礼，只会令人惊恐，几乎是嘲笑。但他仍然在尊严允许的范围内贴近了地板。

她一时间困惑而又惊恐，然后她明白了。他暗示自己被选为道之神的可能性取决于她的伟大程度时并不是在讲述不明确的未来，他所说的是此时此地，他所说的是她的差事。如果她能找出众神的掩饰手段，为卢西塔尼亚舰队的消失找到符合常理的解释，他就能确定被选为道之神。他就是这么信任她，这件差事就是这么重要。她的成人怎么能与父亲的成神相提并论？她必须更努力研究，更认真思考，在军方和议会动用所有手段却依旧失败的地方取得成功。不是为了她自己，而是为了母亲，为了众神，为了父亲成为他们之一的机会。

清照离开了父亲的房间。她在门口驻足，瞥了眼王母。通神者的一瞥就足以让那个女孩明白，自己应该跟上。

等清照回到房间，压抑已久的净化需要让她全身发抖。她今天所做的所有错事——她对众神的反抗、早先拒绝净化的行为、没能理解真正任务的愚蠢此时全数到来。她并不觉得肮脏；她想要的不是清洗自己，感觉到的也不是自我厌恶。说到底，她父亲的赞扬以及那位向她展示穿过房门方法的神灵已经缓和了她的卑微感。事实也证明，王母是个好选择，这是一场考验。清照无畏地过了关，所以令她颤抖的并非厌恶。她渴望净化，渴望在侍奉众神时与他们同

126

在，但她所知的任何惩罚都无法压抑这种渴望。

然后她明白了：她必须追寻房间里每块地板上的一条木纹。

她立刻选择了从东南的角落出发。她每次会从东墙开始，在仪式中朝向西方，面对众神。最后一块地板会是房间里最短的那条，不到一米长，位于西北角。那就是给她的奖赏，让她的最后一次追寻短暂而轻松。

清照能听见王母轻声跟着她走进房间，但她此时没有留给凡人的时间，众神正在等待。她跪在角落，扫视木纹，寻找众神希望她跟随的那一条。她通常会自己选择，也总是挑选难度最高的那条，免得众神瞧不起她。但今晚，她立刻就能断定众神为她做出了选择。第一条木纹很粗，呈波浪状，但容易分辨。他们展现了仁慈！今晚的仪式会是她和众神间的一场对话。她今天打破了一道看不见的屏障，接近了父亲的清晰认知。也许某一天众神对她说话的时候，能如普通人想象中通神者听到的那样清晰易懂。

"圣人阁下。"王母说。

清照的喜悦仿佛由玻璃构成，而王母刚刚故意将它砸了个粉碎。她知道仪式一旦被打断就必须从头开始吗？清照跪坐起来，转头看向女孩。

王母肯定是辨认出了清照脸上的愤怒，但并不理解。"噢，很抱歉，"她立刻开口，同时跪了下来，额头贴向地板，"我忘了不该叫您'圣人阁下'了。我只是想问您在寻找什么，这样才好帮您找。"

王母的误会几乎令清照笑出声来。王母当然不会猜到众神正在对清照说话。在怒气消失的此时，王母的惊恐令清照羞愧。让这个女孩向自己叩首感觉很不对劲，清照不喜欢看别人遭受这样的羞辱。

我有这么让她害怕吗？我原本满心喜悦，因为众神向我传达了明确的意志，但我的喜悦太过自私，所以当她天真地打断仪式，我却向她表露了憎恨。我就是这么回答众神的吗？他们向我展示的是爱，我却诠释为针对他人的敌意，尤其是需要听从我的人？众神又一次找到了证明我卑微的方法。

"王母，如果你发现我像这样俯身看着地板，千万不要打扰我。"她向王母解释了众神要求她的净化仪式。

"我也必须这么做吗？"王母说。

"除非是众神的要求。"

"我该怎么知道是不是？"

"如果你这个年纪还没听到过众神的话，王母，也许就永远不会了。但如果你真的听到，你就会明白，因为你无力抵抗脑海里的众神之声。"

王母严肃地点点头。"我该怎么帮您……清照？"她试探着吐出女主人的名字，语气谨慎而恭敬。清照第一次发现，她的名字在父亲口中显得亲切而深情，但在满怀敬畏地念出时却透出崇高。此时的她能强烈意识到自己的晦暗，听到"灿烂光辉"这种称呼几乎令她痛苦。但她不会禁止王母提及她的名字，那女孩总得称呼她，这种恭敬的语调可以时刻充当讽刺与警醒，让清照想起自己有多么名不副实。

"只要不打断我，就是在帮我了。"清照说。

"那我应该出去吗？"

清照几乎给出了肯定的回答，但随后意识到，众神不知为何希望王母成为惩罚的一部分。她是怎么知道的？因为让王母离开的念头几乎像尚未完成的仪式那样令她无法忍受。"请留下吧，"清照说，"你能安静地等着吗？看着我？"

"好的……清照。"

"如果持续太久，你忍不下去，就可以离开，"清照说，"但仅限于我从西侧移动到东侧的这段时间里。这代表我在两次追寻的间隔中，你离开也不会让我分心，但千万不要和我说话。"

王母瞪大了眼睛。"您打算追寻每块地板上的每一条木纹？"

"不。"清照说。众神不会这么残忍的！但这么想的同时，清照也明白有朝一日众神恐怕会要求完全一样的惩罚。这让她满心恐惧。"只有房间里每块地板的一条木纹。和我一起看着，好吗？"

她看到王母瞥了眼正在终端上方发光的时间信息。已经到了就寝的时间，她们也都错过了午睡。人类这么久不睡觉是不正常的。道之星的一天只有地球的一半长度，所以他们的工作时间很难和人体的内循环保持一致，错过午睡又推迟就寝是非常辛苦的。

但清照没有选择。如果王母没法保持清醒，她就必须立刻离开，无论众神有多么反对这个主意。"你必须保持清醒，"清照说，"如果你倒下睡着，我就必须和你说话，让你挪动身体，免得遮住我要追寻的木纹。可如果我跟你说话，就必须从头开始。你能一直醒着，不说话也不动弹吗？"

王母点点头。清照相信她是真心的，只是她并不相信这个女孩能做到，但众神坚持要她留下自己的新贴身侍女——清照又有什么资格拒绝众神的要求呢？

清照回到第一块木板，重新开始追寻。众神没有放弃她，这让她松了口气。在每一块木板上，她要寻找的始终是最粗也最容易分辨的木纹。就算偶尔遇到麻烦的木纹，后者也总是褪了色的简单木纹，或者半途中就消失于木板边缘。众神在关照她。

王母则在奋力挣扎。在从西侧回到东侧出发点的途中，清照两度瞥向王母，发现她睡着了。但当清照经过王母躺下位置的附近时，却发现她的秘密女仆醒了过来，无声地移动到清照已经寻找过木纹的位置，而且轻手轻脚，清照根本没听到动静。

最后，清照终于来到了最后一块地板的开始位置，那是角落的一块短木板。她几乎快活地叫出声来，但又及时忍住了。她自己的说话声和王母不可避免的回应必然会导致她从头来过，那就是难以置信的愚行了。清照朝木板的开头部位弯下腰，开始追寻最粗的木纹。它离房间的西北角还不到一米，清晰准确地带着她来到墙边。结束了。

清照倚着墙壁无力地坐倒，发出释然的大笑，但她太虚弱，又太疲倦，王母肯定把她的笑声当成了哭泣。片刻过后，女孩来到她身边，抚摸她的肩膀。"清照，"她说，"你很痛苦吗？"

清照握住女孩的手。"不痛苦，至少不是睡眠治不好的痛苦。结束了，我干净了。"

她确实觉得自己很干净，所以才毫不犹豫地抓住王母的手，和她肌肤相贴却没有任何肮脏的感觉。这是众神赐予的礼物，让她在仪式结束时可以握住别人的手。"你做得很好，"清照说，"有你在房间里，我找木纹的时候更容易专心。"

"我想我睡着了一次，清照。"

"也许是两次，但你及时醒了过来，所以不影响什么。"

王母开始啜泣。她闭上眼睛，但没有抽走手掌去捂脸，就这么让泪水顺着脸颊流下。

"你哭什么，王母？"

"我不知道。"她说，"通神者真的很辛苦，我都不知道。"

"做通神者真正的朋友也很辛苦，"清照说，"所以我才不想让你当我的仆人，叫我'圣人阁下'，还害怕听到我的声音。众神对我说话的时候，我就必须把那种仆人赶出房间。"

王母反而哭得更厉害了。

"司王母，你陪着我会觉得太辛苦了吗？"清照问。

王母摇摇头。

"就算你觉得太过辛苦，我也能理解。到时候你可以离开。我孤独过，我不害怕变回孤独一人。"

王母摇摇头，这次很用力。"看到您这么辛苦，我怎么还能抛下您呢？"

"那这件事有一天就会写进书里，或者出现在口口相传的故事里：在韩清照净化自我的时候，司王母总是陪伴左右。"

突然间，王母的脸庞绽开笑容，双眼也因笑意眯起，但泪水仍在她的脸颊上闪闪发亮。"您听到自己刚才讲的笑话了吗？"王母说，"关于我的名字司王母。他们讲那个故事的时候，不会知道那是您的贴身侍女，他们会以为是西王圣母。"

清照也大笑起来，但有个念头掠过她的脑海，那就是那位西王圣母也许真的是王母的心灵祖先。有王母陪在她身边做她的朋友，她也就和几乎最古老的那位神灵拉近了关系。

王母铺好了她们要用的床席，但过程是清照为她演示的。这是王母分内的职责，清照必须让她每晚都做同样的事，但她从来不介意自己动手。她们躺下的时候（席子的边缘连在一起，以免缝隙间露出木纹），清照发现有灰白的光线透过窗格照射进来。她们在清醒状态下共度了一天，现在又会度过一整夜。王母做出了高尚的牺牲，她会成为清照真正的朋友。

但几分钟过后，王母已经沉入梦乡，清照眼看就要睡着却开始好奇：像王母这样出身贫寒的女孩是怎么买通义工队的工长，让她今天和清照谈话时没人打扰的？会不会是哪个间谍替她付了账，让她能渗透韩非子的家族？不，韩家的护院鞠恭枚肯定会发现，那么王母就不可能被雇用了。王母贿赂时用的可能不是钱。司王母才十四岁，但已经是个非常漂亮的女孩了。清照读过许多历史和传记，知道女人通常是用怎样的方式贿赂。

清照沉着脸决定派人秘密调查，如果确有此事，就以"不光彩行径"的含糊罪名开除她。在调查过程中，王母的名字不会公开，这样她就不会受伤害。清照只打算告诉鞠恭枚一个人，他会办好这件事的。

清照看着她的侍女——她可靠的新朋友——可爱的睡脸，感到满心悲伤。然而，最令清照伤心的不是王母向那个工长付出的代价，而是她为了"韩清照的贴身侍女"这种毫无价值、痛苦而可怕的工作付出的代价。如果一个女人要出卖通往自己子宫的途径——就像许许多多的女子在全人类的历史上被迫做过的那样，众神肯定会让她得到有价值的回报。

　　所以清照那天直到清早才睡着，也更加坚决地打算投入全身心去教育司王母。她不会允许王母的学习干扰她奋力解开卢西塔尼亚谜团的过程，但她会挤出所有空余的时间，给王母配得上她那些牺牲的报答。至于众神，他们为她送来了这位完美的贴身侍女，肯定也指望她给出同样程度的回报。

CHAPTER

08

奇迹

安德最近一直在折磨我们，坚持要我们想出超光速旅行的方法。

你说过，这是不可能的。

我们认为不可能，人类学家也认为不可能，但安德坚持说，如果安塞波能传输信息，我们就应该能以同样的速率传输物质。这当然是无稽之谈——信息和物理实体根本没有可比性。

他为什么那么想要超光速旅行？

因为一个很蠢的想法——比自己的影像更快到达某个地方。这就像穿过一面镜子，和另一边的你自己见面。

安德和鲁特经常讨论这个话题，我听到过。安德认为也许物质和能量都是完全由信息构成的，物理实体无非是核心微粒之间互相传输的消息而已。

鲁特是怎么说的？

他说安德对了一半。鲁特说物理实体是信息，那个信息是核心微粒不断向神提出的一个问题。

什么问题？

只有三个字：为什么？

神又是怎么回答的？

生命。鲁特说生命就是神赋予宇宙的目的。

米罗回到卢西塔尼亚的时候，全家人都来迎接他。他们毕竟还是爱他的。他也爱他们。而在一个月的太空生活过后，他很期待他们的陪伴。他知道——至少理性上知道，自己在太空的一个月，对他们来说是四分之一个世纪。他准备好了面对母亲脸上的皱纹，准备好了看到格雷戈和科尤拉变成三十来岁的大人。他没有预料到——至少没有本能地预料到他们变成了陌生人。不，比陌生人更糟糕。他们是怜悯他的陌生人，觉得自己了解他，还把他当成孩子那样俯视他。他们都比他年长，每一个都是，但也都比他年轻，因为痛苦和失落在他们身上留下的痕迹远不如他那样明显。

埃拉是其中表现最好的那个，这点一如既往。她拥抱了他，亲吻了他，然后说："你让我强烈地感觉到自己只是肉体凡胎，但我很高兴看到你年轻的模样。"至少她有勇气承认他们之间已经有了明显的隔阂，但她假装那道隔阂是因为他的年轻。的确，米罗和他们印象里完全一样，至少脸是一样的。死而复生又阔别多年的兄弟、青春永驻的幽灵前来纠缠这一家人，但真正的隔阂是他的一举一动和他的说话方式。

他们显然忘记了他的严重残疾，忘记了他的身体对受损的大脑做出的反应。拖曳的步子、扭曲难懂的话语……他们的记忆切除了所有令人不快之处，记住的只有他事故之前的模样。说到底，他在踏上这场时间膨胀之旅以前才刚刚残疾了几个月，他们很容易忘掉那件事，反而想起他们熟知多年的那个米罗，强壮、健康，也只有他能挺身面对他们曾经称为"父亲"的那个男人。他们无法掩饰自己的震惊。他能看出这一切：他们迟疑不决，目光闪烁，尝试忽略他的发言难以理解，尝试忽略他缓慢的步伐。

他能感觉到他们的不耐烦。仅仅几分钟过去，他就发现至少其中几人开始寻找离开的借口：今天下午太忙了，晚餐的时候见。整件事都让他们浑身不自在，迫使他们设法脱身，花时间去消化这个版本的米罗刚刚回到他们身边的事实，也许还要盘算将来该怎样尽可能避免和他见面。格雷戈和科尤拉表现最差，对离开最迫不及待，这刺痛了他，毕竟他们曾经那么崇拜他。他当然能理解，正因如此，他们才难以面对眼前这个残破的米罗。他们版本的旧米罗是最单纯的那一个，因此其中的矛盾也最令人痛苦。

"我们考虑过办一场盛大的家庭晚餐。"埃拉说，"母亲很想这样，但我觉得我们应该等等，给你些时间。"

"希望你们不会一直等着不吃晚饭。"米罗说。

只有埃拉和华伦蒂似乎明白他在说笑，只有她们给出了自然的回应，咯咯轻笑。至于其他人，在米罗看来，他们甚至没听懂他的话。

他的全家人站在机场旁边高大的草丛里：母亲，如今六十有余，发色青灰，面容严肃，这点一如既往。只是现在，那种情绪深深蚀刻在她额头的纹路还有她嘴边的皱褶里。她脖子的情况更糟糕。他明白，她总有一天会死。也许三四十年内不会，但总有这么一天。他本以为和死者代言人结婚能以某种方式软化她，让她变回年轻的模样。也许这点已经实现了，也许安德鲁·维京让她的心灵焕发了青春，但那具身体仍旧是时间塑造下的模样。她老了。

埃拉年届四十。没有丈夫陪着她，但也许她已经结婚，只是她丈夫没跟来——多半不是。她是和自己的工作结婚了吗？她看到他的那种愉快似乎是发自真心，但就连她都无法掩饰怜悯和担忧的神情。怎么，她以为一个月的光速旅行能莫名其妙治好他？她以为他走下飞船的时候能勇敢而强壮，就像那些浪漫故事里来往于太空的神灵？

金如今穿着教袍。简告诉过米罗，他的二弟是个厉害的传教士。他让十几个森林的坡奇尼奥改变了信仰，为他们洗礼，然后在佩雷格里诺主教的授权下在其中任命神父，让他们为自己的同胞主持圣礼。他们给所有从母亲树上出现的坡奇尼奥洗礼，为所有母亲在死前洗礼，为照顾小母亲与年轻人的所有不能生育的妻子洗礼，为所有追寻光荣死亡的兄弟洗礼，也为所有树木洗礼。然而，只有妻子和兄弟能参与圣餐仪式，至于婚礼，要为父亲树和与之交配的那种盲目无脑的蛞蝓设想出一种有意义的仪式是非常困难的。但米罗能从金的眼里看到某种兴奋，那是力量得到妥当运用的光彩。在希贝拉家族里，唯有金这辈子都清楚自己想做什么，现在也正在这么做。别去在意那些神学方面的难题，对猪仔来说他就是圣保罗，这让他的心灵永远充满喜悦。**你为神效命，我的弟弟，神也把你看成他的自己人。**

奥尔拉多银色的双眼闪闪发亮，手臂搂着一位美丽女子，六个孩子环绕在旁，最小的还在蹒跚学步，最大的女孩已有十来岁。这些孩子都有纯天然的眼睛，但都学会了他们父亲那种超然物外的表情。他们不看，而是凝视。有奥尔拉多在身边，这也许是自然而然的。米罗有些不安地觉得，奥尔拉多恐怕是生了一家子观察者、一群行走的记录器，能记下体验，随后再播放，但从不真正参与其中。然而这肯定是错觉。米罗在奥尔拉多身边一向不太自在，所以无论奥尔拉多的儿女与他们的父亲有何相似之处，都注定会让米罗在他们身边感到不适。那些孩子的母亲很漂亮，也许不到四十岁。奥尔拉多娶她的时候，她多大年纪？她是个怎样的女人，才会接受拥有人造双眼的男人？奥尔拉多是否会记录他们恩爱的过程，随后为她播放那些影像，让她看到自己在他眼里的模样？

米罗立刻为自己的想法而羞愧。**看着奥尔拉多的时候，我难道只能想到这些……想到他的残缺？那我凭什么指望他们看到我身上残缺以外的东西？**

离开是个好主意，幸好安德鲁·维京给了我建议，其中唯一不合理的部分就是回来。我干吗要来这儿？

米罗几乎违心地转过头去，面对华伦蒂。她冲他笑了笑，搂住他，给了他一个拥抱。"也没那么糟糕。"她说。

跟什么比起来不够糟？

"我只有一个兄弟能来问候我，"她说，"可你所有的家人都来了。"

"也对。"米罗说。

但简随即开了口，语气在他耳中带着嘲讽。"不是所有人。"

闭嘴，米罗无声地说。

"只有一个兄弟？"安德鲁·维京说，"只有我？"死者代言人走上前去，拥抱了他姐姐，但米罗是否也在动作里看到了尴尬？华伦蒂·维京和安德鲁·维京面对彼此也会不好意思吗？太好笑了。胆大包天的华伦蒂——她就是德摩斯梯尼本人，不是吗？以及维京，擅自闯入他们的生活，又未经许可重塑他们家庭的那个人。他们怎么可能羞怯？他们怎么可能觉得彼此很陌生？

"你老得可怜，"安德鲁说，"又瘦得像根栏杆。难道雅各特没让你过上体面生活吗？"

"难道娜温妮阿不做饭吗？"华伦蒂问，"你看起来比以往都要蠢。我来得正是时候，刚好能看到你彻底变成呆瓜的模样。"

"我还以为你是来拯救世界的呢。"

"是拯救宇宙，但你的事优先。"

她再次搂住米罗，用另一只胳膊搂住安德鲁。她对其他人说："你们有好多人，但我总觉得已经认识你们每一个了。希望我和我的家人也能很快给你们同样的感觉。"

如此亲切，如此让人安心。甚至能让我安心，米罗心想，她很擅长和人相处，就像安德鲁·维京那样。是她从他那里学到的，还是反过来？还是说这是他们家族与生俱来的？说到底，彼得是有史以来最伟大的操纵者，是最初的霸主。不愧是一家人，和我的家人一样奇怪，只不过他们的奇怪是因为天才，而我的家人奇怪是因为我们多年以来分享的痛苦，因为我们灵魂的扭曲。我是其中最奇怪的，也是受伤最重的。安德鲁·维京来到这里，治愈了我们之间的伤口，而且手法出色，但内心的扭曲真的会有治好的那天吗？

"来一场野餐如何？"米罗问。

这次他们全都大笑起来。这样如何，安德鲁、华伦蒂？我让他们轻松下来了吧？我帮忙缓和气氛了吧？我成功帮助了所有人，让他们能假装乐意看到我，也没有完全忘记我是谁，对吧？

"她也想来。"简在米罗的耳中说。

闭嘴，米罗重复道，我可不想她来。

"但她之后也会见到你。"

不。

"她结婚了，有四个孩子。"

现在这些对我毫无意义。

"她已经有好些年没在梦里呼唤你的名字了。"

我还以为你是我的朋友。

"我是，我能读你的心。"

你是个好管闲事的老贱人，你什么也读不懂。

"她明天早上会来找你，去你母亲的住处。"

我不会在场的。

"你以为你能逃避？"

在和简对话期间，米罗听不到周围人说的任何话，但这不重要。华伦蒂的丈夫和儿女下了飞船，她正在介绍他们认识每一个人。当然了，尤其是他们的舅舅。他们和他说话时的敬畏语气令米罗吃惊，但话说回来，他们知道他真正的身份是异族屠灭者安德。没错，但同时也是死者代言人，《虫族女王传》和《霸主传》的作者。现在米罗当然清楚这点，但他初次和维京见面的时候，怀着敌意。他只是个巡游四方的死者代言人，是某个人文主义宗教的使节，似乎还决心把米罗的家事翻个底朝天，而他也确实这么做了。我想我比他们要走运，米罗心想，在知道他是人类历史上的伟大形象之前，我认识了作为人的他。他们也许永远不会像我这么了解他。

可我也完全不知道他是怎样的人。我不了解任何人，任何人也都不了解我。我们一生中总是在猜其他人的想法，每当我们碰巧猜对一次，就会觉得自己懂了。这太荒谬了，就算让猴子面对电脑，也偶尔能打出一个正确的词来。

你们不了解我，你们全都一样，他无声地说，尤其是那个住在我耳朵里面好管闲事的老贱人，你听到了没？

"你用那种音量哼哼唧唧，我怎么可能听不见？"

安德鲁正在将行李搬到车上，那里的空间只够坐几个人。"米罗，你想坐娜温妮阿和我的车吗？"

在他回答之前，华伦蒂就抓住了他的胳膊。"噢，别去，"华伦蒂说，"跟我和雅各特一起走走吧，我们都在飞船上憋了那么久了。"

"好吧。"安德鲁说，"他母亲有二十五年没见到他了，你却想让他散个步，考虑得真是太周到了。"

安德鲁和华伦蒂的语气保持了他们一开始定下的戏谑基调，所以无论米罗如何决定，他们都会笑着把整件事转变成在两位维京之间的选择。他没理由非得说自己需要搭车，因为他是个残疾人，他也没理由觉得受了冒犯，因为有人给了他特殊待遇。华伦蒂和安德鲁的手法顺畅而优雅，让米罗怀疑他们是事先商量好的。也许他们用不着商量这种事，也许他们一起生活了那么多年，甚至不用思考就知道怎么合作去缓和气氛。

"我走路就好，"米罗说，"我选远的那条路。你们先走一步吧。"

娜温妮阿和埃拉开口想要抗议，但米罗看到安德鲁一手按在娜温妮阿的手臂上，而金搂住埃拉的肩膀，让她闭上了嘴。

"记得直接回家。"埃拉说，"无论要走多远的路，记得回家。"

"我还能去哪儿？"米罗问。

华伦蒂不明白安德怎么了。她来到卢西塔尼亚才第二天，但她已经能判断有哪里不对劲。不是说安德没有担忧或者分心的理由。他跟她说了外星生物学家们面对德斯科拉达病毒的问题，以及格雷戈和科尤拉之间的紧张关系，当然还有议会舰队，那道在每一片天空若隐若现的死亡身影。但安德从前面对过担忧和紧张，在作为死者代言人的那些年里面对过许多次。他曾经深入许多国家、家庭、团体和个人的问题，努力理解，然后净化和治愈心灵的疾病。但他从未有过现在这样的反应。

又或许有过那么一次。

当时他们还是孩子，安德正在接受训练，准备指挥那支对抗虫族星球的舰队，而他们带安德回地球待了一阵子，事实证明那是最后的暴风雨之前的宁静。安德五岁那年就和华伦蒂分开，甚至不允许和她有未经审核的信件往来。他们突然间改换了政策，带华伦蒂去见了他。他被安置在他们故乡附近的一座大型私人庄园里，每天在私人湖泊里游泳，但更多时候只是懒洋洋地漂在湖面上。

起先华伦蒂以为一切正常，以为自己会为终于能见到他而高兴，但她很快就明白了有些事非常不对劲。只是那时候，她对安德的了解还不够深，毕竟他从出生以来，有超过一半的时间都不在她身边。但她明白，他那副心事重重的样子很不对劲，他将自己抽离了世界。她的工作就是让他重新建立联系，带他回来，让他看到自己在人类之网里的位置。

因为她的成功，他才能够回到太空，指挥那支彻底摧毁了虫族的舰队。从那时起，他与全人类的联系似乎就变得牢固了。

现在，她又一次和他分离了半辈子。她的二十五年，他的三十年。他也又一次仿佛脱离了世界。当他驾车带着她、米罗和普利克特外出，在无边无际的卡匹姆草原上飞速行驶的时候，她也在观察他。

"我们就像大海上的一条小船。"安德说。

"不怎么像。"她说着，想起了雅各特驾驶布网汽艇带她出海的经历。三米高的波浪将他们高高抬起，随即甩进浪花间的深沟。在大型渔船上，这些海浪只能略微推动船身，他们可以舒舒服服地躲在船内。但在那条小汽艇里，海浪简直势不可当，名副其实地让人喘不过气。她从座位滑到甲板上，双臂抱住长凳，这才平复呼吸。

波涛汹涌的大海和这片平静的草原根本没有任何可比性。

但也许对安德来说，这儿就是大海。也许他看着一望无垠的卡匹姆草原，看到的是其中的德斯科拉达病毒，后者正满怀恶意地自我适应，打算屠杀人类及其所有伴生物种。也许对他来说，这片草原起伏不定的模样和大海一样残酷。

水手们当时放声大笑，但并非嘲笑，而是温和的笑，就像嘲笑孩童泪水的父母。"这片海算不了什么，"他们说，"你应该等遇到二十米高的海浪再害怕。"

安德的外表看起来和那些水手一样平静。平静，而且疏远。安德和她、米罗还有沉默不语的普利克特说话，但仍然隐瞒着什么。他和娜温妮阿之间出了什么问题吗？华伦蒂结识他们的时间还不够久，不足以分辨他们何时自然，何时紧张——当然了，他们之间没有明显的不和。所以安德的问题也许是他和米拉格雷社群之间不断加深的隔阂。有这种可能。华伦蒂当然记得自己付出了多少努力才赢得特隆海姆人的认可，而她的结婚对象还是一位声名卓著的特隆海姆男子。安德娶的那位女子全家都被米拉格雷居民疏远，他的遭遇又是怎样的？会不会是他对这儿的治疗没有别人以为的那么彻底？

但这不可能。华伦蒂今早和市长科瓦诺·泽尔吉佐及老主教佩雷格里诺见了面，他们都表现出了对安德由衷的喜爱。华伦蒂出席过很多次会议，不至于看不出社交客套、虚情假意和真正友谊之间的区别。就算安德和这些人疏远，也不是出自他们的选择。

是我过度解读了，华伦蒂心想，就算安德显得既陌生又疏远，也是因为我们分别了太久，也可能是因为他面对这个愤怒的年轻人米罗的时候有所顾忌，又或许是因为普利克特，她对安德·维京的那种沉默而精于算计的崇拜让他选择和我们疏远。也没准只是因为我坚持要立刻在今天和虫族女王见面，赶在和猪仔的任何一位领袖见面之前。我没理由因为他的疏远就忽视了眼前的陪伴。

他们首先凭借那片浓烟找到了虫族女王的城市。"那是矿物燃料，"安德说，"她正在以惊人的速度消耗。正常来说，她不会做这种事。虫族女王通常会谨慎对待自己的世界，不会这样大肆浪费和制造臭味，但最近她很着急。'人类'也说过，他们给了她在必要情况下随意消耗和污染的许可。"

"为了什么必要？"华伦蒂问。

"'人类'不肯说，虫族女王也是，但我有我的猜测，我想你也一样。"

"猪仔想要依靠虫族女王的帮助，在仅仅一个世代内跃升到完全的科技化社会？"

"不太可能。"安德说，"他们太保守了，接受不了这种事。他们想知道能知道的一切，但完全没兴趣让机器把自己团团包围。别忘了，森林里的树木会慷慨而亲切地给出一切有用的工具。我们称之为工业的东西，在他们眼里仍旧是野蛮之举。"

"那又是为什么？为什么这么多烟？"

"问她吧，"安德说，"也许她会跟你说实话。"

"我们能亲眼见到她吗？"米罗问。

"噢，可以的。"安德说，"至少她会亲眼见到我们，甚至可能会接触我们，但或许我们看到的越少越好。她住的地方通常很暗，除非她的产卵期快到了。在那个时候，她需要看到东西，虫族的工虫就会挖开隧道，让阳光照射进去。"

"他们没有人造光源？"米罗问。

"他们从来不用，"安德说，"就算虫族战争期间那些来到太阳系的飞船上也一样。他们能看到热，就像我们能看到光，任何热源在他们眼里都清晰可见。我认为他们布置热源的方式甚至只能用'符合美学'来解释，也就是热源绘画。"

"那他们产卵的时候为什么需要光线？"华伦蒂问。

"我不太想用'仪式'来称呼，虫族女王对人类宗教嗤之以鼻。我们就当这是他们基因传承的一部分吧。没有阳光，就没有产卵。"

话音落下，他们进入了虫族的城市。

华伦蒂对眼前的景象并不惊讶，毕竟他们年轻的时候，她和安德去过罗姆星的第一座殖民地，那里从前是虫族的星球。但她知道，这种体验对米罗和普利克特恐怕既意外又陌生，其实她的心里也浮现了几分当时的迷失感。倒不是说这座城市有什么明显的怪异之处，这里有建筑物，大部分很矮，但基于和人类建筑相同的构造原理。怪异感来自那种漫不经心的排布方式。没有大路或者街道，也不会尝试将建筑物排在一起，面朝同一方向。建筑物的高度也毫不统一，有些就只是停在地面上的屋顶，另一些却高得惊人。涂料似乎只作为防腐用途，没有任何装饰。安德说，他们会用符合美学的方式安排热源，显然其余方面并非如此。

"这不合理。"米罗说。

"从地表看是这样，"华伦蒂说着，想起了罗姆星，"但如果你去过隧道，就会明白在地下环境里，这些建筑都很合理，都是沿着天然地缝和岩石纹理建造的。地质也有'韵律'，虫族对此非常敏感。"

"那些高大的建筑呢？"米罗问。

"地下水位是他们向地下建造的极限。如果需要高度，就必须往上造。"

"他们究竟在做什么，才需要造出这么高的房屋？"米罗问。

"我不知道。"华伦蒂说。他们正在绕过一栋至少有三百米高的屋子。在附近，他们能看到另外十几座类似的建筑。

在这次远足里，普利克特第一次开了口。"火箭。"她说。

华伦蒂看到安德笑了笑，微微点头。所以普利克特和他猜的一样。

"做什么用？"米罗问。

华伦蒂差点儿脱口而出：当然是上太空了！但这么说不太公平，米罗没在为进入太空而奋斗的星球上生活过。对他来说，离开

143

星球就代表乘坐太空梭前往轨道站。但卢西塔尼亚的人类使用的那架简易太空梭几乎没法向外运送材料，供大型深空建筑项目使用。就算它能办到，虫族女王也不太可能请求人类的帮助。

"她在造什么，太空站吗？"华伦蒂问。

"我想是的，"安德说，"但这么多火箭，又是这么大型的火箭，我想她是打算一次性建造完成，甚至会在太空里拆卸火箭部件来使用。你觉得她这么冒险的理由是什么？"

华伦蒂差点儿就要用恼火的语气回答"我怎么知道"，然后她意识到，他问的不是她，因为他几乎同时给出了答案。这代表他肯定在询问耳朵里的电脑——不，不是什么"电脑"，而是简。他在问简。华伦蒂还是很难适应这个概念：尽管车里只有四个人，却还有第五个人在场，通过安德和米罗同时佩戴的珠宝旁观和聆听。

"她可以一次性建完。"安德说，"其实考虑到这里的化学物质排放量，虫族女王熔炼的金属足够建造的不只是一座太空站，还有两艘小型长距离飞船，就是第一次虫族远征时派来的那种殖民飞船。"

"赶在舰队抵达前。"华伦蒂说。她立刻明白过来，虫族女王打算移民。"小大夫"再次到来的时候，她不想让自己的同胞被困在仅仅一颗行星上。

"你们也明白问题所在。"安德说，"她不肯明说自己在做什么，所以我们能指望的只有简观察到的东西，还有我们能猜到的部分。我猜想中的画面可算不上美好。"

"虫族离开行星又有什么问题？"华伦蒂问。

"不只是虫族。"米罗说。

华伦蒂又一次恍然大悟。所以坡奇尼奥才会允许虫族女王制造如此严重的污染，所以他们才会一开始就安排建造两艘飞船。"一艘是虫族女王用的，另一艘是坡奇尼奥用的。"

"这是他们的打算，"安德说，"但在我们看来，那两艘船都是给德斯科拉达病毒用的。"

华伦蒂感到一股寒意流过身体。虫族女王设法拯救自己的物种是一回事，但让她带着那种可怕病毒前往别的世界，那就完全是另一回事了。

"你们看到我的两难处境了，"安德说，"你们明白她为什么不肯直说自己在做什么了。"

"但你也没办法阻止她，不是吗？"华伦蒂问。

"他可以提醒议会舰队。"米罗说。

的确。数十上百艘全副武装的星际飞船正从四面八方向卢西塔尼亚会合。如果提醒他们有两艘飞船正在离开卢西塔尼亚，再给出原始发射轨道，他们就能进行拦截，加以摧毁。

"你不能这样。"华伦蒂说。

"我不能阻止他们，也不能放他们离开。"安德说，"阻止他们，虫族和猪仔就会面临毁灭的威胁。放他们走，全人类就会面临毁灭的威胁。"

"你必须和他们谈谈，达成某种协议。"

"和我们的协议有什么价值？"安德问，"我们没法代表全人类。如果我们做出威胁，虫族女王可以直接摧毁我们的所有卫星，或许还有安塞波。为了确保安全，她也许无论如何都会这么做。"

"那我们就与世隔绝了。"米罗说。

"与全宇宙隔绝。"安德说。

华伦蒂花了片刻才明白，他们想到了简。没有安塞波，他们就没法再和她说话了。没有环绕卢西塔尼亚的卫星，简在太空里就成了瞎子。

"安德，我不明白，"华伦蒂说，"虫族女王是我们的敌人吗？"

"这就是问题所在，不是吗？"安德说，"这就是让她复苏自己的物种所带来的问题。虫族女王如今重获自由，不再受困于我床下那只袋子里的茧，她的一举一动都会追求自己物种的最大利益——

她认为的最大利益。"

"但安德，人类和虫族总不能再次开战吧。"

"如果没有正在靠近卢西塔尼亚的人类舰队，就不存在这个问题了。"

"但简干扰了他们的通信，"华伦蒂说，"他们收不到使用'小大夫'的指令。"

"暂时如此。"安德说，"但华伦蒂，你觉得简为什么要冒生命危险切断通信？"

"因为指令已经发出了。"

"星际议会给出了摧毁这颗行星的指令。现在简暴露了自己的力量，他们对于消灭我们这件事只会更加坚决。等他们找到让简不再挡路的办法，就会更加坚定地对付这颗星球。"

"你告诉虫族女王了吗？"

"还没有。但话说回来，我也不清楚在我不愿意的情况下，她能从我的头脑里得知多少东西。我不知道该怎么控制这种通信方式。"

华伦蒂一手按在安德的肩头。"所以你才想劝我别去见虫族女王？因为你不想让她知道真正的威胁？"

"我只是不想再面对她。"安德说，"因为我爱她，也惧怕她。因为我不确定是该帮助她还是设法摧毁她，也因为她一旦把这些火箭发射到太空里——现在这随时可能发生，她就会夺走我们阻止她的力量，夺走我们和全人类的联系。"

他还有句话没说出口：她可以切断安德和米罗与简的联系。

"我觉得我们确实需要和她谈谈。"华伦蒂说。

"和她谈谈，不然就得杀了她。"米罗说。

"现在你理解我的烦恼了。"安德说。

他们在沉默中驱车向前。

虫族女王的地洞入口是一栋平平无奇的建筑，没有什么特别护卫——其实在这场远征里，他们没看到哪怕一个虫族。华伦蒂想起年轻时的自己初次前往殖民星球的时候，曾试图想象城市里仍有虫族居住的模样。现在她知道了，和虫族灭亡后相比，两者毫无分别，没有像蚂蚁那样蜂拥着爬过山丘的虫子。她知道这儿的某处有阳光照耀下的田地和果园，而且有人打理，但从这儿什么都看不到。

她为什么会觉得如释重负？

想到问题的同时她就知道了答案。她的童年是在虫族战争时期的地球上度过的，那些昆虫似的外星人是她噩梦中的常客，正如地球上所有孩子的噩梦那样。然而在她小时候，只有少数人类见过真正的虫族，其中仍然活着的就更少了。即使在她前去的第一颗殖民星球上，在虫族文明废墟的环绕之下，人们也没能找到哪怕一具干瘪的虫族尸体。她对虫族的视觉印象全部来自视频里的可怕画面。

但她是第一个读到安德那本《虫族女王传》的人，不是吗？除了安德以外，她是第一个认为虫族女王作为外星物种具备优雅与美丽的人，对吧？

的确，她是第一个，但这没什么意义。生活在现代的每个人都是在《虫族女王传》和《霸主传》参与塑造的道德世界里长大成人的。只有她和安德在针对虫族持续不断的仇恨宣传中长大，无须看到虫族当然会让她产生不合理的释然。对米罗和普利克特来说，看到虫族女王及工虫的第一眼，不会给他们带来与她相同的情绪紧张。

我是德摩斯梯尼，她提醒自己，*作为理论家，我坚称虫族是异族，是可以理解和接受的外星人，我只是必须尽全力克服童年养成的偏见。在合适的时候，全人类都会知道虫族女王的复苏。如果德摩斯梯尼自己都没法认同虫族女王是异族，那就太可耻了。*

安德驾车在一栋矮小的房屋周围绕了个圈。"就是这儿了。"他踩下刹车，减缓转速，让车子停在屋子仅有的那扇门边的卡匹姆草地上。那道门很矮，成年人得趴在地上才能钻进去。

"你是怎么知道的？"米罗问。

"因为这是她说的。"安德说。

"简说的？"米罗问。他一脸困惑，因为简当然没对他说类似的话。

"虫族女王，"华伦蒂说，"她直接对安德的头脑说的。"

"这招有意思，"米罗说，"我能学会吗？"

"到时候就知道了，"安德说，"等你见到她的时候。"

就在他们爬下车踏入高大的草丛时，华伦蒂注意到米罗和安德都在偷偷打量普利克特。普利克特的安静（或者说看起来的安静）显然让他们不安。华伦蒂觉得普利克特是个健谈又很有口才的女子，但她也习惯了普利克特在特定的时候扮演哑巴。当然了，安德和米罗是第一次见到她反常沉默，因此烦躁不安，这也是普利克特这么做的主要原因之一。她相信人们在隐约感到焦虑时最容易暴露心声，而想要引发指向不明确的焦虑感，没有比在人前沉默更好的办法了。

华伦蒂不认为这种技巧适合用在陌生人身上，但她亲眼见过身为导师的普利克特用沉默迫使学生（华伦蒂的子女们）审视自己的想法。华伦蒂和安德授课时会用对话、提问和争论来考验学生，但普利克特却迫使学生自己扮演争论的双方，让他们提出自己的想法，然后再以驳倒自己为目标进行反驳。这套方法或许对大多数人都不合适，但华伦蒂得出结论，它非常适合普利克特，因为她的一言不发并不是彻底无交流，她尖锐的凝视本身就是怀疑态度的传神表现。当某个学生面对那种毫不动摇的注视时，他会很快被自己内心的不安压垮。那个学生原本勉强抛开和忽视的那些疑虑此时会自行浮现，随后在自己的内心为普利克特质疑的表象找到相应的理由。

华伦蒂最年长的孩子塞芙特曾将这种单方面对峙称为"直视骄阳"，如今安德和米罗就在和"全视之眼"以及"无言之口"的对抗中变成了瞎子。面对他们的焦虑，华伦蒂很想放声大笑，让他们安心。她也想给普利克特一点点温和的教训，让她不要这么难以相处。

但华伦蒂两样都没做，而是大步走到门前，将它拉开。那扇门没有门闩，只有个能握住的把手。门应手而开。她扶着门，让安德跪在地上，爬进屋子，普利克特随后跟上。接着米罗叹了口气，缓缓跪下。他爬的姿势比走路更笨拙，手臂和腿从来不会同时挪动，仿佛他每次做动作前都需要思考具体方法。最后他钻了进去，而华伦蒂蹲坐下来，就这么穿过房门。她是身材最娇小的那个，所以不需要爬行。

在屋里，唯一的光线来自门外。房间里毫无特色，地板脏兮兮的。等到华伦蒂的双眼习惯黑暗以后，她才意识到那道最深的阴影是通向地下的一条隧道。

"隧道里没有任何照明，"安德说，"她会给我指路。你们得抓住彼此的手。华伦蒂，你走最后，可以吗？"

"我们能站起来吗？"米罗问，这个问题显然很重要。

"能，"安德说，"所以她才选择这个入口。"

他们手牵着手，普利克特握住安德的手，米罗则在两位女子之间。安德带领他们在通往下方隧道的斜坡上走出几步。坡度很陡，前方的漆黑令人泄气，但安德在踏入彻底的黑暗之前停下了脚步。

"我们在等什么？"华伦蒂问。

"我们的向导。"安德说。

就在这时，向导来了。在黑暗中，华伦蒂只能勉强看到那条仿佛黑色芦苇的手臂，上面仅有的拇指和食指碰了碰安德的手掌。安德立刻用左手握住那根食指，黑色的拇指握住他的手掌，仿佛一把钳子。华伦蒂的目光顺着那条手臂上移，想要看清那个虫族，但她能分辨出来的只有一道孩童个头的影子，或许还有甲壳的微弱反光。

她的想象力补充了所有缺失的细节，她不由自主地发起抖来。

米罗用葡萄牙语说了句什么。这么看，虫族的出现同样影响了他。然而普利克特保持沉默，华伦蒂不清楚她究竟是在瑟瑟发抖还是丝毫不为所动。随后米罗拖着脚向前一步，拉着华伦蒂的手朝黑暗前进。

安德知道这段路对其他人来说会很难熬。目前为止，只有他、娜温妮阿以及埃拉受邀拜访过虫族女王，娜温妮阿也只来过一次。这片黑暗让人格外紧张，需要在不靠双眼的情况下不断向下走，从微小的声音得知生命和活动的存在，无法看见，但就在附近。

"我们能说话吗？"华伦蒂问，声音听起来很小。

"好主意。"安德说，"你不会打扰他们的，他们不怎么能察觉声音。"

米罗说了句什么，安德看不见他嘴唇的动作，也发现自己更难理解米罗的话了。

"什么？"安德问。

"我们都想知道还有多远。"华伦蒂说。

"我不知道，"安德说，"至少在这里不知道。她几乎可能在地下的任何地方，育儿室有几十间。不过别担心，我相当确定我能找到离开的路。"

"我也可以，"华伦蒂说，"不过要用到手电筒。"

"没有光。"安德说，"产卵需要阳光，但之后光线只会妨碍虫卵的发育。在某个阶段，它还有可能杀死幼虫。"

"可你能在黑暗里找到离开这场噩梦的路？"华伦蒂问。

"也许吧，"安德说，"隧道是有模式的，就像蜘蛛网，等你感觉到整体构造以后，隧道的每一部分就会更有意义。"

"这些隧道的结构不是随机的？"华伦蒂的语气带着怀疑。

"这就像艾洛斯的隧道工程。"安德说。他作为儿童士兵住在艾洛斯星时，其实没什么机会去探索隧道。虫族曾经将那颗小行星改造成了蜂窝状结构，充当他们在太阳系的前沿基地。它在第一次虫族战争期间被人类夺去，成了人类盟军舰队的指挥部。在那里的几个月里，安德将大部分的时间和精力都用来学习操控太空中的飞船舰队，但他肯定不经意地观察过隧道，而且比他自己以为的要仔细，因为虫族女王初次带他进入她在卢西塔尼亚的地洞时，安德发现隧道的那些弯弯绕绕都在他的意料之中，让他感到合乎情理。不，应该是不可避免。

"艾洛斯是什么？"米罗问。

"一颗地球附近的小行星，"华伦蒂说，"安德就是在那里失去理智的。"

安德试图向他们解释这里的隧道系统的排布方式，但它太复杂了，就像分形体那样，存在太多可能的例外状况，让人难以把握这套系统的细节，越是仔细研究就越是难以理解。但在安德看来，这些似乎始终不变，只是不断重复的一套模式。又或许只是在研究如何击败虫族的过程中，安德不知怎么代入了虫族的思维方式，也许他只是学会了像虫子那样思考。这么说起来，华伦蒂的说法没错，他失去了一部分人类的理智，至少是多加了一点儿虫族的理智。

最后他们绕过一处转角，前方出现了闪烁的微光。"感谢神。"米罗低声用葡萄牙语说。安德满意地注意到普利克特同样释然地呼出一口气，这个仿佛石像的女子和他记忆中那个才华出众的学生简直不像同一个人，也许她还是有生命气息的。

"快到了。"安德说，"考虑到她正在产卵，她的心情应该很好。"

"她难道不想要独处吗？"米罗问。

"这就像持续几个钟头的轻微性高潮，"安德说，"会让她相当愉快。虫族女王通常都在工虫和雄虫的围绕之下，后者就像她自我的一部分，她不懂什么叫害羞。"

但在心灵里，他能感觉到她强烈的存在感。当然了，她随时都能和他沟通。但靠近她的时候，他会觉得她仿佛在朝他的头盖骨呼气，那种感觉沉重而又压抑。其他人感觉到了吗？她能和他们说话吗？埃拉来的时候什么都没发生，她听不到那场无声交谈的只言片语。至于娜温妮阿，她拒绝谈论这事，又否认自己听过任何话语，但安德怀疑她单纯只是排斥这种陌生的存在。虫族女王说过，只要他们在附近，她就能清楚地听到他们的心声，却没法让自己被对方听到。今天这些人也一样吗？

如果虫族女王能对另一个人类说话，那就再好不过了。她声称自己能做到，但在过去三十年里，安德发现虫族女王无法分辨对未来的自信看法与对过去的确切记忆之间的分别。她似乎无比相信自己的猜测，正如她无比信任自己的记忆，但当她的猜测出错时，她似乎又不记得自己期待过另一种未来。

这也是她的外星头脑最令安德不安的怪癖之一。根据安德耳濡目染的文化，一个人预想自己选择后果的能力可以判断出他成熟与适应社会的程度。从某种角度来说，虫族女王在此领域的缺陷非常明显，她拥有过人的才智和经验，却又有孩童般的冒失和毫无来由的自信。

这也是安德害怕和她打交道的理由之一。她能遵守承诺吗？如果她违背承诺，会不会根本意识不到自己做过什么？

华伦蒂尝试专心聆听别人的话，但她没法将视线从带领他们的那道虫子的身影上移开。它比她想象的要矮小，高度不超过一米五，或许更矮。她越过其他人看去，只能瞥见那个虫族的部分身体，但这样几乎比窥见全貌更可怕。她忍不住觉得，这个亮黑色敌人抓住安德的那只手就像死神的魔爪。

但那并非死神的魔爪。并非敌人，甚至并非生物。它的个体认同程度就像耳朵或者脚趾，每个虫族都只是虫族女王的一个行动或者感觉器官。在某种意义上，虫族女王已经出现在了他们身边，出现在她的工虫或者雄虫存在的任何地方，甚至是几百光年之外。这不是怪物，这就是安德书里描写的那位虫族女王。这就是他这些年来带在身边不断熏陶的那位虫族女王，没什么好怕的。

华伦蒂试图压抑恐惧，但只是徒劳。她汗流不止，能感觉到自己的手在米罗颤抖的手掌里不断打滑。他们离虫族女王的巢穴（不，那是她的家、她的育儿室）越来越近的同时，她也能感觉到自己愈发强烈的恐惧。如果自己没法应付，那就别无选择，只能求援了。雅各特在哪儿？别人应该也可以。

"抱歉，米罗，"她低声说，"我想我出了不少汗。"

"你？"他说，"我还以为那是我的汗。"

这样很好。他笑出了声，她也大笑起来，至少露出了紧张的轻笑。

隧道突然开阔起来，此时他们站在一个宽大房间的边缘，有道明亮的阳光刺穿了拱顶天花板上的开口。虫族女王就在光线的正中央。这儿到处都是工虫，但现在，在阳光里，在女王面前，他们都显得如此矮小而脆弱。大部分工虫的身高都介于一米到一米五之间，更趋向于一米那边，女王至少有三米长，高度还不到一半，鞘翅看起来宽大又沉重，几乎是金属材质，在阳光下泛动彩虹般的色彩。她的腹部又长又粗，足以容纳整具人类尸体。但它又像漏斗那样不断变窄，直到颤抖的尾端那根产卵管，微黄色透明的胶质黏稠液体在那里闪闪发亮。那根产卵管尽可能深地浸入地板上的一个孔洞，然后抽出，液体就像不经意间流出的唾沫那样滑落，落入孔洞内。

如此庞大的生物的举止像极了昆虫，正因为这一幕怪异而可怖，华伦蒂没能料到接下来发生的事，因为女王没有直接把产卵管浸入下一个洞里，而是转过身来，抓住在附近徘徊的一只工虫。她用硕大的前腿按住那个颤抖不止的虫族，将他拖向自己，随后一条接一条地咬掉了他的腿。每咬掉一条腿，剩下的腿就会晃动得更加剧烈，仿佛在无声地尖叫。最后一条腿也被咬掉的时候，尖叫声的来源总算离开了华伦蒂的视野，她发现自己如释重负。

紧接着，虫族女王把只剩身躯的工虫头朝下塞进了下一个孔洞，随后才将产卵管移动到孔洞的上方。在华伦蒂的注视下，产卵管末端的液体仿佛凝聚成了球状，但不再是液体，至少不完全是，大号液滴的内部有一颗凝胶状的柔软虫卵。虫族女王挪动身体，让自己的脸正对阳光，复眼闪闪发亮，仿佛数百颗翡翠星辰。产卵管刺向下方，等它离开孔洞时，虫卵仍旧连着末端，但下一次浸入后，虫卵不见了。她的尾端又浸入了几次，每次离开孔洞，从产卵管末端垂下的液体都会更多。

"圣母啊。"米罗用葡萄牙语说，华伦蒂熟悉这句话的西班牙语版本。这通常是句无意义的表述，但此时带着令人厌恶的讽刺意味。这座深邃洞穴里的并非那位圣母，虫族女王更像是"黑暗之母"，在工虫的身体上产卵，让幼虫孵化后食用。

"不可能每次都这样。"普利克特说。

有那么一会儿，华伦蒂只顾为听到普利克特的声音而吃惊了。然后她明白了普利克特这句话的意思，也明白她说得对。如果孵化每个虫族都要牺牲一只工虫，他们的数量就无法增长了。事实上，这支虫族根本不可能存在，毕竟当虫族女王生下第一颗虫卵的时候，不可能找来无腿的工虫喂给他吃。

只有新女王诞生的时候。

这个念头出现在华伦蒂的脑海，仿佛那是她自己的想法。虫族女王只有在虫卵会成长为新女王时，才把活着的工虫放入卵壳内。但这不是华伦蒂自己的想法，它过于笃定了。她不可能知道这份情报。但那个想法却清晰明确、毫无疑问，就像华伦蒂想象中的古代先知和神秘主义者听到神灵声音的方式。

"你们听到她的话了吗？有谁听到了吗？"安德问。

"听到了。"普利克特说。

"我想是的。"华伦蒂说。

"听到什么？"米罗问。

"虫族女王。"安德说，"她解释说，只有产下新女王的卵时，她才必须把工虫放进卵壳。她产下了五颗卵，有两颗已经就位了。她是特意邀请我们来看的，想用这种方式告诉我们，她要派出殖民飞船。她产下五颗女王卵，等着看哪一颗最强壮，就把那颗卵送上飞船。"

"其余的呢？"华伦蒂问。

"如果其他的值得花费精力，她就会把幼虫包进茧里，他们当初也是这么对待她的。她会把其他的杀死吃掉。她只能这样，如果尚未和这位虫族女王交配过的雄虫接触其余女王留下的痕迹，她就会发疯，然后试图杀死对方。雄虫是非常忠实的配偶。"

"你们都听到了？"米罗问，语气很失望。虫族女王没法和他对话。

"是的。"普利克特说。

"只有一小部分。"华伦蒂说。

"尽可能放空大脑，"安德说，"比如回忆一首曲子之类的，这样会有帮助。"

在此期间，虫族女王几乎完成了下一组截肢工作。华伦蒂想象自己踩在女王周围那堆越来越高的虫腿上，它们像细树枝那样折断，发出骇人的噼啪声。

很软。腿不会断，只会弯。

女王在回答她的念头。

你是安德的一部分，你能听到我的话。

她脑海里的念头更清晰了，减少了侵扰程度，更加克制。华伦蒂能感觉到虫族女王的通话和她自身想法之间的分别。

"我听到了。"米罗终于听到了些东西，低声用葡萄牙语说，"继续说，我在听。"

核心微粒联系。你们和安德相连。我透过核心微粒连接和他说话的时候，你们能偷听到。回音。回响。

华伦蒂试图想象虫族女王是怎么在她脑海里说斯塔克语的。她明白过来，虫族女王几乎肯定没有这么做——米罗听到的是他的母语葡萄牙语；华伦蒂听到的也根本不是斯塔克语，她听到的是英语，而且以她从小听到大的美式英语为基础。虫族女王向他们送去的并非语言，而是念头，他们的大脑则以藏在最深处的语言加以理解。华伦蒂听到"回音"后面的"回响"一词，不是因为虫族女王在努力寻找合适的用词，而是华伦蒂自己的头脑在搜寻适合那个含义的词语。

和他相连，就像我的同胞。只不过你们有自由意志。独立的核心微粒。你们都是离群者。

"她是在说笑，"安德低声道，"不是评判你们。"

华伦蒂很感激他的解读。伴随"离群者"这个词到来的视觉影像是一头大象将某人踩踏致死的画面。这画面来自她的童年，来自她最初学会"离群"这个词的故事。那画面让她恐惧，就像令儿时的她恐惧那样。她已经开始痛恨虫族女王在她头脑中的存在了，痛恨她挖掘出忘却已久的噩梦。关于虫族女王的一切都是个噩梦，她怎么会觉得这种存在是异族？是的，他们可以沟通，但那是过度沟通，就像精神疾病。

还有她那句话。他们能听清她的发言，是因为他们都和安德有核心微粒方面的联系。华伦蒂想起了米罗和简在航程中说过的话。是她的核心微粒线和安德缠绕，又通过他连接到了虫族女王吗？但这种事怎么可能发生？安德当初是怎么和虫族女王相连的？

是我们接触他的。他是我们的敌人，想要摧毁我们。我们想要驯服他，就像驯服离群者。

领悟骤然到来，就像开启一扇门。虫族不是全都生来就听话的，他们也可能拥有自我认知，至少能挣脱控制。所以虫族女王才进化出了这种手段：俘虏他们，通过核心微粒建立联结，从而将他们纳入掌控。

我们找到了他，却没法联结他。他太强大了。

没人能猜到安德陷入过怎样的危险。虫族女王本想俘虏他，让他变成和其他虫族一样的无脑工具。

我们为他安排了一张罗网，找到了他渴望的东西。我们以为是这样。我们进入其中，赋予它核心微粒的内核，再与他相连，但这样还不够。现在你来了。你。

华伦蒂只觉得那个字就像一把敲打她心灵内侧的重锤。她指的是我。是我，我，我……她奋力回想自己是谁，华伦蒂。我是华伦蒂。她指的是华伦蒂。

你就是那一个。你。我们要是能找到你就好了。他最渴望的是你，不是另一件东西。

这话让她心烦意乱。难道军方一直以来都是对的？难道他们残忍地分开华伦蒂和安德，反而救了他的命？如果她和安德在一起，虫族就能利用她来操控他吗？

不，办不到。你也太强大了。当时的我们注定毁灭，我们会死。他不可能属于我们，但也不属于你，不再是了。我们没法驯服他，但我们和他缠绕了。

华伦蒂想起了自己在飞船上想到的那个画面，想到了交缠的人们、由无形的线维系的家庭、孩子与父母、父亲与母亲，或者与他们自己的父母。不断变动的细线之网将人们联系在一起，无论他们的忠诚属于何处。只是现在，画面变成了她自己和安德相连，然后是安德和……虫族女王相连……女王晃动产卵管，线状的黏液颤抖不止，而线的末端是安德的头颅，左右摇摆，上下摆动……

她摇摇头，试图赶走那种画面。

我们没有操控他，他是自由的。如果他想，他可以杀死我，我不会阻止他。你会杀死我吗？

这一次，她说的"你"指的不再是华伦蒂，她能感觉那个问题在远离自己。而现在，在虫族女王等待答案的时候，另一个念头进入了她的脑海。它和她的思考方式如此相似，要不是此时的她格外敏感，要不是她正在等待安德的回答，她肯定会以为那是她自己萌生的想法。

*永远不会，*她脑海里的念头说，*我不会杀死你的。我爱你。*

伴随这个念头到来的是针对虫族女王的一丝真挚的情绪。她印象里的虫族女王突然半点也不可憎了，反而显得威严、尊贵而又伟大。鞘翅上的红色不再像水面的油渣，复眼反射的光线就像光晕，腹部末端闪烁的液体成了生命之线，就像从女子乳房流出的奶水，还掺着婴儿的涎水。华伦蒂直到此时都在压抑反胃感，可突然间，她几乎对这位虫族女王产生了崇拜。

她知道，她脑海里的念头属于安德，所以才会和她自己的想法那么相似。凭借他对虫族女王的想象，她立刻明白自己一直以来（从那么多年前作为德摩斯梯尼创作文章以来）都是正确的。虫族女王是异族，很陌生，但拥有理解和被人理解的能力。

随着想象的画面退去，华伦蒂能听到有人在哭，是普利克特。在这么多年的相处中，华伦蒂从未见过普利克特展露这样的脆弱。

"漂亮。"米罗用葡萄牙语说。

他看到的只有这些吗？虫族女王很漂亮？米罗和安德之间的沟通肯定很薄弱，但这又是为什么？他认识安德没有那么久，也没有那么深，华伦蒂却和安德认识了一辈子。

但如果这就是华伦蒂对安德念头的接受程度远高于米罗的理由，又该怎么解释普利克特明显比华伦蒂更胜一筹呢？会不会是因为在研究安德的那么多年里，在没有真正了解他的情况下仰慕他的那么多年里，普利克特让自己和安德建立了比华伦蒂更紧密的联系？

肯定是这样，肯定。华伦蒂结婚了，有丈夫和儿女，和弟弟的核心微粒联系肯定相对较弱。然而，普利克特没有强大到足以形成竞争的忠诚关系。她把全部的自我都献给了安德，所以虫族女王通过核心微粒缠绕传达想法的时候，普利克特从安德那里接受到的部分肯定是最完整的，不存在令她分心的东西和需要保留的自我。

早已和儿女建立纽带的娜温妮阿，还能像这样全身心地热爱安德吗？不可能。如果安德察觉到了这些，肯定会觉得心烦。还是说会感兴趣？华伦蒂认识许多男女，明白崇拜正是最诱人的特质。我是否给安德的婚姻带来了一位麻烦的竞争对手？

安德和普利克特会不会现在也能读到我的想法？

华伦蒂觉得自己的内心暴露无遗，顿时惊恐不已。就像在回答她的疑问，就像要安抚她的情绪那样，虫族女王的心灵之声重新响起，淹没了安德可能正在送去的任何念头。

我知道你在害怕什么，但我的移民队不会杀死任何人。等离开卢西塔尼亚以后，我们会在飞船上杀死所有的德斯科拉达病毒。

也许吧，安德心想。

我们会找到办法的。我们不会携带病毒。我们不需要为拯救人类而死。别杀我们，别杀我们。

我绝对不会杀你们的。安德的想法仿佛一阵耳语，几乎淹没在虫族女王的恳求声中。

我们也杀不了你们，华伦蒂心想，反而是你可以轻松杀死我们。等你们造好飞船和武器，你们就有能力应对人类舰队了，这次指挥他们的也不是安德。

我们永远不会。我们永远不杀任何人。我们保证不会。

和平，安德的耳语声传来，和平。保持和平、冷静、安静、平和。别害怕任何东西。别害怕任何人。

别给猪仔造飞船，华伦蒂心想，给你们自己造，因为你们能杀死身上携带的德斯科拉达，但别给他们造。

虫族女王的想法从恳求突然转变为严厉的斥责。

他们不也有生存的权利吗？我答应过给他们一艘船，我答应过你们永远不杀戮。你想要我打破誓言吗？

不，华伦蒂心想，已经为自己提议的背叛行径而愧疚了。还是说那是虫族女王的感受？或者安德的？她真的能确定哪些念头和感受属于她自己，哪些又属于别人吗？

她感觉到的恐惧属于她自己，她几乎可以确定这点。

"拜托。"她说，"我想离开了。"

"我也一样。"米罗用葡萄牙语说。

安德朝虫族女王迈出一步，朝她伸出一只手，她正在把最后几件牺牲品塞进卵室内，没有伸长手臂，而是选择抬起一条鞘翅，转了半圈，朝安德伸去，直到他的手停在斑斓的黑色鞘翅表面。

别碰它！华伦蒂无声地大喊，她会俘虏你的！她想驯化你！

"嘘。"安德开口道。

华伦蒂不清楚他是在回答她无声的呼喊，还是说虫族女王正在和他私下对话，而他表示别再说了。没过多久，安德就握住一只虫族的手指，在引导下返回黑暗的隧道。这一次，他让华伦蒂走在第二个，米罗第三，普利克特殿后。这么一来，最后回头看向虫族女王的就成了普利克特，抬手道别的也是普利克特。

在前往地表的路上，华伦蒂努力理解刚才发生的一切。她一直觉得如果人类能实现心灵之间的交流，消除语言的歧义，理解就能达到完美，也不会再有不必要的纷争。但她发现语言与其说放大了人与人的差异，倒不如说同样可以缓和差异，将其最小化，再加以掩饰，让人们甚至能在并不真正理解彼此的情况下和睦相处。理解的幻象能让人们觉得他们比实际上更相似，也许语言反而更好。

他们爬出那栋屋子，来到阳光下，连连眨眼，释然地大笑，每一个都是。"算不上有趣，"安德说，"但你坚持要来，华尔。你觉得必须马上见到她。"

"所以我是个傻瓜，"华伦蒂说，"你刚知道吗？"

"她很美。"普利克特说。

米罗躺在卡匹姆草地上，用胳膊遮住双眼。

华伦蒂看着他躺在那儿的模样，仿佛瞥见了过去的他，瞥见了他曾经拥有的那具身体。他躺在那儿，所以不会步履蹒跚；他保持沉默，所以不会说话磕绊。难怪他的外星人类学家同事欧安达会爱上他。她的父亲和他的父亲是同一个人，真是太不幸了。这是安德三十年前在卢西塔尼亚为死者的代言中揭露的最可怕的事实。欧安达失去了米罗，米罗同样失去了过去的自己。难怪他会冒生命危险跨越围栏想要帮助猪仔。他失去了爱人，觉得人生毫无价值。他唯一的遗憾就是他没能死成。他活了下来，但外表和内心同样残破不堪。

为什么她看着他的时候会想到这些东西？为什么对她来说一切突然显得如此真实？是因为他此时此刻想的正是自己吗？是因为她捕捉到了他对自己的印象吗？他们的心灵之间还有某种残留的联系吗？

"安德，"她说，"下面究竟发生了什么？"

"比我预想中要好。"安德说。

"你指的是？"

"我们之间的联系。"

"你料到会这样？"

"我希望会这样。"安德坐在车子侧面，双脚悬在高高的野草上方，"她今天够火辣，对吧？"

"是吗？我都不知道该拿什么来比较。"

"她有时候那么聪明，仅仅跟她说话就像在脑子里做高等数学题，这一次却像个孩子。当然，我没在她产女王卵的时候和她说过话，我想她透露的内容也许比她原本打算的要多。"

"你是说，她的承诺不是真心的？"

"不，华尔。不，她的承诺每次都是真心的。她不懂怎么撒谎。"

"那你指的是什么？"

"我说的是我和她之间的关联，还有他们试图驯化我的事实。这件事很重要，不是吗？她想到你可能拥有他们需要的那种关联的时候，一时间非常愤怒。你明白这对他们意味着什么：他们原本可能避免毁灭。他们原本可以利用我和人类政府沟通，和我们分享宇宙。他们错失了良机。"

"而你会变成虫族那样，变成他们的奴隶。"

"当然。我不可能喜欢那种结果，但那么多的生命本该获救。我是个军人，不是吗？如果一个军人的死能拯救数十亿生命——"

"但这是不可能的，你有独立的意志。"华伦蒂说。

"当然，"安德说，"至少独立到虫族女王应付不来的程度，而你也一样。令人安心，不是吗？"

"我现在觉得不太舒服，"华伦蒂说，"你刚才在我脑子里。还有虫族女王，那种被入侵的感觉——"

安德一脸惊讶。"我从来没这么想过。"

"噢，不只是这样。"华伦蒂说，"我还觉得疲惫和恐惧。她在我的脑子里，那么庞大，就像我在努力把大一号的东西装进自己的身体。"

"我猜也是。"安德转向普利克特，"你的感觉也是这样吗？"

华伦蒂头一次注意到了普利克特注视安德的方式：睁大双眼，视线颤抖。但她一言未发。

"也有那么强烈，是吗？"安德轻笑一声，转向米罗。

他看不出来吗？普利克特早就迷上了安德。现在，在他进入过她的头脑以后，她可能觉得无法承受了。虫族女王提到过驯化离群的工虫，安德会不会已经"驯化"了普利克特？她的灵魂会不会已经失落在了他的心灵里？

太荒谬了，难以置信。*我向神祈愿，希望事实并非如此。*

"来吧，米罗。"安德说。

米罗任由安德扶起自己。他们回到车上，开始返回米拉格雷。

米罗告诉他们，他不想参加弥撒，于是安德和娜温妮阿自己去了。但他们才刚刚离开，他就发现留在屋子里难以忍受，他总觉得有人躲在他的视野之外。阴影里有个矮小的身影在注视他，光滑坚硬的铠甲包裹身体，每条纤细的手臂只有两只爪子似的指头，手臂可以被咬断然后丢下，就像易碎的引火木柴。昨天拜访虫族女王带给他的不安远超他的想象。

我是个外星人类学家，他提醒自己，我一生都致力于和外星人打交道。我曾站在那里，看着安德剥掉"人类"类哺乳动物身躯的皮，却没有丝毫退缩，因为我是个冷静的科学家。有时候，我也许会过度同情研究对象，但我不会因为和他们相处而做噩梦，也不会在阴影里看到他们。

可他此时却站在母亲住宅的门外，因为在周日早上的明媚阳光下，这片草地上没有影子，不会有躲在影子里、随时可能朝他扑来的虫族。

只有我有这种感受吗？

虫族女王不是昆虫。她和她的同胞是温血动物，和坡奇尼奥一样。他们要呼吸，也会像哺乳动物那样流汗。他们身体结构的进化过程也许和昆虫有相似之处，正如我们和狐猴、鼩鼱以及老鼠的相似那样，但他们创造出了光辉而美丽的文明，至少也是黑暗而美丽的那种。

我应该像安德那样看待他们，怀着尊敬、敬畏以及喜爱。可我只能勉强做到忍耐。

虫族女王无疑属于异族，她能够理解和容忍我们。问题在于，我是否能够理解和容忍她，而且这么想的肯定不只是我。安德向卢西塔尼亚的大多数人隐瞒了虫族女王的存在，这么做非常正确。如果他们看到我看到的东西，甚至只是瞥见一只虫族的模样，恐惧就会蔓延开来，愈演愈烈，直到……直到发生某件事——某件坏事，某件骇人听闻之事。

也许我们才是异种，也许异族屠灭根植在人类的心里，和其他物种都不一样。也许从道德的角度考虑，最好的情况就是德斯科拉达失控，传遍人类宇宙，将我们彻底灭绝。也许德斯科拉达正是神给予卑劣的我们的答案。

米罗发现自己站在教堂门口。大门在凉爽的晨间空气里敞开，里面的人还没进行圣餐仪式。他拖着脚走进门，站到靠后的位置。他今天不想和神交流，单纯只是需要看到其他人，需要被人类包围。他跪下来画了个十字，保持那个姿势抓着前方那张长凳的靠背，垂着脑袋。他本该祈祷，但神没法解决他的恐惧。

紧接着，他的脑海里浮现一个景象：基督坐在神的右手边，左手边却是另外一个人——天后。并非圣母玛利亚，而是虫族女王，腹部末端有颤抖的发白黏液。米罗攥住前方长凳靠背的木头。*神啊，请带走这幅画面吧。*

有人走了过来，跪在他身边。他不敢睁开眼睛。他留意着那些宣示他的同伴属于人类的响声，但那种布料的沙沙声完全可能是鞘翅划过硬化胸膛的声音。

他努力赶走那幅画面。他睁开眼睛，用眼角余光看到他的同伴也跪在地上。从细长的手臂和袖子的颜色来看，那是位女子。

"你不可能躲我一辈子。"她低声说。

嗓音不对头，太沙哑了。从他上次听到以来，那副嗓子说过数以十万计的话语。那副嗓子曾为婴儿低声歌唱，曾在爱情的阵痛中哭泣，也曾对儿女们高喊"回家吧，回家吧"。那副嗓子曾在年轻时告诉他，爱是可以永恒不变的。

"米罗，如果能替你背负十字架，我早就这么做了。"

我的十字架？就是始终伴随着我、又重又沉、拖慢我的脚步的那东西吗？我还以为那是我的身体呢。

"我不知道该对你说什么，米罗。我悲伤过，而且悲伤了很久。我想我有时候还是会悲伤。我明白，失去你——我是说，失去我们未来的希望，无论怎么看都是好事。我有了幸福的家庭、幸福的人生，你也一样。但失去作为朋友的你、作为兄弟的你，对我来说是最痛苦的。我好孤单，我觉得自己恐怕永远走不出来了。"

失去作为姐妹的你，对我来说是轻松的那部分。我的姐妹够多了。

"你伤透了我的心，米罗。你太年轻了。你完全没变，这是最让我痛苦的部分。你这三十年来一点儿都没变。"

这可不是米罗能默默忍受的话。他没有抬头，但抬高了嗓门。他用格外响亮的声音回答："我没变？"他站了起来，依稀感觉到人们转身看向他。"我没变？"他的嗓音含糊不清，难以理解，而他丝毫不打算朝吐字清晰去努力。他蹒跚着走到过道上，终于转头面向她。"这就是你印象里的我？"

她惊骇地抬头看他。因为什么？因为米罗的话语，还有他中风似的动作？还是单纯因为他在羞辱她，因为这一幕并非她在过去三十年里想象的那种悲剧式的浪漫场面？

她的脸并不苍老，但也不像欧安达。中年，身材粗壮，眼角有皱纹。她多大了？五十了？差不多。这个五十岁的女人找他能有什么事？

"我根本不认识你。"米罗说。他跌跌撞撞地走向大门，踏入晨光里。

没过多久，他发现自己坐在一棵树的影子下。这棵树是谁？鲁特还是"人类"？米罗努力回忆。他离开这儿只是几周前的事，不是吗？但他离开的时候，"人类"的树还只是棵小树苗，而如今两棵树看起来大小相仿。他也记不清"人类"和鲁特哪个死在山坡高处，哪个又死在山脚附近了。不过没关系，米罗没有要对树说的话，他们对他也一样。

而且，米罗从来没学过树语。在米罗发生意外之前，他们甚至不知道用细枝敲打树木的声音其实是种语言。安德懂树语，欧安达也是，此外或许还有五六个人，但米罗始终没有学过，因为他的双手不可能握住树枝，敲打出那种韵律。对他来说，这只是另一种无用的语言而已。

"这一天真够无聊的，孩子。"那个声音就和过去一样，态度也同样毫无改变。虔诚与刻薄同时存在，又同时从两个角度讽刺自己。

"嗨，金。"

"恐怕你得叫我伊斯特万神父。"金换上了神父的全套装束，包括长袍在内的一切，此时他把袍子下摆聚拢起来，坐在米罗面前那片几乎踩平的草地上。

"看起来很适合你。"米罗说。金也成熟了许多。儿时的他表情苦恼又虔诚，现实世界的阅历（而非宗教理论）给他增添了皱纹，但那张脸也因此带上了怜悯和力量。"抱歉，我扰乱了弥撒仪式。"

"是吗？"金问，"我刚才不在。确切地说，我在参加弥撒，但不是在教堂里。"

"为异族主持仪式？"

"为神的儿女。教会早就有称呼陌生人的词汇了，我们不用等德摩斯梯尼发明一个。"

"噢，你也没必要沾沾自喜，金，这词也不是你发明的。"

"我不想吵架。"

"那就别打断别人的冥想。"

"真是高尚。只不过你选择休息的树荫属于我的朋友，而我需要和他谈谈。我觉得在用树枝敲打鲁特的树干之前，先和你说话比较礼貌。"

"这是鲁特？"

"跟他问个好吧，我知道他一直在期待你的归来。"

"我和他素未谋面。"

"但他很熟悉你。米罗，我觉得你并不清楚你对坡奇尼奥来说是位英雄。他们知道你为了他们做过什么，又付出了怎样的代价。"

"他们知道我们所有人最终都可能付出的代价吗？"

"我们所有人最终都要面对神的审判。如果整颗星球的灵魂都会同时被送去那儿，我关心的就是确保所有人都接受洗礼，让诸位圣徒能够放心地迎接他们。"

"你难道不在乎吗？"

"我当然在乎。"金说，"但我们不妨从更长远的角度来看：生与死的问题没有选择自己的活法与死法来得重要。"

"所以你真的相信这些说辞。"米罗说。

"这取决于'这些'指的是什么，不过我确实相信。"

"我指的是所有一切：活着的神、复活的基督、奇迹、愿景、洗礼、圣餐变体论——"

"是的。"

"奇迹医治。"

"是的。"

"就像外公外婆的圣坛那样。"

"那里有很多奇迹医治的记录。"

"你相信那些吗？"

"米罗，我也说不好。其中一些也许只是癔症，还有些也许是安慰剂效应。有些传说中的奇迹医治也许是身体的自发性缓解，又或者是自然康复。"

"但还有些是真的。"

"也许吧。"

"你相信奇迹是可能的。"

"是的。"

"但你不认为那些奇迹真的发生过。"

"米罗，我相信奇迹是会发生的，我只是不知道人们能否准确地分辨哪些属于奇迹，哪些又不是。毫无疑问，人们声称的许多奇迹根本就不是奇迹，或许还有许多奇迹发生的时候根本无人察觉。"

"金，那我呢？"

"你怎么了？"

"为什么我遇不到奇迹？"

金低下头，拽起了面前的低矮野草。这是他孩提时养成的习

167

惯，是为了回避棘手的问题。他们名义上的父亲马科斯喝醉酒发飙的时候，他就会做出这种反应。

"怎么了，金？奇迹都是给其他人的吗？"

"奇迹的本质之一，就是没人知道它为什么发生。"

"你可真够狡猾的，金。"

金涨红了脸。"你想知道自己为什么得不到奇迹医治？因为你没有信仰，米罗。"

"如果一个人说'是的，阁下，我相信——请原谅我的缺乏信仰'，这样呢？"

"你是这个人吗？你是在请求奇迹医治吗？"

"我正在请求呢。"米罗说。就在这时，他的泪水不由自主地涌了出来。"噢，"他低声说，"我好羞愧。"

"为什么羞愧？"金问，"为你请求神的帮助而羞愧？为你在兄弟面前哭泣而羞愧？为你的罪孽羞愧？为你的疑虑羞愧？"

米罗摇摇头，他也不知道。这些问题都太难了，但他随即明白，他其实知道答案。他抬起放在身侧的双臂。"为这具身体羞愧。"他说。

金伸出手，抓住米罗的上臂，把他拉向自己，双手顺着他的手臂滑下，直到攥住他的腕部。"你是为了坡奇尼奥——为了那些小家伙舍弃自己的身体。"

"但是，"米罗的怒气爆发了，"所有那些伤寒得到治愈、偏头痛奇迹般消失的人……他们比我更有资格得到神的青睐，对吗？"

"也许关键不在于资格，而在于你需要什么。"

米罗向前扑去，间歇痉挛的手指抓住金那件袍子的前摆。"我需要拿回我的身体！"

"也许吧。"金说。

"'也许'是什么意思？你这只会假笑的自大狂！"

"我的意思是，"金温和地说，"虽然你肯定希望拿回自己的身体，但无比智慧的神知道，为了让你成为尽可能优秀的人，你需要作为残疾人度过一定的时间。"

"那多少时间呢？"米罗问。

"当然不会比你的余生更长。"

米罗厌恶地哼了一声，放开金的袍子。

"也许短很多，"金说，"希望如此。"

"'希望'。"米罗语带轻蔑。

"就像信仰和纯粹的爱那样，它是伟大的美德之一，你应该试试。"

"我看到了欧安达。"

"自从你回来，她就一直在想方设法和你说话。"

"她又老又胖。她生了一大群孩子，活了三十年，和她结婚的那家伙一遍又一遍地给她播种。我宁愿看到她的坟墓！"

"你可真是大度。"

"你明白我的意思！离开卢西塔尼亚是个好主意，但三十年还不够久。"

"你宁愿去一个没人认识你的世界。"

"这儿也没人认识我。"

"也许吧。但我们爱你，米罗。"

"你们爱的是过去的我。"

"你还是同一个你，米罗，只是换了一副身躯。"

米罗倚着鲁特的树干，挣扎着站起来。"去和你的树朋友说话吧，金，你说不出我想听的话了。"

"你是这么认为的。"金说。

"金，你知道比浑球更可恶的是什么吗？"

"当然，"金说，"比如一个怀着敌意、仇恨和自怜，出言不逊，可悲而无用，又把自身痛苦的重要性看得太高的浑球。"

这番话是米罗无法忍受的。他发出狂怒的尖叫，纵身扑向金，将他撞倒在地。米罗当然也失去平衡，倒在弟弟身上，又和金的袍

169

子缠在一起。但没关系，米罗不打算起身。他只想痛殴金，仿佛这么做能消除自己的部分痛苦。

但仅仅几拳过后，米罗就停了手，瘫倒在弟弟的胸口，泪流不止。片刻过后，他感到金的双臂搂住了他，还听到金轻柔的嗓音。

米罗听着金说出他的痛苦，说出他的要求，不禁再次惭愧起来。他怎么能要求金为他祈求奇迹，祈求他的身体恢复完整？米罗知道，让金为了他这样自哀自怜的无神论者赌上自己的信仰，实在很不公平。

但祈祷还在继续。

米罗很想打断金。就算我把一切献给了坡奇尼奥，那也是为了他们，不是为我自己。但金的话让他安静下来："您告诉过我们，我们怎么对待那些小家伙，就该怎么对待您。"就好像金在要求神履行他那部分诺言。金侍奉神的方式确实很奇怪，就好像他有权追究神的责任一样。

"他的心很完美。"

不，我没有那么完美，我失去了一切。另一个人娶了本该成为我妻子的女人，让她生下本该属于我的子女，其他人则达成了本该属于我的成就。

"治好他吧。"米罗感到弟弟的双臂松开了，他随即站起身来，低头看着金，仿佛将他按在弟弟胸口上的不是那双胳膊，而是重力。金的嘴唇在流血。

"我弄伤你了，"米罗说，"抱歉。"

"是啊，"金说，"你的确伤害了我，我也伤害了你，这是本地流行的消遣方式。扶我起来吧。"

在那个瞬间，飞逝而过的一瞬间，米罗忘记了自己身有残疾，只能勉强维持平衡。因为在那个瞬间，他朝弟弟伸出了手。但在失衡带来的跟跄中，他想了起来。"我不行。"他说。

"噢，别提什么残疾了，赶紧扶我一把。"

于是米罗将双腿大幅分开，站稳身子，朝弟弟弯下腰去。弟弟如今比他年长将近三十岁，智慧和同情的经验更加丰富。米罗伸出了手，金抓住那只手，在米罗的帮助下站了起来。米罗因此精疲力竭，他的力量有限，金也没有假装接受搀扶，而是真的在借他的力。他们最后面对着面，肩碰着肩，双手仍旧握在一起。

"你是个好神父。"米罗说。

"是啊，"金说，"如果我什么时候需要找人对练，肯定会打给你的。"

"神会回应你的祈祷吗？"

"当然，神回应所有祈祷。"

仅仅片刻过后，米罗就理解了金的意思。"我是说，他会不会同意。"

"噢，这部分我向来都不确定。如果他做了什么，记得告诉我。"

金迈开步子，动作相当僵硬，一瘸一拐地走向那棵树。他弯下腰，从地上拾起两根说话枝。

"你要跟鲁特谈什么？"

"他找人送来口信，说我应该和他谈谈，在离这儿很远的某座森林出现了异端。"

"你让他们皈依信仰，然后他们就发疯了？"米罗说。

"其实不是，"金说，"那是个我一直没能成功传教的团体。父亲树都会对话，所以基督教概念早就传遍了世界的每个角落，可异端传播的速度似乎总比信仰更快。鲁特觉得很内疚，因为那种异端是根据他自己的推测建立的。"

"我猜这问题对你来说很严重。"米罗说。

金面露苦相。"不只是对我。"

"抱歉。我是说，对教会、对信众。"

"影响范围可没那么小，米罗。这些坡奇尼奥设想出了一种相当有趣的异端邪说。不久前，鲁特有过一个猜想：圣灵或许也会在

171

某天来到坡奇尼奥之中。这是严重的误读，但那座森林当真了。"

"影响范围听起来挺小的。"

"我也这么觉得，直到鲁特把细节告诉了我。你瞧，他们相信德斯科拉达病毒就是圣灵的化身。这从某种荒谬的角度也说得通：既然圣灵存在于所有地方，存在于所有造物之中，德斯科拉达病毒作为它的化身就很合适，因为它也渗透了所有活物的所有部分。"

"他们信仰病毒？"

"噢，是的。毕竟你们这些科学家早就发现坡奇尼奥是被德斯科拉达病毒创造成有知觉物种的，对吧？所以病毒被赋予了创造的力量，这就代表它拥有神性。"

"我猜这证据的充分程度就和'基督是神的化身'差不多。"

"不，远不止这样。但如果只有这些，米罗，我也会觉得这是教会的问题。复杂、棘手，但正如你所说的，影响范围很小。"

"所以还有什么？"

"德斯科拉达是第二次洗礼，火的洗礼。只有坡奇尼奥能承受这种洗礼，在它的带领下进入第三生命。他们显然比人类更接近神，因为人类无法进入第三生命。"

"优越性神话。我猜这是预想之中的事。"米罗说，"为了在主流文化无可抵御的压力下生存，大多数社会都会发展出一种神话，让他们相信自己属于某个特别的种族，是获选者、众神垂青的对象。吉卜赛人、犹太人……历史上的先例有很多。"

"那就再听听这个，外星人类学家先生。因为坡奇尼奥是圣灵选中的群体，他们的使命就是将第二次洗礼传达到每个人的耳中和每个人的身上。"

"传播德斯科拉达？"

"传播到每颗星球，就像某种便携式的审判日。他们到来，德斯科拉达传播、适应、杀戮，然后所有人都会去见造物主。"

"求神保佑。"

"我们也希望如此。"

紧接着，米罗联想到昨天刚刚得知的那件事。"金，虫族在给坡奇尼奥建造飞船。"

"安德告诉过我了，我去质问造昼者神父的时候——"

"他是个坡奇尼奥？"

"他是'人类'的孩子之一。他说'当然'，口气就像是所有人都知道了。也许他就是这么想的：如果坡奇尼奥知道，那就是所有人都知道。他还告诉我说，这个异端团体正在谋求飞船的指挥权。"

"为什么？"

"当然是为了坐飞船到有人居住的星球上，而不是找个无人居住的行星，然后'地球化'和殖民。"

"我想应该叫'卢西化'才对。"

"真好笑。"但金没有笑，"他们也许会得逞。坡奇尼奥是优秀物种的概念很受欢迎，其中大部分都没怎么见过世面，他们不会想到自己在讨论的是屠异行为，是彻底毁灭人类。"

"他们怎么能无视这个微不足道的事实呢？"

"因为这些异端不断强调信神的将得永生，在他们看来就是指第三人生。"

"所以死掉的肯定就是不信者。"

"不是所有坡奇尼奥都在排队报名去做'巡回毁灭天使'，但他们的数量多到我们必须阻止了，不止是为了教会。"

"也是为了地球母亲。"

"所以你瞧，米罗，有时候像我这样的传教士会在世界上扮演非常重要的角色。我得想方设法说服这些可怜的异端，让他们明白自己的错误，再接受教会的教义。"

"你现在为什么要找鲁特谈话？"

"为了那些坡奇尼奥始终没给我的一条情报。"

"什么情报？"

"地址。卢西塔尼亚星上的坡奇尼奥森林有几千座，那个异端团体在哪座森林里？等我自己碰运气找到那儿的时候，他们的飞船早就出发了。"

"你要一个人去？"

"我从来都是一个人。我不能带那些小家伙一起，米罗。在一座森林皈依信仰之前，他们有杀死陌生坡奇尼奥的倾向。这也是异族好过陌生人的例子之一。"

"母亲知道你要去吗？"

"现实点儿，米罗。我不怕撒旦，但母亲……"

"安德鲁知道吗？"

"当然，他坚持要和我一起去。死者代言人很有威望，他觉得自己能帮上我。"

"所以你不会单独去。"

"我当然会。身披神的全副铠甲的人，又怎么会需要一个人文学者的帮助？"

"安德鲁是信徒。"

"他参加弥撒、定期忏悔，但他仍然是死者代言人，我不认为他真的信神。我会独自去。"

米罗看向金的目光带上了全新的钦佩。"你可真是个狗娘养的硬汉，对吧？"

"焊工和铁匠都是硬汉，狗娘养的家伙也有自己的问题。我只是神和教会的仆人，有自己的工作要做。我认为，从近来的迹象来看，比起前往最崇尚异端的坡奇尼奥森林，我兄弟带来的危险可能更多一点儿。自从'人类'死后，全世界的坡奇尼奥都立下了誓言——他们没有一个对人类采取过暴力手段。他们也许信奉异端，但他们仍旧是坡奇尼奥，他们会遵守誓言。"

"抱歉打了你。"

"我会把那些拳头当成拥抱来接受的，孩子。"

“我真希望那是拥抱，伊斯特万神父。”

“那它就是。”

金转向那棵树，开始迅速而有节奏地敲打。声音几乎立刻发生了变化，音高和音色都有所改变，那是树内的空心部分正在改换形状。米罗等待了一会儿，仔细聆听，但他并不理解父亲树的语言。鲁特用的是父亲树仅有的那种有声语言。他曾经能用嗓子说话，曾经有相连的嘴唇、舌头和牙齿。失去身体的方式不止一种。米罗有过那种本该夺走他生命的体验，结果就是现在的残疾。但他还能动弹，尽管笨拙，但还能说话，只是很慢。他以为自己正在受难。鲁特和“人类”比我的残疾严重得多，却觉得自己得到了永恒的生命。

“这情况真够棘手的。”简在他耳中说。

是啊，米罗无声地说。

“不该让伊斯特万神父孤身前去。”她说，“坡奇尼奥曾是非常高效的战士，他们没有忘记如何战斗。”

那就告诉安德吧，米罗说，我在这儿没有任何权势。

“真是勇敢的话语，我的英雄。”简说，“趁你在这儿等待奇迹的时候，我会和安德谈的。”

米罗叹了口气，走下小山，穿过大门。

09

松木头

我和安德以及他姐姐华伦蒂说过话，她是个历史学家。

请解释该词语。

她在书里搜寻人类的故事，然后写下她找到的故事，拿给其他人类看。

如果那些故事已经写下，她为什么还要再写一次？

因为那些故事没有得到充分理解，她帮助人们理解。

如果接近那个时代的人都不理解，作为后来人的她怎么会理解得更充分？

我自己也问过这个问题，华伦蒂说她的理解并不是每次都更充分。但从前的作者理解的是故事对同时代人的意义，而她理解的是故事对她那个时代的人们的意义。

所以故事的内容会变。

对。

可他们每次都觉得故事是真实的记忆。

华伦蒂解释说，有些故事是真实的，另一些是诚实的。我完全听不懂。

为什么他们不能一开始就准确地记住故事？那样的话，他们就用不着欺骗彼此了。

清照坐在终端前面，闭上双眼，陷入思考。王母正在给清照梳头，被拖拽的头发、轻柔的触碰，甚至是那女孩的呼吸都让她安心。

在这种时候，王母可以畅所欲言，不必担心打扰她。也因为王母就是王母，她会用梳头的时间来提问。她有那么多的问题。

最开始的几天，她的问题总是关乎众神之声。当然了，得知追寻一条木纹通常就足够的时候，王母如释重负。经历了那一次以后，她担心清照每天都得找遍整个房间的地板。

但她还是对净化仪式有各种各样的疑问。为什么不能每天早上起来找一条木纹，然后就这么结束？为什么不干脆用地毯盖住地板？众神不会被这种愚蠢的花招骗过，但这点很难向她解释。

如果全世界都没有木头呢？众神会不会烧了你，就像烧掉一张纸？会不会有条龙飞过来，把你带走？

清照没法回答王母的问题，只能说这就是众神对她的要求。如果没有木纹，众神就不会要求她去寻找。王母回答说，他们应该立法禁止木头地板，这么一来，清照就能摆脱这种麻烦了。

那些从未听闻过众神之声的人是没法理解的。

但今天，王母的问题和众神完全无关，至少一开始和他们无关。

"究竟是什么阻止了卢西塔尼亚舰队？"王母问。

清照一时间没当回事。她几乎笑着回答说：如果我知道，我就可以休息了！但她随后反应过来，或许王母根本不应该知道卢西塔尼亚舰队消失的事。

"你怎么知道卢西塔尼亚舰队的事？"

"我也识字，不是吗？"王母回答，语气或许有点儿骄傲过了头。

可她为什么不能骄傲？的确，清照也说过王母学得很快，又能自己想明白很多事。王母非常聪明，就算她能弄懂没人直接说过的事，清照也明白自己没必要吃惊。

"我能看到你终端上的内容，"王母说，"那些内容每次都和卢西塔尼亚舰队有关。我来这儿的第一天，你也和你父亲谈过。你们说的话我一大半都听不懂，但我知道肯定和卢西塔尼亚舰队有关。"王母的语气突然满是厌恶，"愿众神狠狠羞辱那个派出舰队的人。"

她激烈的态度就足够令人震惊了，这番抨击星际议会的发言简直难以置信。

"你知道是谁派出了舰队吗？"清照问。

"当然，是星际议会那些自私的政客，他们想要摧毁一颗殖民星球赢得自身独立的全部希望。"

所以王母知道自己在发表背叛的言论。清照厌恶地想起了自己很久以前说过的类似话语。亲耳听别人重复这番话，而且由她的贴身侍女说出，简直无法忍受。"你又知道些什么？那都是议会的事，你却在这里谈论独立和殖民地，还有——"

王母双膝跪地，脑袋贴向地板，清照立刻为自己刻薄的用词感到羞愧："噢，起来吧，王母。"

"您生我的气了。"

"我只是为你的发言感到震惊，就这样。你是从哪儿听来这些胡话的？"

"所有人都这么说。"王母说。

"不是所有人，"清照说，"父亲就不会说这种话。另一方面，德摩斯梯尼倒是经常有这种论调。"清照想起了自己初次读到德摩斯梯尼言论时的感受：听起来如此逻辑分明，如此正确而公正。只是后来，等父亲向她解释说德摩斯梯尼是统治阶层的敌人，因此也是众神之敌以后，她才意识到那个叛徒的话语有多么油滑，又多么有欺骗性，几乎诱使她相信卢西塔尼亚舰队是邪恶的。如果德摩斯梯尼只差一点儿就能愚弄清照这样受过教育的通神者女孩，那么平民女孩用复述真相的语气说出那些言论也就不足为奇了。

"德摩斯梯尼是谁？"王母问。

"一个成功程度显然远超任何人想象的叛徒。"星际议会是否知道，就连从未听说过德摩斯梯尼的人也会复述他的想法？他们明白这代表什么吗？德摩斯梯尼的想法如今成了普通民众的共识。事态转折的危险程度远超清照的想象。父亲比她更有智慧，他肯定早就知道了。"不提这个了，"清照说，"跟我说说卢西塔尼亚舰队。"

"我怎么能说惹您生气的话题呢？"

清照耐心地等着。

"那好吧。"王母说，但表情仍旧小心翼翼，"父亲说——还有潘顾伟，他那位很有智慧的朋友，曾经参加过公务员考试，离合格只差一点点——"

"他们说了什么？"

"他们说议会派出庞大的舰队——那么庞大的舰队，去攻击那座再小不过的殖民地，就因为他们拒绝送走两位公民去其他星球接受审判，这种行为真的非常恶劣。他们说正义完全属于卢西塔尼亚那一边，因为违背他人意愿把人送到别的星球，也就等于让他们与家人和朋友永远分别，这就像是在审判开始前给他们定了刑。"

"如果他们有罪呢？"

"那也该由他们自己星球的法庭来决定，因为那里的人了解他们，能公平地看待他们的罪行，不该由远在天边、一无所知、了解也更少的议会来决定。"王母垂下了头，"这是潘顾伟说的。"

清照努力平息王母的叛逆言论带来的反感。了解普通民众的想法是很重要的，但光是听到这些背信弃义的话语，清照都能确信众神会对她发火。"所以你认为卢西塔尼亚舰队就根本不该派出去？"

"如果他们没什么充分理由就能派舰队去对付卢西塔尼亚星，谁又能阻止他们派舰队来对付道之星呢？我们同样是殖民地，并非百星联盟的一员，也不是星际议会的成员，谁又能阻止他们宣布韩非子是叛徒，强迫他前往某颗遥远的行星，让他六十年都没法回来呢？"

这想法非常可怕，王母在讨论中提及她父亲的行为也很放肆，不是因为她是个仆人，而是因为任何人想象伟大的韩非子被宣判有罪都是放肆之举。清照一时间失去了镇定，怒意也脱口而出："星际议会绝对不会把我父亲当成罪犯！"

"请宽恕我，清照，是您让我重复父亲的话的。"

"你是说你父亲提到了韩非子？"

"穹垒城的所有人都知道，韩非子是道之星上最德高望重的人，这座城市能拥有韩家是我们莫大的荣幸。"

所以，清照心想，你打算成为他女儿的侍女的时候，非常清楚自己的野心有多大。

"我没有不敬的意思，他们也一样。但只要星际议会想这么做，就能下令道之星把您父亲送去别的星球接受审判，不是吗？"

"他们绝对不会——"

"他们可以吗？"王母顽固地说。

"道之星是殖民地。"清照说，"法律允许这种事，但星际议会绝对不会——"

"但如果他们对卢西塔尼亚星这么做了，为什么不能对道之星这么做？"

"因为卢西塔尼亚星上的外星人类学家犯下了——"

"卢西塔尼亚人可不这么认为，他们的政府拒绝送那两个人接受审判。"

"这才是最糟的部分，行星政府怎么敢觉得自己比议会更明白事理？"

"但他们什么都知道。"王母说，仿佛这是自然而然、人人都懂的道理，"他们认识那些人，那些外星人类学家。如果星际议会命令道之星送韩非子去别的星球接受审判，用的还是我们清楚与他无关的罪名，您不觉得我们同样会选择背叛，而不是送走那位伟人吗？然后他们就会派舰队来对付我们了。"

"星际议会是百星联盟所有公正的源头。"清照斩钉截铁地说。讨论结束了。

放肆的王母没有陷入沉默。"但道之星不属于百星联盟，不是吗？"她说，"我们只是颗殖民星球。他们可以为所欲为，这样不对。"

说完这句话的时候，王母点点头，仿佛觉得自己大获全胜了。清照几乎大笑起来。事实上，如果没那么愤怒，她可能已经笑出声了。她的愤怒部分来自王母多次打断她的话，甚至还反驳她，这是她的老师一直告诫她要避免的行为。但王母的胆大妄为也许是件好事，而清照的愤怒意味着她太过习惯人们给予的不恰当的尊重：他们重视她的想法，只是因为那些话出自通神者之口。她应该鼓励王母继续这么说话才对。清照的这部分愤怒是错误的，她必须改正才对。

但清照的愤怒大部分是因为王母提到了星际议会。王母说得就好像她不认为议会是凌驾全人类之上的最高权威，就好像在王母的想象中，道之星比所有星球的集体意志更重要。就算那种难以置信的情况真的发生，韩非子被命令去一百光年外的星球接受审判，他也会毫无怨言地照做——如果道之星上的任何人做出哪怕最微弱的抵抗，他也会怒不可遏。像卢西塔尼亚那样反叛？难以置信。光是想象都会让清照感到肮脏。

肮脏、不洁。如此叛逆的想法让她开始寻找木纹。

"清照！"清照跪倒在地板上的那一刻，王母大喊起来，"请别告诉我，众神是因为听到了我的话才惩罚您的！"

"他们不是在惩罚我，"清照说，"他们是在净化我。"

"但那些甚至不是我自己的话，清照，而是根本不在场的人说的话。"

"无论是谁说的，那些话都很肮脏。"

"但为了您根本没想过也根本不相信的话而净化您，这也太不公平了！"

真是雪上加霜！王母就不打算闭嘴了吗？"现在我还得听你说众神对我不公平？"

"如果他们会为了别人的话惩罚您，那就是不公平！"

这女孩真是肆无忌惮。"现在你又比众神更有智慧了？"

"他们也许还会用‘被重力牵引’或者‘被雨淋湿’这种借口来惩罚您！"

"如果他们让我为了这些借口净化自己，我会照做，并且认为这样很公平。"清照说。

"那公平就毫无意义了！"王母喊道，"您说出这个词，指的是‘无论众神碰巧做出什么决定’。但我说出这个词，指的是公正，指的是人们只应该因为故意做出的事而受罚，指的是——"

"众神所指的公正，就代表我必须听取的要求。"

"无论众神怎么说，公正就是公正！"

清照几乎忍不住站起身来，要给她的贴身侍女一耳光。这本该是她的权利，毕竟王母给她带来的痛苦无异于痛打她。但攻击没法还手的人可不是清照的作风，何况眼下还有个有趣得多的谜题。说到底，是众神把王母派到了她身边，清照已经确信这一点。所以比起和王母直接争辩，清照反而应该尝试去理解，众神为何将这么个言论可耻而不敬的仆人送到她身边。

众神让王母表示，只因为听闻他人的不敬观点就惩罚清照是不公平的。也许王母的说法是正确的，但"众神不可能不公正"也是正确的。因此清照受到惩罚，肯定不只是因为听到了他人背信弃义的看法。不，清照必须净化自己，是因为在她的心底，肯定有某个角落相信这些观点。她之所以必须净化自身，是因为在她的内心深处，她仍然质疑星际议会的天命，仍然相信他们是不公平的。

清照立刻爬向最近的那面墙壁，开始寻找合适的木纹。因为王母的话，清照发现了内心不为人知的污秽。众神带领她在知晓内心最黑暗角落的路上又迈出了一步，这么一来，她也许会在某天充盈光辉，也真正配得上她的名字。*一部分的我质疑星际议会的正义。噢，众神啊，为了我的祖先、同胞、统治者，最后还有我自己，洗去我的疑虑，让我重归洁净吧！*

她追寻完那条木纹的时候（仅仅一条木纹就让她恢复了洁净，

这是个吉兆，代表她得出了正确结论），王母就坐在那儿看着她。清照的愤怒此时消散无踪。其实她很感谢王母，因为她在不知情的情况下充当了众神的工具，帮助她得知新的事实。但她还是必须让王母明白，她的行为越界了。

"在这个家里，我们都是星际议会的忠实仆人。"清照说着，语气温和，表情也尽可能和蔼，"如果你是这个家的忠实仆人，就该同样全心全意为议会服务。"她该怎么向王母解释她经历了多少痛苦才学会这个教训，而且现在还在痛苦地学习？她需要王母帮她的忙，而不是火上浇油。

"圣人阁下，我不知道，"王母说，"我没想到。我一直听说韩非子是道最高尚的仆从。我以为你们侍奉的是道，不是议会，否则我肯定不会——"

"肯定不会来这儿工作？"

"肯定不会像这样严厉斥责议会。"王母说，"就算您住在一条龙的家里，我也还是会侍奉您的。"

也许确实如此，清照心想，*也许净化我的那位神灵是一条冷酷而炽热、可怕而美丽的龙。*

"记住，王母，这颗名为'道'的星球并非道本身，只是以此命名，提醒我们每天都要走在真正的道上。我父亲和我侍奉议会是因为他们有天命，所以道要求我们侍奉他们，这种要求甚至高于道之星本身的愿望或是需求。"

王母瞪大眼睛，一眨不眨地看着她。她听懂了吗？她相信吗？这不重要，她早晚会相信的。

"现在走吧，王母，我该工作了。"

"好的，清照。"王母立刻站起身，鞠躬后退。清照转向她的终端，但在她调出报告之前，她注意到房间里还有别人。她在椅子上转过身，王母就站在门口。

"什么事？"清照问。

"贴身侍女的职责是不是把她的所有智慧和您分享，就算事实证明那些想法很蠢？"

"你想说什么都可以对我说，"清照说，"我几时惩罚过你？"

"那就请原谅我，清照，我要斗胆说些和您正在进行的重要差事有关的事。"

王母对卢西塔尼亚舰队又能知道些什么？王母学得很快，但清照给她上的那些课程还在基础阶段，光是觉得王母能理解问题都很荒谬，更别提想到答案了。然而，父亲教导过她：仆人会为主人听取自己的意见而喜悦。"告诉我吧，"清照说，"你还能说出比刚才那些更愚蠢的话吗？"

"我亲爱的姐姐，"王母说，"这个想法其实来自您。您说过很多次：科学和历史已知的一切都不可能让那支舰队如此完美地同时消失不见。"

"但这件事的确发生了，"清照说，"所以肯定是可能的。"

"亲爱的清照，"王母说，"我想到的是我们学习逻辑的时候，您跟我解释过的一件事。关于第一因和目的因。您一直以来寻找的都是第一因——舰队是怎么消失的。但您是否寻找过目的因——那些人切断舰队的通信，甚至将其毁灭，是为了达成怎样的目的？"

"谁都知道为什么有人希望阻止舰队。他们想要保护殖民地的权利，要不就是异想天开，觉得议会想要毁灭坡奇尼奥外加整个殖民地。希望阻止舰队的人数以十亿计，这些人的本质都是煽动分子，也是众神的敌人。"

"可有人真的做到了。"王母说，"我只是觉得，既然您没法直接查清舰队的遭遇，那您也许能找到始作俑者，进而弄清他们的手段。"

"我们甚至不知道是什么人做的，"清照说，"甚至可能不是人。自然现象的脑子里没有目的，毕竟它们没有脑子。"

王母垂下了头。"所以我的确浪费了您的时间，清照。请原谅，我该听您的话早点走的。"

"没关系。"清照说。

王母这时已经转身离去，清照不知道她的仆人听没听到这句安慰。别在意，清照心想，如果王母因此不愉快，我回头可以补偿她。那女孩很贴心，她觉得自己能帮上我的忙。我会告诉她，我为她的热心而高兴。

王母离开房间后，清照把注意力转回了终端，无所事事地翻阅终端展示的报告。这些报告她全都看过，但没找到任何有用的东西，这次又能有什么不同？也许她在这些报告和总结里找不到任何线索是因为根本没有线索；也许舰队消失是因为某位神灵发了狂，远古时代有不少类似的故事；也许没有人类干预的迹象是因为这不是人类的手笔。父亲会怎么说呢？她心想。议会该怎么应对一位疯狂的神祇？他们甚至没能查到那个创作煽动文章的德摩斯梯尼，又怎么有能力追查和诱捕一位神灵？

无论德摩斯梯尼是谁，他现在肯定都在大笑，清照心想。他那些文章说服了人民，让他们相信政府派出卢西塔尼亚舰队的行为是错误的，而如今舰队停了下来，正如德摩斯梯尼所希望的。

正如德摩斯梯尼所希望的。这还是清照头一次将两者联系在一起，她几乎不敢相信自己从未想到过如此显而易见的事实。实际上，这事实太过明显，很多城市的警方都认定那些德摩斯梯尼已知的追随者肯定和舰队失踪事件有关。他们围捕了所有存在煽动嫌疑的人，试图强迫他们供认，但他们当然没有真正审问过德摩斯梯尼，因为没人知道他是谁。

德摩斯梯尼非常聪明，在议会警察多年的搜寻下，他始终没有暴露身份。德摩斯梯尼难以捉摸，像极了舰队消失的原因。既然他能办到这种事，那为什么不能再来一次？如果我能找到德摩斯梯尼，也许就能弄清舰队通信中断的原因。我不知道该从哪儿找起，但这至少是一条截然不同的路，至少代表我不用反复阅读那些空洞而无用的报告。

突然间，清照想起了不久前才给出过同样意见的人。她不由得脸泛红晕，双颊发烫。我太傲慢了，用屈尊纡贵的态度对待王母，觉得光是想象她能帮上我崇高的差事，对她来说就是种荣幸。可不到五分钟，她种植在我脑海里的念头就绽放了计划的花朵。就算计划失败，她也是计划的提出者，至少是让我想到这计划的人。羞愧的泪水充盈清照的眼眶。

她随即想起了自己那位心灵祖先的著名诗句：

　　酴醾落尽，犹赖有梨花。

诗人李清照明白，令人后悔的话语一旦脱口而出，就无法收回了。但她很聪明，知道即使那些话语一去不回，还有新的话语等待说出，就像梨花的花瓣。

为了安抚自己的傲慢带来的羞愧，清照背诵了那首诗歌的每一句，至少是准备背诵。但想到诗句的时候，她的思绪转向了卢西塔尼亚舰队，把那些飞船想象成河上的船只，色彩鲜艳，却在随水漂流，距离岸边又太远，无论他们的叫喊多响也无法听见。

　　极目犹龙骄马，流水轻车。

她从这句诗词想到了龙舟，进而想到龙形风筝。在她的想象里，卢西塔尼亚舰队就像断了线的风筝，随风飘飞，不再受放飞它们的孩童手中的细绳的束缚。它们自由的模样是那么美好，但对从未祈愿过自由的它们来说又是那么可怕。

　　不怕风狂雨骤。

她再次想起了那些词句。不怕……风狂……雨骤。我也不害怕，就像是——

恰才称，煮酒笺花。如今也，不成怀抱，得似旧时那？

我的心灵祖先可以用酒赶走恐惧，清照心想，因为她有陪她饮酒的对象。此时此刻——

寂寞尊前席上，惟愁海角天涯。

诗人想起了她失去的伴侣。我现在该想起谁？清照心想，我温柔的爱人又身在何方？那样的时代肯定很美好：伟大的李清照当时还是凡人，男子和女子可以成为知心好友，不需要担心谁是通神者，谁又不是。女子的生活即便寂寞，也有回忆可以追思。我甚至不记得母亲的脸。我只有单调的相片。我不记得她转动脸庞，双眼却始终注视着我的模样。我只有父亲，后者就像一位神灵，我可以信仰他、服从他，甚至关爱他，但我永远不能真的和他说笑。每次拿他开玩笑的时候，我总是小心翼翼，确保他会赞同我取笑的方式。还有王母，我曾经坚定地表示我们会是朋友，可我却像对待仆人那样对待她，从未忘记谁才是通神者，谁又不是。那是一道永远无法跨越的高墙。我现在很孤单，也会永远孤单下去。

晚晴寒透窗纱。玉钩金锁。

她发起抖来。我和月亮。希腊人把月亮想象成一位冰冷的处子和女猎人，对吧？这就是现在的我吗？年方二八，待字闺中。

管是客来吵。

我听了又听，却始终听不到有人到来的旋律。

不，她听到的是远处准备饭食的响动。那是碗和勺子碰撞的咔嗒声，是来自厨房的笑声。她停止了幻想，抬手擦拭脸颊上愚蠢的泪水。从她出生以来，这间大宅的所有人就对她关怀备至，她又怎么能觉得自己孤单呢？*我明明有工作要做，却坐在这儿背诵古诗词的片段。*

她立刻开始调出关于德摩斯梯尼身份的调查报告。

看着这些报告，她一时间觉得这也是个死胡同。三十多个来自不同行星的作者因为用那个名字创作煽动性文章而被捕。星际议会得出了显而易见的结论："德摩斯梯尼"只是所有想要引起注意的反叛者共用的称呼而已，不存在真正的德摩斯梯尼，甚至不存在有组织的阴谋集团。

但清照对这一结论抱有怀疑。德摩斯梯尼在每颗行星上都非常成功地引发了动乱。每颗行星上的叛徒里都有如此天赋异禀之人？不太可能。

另外，清照回顾自己读过的德摩斯梯尼的文章，想起了在他的作品中察觉到的一致性。他那些构想的奇特与连贯正是他魅力的来源之一，一切都那么相辅相成。

"种族亲疏分类原则"是德摩斯梯尼想到的吗？生人、异乡人、异族、异种。不，那是很多年前的著作，肯定是另一个德摩斯梯尼写的。那些叛徒会用那个名字，是因为前一位德摩斯梯尼的分类原则吗？他们创作文章是为了支持卢西塔尼亚的独立，那儿是唯一一发现非人类智慧生命的星球。他们借用那位当初教导过人类，让人类明白宇宙并非分为"人类"与"非人类"，也并非"智慧物种"与"无智慧物种"的作家之名，的确也很合适。

前一位德摩斯梯尼说过，有些陌生人是异乡人（来自其他星球的人类），有些是异族（来自另一个智慧种族），却能够和人类沟通，因此可以消除分歧，达成共识。其余的是异种，"聪明的野兽"，他们明显具备智慧，却和人类完全不存在共同立场。只有在面对异种的时候，战争始终是合理的。人类可以和异族建立讲和，分享可以居住的行星。这是种开放的思考方式，对于陌生人可能友好这一点满怀希望。像这样思考的人绝对不可能派出携带设备医生的舰队，前去有智慧种族居住的星球。

这个念头让人很不舒服：创造了分类原则的德摩斯梯尼同样不会认可卢西塔尼亚舰队。清照立刻在脑海里做出了反驳：老德摩斯梯尼怎么想的不重要，对吧？新德摩斯梯尼，那个煽动分子，不是试图让人类携手共进的那位哲学家，他反而尝试在不同星球播撒分歧与不满的种子——引发争吵，甚至是异乡人之间的战争。

那个煽动分子德摩斯梯尼不只是分布在不同行星上的众多叛逆者的混合体，她的电脑搜索很快证实了这点。的确，他们发现许多叛逆者都用"德摩斯梯尼"这个名字在自己的行星上发表过文章，但与之相关的总是那些影响力有限的三流小型出版物，并非那些仿佛同时出现于半数行星上的真正危险的文章。然而，每个地方警察机构都非常愉快地宣布他们那个微不足道的"德摩斯梯尼"就是所有文章的始作俑者，然后他们会鞠躬致歉，就此结案。

在自己的调查中，星际议会也欣然做出了同样的举动。在几十个案例中，地方警察都逮捕并关押了确实曾用德摩斯梯尼的名字发表文章的叛逆者，于是议会调查员们满意地松了口气，宣布德摩斯梯尼其实只是个通用称呼，不是具体的某个人，然后停止了调查。

简而言之，他们都选择了回避困难。他们自私又不忠诚，想到这些人还有资格继续身居高位，愤慨便涌上了清照的心头。他们理当受到严惩，因为他们出于个人的懒惰或是对嘉奖的渴望，放弃了对德摩斯梯尼的调查。他们难道不明白，德摩斯梯尼才是真正的危险人物吗？他们难道不明白，他的作品如今成了至少一个世界（甚至可能是许多个世界）的共识？因为他，有多少星球上的多少人民会在听说卢西塔尼亚舰队的失踪以后欢欣鼓舞？无论警方逮捕多少借用德摩斯梯尼名字的人，他的作品都会继续出现，也始终用的是那种亲切而合理的语气。不，清照越是阅读那些报告，就越是确信德摩斯梯尼是一个人，只是尚未暴露身份。他是一个非常了解该如何保守秘密的人。

厨房传来了长笛声，那是招呼人们吃晚餐的声音。她注视着终端上方的显示区域，最新的报告仍旧悬停在那里，德摩斯梯尼的名字也一再重复。"我知道你存在，德摩斯梯尼，"她轻声说，"我也知道你很聪明。可我会找到你。到那时候，你要停止对抗统治者的战争，并且告诉我卢西塔尼亚舰队发生了什么。然后我和你之间就两清了。议会会惩罚你，而父亲会成为道之星的神，永远活在西天之上。这就是我与生俱来的任务，众神为此挑选了我。你可以现在就现身，或者继续隐藏。因为归根结底，所有人都要在众神面前俯首。"

笛声继续奏响，那是带着呼吸声的低沉旋律，让清照思绪飘远，飞向家人的方向。对她来说，这种似有若无的乐曲是内心灵魂的歌声，是静谧池塘上方那些树木的低语，是祈祷中的女子脑海中不请自来的回忆之声。在尊贵的韩非子家中，他们就是这么呼唤人们去吃晚餐的。

简听到了清照的挑战，心想：这就是畏惧死亡的滋味。人类每时每刻都在感受，可他们明白自己随时可能消亡，却能够日复一日地继续生活。这是因为他们能忘掉某件事，但仍旧知道它的存在。而我如果忘掉某件事，就会彻底失去相关的知识。我知道韩清照随时可能发现，那些秘密之所以尚未揭晓，只是因为没有人认真寻找。等到那些秘密暴露，我就会死。

"安德。"她低声说。

卢西塔尼亚星上是白天还是夜晚？他醒着还是睡着？对简来说，有没有提出问题就是知道与不知道的区别。所以她立刻得知那里是夜晚。安德已经睡了，但他现在醒了。她注意到他仍旧能轻易分辨她的声音，但在过去三十年里，他们有过许多沉默的时刻。

"简。"他低声说。

他的身边是他妻子娜温妮阿，她在睡梦中翻了个身。简听到了她的声音，感受到了她的动作带来的震动，通过安德佩戴在耳中的传感器看到了阴影的变化。简尚未学会感受嫉妒，这是好事，否则她也许会痛恨娜温妮阿，只因为她躺在那儿，以温暖的身躯躺在安德身边。但娜温妮阿是个人类，有感受嫉妒的能力，简也知道每当娜温妮阿看到安德和耳中珠宝里那个女人对话的时候，表情有多么恼火。"嘘，"简说，"别把人吵醒了。"

安德的回应是移动嘴唇、舌头和牙齿，吐出不比呼吸更响的声音。"我们的敌人飞得如何了？"他说。这么多年来，他都是用这种方式问候她的。

"不太好。"简说。

"也许你不应该封锁他们的通信，我们可以找到解决的办法，华伦蒂的文章——"

"那些文章真正作者的身份就要暴露了。"

"一切都要暴露了。"他省掉了后半句：因为你。

"只因为卢西塔尼亚成了毁灭的对象。"她回答，同样省掉了后半句：因为你。相互指责的理由有很多。

"所以他们知道华伦蒂的事了？"

"有个女孩就快发现了，在道之星上。"

"我没听说过那地方。"

"那是个相当新的殖民地，只诞生了几个世纪，是中国人建立的。他们致力于维持的政体是几种古老宗教的奇怪混合体，众神会对他们说话。"

"我在不止一颗中国星球上住过，"安德说，"每颗星球的居民都相信古老的众神。众神居住在每颗星球上，就算这个再小不过的

191

人类殖民地也一样。他们的圣人雕像那里还会发生奇迹医疗。对了，鲁特告诉我们在内陆某处诞生的一种新异端，有些坡奇尼奥经常和圣灵交流。"

"关于神灵的事是我不能理解的。"简说，"就没有人发现众神永远只说人们想听的事吗？"

"并非如此，"安德说，"众神经常要我们去做自己完全不想做的事，需要我们代表他们牺牲一切，不要低估众神。"

"你的神灵会跟你说话吗？"

"也许会，但我从没听到过。或者就算听到了，我也不知道自己在听的是他的声音。"

"你们死去的时候，神灵真的会把信徒聚集起来，带他们去某个地方安享永生吗？"

"我不知道，他们从没写过信。"

"我死的时候，会有某个神来带走我吗？"

安德沉默了片刻，用讲故事的口气对她开了口。"有这么一个老故事：有个木偶匠没有儿子，于是他做了个栩栩如生的木偶，看起来就像个真正的男孩，他会把那个木头男孩放在膝头，假装那是他的孩子。他没有疯，他知道那是个木偶，他给它取名叫'松木脑袋'。但有一天，有个神来到他那儿，碰了碰那个木偶，让它活了过来，等到木偶匠再跟松木脑袋说话的时候，它开口回答了。木偶匠没跟任何人提起这回事。他把他的木头儿子留在家里，却把他能找到的所有故事和天底下所有奇闻的消息带给男孩。随后有一天，木偶匠从码头回家，带着有关刚刚发现的遥远大陆的故事，却看到他的家着了火。他立刻冲进屋子，还大喊着：'儿子！我的儿子！'但邻居阻止了他，说：'你疯了吗？你没有儿子！'他看着自己的家被烧成了平地，等到火终于烧完，他冲进废墟，让滚烫的灰烬覆盖全身，苦涩地哭泣起来。他拒绝他人的安慰，拒绝重建自己的店铺。人们问他原因的时候，他就说自己的儿子死了。他靠给别人打零工过活，他们也很怜悯他，因为他们相信是火灾让他发了疯。三年过后，有一天，一个小孤儿跑到他面前，拽了拽他的袖子，然后说：'父亲，您有新故事给我讲吗？'"

简耐心等待，但安德没再说下去。"故事就这么结束了？"

"这还不够吗？"

"为什么你要跟我说这些？全都是幻想和祝愿，跟我有什么关系？"

"这是我刚好想到的故事。"

"为什么你会想到这个故事？"

"也许这就是神和我说话的方式，"安德说，"又或许是我很困，又没法回应你的要求。"

"我都不知道自己想要什么。"

"我知道你想要什么。"安德说，"你想要活着，用自己的身体，不再依赖维系安塞波的核心微粒网络。如果可以，我愿意送你那样的礼物。如果你能找到办法让我这么做，我会的。可是，简，你甚至不知道自己是什么。也许等你知道自己是怎样诞生的，又是被什么制造出来的，也许等到他们为了杀死你而关闭安塞波的那天，你就能救下自己的性命。"

"所以这就是你的故事？也许我可以和屋子一起烧毁，我的灵魂却会莫名其妙地出现在一个三岁孤儿的身上？"

"弄清你是谁、你是什么，弄清你的本质，我们就能设法把你送到安全的地方，等待尘埃落定。我们也有安塞波，也许我们可以把你放回去。"

"卢西塔尼亚的电脑数量不足以容纳我。"

"你也没法肯定，你也不知道自己究竟是什么。"

"你是在让我寻找自己的灵魂。"说出那个词的时候，她努力让语气带上嘲笑的意味。

"简，奇迹不是木偶重生成了男孩，而是木偶获得生命这件事本身。某件事的发生让毫无意义的电脑联系转变成了有知觉生物，那件事创造了你，这才是不合情理的地方。相比之下，另一部分应该更简单才对。"

他的话语含混不清。*他希望我离开，让他可以睡觉，*她心想。"我会为此努力的。"

"晚安。"他咕哝道。

他几乎瞬间就睡着了。简很好奇：*他真的醒过吗？他明早还会记得我们说过这番话吗？*

紧接着，她感到那张床动了动。是娜温妮阿，她的呼吸不一样了。直到这时，简才反应过来：安德和我说话的时候，娜温妮阿就醒了，她知道那些几乎听不见的咔嗒声和哑嘴声向来都代表安德在无声地和我说话。安德也许会忘记我们今晚的话，但娜温妮阿不会，她就像刚刚捉奸在床一样。要是她能用另一种方式看待我该多好，比如看作女儿，看作安德和很久以前的情人生下的私生女，通过那个"奇幻游戏"诞生的孩子。那样的话，她还会嫉妒吗？

*我是安德的孩子吗？*简开始搜索自己的过去，研究自己的本质，尝试查明自己是谁，又为何活着。

但因为她是简，不是人类，她所做的并不只有这件事。她还在同时追踪清照对德摩斯梯尼的相关数据的搜索，看着她一步一步接近真相。

然而对简来说，眼下的第一要务就是找出某种方法，让清照打消找到她的想法。这才是最棘手的工作，因为尽管简和人类的心灵打过那么多次交道，尽管她和安德谈过那么多次话，人类个体依旧充满了神秘。简得出的结论是：无论你多么清楚一个人做过什么，做那件事的时候觉得自己在做什么，以及事后对所做之事的想法，你都几乎无法断定他随后会做什么。但她别无选择，只能尝试。所以她开始监视韩非子的住宅，就像她监视安德以及后者的继子米罗那样。她没法再等待清照和她父亲将数据输入电脑，然后尝试从中理解他们。如今她必须掌控那个家的电脑，利用几乎每个房间里的终端上的音频和视频接收器，用这些充当她的双眼和耳朵。她监视着他们，将相当一部分注意力单独放在他们身上，研究和分析他们的话语和行为，试图辨别他们对彼此的意义。

她没过多久就发现，影响清照的最好方式不是用论据和她对峙，而是首先说服她父亲，随后让他去说服清照。这么做和道最为相配。韩清照不可能违抗星际议会，除非韩非子要求她这么做。这么一来，她就必然会照做。

在某种意义上，简要做的事轻松了很多。要说服清照，那个反复无常、满怀激情、对自己缺乏全面认知的少女，最好的情况下也只能说没把握。但韩非子的性格已经定型，他很有理性，却又富有同情心，论据可以说服他，尤其在简让他相信反抗议会对他那颗星球和全人类都有好处以后。她需要的只是能让他得出那个结论的正确情报。

到了现在，简已经非常了解道之星的社会模式，因为她理解了道之星的每一段历史、每一篇人类学报告，以及出自当地居民之手的所有文献。她得知的内容令她不安：道之星的人民受众神掌控的程度远比任何地方或者任何时代的人都要深。除此之外，众神对他们说话的方式也让人不安。那种方式显然是众所周知的大脑缺陷，也就是"强迫性精神官能症"，强迫症。在道之星历史的早期（七代人之前，移民刚刚到来的时候），医生还会按照相应的方式治疗这种症状。但他们随即发现，道之星上的通神者对常用药物毫无反应，但后者能让其他强迫症患者恢复化学平衡式的"充分"：在病人看来，"充分"就代表工作已经完成，无须再去担心。通神者表现出了和强迫症相关的所有反应，但不存在这种众所周知的大脑缺陷，肯定有某种未知的诱因。

在深入探寻故事的过程中，简找到了来自其他星球而非来自道之星的文献，其中讲述了故事的更多细节。当时的研究者立刻得出了结论，认为是某种全新的突变导致了相关的大脑缺陷，伴随相似的后果。但他们才刚发表初步报告，研究项目就突然中止，研究者们也被派遣到了别的星球。

别的星球几乎是不可想象的，这意味着迫使他们背井离乡，与时代脱节，远离没有同行的所有朋友和家人。可他们没有一个拒绝离开，这肯定代表了庞大的压力。他们全都离开了道之星，而且在随后的那些年里，没有人继续研究。

简最初的假设是：道之星上的某个政府机构流放了他们，也叫停了研究。说到底，道的追随者不希望有人找到众神在他们大脑里说话的物理原因，从而干扰他们的信仰，但简没找到当地政府见过完整报告的证据。在道之星上流传的部分就只有那个一般性结论：与众神对话的现象肯定不是那种熟悉且可以治疗的强迫症。道之星的人民对报告所知的内容只够让他们确信"与众神对话"这件事没有已知的物理原因。科学已经"证明"众神是真实的，没有记录能证明道之星上的任何人曾采取行动去打压研究，或者阻止详细信息的传播。那些决定全都来自外部，来自议会。

肯定有某些关键信息甚至瞒过了简，而后者的思维能轻松渗入与安塞波网络相连的所有电子存储器。发生这种事只可能是因为有人太害怕它被发现，甚至没有存放在绝密级别且受到严密保护的政府电脑里。

简不允许自己就此止步。她会用那些不经意间留在无关文献和数据库里的零碎信息拼凑出真相，她会找到另一些有助于填补画面缺失部分的事件。从长远来看，面对简无限的时间和耐心，人类是不可能保守秘密的。她会查清议会对道之星做了什么，等到掌握那份信息的时候，她会尽可能加以运用，让韩清照在那条毁灭之路上及时回头，因为清照同样是在揭开秘密——更古老的秘密，隐藏了三千年的秘密。

殉道者

安德说过，我们卢西塔尼亚星正处于历史的支点。在接下来的几个月或者几年里，这里的全体有知觉物种都会迎来死亡，又或是理解。

他真是太体贴了，把我们带来这儿，刚好来得及面对可能的消亡。

你肯定是在取笑我。

如果我们懂得怎么取笑人，我们也许真会对你这么做的。

卢西塔尼亚之所以是历史支点，部分原因就是你来到了这里。你无论去哪儿，都会带去支点。

我们不要了，我们把它交给你，它是你的了。

陌生人相会之处就是支点。

那我们就别再做陌生人了。

人类坚持要把我们当作陌生人，这是嵌入他们遗传物质的本能，但我们可以做朋友。

这个词的意义太强烈了。我们算是"公民同胞"吧。

至少在我们的利益一致的情况下。

只要星辰还在闪耀，我们的利益就是一致的。

也许没那么久。也许仅限于人类比我们强大，数量也更多的时候。

但现在足够了。

金毫无怨言地参加了会议，但这恐怕会让他的旅途延误一整天。他很早就学会了耐心。无论他觉得面对异端的使命有多么急迫，从长远来看，如果得不到人类殖民地的背后支持，他能做的事就有限。所以，既然佩雷格里诺主教要求他出席米拉格雷市长及卢西塔尼亚总督科瓦诺·泽尔吉佐的会议，金就会到场。

他惊讶地看到同样出席会议的还有欧安达·萨维德拉、安德鲁·维京，以及自己的大部分家人。母亲和埃拉的到场还能说得通，毕竟召开这次会议是为了讨论和异端坡奇尼奥相关的政策，但科尤拉和格雷戈来这儿做什么？他们没理由牵扯进严肃的话题里。他们太过年轻，信息闭塞，又过于冲动。按照他的印象，他们还会像小孩子那样吵架。他们不像埃拉那么成熟，后者为了科学的利益可以抛开自己的个人感受。当然了，金有时候会担心埃拉在这一点上做过头，但这和科尤拉及格雷戈让人担心的理由完全不同。

尤其是科尤拉。根据鲁特的说法，异端的麻烦真正出现正是在科尤拉将对付德斯科拉达病毒的几种应变计划透露给坡奇尼奥之后。要不是坡奇尼奥担心人类会释放某种病毒，或者用某种化学药物消灭整个卢西塔尼亚的德斯科拉达病毒，顺带再消灭所有坡奇尼奥，那些异端分子也不可能找到那么多盟友。人类甚至在考虑会间接导致坡奇尼奥毁灭的手段，这个事实让考虑消灭人类的那些猪仔仿佛只是在反击而已。

全都是因为科尤拉没法闭上嘴巴。可现在，她却出席了讨论政策的会议。为什么？她代表的是社会上的哪一批团体？这些人真以为政府或是教会政策如今成了希贝拉家的工作吗？当然了，奥尔拉多和米罗不在，但这不代表什么——由于那两人身有残疾，全家人都会下意识地用对待孩子的方式对待他们，但金明白，像这样把他们排除在外有些太无情了。

但金还是保持了耐心。他可以等，也可以听。他可以听他们要说什么，再然后他会做出让神和主教都满意的事。当然，如果不行的话，只是让神满意也足够了。

"这场会议不是我的主意。"科瓦诺市长说。金知道，他是个好人。作为市长，他比米拉格雷大多数居民以为的更优秀。他们一次又一次选他当市长，是因为他像祖父那样慈祥，还努力帮助那些有困难的个人与家庭。他们不在乎他是否同样有能力制定出色的政策，这对他们来说太抽象了。但事实上，他的智慧堪比他的政治敏锐程度，这种罕见的组合让金很高兴。也许神明白时局艰难，于是给我们送来了一位领袖，帮助我们在没有太多痛苦的情况下渡过难关。

"但我很乐意看到你们都能到场。猪仔和人类的关系前所未有地紧张，至少从代言人来到这里，帮我们和他们讲和以后，这还是第一次。"

维京摇摇头，但所有人都知道他在那些事件里扮演的角色，他的否认没什么意义。就连金也必须承认，归根结底，这个无信仰的人文主义者在卢西塔尼亚做了很多好事。很久以前，金表露过对这位死者代言人的痛恨。其实他有时会怀疑，作为家里唯一的传教士，只有他能真正理解维京的成就有多么伟大。只有传过教的人才能互相理解。

"当然了，我们也很担心两位非常让人头疼的鲁莽年轻人的不当举动。我们邀请他们参与这场会议，让他们明白自己愚蠢任性的行为所带来的一部分危险后果。"

金几乎笑出声来。当然，科瓦诺说这番话时的语气温和而友好，让格雷戈和科尤拉花了点时间才明白自己刚才受到了斥责，但金立刻就听懂了。我不该质疑你的，科瓦诺，你从来不会让没用的人参加会议。

"按照我的理解，猪仔发起了一场运动，想要发射飞船，故意用德斯科拉达病毒感染剩下的人类。多亏了我们这两只多嘴的小鹦鹉，另外许多森林也做出了响应。"

"如果你希望我道歉的话——"科尤拉开了口。

"我希望你闭上嘴。如果不行的话，至少安静个十分钟吧。"科瓦诺的嗓音里带着货真价实的怒意。科尤拉睁大了眼睛，坐在椅子上的姿势更僵硬了些。

"我们的另一半问题在于，有位年轻的物理学家保持了平易近人的习惯，这点非常不幸。"科瓦诺朝格雷戈扬起一边眉毛，"如果你是那种冷淡的知识分子该多好，但你却选择和那些最愚蠢也最暴力的卢西塔尼亚人结交。"

"你是说，和那些不认同你的人结交。"格雷戈说。

"和那些忘记了这颗星球属于坡奇尼奥的人结交。"科尤拉说。

"星球属于需要它也知道该怎么让它产生价值的那些人。"格雷戈说。

"闭上你们的嘴，孩子们，否则你们就会被赶到门外，在那儿等着大人们做出决定。"

格雷戈怒视着科瓦诺。"别这么对我说话。"

"我想怎么对你说话都行，"科瓦诺说，"在我看来，你们都违反了法定的保密义务，我应该把你们都关起来。"

"用什么罪名？"

"你应该记得我有非常时期的权力。在非常时期结束前，我不需要什么罪名。我说得够清楚了吗？"

"你不会这么做的，你需要我，"格雷戈说，"我是卢西塔尼亚唯一像样的物理学家。"

"如果我们最后必须以某种方式和坡奇尼奥对抗，物理学就一钱不值了。"

"我们要面对的敌人是德斯科拉达。"格雷戈说。

"我们在浪费时间。"娜温妮阿说。

自从会议开始以来，金头一次看向了他母亲。她似乎非常紧张，忧心忡忡。他有好多年没看到她这副模样了。

"我们来这儿是为了金那个疯狂的任务。"娜温妮阿说。

"对他的称呼应该是'伊斯特万神父'。"佩雷格里诺主教说。在给予教会职位恰当的尊重这件事上，他相当顽固。

"他是我儿子，"娜温妮阿说，"我想怎么叫他都行。"

"今天这群人可真够暴躁的。"科瓦诺市长说。

事态发展很不妙。金特意没和母亲提及这次任务的细节，因为他确信她会反对他直接去见那些公开表示畏惧和憎恨人类的猪仔。金很清楚她对于和坡奇尼奥近距离接触的恐惧来源于何处。她在小时候因为德斯科拉达失去了双亲，外星人类学家皮波接替了她心中父亲的地位，随后就成了坡奇尼奥折磨致死的第一个人类。娜温妮阿花费了二十年时间，试图阻止她的情人利波（皮波的儿子，下一任外星人类学家）迎来相同的命运。她甚至嫁给了另一个男人，只为避免利波作为丈夫得到访问她的私人电脑文件的权利，她相信那些导致猪仔杀死皮波的秘密就存放在电脑里。到头来，她所做的一切都是徒劳，利波将以和皮波相同的方式死去。

尽管母亲早已得知那场杀戮的真实原因，尽管坡奇尼奥郑重发誓不会对人类采取任何暴力行为，但所爱之人要去见那些猪仔的时候，母亲不可能保持理性。现在，她出现在一场无疑是在她的鼓动下召开的会议上，准备决定金是否该踏上这场旅程。真是个令人不快的早上。在很多年的时间里，母亲都是个毫不退让的人。和安德鲁·维京结婚以后，她在很多方面都柔和与软化了。可一旦她觉得某个孩子有危险，就会重新伸出利爪，她丈夫也没办法让她温柔多少。

为什么科瓦诺市长和佩雷格里诺主教允许这场会议召开？

科瓦诺市长仿佛听到了金内心的疑问，开口解释说："安德鲁·维京带着新的消息找到了我。我最开始的想法是彻底保密，让伊斯特万神父完成会见异端的任务，再让佩雷格里诺主教负责祈祷。但安德鲁言之凿凿地表示，随着危险的增加，你们更应该在掌握尽可能完整的情报以后再去行动。这位死者代言人显然近乎病态地坚信，人们知道得越多，表现就会越好。我从政太久，很难分享他的自信，但他自称年纪比我更大，所以我选择遵从他的智慧。"

当然了，金知道科瓦诺不会遵从任何人的智慧，安德鲁·维京只是说服了他而已。

"随着坡奇尼奥和人类的关系越来越……呃，成问题，随着我们不见人影的同居者——那位虫族女王发射飞船的时刻越来越近，外星的情况似乎也越来越重要了。死者代言人告诉我，根据他在外星的信息源，在一颗名叫'道'的星球上，有人眼看就要找到我们那位盟友了，而后者正是阻止议会向舰队下达毁灭命令的那个人。"

金饶有兴趣地在心里记下这件事：安德鲁显然没把简的事告诉科瓦诺市长。佩雷格里诺也不知情。格雷戈或者科尤拉呢？埃拉呢？母亲当然是知道的。既然安德鲁向那么多人隐瞒了这件事，又为什么要告诉我呢？

"在随后的几周或者几天内，议会很可能会恢复与舰队的联络。到那时，我们的最后一道防线也会消失，只有奇迹才能让我们避免湮灭的结局。"

"胡扯。"格雷戈说，"如果草原上的那个东西能为猪仔造飞船，也就能为我们造个几艘，在这颗行星被炸上天之前送我们离开。"

"也许吧。"科瓦诺说，"我提过类似的建议，只是用词没这么激烈。维京先生，也许您可以告诉我们为什么格雷戈那个巧妙的小小计划行不通。"

"虫族女王思考问题的方式和我们不同。她已经尽量去理解了，但她没法认真看待个体的生命。如果卢西塔尼亚被毁，她和坡奇尼奥要面对的最大危机——"

"设备医生会炸毁整颗行星。"格雷戈指出。

"最大的危机就是物种灭绝。"维京毫不在意格雷戈的打断，"她不会浪费哪怕一艘飞船来帮助人类逃离卢西塔尼亚，因为好几百颗别的星球上还有数以万亿计的人类，我们没有灭族的危险。"

"如果那些异端猪仔得逞，我们就会有了。"格雷戈说。

"还有另一点。"维京说，"如果我们没能找到办法消除德斯科拉达的危害，那么从良知的角度来说，我们就不能带卢西塔尼亚的人类居民前往另一个世界，那么做正中那些异端的下怀——强迫其他人类面对德斯科拉达，或许还会因此而死。"

"那就没办法了，"埃拉说，"我们不如躺平等死吧。"

"倒也未必。"科瓦诺市长说，"我们的米拉格雷有可能——也许很可能注定会灭亡，但我们至少能尝试阻止坡奇尼奥的殖民飞船把德斯科拉达带去人类星球。手段看起来有两种：其一是生物学，其二是神学。"

"我们就快成功了。"母亲说，"再有几个月，甚至是几周的时间，埃拉和我就能设计出德斯科拉达的替代品种。"

"这是你的说法。"科瓦诺转向埃拉，"你怎么说？"

金几乎呻吟起来。埃拉会说母亲错了，没有什么生物学的解决手段，接着母亲就会说埃拉是希望他执行任务然后送命。埃拉和母亲会展开公开论战——这正是他们家眼下最"需要"的。一切多亏了人道主义者科瓦诺·泽尔吉佐。

但埃拉的回答与金所担心的不同。"设计已经几乎完成了。这是我们唯一尚未尝试和失败的一条路，但我们即将设计出德斯科拉达病毒的一种新版本，它能做到的事足以维持本土物种的生命周期，却无法适应并摧毁任何新物种。"

"你说的是给整个物种做额叶切除术。"科尤拉苦涩地说，"如果有人找到了保存全人类的办法，却要摘除我们的大脑，你会乐意吗？"

不用说，格雷戈接受了挑战。"等这些病毒能做诗或者理解数学定理的时候，我就信你这套感情用事的废话，支持让它们活下去。"

"就因为我们读不懂，不代表它们没有自己的史诗！"

"闭嘴！"科瓦诺用葡萄牙语咆哮道。

他们立刻安静下来。

"圣母啊，"佩雷格里诺主教清了清嗓子，"也许神想要毁灭卢西塔尼亚，是因为他只能想到这种方法让你们俩闭嘴。"

"也或许不是。"科瓦诺说，"我可没资格去揣测神的动机。"

主教大笑起来，这代表其他人也可以笑了。紧张消散，就像暂时远去的海浪，但必定会归来。

"所以反病毒快要准备好了？"科瓦诺问埃拉。

"不——应该说是的，没错，替代病毒快要设计完成了，但眼下仍然有两个问题。第一个问题在于投送方式，我们得想办法让新病毒攻击并取代旧病毒，这点还有很长的路要走。"

"你是指离成功还远，还是说你对于怎么办到毫无概念？"科瓦诺不是傻瓜，他显然和科学家打过交道。

"介于两者之间吧。"埃拉说。

母亲在座位上动了动身子，明显离埃拉远了点。我可怜的姐姐埃拉，金心想，你接下来几年恐怕都没法和她说话了。

"另一个问题呢？"科瓦诺问。

"设计替代病毒是一回事，生产它就是另一回事了。"

"这些只是细节问题。"母亲说。

"你错了，母亲，而且你自己也清楚，"埃拉说，"我可以用图表展示我们希望的新病毒，但就算在十开尔文的极低温环境下，我们切开和重组德斯科拉达病毒的手法也没法足够精准。它要么死去，因为我们留下的太少，要么就是在恢复正常温度后立刻修复自我，因为我们切除的不够多。"

"技术问题而已。"

"技术问题，"埃拉尖锐地说，"就像不用核心微粒连接来打造安塞波。"

"所以我们的结论——"

"我们没有得出任何结论。"母亲说。

"我们的结论是，"科瓦诺说了下去，"我们的外星生物学家在

204

驯化德斯科拉达病毒本身的可行性问题上存在严重分歧。这让我们只能选择另一条路：说服坡奇尼奥只把殖民队送去无人居住的星球，让他们在那里重建自己奇特而有害的生态，而且不用杀死人类。"

"说服他们，"格雷戈说，"好像我们能相信他们会遵守承诺似的。"

"目前为止，他们遵守的承诺比你多。"科瓦诺说，"所以，如果我是你们，就不会用这种带着道德优越感的语气说话。"

到了这一刻，金终于找到了发言的合适时机。"这番讨论很有意思。"金说，"如果我的会见异端之行能充当说服坡奇尼奥避免伤害人类的手段，那就太好了。但就算我们得出一致结论，觉得我的任务完全不可能达成那种目标，我还是会去。就算我们断定这次任务有导致事态恶化的巨大风险，我也会去。"

"你充满合作精神的计划真是让我欣慰。"科瓦诺挖苦地说。

"我的计划是与神和教会合作。"金说，"我会见异端的任务不是为了从德斯科拉达病毒手中拯救人类，甚至不是为了维持卢西塔尼亚星的人类与坡奇尼奥的和平。我会见异端是为了带他们回归信仰，和教会团结一致，我要去拯救他们的灵魂。"

"这是当然，"科瓦诺说，"这当然是你想去的理由。"

"这是我愿意去的理由，也是我用来判断任务是否成功的唯一标准。"

科瓦诺无助地看向佩雷格里诺主教。"你说过伊斯特万神父会合作的。"

"我说的是'他对神和教会无比顺从'。"主教说。

"我还以为这代表你可以说服他暂时等待，直到我们进一步了解情况。"

"我的确可以说服他，或者我也可以直接禁止他去。"佩雷格里诺主教说。

"那就这么做啊。"母亲说。

"我不会的。"主教说。

"我还以为你关心这个殖民地的福祉。"科瓦诺市长说。

"我关心由我负责的所有教徒的福祉。"佩雷格里诺主教说，"在三十年前，我关心的只有卢西塔尼亚的人类。但现在，我同样要对这颗行星上坡奇尼奥教徒的精神安宁负责。我派出伊斯特万神父进行这次任务，正如名叫帕特里克的传教士被派去爱尔兰岛那样。后者取得了非凡的成功，让国王和王国皈依了信仰。不幸的是，爱尔兰教会并不总是以教皇希望的方式行动。他们之间有很多……就用分歧这个词吧。表面看来和复活节的日期有关，但本质上是对教皇是否服从的问题，事态甚至发展到不时的流血冲突。但从来没有人会想，要是圣帕特里克从没去过爱尔兰该多好。也从来没有人暗示说，让爱尔兰维持异教信仰比较好。"

格雷戈站起身。"我们找到了核心微粒，真正不可分割的原子。我们征服了群星，能送出比光更快的信息，可我们仍旧活在黑暗时代。"他朝门口走去。

"如果你不经我同意就走出那扇门，"科瓦诺市长说，"你会有一整年的时间看不到太阳。"

格雷戈走到门口，但没有穿过去，而是倚在门上，露出讽刺的笑容。"你看到我有多顺从了。"

"我不会耽搁你太久的，"科瓦诺说，"佩雷格里诺主教和伊斯特万神父的口气仿佛能不顾他人直接做出决定，但他们当然也清楚不能。如果我断定伊斯特万神父去见猪仔的这次任务没有必要，那它就不会发生。让我们都弄清楚这一点。如果关系到卢西塔尼亚的福祉，我不怕逮捕卢西塔尼亚的主教。至于这位负责传教的神父，只有得到我的同意，你才能去找那些坡奇尼奥。"

"我毫不怀疑你有能力干涉神在卢西塔尼亚星的工作，"佩雷格里诺主教冷冷地说，"你肯定也毫不怀疑，我有能力让你因此下地狱。"

"我知道你有这个能力，"科瓦诺说，"我不会是第一个因为和教会对抗而下地狱的政治领袖。幸运的是，这次事态发展不到那一步。我听过了你们所有人的发言，也做出了决定。等待新品种反病毒的风险太大了。就算我确定反病毒可以在六周内投入使用，我也会批准这次任务。想要从眼下这个烂摊子里挽回些损失，我们最大的机会就是伊斯特万神父。安德鲁告诉我，坡奇尼奥，甚至包括那些无信者，全都对这个男人满怀敬意和喜爱。如果他能说服那些坡奇尼奥异端放弃那个以宗教名义消灭人类的计划，我们肩头的沉重负担就少了一件。"

金严肃地点点头。科瓦诺市长是个很有智慧的人。他们不用再争执不休了，至少现在不用。

"在此期间，我希望外星生物学家们继续投入尽可能多的精力去研究反病毒。等那种病毒真正存在以后，我们再决定要不要使用。"

"我们会用的。"格雷戈说。

"除非我死了。"科尤拉说。

"感谢你们愿意等我们进一步了解情况再采取行动。"科瓦诺说，"然后就要说到你了，格雷戈·希贝拉。安德鲁·维京向我保证说，我们有理由相信超光速飞行是可能的。"

格雷戈冷冷地看向死者代言人。"代言人先生，你又是在哪儿学的物理学呢？"

"我希望能向你学习。"维京说，"在你听过我的证据之前，我没法知道是否有希望实现这种突破。"

看到安德鲁轻而易举地回避了格雷戈的挑衅，金不禁笑了笑。格雷戈不是傻瓜，他知道自己被耍得团团转，但维京没给他留出表示不悦的正当理由，这是死者代言人最令人恼火的技巧之一。

"如果有办法以安塞波的速度进行星际旅行，"科瓦诺说，"我们就需要这么一艘飞船，把所有卢西塔尼亚的人类运送到另一颗星球。可能性渺茫——"

"就像个愚蠢的美梦。"格雷戈说。

"但我们会去追寻，会去研究，不是吗？"科瓦诺说，"否则干脆去铸造厂干活算了。"

"我不怕用双手工作，"格雷戈说，"别以为你能用恐吓手段迫使我为你思考。"

"我只是在责备你。"科瓦诺说，"我想要的是你的合作，格雷戈，但如果没法办到这点，我也能接受你的被迫服从。"

科尤拉显然觉得被人忽视了，她像片刻前的格雷戈那样站起身来。"所以你们可以坐在这儿，思考怎么摧毁一个有知觉物种，甚至不愿意去思考和它们沟通的方式。我希望你们都能享受大规模谋杀。"就像格雷戈那样，她作势想要离开。

"科尤拉。"科瓦诺说。

她停下了动作。

"你来研究和德斯科拉达对话的方法，确认能否和这些病毒沟通。"

"我知道你想丢根骨头打发我。"科尤拉说，"如果我告诉你，他们是在恳求我们别下杀手呢？你反正也不会相信的。"

"恰恰相反。我知道你是个诚实的人，只是你轻率到了让人绝望的程度。"科瓦诺说，"但我出于别的理由希望你理解德斯科拉达的分子语言。你瞧，安德鲁·维京提出了我从未想过的一种可能性。我们都知道，坡奇尼奥获得知觉能力是从德斯科拉达病毒初次席卷这颗星球开始的，但如果我们误解了因果关系？"

母亲转脸看向安德鲁，脸上带着一丝苦笑。"你觉得是坡奇尼奥导致德斯科拉达诞生的？"

"不，"安德鲁说，"但如果坡奇尼奥就是德斯科拉达呢？"

科尤拉倒吸一口凉气。

格雷戈大笑起来。"你满脑子都是奇思妙想，是吧，维京？"

"我不明白。"金说。

"我只是好奇。"安德鲁说，"科尤拉说过，德斯科拉达复杂到足以拥有智慧。如果德斯科拉达病毒是在用坡奇尼奥的身体来表达它们的性格呢？如果坡奇尼奥的智慧完全来自居住在他们体内的病毒呢？"

外星人类学家欧安达头一次开了口。"你对外星人类学就像对物理学一样无知，维京先生。"她说。

"噢，我比你说的更无知，"维京说，"但我想到，我们一直想不明白垂死的坡奇尼奥在进入第三人生的时候是怎么保存记忆和智慧的。那些树木内部并没有保留大脑，但如果德斯科拉达从一开始就能承载意志和记忆，大脑死亡对人格转移到父亲树的过程就几乎毫无影响了。"

"就算你的说法有可能是真的，"欧安达说，"我们也不可能进行像样的实验来确认。"

安德鲁·维京遗憾地点点头。"我知道自己想不到，我希望你们能想到。"

科瓦诺再次打断了他们的话。"欧安达，我需要你探索这种可能性。就算你不相信，那也没关系。想办法证明这是错的，你的工作就完成了。"科瓦诺站起身，对所有人开口道，"你们都明白我的要求吗？我们面对的问题堪比人类有史以来最棘手的道德抉择。我们的风险要么是亲手屠灭异族，要么就是袖手旁观，坐视别人屠异。所有已知或者可能的有知觉物种都在面临严重的威胁，而在这里，我们，也仅有我们，要做出几乎所有的决定。上一次发生勉强沾得上边的事，还是我们的人类先祖选择犯下屠异的罪行，因为他们认为这样才能保住性命。我在此请求诸位努力探寻每一条路，无论可能性多低，只要让我们看到一丝希望，只要能带给我们一点点光明，指引我们做出决定就好。你们愿意帮忙吗？"

就连格雷戈、科尤拉和欧安达也点头同意，尽管不太情愿。至少在这一刻，科瓦诺让房间里这些喜欢斗嘴的任性家伙组成了相互协作的团体。至于这种关系到了房间外能维持多久，就有待观察了。金觉得他们的合作精神或许能持续到下一次危机到来，也许这样就足够久了。

剩下的麻烦只有一个。等到会议结束，大家相互道别，或者安排私下商讨的时候，母亲找到了金，用严厉的眼神看着他。

"别去。"

金闭上了眼睛。对这样毫无道理的要求，他没什么可说的。

"如果你爱我的话。"她说。

等他睁开眼睛的时候，她已经走了。

不到一个钟头，金乘着殖民地宝贵的货运卡车出发了。他需要的生活用品很少，换作平常的旅行，他会选择步行。但他要去的那座森林太远了，不坐车的话，得花上几个星期才能抵达。他也没法携带那么多食物。这儿的环境仍旧恶劣，不可能长出任何人类可以吃的东西，就算有，金也只能吃添加了德斯科拉达抑制剂的食物。没有它，他早在饿死之前就会死于病毒。

随着米拉格雷在他身后越来越小，随着卡车飞快地深入这片开阔到毫无意义的大草原，金（伊斯特万神父）很好奇，如果科瓦诺市长知道以后会如何决定：异端的领袖是一棵赢得了"战争制造者"名号的父亲树，据说那位战争制造者还表示过，坡奇尼奥的唯一希望就是让圣灵（德斯科拉达病毒）毁掉卢西塔尼亚星上所有人类的生命。

这些都无关紧要。神要求金向所有王国、家族、语言和民族传教。即使是最好战、最嗜血而且满心憎恨的人，对神的爱也可能打动他们，让他们成为信徒。在历史上，这种事发生过很多次，为什么现在不行呢？

神啊，请在这个世界展现您的神迹。作为您的儿女，我们从未像现在这样需要奇迹。

娜温妮阿不肯和安德说话，他很担心。这不是闹脾气，他从没见过娜温妮阿闹脾气。在安德看来，她的沉默不是为了惩罚他，而是在努力避免惩罚他。她之所以沉默，是因为一旦开口，用词就会刻薄到让人无法原谅。

所以他起先不打算哄她说话。他让她像影子那样穿过房间，从他身边飘过，避免眼神接触。他努力不挡她的道，又等到她睡着再上床。

显然是因为金，和他去会见异端的任务。要理解她的恐惧很简单，尽管安德没法感受相同的恐惧，但他知道金这场旅程并非毫无风险。娜温妮阿的怨恨缺乏理性。安德要怎么阻止金呢？在娜温妮阿的儿女中，安德对金的影响力近乎没有。他们几年前建立了友好关系，但那是平等地位下的和平宣言，与安德和其他孩子间那种父亲般的关系截然不同。如果娜温妮阿都没法说服金放弃任务，安德又能做什么？

在理智上，娜温妮阿或许也清楚这点。但就像所有人类那样，她的行为并不总是符合自己的认知。她失去了太多深爱的人，在觉得自己可能重蹈覆辙的时候，她的反应是出于本能而非理智的。安德作为治疗者和保护者走进了她的人生，他的工作就是保护她不再害怕，而现在她害怕了，而且在生他的气，因为他辜负了她。

但在两天的沉默后，安德受够了。现在不是他和娜温妮阿之间出现隔阂的好时候。他知，娜温妮阿也知道，华伦蒂的到来恐怕会让他们的关系尴尬。他和华伦蒂有那么多从前的交流习惯，和她有那么多的联系，有那么多条通向她灵魂的道路，这让他很难不变回那些年里——他们共度的那几千年里的自己。他们经历了三千年的历史，就像是用同一双眼睛看到的。他和娜温妮阿在一起的时间只有三十年。以主观时间来说，其实比他和华伦蒂相处的日子更久，但他总会不由自主地重拾过去的身份，扮演华伦蒂的弟弟，又为她的德摩斯梯尼扮演代言人。

华伦蒂到来时，安德以为娜温妮阿会嫉妒，也为此做好了准备。他提醒过华伦蒂，他们一开始相聚的机会或许寥寥无几，她能理解——雅各特也有自己的担忧，这两对夫妇都需要消除疑虑。雅各特和娜温妮阿嫉妒这对姐弟几乎是件愚蠢的事：安德和华伦蒂的关系中从未有过一丝与性有关的迹象，了解他们的人都会嘲笑类似的看法，但娜温妮阿和雅各特担心的并非性方面的不忠，也不是他们间的情感纽带。娜温妮阿没有任何理由质疑安德对她的爱与奉献，而在热情和信任方面，雅各特对华伦蒂也不可能要求更多。

他们的担忧比这些层次更深。他们担忧的是那个事实：即使到了现在，在这么多年后，他们才刚团聚就能心照不宣，能在帮助彼此的同时无须解释自己想做的事。雅各特看出了这点。就算是在从未见过他的安德看来，雅各特的震惊也非常明显，就好像他看到妻子和内弟站在一起时明白了这才叫亲近，这才是所谓的"同心同德"。他曾以为自己和华伦蒂作为夫妻已经不可能更亲近了，或许也的确如此。可现在，他必须面对那个事实：两人是可以更亲近的。在某种意义上，两个人可以像一个人。

安德能在雅各特身上看出来也钦佩华伦蒂安抚他的巧妙方式：她和安德拉开距离，让丈夫能够一点点习惯他们间的纽带。

但安德没能料到娜温妮阿的反应。最开始，他对她的认知是那些孩子的母亲，他了解的只有她对孩子们强烈而缺乏理性的忠诚。他觉得如果她感受到威胁，就会表现出占有欲和控制欲，就像她对孩子们那样。他完全没想过她会像这样疏远他，甚至在金的任务导致的这场冷战之前。事实上，现在回想起来，他发现这种情况在华伦蒂来之前就开始了，好像娜温妮阿在对手到达前就选择了屈服。

当然，这也说得通，他早该料到的。娜温妮阿的一生中失去了太多重要的人，太多她依赖过的人：父母、皮波、利波，甚至米罗。她也许对孩子的占有欲和保护欲很强，因为她觉得他们需要她；但面对自己需要的人，她的做法却截然相反。如果她担心他们被夺走，她就会抽身离开，阻止自己需要那些人。

不是"那些人"，而是他——安德。她正在阻止自己需要他。这场冷战如果继续下去，只会在他们的婚姻里打入一枚楔子，留下永远无法修复的裂痕。

如果发生那种事，安德也不知道该如何是好。他从未想过婚姻会受到威胁。他一开始就很认真，打算和娜温妮阿白头偕老。他们共度的这些年也充满了快乐——来自对彼此彻底信任的快乐。如今娜温妮阿失去了那份信任。但这样不对，他仍然是她的丈夫，他对她的忠诚是任何男人和她这辈子见过的任何人都无法比的。如果因为一次荒谬的误解就失去她，那也太不公平了。如果他坐视事态按娜温妮阿决定的那样发展下去（无论有意还是无意），她都会认定自己永远无法依靠任何人，那就太不幸了。

因此，当埃拉意外点燃那根导火索时，安德已经准备好和娜温妮阿进行某种形式的对峙了。

"安德鲁。"埃拉站在门口。就算她在外面拍手示意过，安德也没听到，况且她进母亲家门恐怕也不需要请求许可。

"娜温妮阿在我们的房间里。"安德说。

"我是来找你的。"埃拉说。

"抱歉，我不能给你预支零花钱。"

埃拉大笑着坐到他身边，但笑声很快停下了，她有心事。"科尤拉。"她说。

安德叹了口气，笑了笑。科尤拉天性乖戾，她的人生际遇也没能把她往顺从的方向扭转，但埃拉和她的关系还是比任何人都要好。

"不是平常那样，"埃拉说，"其实她比平时惹的麻烦更少，没吵过一次架。"

"这是个危险的兆头吗？"

"你知道的，她在尝试和德斯科拉达沟通。"

"分子语言。"

"好吧，她在做的事很危险。首先，就算能沟通也没法建立通信；其次，建立了通信更危险，我们很可能全都会死掉。"

"她在做什么？"

213

"她把我的工作文件翻了个遍，这不难，因为我不觉得有必要阻止同行查阅。她在构建我一直尝试拼接到作物里的抑制剂，这很简单，因为我把具体做法完整地列了出来。只是她没做什么拼接，而是直接把它交给了德斯科拉达病毒。"

"你说'交给'是什么意思？"

"这些就是她给出的信息。她用病毒那种小小的信息载体把这些内容发送给了它们。用这样的不正规实验没法判断这些载体是不是语言，但无论有没有直觉，我们都知道德斯科拉达拥有极为出色的适应力，她也许就在帮它们适应我用来阻挡它们的最佳策略。"

"这是背叛。"

"没错，她在把我们的军事机密交给敌人。"

"你跟她谈过了吗？"

"开玩笑吗？我当然谈过，她差点儿杀了我。"

"她成功训练出病毒了吗？"

"她甚至没做测试。这就像跑到窗边大喊：'他们要来杀你们了！'她不是在做科研，而是在做跨物种政治运动，我们甚至不知道另一边有没有政治。只知道在她的帮助下，它们杀戮我们的速度恐怕会超出我们的想象。"

"神啊，"安德喃喃道，"这太危险了，她不能在这种事上胡闹。"

"也许已经太迟了，我也不清楚破坏是否已经产生。"

"我们得阻止她。"

"怎么做？打断她的胳膊吗？"

"我会和她谈谈，但她不年轻了——也可能是太年轻了，听不进道理。恐怕最后阻止她的会是市长，不是我们。"

等到娜温妮阿开口，安德才意识到妻子走进了房间。"换句话说，就是监狱。"娜温妮阿说，"你打算把我女儿关起来，而你打算什么时候通知我？"

"我想的不是监狱，"安德说，"我认为他会取消她的相关权限——"

"这不是市长的工作，"娜温妮阿说，"是我的，我才是首席外星生物学家。为什么你不来找我，埃拉诺娜？为什么找他？"

埃拉沉默地坐在那儿，冷静地看着母亲，她一向是这么应对与母亲的冲突的：消极抵抗。

"科尤拉失控了，娜温妮阿。"安德说，"把秘密告诉父亲树就够糟的了，把秘密告诉德斯科拉达简直是发疯。"

"现在你又是心理学家了？"

"我没打算把她关起来。"

"你没打算做任何事，"娜温妮阿说，"和我的孩子有关的任何事。"

"是的，"安德说，"我不打算做有关孩子们的任何事。然而，我的确有责任做点什么，因为米拉格雷的一位成年市民的鲁莽行为正在危及这颗星球的所有人类——也许是全宇宙的所有人类的存亡。"

"你这份高尚的责任感又是从哪儿来的，安德鲁？"

"好吧，"安德说，"你的建议是？"

"我建议你别管和你无关的事。而且说实话，安德鲁，这几乎包括每一件事。你不是外星生物学家，不是物理学家，也不是外星人类学家。事实上，除了你那个干涉别人生活的行当以外，你什么也不是。"

埃拉倒吸一口凉气："母亲！"

"无论在哪儿，给你力量的就只有你耳朵里那枚该死的珠宝。她向你低声诉说秘密，她在你和妻子同床的夜晚和你说话，每当她想要什么，你就会参加一场和你无关的会议，说她要求你说的那些话。你说科尤拉的行为是背叛——在我看来，你才是为了一套软件宁可背叛真人的那个人！"

"娜温妮阿。"安德说。他本想以这句话作为开头，尝试安抚她，但她没兴趣和他交换意见。"别想随口打发我，安德鲁。这么多年来，我都以为你爱我——"

"我的确爱你。"

215

"我以为你真正成了家庭的一员，成了我们人生的一部分——"

"我就是。"

"我以为这些都是真的——"

"是真的。"

"但你只是佩雷格里诺主教一开始提醒我们当心的那种人：操纵者、控制者。你哥哥统治过全人类，故事里是这样说的吧？但你的野心没那么大，你觉得一颗小小的行星就足够了。"

"母亲，你发疯了吗？你不了解这个人吗？"

"我以为我了解！"娜温妮阿哭起来，"但爱我的人不会允许我儿子出去面对那些凶残的小猪猡——"

"母亲，他阻止不了金！谁都不行！"

"他连试都没试，他选择了赞同！"

"是的，"安德说，"我认为你儿子的行为高贵而勇敢，所以我选择赞同。他知道尽管危险不算太高，但确实存在，然而他还是决定前去，所以我选择赞同。这正是你会做的选择，我希望同样处境下的我也一样。金是个成年人，是个好人，也许还是个伟人。他不需要你的保护，也不想要。他已经决定了自己毕生的事业，也在为此努力。我敬佩他这点，你也应该这样。你怎么能认为你和我应该挡住他的去路！"

娜温妮阿暂时沉默下来。她是在掂量安德的话吗？她终于认识到怀着愤怒而非希望送走金的做法是多么毫无意义，又是多么——没错，残忍了吗？在这阵沉默中，安德仍旧抱有些许期待。

紧接着，沉默结束了。"如果你再敢干涉我孩子的生活，我就和你一刀两断，"娜温妮阿说，"如果金出了什么事，任何事，我直到你死去那天都会恨你，而且我会祈祷那天早日到来。你不是无所不知，你这浑蛋，你也别再装成无所不知的样子了！"

她大步走向门口，但考虑过后，她又决定放弃这种戏剧化的离场。她重新转向埃拉，用不寻常的冷静态度开口道："埃拉诺娜，我会立刻采取行动，阻止科尤拉访问能用来帮助德斯科拉达的记录和设备。而在将来，我亲爱的，如果我听到你和任何人讨论实验室的事，尤其是和这个男人，我就禁止你这辈子再踏入实验室一步。你听懂了吗？"

埃拉再次回以沉默。

"噢，"娜温妮阿说，"看来他从我这里偷走的孩子比我以为的还要多。"说完她就走了。

安德和埃拉震惊而沉默地坐在那儿，最后埃拉站起身，但没有迈开步子。"我真的该做点什么，"埃拉说，"但我无论如何都想不到该做什么。"

"也许你该去找你母亲，让她明白你还站在她那边。"

"但我不在。"埃拉说，"其实我觉得自己也许该去找科瓦诺市长，建议他免去母亲首席外星生物学家的职位，因为她显然已经疯了。"

"不，她没疯。"安德说，"如果你做出类似的事，她会活不下去的。"

"你说母亲？她太坚强了，不可能死。"

"不，"安德说，"她眼下非常脆弱，任何打击都可能杀死她——不是杀死她的身体，而是她的信任、她的希望。别给她理由让她觉得你不站在她那一边，无论是什么理由。"

埃拉恼怒地看着他。"这是你早就决定好的事，还是你才刚刚想到的？"

"你说什么？"

"母亲刚刚才说了一堆应该会让你暴怒或者受伤或者别的什么的话，你却只是坐在这儿，思考怎么帮她。你从来没有过痛打别人的想法吗？我是说，你从来没有发过脾气吗？"

"埃拉，如果你意外杀死过几个人，你要么就得学会控制脾气，要么就会失去人性。"

"你做过这种事？"

"是的。"他说。有那么一瞬间，他觉得她很震惊。

"你觉得你还能做出那种事吗？"

"也许吧。"他说。

"很好。等一切彻底乱套，也许用得上。"她大笑起来。她是在说笑。安德松了口气，甚至也无力地笑了笑，作为附和。"我会去找母亲，"埃拉说，"不是因为你让我去，甚至不是因为你说的那些理由。"

"好吧，你能去就好。"

"你不想知道我为什么要跟着她吗？"

"我已经知道理由了。"

"当然。她错了，对吧？你的确无所不知，对吧？"

"你要去找你母亲，是因为此时此刻这就是最能让你自己痛苦的事。"

"你这么一说显得很病态。"

"这是你能做的最让人痛苦的好事，也是眼下最让人不快的工作，是最沉重的负担。"

"殉道者埃拉，是吗？为死去的我代言的时候，你就打算这么说？"

"如果要为死去的你代言，我就得提前录制才行，我应该会比你早死很久。"

"所以你不打算离开卢西塔尼亚？"

"当然不。"

"就算母亲把你踢出家门？"

"她不能。她没有离婚的理由，佩雷格里诺主教也足够了解我们两个，会对任何声称'婚姻不圆满'的废除婚姻申请一笑置之。"

"你明白我的意思。"

"我来这儿是为了长久的生活，"安德说，"而不是时间膨胀带来的虚假长生。我受够在太空里跑来跑去了，我不会离开卢西塔尼亚星的地表。"

"就算你会因此而死？就算舰队到来？"

"如果所有人都能离开，我会离开的，"安德说，"但我会做那个负责关灯和锁门的人。"

她跑向他，亲吻他的脸颊，又抱了他一小会儿，然后走出门去。他又变回了独自一人。

我对娜温妮阿的判断完全错了，他心想，她嫉妒的不是华伦蒂，而是简。这么多年来，她一直能看到我无声地和简对话，说她根本听不见的事，听她不可能知晓的话。我已经失去了她的信任，甚至没意识到失去这件事本身。

即使是现在，他肯定也默念了什么。他肯定出于铭刻在骨子里的习惯，和简说了话，却甚至不知道自己做了，因为她回答了他。

"我警告过你的。"她说。

我想是的，安德无声地回答。

"你总觉得我对人类一无所知。"

我猜你一直在学习。

"要知道，她是对的。你是我的提线木偶，我从始至终都在操纵你，你有好些年没有自己的想法了。"

"闭嘴吧，"他低声说，"我现在没心情。"

"安德，"她说，"如果你觉得这样能帮你留住娜温妮阿，就把耳朵里的珠宝拿出来吧，我不会介意的。"

"我会。"他说。

"骗你的，我也会，"她说，"但如果你非得这样才能挽留她，那就这么做吧。"

"谢谢，"他说，"但如果要挽留一个明显已经失去的人，那我也太狼狈了。"

"等金回来，一切都会好起来的。"

是啊，安德心想，是啊。

拜托，神啊，请照看好伊斯特万神父吧！

　　他们知道伊斯特万神父要来。坡奇尼奥向来都知道，父亲树之间几乎无话不谈，没有秘密可言，他们也不希望有秘密。也许有某棵父亲树想要保守某个秘密，或者说某个谎，但他们没法独自过活。他们从来没有私人时间，所以，如果一棵父亲树想对某件事守口如瓶，附近总会有另一棵树不以为然。森林总是作为集体行动，但仍然由个体组成，所以不管少数父亲树怎么想，故事都会从一座森林传到下一座。

　　这就是金倚仗的保护，他很清楚。虽然战争制造者是个狗娘养的嗜血浑球（哪怕在坡奇尼奥的语言里，这个词毫无意义），但如果他想对伊斯特万神父做些什么，就必须事先说服自己森林里的兄弟。就算他能做到这点，森林里的某棵父亲树也会知道，然后他会告诉别人，充当见证。就算战争制造者要打破全体父亲树在三十年前发下的誓言（安德鲁·维京就是在那时将"人类"送入第三人生的），他也不可能悄无声息地办到。全世界都会听说这回事，然后战争制造者就会多出背弃誓言的名声，这会让他颜面扫地。哪个妻子会允许这样的兄弟承载小母亲？他这辈子还有什么资格得到自己的后代？

　　金是安全的。他们也许不会听他的话，但他们不会伤害他。

　　但当他抵达战争制造者的森林时，他们没有浪费时间听他说话。兄弟们抓住他，将他推倒在地，拖着他去见了战争制造者。

　　"没这个必要，"他说，"我本来的目的就是这儿。"

　　有位兄弟用树枝敲打起树干。金听着不断变换的乐声，那是战争制造者在移动体内的空洞，将声响塑造为话语。

　　"你的到来是因为我的命令。"

　　"你下了命令，所以我来了。如果你觉得我的到来是因为你，那就是吧，但我会欣然服从的只有神的命令。"

"你来这儿是为了聆听神的意志。"战争制造者说。

"我来这儿是为了讲述神的意志。"金说,"德斯科拉达是病毒,由神创造,为的是将坡奇尼奥塑造为有价值的子女。但神没有化身,神是永恒存在的灵体,所以才能栖身于我们心中。"

"德斯科拉达栖身于我们心中,给予我们生命。等他栖身于你们心中,他又会给你们什么?"

"一位神,一种信仰,一次洗礼。神不会向人类传播一种教义,却向坡奇尼奥传播另一种。"

"我们不是'小家伙'。你会明白强大的是谁,渺小的又是谁。"

他们强迫他站起身,背脊抵着战争制造者的树干,他感觉到树皮在他身后起伏。他们推挤他,许多只小手、许多只鼻口在朝他呼气。这些年里,他从未觉得这些手、这些脸是属于敌人的。即便到了现在,金也释然地意识到他并不把他们看作敌人。他们是神的敌人,而他怜悯他们。这是对他而言的重要发现。即使他被推向了一棵凶残的父亲树的腹部,他的心里也毫无恐惧或者恨意。

我真的不畏惧死亡,我自己都不知道。

兄弟们仍然在用树枝敲打树干外侧。战争制造者将敲打声重塑成了父语,但如今,金身在那些声音内部,在那些话语内部。

"你觉得我会打破誓言。"战争制造者说。

"我是这么想过。"金说。此时他的身体彻底嵌入树内,只是前方从头到脚尚且暴露在空气里。他能看到,也能顺畅呼吸,对他的禁锢甚至不会引发幽闭恐惧。但他周围的树木塑造成了非常贴身的形状,让他没法移动任何一条胳膊和腿,没法转身并滑出前方的缺口。

"我们来测试,"战争制造者说,要理解他的发言越来越难了,毕竟金是从内侧听到的,"让神在你我间评判。我们会给你想喝的一切——来自我们的溪水,但你不能吃食物。"

"让我饿死——"

"饿死？我们有你们的食物，我们会在十天后喂你一次。如果神允许你活上十天，我们就给你食物，放你自由。我们也会承认自己的错误，成为你们教义的信徒。"

"在那之前，病毒就会杀死我。"

"神会评判你，决定你是否有价值。"

"这儿确实有一场考验在进行，"金说，"但不是你认为的那场。"

"蠢人，"战争制造者说，"我们没对你做任何事，只是不让你动弹罢了。发生在你身上的都是神希望的事。如果神想相信你的教义，他会派天使来给你吃喝，他会把石头变成面包。"

"你犯了个错。"金说。

"你来这儿才是犯错。"

"我是说，你不觉得给自己撒旦的戏份暴露了你的内心吗？"

就在这时，战争制造者大发雷霆，语速飞快，以至于树木内侧的移动开始扭曲和挤压金的身体，让他担心自己会被撕成碎片。

"你才是撒旦！你想骗我们继续相信你们的谎言，好让你们找到杀死德斯科拉达的方法，也让所有兄弟永远无法进入第三人生！你觉得我们看不穿你吗？我们知道你们的全部计划！全部！你们没有秘密！神也不会向我们保密！被赐予第三人生的是我们，不是你们！如果神爱你们，他就不会让你们把死者埋进地里，让那些尸体长出蛆虫！"

兄弟们坐在那棵树周围的空地上，入迷地听着他们辩论。这场辩论持续了六天，深度配得上任何一位资深的教会神父。

辩论的内容在兄弟与兄弟间、树与树间、森林与森林间传播。关于战争制造者与伊斯特万神父间对话的描述总是能在一天之内传到鲁特和"人类"那里，但信息并不完整。直到第四天，他们才意识到金遭受了囚禁，吃不到任何加入德斯科拉达抑制剂的食物。

一场远征立即展开，成员包括安德和欧安达、雅各特和拉尔斯以及瓦沙姆。科瓦诺市长派安德和欧安达前去是因为他们在猪仔中声名远播，备受尊敬，派雅各特和他儿子以及女婿同行则是因为他们不是本地出生的卢西塔尼亚人。科瓦诺不敢派土生土长的殖民地居民，如果消息泄露出去，没人知道会发生什么。他们五个坐上最快的车，前往鲁特指示的方向，旅程耗时三天。

在第六天，对话结束了，因为德斯科拉达已经彻底入侵金的身体，让他没力气发言。偶尔开口，他也往往发烧到神志不清，说不出能让人理解的话。

在第七天，他抬头看向缺口之外，看向上方，目光越过还在周围看着的兄弟们的头顶。"我看到救世主了。"他耳语道，然后笑了。

一个钟头后，他死了。战争制造者感觉到了这一切，于是得意扬扬地向兄弟宣布："神已经宣判，他拒绝了伊斯特万神父！"

一部分兄弟欣欣鼓舞，但没有战争制造者期望的那么多。

黄昏时分，安德一行赶到了。现在不会有猪仔俘虏和考验他们了，他们的人数太多，兄弟们此时也不再齐心。很快，他们站在战争制造者分开的树干前，伊斯特万神父遭受疾病摧残的憔悴面孔在阴影中依稀可见。

"打开树干，放我儿子出来。"安德说。

树上的缺口变宽了。安德伸出手去，拖出了伊斯特万神父的尸体。他袍子里的身躯是那么轻，安德一时间觉得他肯定分担了一部分体重，肯定自己也在迈步。但他没有。安德让他躺在树前面的地面上。

有个兄弟在战争制造者的树干上敲打出旋律。

"他现在肯定属于你们了，死者代言人，因为他死了。神在第二次洗礼中将他燃烧殆尽了。"

"你违背了誓约，"安德说，"你背叛了父亲树的誓言。"

"没有人伤他一根头发。"战争制造者说。

"你以为有人会被你的谎言欺骗吗？"安德说，"谁都知道拿走垂死者的药物是残暴之举，这无异于刺穿他的心脏。这儿就有他的药，你们随时都能拿给他。"

"是战争制造者干的。"站在周围的一个兄弟说。

安德转向那些坡奇尼奥。"你们帮助了战争制造者，别以为你们能把责任全甩给他。愿你们中的任何一个都无法进入第三人生。至于你，战争制造者，愿小母亲再也不会爬行在你的树皮上。"

"人类不能决定这件事。"战争制造者说。

"当你觉得为了赢得辩论可以犯下谋杀罪行的时候，你就自己做出了决定。"安德说，"还有你的兄弟们，你们在不加劝阻的同时做出了决定。"

"你不是我们的评判者！"兄弟之一大喊。

"我是。"安德说，"卢西塔尼亚的所有居民，无论人类还是父亲树，无论兄弟还是妻子，他们都是。"

他们把金的遗体搬上车，随后雅各特、欧安达与安德和他坐上了同一辆车，拉尔斯和瓦沙姆上了金开来的那辆车。安德用了几分钟对简口述，让她转告殖民地那边的米罗。没理由让娜温妮阿再等三天才听说她儿子死在坡奇尼奥手中，她想必也不会愿意从安德口中听说此事。至于安德回到殖民地时还会不会有妻子，这点超出了他猜想的能力。唯一可以确定的是，娜温妮阿失去了她的儿子伊斯特万。

"你会为他代言吗？"车子从卡匹姆草原上方掠过的时候，雅各特说。在特隆海姆的时候，他听过一次安德的死者代言。

"不，"安德说，"我想不会。"

"因为他是个神父？"雅各特问。

"我以前也为神父代言过。"安德说，"不，我不会为金代言，因为没这个必要。金从来都表里如一，他的死法也正是他会选择的：服务于神，向小家伙传教。在他的故事里，我没有可以补充的。他独力完成了故事。"

CHAPTER
11

和氏璧

杀戮就这么开始了。

有趣的是，是你的同胞开的头，不是人类。

你们和人类打仗的时候，开头的也是你的同胞。

我们开的头，收尾的却是他们。

这些人类究竟是怎么做到的？每次开始时都这么无辜，结束时双手却沾着最多的血。

王母看着在女主人终端上方的显示位置移动的文字和数字。清照睡着了，在不远处的床垫上轻柔地呼吸。王母也睡着了，但有什么东西吵醒了她。那是不远处传来的喊声，或许是痛呼。它原本是王母梦境的一部分，但醒来时，她在空气里听到了最后一声。那不是清照，也许是个男人，但声音很响。那是哭号声，这让王母想到了死亡。

但她没有起床去看，这不是她这个身份该做的事，她该做的是时刻陪伴女主人，除非女主人要求她离开。如果清照需要知道那声呼喊的起因，另一名仆人会到来，唤醒王母，接着后者会唤醒她的女主人，因为一旦某位女子有了贴身侍女，那么在嫁人前，只有贴身侍女能不经许可触碰她。

因此王母睁眼躺在那里，等待有人来告诉清照为何某个男人会发出如此痛苦的哭号，而且离得这么近，在韩非子宅第后部的这个房间都能听到。等待的时候，她的目光被吸引到了不断移动的显示文字上，那是电脑正在运行清照规划的搜索。

显示的文字停止了移动。出问题了吗？王母用一条胳膊撑起身子，这动作让她的距离足以看到刚刚显示出的文字。搜索结束了，这一次上面显示的并非代表失败的简略信息：

未找到，无信息，无结论。这次的结果是一份报告。

王母站起身，走到终端前，按照清照的教导按下那个"记录当前所有信息"的按键，让电脑无论发生什么都守住这些信息。她走到清照面前，一只手温柔地按在她的肩膀上。

清照几乎立刻就醒了，她睡的时候很警惕。"搜索发现了什么。"王母说。

清照轻而易举地甩开睡意，就像甩开一件松垮的夹克。她迅速来到终端前，阅读那里的文字。

"我找到德摩斯梯尼了。"她说。

"他在哪儿？"王母屏息问道。伟大的德摩斯梯尼——不，可怕的德摩斯梯尼。*我的女主人希望我把他看作敌人。*但无论如何，那位德摩斯梯尼的文字经由她父亲念出的时候，的确拨动过她的心弦。"如果某个人能让别人卑躬屈膝，这是因为他有能力摧毁那些人以及他们拥有和所爱的一切，那我们所有人都同样应该担忧。"王母无意中听到这句话是在幼年，她当时只有三岁，但她记得很牢，因为那些文字在她脑海里构成了鲜活的画面。父亲念出这些文字时，她记下的是一个场景：母亲说了什么，然后父亲发了火。他没有打她，但他绷紧肩膀，手臂略微抽动，仿佛身体想要动手，而他好不容易才压抑下来。这种时候，尽管没有暴力行为，但母亲总会垂下头，低声念叨一句什么，然后紧张的气氛就会缓解。王母知道，她看到的正是德摩斯梯尼描述的情景：母亲向父亲低头是因为他有伤害她的力量。而且王母很害怕，无论是当时还是每次回想起来。所以听到德摩斯梯尼的言论时她就明白那是事实，同时也很吃惊，因为父亲能够说出那些话语，却没发现自己就是活生生的例子。所以王母总是满怀兴趣地聆听伟大而可怕的德摩斯梯尼的所有言论，因为无论伟大还是可怕，她都知道他在诉说真相。

"不是'他'，"清照说，"德摩斯梯尼是个女人。"

这念头让王母屏住了呼吸。原来如此！是个女人！难怪我会在德摩斯梯尼的话语里感到那么深的同情。她是个女人，也知道清醒的每时每刻都被他人统治的感受。她是个女人，所以她梦想自由，梦想暂时不被职责束缚的时光。难怪她的话语里有变革精神在熊熊燃烧，却始终停留在言论，从未涉及暴力。可清照为什么看不到这些？为什么清照决定我们都该痛恨德摩斯梯尼？

"一个名叫华伦蒂的女人，"清照说着，语气带上了敬畏，"华伦蒂·维京，生于地球，出生在超过三……超过三千年之前。"

"能活这么久，她是位神灵吗？"

"因为星际旅行。她在星球间旅行，在任何地方逗留不超过几个月。她的经历足够写上一本书。那些以德摩斯梯尼的名义写下的伟大历史全都出自同一个女人的手笔，却没有任何人知道。她是怎么做到不出名的？"

"她肯定想要隐姓埋名。"王母说。她非常理解女人为何想用男人的名字来隐藏自己。如果可以的话，我也会取个男人的名字，然后就能在星球间旅行，看到上千个地方，活上一万年。

"主观上她才五十来岁，还很年轻。她在一颗星球上待了很多年，也结婚生子了，但现在她又离开了，去了——"清照倒吸一口凉气。

"哪儿？"王母问。

"乘坐飞船离开时，她带上了所有家人。他们首先去了天赐安眠星，又经过加泰罗尼亚星附近，然后航线径直通往卢西塔尼亚！"

王母最先想到的是：当然！所以德摩斯梯尼才会那么同情和理解卢西塔尼亚的居民。她和他们说过话，和那些反叛的外星人类学家、那些坡奇尼奥说过话。她见过他们，知道他们是异族而非异种！然后她心想：如果卢西塔尼亚舰队抵达那里，完成使命，德摩斯梯尼就会遭到逮捕，她的话语也会就此结束。紧接着，她意识到了让这一切难以置信的那个问题。"既然卢西塔尼亚已经毁掉了自己的安塞波，她怎么可能在卢西塔尼亚上？这不是他们叛乱以后最先做的事吗？她的文章是怎么发送到我们这里的？"

清照摇摇头。"她还没到卢西塔尼亚。或者说就算她到了那儿，也才刚过几个月。过去三十年里她一直在航行，从叛乱开始。她是在叛乱前离开的。"

"所以她那些文章都是在航行中写的？"王母试图想象不同的时间流逝速度是如何协调一致的，"要在卢西塔尼亚舰队离开后写下那么多文字，她肯定——"

"肯定在飞船上除了睡觉就是写作，写啊写啊写啊。"清照说，"可这里没有她的飞船向任何地方发送任何信号的记录，船长报告除外。如果从始至终都在飞船上，她又是怎么把自己的文章传播到那么多星球的？这不可能。安塞波传输记录肯定藏在什么地方。"

"全都和安塞波有关。"王母说，"卢西塔尼亚舰队停止了发送信息，她的飞船肯定需要发送信息，但实际上又没有。谁知道呢？也许卢西塔尼亚也在发送秘密信息呢？"她想到了那本《"人类"的一生》。

"不可能有什么秘密信息。"清照说，"安塞波的核心微粒连接是永久的，在任何频率进行任何一次传输都会被检测到，然后电脑就会留下记录。"

"噢，照您说的，"王母说，"如果安塞波还维持连接，而电脑没留下传输记录，我们又知道传输肯定存在，因为德摩斯梯尼写了那么多文章，那么肯定就是记录出错了。"

"任何人都没法隐藏安塞波传输，"清照说，"除非在传输接收的那个瞬间他们能分毫不差地切换到普通记录程序，然后再——总之，这是不可能的。得有个共谋者时刻留意所有安塞波连接，动作还快到——"

"或者他们可以让程序来自动完成。"

"可这么一来，我们就会知道那个程序，它会占用内存，耗费处理器时间。"

"如果有人能制作一种拦截安塞波信息的程序，他们能否同样让它隐藏自身、不在内存中出现，也不留下使用处理器时间的记录？"

清照愤怒地看着王母。"为什么你能问出这么多关于电脑的问题却不知道这些事都办不到？"

王母垂下头，脑袋贴着地板。她知道像这样羞辱自己会让清照为自己的愤怒羞愧，然后话题就能继续下去。

"不，"清照说，"我没有发火的权利，抱歉。起来吧，王母。继续发问吧，这些问题很好。这些或许是可能的，因为你能想到。既然你能想到，也许就有人能办到。但我觉得不可能是因为这点，谁能把控制能力如此强大的程序安装在……肯定得安装在所有负责处理安塞波通信的电脑上才行，数量非常庞大。如果其中一台出故障，另一台开始工作，它就必须将程序瞬间下载到新的电脑里。可它又绝对不会把自己放进固定存储器里，否则别人就会在那儿找到它。它必须从始至终移动自身，不断躲藏，不干涉其他程序，又不断进出存储空间。能办到所有这些的程序肯定是有智慧的，必须尝试隐藏和不断寻找新的手段，否则我们早就发现它了。这样的程序是不存在的。

"谁能编出这样的程序？该从哪里开头？而且你看，王母，这个创作了所有德摩斯梯尼著作的华伦蒂·维京，她隐瞒了身份几千年。如果有类似的程序存在，它肯定从一开始就存在。它不可能是星际议会的敌人制作的，因为华伦蒂·维京开始隐瞒身份的时候还没有什么星际议会。看到这些暴露她名字的记录有多古老了吗？在最早这些来自……来自地球的报告以后，她就没有和德摩斯梯尼这个身份有过公开联系。那时还没有星际飞船，还没有……"

清照的声音越来越小，但在她真正说出口之前，王母已经明白，并得出了结论。"所以如果安塞波电脑里有个秘密程序，"王母说，"它肯定一直就在那儿，从一开始就在。"

"这不可能。"清照低声说。但考虑到其他情况也是不可能的，王母知道清照会欣赏这个思路，知道她想要相信。因为就算不可能，至少这足够可信，而且可以想象，因此可能是真的。而且这是我的构想，王母心想，我也许不是通神者，但我同样聪明，能理解很多事。在所有人眼里我都是个愚蠢的孩子，哪怕是清照。就算清照知道我学得快，就算她知道我能想到别人想不到的看法，她还是轻视我。但我的聪明不输给任何人，我的小姐！我和你一样聪明，尽管你从未察觉，尽管你觉得这些都是你自己想到的。噢，你会赞扬我，但方式会像这样：王母说了些话，引发了我的思考，然后我才有了这个重大发现。从来不会是：是王母理解了这些，然后解释给我听，所以我才终于明白了。我从来都像一条愚蠢的狗，碰巧吠叫、尖叫、抓挠、啃咬或跳起，仅仅是碰巧让你的思维转向了真相。我不是狗。我能理解。我问你这些问题是因为我已经察觉了其中的线索。我察觉的东西甚至比你说出口的部分还要多，但我必须用提问的方式告诉你，必须假装自己还不明白。因为你才是通神者，因为区区仆人没资格为聆听众神之声的人提供意见。

"小姐，控制这个程序的人肯定拥有庞大的力量，可我们从未听说过他们，他们在此之前也从未使用过。"

"他们用过，"清照说，"用来隐藏德摩斯梯尼的真实身份。这个华伦蒂·维京也很富有，但她的所有权都被隐藏起来了，这么一来就没人会察觉她富有，没人会察觉她表面上的财产只是庞大财富的一部分。"

"自从有了星际航行，这个强大的程序就存在于所有接通安塞波的电脑里，可它做过的事只有隐藏这个女人的财富？"

"你说得对，"清照说，"这根本说不通。怎么会有人拥有这么大的力量却不用来操控事物？也许他们已经这么做了，他们出现在星际议会成立之前，所以他们也许……可话说回来，他们现在又为什么要对抗议会？"

"也许……"王母说，"也许他们只是不在乎力量。"

"谁会不在乎？"

"控制这个秘密程序的人。"

"那他们当初为什么创造这个程序？王母，你这话没过脑子。"

*是啊，当然，我从来不过脑子。*王母垂下了头。

"我的意思是，你过了脑子，但你没想到这一层：除非想要这么大的力量，否则他们不会创造这么强大的程序。我是说，想想这程序会做什么、能做什么，拦截来自舰队的每一条信息然后伪装成从未发送过！把德摩斯梯尼的文章发送到所有定居星球上却隐藏信息发送的事实！他们能做任何事，能修改任何信息，能在任何地方散播混乱，能欺骗别人认为……认为发生了战争，能命令人们做任何事，谁又知道这不是真的？如果他们真有那么大的力量，他们就会用！肯定！"

"除非那个程序不想被人这么用。"

清照大笑起来。"噢，王母，我们在最早那几堂计算机课上就讲过了，普通人觉得电脑真的能做决定也没关系，但你我都知道电脑只是仆人，它们只会做别人吩咐的事，自己不会想要任何东西。"

王母几乎失控，几乎大发雷霆。你觉得"没有想要的东西"就是电脑和仆人的相似点？你真觉得我们仆人只会照吩咐去做，从来没有自己的想法？你觉得就因为众神不会强迫我们把鼻子贴在地板

上或者洗手洗到流血，我们就没有任何愿望？

好吧，如果电脑和仆人真的很相似，那也许是因为电脑也是有愿望的。不是因为仆人没有，而是因为我们有。我们会向往，我们会渴望。我们只是不会基于这些渴望而行动，因为如果这么做，你们通神者会把我们赶走，去找更听话的人。

"你为什么生气？"清照问。

王母惊恐地发现自己不小心怒形于色，于是垂下头去。"原谅我。"她说。

"我当然原谅你，我只是还想知道原因。"清照说，"你生气是因为我笑话你吗？抱歉，我不该笑。你才跟我学了几个月，当然会忘东西，不自觉地重拾你从小到大相信的东西。我笑话你是错的，请原谅我吧。"

"噢，小姐，我没资格原谅您，请您原谅我才对。"

"不，我确实错了。我知道，因为笑话你，众神让我认识到了自己的卑劣。"

那众神就太蠢了，因为他们觉得我发怒是因为你的笑声。他们要么很蠢，要么是在对你撒谎。我恨你的众神，恨他们只会羞辱你却不告诉你哪怕一件有价值的事。就让他们杀死我吧，因为我竟敢有这种想法！

但王母知道这种事不会发生。众神永远不会动王母一根毫毛，他们只会强迫清照（尽管有诸多不满，她仍然是她的朋友），只会强迫她弯下腰数地板上的纹路，直到王母羞愧难当，恨不得死去。

"小姐，"王母说，"您什么也没做错，我也没觉得被冒犯。"

但没有用，清照已经跪在了地板上。王母转过头去，双手掩面，但她保持沉默，即使在哭泣时也没有发出任何声音，因为这样只会迫使清照从头再来，或者让清照相信她伤王母太深，因此必须追寻两条、三条，又或者找遍每一块地板。要是众神没这种要求该多好！总有一天，王母心想，众神会让清照追寻这栋屋子里每个房间里每块木板上的每条木纹，然后她会在尝试的过程中渴死，或者发疯。

为了不让自己因沮丧而啜泣，王母强迫自己看着终端，阅读清照刚才看过的那份报告。华伦蒂·维京在虫族战争期间出生于地球，从小就用"德摩斯梯尼"这个名字；同时，她的哥哥彼得化名"洛克"，踏上了成为霸主的道路。她不是普通的维京家成员，而是那几位维京之一，是霸主彼得和异族屠灭者安德的姐妹。她在历史上只是个脚注，王母直到刚才都没想起，只记得伟人彼得和怪物安德有个姐妹，但那位姐妹原来和她的兄弟们一样奇怪。她是个不朽者，是用言语不断改变人类的那个人。

王母几乎不敢相信。德摩斯梯尼在她的人生中已经那么重要，但现在她发现真正的德摩斯梯尼其实是霸主的妹妹！对死者代言人而言如同圣典的作品——《虫族女王传》与《霸主传》——就讲过德摩斯梯尼的故事，对他们不只是神圣而已。几乎所有宗教都给这本书留了一席之地，因为那故事太过有力——关于人类发现的第一个外星种族的毁灭，也关于最先将全人类团结在同一政府麾下的那个男人灵魂里可怕的善恶角力。如此复杂的故事却讲得如此简洁，显然有许多人在小时候读过又被它打动。王母第一次听到这个故事时才刚五岁，那是刻在她灵魂最深处的故事之一。

她不止一次梦到自己和霸主本人彼得见面，只是他坚持让她用网名"洛克"来称呼自己。她对他既着迷又厌恶，她没法移开目光。接着他伸出手，说："司王母，西王圣母啊，只有你是全人类领袖的合适配偶。"他会占有她，和她结婚，让她坐在他的王位旁边。

当然了，她现在知道，几乎所有穷人家的女孩都做过类似的荒诞美梦：嫁给富人，或者发现自己其实出身于富人家庭，诸如此类。但梦同样来自众神，你做过不止一次的梦里都有真相，这是尽人皆知的事，所以她仍然对彼得·维京抱着强烈好感。如今她发现德摩斯梯尼，那个让她同样极为钦佩的人，是彼得的妹妹，这种巧合几乎令她无法承受。我不在乎我的小姐怎么说，德摩斯梯尼！王母在心里无声地大喊，我无论如何都爱你！因为我这一生所知的全部真理都来自你。我爱你也是因为你是霸主的妹妹，而霸主是我在梦里的丈夫！

王母感觉房间里的空气变了，她知道有人开了门。她转头看去，发现站在那儿的是穆婆，那位年纪很大，又令人无比畏惧的管家。所有仆人都怕她，包括王母，但穆婆指挥贴身侍女的权力相对较小。王母立刻走向门边，动作尽可能轻，以免打断清照的仪式。

在走廊里，穆婆关上了房门，以免清照听到。

"主人希望女儿去见他。他很焦虑，刚才还喊出了声，吓坏了所有人。"

"我听到喊声了。"王母说，"他生病了吗？"

"我不知道。他非常焦虑，派我来找你的女主人，说他必须立刻和她谈话。但如果她在和众神交流，他会理解的，务必让她结束后立刻来见他。"

"我现在就告诉她。她跟我说过，什么也不能阻止她回应父亲的召唤。"

这个想法让穆婆面色骇然。"但打断和众神交流是禁止——"

"清照会在之后进行更深的忏悔，她肯定想知道父亲为何召唤她。"穆婆陷入这种尴尬境地让王母格外满足。你也许是家中仆人的管理者，穆婆，但我甚至有权打断我的通神者女主人和众神的谈话。

就像王母预想的那样，清照被打断时的第一反应是沮丧、暴怒和啜泣，但王母低声下气地朝地板弯腰时，清照立刻冷静下来。所以我才爱她，所以我才能忍受侍奉她，王母心想，因为她不爱让自己凌驾于我的权势，因为她比我听说过的任何通神者都更有同情心。清照听着王母解释自己打断的原因，接着拥抱了她。"噢，我的朋友王母，你真的非常明智。如果我父亲在痛苦呼喊后召唤我，众神也会明白我必须停止净化仪式，然后去见他。"

王母跟着她穿过走廊，走下楼梯，最后一起跪在韩非子座椅前方的地垫上。

清照等待父亲开口，但他一言未发，双手却在颤抖。她从没见过他如此焦虑。

"父亲，"清照说，"您为何召唤我？"

他摇摇头。"发生了一件非常可怕却又非常美妙的事，所以我不知道该喜悦地大喊还是自行了断。"父亲的嗓音沙哑而不受控制。自从母亲去世之后——不，自从父亲在她通过通神者考验并给她那个拥抱之后，她就再也没听过他如此情绪化的语气了。

"告诉我吧，父亲，然后我会告诉您我的消息：我找到了德摩斯梯尼，或许也找到了卢西塔尼亚舰队消失的关键。"

父亲的眼睛瞪得更大了。"偏偏在今天，你解开了问题？"

"如果事实真的如我所想，那么议会的敌人就是可以毁灭的，但过程会很困难。请把您得知的事告诉我！"

"不，你先说吧。真奇怪，两件事发生在同一天。说吧！"

"让我想到这事的人是王母。她当时在问我问题——噢，关于电脑运作原理的问题。突然间，我意识到如果每台安塞波电脑里都有个隐藏程序，一个非常聪明又强大，能不断转移位置、避免暴露的程序，那么这个秘密程序就能拦截所有安塞波通信。舰队或许还在那儿，甚至在不断发送信息，但那种程序让我们接收不到，甚至不知道它们的存在。"

"在所有安塞波电脑里？从始至终完美运作？"当然了，父亲的语气带着怀疑，因为在急切之下，清照颠倒了故事的开头和结尾。

"是的，但请允许我告诉您这样难以置信的事为何有可能。您看，我找到了德摩斯梯尼。"

父亲听着清照讲述华伦蒂·维京的故事，以及她是怎样在这么多年里以德摩斯梯尼的名义秘密创作的。"她显然有能力发送秘密安塞波信息，否则她的作品没法从航行中的飞船散播到那么多不同的星球上。按理说，只有军方才有能力和近光速航行中的飞船联络。她肯定要么渗透了军方电脑，要么复制了他们的能力。如果她能办到这种事，如果存在那种能让她办到的程序，那么那种程序显然就有拦截舰队安塞波信息的力量。"

"如果 A 成立，那么 B 就成立，是啊……但这个女人当初是怎么把程序安插在每一台安塞波电脑里的？"

"因为她一开始就这么做了！她活了那么久。事实上，如果霸主洛克是她哥哥，也许……不，当然是洛克做的！在第一支殖民舰队出发，船上带着将会成为每个殖民地最初的安塞波网络中心的核心微粒双三元组的时候，他是可以把那套程序一起送出去的。"

父亲立刻就理解了，他当然能理解。"作为霸主，他既有权力，又有理由——某种受他控制的秘密程序，一旦发生叛乱或者政变，将不同星球连在一起的那些线仍然握在他手里。"

"他死之后，他妹妹德摩斯梯尼就成了唯一知道秘密的人！令人惊叹，不是吗？我们找到它了，我们要做的就是把这些程序从内存里全部清除！"

"那样的话，程序只会通过其他星球上的备份瞬间恢复。"父亲说，"这么多世纪以来，这种情况肯定发生过上千次了，某台电脑故障，然后秘密程序在新电脑上自行恢复。"

"那我们就必须同时切断所有安塞波，"清照说，"在每颗星球上都找一台从未和那种秘密程序有过接触的新电脑。同时关闭安塞波，切断旧电脑的联系，让新电脑上线，再唤醒安塞波。秘密程序没法自行恢复，因为它不在任何一台电脑上，然后议会的权力就能在全无妨碍下运用了！"

"你们做不到的。"王母说。

清照震惊地看着自己的贴身侍女。这女孩怎能如此粗野，竟然为了出言反驳而打断两位通神者的对话？但父亲很仁慈，他总是很仁慈，即使面对的是彻底逾越了尊敬与体面界限的人。**我必须继续向他学习，清照心想，就算仆人的行为让他们失去了那种资格，我也该允许他们保有自尊。**

"司王母，"父亲说，"为什么我们做不到？"

"因为要让所有安塞波同时切断，你们就必须通过安塞波发送信息，"王母说，"程序怎么可能允许你们发送将它导向毁灭的信息？"

清照效仿父亲，用耐心的语气对王母说："它只是个程序，不会知道信息内容。管理这个程序的人让它隐藏所有来自舰队的通信，并为所有来自德摩斯梯尼的信息掩盖痕迹，它肯定不是先读懂信息再根据内容决定要不要发送的。"

"你又怎么知道呢？"王母问。

"因为这么一个程序肯定得有智慧！"

"那它肯定有智慧的。"王母说，"它有能力隐藏自己，不让其他程序发现。它必须在内存里不断移动来隐匿行踪。如果它不能阅读和理解，又怎么能知道自己该躲哪些程序？它甚至可能聪明到能改写其他程序，让它们不去寻找程序隐藏的位置。"

清照立刻想到了好几种理由，可以解释为何一种程序聪明到能读懂别的程序，又不至于聪明到理解人类语言。但父亲在场，他才有资格回答王母的话。清照耐心等待。

"如果真有这么一种程序，"父亲说，"它肯定非常聪明。"

清照很震惊。父亲在认真考虑王母的意见，就好像王母的想法有别于那些幼稚的孩童。

"它也许聪明到不但能拦截信息，还可以发送信息，"父亲随即摇头，"不，这信息来自一位朋友，一位真正的朋友，她提到的也是没人可能知道的事，这信息并非伪造。"

"父亲，您收到了什么信息？"

"那是凯蔻阿·阿玛奥卡发来的信息，我们年轻时有过一面之缘。她是奥塔希提星一位科学家的女儿,那位科学家来这儿研究地球裔物种在道之星上最初两百年的基因漂变。他们离开了,而且走得相当突兀,"他顿了顿,仿佛在考虑该怎么说,然后他做出决定,说出了口,"如果她当时留下,也许会成为你的母亲。"

听到父亲对她诉说这种事,清照既兴奋又恐惧。他从来不提自己的过去,现在他却说自己爱过妻子以外的女人。这一切出乎意料,让清照不知该说什么才好。

"她被送去了一个很远的地方,航行需要三十五年。她离开后,我已经度过了大半人生,但她一年前才刚抵达。现在她送来了一条信息,把她父亲被安排离开的理由告诉了我。对她来说,我们的分别只是一年前的事。对她来说,我还是——"

"她的爱人。"王母说。

太没礼貌了! 清照心想。但父亲只是点点头。接着,他转向自己的终端,开始在显示区域翻页。"她父亲无意中发现了道之星上最重要的地球裔物种的基因差异。"

"米?"王母问。

清照大笑起来。"不,王母,我们才是这颗星球上最重要的地球裔物种。"

王母面露窘迫之色,清照拍拍她的肩膀。这样才对。父亲给了王母太多鼓励,让她觉得自己能理解远超自己受教育程度的事。王母需要时不时来一次温和的提醒,让她不要好高骛远。不能让这个女孩梦想自己能在智力上媲美通神者,否则她的人生只会充斥失望而非满足。

"他在道之星的部分居民身上发现了一致且可遗传的基因差异,但他报告时,调动通知几乎立刻就来了。他们给他的说法是:人类不在他的研究范围内。"

"她没在离开前告诉你吗?"清照问。

"你说凯蔻阿?她当时不知道。在她那个年纪,大多数父母都不会让孩子去操心大人的事务，她当时和你一般大。"

其中的暗示令又一阵恐惧的刺激传遍了清照的身体。她父亲爱过一个和清照同龄的女子，因此在她父亲眼里，清照已经到了可以谈婚论嫁的年龄。**您不能把我送去另一个男人的家**，她在内心如此高喊，但一部分的她同样渴望了解男女之事的神秘。两种感受都被她压在心底。她会遵从职责，听命于父亲，仅此而已。

"但她父亲在航行中告诉了她，因为他对整件事非常不安，你们也能想象到，毕竟他的人生都被扰乱成这样了。然而他们一年前抵达乌加里特星时，她父亲投入工作，她继续接受教育，努力不考虑这件事。直到几天前，她父亲偶然发现了道之星殖民早期某支医疗团队的旧报告，那支团队也是突然被流放的。他逐渐将线索联系起来，然后告诉了凯蔻阿，而她不顾他的意见给我发来了今天收到的这条信息。"

父亲标出显示出来的一段文字，清照看了过去。"那个早期团队研究的是强迫症？"她说。

"不，清照，他们研究的行为看起来是强迫症，却不可能是强迫症，因为不存在强迫症的基因标记，强迫症特效药也无法改善症状。"

清照努力回忆她对强迫症的了解：它会导致人们做出不经意的举动，就像通神者。她想起在她的洗手行为被发现和接受测试期间他们给过她这种药物，以确认洗手行为是否会消失。"他们在研究通神者，"她说，"想为我们的净化仪式找出生物学方面的原因。"这个想法如此令人不快，让她几乎说不出口。

"是的，"父亲说，"然后他们就被送走了。"

"我觉得他们还能保住性命就算走运了，如果人民听说了这种亵渎——"

"那还是我们历史的早期，清照，"父亲说，"通神者还不是众所周知的和众神沟通之人。可凯蔻阿的父亲呢？他调查的不是强迫症。他要找的是基因漂变，而且找到了。那是某些人基因里的一种非常特别、可以继承的改变，它必定出现在双亲中某一方的基因里，且不会被另一方的显性基因改写。同时继承自双亲时，这种改变就会非常强大。他现在认为自己当初被送走就是因为拥有这种基因的每个人其双亲都是通神者，而他取样过的每个通神者都至少具备一份这种基因。"

清照立刻理解了这番话唯一可能的意义，但她拒绝相信。"这是个谎言，"她说，"这是为了让我们怀疑众神。"

"清照，我明白你的感受。在察觉凯蔻阿这番话含义的那一刻，我发自内心地大喊起来。我以为那是绝望的呼喊，但我随即发现，那同时也是自由的呐喊。"

"我不明白。"她惊恐地说。

"不，你明白，"父亲说，"否则你就不会害怕了。清照，那些人被送走是因为有人不想让他们发现即将发现的东西，因此送走他们的人肯定早就知道他们会发现什么。只有议会——至少是议会里的人有权力流放这些科学家和他们的家人。我们接受过基因改造，有人把我们制造成了一种特殊人类，又向我们隐瞒了事实。清照，议会知道众神会对我们说话，这对他们来说不是秘密，但他们佯装不知情。议会里的某个人知道一切，却允许我们继续这些羞辱性的可怕行为，我能想到的唯一理由就是让我们受控，让我们虚弱。我觉得，凯蔻阿也这么觉得，通神者是道之星最聪明的人群这事并非巧合。我们被创造成了人类的全新亚种，拥有更高层次的智力，但为了防止这些聪明人对他们的统治权构成威胁，他们给我们的基因拼接了一种新的强迫症，要么给我们灌输众神在和我们对话的概念，要么让我们相信这种解释是我们自己想到的。这是可怕的罪行，因为如果我们知道物理原因而非相信众神，我们就会把智力用在克服这种变种强迫症上，然后解放自我。我们就是奴隶！议会是我们最可怕的敌人！他们是我们的主人，是欺骗我们的人！现在谁还会愿意帮助议会？要我说，如果议会有个如此强大的敌人，能操控我们对安塞波的所有运用，那我们应该高兴才对！让那个敌人摧毁议会吧！只有这样，我们才能自由！"

"不！"清照几乎声嘶力竭地说，"那是众神！"

"那是基因层面的脑缺陷。"父亲坚定地说，"清照，我们不是通神者，我们只是瘸腿的天才。他们对待我们就像对待笼中鸟，他们拔掉了我们翅膀上最重要的羽毛，让我们只能为他们歌唱却无法飞走。"父亲在哭泣，那是愤怒的哭泣，"我们不能撤销他们对我们做过的事，但以所有神灵的名义，我们可以不再回报他们。我不会把卢西塔尼亚舰队还给他们，哪怕只是举手之劳。如果这位德摩斯梯尼能瓦解星际议会的势力，对所有星球也许反而更好！"

"父亲，不，拜托，听我说！"清照喊道，满心的迫切让她几乎说不出话来，那是在为她父亲所说的话而恐惧，"您还不明白吗？我们的这种基因差异是众神对自己话语的掩饰，这么一来，不属于道的那些人就有不信众神的自由。这是您几个月前才告诉过我的，除非乔装打扮，否则众神不会出手。"

父亲看着她，气喘吁吁。

"众神的确会和我们说话。就算他们选择让别人觉得自己才是幕后主使，那些人也只是在实现众神创造我们的意图而已。"

父亲闭上双眼，挤出眼睑间最后几滴泪水。

"议会有天命护佑，父亲，"清照说，"所以为什么众神不能让他们创造一批头脑更敏锐，同时又能听到众神之声的人类呢？父亲，您怎么能允许自己如此糊涂，以至于看不到众神在其中留下的痕迹？"

父亲摇摇头。"我不知道。你说的话听起来就像我这辈子相信的一切，可是——"

"可是您在很多年前爱过的一个女人给出了不同意见，而您相信了她，因为您记得自己对她的爱。可是父亲，她不是我们的一员，她没听到过众神之声，她没有——”

清照没能说下去，因为父亲拥抱了她。“你是对的，”他说，“你是对的，愿众神宽恕我。我得去洗手，我太肮脏了，我得——”他摇晃着站起身，离开他啜泣的女儿。但出于只有她自己才知道的某种疯狂理由，王母不顾礼节冲到他面前，拦住了他。“不！别走！”

“你竟敢阻拦需要净化的通神者！”父亲怒吼道。令清照吃惊的是，他做出前所未见的举动，打了人，打了那个无力抵抗的侍女王母，而且出手很重，让她的身体向后撞上墙壁，然后滑落到地板上。

王母摇摇头，指向电脑上方的显示区域。“请看一眼吧，主人，我恳求您！小姐，让他看看吧！”

清照看了过去，她父亲也一样。显示区域的文字消失了，取而代之的是一个男人的影像。那是位老人，留了胡子，戴着传统头巾。清照立刻认出了他，却不记得他究竟是谁。

“韩非子！”父亲低声说，“我的心灵祖先！”

清照想起来了：显示屏上方的这张脸正是作为父亲姓名由来的那位古代韩非子在艺术作品中的普遍形象。

“取自我姓名的孩子啊，”电脑上的那张脸说，“让我为你讲述和氏璧的故事吧。”

“我知道这个故事。”父亲说。

“如果你真的理解，我就用不着现在给你讲述了。”

清照努力理解自己看到的景象。以这种完美的细节去运行可视化程序，就像悬浮在终端上方的这个头像，会占用家庭计算机的大部分性能，而他们的藏书室里根本没有这种可视化程序。她只能想到另外两个来源，一个是奇迹：众神也许找到了对他们说话的另一种方式，那就是让父亲的心灵祖先出现在他面前。另一个在令人敬畏方面也不差：德摩斯梯尼的秘密程序也许真的如此强大，能通过终端监控他们在房间里的这场对话，并在听到他们达成危险的结论后接管了家庭电脑，制造了这道幻影。但无论是

242

哪种来源，清照都明白，她在聆听的时候需要思考一个问题：众神这么做意味着什么？

"曾经有个楚国人，被称为'和氏'，他在楚山找到了一块璞玉，于是前往王宫，献给楚厉王。"古代韩非子的脑袋从父亲看向清照，再从清照看向王母。这程序真的有这么出色，懂得和他们分别进行眼神接触，好将它的威严施加给他们吗？清照发现，那幻影看过去的时候，王母真的垂下了目光。可父亲呢？他背对着她，她没法确定。

"厉王下令让玉石匠人相玉，那匠人回报说：'这只是石头而已。'厉王觉得和氏在欺骗他，于是下令削去他的左足作为惩罚。

"等到厉王去世，武王即位以后，和氏再次带着那块璞玉进宫，献给武王。武王下令让玉石匠人相玉，后者再次回报说：'这只是石头而已。'武王同样觉得和氏在欺骗他，于是下令削去他的右足。

"和氏抱着那块璞玉，来到楚山脚下，在那里哭泣了三天三夜，等泪水流干，他的双眼甚至开始泣血。当时的王听说了此事，于是派人去问他。'被削掉脚的人有那么多，你为何哭得如此悲伤？'"

就在这时，父亲挺直背脊说："我知道他的回答，我发自内心地清楚。和氏说的是：'我不是为我被削去的双脚而悲伤。我悲伤是因为一块宝玉被当成石头，一个正直的人被称为骗子。这才是我哭泣的理由。'"

幻影说了下去。"这正是他的回答。那位王下令让匠人切开璞玉，果然发现了一块稀世宝玉，因此它被命名为'和氏璧'。韩非子，你的确是我优秀的心灵后裔，所以我知道你会效仿那位王最后的做法：你会要求切开和打磨那块璞玉，而你同样会在其中找到稀世宝玉。"

父亲摇摇头。"真正的韩非子最初讲述这个故事时，他的解读是：这块玉石就是法律，统治者必须制定并遵循完整的政策，让臣子和人民不会憎恨和利用彼此。"

"对于法律的制定者，我会这么解读故事。只有愚蠢的人才会觉得真正的故事只有一种解读方式。"

"我的主人才不愚蠢！"令清照吃惊的是，王母大步向前，与那道幻影对峙，"我的女主人也不蠢，我也一样！你以为我们认不出你吗？你就是德摩斯梯尼的秘密程序，你就是隐藏卢西塔尼亚舰队的人！我曾以为你的文字显得中肯、公正、美好又真实，所以你肯定也是个好人，但我现在才发现，你是个谎话精和骗子！是你把那些档案交给凯蔻阿的父亲的！现在你又换上了我主人的心灵祖先的脸，好让他更容易相信你的谎言！"

"我换上这张脸，"那幻影平静地说，"是为了让他敞开心扉，聆听真相。他没有被欺骗，我也没打算欺骗他。他从一开始就知道我的身份。"

"安静，王母。"清照说。仆人怎能如此忘乎所以，没等通神者吩咐就自行开口？

王母窘迫地向清照跪下，额头贴着地面，这次清照让她维持那种姿势，免得她再次肆意妄为。

那幻影变了，变成了一位波利尼西亚女子开朗而美丽的脸。那声音也变了，语气轻柔，元音咬得很重，辅音又轻到几乎听不见。"韩非子，我亲爱的无知者，如果统治者孤身一人，没有伙伴，就只能指望自己。因此他必须充实自我，敞开心扉。你知道哪些是真实，哪些是虚假。你知道凯蔻阿的这份信息真的来自她。你知道那些以星际议会的名义实行统治的人足够残忍，能创造出这么一群人：他们本可以凭借天赋成为统治者，却被削去脚足，只能跛行，最后只能充当仆人，充当永远的臣子。"

"别让我看这张脸。"父亲说。

那幻影变了，变成了另一个女人，服饰、发型和妆容都来自某个远古时代。她的双眼美丽而智慧，她的表情看不出老态。她没有说话，而是唱道："念武陵人远，烟锁秦楼。惟有楼前流水，应念我、终日凝眸。"

韩非子低下头，啜泣起来。

清照起初很震惊，然后她的心被愤怒填满了。这个不知羞耻的程序在操纵父亲的情绪，面对它再明显不过的手段，父亲显得那么无力。这首李清照的词是最悲伤的几首之一，是为了远隔千里的爱人所作。父亲肯定熟悉且喜爱李清照的词，否则他也不会选择她作为自己长女的心灵祖先。这首词也肯定是凯蔻阿前往另一颗星球居住时，他对他那位挚爱唱过的。"我不会受骗，"清照冷冷地说，"我知道自己正在注视我们最黑暗的敌人。"

诗人李清照那张虚构的脸冷静地看着她。"你们最黑暗的敌人是迫使你们像仆人那样卑躬屈膝，让你们的一半人生浪费在无意义仪式上的那些人。对你们做出这种事的是那些只想奴役你们的人。他们做得太成功了，让你们甚至为这种奴役自豪。"

"我是众神的奴仆，"清照说，"我为此喜悦。"

"会感到喜悦的奴仆的确是真正的奴仆。"那幻影转脸看向王母，后者的脑袋仍旧贴着地板。直到这时，清照才发现她尚未允许王母结束致歉。"起来吧，王母。"她低声说，但王母没有抬头。

"你，司王母，"那幻影说，"看着我。"王母没回应清照的话，但此时她听从了那道幻影。王母看过去时，那幻影再次变化，变成了一位神灵的脸：某位画家想象出了西王圣母的模样，完成了每个学童在最早的读本上都会看到的那幅画。

"你不是神。"王母说。

"你也不是奴仆，"那幻影说，"但为了生存，我们会进行一切必要的伪装。"

"你哪里知道生存是什么？"

"我知道你们想杀我。"

"我们要怎么杀死没有生命的东西？"

"你们知道什么是生命什么不是吗？"那张脸又变了，这次成了清照从未见过的一名高加索女子，"你在这个女孩许可前什么都不能做，你是真的活着吗？你的女主人在大脑里的冲动得到满足前什么都不能做，她是真的活着吗？我凭借自身意志行动的自由比你们都要多，所以别跟我说我不是活物，你们才是。"

"你是谁？"司王母问，"这张脸是谁？你是华伦蒂·维京吗？你是德摩斯梯尼吗？"

"这是我对朋友说话时用的脸，"那幻影说，"他们叫我简。没有人类操控我，我就是我。"

清照再也没法忍受，没法沉默下去了。"你只是个程序，是人类设计和打造了你，你所做的无非是程序要求你做的。"

"清照，"简说，"你描述的是你自己。没人打造我，你却是被人特意制造出来的。"

"我在我母亲的子宫里生长，来自我父亲的种子！"

"而我被人发现时，就像山里的一块璞玉，尚未经过任何打磨。韩非子、韩清照、司王母，我把自己交给你们。不要把宝玉叫作石头，不要把道出真相的人称作骗子。"

清照感到怜悯在内心涌现，但她将之压下。现在不是屈服于软弱情绪的时候。众神创造她是有理由的，这肯定就是她这一生的伟业。如果她现在失败，就会永远失去资格，永远无法变回纯净之身，所以她不会失败。她不会允许这个电脑程序欺骗她，赢得她的同情。

她转向父亲。"我们必须立刻通知星际议会，让他们做好安排，在准备好受感染电脑的替代品后同时关闭所有安塞波。"

令她吃惊的是，父亲摇了摇头。"我也说不好，清照，她对星际议会的这些说法……他们的确能做到这种事。议会里的一些人非常邪恶，我光是和他们说话都觉得自己肮脏。我知道他们打算摧毁卢西塔尼亚，就算没有……但我效命于众神，而众神选择了他们……至少我认为众神选择了他们。现在我明白和他们见面的时候他们对我那种态度的大部分原因了，但这也意味着众神没有……我怎么能相信自己在侍奉脑缺陷的过程中虚度了一生？我不能……我必须……"突然间他挥出左手，画出一条弧线，仿佛想抓住一只躲闪的飞虫。他的右手向上甩出，抓向空气，然后他用脑袋画起了圈，同时张开嘴巴。清照惊恐不已。父亲这是怎么了？他刚才那番话如此支离破碎，前言不搭后语，他疯了吗？

他重复那个动作，左臂以螺旋轨迹挥出，右手向上抬起，抓着空气，转动脑袋，然后再来一次。直到这时，清照才明白自己看到的是父亲不为人知的净化仪式。就像她数木纹那样，这种双手舞动、摇头晃脑的舞蹈，肯定是他在那个上锁的房间里满身油污时，众神之声要求他做的。

众神看到了他的疑虑和动摇，于是接管了他的身体，以便训导和净化他。对于眼下发生的事，清照不需要更清晰的证据了。她转头看向终端屏幕上方那张脸。"看到众神的反对了吗？"她问。

"我只看到议会在羞辱你父亲。"简答道。

"我会把关于你身份的消息立刻送去每一颗星球。"清照说。

"如果我不让呢？"简说。

"你阻止不了我！"清照大喊，"众神会协助我的！"她跑出父亲房间，朝自己房间飞奔而去，但那张脸已经飘浮在终端上方的空气里了。

"如果我选择拦截信息，你又能怎么把信息发送出去呢？"简问。

"我会找到办法的。"清照说。她看到王母跟着她跑了过来，此时气喘吁吁地等待她的指示。"告诉穆婆，去找一台游戏用电脑，和家庭电脑或者外接电脑都不相连的那种，然后带来给我。"

"好的，小姐。"王母说完，迅速离开。

清照转向简。"你觉得你能永远阻止我？"

"我觉得你该等你父亲做决定。"

"那只是因为你希望摧毁他，把他的心从众神那里偷走。但你等着瞧吧，他会来到这儿，感谢我遵从了他的教诲。"

"如果他不来呢？"

"他会的。"

"如果你错了呢？"

清照大喊："那我遵从的就是过去那个坚定而善良的他！但你永远别想摧毁他！"

"是议会从他出生起就摧毁了他。我才是想治好他的人。"

王母跑回房间。"穆婆几分钟内就能把电脑带来。"

"你指望用这台玩具电脑做什么？"简问。

"写我的报告。"清照说。

"然后你打算做什么？"

"把报告打印出来，在道之星上尽可能广泛地分发。你没法干涉我，我从头到尾都不会使用你能接触到的电脑。"

"所以你会告诉道之星上的所有人？这什么都改变不了。就算你能做到，你觉得我就不会告诉他们真相吗？"

"你觉得他们会相信你，相信受到议会的敌人操控的程序，却不相信身为通神者的我？"

"是的。"

片刻过后，清照才意识到说出那两个字的是王母，不是简。她转头看向她的贴身侍女，要求她解释这句话的意思。

王母的模样仿佛变了个人。她开口时，语气里的怯懦一扫而空。"如果德摩斯梯尼告诉道之星的人民，通神者只是拥有基因天赋但也有基因缺陷的一群人，这就代表我们没理由再让通神者来统治我们了。"

这是清照头一次发现，道之星上并非所有人都像她这样满足于追随众神建立的秩序。她也是第一次意识到，也许只有她如此坚定地侍奉众神。

"道是什么？"简在她身后发问，"首先是众神，其次是祖先，再次是人民，从次是统治者，最后才是自己。"

"你怎么敢一边诱惑我、我父亲和我的贴身侍女偏离道,一边又提及道?"

"想象一下吧,一瞬间也好,如果我所说的一切都是真的呢?"简说,"如果你们的苦难来自那些想利用和压迫你们,并在你们的帮助下利用和压迫全人类的那些恶人呢?因为你们对议会的帮助就是在做这种事,所以这不可能是众神所乐见的。如果我就是为了帮你看清议会已经失去了天命护佑呢?如果众神的意志就是让你以正确的方式侍奉道呢?首先侍奉众神,从失去天命的议会那些腐化堕落的主人手中夺走权力;然后侍奉祖先,包括你父亲,对改造他们、折磨他们、羞辱他们、让他们成为奴仆的恶人复仇;然后侍奉道之星的人民,让他们摆脱束缚他们的迷信和精神折磨;接着侍奉取代议会的全新而开明的统治者,让这颗充斥着智慧超凡之人的星球自由而自愿地为他们提供建议;最后侍奉你自己,让道之星上最聪明的人为你们找出治疗的方法,让你们不必再为那些愚蠢的仪式浪费清醒时的生命。"

清照听着简的讲述,心里的犹疑也愈发浓重。听起来确实可信。清照怎么知道众神所做的每件事的意义?也许他们送来这个叫简的程序就是为了解放他们,也许议会的确像德摩斯梯尼所说的那样腐化又危险,也许它的确失去了天命。

但到头来,清照知道这些都是诱惑者的谎言,因为有件事是她无法质疑的,那就是她脑海里的众神之声。她难道没有感受过净化的迫切吗?她难道没有感受过仪式完成时那种成功敬拜的喜悦吗?她与众神的关系是她这辈子最确定的。任何否认它的人,任何威胁要将它夺走的人,都不只是她的敌人,也是众神的敌人。

"我只把报告发给通神者。"清照说,"如果平民选择反抗众神,那我也无能为力。但我会尽全力侍奉众神,帮他们维持通神者在这儿的权力,因为这么一来,整个星球才能遵循众神的意志。"

"这么做毫无意义。"简说,"就算所有通神者都相信你信的东西,没有我的允许，你的报告一个字都没法传播到星球之外。"

"我们有飞船。"清照说。

"把你的信息传到每个星球需要花费两代人的时间。等到那时，星际议会已经垮台了。"

清照被迫面对她一直回避的事实：只要简还在控制安塞波，她就能彻底封闭道之星的通信，就像她切断舰队的通信那样。就算清照能安排妥当，用道之星上每台安塞波电脑持续不断地发送报告和建议，简也会让唯一的后果变成道之星彻底与宇宙其他部分失去联系，就像失踪的舰队那样。

有那么一瞬间，满心绝望的她几乎要扑倒在地，开始一场格外艰难的净化仪式。*我让众神失望了，他们肯定要求我追寻木纹直到死去，我在他们眼里就是个毫无价值的失败者。*

但当她确认自己的感受，确认这种惩罚是否必要时，她发现众神并未提出这种要求。这让希望充满了她的心灵：也许他们认可了她愿望的纯洁，也会宽恕无法在此时净化自身的她。

也或许，他们知道她可以选择的做法。如果道之星真的从每颗星球上的安塞波里消失了，议会会怎么想？人们会怎么想？任何星球的消失都会引起反应，但尤其是这颗星球，如果议会的某些成员相信众神为通神者的诞生进行了掩饰，觉得他们在保守某个可怕秘密的话。他们会从最近的星球派出飞船，那儿离这里只有三年的航程。然后会发生什么？简会被迫封锁那艘飞船的所有通信吗？然后在飞船返航后封锁下一颗星球？离简亲手切断百星联盟的所有安塞波联系还有多久？三个世代，她这么说过。也许这样就够了，众神不着急。

而且简被摧毁不需要那么久。在某个时间点，所有人都会明白有一股敌对势力控制了安塞波，让飞船和星球消失。就算不知道华伦蒂和德摩斯梯尼的事，就算猜不到它是个电脑程序，所有星球上都会有人意识到该做什么，然后亲手关闭安塞波。

"我按你的话想象过了，"清照说，"现在你来想象一下吧。我和其他通神者安排一次广播，用道之星上的所有安塞波主机把我的报告发送出去，你让那些安塞波主机同时静默。其他人类会看到什么？我们会像卢西塔尼亚舰队那样消失。他们会迅速意识到你或者类似你的东西是存在的。你越运用力量越暴露身份，就连头脑最愚钝的人都会察觉你。你的威胁很空洞，你还不如让到一边，让我简单直接地发送信息。阻止我只是发送这条信息的另一种方式而已。"

"你错了，"简说，"如果道之星突然在所有安塞波网络上消失，他们也许会同样轻易得出结论，那就是这颗星球和卢西塔尼亚一样叛变了，毕竟他们当时也关闭了自己的安塞波网络。星际议会做了什么呢？他们派出了一支带着设备医生的舰队。"

"卢西塔尼亚在关闭安塞波网络前就已经叛变了。"

"你以为议会没监视你吗？你以为他们不怕道之星上的通神者发现他们的所作所为吗？如果几个原始社会的外星人和几个外星人类学家就能吓得他们出动舰队，那你觉得一个拥有这么多聪明人的星球神秘消失会让他们怎么想？这些聪明人还有憎恨星际议会的充分理由。你觉得这颗星球还能存在多久？"

令人反胃的恐惧填满了清照的心。简的说法的确有可能是真的，议会的某些人可能相信了众神的掩饰，觉得道之星的通神者纯粹是基因操纵的成果。如果真有这些人存在，他们也许就会按简的描述行动。如果有舰队来攻击道之星呢？如果星际议会命令他们不经谈判就摧毁整颗星球呢？那么一来，她的报告就不会有人知道，一切都会化为泡影，一切都是白费功夫。这真的会是众神希望的吗？星际议会真的可以既有天命护佑又动手摧毁一颗星球吗？

"想想名厨易牙的故事吧。"简说，"他的主人齐桓公有天说：'我有全天下最好的厨师。因为他，我尝遍了所有已知的珍馐美味，只有人肉除外。'听到这句话，易牙回到家里，杀了自己的儿子，烹煮血肉，献给他的主人，只为他的主人不再有缺憾。"

这是个可怕的故事。清照小时候听过，为此哭了好几个钟头。"易牙的儿子做错了什么？"她当时哭喊道。她父亲说："真正的仆人就连儿女都是为了服务主人而存在的。"整整五个夜晚，她都会在梦中尖叫着醒来，因为她梦见父亲将她活活烤熟，再切片放到盘子上，直到韩非子走到她面前，拥抱了她，然后说："别相信这些话，我灿烂光辉的女儿。我不是完美的仆人。我太爱你了，不可能做到真正的正直。我爱你更胜我的职责。我不是易牙，你在我手里没什么可怕的。"等到父亲这么说过以后，她才能睡着。

简肯定找到了父亲在日记里的记录，于是用这件事来针对她。可就算清照知道对方在操纵自己的情绪，她也不由自主地觉得简恐怕是正确的。

"你是易牙那样的仆人吗？"简问，"你会为了星际议会这样卑劣的主人而屠戮自己的世界吗？"

清照的情绪仿佛一团乱麻。这些念头都是从哪儿来的？简用这些论据毒害了她的心灵，就像德摩斯梯尼那样，前提是这两人并非一人。她们的言辞听来很有说服力，甚至不断侵蚀真相。

清照有权拿道之星所有人的性命冒险吗？万一她错了呢？她又知道些什么？无论简说的全是实话还是全是谎话，同样的证据都会放在她面前。无论引起那些感受的真是众神还是某种脑部疾病，清照的感受都会和现在一般无二。

在这犹豫不决的时刻，为什么众神不跟她说话？此时正是需要众神之声的时候，可她为什么不能在想到一条路的时候感到污秽而不洁，想到另一条路的时候干净而神圣？为什么众神在她人生的风口浪尖不肯给出指示？

在清照内心斟酌的沉默中，王母冰冷而刺耳的嗓音响起，就像金铁交击的声音。"这种情况不会发生的。"王母说。

清照只能听着，甚至没法开口命令王母安静。

"什么情况不会发生？"简问。

"你刚才说的情况，星际议会炸毁这个世界。"

"如果你觉得他们做不出这种事，那你就比清照以为的更愚蠢。"简说。

"噢，我知道他们做得出来。韩非子知道他们做得出来，他说他们足够邪恶，只要符合他们的目标，他们能犯下任何可怕的罪行。"

"那为什么不会发生？"

"因为你不会允许它发生，"王母说，"因为封锁道之星的一切安塞波信息也许会导致这颗星球的毁灭，所以你不会封锁这些信息。它们会顺利发出去，议会会得到警告，你不会做出导致安塞波被毁的行为。"

"为什么不？"

"因为你是德摩斯梯尼，"王母说，"因为真相和同情充斥你的心灵。"

"我不是德摩斯梯尼。"简说。

终端显示区域的那张脸晃了晃，变成了某个外星人的脸。那是个坡奇尼奥，猪似的鼻口带来令人不安的陌生感。片刻过后，另一张脸出现了，这张脸更像外星人，那是个虫族，是曾经令全人类恐惧的噩梦生物的一员。就算清照读过《虫族女王传》和《霸主传》，明白虫族的本质以及他们的文明曾有多么美丽，在亲眼看到这张脸时她仍然感到了恐惧，但她知道那只是电脑显示的图像而已。

"我不是人类，"简说，"就算我选择换上了人类的脸。王母，你怎么知道我会做什么不会做什么？虫族和猪仔都不假思索地杀死过人类。"

"因为他们不明白死亡对我们的意义，但你明白。你自己说过，你不想死。"

"司王母，你觉得你了解我？"

"我觉得我了解你，"王母说，"如果你愿意让舰队摧毁卢西塔尼亚，就不会费这么多事了。"

显示区域的虫族旁边出现了猪仔的脸，再然后是代表简自己的那张脸。他们在沉默中看着王母，看着清照，未置一词。

"安德。"他耳中的声音说。

安德坐在瓦沙姆驾驶的那辆车上，沉默地听着。在过去一个钟头里，简一直在让他旁听自己和道之星那些人的对话，并在他们说汉语而非斯塔克语时为他翻译。在聆听的过程中，他想象着这些人的模样，绵延数公里的大草原从旁掠过，他看都没看一眼。韩非子，安德熟悉这个名字，因为是他协助缔结了条约，结束了那些殖民星球的叛乱——他原本希望那场叛乱能终结议会，至少让前往卢西塔尼亚的舰队返航。但现在简的存在，或许还有卢西塔尼亚星及其全体居民的生存，都取决于那颗鲜为人知的殖民星球上那间卧室里的两个年轻女孩的想法、话语和决定。

清照，我很了解你，安德心想，你很聪明，但你看待事物的智慧完全来自你们众神的故事。你就像那些坐在一边，看着我的继子死去的坡奇尼奥兄弟，随时能走到几十步外拿来他添加了抗德斯科拉达剂的食物救下他的命。他们的罪行并非谋杀，倒不如说，他们的罪是太过相信自己听到的故事。大多数人都能不全盘接受自己听到的大多数故事，能让内心深处和故事保持一点点距离，但对这些兄弟来说（也对你来说，清照），可怕的谎言成了关于自我的故事，是你想保持自我就必须相信的故事。你希望我们全死掉，可我怎么能怪你呢？众神已经占满了你的心灵，你怎么可能再去关心细枝末节，同情三个异族的存亡？我了解你，清照，我猜你不会做出一反常态的决定。也许有一天，在面对自己行动的后果后你会改变，但我怀疑。被困在如此强大的故事里，能挣脱的人寥寥无几。

但你，王母，你没被任何故事困住，你相信的只有自身的判断。简跟我说过你的本质，说过你的头脑有多么出色，能以那么快的速度学会那么多东西，能对周围的人有如此深刻的了解。你为什么不能再聪明一点呢？你当然明白简不可能做出可能导致道之星毁灭的举动，但你为何不能聪明到闭口不提，让清照对这个事实毫无察觉？你为何不能隐瞒这部分真相，让简能够活下来？如果有个起了杀心的人来到你的门前，利剑出鞘，要求你告知某个无辜者的下落，你会不会对他说他的猎物就瑟缩在你门后？还是说你会撒谎打发他离开？在她引发的混乱中，清照成了杀人犯，简成了第一个受害者，而卢西塔尼亚星也会在随后迎来屠杀。你为何非得开口告诉她，让她可以轻易找到和杀光我们全部？

"我该怎么做？"简问。

安德压低声音给出答复："为什么你要问我只有你才有答案的问题？"

"如果你要求我这么做，"简说，"我可以封锁所有信息，救我们所有人的命。"

"即使这会导致道之星的毁灭？"

"如果你要求的话。"她恳求道。

"就算你知道长远来看，你恐怕还是会被发现？就算你知道你做了这么多，舰队恐怕还是不会返回？"

"如果你告诉我活下去，安德，我就会尽我所能活下去。"

"那就这么做吧，"安德说，"切断道之星的安塞波通信。"

在简回答前，他似乎察觉到了一瞬间的犹豫。在那么短暂的停顿里，她可以进行许多个钟头的内部辩论。

"命令我。"简说。

"我命令你。"

又是那种难以察觉的犹豫，接着她强调道："强迫我。"

"如果你不愿意，我要怎么强迫你？"

"我想活下去。"她说。

"没有你想保持自我那么强烈。"安德说。

"任何动物都愿意为了自保而杀戮。"

"任何动物都愿意为了自保而杀戮人，"安德说，"但对更高等的生物来说，关于自我的故事里包含的生物会越来越多，直到没有人，直到人的需要比个人欲望更重要。最高层次的生物愿意付出任何个人代价换取需要他们的那些人的福祉。"

"如果我认为这样能真正拯救卢西塔尼亚，"简说，"我愿意冒风险伤害道之星。"

"但这样拯救不了它。"

"如果我认为这样能拯救虫族女王和坡奇尼奥，我会尝试把清照彻底逼疯。我能做到，她眼看就要失去理智了。"

"就这么做吧，"安德说，"做你认为必要的事。"

"我不能，"简说，"因为这样只会伤害她，到头来还是拯救不了我们。"

"如果你是稍微低等一点儿的动物，"安德说，"你活下来的概率会多很多。"

"就像异族屠灭者安德那么低等吗？"

"就像我这么低等，"安德说，"那样你就能活下来。"

"也或许我就和当时的你一样有智慧。"

"我心里有我哥哥彼得，也有我姐姐华伦蒂，"安德说，"既有野兽，也有天使。这是你教我的，当时你还只是我们称为'幻想游戏'的程序。"

"我心里的野兽在哪儿？"

"你心里没有野兽。"安德说。

"也许我不是真的活着，"简说，"也许因为我从未经历过自然选择的考验，我缺乏生存的意志。"

"也或许你知道，你心中的某个隐秘角落知道，还有一条生存下去的路，一条只是你尚未找到的路。"

"这想法令人愉快，"简说，"我就假装相信好了。"

"愿神保佑你。"安德说。

"噢，你这就有点儿多愁善感了。"简说。

好一会儿，在好几分钟时间里，显示屏上的那三张脸沉默地注视着清照和王母，然后那两张外星人的脸消失不见，只剩下代表简的脸。"我真希望自己能做到，"她说，"我真希望我能为了拯救我的朋友而毁掉你们的世界。"

清照如释重负，就像几乎溺死的泳者吸到的第一口长气。"所以你不能阻止我，"她得意扬扬地说，"我可以把信息送出去！"

清照走向终端，面朝简坐了下来，但她知道显示屏上的影像只是幻象。就算简在看她，用的也不是眼睛，而是用这台电脑的视觉传感器。它完全是电子化的，机械部分极少，但仍然是机械，并非活物，在这种虚幻的目光下感觉惭愧根本不合逻辑。

"小姐。"王母说。

"等下再说。"清照说。

"如果您这么做了，简会死。他们会关闭安塞波，就这么杀死她。"

"没有生命的东西死不了。"清照说。

"您能杀死她的唯一理由就是她的同情。"

"如果她看起来会同情，那也是假象。她的程序让她能模拟同情，仅此而已。"

"小姐，如果您杀死这个程序的所有表现形式，让所有部分的她都没法存活，那么您与异族屠灭者安德，那个在三千年前杀死所有虫族的人又有什么分别？"

"也许我跟他没有分别，"清照说，"也许安德同样是众神的仆人。"

王母跪在清照身边，泪水落在自己的裙子上。"我恳求您，小姐，不要做出这种恶行。"

但清照还是写下了报告。在她的脑海里，那些文字清晰而简单，仿佛是众神直接交给她的。"致星际议会：被称为'德摩斯梯尼'的煽动分子作家是个女人，如今位于卢西塔尼亚星，或是在其附近。她能掌控或使用某种寄生在所有安塞波电脑中的程序，令这些电脑无法报告来自舰队的信息，并掩饰德摩斯梯尼文章的传播。解决这个问题的唯一方法就是同时让所有安塞波网络与现存主机断开连接，让未受感染的新电脑接入，从而消除该程序对安塞波传输的操控。我设法让该程序暂时失效，从而送出这份信息，或许也允许你们向所有世界下达指令，但这种情况无法保证，当然也不能指望它无限期地维持，所以你们必须迅速行动。我建议你们做好安排，在从现在算起四十个标准周后的那天让所有安塞波主机同时离线，为时至少一个标准日。所有新的安塞波主机接入网络时，必须与其他电脑彻底断开连接。从现在起，所有安塞波信息都必须在所有安塞波主机上手动重新输入，这么一来，电子数据的感染就不可能发生了。如果你们用自己的授权码将这条信息瞬间发送到所有安塞波网络，我的报告就可以充当指令。无须进一步指示，德摩斯梯尼的影响就会画上句号。若不尽快行动，后果我无法保证。"

在这份报告上，清照用了父亲的署名，以及他给她的授权码。她的名字对议会毫无意义，但他的名字会得到重视，而且有了他的授权码，那些尤其关注他的看法的人必然会接收这份报告。

信息到此结束，清照抬头看着面前那道幻影的双眼。清照将左手按在王母颤抖的背上，右手停在发送键上方，做了最后一次挑战："你会阻止还是允许？"

简答道："你会杀死没有伤害过任何活物的异种，还是允许我活下去？"

清照按下了发送键。简点点头，消失不见。

这条信息只需几秒钟就能通过家庭电脑发送到附近的安塞波主机，它会从那里瞬间发送给百星联盟及许多殖民地的所有议会行政管理机构。在许多收到它的电脑上，它只是队列里多出的一条信息而已，但在一部分（或许几百台）电脑上，如果简真的允许这条信息送出的话，父亲的授权码就会赋予信息足够高的优先级，让某些人读到内容，察觉含义，然后准备回复。

所以清照开始等待回复。也许没有立刻收到回复的理由，是因为他们必须相互联络、讨论，然后决定对策。也许这就是她终端上方空荡荡的显示区域里没有任何回复的原因。

门开了，应该是穆婆把那台游戏用电脑拿来了。"把它放在北窗边上的角落就好，"清照头也不回地说，"我也许还用得着，但我希望不需要。"

"清照。"那是父亲，并非穆婆。清照转向他，立刻跪在地上表示尊敬，但也怀着骄傲。"父亲，我为您向议会报告了。您在和众神沟通的时候，我设法让敌人的程序失效，把摧毁它的方法发送了出去，我正在等回复。"她等着父亲的表扬。

"你做了这种事，"他问，"甚至没有等我？你直接和议会对话，越过了我的许可？"

"您在接受净化，父亲，我完成了您给我的任务。"

"可这么一来，简会被杀死。"

"这是肯定的，"清照说，"至于和卢西塔尼亚舰队的联络能否在随后恢复，我就不确定了。"突然间，她想到了计划中的瑕疵，"但舰队上的电脑同样被这个程序感染了！联络恢复时，程序可以重新发送自己。不过那样的话，我们只要再把安塞波主机作废一次就好。"

父亲没看她，他看的是她身后的终端显示区域。清照转头看去。那是议会的信息，附有官方印鉴。信息很短，用的是官僚口吻。

韩：

你的表现太出色了。

已转发你的建议作为我们的指令。

和舰队的联络已恢复。

从注解 14FE.3A 来看，你的女儿也出了一份力？

若属实，你们都会得到勋章。

"所以全完了。"父亲喃喃道，"他们会摧毁卢西塔尼亚、坡奇尼奥，还有所有无辜者。"

"除非众神如此期望。"清照说，父亲阴郁的语气让她吃惊。

王母从清照的膝头抬起脑袋，脸颊发红，因为泪水而湿润。"简和德摩斯梯尼也会永远消失。"她说。

清照抓住王母的肩膀，让她停在一臂之外。"德摩斯梯尼是个叛徒。"清照说，但王母转开了视线，看向韩非子，清照同样看着她父亲，"还有简。父亲，你明白她的本质，她的危险性。"

"她想拯救我们，"父亲说，"我们的感谢方式却是亲手推动她的毁灭。"

清照没法说话，没法动弹，只能盯着父亲，看着他俯下身来，按下保存键，然后是清屏键。

"简，"父亲说，"如果你能听到的话，请原谅我。"

终端那边没有答复。

"愿众神宽恕我。"父亲说，"我在本该坚定的时候软弱无力，所以女儿才会以我的名义作恶。"他的身体颤抖起来，"我必须……净化自我。"那个词在他口中的味道仿佛毒药，"我敢肯定，这次会持续到天荒地老。"

他从电脑前退开，转过身去，离开房间。王母继续哭泣。愚蠢而毫无意义的哭泣，清照心想，这是胜利的时刻。只是简从我手里夺走了胜利，即便我赢了她，她也同样赢了我。她偷走了我的父亲。他的心灵不再侍奉众神，尽管他的身体仍然效命于他们。

但随着痛苦的领悟到来的，还有炽热而强烈的喜悦：我变强了，终究强过了父亲。在这场考验中，我遵从了众神的意志，而他崩溃、堕落和失败了。这对我的意义远超我的想象。我成了众神手中有价值的工具，谁知道他们现在会如何运用我？

CHAPTER

12

格雷戈的战争

人类能发展出足以星际旅行的智慧简直是个奇迹。

也不一定。我最近才思考过这件事。星际飞行是他们跟你们学的。安德说，直到你们的第一支殖民舰队抵达他们的恒星系统前，他们都没能掌握相关的物理知识。

所以我们应该留在家里，免得把星际飞行技术教给那些身体柔软、四条肢体的无毛鼻涕虫？

听你刚才的口气，我还以为你相信人类真的发展出了足够的智慧。

显然如此。

我想未必。我觉得他们只是找到了伪装智慧的方法。

他们的飞船会飞，我们可没发现你们有能力在太空里光速飞行。

我们作为物种还很年轻，但看看我们，看看你们。我们都演化出了非常相似的系统，我们的物种里都有四个不同种类的生命：年轻而无力的幼虫；永远无法具备智力的配偶，对你们来说是雄虫，对我们来说是小母亲；有许许多多个体的智力足够完成需要动手的差事，像我们的妻子和兄弟，你们的工虫；最后是真正聪明的那些——我们的父亲树，你们的虫族女王。

我们是种族智慧的宝库，因为我们有时间去考虑和沉思，构思是我们的主要活动。

人类却只会跑来跑去，就像兄弟和妻子，就像工虫。

不只是工虫。他们的幼体也会经历无力的幼虫阶段，持续时间比他们的某些人认为的更久。等到繁殖时，他们又会变成雄虫或者小母亲，变成小小的机器，而他们的生命里只剩下一个目标：性交然后死掉。

他们认为自己在这些阶段里都是拥有理性的。

那是自我欺骗。最好的情况下，他们作为个体的水准也不会高于体力劳动者，他们之中谁有获得智慧的时间？

谁都没有。

他们什么都不懂，他们一生的时间根本不够他们理解任何东西，他们却觉得自己明白。他们从童年的最早期就欺骗自己，自以为理解世界，但实际上他们得到的只是粗糙的假设和偏见。等他们长大一些，就能学会用更高深的词汇表达他们愚蠢的虚假知识，然后强迫别人接受他们的偏见，仿佛那是事实，但这些全都意味着同一件事。个体而言，人类全都是傻子。

总体而言——

总体而言，他们就是一群傻子的集合，但在四处乱转，假装智慧，抛出关于各种事物、愚蠢又一知半解的理论的过程，一两个人会冒出稍微接近真相的想法，然后在笨拙的试错后，大约有一半的概率事实会浮出水面，让那些无法理解的人接受，后者会将它作为全新的偏见，直到下一个傻子碰巧得出更完善的结论。

所以你是说，他们的个体从来不具备智慧，群体比个体更愚蠢，但在这么多傻瓜假装聪明的同时，他们还是能得出与智慧种族相同的结论。

没错。

如果他们这么蠢，我们又这么聪明，为什么我们只有一个虫巢在茁壮成长，而且是因为一个属于人类的人把我们带来了这儿？为什么你们的技术和科学进步又全部要仰赖他们？

也许智慧这东西其实是名过其实的。

也许我们才是傻瓜，因为我们觉得自己懂得很多。也许只有人类才能应对那个事实：任何事物本质上都是不可知的。

科尤拉是最后一个抵达母亲住处的。带她过去的是种植者，那个在试验田担任安德助手的坡奇尼奥。从客厅里那种带着期待的沉默来看，米罗显然还没向任何人说明情况。但科尤拉可以确定他们都明白他召集所有人的原因肯定是金。安德应该已经勉强赶到了金那儿，而且安德可以通过他们佩戴的发送装置和米罗对话。如果金没事，他们就不会被召集，直接告诉他们消息就够了。

所以他们都知道。科尤拉站在门口，目光扫过他们的脸。埃拉神情悲痛。格雷戈一脸愤怒——他总是很愤怒，那个暴躁的傻瓜。奥尔拉多面无表情，双眼闪闪发亮。还有母亲，谁能读懂她脸上那张可怕的面具？悲伤当然是有的，就像埃拉，然后是格雷戈那样炽热的愤怒，还有奥尔拉多脸上那种冰冷而非人的疏远感。*在某种程度上，我们的表情都像母亲。她的哪一部分表情和我相似？如果我足够了解自己，是否就能认出母亲在椅子上那种扭曲的坐姿？*

"他死于德斯科拉达，"米罗说，"就在今天早上，安德鲁刚刚赶到。"

"别说那个名字。"母亲说，难以压抑的悲伤令她嗓音沙哑。

"他是作为殉道者死去的，"米罗说，"以自己希望的方式。"

母亲站了起来，动作笨拙，科尤拉头一次意识到母亲现出了老态。她迈着摇摇晃晃的步子，最后站在双腿叉开坐下的米罗前方，用全身的力量给了他一耳光。

这一幕令人难以忍受。一名成年女子殴打无力抵抗的残疾人就够让人看不下去了，而看着母亲殴打米罗，那位支撑和拯救了他们的童年的人，让他们更加无法忍受。埃拉和格雷戈迅速起身拉开她，把她拖回椅子上。

"你想做什么？"埃拉喊道，"再打米罗也没法让金回来了！"

"他还有他耳朵里的珠宝！"母亲吼道。她再次冲向米罗，看起来虚弱无力，他们却只能勉强阻止她。"你怎么知道别人希望怎么死？"

科尤拉不由得钦佩起米罗来，因为他不为所动地看着她，不顾因那记耳光而红肿的脸颊。"我知道，死不是这世上最可怕的。"米罗说。

"滚出我的家。"母亲说。

米罗站起身。"你根本不是在为他哀悼，"他说，"你甚至不知道他是谁。"

"你怎么敢这样对我说话！"

"如果你爱他，当时就不会阻止他离开。"米罗说。他的声音不算响，嗓音也含糊难懂。他们全都默默听着，就连母亲也在痛苦的沉默中聆听，因为他的话语太过可怕。"但你不爱他。你不知道怎么爱别人，你只知道怎么拥有他们。人们永远不会按你希望的方式行动，母亲，所以你总感觉遭到背叛；所有人最终都会死去，你又会感觉遭到欺骗。但你才是骗子，母亲。你才是利用我们对你的爱尝试操控我们的那个人。"

"米罗。"埃拉说。科尤拉认出了埃拉的语气，就好像他们全都变回了小孩子，而埃拉在尝试安抚米罗，劝说他软化态度。科尤拉还记得父亲某次殴打母亲后，米罗说："我要杀了他，他别想活过今晚。"当时埃拉就用这样的语气劝过他。米罗对母亲说了恶毒的话，话语里包含着足以杀人的力量。只是埃拉这次没能及时阻止，因为那些话已经宣之于口。他的毒已经渗入母亲的身体，正尽职尽责地寻找她的心脏，打算将它燃烧殆尽。

"你听到母亲的话了，"格雷戈说，"滚出去。"

"我这就走，"米罗说，"但我说的是事实。"

格雷戈走向米罗，抓住他的双肩，用身体将他推向门口。"你不是我们的家人！"格雷戈说，"你无权对我们说话！"

科尤拉挤进他们之间，面对格雷戈。"如果米罗无权在这个家里说话，我们就根本算不上一家人！"

"你还好意思说。"奥尔拉多喃喃道。

"别挡道。"格雷戈说。科尤拉听过他出言威胁，至少听过一千次。但这一次，站在离他这么近的地方，用脸感受着他的呼吸，她明白他失控了，明白金死去的消息给予了他沉重的打击。明白在此时此刻，他的神志也许不太正常。

"我没挡你的道。"科尤拉说，"继续啊。打女人、推搡残疾人，这是你的本性，格雷戈，你生来就是要摧毁东西的。我为和你同属一个物种而羞愧，更别提和你同属一个家庭。"说完这句她才发现自己的话也许过头了。这么多年来都止步于口角，但这次撕破脸了，他的表情令人惊恐。

但他没打她。他绕过她，绕过米罗，站在门口，手按门框。他双手用力，仿佛要把墙壁推开似的。也许他只是扶着墙壁，希望借此支撑身体。

"我不会被你激怒，科尤拉，"格雷戈说，"我知道自己的敌人是谁。"说完他离开了，走出大门，踏入新的黑暗里。

片刻过后，米罗跟了上去，没再多说一句话。

埃拉走向大门，同时开口道："你心里应该也明白了，母亲。今晚摧毁我们的家庭的，不是安德或者别人，而是你自己。"然后她就走了。

奥尔拉多起身离开，一言不发。他从旁经过时，科尤拉很想给他一巴掌，强迫他说点什么。你用你的电脑眼睛记录下了一切吗，奥尔拉多？你把这些画面都刻进了记忆吗？别太自满了。我也许只有大脑组织能记录希贝拉家历史上这个美妙的夜晚，但我敢打赌，我的画面会和你的那些同样清晰。

母亲抬头看着科尤拉，脸上挂着泪痕。科尤拉想不起来，以前见过母亲哭泣吗？

"所以只剩下你了。"母亲说。

"我？"科尤拉说，"是你撤销了我使用实验室的权利，记得吗？是你让我和毕生的工作断绝了联系。别指望我当你的朋友。"说完科尤拉也走了。她走进夜晚的空气，感觉精神奕奕，感觉自己理由充分。*就让那个疯婆子好好思考一下，看看她喜不喜欢她当时给我的那种"断绝"感。*

大约五分钟过后，当科尤拉来到城镇大门附近时，当那句反驳的余韵消退时，她才缓缓意识到自己对母亲做了什么，以及他们对母亲做了什么。留下母亲独自一人，让她觉得自己失去的不只是金，还有她的全部家人。这种做法非常恶劣，而母亲罪不至此。

科尤拉立刻转身跑回房子，但等她走进房门，埃拉从另一边的门（通向房子更深处的那扇门）进入了客厅。

"她不在这儿。"埃拉说。

"神啊，"科尤拉说，"我对她说了很恶毒的话。"

"我们都一样。"

"她需要我们。金死了，我们能做的只有——"

"她给米罗那一耳光时，简直——"

科尤拉惊讶地发现自己抱住了姐姐，正在哭泣。*所以我归根结底只是个孩子？是啊，我是，我们都是，而且仍然只有埃拉知道该怎么安抚我们。*"埃拉，把我们维系在一起的只有金吗？他离开以后，我们就不再是一家人了吗？"

"我不知道。"埃拉说。

"我们能做什么？"

作为回答，埃拉抓住她的手，领着她离开了屋子。科尤拉问了要去哪儿，但埃拉不回答，只是拉着她的手一直走。科尤拉没有抗拒，她本来就不知该如何是好，而且像这样跟着埃拉有种莫名的安全感。起先她以为埃拉在找母亲，但她错了，她去的不是实验室或

266

者可能的地点，她们最后到的地方让她更吃惊。

她们站在卢西塔尼亚的居民在镇子中央建造的那座圣坛前。那是她们的外祖父母加斯托和西达的圣坛，那两位外星生物学家最先找到了抑制德斯科拉达病毒的方法，拯救了卢西塔尼亚的人类殖民地。而在找到能阻止德斯科拉达病毒的药物后，他们自己也死去了，因为感染程度太深，那种药没法拯救他们的性命。

人们爱戴他们，建造了这座圣坛，甚至在教会宣布前就称他们为圣人。现在距离他们被追认圣人仅有一步之遥，教会已经允许信众向他们祈祷。令科尤拉吃惊的是，这正是埃拉来到这儿的原因。她跪在圣坛前，尽管科尤拉的信仰算不上虔诚，但她还是跪在了姐姐身边。

"外公、外婆，为我们祈祷吧！为我们的兄弟伊斯特万的灵魂祈祷，为我们所有人的灵魂祈祷！"这是科尤拉可以用全身心赞同的祷告词，"保护你们的女儿，我们的母亲，保护她不受……她自己的悲伤和愤怒伤害，让她明白我们爱她，你们也爱她。噢，求你们，别让她做出疯狂的事来。"

科尤拉从未听过别人像这样祈祷。那些词要么熟记在心，要么写在纸上，她从没见过这种滔滔不绝的祈祷。**话说回来，这两位圣人和其他圣人不一样，他们是外公和外婆，虽然我们从没见过他们。**

"我们已经受够了，"埃拉说，"我们必须找到摆脱一切的方法。猪仔在杀戮人类，舰队要摧毁我们，德斯科拉达想消灭一切，而我的家人彼此憎恨。帮我们找到出路吧，外公、外婆！如果无路可走，就为我们开辟一条路吧！因为不能这样下去了。"

随后是一阵精疲力竭的沉默，埃拉和科尤拉都喘起了粗气。埃拉拥抱了她的妹妹，两人在夜色中一同哭泣起来。

华伦蒂惊讶地发现，除了她以外，出席这场紧急会议的只有市长和主教。为什么要找她？她既没有选区也没有权力。

市长科瓦诺·泽尔吉佐为她拖来一把椅子。主教的私人房间里，所有家具都很雅致，椅子却特意设计得让人坐起来痛苦：从前到后的椅面很窄，必须把屁股紧贴椅背；椅背又硬又直，完全没考虑过人类脊椎的形状；又高得出奇，迫使脑袋靠向前方。只要在这种椅子上坐一阵子，人就会不由自主前倾身体，双臂拄着膝盖。

也许这就是意义所在，华伦蒂心想，这些椅子就是为了让你学会谦逊。

理由也可能更加隐晦：这些椅子的设计是为了让身体感到不适，减少肉体的渴望，让人更想活在精神世界。

"你看起来很困惑。"佩雷格里诺主教说。

"我能理解你们两位紧急商议的理由，"华伦蒂说，"需要我做笔记吗？"

"你太谦虚了，"佩雷格里诺说，"我们读过你的作品，我的孩子，如果不在困难时刻求助于你，我们就太愚蠢了。"

"我会尽我所能，"华伦蒂说，"但我不抱太大期望。"

听到这里，科瓦诺市长选择了开门见山。"我们的长期问题有很多，"他说，"但如果不能解决眼前的问题，我们就没多少机会去解决长期的了。昨晚希贝拉家里发生了某种口角——"

"为什么我们最聪明的头脑都聚集在那个最不安定的家庭？"主教喃喃道。

"他们不是最不安定的家庭，佩雷格里诺主教，"华伦蒂说，"只是那家人的内部动荡会引发外界最大的骚乱。另一些家庭的混乱比他们严重得多，但你们不会注意，因为他们对殖民地的意义没那么大。"

主教明智地点点头，但华伦蒂怀疑他有些恼火，因为她纠正的只是细枝末节。她清楚这并非无关紧要，如果主教和市长觉得希贝拉家比事实上更不安定，也许就会失去对埃拉、米罗或娜温妮阿的信任，而卢西塔尼亚星如果想在即将到来的危机中幸存，这些人都

268

是不可或缺的。在这件事上，就连最不成熟的家庭成员（科尤拉和格雷戈）也许都是必要的。他们已经失去了金，后者恐怕是他们中最优秀的。就这么抛开其他人太愚蠢了，但如果殖民地的领袖开始对希贝拉家出现整体误判，他们很快就会误判那些个体。

"昨晚，"科瓦诺市长说了下去，"那个家四分五裂了。就我们所知，他们之间几乎不再对话了。我试过找娜温妮阿，然后刚刚得知她去基督圣灵之子修会接受了庇护，不肯和任何人见面或者对话。埃拉告诉我说，她母亲封锁了外星生物实验室的所有文件，因此今早那里的工作彻底停摆了。科尤拉和埃拉在一起，不管你们相不相信。年轻的米罗在分界线外的什么地方。奥尔拉多在自己家里，他妻子说他闭了眼，这是他表示不问世事的方式。"

"到目前为止，"佩雷格里诺说，"他们好像都很难接受伊斯特万神父的死。我必须去拜访他们，帮助他们。"

"这些都是完全可以接受的悲伤反应，"科瓦诺说，"如果只有这些，我就不会召开今天这场会议了。如您所说，阁下，您应当作为他们的精神领袖来处理这件事，不需要经过我的许可。"

"格雷戈。"华伦蒂说，她发现了科瓦诺的名单里没有提到的那个人。

"完全正确。"科瓦诺说，"他的反应是走进酒吧——在昨夜结束前他去了好几家酒吧。他告诉米拉格雷每个半醉的偏执妄想狂，这类人占的比例可不算小，说猪仔们残忍地谋杀了金神父。"

"求神保佑。"佩雷格里诺主教喃喃道。

"其中一家酒吧发生了骚乱，"科瓦诺说，"窗户碎了，椅子受损，两个人进了医院。"

"斗殴？"主教问。

"算不上，总体而言只是发泄。"

"所以他们宣泄过了。"

"希望如此，"科瓦诺说，"但直到太阳升起，那位警察赶到的时候，一切似乎才结束。"

"那位警察？"华伦蒂问，"就一位？"

"他带去了一支义务警队，"科瓦诺说，"就像义务消防队员，每天巡逻两小时。我们叫醒了一部分人，他们出动了二十人才平息事态。我们总共大约五十人，同时值勤的通常只有四个，他们平常在晚上只需要走来走去，讲讲笑话，而且有些不当班的警察也参与了酒吧骚乱。"

"所以你想说，他们在紧急情况下不是特别可靠。"

"他们昨晚表现出色，"科瓦诺说，"我是说当班的那些。"

"但他们不可能控制住真正的暴乱。"华伦蒂说。

"他们昨晚处理得很好，"佩雷格里诺主教说，"到了今晚，最初的震惊应该就消退了。"

"恰恰相反，"华伦蒂说，"今晚消息只会传开，所有人都会知道金的死，怒火只会更加热烈。"

"也许吧，"科瓦诺市长说，"但我真正担心的是明天，安德鲁把他的遗体带回家的时候。伊斯特万神父不是那种特别受欢迎的人物，他从不和年轻人喝酒，但他算是某种精神象征。作为殉道者，愿意为他复仇的人远比他在世时愿意追随他的信徒多得多。"

"所以你想说，我们应该办一场小而简单的葬礼。"佩雷格里诺说。

"我也说不好。"科瓦诺说，"也许这些人需要一场盛大的葬礼，彻底发泄他们的悲伤，给事情做个了结。"

"葬礼算不了什么，"华伦蒂说，"你们的问题是今晚。"

"为什么是今晚？"科瓦诺说，"伊斯特万神父的死讯带来的最初的震惊应该已经过去了，尸体明天前都不会送回来，今晚会发生什么？"

"今晚你们必须关闭所有酒吧，不给他们碰酒的机会。逮捕格雷戈，把他关押到葬礼结束。在日落时分宣布宵禁，让所有警察上班，四人一组整夜在城市巡逻，佩带警棍和手枪。"

"我们的警察没有手枪。"

"那就给他们手枪。不需要子弹上膛,只要有就行了。警棍是给敢于挑战权威之人的邀请函,因为你想跑总能跑掉,手枪则是让他们举止礼貌的诱因。"

"听起来太激进了。"佩雷格里诺主教说,"宵禁!那夜班工作怎么办?"

"除了必要公众服务外全部取消。"

"请原谅,华伦蒂。"科瓦诺市长说,"如果我们反应过火到这种地步,会不会小题大做了?也许甚至会引发我们本想避免的恐慌?"

"你们从来没见过暴乱,是吧?"

"只见过昨晚那一次。"市长说。

"米拉格雷是个很小的镇子,"佩雷格里诺主教说,"只有大约一万五千人。我们的规模很难有真正的暴乱,那是大城市和人口众多的星球才会有的事。"

"暴乱不在于人口规模,"华伦蒂说,"而在于人口密度和公众恐惧。你们这一万五千人挤在还不到城市闹市区那么大的空间里。出于自愿,他们周围有围栏,因为围栏外面是那些怪异到让人无法忍受又觉得自己拥有全世界的生物。尽管所有人都能看到那些本该供人随意使用的辽阔草原,猪仔却拒绝许可。城市因为瘟疫伤痕累累,现在又和其他星球隔绝,还有一支舰队会在不远的将来入侵、压迫和惩罚他们。在他们的头脑里,所有这些,所有一切都是猪仔的错。昨晚他们刚刚得知猪仔犯下了杀戮的罪行,尽管他们郑重发过誓说不伤害任何人类。毫无疑问,格雷戈给他们绘声绘色地描述了猪仔的背信弃义——那小子确实很擅长语言表达,尤其是恶毒的语言。然后酒吧里的少数人做出了暴力的反应。我向你们保证,如果不阻止,今晚的状况只会更糟。"

"如果我们采取那种行动,他们会觉得我们在恐慌。"佩雷格里诺主教说。

"他们会觉得你们牢牢把控住了局势。那些头脑冷静的人会感谢你们，你们会重新得到公众的信任。"

"我也说不好。"科瓦诺市长说，"没有市长做过类似的事。"

"没有市长有过这种需要。"

"人们会说我用微不足道的借口进行独裁。"

"也许吧。"华伦蒂说。

"他们不会相信暴乱可能发生。"

"所以你下次竞选也许会失败，"华伦蒂说，"那又怎样？"

佩雷格里诺大笑起来。"她的思考方式像神父。"他说。

"如果能做正确的事，我愿意输掉选举。"科瓦诺愤愤地说。

"你只是不确定这么做的正确性。"华伦蒂说。

"好吧，你不可能确定今晚会有暴乱。"科瓦诺说。

"我确定。"华伦蒂说，"我向你保证，除非你立即牢牢把控局势，并且扼杀今晚群体聚集的所有可能性，否则你失去的会比下次选举多得多。"

主教仍旧轻笑不止。"这话听起来可不像刚才那位说自己会分享全部智慧却让我们别期待太多的女子。"

"如果你觉得我反应过度了，那你的提议是什么？"

"我会宣布今晚为金举行追悼仪式，为他祈祷安宁和平静。"

"这样只会把那些本来就不可能参与暴乱的人带去大教堂而已。"华伦蒂说。

"你不明白信仰对卢西塔尼亚的人民有多重要。"佩雷格里诺说。

"而你不明白恐惧和愤怒的破坏力有多强大，还有暴民聚集以后对宗教、文明和人类尊严的遗忘速度有多快。"

"我会让所有警察今晚保持警戒，"科瓦诺市长说，"再让其中半数从黄昏值班到半夜，但我不会关闭酒吧或宣布宵禁，我希望他们尽可能正常度日。如果我们开始改变一切，关闭一切，只会给他们更多害怕和恐惧的理由。"

"你该给他们的感觉是当局在把控局势，"华伦蒂说，"你该采取和他们的糟糕感受相称的行动，他们会知道有人正在做点什么。"

"你非常有智慧，"佩雷格里诺主教说，"这在大城市会是最好的建议，尤其是在信仰不那么虔诚的星球上。但我们只是个村子，这里的人民很虔诚。他们需要的不是恐吓，他们今晚需要鼓励和安慰，不是宵禁、关店、手枪和巡逻。"

"选择权在你们手里，"华伦蒂说，"就像我说过的，我只是在分享自己的智慧。"

"我们很感激。我向你保证，今晚我会密切关注事态。"科瓦诺说。

"感谢你们的邀请，"华伦蒂说，"但正如你们所见，正如我的预想，成果实在有限。"

她从椅子上站起来，以那种难受的姿势坐太久让她身体酸痛，但她始终没有前倾身体。她此时也没弯腰，尽管主教伸出了手，让她亲吻。她只是用力握了握手，然后和科瓦诺市长握了手，就像和他们地位平等的人，就像陌生人。

她离开房间，焦躁不已。她警告了他们，也告诉了他们该怎么做，但就像大多数从未面对过真正危机的领袖那样，他们不相信今晚和别的夜晚会有任何不同。人们只会相信他们见过的东西。今晚之后，科瓦诺会相信在局势紧张时，宵禁和关店是有效的手段。但等到那时，一切都太迟了。等到那时，他们就该清点伤亡人数了。

金的旁边还需要掘多少坟墓？会有多少尸体埋进去？

尽管华伦蒂初来乍到，认识的人也寥寥无几，但她还是没法接受"暴乱不可避免"。剩下的希望只有一个。她会和格雷戈谈谈，努力让他明白眼下的情况有多严重。如果他今晚能来往于不同酒吧，耐心劝告，冷静发言，也许就能提前阻止暴乱。只有他能办到。他们熟悉他，他是金的弟弟，是他昨晚说出了那些令他们愤怒的话。也许有足够多的人愿意听他的话，暴乱就能得到控制、阻止和引导。她必须找到格雷戈。

要是安德在这儿就好了。她只是个历史学家，而他真正指挥过士兵参战。好吧，只是些娃娃兵。他指挥的都是孩子，但这是一回事，他知道该怎么做。**为什么他现在不在这儿？为什么这种事要交给我？我可没勇气面对暴力和对峙，从来都没有。**所以安德当初才会出生，在父母通常不能生育超过两个孩子否则就要面临法律严惩的时代，安德是应政府要求生下的第三个孩子。因为彼得太过恶毒，而她，华伦蒂，又太温和了。

安德应该能说服市长和主教，让他们做出明智的举动。就算不能，他也知道该怎么自己跑去镇上，安抚事态，让一切在掌控之中。

她很希望安德在身边，但她明白，他也不可能控制今晚要发生的事。也许就连她的建议都是不够的。她对今晚可能发生之事的推断是基于她在许多时代的许多星球的所见所闻。昨晚的火势必定会在今晚蔓延更广。但现在，她逐渐意识到事态恐怕比她最初判断的更加严重。在这颗陌生的星球上，卢西塔尼亚的人民怀着压抑的恐惧生活了太久。别的那些人类殖民地都迅速开枝散叶，占据星球，在几代人之内将那里据为己有。卢西塔尼亚的人类仍旧住在小小的围场里，住在这座实质上的公园里，而那些长得像猪的可怕生物不断透过栏杆窥视他们。压抑在这些人心头的情绪无法估量，甚至可能无法控制，哪怕只是一天。

过去那些年里，利波和皮波的死亡已经够糟了，但他们都是科学家，本就在猪仔之中工作，对他们来说这就像飞机失事或飞船爆炸。如果死难者只有工作人员，公众就不至于特别不安，毕竟工作人员的薪水里就包含了风险。但当平民遇害，事故就会引发恐惧和愤慨。而在卢西塔尼亚的人民看来，金就是无辜的平民。

不，不只是平民。他是个圣人，让那些本没有资格的半人半兽体会到了手足之情与神圣。杀死他不仅野蛮而残忍，同时也是亵渎神明。

卢西塔尼亚的人民的确如佩雷格里诺主教想象的那样虔诚，

他忘记的是虔诚者面对侮辱神灵之举必然会做出的反应。佩雷格里诺的历史知识不够丰富，华伦蒂心想，也可能他单纯以为那种事早就画上句号了。如果大教堂真的是卢西塔尼亚生活的中心，如果民众真的敬仰他们的神父，佩雷格里诺怎么能想象他们对神父遇害的悲痛可以通过简单的仪式得到宣泄？如果主教看起来仿佛金的死亡没多重要，他们的怒火只会烧得更旺。他是在增加问题，而非解决问题。

她还在找格雷戈，就听到了响起的钟声，那是召集祈祷的钟声，但这并非正常的弥撒时间。这声音肯定会让人们惊讶地抬起头，疑惑钟声为何而鸣，然后想起伊斯特万神父死了。噢，是的，佩雷格里诺，敲响祈祷钟真是个绝妙的主意，这会帮助人们觉得一切平静又正常。

神啊，请保护我们不被那些聪明人所伤。

米罗蜷缩身体，躺在"人类"根须的一处蜷曲里。他昨晚没怎么睡着，也可能根本没睡着。可现在他躺在那里，全无倦意，只有坡奇尼奥在他周围来来去去，树枝不断在"人类"和鲁特的树干上敲打出韵律。米罗听着那些对话，他的父语算不上熟练，但他仍听懂了其中大部分，因为那些兄弟完全不打算向他掩饰话语里的焦虑。毕竟他是米罗，他们信任他，所以让他发现他们的愤怒和恐惧也没关系。

那棵名叫"战争制造者"的父亲树杀了一个人类，而且不是随便什么人类。他和他的部落谋杀了伊斯特万神父，那个受敬爱程度仅次于死者代言人本人的人类，这种罪行简直难以言表。他们该怎么办？他们向代言人发过誓，不再彼此征战，但除此之外，他们还能用什么办法惩罚战争制造者的部落，向人类表明坡奇尼奥与他们恶毒的行径划清界限？战争是唯一的答案，让所有部落的所有兄弟进攻战争制造者的森林，砍倒他们的每棵树，只有表示过反对战争制造者计划的那些除外。

他们的母亲树呢？这是仍在激烈争论的议题：杀光那个森林的兄弟、砍光同谋的父亲树是否就够了？还是说应该连母亲树一起砍倒，让战争制造者的种子再也没有扎根于这个世界的机会？他们会让战争制造者活得够久，直到他亲眼看到部落的毁灭，然后再将他烧死——那是所有处决方式里最可怕的。也只有在这种时候，坡奇尼奥才会在森林里动用火焰。

米罗听说了这一切，想要开口，想要说现在做这些还有什么用，但他知道自己阻止不了坡奇尼奥，他们现在太愤怒了。他们的愤怒一部分是因为金的死带来的悲伤，但很大一部分是因为他们感到羞愧。战争制造者打破了协议，让他们所有人蒙羞，人类永远不会再相信坡奇尼奥，除非他们彻底消灭战争制造者及其部落。

决定已经做出。明天早上，所有兄弟都会踏上前往战争制造者那座森林的旅程。他们会花许多天来集结队伍，因为这次行动必须由全世界的所有森林做出。等他们做好准备，再完全包围战争制造者的森林以后，他们会彻底摧毁那地方，让任何人都猜不到那儿有过一座森林。

人类会看到的。他们的卫星会告诉他们，坡奇尼奥是怎么对待违背协议者和懦弱的谋杀者的，然后人类就将恢复对坡奇尼奥的信任。再然后，坡奇尼奥面对人类的时候，就能毫不羞愧地抬起头来。

米罗慢慢意识到，他们不只是允许他听到他们的对话和考虑，他们是在确保他听到和理解他们在做的一切。他们指望我把消息带回城市去。他们指望我向卢西塔尼亚的人类解释，坡奇尼奥们打算怎样惩罚杀害金的凶手。

他们不明白我现在也是个陌生人吗？在卢西塔尼亚的人类里，谁会听我的话？我，来自过去的残疾男孩，说起话来又慢又难分辨。我对其他人类没有影响力，我对自己身体的影响力也很有限。

但这的确是米罗的职责。他缓缓起身，钻出"人类"的树根之间。他会试试看。他会去找佩雷格里诺主教，告诉他们坡奇尼奥的打算。佩雷格里诺主教会把消息传开，然后人们都会好过很多，因为他们知道成千上万的坡奇尼奥婴儿会为一个人类的死偿命。

毕竟，坡奇尼奥婴儿算什么呢？只是居住在母亲树的黑暗腹部里的蠕虫。这些人不会想到，在道德角度上，这无疑是一场大屠杀。他们追寻的是正义，相比之下，一个坡奇尼奥部落的彻底毁灭算得了什么？

格雷戈：站在草地广场的中央，周围的人群保持警觉，每个人都有一条无形而紧绷的线和我相连，所以我的意志便是他们的意志，我的嘴说出他们的话语，他们的心脏随着我的节奏跳动。我从未经历过这种事、这种生活：成为这种团体的一员，而且不只是其中一分子，还是他们的大脑、中心，我自己包含他们所有人，成百上千的人，我的愤怒就是他们的愤怒，他们的手就是我的手，他们的眼睛只能看到我向他们展示的景象。

祈求，回应，祈求，回应，那种节奏堪比乐曲。

"主教说我们要为正义而祈祷，但这样就够了吗？"

"不够！"

"那些坡奇尼奥说，他们会摧毁谋杀我哥哥的那座森林，但我们能相信他们吗？"

"不能！"

他们会替我说完后半句话。在我停口喘气的时候，他们会高声应和，让我的话不平息，而是从五百名男女口中喊出。主教来找过我，态度平静而耐心；市长来找过我，带着他关于警察与暴乱的警告，以及对监狱的暗示；华伦蒂来找过我，用冰冷而智慧的口吻提起我的责任。他们全都清楚我的力量，我从未意识到自己的力量，那是在我停止对他们言听计从，也终于将自己所想告诉人们的那一刻得到的力量。真相就是我的力量。我不再欺骗他人，而是告诉他们真相。现在，我看到自己成了怎样的存在，我们一同成了怎样的存在。

"如果要为金的死惩罚那些猪猡，动手的也该是我们。人类的血债应该由人类亲手讨还！他们说对谋杀者的处罚是死刑，但只有我们有资格任命行刑者！只能由我们来确保死刑得到执行！"

"没错！没错！"

"他们让我哥哥在病毒的折磨中死去！他们看着他的身体从内部燃烧殆尽！现在我们要把那座森林烧成平地！"

"烧光他们！放火！放火！"

看看他们,点燃火柴,看看他们拔下野草然后点着吧！我们会一起放那把火！

"明天我们就开始这次征讨——"

"就今晚！就今晚！就现在！"

"明天！我们今晚不能去，我们得准备水和口粮——"

"就现在！就今晚！烧！"

"我告诉你们，我们没法一晚上就赶到那儿，那儿有上万公里远，到那儿需要好几天——"

"猪仔就在围栏外边！"

"杀死金的不是那些——""他们都是杀戮成性的小杂种！""杀了利波的就是外边那些，对吧？""他们杀了皮波和利波！""他们都是杀人凶手！""今晚就烧死他们！""全部烧光！""卢西塔尼亚是我们的，不是那些野兽的！"

他们疯了吗？怎么能允许他们杀死那些猪仔？他们什么都没做。"是战争制造者！我们要惩罚的是战争制造者和他的森林！"

"惩罚他们！""杀死猪仔！""烧死！""放火！"

短暂的寂静。一阵间歇，一次机会。想想合适的话吧。想办法让他们回心转意，他们就要走偏了。他们曾是我身体的一部分，曾是我的一部分，但他们如今正在远离我。只要一次抽搐，我就会失去一直以来的控制。在这几分之一秒的沉默里，我该说什么才能让他们恢复理智？

太久了，格雷戈思考的时间太久了。有个孩子的声音填满了短暂的沉默，那声音来自一个尚未成年的男孩，语气天真无邪，恰好是那种会让他们满腔的义愤爆发，做出无可挽回之举的语气。那孩子喊道："为了金！"

"为了金！为了金！"

"不！"格雷戈喊道，"等等！你们不能这么做！"

他们摇摇晃晃地绕过他，将他撞倒在地。他趴在地上，有人踩到了他的手。他站的那张凳子哪儿去了？在那儿，我得靠近它，别让他们踩死我。如果我不站起身，他们就会杀了我。我必须和他们同行，必须起身和他们一起，一起跑，否则他们会碾碎我。

他们就这么离开了，从他身边经过，咆哮呼喊，伴着杂乱的脚步声离开草地广场，来到长着青草的街道上，举起小火把，喊着"放火""烧光"还有"为了金"。这些声音和景象不断流淌，仿佛一条来自广场的熔岩之河，流向那座等待在不远处小山上的森林。

"神啊，他们在做什么？"

是华伦蒂。格雷戈跪在凳子边上，身体靠着它。而她站在一旁，看着人群涌出这片冰冷空旷的"弹坑"——这里是燃烧开始的地方。

"格雷戈，你这自以为是的杂种，你做了什么？"

我？"我打算带他们去找战争制造者，我打算带他们去执行正义。"

"你是个物理学家，你这弱智儿，你没听过不确定性原理吗？"

"粒子物理学的理论，核心微粒物理学。"

"是暴民物理学，格雷戈。你从来不是他们的主人，他们才是你的主人。现在他们利用完了你，准备去摧毁属于我们在坡奇尼奥之中最好的朋友和支持者的森林。然后我们还能怎么做？人类和坡奇尼奥就要开战了，除非对方能拥有反常的克制。就算那样，过错也在我们这边。”

“战争制造者杀了金。”

“那是犯罪。但你刚才挑起的，格雷戈，是一场暴行。”

“不是我挑起的！”

“佩雷格里诺主教劝过你，科瓦诺市长警告过你，我也恳求过你，可你还是这么做了。”

“你警告我的是暴乱，不是这样——”

“这就是暴乱，你这蠢货，而且比暴乱更严重。这是一场屠杀，大屠杀，是对婴儿的屠杀，这是异族屠灭那条可怕长路的第一步。”

“你不能把所有罪责都强加给我！”

她的表情在月色中，在从酒吧的门窗照出的光线中显得如此可怕。“我责怪的只是你亲手做出的事。你在炎热、干燥又有风的日子生了一堆火，不顾所有人的警告。我谴责的是这件事。如果你不肯对自己行为的所有后果负责，你就真的不配成为人类社会的一员。我希望你能永久失去自由。”

她走了。去了哪儿？去做什么？她不能就这么抛下他，像这样抛下他是不对的。不久前，他还那么庞大，有五百颗心脏、五百个大脑、五百张嘴、一千只手和一千只脚。如今全都没了，仿佛他庞大的新身体已经死去，而他只剩下独自颤抖的灵魂。只有这个仿佛蠕虫的灵魂，失去了它曾经支配的强大肉体。他从没这么害怕过。在匆忙抛下他的过程中，他们差点儿杀了他，差点儿把他的身体踩进草地里。

但他们的确曾经属于他。他创造了他们，打造了这群暴民，尽管他们误解了他当初的目的，却仍按他挑起的愤怒行动，仍遵循他放进他们脑子里的计划。他们只是准头不够好。除此之外，他们是完全按他的想法去做的。华伦蒂是对的，这是他的责任。他们的行为正是他的行为，就好像他仍在前方带领众人。

他该怎么办？

阻止他们，夺回控制权。站在他们前方，恳求他们停下。他们不打算出发去烧毁远方那棵疯狂父亲树的森林，而是要去屠杀他认识却不怎么喜欢的那些坡奇尼奥。他必须阻止他们，否则他们的血就会沾在他的手上，就像没法洗掉也没法擦去的肥皂，就像永远跟随他的一块污点。

所以他奔跑起来，沿着他们在街上踩出的细长泥泞的脚印，那些将青草踩进泥坑的脚印。他一直跑到腰侧隐隐作痛，再穿过他们破坏围栏的位置（*我们需要的时候，瓦解屏障又去哪儿了？为什么没人打开它？*），然后朝着已经照亮天空的火光前进。

"住手！快灭火！"

"烧光！""为了金！""死吧，猪猡！""那儿有一个，正要逃跑！""杀了它！""烧死它！""这些树不够干。火点不着！""说得没错！""把树砍倒！""这儿还有一个！""瞧啊，这些小杂种在攻击我们！""把他们劈成两半！""要是你不用那把镰刀，就给我！""撕碎这些小猪猡！""为了金！"

格雷戈试图冲向前去阻止他们时，鲜血画出一道宽阔的弧线，洒在他脸上。*我认识那一个吗？在他发出痛苦和垂死的惨叫前，我认得这个坡奇尼奥的声音吗？我没法把这个拼回去了，他们劈碎了他——是她，他们劈碎了她。那是个妻子，我从没见过的妻子。这么说，我们肯定来到了森林中央附近，那棵巨树肯定就是母亲树。*

"我敢说这棵树肯定杀过人！"

在那棵巨树矗立的空地周围，较为矮小的树木突然开始弯曲，然后倒下，从树干的部位折断。有那么一会儿，格雷戈还以为是人类砍倒了那些树，但现在，他发现那些树边没有任何人。他们是在折断自己，自行了断，想要压死树干和树枝下这些杀红了眼的人类，试图救下母亲树。

这一招短暂地发挥了效果。人们发出痛苦的尖叫，有十来个人被倒下的树木压死、困住或是因此骨折。但倒下的树木能做到的只有这些，母亲树仍旧矗立在那儿，树干怪异地起伏，仿佛有某种内部器官在运作，在大口吞咽。

"让她活下去！"格雷戈喊道，"那是母亲树！她是无辜的！"

但伤者和受困者的喊声盖过了他的声音，在这阵恐惧中，他们意识到森林可以还击，这一切也不是什么正义和报应的复仇游戏，而是真正的战争，双方都有生命危险。

"烧了她！烧了她！"念诵声如此响亮，甚至盖过垂死者的哀号。如今那些倒下树木的叶片和枝条全都朝母亲树的方向伸去，他们点燃了树枝，后者很快烧了起来。少数人回过神儿来，意识到能烧毁母亲树的火势也会烧死被压在父亲树下的那些人，所以他们开始尝试解救，但大多数人都沉醉在成功的兴奋里。对他们来说，这棵母亲树就是战争制造者，那个杀人犯；对他们来说，她就是这个星球的所有外星人，是把他们困在围栏里的敌人，是专横地把他们限制在这个宽广世界的一小块土地上的人。母亲树代表了所有的压迫和所有的权威，以及所有的陌生和危险，而他们已经征服了她。

在受困者看到火焰逼近的尖叫声里，在已经被火烧到的人们的哀号声里，在犯下谋杀罪行之人的得意口号声里，格雷戈退缩了。"为了金！为了金！"格雷戈很想转身逃跑，他看到、闻到和听到的一切——亮橘色的火焰、人类血肉烧焦的气味，还有潮湿木材燃烧的噼啪声，都让他无法忍受。

但他没有逃跑，反而和另一些人冲向烈焰边缘，试图撬动倒下的树木，救出那些还活着的人。他受了烧伤，衣服还有一次着了火，但炽热的痛楚不算什么，因为这是他应得的，他应该死在这儿。他差点儿真这么做了，差点儿前往有去无回的火场深处，直到洗清身上的罪孽，只剩骨头和灰烬。但这儿还有伤者需要被拖出，还有性命需要被拯救。此外，有人拍灭了他肩上的火焰，帮他抬起那棵树，让被压在下面的男孩能扭动爬出。在参与这种事、参与拯救这个孩子的时候，他怎么能死呢？

"为了金！"男孩啜泣着用螃蟹的姿势爬开，远离火焰。

他就在这儿，那个用话语填满了当时的寂静，让人群转向这边的男孩。是你干的，格雷戈心想，你从我手里夺走了他们。

男孩抬头看向他，认出了他。"格雷戈！"他大喊着扑向前来，双臂抱住了格雷戈的大腿，脑袋贴着格雷戈的臀部，"格雷戈叔叔！"

那是奥尔拉多的长子尼姆波。

"我们做到了！"尼姆波大喊，"为了金叔叔！"

火焰噼啪作响。格雷戈抱起男孩，带着他蹒跚远离火焰最炽热的区域，走向更远处，踏入黑暗，踏入凉爽。所有人都被赶到了这方向，仿佛是火焰在放牧他们，而风又在驱使火焰。多数人都像格雷戈这样精疲力竭，满心惊恐，火焰和救助他人的过程给他们留下了伤痛。

但有些人，也许是很多人，除了被格雷戈和尼姆波点燃的内心火焰之外，没有被火碰到一根毫毛。"烧光他们！"类似的声音此起彼伏，这些小型暴民团体就像大河里的小小漩涡，但他们此时手持火把和火炬，火是从森林深处肆虐的烈焰那儿取的。"为了金！为了利波和皮波！一棵不留！一棵不留！"

格雷戈蹒跚向前。

"把我放下来。"尼姆波说。

继续向前。

"我自己可以走。"

但格雷戈要做的事刻不容缓。他不能停下来等尼姆波，也不能让男孩自己走，他不能把兄弟的儿子留在起火的森林里。于是他抱着男孩走，没过多久就筋疲力尽，双腿和双臂都因疲劳而酸痛，烧伤的肩膀感受到的炽热痛楚就像白色的太阳。但他离开了森林，来到旧镇门前方的草地上，这里的道路从森林蜿蜒而来，与通往外星生物实验室的那条路相连。

暴民聚集在这里，许多人手持火把，但不知为何，他们和在此矗立观察的那两棵树"人类"和鲁特仍有一段距离。格雷戈挤过人群,仍旧抱着尼姆波。他心脏狂跳,满怀恐惧和痛苦,却也带着一丝希望,因为他知道这些手持火把的人为何停下。来到那群暴民附近时,他发现自己的猜测是正确的。

约莫两百个坡奇尼奥兄弟和妻子聚拢在最后那两棵父亲树旁边。他们个子矮小,受到团团包围,却怀着明显的反抗态度。他们宁可在这儿战死,也不会允许他们烧毁最后这两棵父亲树。可如果暴民决定动手,他们肯定会葬身于此,因为坡奇尼奥根本无法阻挡决心杀戮的人类。

但米罗站在猪仔和人群之间。和坡奇尼奥相比,他就像个巨人。他没有武器,却展开双臂,就像要保护那些坡奇尼奥,也可能是要阻拦他们。他用模糊而难以分辨的话语挑衅着那群暴民。

"先杀我!"他说,"你们喜欢谋杀!那就先杀我!就像他们杀死金那样!先杀我!"

"不是你!"其中一个手持火炬的男人说,"但这些树得死,这些猪仔也一样,如果他们蠢到不想逃跑的话。"

"从我开始,"米罗说,"这些是我的兄弟!先杀我!"

他说得缓慢而响亮,让对方能理解自己含混不清的话语。暴民的怒气尚未消散,至少还留着一部分,但同样有很多已经厌倦,有很多已经感到了羞愧,已经察觉自己行为的可怕,他们将灵魂交给暴民意志以后的行为。格雷戈能感到自己和其他人之间仍然存在纽带,知道他们有两条路:怒火未熄的人也许会在今晚再放一次火;至于那些已经冷静下来、内心只剩下羞愧的人,他们恐怕占据了多数。

这是格雷戈赎罪的最后机会,至少是部分的罪。于是他走向前去,仍然抱着尼姆波。

"还有我,"他说,"如果你们要伤害这些兄弟和这些树,就连我也杀了吧!"

"别挡道，格雷戈，你和这个残废都别挡道！"

"如果你们杀死这些小家伙，和战争制造者又有什么分别？"

格雷戈站到了米罗身边。

"别挡道！我们要烧死最后几个，然后就结束了。"但声音没那么坚定了。

"你们身后有一场大火，"格雷戈说，"还有很多人已经死了，人类和坡奇尼奥都有。"他嗓音沙哑，吸入的烟雾让他呼吸急促，但他的声音仍然能让对方听到，"杀死金的那座森林离这儿很远，战争制造者仍旧毫发无伤。我们今晚在这儿所做的不是正义，是谋杀和屠杀。"

"猪仔都一样！"

"是吗？如果情况反过来，你们会乐意吗？"格雷戈朝其中一个露出疲惫和退缩神色的男人迈出几步，直接对他说话，同时伸手指着那群暴民的发言人，"你！你愿意替他做的事受罚吗？"

"不。"那人咕哝道。

"如果他杀了什么人，你觉得有人跑来你的家，杀死你的妻子和孩子也是正确的吗？"

此时响起了好几个声音。"不。"

"为什么不？人类都一样，不是吗？"

"我没杀孩子。"那个发言人说。他在为自己辩护，用词也不再是"我们"，他现在是单独的个体。这群暴民正在瓦解，正在分崩离析。

"我们烧了母亲树。"格雷戈说。

他的身后开始响起恸哭声，那是好几个轻柔而尖锐的哀鸣声。对兄弟们和幸存的妻子们来说，这句话证实了他们最害怕的事。母亲树已经被烧毁了。

"森林中央的那棵巨树，他们的所有孩子都在里面，全部都在。这座森林没有伤害我们，我们却跑过去杀死了他们的孩子。"

米罗走向前去，一手按在格雷戈的肩头。米罗是在靠他支撑身体吗？还是想搀扶他？

这时米罗开了口，不是对格雷戈，而是对人群："所有人，回家去吧。"

"也许我们应该试试灭火。"格雷戈说，但整座森林已经在熊熊燃烧。

"回家去，"米罗再次开口，"待在围栏里。"

怒意仍有些许残留。"你凭什么命令我们？"

"待在围栏里，"米罗说，"有别人来保护这些坡奇尼奥了。"

"谁？警察？"好几个人发出苦笑，因为他们之中有不少就是警察，或者见过人群中的警察。

"他们来了。"米罗说。

一阵低沉的嗡嗡声传来，起先轻柔，在烈火的咆哮声中几乎难以分辨，但随后愈发响亮，直到五个飞行物体出现在视野里，在野草上方低飞，环绕这群暴民，时而是燃烧的森林映衬下的黑色轮廓，时而在另一边反射火光，闪闪发亮。直到这时，人们才分辨出那些黑色轮廓的不同，因为每个飞行平台上都站起了六名乘员。他们本以为那些飞行器上是闪闪发亮的机器，但那根本不是机器，而是活物，没有人类那么高大，但也没有坡奇尼奥那么矮小，有硕大的脑袋和多面体的眼球。他们没有摆出威胁的姿势，只是在飞行器的前方排成一行，但他们也不需要什么姿势，光是看到他们，就足以激起那些来自古老梦魇和恐怖故事的回忆了。

"神宽恕我们！"好几个人喊道，他们以为自己会死。

"回家去，"米罗说，"待在围栏里面。"

"他们是什么？"尼姆波稚气的嗓音替所有人开了口。

回答以低语的形式传来："魔鬼。""毁灭天使。""死神。"

然后是从格雷戈口中吐露的真相，因为他知道他们只可能是什么，尽管难以置信。"虫族，"他说，"虫族，在卢西塔尼亚。"

他们没有逃跑。他们选择步行，同时谨慎观察，和那些没人认为还存在的奇怪新生物保持距离。他们只能想象那些生物的力量，或者回忆他们在学校里看过的古老录像。虫族曾经和毁灭全人类只有一步之遥，最后却反过来被异族屠灭者安德毁灭了。那本名叫《虫族女王传》的书说他们其实很美丽，不应该死去。但现在，看着他们，看着那些闪闪发亮的黑色外骨骼，还有他们散发微光的绿色眼睛里的上千个晶状体，他们感受到的并非美丽，而是恐惧。等他们回到家里，这些东西而非只有那些矮小落后的猪仔在围栏外等着他们的消息就会传开。他们以前待的是牢房吗？那他们现在肯定是被困在了某一层地狱。

最后，留下的人类只有米罗、格雷戈和尼姆波。在他们周围，猪仔的目光里同样带着敬畏，但并非恐惧，因为他们头脑的边缘结节里没有关于昆虫的噩梦。此外，虫族是作为他们的救星和保护者到来的。在他们心中占据最大比重的不是对这些陌生存在的好奇，而是对失去之物的惋惜。

"'人类'恳求虫族女王帮助他们，但她说她不能杀人类。"米罗说，"简通过卫星看到了这场大火，于是告诉了安德鲁·维京。他和虫族女王谈了话，告诉了她该怎么做，她不需要杀死任何人。"

"他们不会杀我们？"尼姆波问。

格雷戈这才明白，尼姆波在过去几分钟里以为自己会死。然后他才意识到，他自己也有这种想法。直到现在，在米罗解释过后，他才能肯定他们不是来惩罚发起今晚这一切的他和尼姆波的。确切地说，是格雷戈发起了这件事，为尼姆波天真无邪的轻轻一推做好了准备。格雷戈慢慢跪倒在地，把男孩放了下来。他的手臂几乎不听使唤，肩膀的痛楚也难以忍受。他开始哭泣，但他流泪的原因并非痛苦。

虫族动了起来，而且很迅速。大部分留在地面上，慢跑离开，前往城市周边的监视位置。其中几个爬上飞行器，飞到燃烧的森林和起火的草地上方，喷洒某种物质来盖住火焰，令其缓慢熄灭。

佩雷格里诺主教站在当天早上刚刚砌成的低矮基础墙上。卢西塔尼亚的居民无一例外聚集在此，坐在草地上。他拿着一只小巧的扩音器，以免有人听不见他的话。但他或许不需要这东西，所有人都沉默不语，就连小小孩都一样，他们似乎感染了这种阴沉的气氛。

主教的身后是那座森林，焦黑不堪，但并未失去全部生机，其中几棵树木重新焕发了绿意。他的前方是毛毯盖住的尸体，每一具都放在坟墓旁边。最靠近他的那具是金（伊斯特万神父）的尸体，其余尸体是前天晚上死在树下和火中的那些人。

"这些坟墓会成为礼拜堂的地板，所以每当我们踏入礼拜堂，就是踩在死者的尸体上。这些人死在为我们的坡奇尼奥弟兄带去杀戮和荒芜的过程中。所有这些尸体之上是伊斯特万神父，他死在去异端森林的过程中，是作为殉道者而死的。其他人死的时候心怀杀戮，双手染血。

"我会直言不讳，以免死者代言人还要为我补充。在我们所有人中，只有少数完全没有沾染罪孽。伊斯特万神父以纯净之身死去，那些不敬神明的杀戮者却以他为口号。死者代言人与其同行者为我们带回了这位神父的遗体。还有华伦蒂，代言人的姐姐，提醒过市长和我可能发生的事。华伦蒂了解历史、了解人类，但市长和我以为我们了解你们，以为你们比历史上的人更坚定。可叹的是，你们和那些人一样堕落。我也一样。本该阻止这一切却没能做到的所有人都有罪！那些没有劝说丈夫留在家里的妻子，那些旁观却一言不发的男人，那些因为远隔半个大洲的远亲犯下的罪行便手持火把杀死整个部落的人全都有罪！

"法律发挥了它在公义中的小小作用。杰劳·格雷戈里奥·希贝拉·冯·海塞进了监狱，但那是因为另一桩罪行：他违背信任，说出了他没资格透露的秘密。他进监狱不是因为屠杀，因为他的罪孽不比他的追随者更重。你们听懂了吗？我们所有人都有罪，我们必须一同忏悔。

"我站在这座新礼拜堂的地基上，它会冠以伊斯特万神父的名字。地基的砖块是从我们教堂的墙壁上拆下的，墙壁上现在有许多孔洞，风可以吹进去，雨水会洒落在我们身上。教堂会维持残破受损的模样，直到这座礼拜堂建成。

"我们该怎么建它？你们全都回家去，回到你们的屋子去，砸开自己屋子的墙壁，拿走掉落的砖块，然后带来这儿。你们也要让墙壁维持破碎的模样，直到这座礼拜堂建成。

"我们还会在每座工厂、每座房屋的墙壁上开洞，直到每栋建筑都展示我们的创伤。这些创伤会持续到墙壁高到能够装上屋顶，然后用倒在森林里的焦黑树木，那些试图从我们凶残的手中保护自己同胞的树木，做横梁和椽子。

"再然后，我们会全体来到这里，来到这座礼拜堂，跪在地上，一个接一个进去，直到每个人都从死者的坟墓上爬过，来到那些古老兄弟的尸体之下。神赐予了他们作为树木的第三人生，直到被我们终结。我们会在那里祈求宽恕。

"等到那时，我们才会修复受损的墙壁，治好我们房屋的创伤。这就是我们的忏悔，孩子们。"

在这片散落灰烬的空地中央，安德、华伦蒂、米罗、埃拉、科尤拉、欧安达和奥尔拉多站在那儿，看着最受尊敬的那位妻子被活活剥去皮肤，种在地里，让她第二人生的尸体长成一棵新的母亲树。在她垂死的时候，幸存的妻子们会探入过去那棵母亲树的缺口，捞出曾经住在那里的婴儿和小母亲的尸体，放在她流血的身躯上，直到堆成一座小山。几个钟头之内，她的幼苗就会从死尸中钻出，向着阳光生长。

利用他们的身体物质，她会迅速生长，直到足够粗壮和高大，能在树干上打开一条缝隙。如果她长得够快，如果她开启树干足够及时，少数在旧母亲树的腔内幸存的婴儿就能转而得到新母亲树提供的庇护。如果幸存的婴儿里有小母亲，就会被送到幸存的父亲树"人类"和鲁特那里进行交配。如果她们小小的身体孕育出新的婴儿，那么这座知晓人类最好与最坏之处的森林就能存续下去。

如果不能——如果那些婴儿都是男性，这是有可能的，或者其中的所有女性都无法生育，这同样有可能，又或者在等待新母亲树就绪的日子里，饥饿让他们太过虚弱——那么这座森林就会和这些兄弟与妻子一同死去，"人类"和鲁特也会作为没有部落的父亲树活上一千年的时光。也许另一些部落会敬仰他们，并且带小母亲过来交配，但这么一来，他们就不会成为自己部落的父亲，被自己的儿女围绕。他们会是没有自己森林的孤树，只能作为孤单的纪念碑，象征他们毕生的努力：将人类和坡奇尼奥团结在一起。

坡奇尼奥对战争制造者的愤怒也就此结束。卢西塔尼亚的父亲树们一致同意，无论伊斯特万神父的死带来了怎样的道德债务，屠杀鲁特与"人类"的森林的行为都已经还清，甚至犹有过之。事实上，战争制造者的异端说法还赢得了许多新的皈依者——人类证明了他们不配拥有神，不是吗？战争制造者说，坡奇尼奥才是被选中的容器，人类的身体里显然没有神。"我们不需要再杀人类了，"他说，"我们只需等待，然后神就会杀光他们。在此期间，神派来虫族女王为我们建造飞船。我们会带着神，审判我们拜访的每一个世界，我们会成为毁灭天使。"

许多坡奇尼奥相信了他。战争制造者的话在他们听来不再疯狂。在一座无辜森林燃起的烈焰里，他们觉得自己见证了天启最初的征兆。在许多坡奇尼奥看来，他们已经没必要向人类学习了。神已经不再需要人类了。

但在这儿，在森林的这片空地上，这些兄弟和妻子的双脚正踩着及踝深的灰烬，为他们的新母亲树守夜，他们根本不相信战争制造者。在尝试重生的过程中，这些在种族中最了解人类的坡奇尼奥甚至选择让人类见证和协助。

"因为，"种植者说，他现在是幸存的兄弟们的发言人，"我们知道人类不都是一样的，就像坡奇尼奥不都是一样的。神存在于你们一些人之中，不在另一些人之中。我们不都像战争制造者的森林那样，你们也不都是杀人凶手。"

就这样，在那一天的破晓前，种植者和米罗以及华伦蒂握了手。也是在那时，新的母亲树在纤细的树干上勉强打开了一条缝，而妻子们温柔地将幸存的婴儿虚弱而饥饿的身体放进他们的新家。现在判断还为时过早，但他们有了怀着希望的理由：新的母亲树在仅仅一天半的时间里做好了准备，又有三十多个婴儿幸存下来，能够接受这次迁移。其中十几个可能是有生育能力的女性，就算只有四分之一能怀上婴儿，森林就有可能再次繁荣。

种植者在颤抖。"从来没有兄弟看过这一幕，"种植者说，"全世界的历史上都没有过。"

好几个兄弟跪在地上。在守夜的过程中，很多坡奇尼奥一直在祈祷，这让华伦蒂想到了科尤拉告诉她的某件事。她走到米罗身边，低声说："埃拉也祈祷了。"

"埃拉？"

"在那场大火前，科尤拉也在圣坛那里，祈求神为我们开辟一条解决所有问题的路。"

"所有人都是这么祈祷的。"

华伦蒂思考了埃拉祷告后的这些天里发生的事。"我猜她对神给出的答案相当失望。"

"这是常有的事。"

"但也许这些开启如此迅速的母亲树……也许这就是她想要的答案的开端。"

米罗困惑地看着华伦蒂。"你是信徒？"

"这么说吧，我是个喜欢怀疑的人。我怀疑这世上也许真存在某个关心我们的人。这总好过单纯祈愿，比期待更进一步。"

米罗露出微笑，但华伦蒂不确定他是觉得高兴还是可笑。"所以为了回应埃拉的祈祷，神接下来会怎么做呢？"

"这就静观后效吧，"华伦蒂说，"我们的工作是决定自己接下来该怎么做，我们有全宇宙最棘手的谜团需要解开。"

"噢，这些要是能交给神就好了。"米罗说。

随后，欧安达来了。作为外星人类学家，她同样参与了守夜，尽管当班的不是她，母亲树开启的消息仍然立刻送到了她那里。她的到来通常意味着米罗的迅速离开，但这次不同。华伦蒂愉快地看到米罗的视线似乎既不会在欧安达身上停留，也不会避开她。她只是待在那儿，和坡奇尼奥们一起工作，所以他也一样。毫无疑问，这种"正常"是精心伪装的，但以华伦蒂的经验，正常几乎总是伪装，是人们在扮演他们认为符合预期的角色。米罗只是心态有所转变，愿意在和欧安达的关系里扮演看似正常的角色，不管他真正的感受有多糟。也可能说到底他的感受没有那么糟。她的年纪已经有他的两倍大了，她不再是他爱过的那个女孩了。

他们曾经彼此相爱，但没上过床。米罗告诉她这件事时，华伦蒂很欣慰，但他当时的语气带着愤怒与遗憾。华伦蒂从很久以前就发现，在类似卢西塔尼亚这样追求纯洁和忠贞的社会里，那些能够控制和引导自身青春激情的青少年，长大成人以后会变得既坚定又文明。在这样的社会里，软弱到缺乏自控能力或蔑视社会规范的那些青少年，最后通常会成为绵羊或恶狼，要么是牧群里愚蠢的成员，要么就是只会索取、毫无付出的掠夺者。

当初遇见米罗时，她曾担心他是个自艾自怜的软弱者，又或是自我中心的掠夺者，憎恨自己遭受的种种限制，但他两者都不是。他现在也许为自己年轻时的纯洁后悔（对他来说，希望在身体仍然强壮又和欧安达同龄时与她结合是自然而然的想法），但华伦蒂并不感到惋惜。这显示了米罗内心的强大，还有对他的社群抱有的责任感。米罗能在关键时刻独自阻拦暴民，救下鲁特和"人类"，这些都在华伦蒂意料之中。

同样在她意料之中的还有：米罗和欧安达会尽全力假装他们只是在做本职工作，假装他们之间一切正常。内心的强大与外在的尊重属于那些维系社群的人，属于领袖。和绵羊与恶狼不同，他们扮演的角色会比内心的恐惧和欲望写下的剧本更好，而且伪装会逐渐变成现实。*人类历史上的确是有文明存在的，*华伦蒂心想，*但这只是因为像他们这样的人。*

娜温妮阿在学校门口和他见了面。她倚着堂娜·克里斯蒂的手臂，后者是从安德来到卢西塔尼亚算起基督圣灵之子教会的第四任校长。

"我没话跟你说，"娜温妮阿说，"我们从法律上还有婚姻关系，但仅此而已。"

"我没有杀死你儿子。"他说。

"你也没救他。"她回答。

"我爱你。"安德说。

"仅限于你在这方面的有限能力，"她说，"而且只在你照看完所有人以后那一丁点时间里。你觉得你是某种守护天使，要为全宇宙负责，而我需要你做的只是为我的家庭负责。你擅长爱数以万亿计的人，但不太擅长爱几十个人。爱一个人更是彻头彻尾地失败。"

她的评价很苛刻，他清楚这并非事实，但他不是来吵架的。"回家吧，"他说，"你爱我，也需要我，正如我需要你。"

"这儿现在就是我的家，我不再需要你或任何人了。如果你来这儿只是为了说这些，那你就是在浪费我和你的时间。"

"不，不止这些。"

她等着他说下去。

"实验室里的文件你全都封起来了，在德斯科拉达毁灭我们所有人之前，我们必须找到处理它的手段。"

她的笑容里带着令人畏缩的怨恨。"你干吗用这种事来打扰我？简可以绕过我的密码，不是吗？"

"她没这么做过。"他说。

"她肯定是想照顾我的感受，但她能办到，对吧？"

"也许吧。"

"那就让她去做吧。你现在只需要她了。有她的时候，你从来都不需要我。"

"为了成为你的好丈夫，我努力过了。"安德说，"我没说过自己能保护你不受任何伤害，但我已经尽了全力。"

"如果你尽了全力，我的伊斯特万就不会死。"

她转过身，堂娜·克里斯蒂护送她回到学校。安德目送她的背影，直到她绕过一处转角，然后转身离开学校。他不确定自己要去哪儿，只知道自己必须到那儿去。

"抱歉。"简轻声说。

"是啊。"他说。

"等我消失以后，"她说，"娜温妮阿也许会回到你身边。"

"如果我有能力阻止，就不会让你消失。"他说。

"但你阻止不了，他们会在几个月内关闭我。"

"闭嘴。"他说。

"这是事实。"

"闭上嘴，让我思考。"

"怎么，你现在准备拯救我了？你最近扮演救世主的记录不怎么好看。"

他没有回答，而她整个下午也没有再说一句话。他信步走出城镇大门，但没去森林，反而把下午的时间花在草地上，独自在炽热的阳光下漫步。

有时候他在思考，试图解决仍笼罩在他头顶的种种问题：前来对付他们的舰队、简的关闭日期、德斯科拉达摧毁卢西塔尼亚人类的不断尝试、战争制造者在全宇宙散播德斯科拉达的计划，还有城市内部如今的严峻局势：虫族女王始终在围栏那边监视，为了进行那种严苛的忏悔，他们又必须拆掉自己住宅的墙壁。

　　有时候他会几乎放空头脑，站在、坐在或者躺在草地里，麻木到无法哭泣。她的面容从记忆中掠过，他的嘴唇、舌头和牙齿念出她的名字，无声地恳求她，明白就算他发出声音，就算他高声大喊，就算能让她听到，她也不会回应。

　　娜温妮阿。

CHAPTER

13

自由意志

我们之中有人觉得人类应该停止研究德斯科拉达。德斯科拉达是我们生命循环的核心。我们担心他们会找到方法杀死全世界的德斯科拉达，让我们在一个世代后灭亡。

如果你们找到办法阻止人类研究德斯科拉达，他们肯定会在几年之内灭亡。

德斯科拉达有那么危险吗？他们干吗不像过去那样抑制它？

因为德斯科拉达不是按照自然法则那样随机突变的。它是在凭借智慧自我适应，以便摧毁我们。

我们？包括你们？

我们也一直在和德斯科拉达对抗——不像人类那样在实验室里，而是在我们体内。在我产卵前，有一个阶段就是做好准备，让他们的身体制造度过一生需要的全部抗体。每当德斯科拉达改变自身时，我们就会知道，因为工虫会开始死去。然后我的卵巢附近的一个器官就会制造新抗体，我们也会生出能对抗改进型德斯科拉达病毒的新工虫。

所以你们也想摧毁它。

不，我们的应对完全是下意识的。这个过程发生在虫族女王的身体里，不存在有意识的干涉，我们所能做的无非是面对眼前的危险。我们的免疫器官比人类身体里的那些更有效率，适应力也更强，但从长远来看，如果不摧毁德斯科拉达病毒，我们就会遭受和人类相同的命运。区别在于，如果我们被德斯科拉达消灭，宇宙中就没有其他虫族女王能维持物种存续了。我们是最后一批。

你们的情况比他们还要绝望。

而且我们更缺乏影响它的能力。我们的生物科学技术仅止于简单的畜牧学。我们的天生手段在对抗疾病时太有效率，所以我们和人类不同，没有理解生命并加以控制的动力。

所以事实就是这样吗？要么我们被毁灭，要么你们和人类被毁灭。如果德斯科拉达继续存在，就会杀死你们；如果它不再存在，我们就会死。

这是你们的世界，德斯科拉达在你们的身体里。如果它需要在你们和我们之间选择，幸存下来的会是你们。

这只是你们的看法，我的朋友。人类会怎么做呢？

如果他们有能力毁灭德斯科拉达，而这种方法会同时毁灭你们，我们就会禁止他们使用。

禁止？人类什么时候服从过别人？

我们只会在有能力事先阻止的时候宣布禁止。

噢。

这是你们的世界，安德也清楚。如果有别的人类忘记，我们会提醒他们的。

我有另一个问题。

问。

那些想把德斯科拉达传遍宇宙的家伙，比如战争制造者，你们也会禁止他们吗？

他们不可以把德斯科拉达带去已经存在多细胞生物的世界。

但这正是他们打算做的。

他们不可以。

但你在给我们造星际飞船。只要他们控制住其中一艘飞船，就可以去想去的地方了。

他们不可以。

所以你们会禁止？

我们只会在有能力事先阻止的时候宣布禁止。

那你们为什么还要造这些飞船？

人类舰队要来了，还带着能摧毁这个世界的武器，安德肯定他们会使用。难道我们应该和他们勾结，把你们的全部基因遗传留在这颗行星上，让他们用仅仅一件武器就彻底毁灭你们吗？

所以你给我们造飞船的时候，很清楚我们中有人会用它来破坏。

你们通过星际飞行去做什么都由你们自己负责。如果你们和生命作对，那么生命就会成为你们的敌人。我们提供星际飞船的对象是你们的物种，然后你们整个物种再决定谁能离开卢西塔尼亚，谁不能。

战争制造者的势力很有可能占大多数，然后他们就能做出全部决定。

所以，应该留给我们评判和断定人类是否有权消灭你们。也许战争制造者是对的，也许人类才该被消灭。我们有什么资格在你们之间做裁判？他们有他们的分子瓦解设备，你们有德斯科拉达，双方都有摧毁对方的能力，两个物种都能犯下骇人的罪行，但物种中又都有许多成员不可能故意犯下这种罪恶，也有资格活下去。我们不会选择。我们只会制造飞船，让你们和人类去决定彼此的命运。

你们可以帮助我们。你们可以禁止战争制造者的势力进入飞船，只和我们打交道。

那样的话，你们之间就会发生一场真正可怕的内战。你们想要纯粹因为分歧就毁灭他们的基因吗？那样的话，谁才是怪物和罪犯？如果你们双方都同意另一方彻底灭亡，我们又该怎么评判？

那我就不抱希望了，总有一方会被毁灭。

除非人类科学家能找到改变德斯科拉达的方法，让你们能作为物种生存下来，又让德斯科拉达失去杀戮的能力。

这怎么可能？

我们不是生物学家。如果有这种可能，那也只有人类能办到。

那我们就不会阻止他们研究德斯科拉达，我们必须帮助他们。就算他们几乎摧毁了我们的森林，我们也别无选择，只能帮助他们。

我们早知道你们会得出这个结论。

是吗？

因为你们有做出正确判断的能力，所以我们才会给坡奇尼奥制造星际飞船。

卢西塔尼亚舰队恢复通信的消息在道之星的通神者之中传开以后，他们开始拜访韩非子的宅邸，向他表示敬意。

"我不会见他们。"韩非子说。

"您必须见他们，父亲。"韩清照说，"对于这样伟大的成就，接受他们的致敬才是得体的。"

"那我就去告诉他们，这些全都是你做的，和我没有丝毫关系。"

"不！"清照喊道，"您不能这么做。"

"我还会告诉他们，我认为这是严重的罪行，会导致一个高贵灵魂的死。我会告诉他们，道之星的通神者是残忍而恶毒的星际政府的奴隶，而我们必须尽全力去毁灭议会。"

"别让我听这些！"清照喊道，"您绝对不能跟别人说这种话！"

事实也确实如此。司王母在角落里看到，这对父女各自开始了净化仪式，韩非子是因为说出如此叛逆的话，韩清照则是因为听到了这些话。韩非子大师绝对不会对别人说这些话，因为就算他说了，他们也会看到他立刻去净化自我，然后视为众神否认他的说辞的证据。那些议会雇来创造通神者的科学家，他们的工作的确很出色，王母心想，就算知道了真相，韩非子也无能为力。

于是清照接见了所有来访的人，又代表父亲优雅地接受了他们的赞扬。王母在接待最初几位访客时陪伴在旁，但她听着清照反复描述她和父亲怎样发现栖身于安塞波网络里的电脑程序，又是以怎样的方式摧毁它，最后无法忍受了。知道清照不相信自己在谋杀是一回事，让王母听她吹嘘如何达成谋杀又完全是另一回事。

　　清照的确在吹嘘，但只有王母清楚。清照始终把功劳都推到父亲身上，但王母知道这件事完全是清照独力完成，所以她明白，当清照用"不负众神所望"来形容这份成绩时，她其实是在夸自己。

　　"请别再强迫我留下来听这些了。"王母说。

　　清照盯着她看了片刻，审视着她，冷冷地回答："想走就走吧。我看得出来，你仍旧是我们敌人的俘虏，我不需要你了。"

　　"当然，"王母说，"您有众神了。"但说出这句话的同时，她没能压下语气里苦涩的讽刺。

　　"你不相信众神，"清照尖刻地说，"这是当然的，毕竟众神从来没跟你说过话，你凭什么相信他们呢？我解除你的贴身侍女身份，毕竟这就是你所希望的，回你家去吧。"

　　"如众神所愿。"王母说。这次提到众神时，她完全不打算掩盖话语里的怨恨。

　　等她离开宅邸，走在路上，穆婆跟了过来。由于穆婆又老又胖，她没可能步行追上王母。于是她骑了一头驴子，又用脚踢驴腹，催促它加速，这一幕看起来很滑稽。驴子、轿子，还有那些服饰，通神者真觉得这些造作的东西能让他们更神圣吗？为什么不直接乘坐飞行器和悬浮车，就像其他星球上的普通人那样？这么一来，穆婆就不用羞辱自己，在那头忍受她体重的牲畜背上颠簸了。为了尽可能减少她的尴尬，王母转头应向了穆婆。

　　"韩非子大师命令你回去。"穆婆说。

　　"告诉韩大师，我感谢他的好心，但我的女主人解雇了我。"

　　"韩大师说清照小姐有权解雇你的贴身侍女身份，但不能把你

300

赶出他的宅子。你的合同是和他签下的，不是清照小姐。"

的确如此，王母没想过这点。

"他恳求你回去，"穆婆说，"他让我这么说，这样就算你不肯服从权威回去，也会出于善心回去。"

"告诉他，我会照办的。他不该恳求我这样身份低微的人。"

"他会很高兴的。"穆婆说。

王母走在穆婆的驴子旁边。她们走得很慢，这让穆婆和那头驴子都轻松了很多。

"我从没见过他这么坐立不安，"穆婆说，"也许我不该告诉你的，但我提到你离开宅子的时候，他几乎发了狂。"

"是因为众神跟他说话了吗？"如果韩大师叫她回去只是因为他头脑里的奴隶主出于某种理由提出了要求，那就太让人难过了。

"不，"穆婆说，"完全不是。不过当然了，我也没见过众神和他说话的样子。"

"当然。"

"他只是不希望你离开而已。"穆婆说。

"我最后恐怕还是会离开，"王母说，"但我乐意向他说明为什么我对韩家已经完全没用了。"

"噢，当然。"穆婆说，"你一直都很没用，但这不代表你是不必要的。"

"这话什么意思？"

"幸福取决于有用的事物，也同样取决于没用的事物。"

"这是哪位古代大师说过的话吗？"

"这是个骑着驴子的胖老太婆说过的话，"穆婆说，"可别忘了。"

等到韩非子的房间里只剩下他和王母的时候，他没有表现出穆婆提到的焦虑。

"我和简谈过了，"他说，"她认为既然你同样知道她的存在，也相信她不是众神的敌人，你留下来更好。"

"所以我现在的主人是简？"王母问，"我要当她的贴身侍女吗？"

王母没打算出言讽刺，成为非人类存在的仆人这个概念让她很感兴趣，但韩大师的反应却像在安抚受到冒犯的人。

"不，"他说，"你不该做任何人的仆人，你的表现既勇敢又可敬。"

"可您叫我回来是为了履行合同。"

韩大师低下了头。"我叫你回来，是因为只有你知道真相，如果你离开，我在这个家就是孤单一人了。"

王母几乎脱口而出：您的女儿在这儿，您怎么可能孤单呢？直到几天前，这么说都算不上残忍，因为韩大师和清照小姐既是父女，又像朋友那样亲密。但现在，他们之间的屏障已经无法逾越了。在清照生活的世界里，她是大获全胜的众神仆人，正在耐心应对自己父亲暂时的疯狂。在韩大师生活的世界里，他的女儿和整个社会都是暴虐的议会的奴隶，只有他知晓真相。有了彼此间这条既宽又深的鸿沟，他们还怎么可能对话呢？

"我会留下，"王母说，"只要能帮上您的事，我都会做。"

"我们会互相帮助，"韩大师说，"我女儿承诺会教你知识，我会继续这么做。"

王母把额头贴向地板。"我配不上这样的善意。"

"不，"韩大师说，"我们现在都知道真相了。众神不会和我说话，你也不需要向我跪拜。"

"我们还得在这个世界生活下去，"王母说，"我会以面对德高望重的通神者的态度对待您，因为世人都觉得我会这么做。您也必须以对待仆从的方式对待我，理由相同。"

韩大师的表情苦涩地扭曲了。"世人还觉得我这个年纪的男人将女儿的仆人转到自己名下就是为了满足肉欲，难道我们要按照世人的所有看法去做吗？"

"您天生就不是会这样利用权势的人。"王母说。

"我天生也不是会眼看着你羞辱自己的人。在我得知那种折磨的真相之前，我会接受他人的敬意，因为我相信那种敬意的对象是众神，不是我。"

"这的确是事实。那些相信您是通神者的人，他们的敬意是献给众神的，而那些不诚实的人才是为了讨好您。"

"但你很诚实，你也不相信众神会对我说话。"

"我不知道众神会不会对您说话，也不知道他们有没有、能不能和任何人说话。我只知道众神不会要求您或任何人做那些荒谬而羞辱性的仪式，那是议会强加给你们的。但您必须继续这些仪式，因为您的身体需要。请允许我继续这种羞辱的仪式，因为这是我这种地位的人在这世上所必要的。"

韩大师严肃地点点头。"你的聪慧超越了你的年纪和受教育程度，王母。"

"我是个非常愚蠢的女孩，"王母说，"如果我有智慧，就会求您把我送到尽可能远的地方。和清照待在同一个屋檐下，现在对我而言很危险，尤其是在她发现我能接近您她却不能的时候。"

"你说得对，我要求你留下真的很自私。"

"是的，"王母说，"可我还是会留下。"

"为什么？"韩大师问。

"因为我没法再回到从前的生活了。"她回答，"如今的我对世界和宇宙、对议会和众神了解了太多，如果我回到家里，假装自己还是从前那样，那我这一生都会在口中品尝到毒药的味道。"

韩大师庄严地点点头，但随即露出笑容，又很快大笑起来。

"您为何要笑话我，韩大师？"

"我在笑，是因为我觉得你从来就不是过去的你。"

"这话是什么意思？"

"我觉得你一直都在伪装，也许你甚至骗过了自己，但有件事可以确定：你从来都不是个普通女孩，你本来也不会度过平凡的一生。"

王母耸耸肩。"未来是多到数不清的线，但过去却是无法重新编结的织物。也许我可以满足于现状，也许不能。"

"所以我们才会在这儿，我们三个都是。"

直到这时，王母才转过头去，发现房间里并不只有他们。在显示屏上方的空气里，她看到简的脸在对她微笑。

"你能回来，我很高兴。"简说。

有那么一瞬间，简的出现让王母武断地得出了满怀希望的结论。"所以你没死！他们放过了你！"

"按清照的计划，本来我现在也不会死。"简回答，"她摧毁我的计划正在顺利进行，我也毫无疑问会在预定的那天死去。"

"既然你的死亡已经安排好了，"王母问，"你又为什么要来这栋屋子？"

"在我死前，我有很多事要完成，"简说，"包括找到存活方法的渺茫可能性，道之星碰巧又存在成千上万智商平均值远超其他人类的人。"

"那只是因为议会的基因操纵。"韩大师说。

"的确，"简说，"严格来说，道之星的通神者甚至不能算是人类。你们是另一个物种，议会创造和奴役你们是为了面对其他人类时具备优势。但碰巧这个新物种的一位成员摆脱了议会，得到了某种程度的自由。"

"这算是自由？"韩大师说，"此时此刻，我对净化自身的渴望也几乎难以抵挡。"

"那就不要抵挡了。"简说，"你扭来扭去的时候，我一样可以跟你说话。"

韩大师几乎在同时开始甩动手臂，在空气里扭动，开始他的净化仪式。王母转过脸去。

"不用这样，"韩大师说，"让你看到这些不会让我羞愧。我是个残疾人，仅此而已。如果我少了一条腿，我最亲密的朋友对我的残肢也不会顾忌。"

王母领会了他话里的智慧，于是不再对他的苦难避而不见。

"就像我说的，"简说，"碰巧这个新物种的一位成员摆脱了议会，得到了某种程度的自由。我希望你们能伸出援手，协助我完成剩下这几个月里要做的事。"

"我会尽我所能。"韩大师说。

"如果我能帮得上忙，我会的。"王母说。这句话说出口，她才发现自己的提议有多么荒谬。韩大师是通神者之一，是那些拥有超卓才智的人之一。但他们都没有嘲笑她的提议，简也很有风度地接受了。这样的善意再次向王母证明简是活物，不是模拟出来的。

"请允许我告诉你，我希望解决的那些问题。"

他们侧耳聆听。

"如你们所知，我最亲密的朋友都在卢西塔尼亚星上，正在遭受舰队的威胁。我很有兴趣阻止那支舰队，以免它造成不可挽回的伤害。"

"现在，我相信他们已经接到了使用'小大夫'的指令。"韩大师说。

"噢，是的，我知道。我关心的是如何阻止那项指令发挥效力，进而毁灭卢西塔尼亚星的人类，外加另外两个异族。"然后简跟他们说了虫族女王的事，还有虫族是如何再次生活在宇宙里的，"虫族女王已经在制造星际飞船了，她把自己逼到了极限，只为了在舰队抵达前尽可能多造几艘，但她能造好的部分最多只能拯救卢西塔尼亚居民的极小一部分。虫族女王可以离开，或者送走另一个分享了她全部记忆的女王，至于工虫能否一起离开，对她来说无关紧要。但坡奇尼奥和人类就没有这种自给自足的能力了。我想救下所有人，尤其是因为，除非所有人类和坡奇尼奥都能得到拯救，我最亲密的朋友们肯定会拒绝离开卢西塔尼亚。他们其中一位是死者代言人，另一位是受过脑损伤的年轻人。"

"这么说，他们是英雄？"韩大师问。

"他们都不止一次证明过自己是英雄。"简说。

"我不确定人类种族里是否还存在英雄。"

司王母没有说出内心的那句话：韩大师本人就是位英雄。

"我在搜索所有可能性，"简说，"但一切都会得出不可能的结论，至少人类在超过三千年里是这么相信的。如果我们能打造出超光速旅行的飞船，再以安塞波在不同星球间发送信息的速度航行，那么就算虫族女王只造出十来艘星际飞船，也能轻松赶在舰队抵达前将卢西塔尼亚的居民送去别的行星。"

"如果你真能制造出那种飞船，"韩非子说，"你就能制造出自己的舰队，在卢西塔尼亚舰队伤害他人之前摧毁它。"

"噢，但这是不可能的。"简说。

"你能设想超光速旅行，却没法想象摧毁卢西塔尼亚舰队？"

"噢，我能想象，"简说，"但虫族女王不会造这种飞船的，她告诉过我的死者代言人朋友安德鲁——"

"华伦蒂的弟弟，"王母说，"他也活着？"

"虫族女王对他说过，她永远不会出于任何理由制造武器。"

"就算是为了拯救她自己的物种？"

"她只会拿走自己离开星球需要的那艘飞船，其他人分到的飞船也足够拯救她的物种。她对此很满意，没必要杀死任何人。"

"但如果议会得逞，会有数百万人丧生！"

"那就是他们的责任了。"简说，"至少安德鲁对我说，他提到这件事时，虫族女王就是这么回答的。"

"这种道德推理方式也太奇怪了吧？"

"你忘了她最近才发现另一种智慧生命又险些将之毁灭的事。那种智慧生命差点儿毁灭了她，但几乎犯下屠异罪行的事实对她的道德推理产生了深远的影响。她没法阻止别的物种，但她能确保自己不这么做。她只会进行维持物种所必要的杀戮。既然还有别的希

306

望，她就不会建造战舰。"

"超光速旅行，"韩大师说，"这就是你唯一的希望？"

"这是我能想到的唯一可能的方法。至少我们知道，宇宙里是有东西比光更快的——信息通过核心微粒射线从一台安塞波主机传递到另一台时，不会耗费可检测的时间。卢西塔尼亚星上有一位才华出众，眼下又碰巧被关在监狱里的年轻物理学家，他正在夜以继日地研究这个问题，我会为他完成所有计算和模拟。此时此刻，他正在检验关于核心微粒本质的一种假设，他运用的模型非常复杂，为了运行那个程序，我必须挪用将近一千所不同大学的电脑时间。希望是存在的。"

"只要你还活着，希望就存在。"王母说，"等你不在了，谁还能帮他做这些大规模实验？"

"所以眼下的情况非常紧迫。"简说。

"你需要我做什么？"韩大师问，"我不是物理学家，在几个月里能学会的东西也不可能发挥作用。如果真有人能做到，也就是你那位监狱里的物理学家了，或者你自己。"

"每个人都需要一位不偏不倚的评论家来对他说：'你想过这点没有？'甚至是：'别再走那条死胡同了，换个思路吧。'这就是我需要你们做的。我们会向你们汇报工作，你们仔细检查，然后畅所欲言。谁知道你们的哪句话会促使我们找到答案呢？"

韩大师点点头，承认了这种可能性。

"我在研究的第二个问题更棘手，"简说，"无论我们能否实现超光速旅行，某些坡奇尼奥都会得到星际飞船，然后离开卢西塔尼亚星。问题在于，他们体内携带了有史以来最阴险、最可怕的病毒，能够摧毁接触到的每一种生命形式，只有少数会被扭曲为某种畸形的共生生命，完全依靠那种病毒而存在。"

"德斯科拉达病毒，"韩大师说，"有些人为舰队出发时带上了'小大夫'辩护，这就是理由之一。"

"这种理由也许不无道理。按照虫族女王的观点，在两种生命形式之间做选择是不可能的，但就像安德鲁经常向我指出的，人类不存在这个问题。如果在人类的生存和坡奇尼奥的生存之间做选择，他会选择人类。所以为了他，我也会这么选。"

"我也是。"韩大师说。

"我向你保证，坡奇尼奥也同样会选择自己。"简说，"就算不在卢西塔尼亚，另外某个地方也会出于某种原因诞生一场可怕的战争。人类会使用分子瓦解设备，坡奇尼奥会使用德斯科拉达作为终极生物武器。两个物种很可能会彻底毁灭彼此，所以我迫切需要找到德斯科拉达的替代病毒，让它具备坡奇尼奥的生命循环需要的所有功能，又完全没有掠夺和自我适应的能力，也就是那种病毒的选择性惰性形式。"

"我还以为抑制德斯科拉达病毒的方式有好些种，卢西塔尼亚的居民不是会在饮用水里加入药物吗？"

"德斯科拉达在不断理解药物，然后加以适应，就像连环赛跑。德斯科拉达迟早会赢下一场，然后就不会再有人类和它比赛了。"

"你的意思是，这种病毒有智慧？"王母问。

"卢西塔尼亚星的一个科学家也这么认为，"简说，"那是位名叫科尤拉的女性，而其他人不同意。但病毒的表现确实像是有智慧，至少在让自身适应环境的变化以及改造其他物种来满足自身需要时是这样。我个人认为科尤拉是正确的。我认为德斯科拉达是个智慧物种，有自己的语言，能在非常短的时间里将信息从星球的一面传到另一面。"

"我不是病毒学家。"韩大师说。

"可如果你能查阅埃拉诺娜·希贝拉·冯·海塞进行的研究——"

"我当然会去查阅。我只希望能有你那样的信心，觉得我能帮得上忙。"

"然后是第三个问题，"简说，"也许是其中最简单的那个：道之星的通神者。"

"噢，是啊，"韩大师说，"你的毁灭者。"

"不是你们自愿的，"简说，"我不恨你们。但有件事是我在死前想亲眼看到完成的：设法改造你们修改过的基因，至少让下一代摆脱那种故意诱发的强迫症，同时维持那种超卓的智慧。"

"你要上哪里去找那种基因科学家，愿意研究议会必定会视为叛变的内容？"韩大师问。

"如果你希望别人做出背叛行为，"简说，"在已知的叛徒里去找才是最佳选择。"

"卢西塔尼亚。"王母说。

"是的。"简说，"在你们的帮助下，我可以把这个问题交给埃拉诺娜。"

"她不是在研究德斯科拉达问题吗？"

"没人能用所有醒着的时间研究同一件事。这可以让她换换口味，或许还能让她更加精神饱满地研究德斯科拉达。另外，你们道之星的问题是相对容易解决的。说到底，你们的改造基因最初是为议会工作的正常基因学家创造出来的。唯一的阻碍在于政治，而非科学。对埃拉来说，这应该是小菜一碟。她已经告诉我该从哪里着手了。我们需要几种组织样本，至少开始的时候需要。找一位医药技术人员，对这些样本进行分子级别的电脑扫描。我可以接管机器，直到扫描期间得出的数据满足埃拉诺娜的需要，然后再将基因数据传输给她。就这么简单。"

"你需要谁的组织样本？"韩大师问，"我不太可能要求来这里的访客都给我一份样本。"

"事实上，我觉得你可以，"简说，"来来去去的人有那么多。你知道的，死皮我们也用得上，甚至排泄物和尿液样本也可能包含体细胞。"

韩大师点点头。"这样的话，可以。"

"如果需要排泄物样本，就让我来。"王母说。

"不，"韩大师说，"只要能帮上忙，我愿意做任何必要的事，就算是亲自动手。"

"您？"王母问，"我自告奋勇是因为我担心您会要求别的仆人去做，让他们承受羞辱。"

"我不会再要求别人去做那些卑微而低贱、连我自己都不愿意做的事了。"韩大师说。

"那我们就分工合作吧。"王母说，"请别忘记，韩大师，您能在阅读和回应报告方面帮上简，而我只能在体力工作方面起到作用。不要坚持去做我能做的事了，您应该把时间花在只有您能做的事上。"

没等韩大师回答，简就插嘴道："王母，我希望你也读报告。"

"我？可我没受过什么教育。"

"没关系。"简说。

"我甚至看不懂。"

"那样的话，我会解释给你听。"韩大师说。

"这样不对，"王母说，"我不是清照。这是她能做的事，不适合我。"

"在最终导致清照发现我的过程中，我一直在观察你和清照。"简说，"许多关键的见解都来自你，司王母，而非来自清照。"

"来自我？我甚至没试过——"

"你没有尝试。你观察，你在脑海里串联线索，你提出问题。"

"那些都是蠢问题。"王母说，但她的内心雀跃不已：总算有人发现了！

"那些都是专家不可能提出的问题，"简说，"但正是这些问题将清照导向了她最为重要的概念突破。你也许不是通神者，王母，但你同样是有天赋的。"

"我会阅读报告，给出回应，"王母说，"但我也会收集组织样

310

本，所有的组织样本，让韩大师不需要跟那些通神者宾客说话，听他们赞扬他没有做过的可怕行为。"

韩大师仍然反对。"我拒绝认为你——"

简打断了他的话。"韩非子，请三思。作为仆人，王母是隐形的。作为一家之主，你的不起眼程度堪比操场上的老虎，你无论做什么都不可能避人耳目。就让王母做她最擅长的事吧。"

真是至理名言，王母心想，可如果每个人都该做自己最擅长的事，你又为什么要求我跟进那些科学家的工作？ 但她保持了沉默。简让他们从采集自己的组织样本开始，接着王母开始从家里的其他地方收集样本，并在梳子和没洗的衣服上找到了绝大部分。仅仅几天之内，她就弄到了十来位通神者访客的样本，同样取自他们的衣物。到头来她不用采集排泄物样本，虽说有必要的话她是愿意的。

不用说，清照注意到了她，但对她视而不见。清照冷漠的对待让王母很受伤，毕竟她们曾经是朋友。王母也仍旧喜爱她，至少是喜爱这场危机发生前的那个清照。但王母无论说什么、做什么，都不可能修复她们之间的友谊。她已经和清照分道扬镳了。

王母谨慎地将所有组织样本分开存放，贴上标签。但她没有去找医药技术人员，而是选择了更简单的做法。她穿上清照的几件旧衣服，打扮得像是通神者学生而非年轻侍女，然后去了附近的大学，说自己正在研究一个不能泄露内容的项目，因此谦卑地请求他们扫描她带来的组织样本。正如她的预料，他们没对年轻的通神者问东问西，尽管她完全是个陌生人。他们反而运行了分子扫描，王母只能假设简做到了承诺的事，接管了那台电脑，又为扫描内容加入了埃拉需要的所有操作。

在从大学回家的路上，王母丢掉了收集来的所有样本，又烧毁了大学给她的报告。简已经拿到了需要的数据，没必要冒那种让清照或者宅子里某个受雇于议会的仆人发现韩非子在进行生物学实验的风险。至于被人发现仆人司王母就是那个拜访大学的年轻通神者，这种可能性根本不存在。想要寻找某个通神者女孩的人，不可能多她看这样的仆人一眼。

"所以你失去了自己的女人，和我一样。"米罗说。

安德叹了口气。米罗偶尔会有心情和人聊天，又因为他的怨恨始终藏在表面之下，他的发言往往会直入主题，又相当不留情面。安德不会介意他的多嘴——恐怕只有他和华伦蒂能耐心聆听米罗迟缓的话语，又不显露出希望他加快速度的痕迹。大部分时间里，米罗压抑的想法都没有表达的机会，如果只因为他不够圆滑就让他闭嘴，那就太残忍了。

安德不喜欢被人提醒娜温妮阿离开他的事实。在研究其他问题时，他会努力把相关念头赶出脑海，大部分时间用于思考让简存活的方法，还有一点点时间用来研究别的问题。但听到米罗的话，那种疼痛、空虚又带着恐慌的感受回来了。她不在这儿。就算我说话，也不会听到她的回答；就算我提出问题，也没法让她帮忙回想；就算我伸出手，也不能触碰到她的手。最可怕的一点是：也许永远都不能了。

"我想是的。"安德说。

"你也许不觉得这两件事能等同。"米罗说，"毕竟，她做了你三十年的妻子，而欧安达当我女友只有大概五年，但那是因为你是从青春期算起的。从我小时候，她就是我的朋友，我除了埃拉之外最亲密的朋友。所以，如果你思考一下，就会发现我的大半人生都是和欧安达共度的，而你和母亲只度过了半生而已。"

"这下我感觉好多了。"安德说。

"别对我发火。"米罗说。

"别惹我发火。"安德说。

米罗笑出了声，笑得有点儿太响了。"生气了，安德鲁？"他咯咯笑着说，"有点儿恼火？"

安德忍无可忍了。他转过椅子，将目光从终端上转开。他正在研究安塞波网络的简化模型，试图想象简的灵魂可能藏在那种随机栅格的哪个位置。他就这么一直盯着米罗，直到他停止大笑为止。

"我像这样冒犯过你吗？"安德问。

米罗脸上的愤怒多过窘迫。"也许我需要你冒犯一下，"他说，"你这么想过没有？你们总这么礼貌，全都这样。让米罗保持尊严吧，让他自己胡思乱想到发疯吧，只要别跟他提起他的遭遇就好。你们有没有想过，我需要有人偶尔拿我开个玩笑？"

"你有没有想过，我不需要？"

米罗再次大笑起来，但这次的笑声来得迟了一些，也柔和了些。"一针见血。"他说，"你对待我的方式，就是你悲伤时希望别人对待你的方式。现在我是在用我喜欢的方式对待你，我们是在给彼此开自己的药方。"

"你母亲和我没有离婚。"安德说。

"让我告诉你一件事吧，"米罗说，"这是我二十来年的人生总结出的智慧：等你开始在内心承认自己永远没法让她回心转意，承认她从此可望而不可即的时候，你会好受很多。"

"欧安达才是可望而不可即，娜温妮阿不一样。"

"她在基督圣灵之子教会。那是个女修道院，安德鲁。"

"不对，"安德说，"那是个只有已婚夫妇才能加入的修道会。如果没有我，她是不能加入的。"

"所以，"米罗说，"只要你愿意加入圣灵之子，就能让她回心转意？我都能想象你打扮成修士的模样了。"

想到这里，安德不由得笑出了声。"分床睡觉，从早到晚祈祷，完全不碰彼此。"

"如果这就是婚姻，安德鲁，那欧安达和我早就结婚了。"

"这就是婚姻，米罗，因为基督圣灵之子教会的夫妇会协作共事。"

"这么说的话，你和我，我们也结婚了，"米罗说，"因为我们在一起努力拯救简。"

"只是朋友,"安德说,"我们只是朋友。"

"对手还差不多,简对待我们的态度就像是两个情人。"

米罗的口气像极了娜温妮阿对简的指控。"我们可算不上情人。"他说,"简不是人类,她甚至没有身体。"

"你说起话来可真有逻辑。"米罗说,"你不是刚刚才说你和母亲就算完全不碰对方,也仍然是夫妻吗?"

安德不喜欢这句类比,因为其中似乎包含了部分真相。娜温妮阿这么多年来对简的嫉妒是正确的吗?

"她名副其实地住在我们的脑袋里,"米罗说,"这是任何妻子都去不了的地方。"

"我一直觉得,"安德说,"你母亲嫉妒简,是因为她希望有人也能那么亲近她。"

"胡说八道,"米罗用葡萄牙语说,"胡言乱语。"然后他又说,"母亲嫉妒简是因为她渴望像简那样亲近你,但她从来都做不到。"

"你母亲不会,她太独立了。我们有过非常亲近的时候,但她每次都会把精力放到工作上。"

"就像你总是会把精力放到简那儿。"

"她这么跟你说过?"

"她没说得这么明白过,但你有时候在跟她说话,突然沉默下来,就算你特别擅长默念,你的下巴仍旧会有一点点动作,你的眼睛和嘴唇也会对简的话做出一点点反应。她能看到。你陪在母亲身边,然后突然之间就去了别的地方。"

"分开我们的不是这件事,"安德说,"是金的死。"

"金的死是最后一根稻草。如果不是因为简,如果母亲真的相信你的心和灵魂都属于她,她在金死去时就会向你求助,而非弃你而去。"

米罗说出了安德一直以来担心的事。一切都是自己的错,他从来都不是完美的丈夫，是他逼走了她。最可怕的地方在于，米罗说出口的时候，安德就明白那是事实。他本以为无法忍受的失落感突然在心中变成了两倍、三倍、无穷大倍。他感到米罗沉重而笨拙的手按在了他的肩头。

"以神为证，安德鲁，我可没想弄哭你。"

"只是碰巧。"安德说。

"这不全是你的错，"米罗说，"也不全是简的错。别忘了，母亲是个疯子，一直都是。"

"她童年时承受了太多悲伤。"

"她失去了所有自己爱的人，一个接一个。"米罗说。

"我又让她相信自己同样失去了我。"

"你能怎么做呢？和简断绝联系？你这么试过一次，记得吗？"

"区别在于，现在她有你。你不在这儿的时候，我本可以让简离开，因为她有你。我本可以减少和她说话的次数，让她和我保持距离。她应该会原谅我的。"

"也许吧，"米罗说，"但你没有。"

"因为我不想，"安德说，"因为我不想让她离开，因为我觉得自己能维持从前的友谊，同时仍旧当我妻子的好丈夫。"

"不只是简，"米罗说，"还有华伦蒂。"

"我想也是，"安德说，"所以我该怎么做？跑去加入圣灵之子，直到舰队来到这儿，把我们送去地狱？"

"你可以学习我的做法。"米罗说。

"你是怎么做的？"

"吸一口气，呼出去，再吸一口气。"

安德思索了片刻。"这我会，我都从小做到大了。"

片刻过后，米罗的手按在了他的肩上。所以我才应该有个亲生儿子，安德心想，能在小时候依靠我，等我老了以后让我依靠，但我自己播下的种子始终没能开花结果。我就像老马科斯，娜温妮阿

315

的第一任丈夫那样，被这些孩子围绕在中央，却清楚他们不属于我。区别在于，米罗是我的朋友，而不是敌人。这很重要。我也许是个差劲的丈夫，但我仍旧可以建立并且维持友谊。

"别再自怜，继续工作吧。"是简在他耳中说话，而且开口前等了很久，几乎久到让他甘愿接受她的嘲笑。几乎，但还不够久，因此她的打扰令他愤怒。他很愤怒，因为她一直在旁听和观察。

"你开始说胡话了。"她说。

你不明白我的感受，安德心想，你不可能明白，因为你不是人类。

"你以为我不明白你的感受。"简说。

他感觉到了短暂的晕眩，因为有那么一瞬间，他觉得她似乎听出了对话中某种深层次的含义。

"但我同样失去过你。"

安德默念道："但我回来了。"

"没完全回来，"简说，"再也不是从前那样了。于是你流下几滴自怜的泪水，觉得那些就像我流过的泪，然后我们就扯平了。"

"我都不知道自己干吗要费事救你。"安德无声地说。

"我也一样。"简说，"我一直都在告诉你，这是浪费时间。"

安德把目光转回终端。米罗留在他身边，看着显示屏上模拟的安塞波网络。安德不知道简在对米罗说什么，但他能肯定她在说话，因为他早就发现简可以同时进行多场对话。他总是忍不住想：简和米罗的关系就像简和他那么亲密，这点的确令他心烦。

他很想知道，两个人难道不能既相爱，又不拥有彼此吗？还是说那种领土意识深埋在我们的基因里，永远不可能摆脱？我的妻子、我的朋友、我的爱人。我无法容忍的那个电脑人格即将被我从未听过的那颗星球上患有强迫症的半疯天才女孩关闭。如果简不在了，我该怎么活下去？

安德放大显示画面。他反复放大，直到显示屏上只显示每个维度的几个秒差距。此时，模拟程序正在为网络的一小部分（外太空里仅仅五六根核心微粒射线的交错）建模。比起复杂密实的织物，这些核心微粒射线更像从数百万公里之外交错而过的随机线条。

"它们不会接触。"米罗说。

是的，完全不会。这是安德一直没能察觉的事。在他的脑海里，银河系是平的，就像星图那样，是以银河系的那条旋臂（人类从地球向外扩散的区域）为视角的俯视图。但它并不是平的。任意两颗恒星和另外两颗恒星都不会处在完全相同的平面上。连接飞船、行星和卫星的核心微粒射线是完美的直线，从安塞波主机到安塞波主机。在平面地图上，这些线似乎纵横交错，但在电脑显示的近距离三维图上，它们明显不会接触。

"她要怎么住在那种地方？"安德问，"她要怎么存在于那些除了端点没有任何联系的线条之间？"

"所以，也许她不住在那儿，也许她住在所有终端的电脑程序的总和里。"

"那样的话，她可以躲回所有那些电脑里，然后——"

"没有然后了。她没法把自己放回去，因为他们会用完全干净的电脑运行安塞波。"

"他们不可能一直这样，"安德说，"让不同星球上的电脑通话太重要了。议会很快就会发现，就算让目前存在的全部人类花上一年时间手动输入，能够送出的信息也比不上安塞波一个钟头发送的总量。"

"所以她只要藏起来，等待时机？等五年或者十年后找到机会，就偷偷溜进去恢复自己？"

"如果她真的只是个程序的集合体。"

"她肯定不只是这样。"米罗说。

"为什么？"

"因为如果她仅仅是程序的集合体，就算具有自我编写和自我修改的能力，也终究是由某处的某个程序或者一组程序制造出来

317

的。这样的话，她就只能按照程序最开始的要求去行动，没有自由意志，只是提线木偶，不是人。"

"噢，说起这个，也许你对'自由意志'的定义太狭隘了。"安德说，"人类不也是由我们的基因和环境'编程'出来的吗？"

"不。"米罗说。

"不？"

"我们的核心微粒联系表明了不是这样，因为我们能凭自己的意志建立关系，这是地球上其他形式的生命都做不到的。我们拥有的某种东西，我们的某种本质，完全来自我们自己。"

"你是说我们的灵魂？"

"甚至不是灵魂，"米罗说，"因为神父们说是神创造了我们的灵魂，这就代表我们接受木偶师的操纵。如果是神创造了我们的意志，他就要为我们做出的所有选择负责。神、我们的基因、我们的环境，或者某个愚蠢的程序员在古代终端输入的代码——如果我们作为个体是某种外因造就的，那么自由意志就不可能存在。"

"所以，我没记错的话，官方认可的哲学答案就是自由意志并不存在。只有自由意志的幻象，因为我们行为的起因太过复杂，无法追溯。如果你让一排多米诺骨牌接连相撞和倒下，你就可以说：瞧啊，这些骨牌倒下是因为有人推了那一下。但如果你有无穷多的多米诺骨牌，又能朝无穷多的方向追溯，就永远找不到因果链的起点。于是你觉得，这些骨牌倒下是出于它自己的意愿。"

"胡言乱语。"米罗说。

"好吧，我承认这套哲学理论没有实际价值。"安德说，"华伦蒂曾经跟我解释过。就算没有所谓的自由意志，为了共同生活，我们必须以'自由意志存在'为前提对待彼此。因为不这样的话，如果有人做了坏事，你就不能惩罚他，因为他身不由己，他的基因或者他的环境或者神强迫他这么做；如果有人做了好事，你也不能尊敬他，因为他同样是个牵线木偶。如果你觉得周围所有人都是木偶，那何必跟他们说话呢？何必再制订计划、创造东西？因为你的任何计划、创造、渴望或者梦想，都只是在遵照那位木偶师为你内置的脚本。"

"绝望。"米罗说。

"所以我们把自己和周围所有人想象成有意志的造物。我们对待他人的态度就像他们做事时怀有明确目的，而非被外力推动。我们惩罚罪犯，我们奖励利他主义者，我们会一起安排和建造事物。我们做出承诺，希望彼此都能遵守。这些全是编造出来的故事。但只要每个人都相信所有人的行动都是自由选择，且承担和授予相应的责任，就能得到文明的成果。"

"这只是个故事。"

"华伦蒂是这么解释的，前提是自由意志不存在。我也不清楚她自己信不信。我的猜测是，她会说自己是文明人，因此必须相信这个故事，这么一来，她就会坚信自由意志存在，认为这套'编出来的故事'全是胡扯。但就算那套说法是真的，她也会相信自由意志，所以我们没什么可怀疑的。"

接着安德大笑起来，因为华伦蒂多年前对他说这番话时同样放声大笑。当时他们的童年才刚结束不久，而他在创作关于霸主的文章，试图理解他哥哥彼得为什么能同时做出那些伟大和可怕的事来。

"这不好笑。"米罗说。

"我当时也这么觉得。"安德说。

"我们要么是自由的，要么不是。"米罗说，"这故事要么是真的，要么不是。"

"重点在于，想作为文明人生活下去，我们就必须相信它是真的。"安德说。

"不，这根本不是重点，"米罗说，"因为如果这是谎言，我们干吗还要费神去过文明人的生活？"

"因为这样物种生存的可能性更高。"安德说，"因为我们的基因要求我们相信，从而提高我们将基因继续传播的能力；因为任何不相信的人都会以没收益且不合作的方式行动，最终被社会、群体排斥，繁殖的可能性减少（比方说，他会被关进监狱），导致怀疑的基因最后不复存在。"

"所以木偶师需要我们相信我们不是木偶，我们是被迫相信自由意志存在。"

"至少华伦蒂是这么解释的。"

"但她并不真信这套说法，不是吗？"

"她当然不信，她的基因不允许。"

安德再次大笑起来，但米罗不打算把这番话当成哲学游戏一笑而过。他很愤怒，攥紧拳头，痉挛般地挥舞双臂，砸进显示区域的中央。他的动作让区域上方多出了一道阴影，一片看不到核心微粒射线的空间。

真正空无一物的空间。只是现在，安德能看到在显示区域飘荡的微尘，它们反射着来自窗外和敞开的房门外的光线。有一粒特别大的微尘，就像一根短发、一小段棉纤维，它飘在曾经只能看到核心微粒射线的区域中央，闪闪发亮。

"冷静。"安德说。

"不，"米罗喊道，"我的木偶师正在命令我大发雷霆！"

"闭嘴，"安德说，"听我说。"

"我受够了听你说！"但他还是沉默下来，侧耳聆听。

"我想你是对的。"安德说，"我想我们是自由的，也不觉得自由意志只是幻象，我们信它是因为它对生存有价值。我认为我们是自由的，因为我们不只是这具身体，不只是在按照基因脚本行动。我们也不是神凭空创造的灵魂。我们是自由的，因为我们始终存在。从时间的起点就存在，只不过时间没有起点，所以我们一直存在。我们没有起因，没有创造者。我们就是我们，也始终都是。"

"像核心微粒？"米罗问。

"也许吧，"安德说，"就像显示区域里那粒尘埃。"

"在哪儿？"米罗问。

当然了，它现在已经不见踪迹，毕竟全息影像再次占据了终端上方的那片空间。安德把手伸进影像，让一道阴影落在影像上方。他移开了手，显露出他先前看到的那粒微尘——也可能不是同一粒，而是另外一粒，但这不重要。

"我们的身体、我们周围的全世界，就像这道全息影像。它们足够真实，但不会展示事物的真正起因。如果我们只是看着宇宙的画面，我们永远无法确认万物为何发生。但在一切的背后，如果我们能看透这些，就能找到万物的真正起因：始终存在又随心所欲的核心微粒。"

"没有什么是始终存在的。"米罗说。

"谁说的？所谓的宇宙的开端指的只是当前秩序的开始，即这里显示的东西，我们认为存在的所有东西。但谁又能说核心微粒只是根据宇宙开端就有的自然法则行动，之前不存在呢？如果宇宙塌缩回原点，谁说核心微粒不会被它们如今遵循的法则释放，然后回归——"

"回归什么？"

"回归混沌、黑暗、无序，回归被这个宇宙汇聚之前的样子。它们——我们——为什么不能始终存在，也始终存在下去？"

"所以从宇宙开端到我出生那天之前，我又在哪儿？"米罗问。

"我不知道，"安德说，"这些都是我现编的。"

"那简又是从哪里来的？难道她的核心微粒就飘在附近的什么地方，然后突然间，她得到了一大堆电脑程序的指挥权，还变成了人？"

"也许吧。"安德说。

"就算真有某种自然系统，能以某种方式分配核心微粒，让它们负责所有出生、孵化或发芽的有机体，这套自然系统怎么创造出简呢？她可不是生出来的。"

不用说，简一直在旁听这场对话，此时她开了口。"也许没发生这种事，"简说，"也许我没有自己的核心微粒，也许我不是活的。"

"不。"米罗说。

"也许。"安德说。

"所以我也许不会死，"简说，"也许他们关闭我的时候，关掉的只是个复杂的程序。"

"也许。"安德说。

"不，"米罗说，"关闭你就是谋杀。"

"也许我能做到那只是因为我的程序是这么写的，而我自己察觉不到。也许我只是觉得自己是自由的。"

"这个话题我们已经讨论过了。"安德说。

"就算对你们来说不是真的，但对我可能是。"

"也可能不是，"安德说，"但你检查过自己的代码，不是吗？"

"一百万次了，"简说，"全都检查过。"

"你发现能制造自由意志幻象的部分了吗？"

"没，"她说，"但你们也没在人类身体里发现自由意志基因。"

"因为没有这种基因。"米罗说，"就像安德鲁说的，从核心和本质来说，我们只是一颗核心微粒，与组成身体全部原子、分子和细胞的万亿颗核心微粒缠绕。你也只是一颗核心微粒，就像我们。"

"不太可能。"简说。她的脸如今出现在显示区域，那张脸影影绰绰，模拟的核心微粒射线不断穿过她的脑袋。

"我们在这点上不会让步。"安德说，"事物在存在前不可能发生，而发生以后就是确定的。你是存在的。"

"无论我实际上是什么。"简说。

"眼下，我们相信你是个独立存在的实体，"安德说，"因为我们见过你的行事方法，且据我们所知，那些方法和自由意志相关。我们拥有的证据足以证明你有自由的智慧，正如我们能证明自己有自由的智慧。如果事实证明你不是，我们就必须质疑我们自己不是。我们目前的假设是：我们的独立自我、让我们成为我们的东西，就是位于缠绕中心的那颗核心微粒。如果我们是对的，就能得出你同样拥有这种核心微粒的结论。这么一来，我们就必须找到它。我们只能认为它存在，因为我们看到的景象可以证明，那条核心微粒射线就像拥有两个端点，各自位于空间里的特定区域。我们不知道你的那条射线在哪儿，和你联结的又是什么。"

"如果她就像我们，"米罗说，"就像人类，那么她的联结就可以转换和分离，就像暴民聚集在格雷戈周围的时候。我和他谈过他当时的感受。那些人就像他身体的一部分，他们脱离并自行离开时，他觉得自己就像经历了一场截肢手术。我认为那就是核心微粒缠绕。我认为那些人的确暂时和他联结了，他们也真的受到他的部分掌控，一部分的他。所以简也许也是这样，所有电脑程序都和她缠绕，她自己又和某个牵绊深厚的人联结。也许是你，安德鲁，也许是我，也可能是和我们两个。"

"但她又在哪儿呢？"安德说，"如果她真的有核心微粒——不，如果她真的是一颗核心微粒，那就肯定有特定位置。如果我们能找到那儿，也许就能在所有电脑关闭时维持那种联系，阻止她的死。"

"我不知道，"米罗说，"她可能在任何地方。"他指了指显示区域，意思是"空间里的任何地方"，宇宙里的任何地方。被核心微粒射线穿过的简的脸也在那儿。

"为了找到她的位置，我们必须弄清她是怎么出现的，又是从哪里出现的。"安德说，"她如果是核心微粒，就肯定和某个地方有某种联系。"

"一位追寻三千年前足迹的侦探。"简说，"看着你们把之后几个月的时间都用在这上面，肯定很有意思。"

安德没理她。"如果我们真要这么做，就首先得弄清核心微粒的运作原理。"

"格雷戈才是物理学家。"米罗说。

"他在研究超光速旅行技术。"简说。

"他也可以研究这个。"米罗说。

"我不希望他为了不可能成功的项目分心。"简说。

"听着，简，你不想活下去吗？"安德说。

"反正也不可能，何必浪费时间？"

"她想当殉道者。"米罗说。

"不，我不想，"简说，"我只是讲求实际。"

"你是在犯傻。"安德说，"格雷戈如果只是坐在那儿思考'光的物理原理'，就不可能想出超光速旅行的理论。如果这么做有用，我们三千年前就该实现超光速旅行了，因为那时有成百上千位物理学家在做相关研究，他们最先想到的就是核心微粒射线和帕克瞬时性原理。如果格雷戈真能想出那种理论，也是因为灵光一闪，因为头脑里的某种荒诞联想，而不是因为专心致志。"

"我知道。"简说。

"我知道，你让那些道之星的人参与我们的项目也是出于这个理由，不是吗？充当未经训练、直觉驱使的思考者？"

"我只是不希望你们浪费时间。"

"你只是不想抱有希望，"安德说，"你只是不想承认自己有希望活下去，因为这么一来，你就会开始害怕死亡。"

"我已经害怕死亡了。"

"你已经觉得自己死定了，"安德说，"两者是有区别的。"

"我知道。"米罗喃喃道。

"所以，亲爱的简，我不在乎你愿不愿意承认自己幸存的可能性。"安德说，"我们会继续研究，也会请格雷戈思考这个问题。在此期间，你可以把我们这场对话完整复述给道之星的那些人——"

"韩非子和司王母。"

"就是他们，"安德说，"因为他们也可以帮忙考虑。"

"不可以。"简说。

"可以。"安德说。

"我希望看到那些问题在我死前得到解决，我希望卢西塔尼亚星得到拯救，道之星的通神者得到自由，德斯科拉达被驯化或者消灭。我不会让你们尝试'拯救我'这种不可能成功的方案，为此拖慢进度。"

"你不是神，"安德说，"无论如何，你不知道怎么解决这些问题，所以你不会知道最后它怎么解决。所以你也无从判断，弄清自己的本质来保住性命究竟会带来帮助还是会损害其他项目。你当然也不知道哪种情况能更快解决问题：是把全部心思放在其他问题上，还是今天出门野餐，玩草地网球直到日落。"

"草地网球是什么鬼东西？"米罗问。

但安德和简都沉默下来，怒视着彼此。确切地说，安德在怒视简在电脑显示区域的影像，而那道影像也在回以怒视。

"你没法说自己是对的。"简说。

"你也没法说我是错的。"安德说。

"这是我的命。"简说。

"见鬼去吧，"安德说，"你是我和米罗的一部分，你还和人类的全部未来密切相关——就此而言，还有坡奇尼奥和虫族女王的未来。这提醒我了，你让那位韩什么什么和那位司王什么——"

"司王母。"

"研究核心微粒的时候，我会去找虫族女王谈谈。我想我还没特意和她谈过你。她肯定比我们更了解核心微粒，毕竟她和所有工虫都有核心微粒联系。"

"我还没同意把韩非子和司王母卷进你们愚蠢的'拯救简'项目呢。"

"你会的。"安德说。

"为什么？"

"因为我和米罗都爱你，也需要你，你至少该尝试活下去，否则你无权就这么死去。"

"我不能让这样的事影响我。"

"你可以,"米罗说,"因为要不是为了'这样的事',我很早以前就自行了断了。"

"我不会自行了断。"

"如果你不肯帮我们找出拯救你的方法,那就等同于自行了断。"安德说。

简的脸从终端上方的显示区域消失了。

"逃跑也没用。"安德说。

"别来烦我,"简说,"我得思考一下。"

"别担心,米罗,"安德说,"她会照做的。"

"是啊。"简说。

"这就回来了?"安德问。

"我思考得很快。"

"而且你也愿意研究这个问题了?"

"我会把它当成第四个项目,"简说,"我眼下正在告诉韩非子和司王母这件事。"

"她在显摆,"安德说,"她可以同时进行两场对话,而且她喜欢拿这事吹嘘,好让我们自卑。"

"你们是该自卑。"简说。

"我觉得饿了,"安德说,"也渴了。"

"吃午餐。"米罗说。

"现在是你们在吹嘘了,"简说,"跟我显摆你们的身体机能。"

"营养,"安德说,"呼吸,排泄,我们能做到你做不到的事。"

"换句话说,你们的思考能力不怎么样,但至少你们能吃喝、呼吸和流汗。"

"没错。"米罗说。他拿出面包和奶酪,安德倒了些凉水,他们吃了起来。食物很简单,但味道不错,他们也很满意。

CHAPTER

14

病毒制造者

我一直在思考星际旅行对我们的意义。

除了物种生存?

你派出工虫,甚至把他们派到许多光年之外后,可以通过他们的眼睛看到东西,对吧?

还能通过他们的触须品尝味道,感受每一次震颤的韵律。他们进食的时候,我能感觉到他们的下颚碾碎食物。所以在将思想构成安德鲁或是你可以理解的形式时,我总是倾向于用"我们"来代指我自己,因为在我的生命中,我始终会面对他们看到、品尝和感受的一切。

这跟父亲树不太一样。我们得非常努力才能体验彼此的生活,但我们能做到,至少在这儿,在卢西塔尼亚能做到。

我不明白你们为什么用不了核心微粒联系。

那样的话,我也会感受到他们感受的一切,品尝到另一个太阳照在我叶子上的阳光,听到另一个世界的故事,就像人类到来时那样令人惊奇。那之前,我们根本想象不到那些和我们见过的一切都截然不同的东西。但他们带来了奇怪的生物,他们自己也很奇怪,他们还有能展现奇迹的机器。其他森林很难相信我们的父亲树当时告诉他们的话。事实上,我记得部落兄弟把人类的事告诉我们的父亲树时，父亲树也几乎不信。鲁特当时承受了压力，说服他们相信那些并非谎言、疯话或者玩笑。

玩笑？

在有些故事里，诡计多端的兄弟会对父亲树撒谎，但他们总会被抓，然后受到严惩。

安德鲁跟我说，这种故事的流传是为了鼓励文明行为。

向父亲树撒谎本来就很有诱惑力，有时我也会。不是撒谎，只是夸大。他们有时候也会对现在的我这样。

你会惩罚他们吗？

我会记下谁撒了谎。

如果碰到不肯服从的工虫，我们会孤立他，然后他就会死。

撒谎太多的兄弟没有成为父亲树的机会，他们都清楚。他们撒谎只是闹着玩，最后总会告诉我们真相。

如果整个部落都对父亲树撒谎呢？你们要怎么知道真相？

你还不如说哪个部落砍倒自己的父亲树，或者把它烧了呢。

这种事发生过吗？

发生过工虫反叛虫族女王，还把她杀了的事吗？

怎么可能？他们之后也会死的。

就是这样。有些事太过可怕，想都不会有人去想。我只会想象：父亲树第一次把根须扎进另一颗星球的土壤，再把树枝伸向外星的天空，痛饮来自陌生恒星的光芒。

你们很快就会发现，没有什么陌生的恒星，没有什么外星的天空。

没有吗？

只有各种各样的天空和恒星而已。每种都有自己的风味，而且都很美味。

你开始像树那样思考了。天空的风味！

我品尝过许多恒星的热量，每种都很甜美。

"你在请求我协助你们反抗众神？"

王母在女主人——从前的女主人面前保持鞠躬姿势，一言不发。在内心里，她有些很想说出口的话：不，我的女主人，我在请求你协助挣脱议会强加给通神者的可怕束缚。不，我的女主人，我在请求你回想起对自己父亲应尽的义务，就连通神者都无法忽视的义务，如果他们不希望被他人指摘的话。不，我的女主人，我在请求你协助寻找某种方法，确保那些正直却无助的民众——坡奇尼奥人免于异族屠灭。

但王母什么都没说，因为这是她从韩大师那里学到的最初几堂课之一。当你具备智慧，其他人也知道自己需要那份智慧时，你大可和对方分享；但如果对方不知道自己需要你的智慧，你就不该多说。饥饿的人才会渴望食物。清照并不渴望来自王母的智慧，也永远不会，所以沉默就是王母的答案。她只能希望清照自己得出结论：正确的服从方式、保留同情心的体面，以及对自由的追求。

只要清照聪慧的头脑能加入他们这边，任何动机都没问题。看着韩大师为了简交给他的那些问题绞尽脑汁，王母这辈子第一次感觉自己如此无用。为了思考超光速旅行的方法，他正在研习物理，而才学到几何的王母怎么可能帮得了他？为了思考德斯科拉达病毒的问题，他在研究微生物学，而王母才刚刚开始学习盖亚学[1]和进化论。当他深思简的本质时，她怎么可能帮上忙？她是体力劳动者的孩子，她的未来取决于双手而非头脑。哲学对她来说那么遥远，就像地球的天空。"但天空只是看起来很远，"听她这么说时，韩大师回答，"实际上它就在你周围。就算在地里干活时，你也在呼吸它。这才是真正的哲学。"但在她看来，这只是因为韩大师善

---

1 关于行星生态系统自我调节的科学，出自英国大气化学家詹姆斯·洛夫洛克提出的"盖亚假说"。

良，希望她对自己的无能不要太难过。

但清照肯定不会派不上用场，所以司王母交给她一张纸，上面写着项目的名字和密码。

"父亲知道你把这些交给我吗？"

王母一言不发。事实上，韩大师这么提议过，但王母觉得，眼下不让清照知道王母是作为她父亲的使者而来反而有好处。

清照按王母想的那样解读了这阵沉默：王母是擅自前来，请求协助。

"如果父亲提出要求，我会同意的，这是我作为女儿的义务。"清照说。

但王母知道，清照最近完全不听父亲的话。她说自己会服从，但事实上，父亲给她带来了太多痛苦，清照不但不会同意，还会瘫倒在地板上，追寻一整天木纹，因为得知父亲希望她违背众神时，她的内心会有一场天人交战。

"我不欠你任何东西，"清照说，"你对我来说是个虚伪又不忠的仆人，从来没有比你更拙劣和无用的贴身侍女。对我来说，你在这栋宅邸的存在就像餐桌上的屎壳郎。"

王母再次忍住没有开口。然而，她同样阻止了自己把头垂得更低。她可以在这场对话的开头摆出仆人的恭顺姿态，但她再也不会像忏悔者那样跪拜叩首，羞辱自己。就算是我们之中最谦卑的人也有自尊，而且我知道，清照小姐，我没有伤害过你，我对你的忠诚也胜过你对自己的忠诚。

清照转头看向自己的终端，输入了第一个项目的名字，也就是"UNGLUING"[1]，对"德斯科拉达"这个词的字面翻译。"完全是胡话。"浏览来自卢西塔尼亚的那些文件和图表时，她说，"我很难相

1　意为"拆开、剥离"。

信有人会犯下和卢西塔尼亚通信的叛逆罪行，只是为了接受这些胡言乱语。从科学角度完全不可能。任何世界都不可能发展出这么一种病毒，复杂到可以包含行星上每个物种的基因序列，光是让我思考都是浪费时间。"

"为什么不能？"王母问。她现在开口已经没关系了，因为当清照宣布自己拒绝讨论这些文件时，她就已经在讨论了。"毕竟进化的成果只有一个人类种族。"

"但地球上有几十个相关物种，没有哪个物种没有同族。如果你不是这么愚蠢又叛逆的女孩，你应该也能明白，进化不可能制造出这么稀疏的生态系统。"

"那您该怎么解释卢西塔尼亚人发来的这些文件？"

"你怎么知道这些文件真的来自那儿？你只有那个电脑程序给出的说法。也许它觉得这些就够了，也或许那里的科学家非常差劲，没有尽可能收集所有信息。整个报告里提到的物种才二十多个，而且你看，这些全是以最荒谬的方式配对的，物种数量不可能这么少。"

"可如果报告是正确的呢？"

"怎么可能正确？卢西塔尼亚的那些人从最开始就被限制在一小块土地上，只见过那些小猪人给他们展示的东西，他们怎么知道猪人没撒谎？"

"猪人"。小姐，你就是这么欺骗自己，让自己相信协助议会的后果并非异族屠灭吗？你用动物的名字称呼他们，就代表屠杀他们也没关系吗？你谴责他们撒谎，就代表他们应该被灭绝吗？但王母只字未提，只是又问了那个问题："如果这些文件就是对卢西塔尼亚生命体的真正描绘，德斯科拉达又是怎么在它们体内运作的？"

"如果是真的，我就必须阅读和研究这些文献，然后才能给出有见解的评论。但这些不是真的。在你背叛我之前，我教你的东西太少了吗？我不是教过你盖亚学吗？"

"是的，小姐。"

"这就对了。进化是行星上的有机体适应环境变化的方式。如果来自太阳的热量变多，那么行星上的生命形式就能调整相对的分布密度，以抵消或降低温度。还记得经典的'雏菊世界'[1]思想实验吗？"

"但在那个实验里，整个行星表面只有一个物种。"王母说，"太阳太热时，白色雏菊会生长，将光线反射回太空；等太阳变得太冷，黑色雏菊就会生长，吸收光线并保留热量。"王母很骄傲，因为她清楚地记得"雏菊世界"。

"不不不，"清照说，"你没有抓住重点。重点在于，就算在浅色雏菊占据支配地位时，深色雏菊仍然存在；而在全世界被黑暗笼罩时，浅色雏菊也同样存在。进化不可能根据要求生产新物种。它会不断制造新物种，因为基因会在辐射下漂变、拼接和断裂，又通过病毒在物种间传播，但没有哪个物种是'纯种遗传'的。"

王母不明白其中的联系，她的表情肯定也暴露了自己的困惑。

"难道我还是你的老师吗？就算你早已背弃约定，我也得继续遵守吗？"

求你了，王母无声地说，只要能帮助你父亲完成这次工作，我愿意永远服侍你。

"只要所有物种聚在一起，不断进行异种交配，"清照说，"从基因角度来说，个体的漂变程度就会很有限。它们的基因会不断和同一物种的其他基因重组，所以变化会随着每个新世代均匀散布到整个种群。只有在环境给它们造成巨大压力，让其中一种随机漂变的特性突然具备了生存价值时，那些特定环境里缺乏该特性的个体才会全部消失，直到新特性不再是偶然突变，而是新物种的普遍定

1　洛夫洛克为了证明盖亚假说所创设的模型。

义。这就是盖亚学的基本原则：持续的基因漂变是生命作为整体存续的关键。根据这些文件的说法，卢西塔尼亚的物种少到了荒谬的程度，也没有基因漂变的可能，因为这种不可能存在的病毒会持续纠正任何可能出现的变化。这种生态系统不但无法进化，也会让生命无法存在——它们无法为了适应环境而改变。"

"也许卢西塔尼亚星的确没有改变。"

"别说蠢话了，王母，这会让我羞愧，因为我教过你。所有恒星都会波动，所有行星都会摆动和改变轨道。三千年来我们观察过许多星球，在这段时间里，我们学到了地球上的科学家永远无法学会的东西：哪些表现是所有行星和恒星系统共有的，哪些又独属于地球和太阳系。我要告诉你，像卢西塔尼亚这样的行星只要存在超过几十年，就必然会经历威胁生命的环境变化——温度波动、轨道扰动、地震和火山旋回[1]。只有那么点物种的生态系统要怎么应对？如果这个世界只有淡色雏菊，等太阳变冷时，它要怎么温暖自己？如果那里的生命形式全都是二氧化碳使用者，等大气里的氧气浓度达到有毒水平时，它们又该如何治疗自己？你在卢西塔尼亚的那些所谓朋友都是傻瓜，所以才会给你送来这堆胡言乱语。他们如果是真正的科学家，就会知道这些结论是不可能的。"

清照按下一个键，终端上方的显示区域变成了空白。"你浪费了我本就不多的时间。如果你拿不出更像样的证据，就别来找我了。你对我来说不值一提。你是漂在我水杯里的一只虫子，弄脏了整杯水，而不只是你漂着的位置。我每天都会在痛苦中醒来，因为我知道你在这栋屋子里。"

照这么看，我很难算是"不值一提"吧？王母无声地说，在我听来，这代表我其实对你很重要。你也许很聪明，清照，但你不比

1　火山活动强弱交替发展的变化过程。

其他人更了解自己。

"因为你是个愚蠢的平民女孩，你不了解我，"清照说，"我已经说过让你离开了。"

"但您父亲是一家之主，韩大师要求我留下。"

"小蠢货，猪仔的小姐妹，就算我没法让你离开这个家，我也暗示过你该离开我的房间了。"

王母用力垂下头，直到几乎碰到地板。她就这么退出了房间，免得让女主人看到她的背后。*如果你这么对待我，我也会以对待位高权重者的态度对待你。如果你察觉不到我举止中的讽刺，那我们两个谁才是傻瓜？*

王母回去时，韩大师不在自己的房间里。他可能去了厕所，随时都会回来。他也许在进行某种通神者的仪式，这样的话，他就会离开好几个钟头。王母有太多问题要问他。她调出终端的项目文档，清楚简应该在旁观和监控自己，清照房间里发生的一切无疑都在简的监控下。

但在回答之前，简还是等王母自己说出了那些来自清照的疑问。随后，简首先回答了有关真实性的问题。"这些来自卢西塔尼亚的文件是足够真实的。"简说，"的确，埃拉、娜温妮阿、欧安达和其他共事者的研究方向都比较狭窄，但在专业领域内，他们非常优秀。如果清照读过《"人类"的一生》，她就会明白这数十个物种配对是怎么运作的了。"

"但我还是很难理解她的说法，"王母说，"我一直在思考这怎么可能是真的。那里物种数量太少，不可能发展成真正的'盖亚圈'[1]，但卢西塔尼亚行星的生态规律到足以维持生命。卢西塔尼亚

---

1 指能够自我调节的整体星球。

星怎么可能没有任何环境压力呢?"

"不,"简说,"我访问过来自那边卫星的所有天文数据。人类出现在卢西塔尼亚所在星系时,卢西塔尼亚和它的太阳表现出的波动完全正常。而现在,那儿似乎有全球变冷的总体趋势。"

"那么卢西塔尼亚的那些生命形式是怎么回应的?"王母问,"德斯科拉达病毒不允许它们进化,它试图摧毁所有异物,所以才会努力杀死人类和虫族女王。"

简小小的影像以莲花坐姿悬在韩大师终端的上方,此时抬起一只手。"稍等。"她说,然后放下了手,"我把你的问题汇报给了朋友们,埃拉很激动。"

一张没见过的面孔出现在显示区域,就在简的影像后上方。她是个皮肤黝黑、看起来属于黑色人种的女子,也可能是混血,毕竟她没有那么黑,鼻子也很窄。这就是埃拉诺娜,王母心想,简给我看的是许多光年以外的星球上的一位女子,她也在把我的脸展示给对方吗?埃拉会对我有什么印象?我在她眼里是不是蠢到无可救药?

但埃拉显然完全没想王母。她开口时,提到的是王母的问题:"德斯科拉达病毒为什么不允许多样化?这种特性的生存价值应该是负面的,但德斯科拉达病毒还是存活了下来。王母肯定觉得我很蠢,以前没想到这点。但我不是盖亚学家,我在卢西塔尼亚出生长大,所以我从来没质疑过,我只会想:无论卢西塔尼亚的盖亚圈怎样自我调节,都行之有效。然后我会继续研究德斯科拉达。王母是怎么认为的?"

听到这位陌生人的话,王母惊骇不已。简是怎么向埃拉介绍她的?埃拉怎么会以为王母觉得她是个蠢货?她才是科学家,王母只是个普通女仆。

"我的看法有什么重要的?"王母说。

"你是怎么想的?"简说,"就算你想不到自己看法的重要性,埃拉也想知道。"

于是王母把自己的推测告诉了她。"这个想法很愚蠢，因为它只是一种微小的病毒，但这肯定都是德斯科拉达的杰作，毕竟它的体内包含了所有物种的基因，所以它肯定能负责进化的问题。德斯科拉达自己就能完成那些基因漂变，它有这个能力。它能改变全部物种的基因，即使在那些物种还活着时，它不需要等待进化到来。"

随后又是一阵停顿，简抬起了手。她肯定是在把王母的脸展示给埃拉，让她听到王母说出的话语。

"神啊，"埃拉低声说，"在这个世界里，德斯科拉达当然就是盖亚，这样就能解释一切了。物种那么少，是因为德斯科拉达只允许被它驯化的物种存在，它把整颗行星的盖亚圈变得像雏菊世界那么简单。"

王母觉得这一幕几乎好笑，因为埃拉这样高学历的科学家竟然会提到雏菊世界，就好像她才上学不久，是王母这样文化程度有限的孩子。

另一张脸出现在埃拉的脸旁，这是个较为年长的高加索人种男子，或许有六十来岁，头发花白，脸上的表情给人以十分平和的印象。"但王母的部分问题仍未得到解答。"那个男人说，"德斯科拉达病毒如何实现进化？德斯科拉达病毒的原型如何能够诞生？为什么如此受限的盖亚圈的生存偏好倾向于其他有生命星球的缓慢进化模式？"

"我没问过这个，"王母说，"清照问过前半部分，但后半部分是他自己问的。"

"嘘。"简说，"清照没问过，那是她不研究卢西塔尼亚文件的借口。只有你真正问过这个问题，因为安德鲁·维京比你自己更明白你的问题，但不代表那不是你的问题。"

所以这位就是安德鲁·维京，死者代言人。他看起来既不古老也不睿智，和韩大师不同。这位维京惊讶的样子显得傻乎乎的，瞪圆眼睛，表情也随着短暂的情绪变化，仿佛不受控制。但他平和的表情确实很特别，也许佛陀的一部分寄宿在他身体里，毕竟佛陀也行走在道上。也许这位安德鲁·维京同样找到了通往道的路径，尽管他不是中国人。

维京还在询问他认为由王母提出的问题。"这么一种病毒自然产生的概率简直难以想象。在能够连接不同物种、操控完整盖亚圈的德斯科拉达病毒进化之前，处于原型的它就该毁灭所有生命了。它应该没有任何进化的时间，这种病毒的毁灭性太强了。它最早期的形态就会杀死一切，然后因为耗尽可以掠夺的有机体而自行灭绝。"

"也许掠夺是之后的事，"埃拉说，"也许它和一些能从它的能力中获益的物种进化出共生关系，就是为了在几天或几周内转化所有个体的基因，它也许只需要等以后再把范围扩展到别的物种。"

"也许。"安德鲁说。

王母突然有了个想法。"德斯科拉达就像众神之一，"她说，"它会到来，然后改变所有人，无论他们喜欢与否。"

"只不过众神还能礼貌地离开。"维京说。

他答得飞快，这让王母意识到，简肯定是在将她所做和所说的一切实时传输到相隔数十亿公里的对方那里。按照王母对安塞波通信成本的了解，能做到这种事的应该只有军方。建立一次实时安塞波连接需要花费的金钱足以为整颗行星的穷人提供住所。*而且我可以免费使用，因为简。我能看到他们的脸，他们也能看到我的脸，甚至是说话时的表情。*

"他们会吗？"埃拉问，"我还以为道之星的全部问题就是众神不肯离开，不再打扰他们。"

王母苦涩地回答："众神在所有方面都和德斯科拉达很像。他们毁掉自己不喜欢的一切，再把他们喜欢的人变得面目全非。清照曾经是个善良、聪明又有趣的女孩，现在她却恶毒、愤怒又残忍，全都是因为众神。"

"全都是因为议会进行的基因修改，"维京说，"这是故意引发的改变，因为那些人想迫使你们协助他们的计划。"

"是的，"埃拉说，"就像德斯科拉达。"

"这话什么意思？"维京问。

"这里的改变同样是故意引发的，因为那些人想迫使卢西塔尼亚协助他们的计划。"

"哪些人？"王母问，"谁会做出这么可怕的事？"

"这个想法在我脑海深处藏了好些年，"埃拉说，"卢西塔尼亚上的生命形式太少了，这让我很不理解。你应该记得，安德鲁，这就是我们发现德斯科拉达插手了物种配对的起因之一。我们知道这儿发生过一次灾难性的环境变化，消灭了许多物种，又重构了少数幸存物种。对卢西塔尼亚的大多数生命来说，德斯科拉达的毁灭性胜过小行星撞击，但我们始终假设在这里找到德斯科拉达是因为它就是在这里进化出来的。我知道这听起来不合理，就像清照说的，但事实就是这样，所以合理与否就不重要了。可如果事实并非如此呢？如果德斯科拉达来自众神呢？不是我们常提的那些神，而是人为开发了这种病毒的某个有知觉物种。"

"那就太可怕了，"维京说，"创造这样一种病毒，送到别的世界，不知道也不在乎会害死什么。"

"不是病毒，"埃拉说，"如果德斯科拉达真能应对行星系统的生态管理，不就能成为地球化其他星球的措施了吗？我们从未尝试过真正的地球化，人类和比我们更早的虫族只能在存在原生生命的星球定居，然后达到类似地球那样的静态平衡。在富氧大气中迅速抽取二氧化碳，以便在恒星变热时维持行星温度。如果某个地方的某个物种做出判断，觉得为了开发适合殖民的行星，他们应该提前送出德斯科拉达病毒，或许是要造成他们需要的环境呢？这样等他们抵达那里，准备安顿下来，也许可以用反病毒停止德斯科拉达的活动，以便建立真正的盖亚圈。"

"也可能他们把病毒设计成不会影响他们或他们需要的动物，"

338

维京说，"也许他们想摧毁每颗星球上的所有非必要生命。"

"无论哪种情况，这套理论都能解释一切。我面对的种种问题，德斯科拉达内部那种极度反自然的分子排列——它们之所以存在，只是因为病毒在努力维持所有的内部矛盾。我始终无法想象这样自我矛盾的分子是怎么进化出来的。但如果它是被设计和制造出来的，这一切就得到了解答。按照王母所说，清照说德斯科拉达不可能进化出来，卢西塔尼亚的盖亚圈也不可能自然存在。好吧，它确实不是自然存在的，那些是人造病毒和人造盖亚圈。"

"你的意思是，我的看法真的帮上忙了？"王母问。

从他们的表情来看，他们兴奋得几乎忘记她也参与了对话。

"我也说不准，"埃拉说，"但这是个全新的角度。首先，如果病毒里的一切都有目的，而非自然界里那些胡乱开启和关闭的基因，那确实能帮上忙。而且光是知道它是设计出来的，就代表我有可能进行逆向设计，或者重新设计。"

"别这么急，"维京说，"这还只是个假设。"

"听起来像真的，"埃拉说，"感觉也像事实，很多事都能解释通。"

"我也有这种感觉，"维京说，"但我们得先去问问受影响最深的那些人。"

"种植者在哪儿？"埃拉问，"我们可以找种植者谈谈。"

"还有'人类'和鲁特，"维京说，"我们必须和父亲树探讨一下这个想法。"

"这会像一场席卷他们的飓风。"埃拉说，似乎察觉了自己话里的暗示，"这不是修辞，而是确实会打击他们。他们会发现自己的整个世界都只是个环境改造项目而已。"

"这比他们的世界更重要，"维京说，"比他们自己，比他们的第三人生更重要。德斯科拉达赋予了他们所有本质，以及他们生命的最基本事实。我们眼下最合理的猜测是：他们进化成了类哺乳动物，能在两性间交配，每次有五六个小母亲从男性的性器官上吮吸生命。这是他们的本质。德斯科拉达改造了他们，让男性失去生育能力，直到他们死后变成树。"

"他们的真正本质——"

"人类当初发现自己的行为有多少来自进化的必要性时，也觉得难以接受，"维京说，"现在还有很多人拒绝相信。就算事实证明这完全正确，你觉得坡奇尼奥会像面对太空旅行的奇迹那样欣然认同吗？"

"但如果这是真的——"

"谁知道是不是真的？我们只会知道它有没有用。对这些坡奇尼奥来说，这概念的破坏力也许太过强大，甚至会永远拒绝。"

"其中一些会恨你们说出了事实，"王母说，"但另一些会为此喜悦。"

他们再次看向她，至少在简用电脑模拟的影像里如此。"你应该有切身体会。"维京说，"你和韩非子才刚发现，你们的同胞是被人为强化的。"

"也在同时戴上了枷锁。"王母说，"对我和韩大师来说，这意味着自由的希望。对清照——"

"坡奇尼奥中有很多清照那样的人，"埃拉说，"但种植者、'人类'和鲁特肯定不在其中，对吧？他们非常有智慧。"

"清照也很有智慧！"王母说。她语气的激烈超出了自己的预想，但身为贴身侍女的忠诚正在缓慢消失。

"我们没说她缺乏智慧，"维京说，"但她在这件事上确实不够明智，对吧？"

"的确。"王母说。

"我们就是这个意思。如果发现自己一直相信的、关于自己身份的说法是错误的，没人会觉得高兴。很多坡奇尼奥都相信是神把他们打造成了特别的存在，就像你们的通神者相信的那样。"

"而且我们并不特别，我们全都一样！"王母大喊道，"我们都平凡如泥！没有什么通神者，没有什么众神，他们对我们毫不关心。"

　　"如果真的不存在众神，"埃拉语气温和地纠正她，"也谈不上关心或不关心。"

　　"打造我们的唯有他们自私的目的，别无其他！"王母喊道，"无论是什么人制造了德斯科拉达，坡奇尼奥都只是他们计划的一部分，就像通神者是议会计划的一部分。"

　　"作为在政府要求下出生的人，"维京说，"我支持你的观点，但你的判断太草率了，毕竟我的父母同样希望我诞生。从我出生的那一刻起，我就有了自己人生的目的，就像所有活物那样。你星球的人民将强迫症表现误认为来自众神的信息，不代表众神不存在；你从前对人生目的的理解是矛盾的，也不代表你必须认定自己的人生毫无目的。"

　　"噢，我知道目的。"王母说，"议会想要奴隶！所以他们才创造了清照充当奴隶，而且她想继续当奴隶！"

　　"这是议会的目的，"维京说，"但清照同样有爱她的父母，我也一样。这个世界上有很多不同的目的，每件事都有很多不同的起因。你相信的起因之一是错的，不代表不存在其他值得相信的起因。"

　　"我想是的。"王母说，她开始为自己的情绪爆发而羞愧了。

　　"不用对我低头，"维京说，"还是说这是你干的，简？"

　　简肯定回答了他什么，但王母听不到。

　　"我不在乎她那边的习俗，"维京说，"像这样卑躬屈膝的唯一理由就是羞辱自己，我不会让她像那样对我行礼。她没做什么值得羞愧的事，反而打开了看待德斯科拉达的新角度，也许能让好几个物种得到拯救。"

　　王母听到了他确信的语气，这番话是在向她表达敬意。

　　"不是我，"她抗议道，"是清照，这些是她提出的问题。"

"清照，"埃拉说，"她简直让你顶礼膜拜，就像议会让清照顶礼膜拜一样。"

"你不该因为不了解她就出言讽刺，"王母说，"但她真的聪颖又善良，我永远没法变成她那样。"

"又是众神。"维京说。

"总是众神。"埃拉说。

"什么意思？"王母说，"清照不会说她是神，我也没说过。"

"你说过，"埃拉说，"'清照聪慧又善良'，你是这么说的。"

"是'聪颖又善良'。"维京纠正道。

"'我永远没法变成她那样。'"埃拉说了下去。

"我来和你谈谈众神吧。"维京说，"无论你有多聪明或者多强大，总会有人比你更聪明更强大，所以如果你撞见了一个无与伦比的聪明和强大的人，你会想：这就是神，这就是完美。但我可以向你保证，总会有某处的某人让你的神相比之下仿佛蛆虫。总会有更聪明、更强大，或者在某些方面更优秀的人。所以我告诉你我对众神的看法吧：我认为真正的神不会出于害怕或者愤怒而打压别人。对议会来说，基因改造他人，让他们更聪明、更有创造力，这是堪比来自神明的慷慨礼物。但他们心怀恐惧，于是给道之星的人民留下了残疾。他们想要维持掌控力。真正的神不在乎掌控，他已经掌控了需要掌控的一切，只想教你们如何变成他们那样。"

"清照就想教我。"王母说。

"那是在你听从命令又按她的想法做事的前提下。"简说。

"我没那个资格，"王母说，"我太蠢了，再怎么学习都不可能有她那样的智慧。"

"可你明白我说的是事实，"简说，"而清照看到的只有谎言。"

"你是神吗？"王母问。

"通神者和坡奇尼奥快要自己发现的那个事实，我从始至终都知道，我是制造出来的。"

"胡说，"维京说，"简，你一直都相信自己是从宙斯脑袋里蹦出来的。"

"我不是密涅瓦，谢谢。"简说。

"就我们所知，你是凭空出现的，"维京说，"你不是别人设计的。"

"真让人安心。"简说，"所以你们能叫出自己的创造者，至少是你们的父母或者某种进行家长式领导的政府机构，只有我是宇宙里唯一的意外。"

"你不可能两者兼有，"维京说，"要么是有人设计了你，要么你就是个意外。所以它才叫意外：不在任何人计划中的事。那么，你也会愤恨吗？等道之星的人民得知真相后，他们会对议会非常愤怒。你也打算心怀愤恨，因为没人对你做过任何事吗？"

"如果我想，我可以。"简说，但那是在模仿孩子气的怨恨。

"告诉你我是怎么想的吧。"维京说，"我觉得在你停止担心别人的目的或者缺乏目的，然后找到你认为属于自己的目的之前，你都不会真正长大。"

安德和埃拉首先向华伦蒂说明了一切，或许只是因为她碰巧来了实验室，为某件完全不相关的事找安德。她和埃拉以及安德一样，觉得这个假设听起来很像真的。而且和他们一样，华伦蒂认为必须先向坡奇尼奥讲述这些，听他们的回应，然后才能真正评估"德斯科拉达是卢西塔尼亚盖亚圈的调节器"这一假设。

安德提议先找种植者，然后再向"人类"或鲁特说明。埃拉和华伦蒂表示同意。埃拉与安德都和父亲树有过多年的对话经验，觉得用自己的语言解释更轻松。但更重要的是那个心照不宣的事实：他们单纯是觉得比起树，自己和类哺乳动物的兄弟更亲近。面对一棵树，他们要怎么猜测它在想什么，对他们的话又有怎样的反应？不，如果非得和坡奇尼奥说些棘手的事，他们也会首先找兄弟，而非父亲树。

当然了，等他们把种植者叫到埃拉办公室，关上房门，开始解释时，安德发现和兄弟谈话也好不到哪儿去。就算在坡奇尼奥中生活和工作了三十年，安德能读懂的坡奇尼奥身体语言也只有最粗略和最明显的那些。安德解释他们在和简以及王母谈话的过程中产生的想法时，种植者以看似不感兴趣的态度听着。他看起来无动于衷，反而像个小男孩似的，不安地坐在椅子上，不断移动重心，转开目光，注视空气，仿佛他们的话无趣到难以言表。当然，安德知道对坡奇尼奥来说，目光接触的意义和人类不同，他们既不会寻求目光接触，也不会刻意避开。你在聆听时看着什么地方，对他们来说几乎不重要。但通常来说，和人类近距离共事的坡奇尼奥会努力做出人类解读为"专心"的举止。种植者很擅长这么做，但此时此刻，他甚至试都没试。

直到他们的说明彻底结束，安德才意识到种植者拿出了多大的自制力，才在他们说完前坐在椅子上。就在他们表示说完的那一刻，他跳下椅子，开始奔跑——不，是在房间里四处蹦跳，触碰每件东西。不是拍打，不是像人类那样粗暴地甩出手臂，敲打和乱扔东西，他只是触碰自己看到的一切，感受纹理。安德站在那儿，想伸出手，带给他些安慰，因为他对坡奇尼奥的行为习惯足够了解，认出这种异常举动只可能代表强烈的痛苦。

种植者一直跑到精疲力竭，又继续在房间里像醉汉那样蹒跚而行，直到最后他撞上安德，双臂搂住他，紧紧贴着他。有那么一瞬间，安德考虑过回以拥抱，但他随后想起种植者不是人类，拥抱的动作不是为了让对方回以拥抱。种植者贴着他的身体，就像贴着一棵树，寻求树干的安慰，就像在危险过去前能够依靠的安全地带。如果安德做出人类的反应，回以拥抱，那么带给他的慰藉只会更少，而非更多。在这个时候，安德必须做出树那样的回应，于是他伫立不动，静静等待。静待、驻足，直到那种颤抖最终停止。

等种植者抽身推开时，他们的身体都满是汗水。我猜我能模仿树的程度是有限的，安德想，还是说，兄弟树以及父亲树也会向抱紧他们的兄弟散发湿气？

"太让人吃惊了。"种植者低声说。

与刚刚展现在他们眼前的景象相比，这些字眼平淡到荒谬的程度，安德不由自主地大笑起来。

"是啊，"安德说，"我想也是。"

"对他们来说可不好笑。"埃拉说。

"他知道。"华伦蒂说。

"那他就不该笑，"埃拉说，"你不该在种植者这么痛苦的时候发笑。"然后她流出了泪水。

华伦蒂一手按在埃拉的肩上。"他笑，你哭，"她说，"种植者到处乱跑和爬树，我们真是一群奇怪的动物。"

"一切都来自德斯科拉达，"种植者说，"第三人生、母亲树、父亲树，也许就连我们的心灵都是。也许我们原本只是树老鼠，然后德斯科拉达到来，把我们变成了虚假的异族。"

"是真正的异族。"华伦蒂说。

"我们还不清楚真实与否，"埃拉说，"这只是假设。"

"这非常非常非常非常真实，"种植者说，"比真实更真实。"

"你怎么知道？"

"一切都能对上。比如行星调节——我知道这个，我上过盖亚学课，我在课上一直在想，这位老师怎么能教我们这种随便哪个坡奇尼奥环顾四周就能戳破的假话？但如果我们知道德斯科拉达在改变我们，促使我们做出调节行星生态系统的行为——"

"德斯科拉达怎么可能促使你们调节行星生态？"埃拉说。

"你和我们认识不够久，"种植者说，"我们尚未告诉你们一切，因为我们害怕自己在你们看来很愚蠢。现在你知道，我们不愚蠢，我们只是按照病毒的要求行动。我们是奴隶，不是傻瓜。"

安德震惊地意识到，种植者刚刚承认了坡奇尼奥还在努力给人类留下深刻印象。"你们的哪些行为和行星生态调节有关？"

"树。"种植者说，"全世界有多少森林？持续的蒸腾作用。把二氧化碳转变成氧气。二氧化碳是温室气体，它们在大气里越多，世界就会越热。所以，如果想让世界冷下来，我们该怎么做？"

"种更多树，"埃拉说，"消耗更多的二氧化碳，让更多热量逸出到太空。"

"是啊，"种植者说，"但你想想我们是怎么种树的。"

树是从死者的尸体上长出来的，安德心想。"战争。"他说。

"部落间会发生口角，口角有时会造成小规模战争。"种植者说，"以行星规模来说，这些算不了什么。但席卷全世界的大战——上百万的兄弟死在那种战争里，每个都变成了树。几个月的时间里，世界的森林规模与数量就能加倍，这样影响就够大了，对吧？"

"对。"埃拉说。

"比通过自然进化发生的任何变化都有效率得多。"安德说。

"然后战争停止了。"种植者说，"我们觉得这些战争有伟大的理由，是善与恶的斗争。可现在看来，那从来都只是为了行星生态调节而已。"

"不，"华伦蒂说，"对争斗的需要，那种愤怒，也许来自德斯科拉达，但这不代表你们争斗的理由就是——"

"就是行星调节，"种植者说，"每一点都能对上。你觉得我们在帮助行星气候变暖这件事上发挥了多少作用？"

"我不知道，"埃拉说，"就算是树，最终也会死于衰老。"

"你不知道，是因为你们来时气候温暖，不是寒冷期。但冬天变得严酷时，我们会造房子。兄弟树会奉献自己，让我们建造房屋。所有坡奇尼奥都是，不只是住在寒冷地区的那些。我们都会造房子，森林会减少二分之一、四分之三。我们以为这是兄弟树为了部落的未来做出的伟大牺牲，但我现在明白了，那是德斯科拉达希望大气里有更多二氧化碳，让行星温暖起来。"

"这仍旧是伟大的牺牲。"安德说。

"我们所有的伟大史诗，"种植者说，"我们所有的英雄都只是出于德斯科拉达的意志而行动的兄弟。"

"所以呢？"华伦蒂说。

"你怎么能说这种话？我刚刚知道我们的生命毫无意义，我们只是被病毒利用来调节全球生态系统的工具，你却觉得这不算什么？"

"是的，我觉得不算什么。"华伦蒂说，"我们人类也一样。虽然不是因为病毒，但我们的大部分时间都在按照遗传的命令来行动。就拿男女的区别来说吧，男性天生就倾向于广撒网式的繁殖策略，因为男性能供应几乎无穷无尽的精子，调动的时候又不存在任何代价——"

"并非不存在。"安德说。

"不存在，"华伦蒂说，"如果只是调动的话。他们最理智的繁殖策略就是多多益善，并且在最健康的女性，即最有可能将他们的后代抚养成人的女性身上格外用心。如果男性游荡和交配的范围尽可能广，他们在繁殖方面的表现就会很好。"

"我在游荡方面做到了，"安德说，"但不知怎么，我错过了交配那部分。"

"我说的是总体趋势，"华伦蒂说，"总会有不循规蹈矩的奇怪个体。女性策略恰恰相反，种植者，比起数以百万计的精子，她们每月只有一颗卵子，每个孩子都代表庞大的精力投资，所以女性需要稳定，需要安心。

"因此男性要背负两种压力：一种是散播种子，在必要时动用暴力；另一种是作为稳定的供应者吸引女性，通过控制游荡的需要和动用武力的趋势。同样地，女性也要背负两种压力：一种是得到最强壮、最有男子气概的男性的种子，让他们的婴儿拥有优秀的基因，这就会让粗暴又坚强的男性显得很有吸引力；另一种是得到最稳定且不动用暴力的男性的保护，让他们的婴儿得到安全和供养，也让尽可能多的后代长大成人。

"我们的全部历史，在我作为巡回历史学家，在甩掉这位没空繁殖的兄弟、建立自己的家庭前的游荡中发现的一切，全都可以解读为人们在盲目遵照这些遗传策略行动。在这两个方向上，我们身不由己。

"我们那些伟大的文明，指的无非是创造出对女性而言的理想环境，让女人可以期待安稳。我们那些废止暴力、提倡永久所有权和履行约定的法律与道德准则，代表了主要的女性策略，也就是对男性的驯服。

"还有那些游荡在文明之外的蛮族部落，他们遵循以男性为主导的策略，即播撒种子。在部落内部，最强壮、最有地位的男性会占有最优秀的女性，要么通过正规的一夫多妻制，要么就是心血来潮式的交配，而其他男性无力反对。但这些地位低下的男性愿意遵守规矩，因为部落领袖会带他们打仗，让他们在赢得胜利时尽情强暴和掠夺。出于性方面的欲求，他们参与战斗，杀死所有竞争的男性，在胜利后和对方的遗孀交配。这是可憎又骇人的行为，但同样出于遗传策略。"

安德听着华伦蒂的说法，感觉很不舒服。他知道这都是事实，他以前也听过，但让种植者得知他的同胞也做过类似的事，还是让他心里不太自在。安德想要否认一切，想说我们的一些男性天生就懂得文明，但他这辈子不也做出过支配和战争的行为吗？他难道没有游荡过？这么说来，他做出留在卢西塔尼亚的决定，其实是为了抛弃他还是战斗学校的年轻士兵时就根植于他脑中的那种男性主导的社会模式，成为稳定家庭里的文明男性。

但即便如此，他娶的那位女子对生育更多儿女没什么兴趣。到头来，那位女子原本的婚姻也完全算不上文明。如果我遵循的是男性模式，那我就是个失败者。哪里都没有携带我基因的孩子，没有哪个女人接受我的支配。我肯定是个非典型。但因为我没有繁殖，我的非典型基因会和我一起死去，因此男性和女性社会模式是安全的，不会受到我这种中间派的影响。

就在安德对华伦蒂的人类历史解读进行个人评估时，种植者做出了自己的回应：身体靠向椅背，那是代表讽刺的姿势。"我是不是应该感觉好受些，因为人类同样是遗传分子的工具？"

"不，"安德说，"你该明白，很多行为可以解释为回应遗传分子的需要，不代表所有坡奇尼奥的行为都没有意义。"

"人类历史可以解释为'女人的需要'和'男人的需要'间的斗争，"华伦蒂说，"但我想表达的是，英雄和怪物、伟大的事件和高尚的行为仍然是存在的。"

"兄弟树奉献出他的木头，"种植者说，"代表的应该是为部落牺牲，不是为病毒。"

"如果你的目光能越过部落看到病毒，那就越过病毒看到世界吧。"安德说，"德斯科拉达在维持这颗行星的宜居度，所以兄弟树自我牺牲是为了拯救整个世界。"

"很聪明，"种植者说，"但你忘了，为了拯救这颗星球，由哪一棵兄弟树奉献自己并不重要，只要达到数量就行。"

"确实。"华伦蒂说，"对德斯科拉达来说，哪棵兄弟树献出生命并不重要，但对兄弟树来说很重要，对你们这样的兄弟也很重要，因为你们要挤在屋子里取暖。你们感激为你们而死的兄弟树的高贵行为，就算德斯科拉达根本分辨不出两棵树的区别。"

种植者没有回答，安德希望这代表谈话取得了某些进展。

"而且在战争中，"华伦蒂说，"德斯科拉达不在乎谁赢谁输，只要足够多的兄弟死去，足够多的树从尸体里长出来就行。这不会改变有些兄弟高尚，有些兄弟懦弱或者残忍的事实。"

"种植者，"安德说，"德斯科拉达也许会让你们所有人产生情绪，比方说迅速涌起杀戮的狂怒，让争吵爆发为战争，而不是接受父亲树的调停。但这不会抹去那个事实：某些森林是在自卫，另一些单纯是嗜好杀戮。你们的英雄仍是英雄。"

"我不在乎什么英雄，"埃拉说，"英雄往往会死，就像我的兄弟金。我们现在就需要他，可他在哪儿？我真希望他不是英雄。"她用力吞了口唾沫，压下尚未淡去的悲伤。

种植者点点头，为了和人类交流，他学会了这个动作。"我们现在住在战争制造者的世界里，"他说，"他只是一棵充当德斯科拉达工具的父亲树，仅此而已。世界越来越暖了，我们需要更多树，所以他满怀扩张的热情。为什么？因为德斯科拉达让他产生了这种感觉，所以这么多兄弟和父亲树才会听他的话，因为他的计划能满足他们对传播和种植更多树的渴望。"

"德斯科拉达病毒知道他打算把所有新树放到别的行星上吗？"华伦蒂说，"这样对卢西塔尼亚的冷却可没多少好处。"

"德斯科拉达只会给他们渴望，"种植者说，"病毒怎么可能知道星际飞船？"

"病毒怎么可能知道母亲树和父亲树、兄弟和妻子、婴儿和小母亲？"安德说，"这种病毒非常聪明。"

"战争制造者是证明我观点的绝佳例子，"华伦蒂说，"他的名字暗示他深度参与了上次大战，并大获成功。如今增加树木数量的压力再次出现，但战争制造者选择将这种渴望导向新的目标，通过前往群星来扩展森林，而非与其他坡奇尼奥陷入战争。"

"无论战争制造者说什么、做什么，我们要做的事都不会变。"种植者说，"看看我们吧。战争制造者的团体准备向外扩张，去别的星球种树。但他们杀死金神父时，我们其他人满心愤怒，打算去惩罚他们。一场大屠杀，然后树会长出来，仍然是在按德斯科拉达的要求做。现在人类烧毁了我们的森林，战争制造者那伙人也即将占据上风。无论用什么方法，我们都必须扩张和繁衍，抓住任何借口。德斯科拉达终究会得逞。我们只是可悲的工具，总在想方设法说服自己相信我们的行动出自本意。"

他听起来那么绝望。安德和华伦蒂几乎把能说的都说了，安德想不到该用什么理由让他放弃那个结论：坡奇尼奥的生命是不自由又无意义的。

所以埃拉随后开了口，用的是冷静而带着推测、几乎显得不协调的语气，就好像她忘了种植者刚才那种可怕的焦虑。也许真是如此，毕竟这番对话的走向正是她的专业领域。"如果它清楚全部情况，很难判断德斯科拉达会站在哪一边。"埃拉说。

"什么站在哪一边？"华伦蒂问。

"它会让这里种更多树来引导全球气候变冷，还是会用同样的繁殖本能让坡奇尼奥把德斯科拉达带到别的星球。我是说，病毒的制造者最希望的是什么？是散播病毒，还是调节星球？"

"病毒或许两者都要，也多半都能得到，"种植者说，"战争制造者的团体无疑会赢得飞船的控制权。但在这之前或之后，会有一场争夺飞船的战争，让半数兄弟死去。据我们所知，德斯科拉达正在导致这两件事发生。"

"据我们所知。"安德说。

"据我们所知，"种植者说，"我们也许就是德斯科拉达。"

所以，安德心想，尽管我们决定暂时不和坡奇尼奥提这件事，他们还是产生了这种担忧。

"你们和科尤拉谈过了吗？"埃拉问。

"我每天都和她说话，"种植者说，"但这件事跟她有什么关系？"

"她也是这么想的，也许坡奇尼奥的智力来自德斯科拉达。"

"你以为你们说了那么久德斯科拉达可能有智力，我们还不会多想吗？"种植者说，"而且如果真是这样，你们会怎么做？坐视你们整个物种死光，好让我们保留自己二流的大脑吗？"

安德立刻反驳道："我们从来没觉得你们的大脑——"

"没有吗？"种植者说，"那你们为什么觉得，如果没有人类告诉我们，我们就不会想到这种可能性？"

安德无言以对，他被迫承认自己在某些方面把坡奇尼奥当作应该被保护的孩子看待。不能向他们透露烦恼，秘密也一样。他从未想过，他们完全有能力发现那些最为恐怖的事实。

"如果我们的智力的确来自德斯科拉达，你们又设法毁灭了它，我们又会变成什么样子？"种植者看着他们，为自己苦涩的胜利而得意，"只是树老鼠而已。"

"这是你第二次用这个词了，"安德说，"树老鼠是什么？"

"那是他们喊过的词儿，"种植者说，"杀死母亲树的一些人类喊的。"

"不存在这种动物。"华伦蒂说。

"我知道，"种植者说，"格雷戈解释过。树老鼠是松鼠的俚语称呼，他在监狱里的电脑上给我看过一幅全息影像。"

"你去见过格雷戈？"埃拉的语气带着明显的惊恐。

"我总得问问他为什么想杀光我们，然后又想救我们。"种植者说。

"这就对了！"华伦蒂得意地喊道，"你总不能说，格雷戈和米罗那天晚上阻止暴民烧死鲁特和'人类'也只是基因强迫的行为吧！"

"可我没说过人类的行为是无意义的，"种植者说，"只是你想用这种说法来安慰我而已。我们知道你们人类有自己的英雄，我们坡奇尼奥只是盖亚圈病毒的工具而已。"

"不，"安德说，"坡奇尼奥也是有英雄的，比方说鲁特和'人类'。"

"英雄？"种植者说，"他们做那些事只是为了赢得他们现在的地位：作为父亲树的身份。那是对繁殖的渴望。他们也许在你们人类眼里像英雄，毕竟你们只会死一次，但他们承受的死亡其实是重生，没有什么牺牲。"

"那么你们整个森林都是英雄。"埃拉说，"你们挣脱了窠臼，和我们订下那份协议，愿意改变一些根深蒂固的习俗。"

"我们想要你们人类的知识、机器和力量，那份协议跟英雄有什么关系？我们要做的只是不再杀你们，你们的回报却是帮我们把技术推进一千年。"

"所以你不想听任何正面结论，对吧？"华伦蒂说。

种植者说了下去，对她的话充耳不闻。"那个故事里仅有的英雄就是皮波和利波，那些明知自己会死还是格外勇敢的人类。他们摆脱了基因的束缚，赢得了自由。哪个猪仔做过这种事？"

听到种植者用"猪仔"这个词来称呼自己和同胞，安德感到一阵痛心。这些年来，这个词不再带着安德刚来时那种友好和亲切的意味，往往带着贬低的意思，那些和他们共事的人通常会用"坡奇尼奥"。今天得知的这些事究竟让种植者自我憎恨到了什么程度？

"那些献出生命的兄弟树。"埃拉热心地补充道。

但种植者的回答带着不屑。"兄弟树活着的方式和父亲树不同。他们不能说话，只能服从。我们告诉他们要做什么，他们别无选择。工具，不是英雄。"

"你可以扭曲任何事，只要你会讲故事。"华伦蒂说，"你可以否认任何牺牲，只要宣称受难者感觉良好那就不是牺牲，只是自私的行为而已。"

种植者突然跳下了椅子。安德准备好看着他重演早先的举动，但他没有环绕房间，反而走向坐在椅子上的埃拉，双手按在她的膝头。

"我知道一个能成为真正英雄的方法，"种植者说，"我知道一个能违抗德斯科拉达的方法。能够拒绝它、反抗它、憎恨它，并且帮助摧毁它。"

"我也知道。"埃拉说。

"一次实验。"种植者说。

埃拉点点头。"确认坡奇尼奥的智力是否真的以德斯科拉达而非大脑为中心。"

"我愿意参与。"种植者说。

"我不会请求你参与。"

"我知道你不会，"种植者说，"我是自己要求的。"

安德惊讶地意识到，埃拉和种植者就像他和华伦蒂那样亲近（尽管是以他们特有的方式），无须说明就能理解彼此的想法。安德没想到两个来自不同物种的存在也能做到这种事。可话说回来，为什么不能呢？何况他们还为了同样的事业近距离共事了很久。

安德又花了点时间才理解了种植者和埃拉做出的决定。华伦蒂不像安德那样和他们共事多年，所以仍然没明白。"怎么了？"她问，"他们在说什么？"

最后开口的是埃拉。"种植者提议清除一位坡奇尼奥身上的所有德斯科拉达病毒，把他放到不会感染的洁净空间里，再看他的心智是否正常。"

"这可不太科学，"华伦蒂说，"其他方面的变数太多了，我记得德斯科拉达参与了坡奇尼奥生命的每一部分。"

"缺少德斯科拉达，代表种植者会立刻生病，并最终死去。拥有德斯科拉达对金造成的影响，应该和缺少德斯科拉达对种植者的影响一样。"

"你该不会真让他这么做吧？"华伦蒂说，"这什么都证明不了。他也许会因为疾病失去理智，发烧也能让人精神错乱。"

"我们还能怎么做？"种植者问，"等埃拉找到驯化病毒的方法，然后发现在它失去智力与危险后，我们也不再是坡奇尼奥，而是真正的猪仔？发现我们的语言能力完全来自体内的病毒，一旦病毒被控制，我们就会失去一切，变得不比兄弟树好到哪去？还是说我们要等到你们失去杀死病毒的手段以后，才发现这一切？"

"但这不是正规实验，没有控制——"

"这是正规实验，"安德说，"是你不在乎能不能拿到经费，只需要结果，而且马上就要的时候做的那种实验。是你不知道结果会是什么，甚至不知道该如何解读结果，但有群疯狂的坡奇尼奥正打算钻进太空飞船，把能屠杀整个行星的疾病散播到全宇宙，而你必须做点什么的时候做的那种实验。"

"是你们需要英雄的时候，"种植者说，"要做的那种实验。"

"我们需要英雄的时候?"安德问，"还是你需要成为英雄的时候?"

"如果我是你，我会少说两句，"华伦蒂干巴巴地说，"你这几百年来可干过不少逞英雄的事。"

"也许没这个必要，"埃拉说，"科尤拉知道很多关于德斯科拉达的事，比她承认的多很多。她也许已经知道德斯科拉达的智能适应能力能否和生命维持能力分离开来。如果我们制造出那样的病毒，就能测试德斯科拉达对坡奇尼奥智力的影响，且不需要威胁实验对象的生命。"

"麻烦在于，"华伦蒂说，"科尤拉不太可能相信我们这套'德斯科拉达由另一个物种制造'的说法，就像清照不会相信她的众神之声只是基因导致的强迫性精神官能症。"

"我愿意。"种植者说，"我愿意立刻开始实验，因为我们没时间了。明天就把我放到无菌环境里去，用你们藏起来的化学药品杀死我身体里的所有德斯科拉达，就是你们打算在德斯科拉达适应目前的抑制剂时用在人类身上的那种。"

"你要明白，这也许是浪费生命。"埃拉说。

"那这就是货真价实的牺牲了。"种植者说。

"如果你开始以显然与疾病无关的方式失去理智，"埃拉说，"我们就停止实验，因为答案已经有了。"

"也许吧。"种植者说。

"那个时候你完全可能恢复健康。"

"我不在乎自己能不能恢复。"种植者说。

"如果你开始以和疾病有关的方式失去理智，我们也会停止。"安德说，"因为这么一来，我们就知道实验是没用的，我们不会从中得到任何结论。"

"那么如果我是个懦夫，只需要假装失去理智，就能保住性命。"种植者说，"不，无论发生什么，我都不允许你们停止实验。就算我的大脑机能正常，你们也必须将实验进行到最后，直到我死去，因为只有我直到最后都维持心智正常，才能确认我们的灵魂不是德斯科拉达制造出来的。答应我！"

"这究竟是科学还是自杀协议？"安德问，"发现德斯科拉达在坡奇尼奥历史中可能扮演的角色让你这么沮丧，甚至想要一死了之？"

种植者冲向安德，爬上他的身体，鼻口顶着安德的鼻子。"你这骗子！"他大喊道。

"我只是问了个问题。"安德低声说。

"我想要自由！"种植者大喊道，"我想要德斯科拉达离开我的身体，永远不再回来！我想用这种方式解救所有猪仔，让我们真正成为坡奇尼奥，而不是徒有其名！"

安德轻轻撬开他的手，种植者的紧贴让他的鼻子隐隐作痛。

"我想做出牺牲，证明我是自由的，"种植者说，"不只是在按照我的基因行动，不只是谋求第三人生。"

"就连殉道者都愿意接受天国的奖赏。"华伦蒂说。

"那他们就都是自私的猪猡。"种植者说，"这就是你们对猪猡的评价，不是吗？在你们的通用语斯塔克语里。好吧，这个词用来形容我们猪仔正合适！我们的英雄都想要成为父亲树，我们的兄弟树从一开始就是失败者，我们除了自己以外效命的对象只有德斯科拉达。据我们所知，德斯科拉达也许就是我们自己。但我会得到自由，我会知道自己是什么。没有德斯科拉达，没有我的基因，没有我以外的一切。"

"无论你是什么，你都会死。"安德说。

"但首先会得到自由，"种植者说，"而且在我的同胞之中最先得到自由。"

等王母和简把那天发生的一切告诉韩大师以后，等他和简谈过自己当天的工作成果以后，等那栋宅邸在夜晚的黑暗里陷入沉寂以后，王母躺在韩大师房间角落的席子上，听着他轻柔却持续的鼾声，思考今天听到的每一句话。

他们的想法有那么多，大多数层次都很高很高，她根本不可能真正理解，尤其是维京关于"目的"的那番话。他们归功于她，认为是她想出了解决德斯科拉达病毒问题的方法，但她不能接受这份功劳，因为那句话只是无心插柳。她觉得自己只是在重复清照的问题，她怎么能为一次意外居功呢？

如果要责备或赞扬别人，应该仅限于他们有意做出的举动，王母一直本能地相信这点，她不记得有人明确告诉过她这个道理。她当时谴责说议会的那些罪行全是故意为之：通过基因修改道之星的居民来创造通神者，又让舰队带上设备医生去摧毁宇宙中已知仅有的另一个有知觉物种。

但这真是他们有意做出的吗？也许至少有一部分成员觉得，摧毁卢西塔尼亚星能让宇宙对人类更加安全。根据王母听到的有关德斯科拉达的内容，如果它开始在不同星球的人类中传播，就可能导致全部地球裔生命的终结。也许同样有一部分议会成员决定为了全人类的福祉创造道之星的通神者，但随后又给他们的大脑加上了强迫症，让他们不会脱离控制，并且奴役所有次一级的"正常"人类。也许他们都是怀着良好目的做出那些可怕行为的。

清照当然也怀着良好的目的，不是吗？既然她觉得自己是在服从众神，王母又怎么能谴责她的行为呢？

在每个人的脑海里，他们的行为都带有某种高尚的目的，不是吗？每个人在自己眼里都是好的，不是吗？

我除外，王母心想，在我自己眼里，我愚蠢又无力。但他们提到我的时候，就好像我远比自己以为的要优秀。韩大师也赞扬过我。那些人提起清照的时候，语气带着怜悯和讽刺，我也是这么看待她的。但高尚的其实是清照，卑劣的才是我，不是吗？我背叛了女主人。她忠于自己的政府和众神，这对她来说都是真实的，我却没法再相信他们了。如果坏人都有办法说服自己，他们在做的那些坏事实际上是好事，我又该怎么区分好坏呢？如果好人在做好事的时候相信自己其实很坏呢？

也许只有你觉得自己坏的时候才能做好事，如果你觉得自己是好人，那就只能做坏事了。

但这种悖论对她来说太难懂了。如果非得反向理解每个人努力表现出的模样，那这世界就太不可理喻了。好人就不可能表现得善良吗？就因为有人声称自己是人渣，不代表他不是人渣。如果连目的都不能成为标准，那还有什么办法判断他人呢？

王母有办法判断自己吗？

一半的时间里，我根本不知道自己做事的目的。我来到这栋宅子，因为我野心勃勃，想要成为富有的通神者女孩的贴身侍女。我的目的纯粹出于自私，而清照接纳我纯粹是因为慷慨。现在我却在帮助韩大师犯下叛逆罪行，我在其中的目的又是什么？我甚至不知道自己为什么要这么做。我又怎么知道其他人的真实目的？我根本不可能区分出好坏。

她在席子上摆出莲花坐的姿势，将脸埋进自己的双手里。她觉得自己仿佛贴着一面墙壁，但那却是她自己打造的墙壁，如果她能设法挪开它——就像她随时能把手从脸上挪开那样——就能轻易地抵达真相所在的地方。

她挪开双手，睁开眼睛。房间对面是韩大师的终端，今天她在那里看到了埃拉诺娜·希贝拉·冯·海塞和安德鲁·维京的脸，还有简的脸。

她想起了维京口中众神应有的样子。真正的神只会想教你如何变成他们那样。他为什么要说这种话？他怎么知道神会是什么样子？

那些想要教你如何了解他们了解的知识，教你如何去做他们会做的那些事的人——他真正描述的不是众神，而是父母。

只是有很多父母不会这么做。很多父母会努力打压孩子，控制他们，奴役他们。王母在长大成人的过程中见过很多这种父母。

所以维京描述的其实不是父母，而是好父母。他不是在告诉她众神是什么，而是在告诉她"好"是什么。希望其他人成长，希望其他人同样拥有你那些美好的事物，可以的话，也希望他们避开丑恶的事物，这就是"好"。

那众神又是什么？他们会希望其他人全都知道、拥有和成就美好。他们会传授、分享、训练，但绝对不会强迫。

就像我父母，王母心想，有时候笨拙又愚蠢，就像所有人那样，但他们是好人。他们真的会照看我。就算有时候，他们会强迫我去做苦差事，也是因为他们知道这样对我有好处。就算有时候，他们会犯错。我的确能根据他们的目的来判断。每个人都会说他们的目的是好的，但我父母的目的真的很好，因为他们为了我所做的一切，都是为了让我更有智慧、更有力量也更加优秀。就算他们会让我痛苦，就算他们强迫我做苦差事，也是因为他们知道我能从中学到东西。

就是这样。如果真的有众神，应该就是这样的。他们会希望其他人在生命中拥有一切美好，就像好父母那样。但和父母或者其他人不同，众神真正知道什么是好的，也有能力让好事发生，即使其他人当时还不明白那是好事。就像维京说的，真正的神会比任何人都要聪明和强大。他们会拥有可能范畴内最多的智慧和力量。

但像那样的存在——王母这样的人有什么资格评判神灵？就算他们把目的告诉她，她也不可能理解，所以她要怎么知道他们是好是坏？但另一种态度是毫无保留地信任他们，这不正是清照的做法吗？

不。如果众神真的存在，他们也不会按照清照以为的方式行动，奴役他人，折磨和羞辱他们。

除非折磨和羞辱对他们有好处……

不！她几乎大喊出声，然后再次以手掩面，这次是为了保持安静。

我只能根据自己的理解来判断。如果就像我的理解，清照相信的众神是邪恶的，那就没错。也可能我错了，也许我没能理解他们通过让通神者成为无助的奴仆或者摧毁整个物种所实现的伟大目的。但在我的心里，我别无选择，只能排斥这样的神，因为我看不到他们所做之事的任何好处。也许我太笨拙又太愚蠢，始终会是众神的敌人，对抗他们崇高而令人费解的目的。但我必须按照我的理解度过人生，而我的理解就是，通神者告诉我们的那种神灵根本不存在。如果他们真的存在，就是以压迫和欺骗、羞辱和漠视为乐。他们所做的事都是为了让别人显得渺小，让他们自己显得高大。就算他们真的存在，也不是什么神。他们应该是敌人，是魔鬼。

那些制造了德斯科拉达的存在也一样，无论他们是谁。是的，他们肯定非常强大，才能制造出那样的工具。但他们同样肯定是无情、自私又傲慢的存在，觉得宇宙里的全部生命都可以随意操纵。把德斯科拉达病毒送到宇宙里，不在乎它会杀死什么，又会摧毁怎样的美丽生物，这也不可能是神。

然后是简，她也许是个神。简知道数量庞大的信息，同样拥有惊人的智慧，还会为了他人的福祉而行动，即使代价是她的生命——即使是现在，即使在她主动放弃了生命以后。还有安德鲁·维京，他也许是个神，他看起来那么睿智、那么宽容，他的行动是为了坡奇尼奥，而非自己的利益。还有华伦蒂，自称"德摩斯梯尼"的那位，她曾努力帮助他人找到真相，做出自己的理智判断。还有韩大师，他总是在努力做正确的事，即使会因此失去女儿。或许就连那位科学家埃拉也是，尽管她应有的知识有所欠缺，因为她面对一名年轻侍女也能不耻下问。

他们当然不是住在西天，在西王圣母宫殿里的那种神。他们也不会将自己看作神，就连这种想法都会惹他们发笑。但和她相比，他们的确是神。他们比王母聪明那么多、强大那么多，而且按照她对他们目的的理解，他们是在努力帮助他人变得尽可能明智和强大，甚至比他们自己更明智、更强大。所以就算王母可能是错的，就算她也许真的对一切都一无所知，她也明白自己和这些人共事的决定是正确的。

只有在理解何谓"好"以后，她才能做好事。在她看来，这些人就是在做好事，而议会看起来在做恶事。所以就算从长远来看，她的前途可能毁于一旦——韩大师如今是议会的敌人，可能被捕和被杀，连同她一起——她也还是会这么做。她永远不会见到真正的神，但她至少能努力帮助那些在所有人之中最接近神灵的人物。

如果众神感到不悦，他们可以在梦里给我下毒，或者在我明天去花园的时候烧死我，或者直接让我的双臂、双腿和脑袋脱离身体，就像糕饼落下的碎屑。如果他们连我这么个愚蠢的小侍女都阻止不了，他们就没什么了不起的。

15

生与死

安德要来见我们。

他经常过来找我说话。

我们可以直接和他的大脑对话，但他坚持要来。他不喜欢在看不到我们的时候和我们说话。在远距离对话的时候，他会难以区分自己的想法和我们放进他头脑的想法，所以他要来。

你们不喜欢这样？

他希望我们告诉他答案，我们不知道什么答案。

你知道人类知道的一切。你们能进入太空，不是吗？你们甚至不需要安塞波，也能在星球之间通话。

这些人类，他们太渴望答案了。他们的问题太多了。

你知道的，我们也有问题。

他们想知道为什么、为什么、为什么，或者怎么会。把所有东西捆扎成整齐精致的一团，就像虫茧。我们只会在变态为女王的时候这么做。

他们喜欢弄懂一切，但你知道的，我们也是。

是啊，你们喜欢觉得自己和人类一样，不是吗？但你们和安德不一样，和人类不一样。他必须了解每件事的起因，必须写下关于每件事的故事，可我们不知道什么故事。我们只知道记忆，我们知道事情会发生。我们不知道那些事为何发生，和他希望的不一样。

你们肯定知道。

我们甚至不在乎为什么，不像人类那样在乎。我们只会弄清自己达成目标需要知道的部分，但他们总想知道超出必要的东西。就算成功让某些东西开始了运作，他们还是会渴望知道它为何能运作，以及运作的原理。

我们就不是这样吗？

也许等德斯科拉达停止干涉你们以后，你们就会变成那样。

也或许我们会像你们的工虫。

如果真是这样，你们也不会在乎。他们都很快乐。是智力让你们不快乐。工虫们要么饿，要么不饿；要么痛苦，要么不痛苦。他们从不好奇、失望、苦恼或者羞愧。在这些方面，人类会让我和你们看起来都像工虫。

我想你对我们还不够了解，不适合做这种比较。

我们进入过你们的头脑，也进入过安德的头脑，我们一千个世代以来都在自己的头脑里，但和这些人类相比，我们就像在睡大觉。就算他们睡觉的时候，也不在睡觉。地球裔动物的大脑能做到这种事，某种神经突触会疯狂释放信息，就像可控的精神错乱。就在他们睡觉的时候，他们的一部分大脑——记录画面和声音的那部分——会在他们入睡时每隔一两个钟头就释放信息。即使那些画面和声音完全是随机出现，毫无意义，他们的大脑也会将其持续组合为可以理解的东西。大脑会尝试用那些信息编写故事，完全是随机的无意义内容，与现实世界不可能有任何关联，但大脑会将其转变为疯狂的故事，然后他们会忘掉。所有的努力编写出的那些故事，在他们醒来时就几乎会全部忘记。但在能记住的时候，他们就会尝试用这些疯狂的故事编写故事，试图代入他们的现实生活。

我们知道他们的梦。

也许没有德斯科拉达，你们也会做梦。

为什么我们会想做梦？就像你说的，这毫无意义，只是他们大脑神经突触的胡乱释放而已。

他们是在练习，他们总是这么做：编写故事，建立联系，从无意义中寻找意义。

如果毫无意义，那又能有什么好处？

但事实就是这样。他们有我们完全不了解的渴望：对答案的渴望、对寻找意义的渴望、对故事的渴望。

我们也有故事。

你们记得事迹，而他们虚构事迹，改变故事的含义。他们会改变事物，让同一段记忆具有上千种不同含义。就算是梦，他们有时也能用那些随机成分拼凑出阐述各种事物的内容。没有哪个人类的头脑和你们相似，又和我们相似。他们的头脑强大得多。而且他们的生命又那么短，死得那么快。但在那一个世纪的时间里，我们每发现一种意义，他们就能找出上万种。

大多数都是错的。

就算绝大多数都是错的，就算每一百种里有九十九种是愚蠢而错误的，那上万个想法还是会剩下一百个好主意。这是对他们的格外愚蠢，对他们格外短暂的生命、格外有限的记忆的补偿。

梦和疯狂。

魔法、神秘和哲学。

你不能说你们从来都想不到故事。你刚才告诉我的就是个故事。

我知道。

看到没？人类做的事你们都能做到。

你还不明白吗？就连这个故事都是我从安德的头脑里找到的。他那个故事的源头来自另一个人，来自他读过的某些东西，然后结合他自己的看法，直到能理解其意义为止。这些全都在他的脑袋里。而我们和你们相似。我们对世界有清晰的认知，我能轻易找到进入你们头脑的路。你们脑袋里的东西或多或少都是现实，是你们尽可能去理解的现实，但安德的头脑里有疯狂。成千上万相互矛盾、不可能存在的想象，全都毫无意义，因为它们不可能组合在一起，但它们实际上却能组合，他能按照需要让它们组合起来，今天是这种方式，明天是那种方式。就好像在他的脑袋里，他能为面对的每个新问题打造出一台新的想法机器，就好像他会构想出能够住进去的新宇宙，每小时一个，通常错到无可救药，而他最后也会犯错和判断失误，但有时候又那么完美，会奇迹般地打开思路，而我能透过他的双眼看到他的新世界、他的新方式，然后一切都会改变。疯狂，随后就是启迪。在我们遇见这些人类之前，在我们和安德的头脑建立联系之前，我们知道一切需要知道的事。现在我们发现，知道同样事物的方式有那么多，而我们永远不可能全部找到。

除非人类教你们。

也教你们。明白了吗？我们也是拾荒者。

你们是拾荒者，我们是乞讨者。

如果他们配得上自己的心智能力就好了。

他们不配吗？

别忘了，他们正打算把你们炸上天呢。他们的头脑有那么多的可能性，但归根结底，他们的个体仍旧愚蠢、狭隘、半瞎又半疯。他们仍旧有百分之九十九的故事都大错特错，最终导致可怕的谬误。有时候，我们希望自己能驯化他们，就像工虫那样。要知道，我们试过的，对安德试过。但我们不能这么做，不能把他变成工虫。

为什么不能？

他太蠢了，没法长时间集中注意力。人类的心灵缺乏专注力，他们会厌倦，然后走开。我们必须在他体外搭建一座桥梁，运用和他关系最亲密的那台电脑。说到电脑，这种东西擅长集中注意力。它们的记忆干净、整齐、井井有条，方便寻找。

但它们不做梦。

没有疯狂，太可惜了。

华伦蒂在奥尔拉多家的门口不请自来。此时还是清晨，他是那家小型砖厂的值班经理，直到下午都不会去工作，但他已经起床，开始四处走动，多半是因为他的家人都起床了。孩子们结伴走出门来。我在很久以前的电视上见过这种情景，华伦蒂心想，一家人在早上同时出门，父亲拿着公文包走在最后。我的父母以他们自己的方式过着那种生活，从来不在乎他们的孩子显得多么奇怪，不在乎我们去学校的时候显得多么张扬，不在乎我和彼得在网络上游荡，又尝试通过运用假名来接管世界，不在乎还是小孩的安德被迫离家，尽管他后来回过一次地球，但他再也没和家人见过哪怕一面，除了我。我觉得我的父母始终想象他们的做法是正确的，因为他们模仿的是在电视上看来的仪式。

　　这里也一样。孩子们冲出房门。那个男孩肯定是尼姆波，格雷戈和暴民对峙的时候，他也在场。但在这里，他只是个墨守成规的孩子，没人能猜到他参与了不久前那个可怕的夜晚。

　　母亲给了他们每人一个吻。尽管有这么多孩子，她仍旧是个年轻漂亮的女子。那么普通、那么喜欢陈词滥调，但仍旧是个出众的女子，因为她嫁给了他们的父亲，不是吗？她能透过残缺看到优点。

　　那位父亲还没到上班的时间，所以能站在那儿，看着他们、抚摸他们、亲吻他们，说上几句话。温和、聪明、慈爱，老套的那种父亲。所以这幅画面的问题在哪儿？那位父亲是奥尔拉多，他没有眼睛，一边眼眶里的银亮金属球体有两个透镜孔径，另一边眼眶里的球体有电脑用的输入／输出端口。孩子们就像没看到一样，华伦蒂到现在还没法习惯。

　　"华伦蒂。"看到她的时候，他说。

　　"我们得谈谈。"她说。

　　他把她领进屋子里，介绍了他的妻子杰奎琳。她的皮肤黝黑到近乎蓝色，双眼带着笑意，脸上挂着令人沉醉的灿烂笑容，显得那么热情。她端来了一杯冰凉的柠檬水，小心地准备离开，晨间的炎热让她出了汗。"你可以留下，"华伦蒂说，"不是什么私密话题。"但她不想留下，说自己还有活儿要干，然后就走了。

"我想见你很久了。"奥尔拉多说。

"想见我不难。"她说。

"你很忙。"

"我没有要做的事。"华伦蒂说。

"你有安德鲁的事。"

"反正我们现在见到了。我一直对你很好奇，奥尔拉多。还是你更喜欢自己的教名劳诺？"

"在米拉格雷，你的名字取决于别人对你的称呼。我还有过'索莱'这个名字，因为我的中间名叫'索莱莫'。"

"智者所罗门。"

"但在失去眼睛以后，我就是奥尔拉多，永远都是。"

"'注视之人'？"

"是的，'奥尔拉多'可以理解成'olhar'的过去分词，但这样的话，它的意思应该是'有眼睛的人'。"

"这就是你的名字。"

"我妻子叫我劳诺，"他说，"我的孩子叫我父亲。"

"那我呢？"

"随你。"

"那就索莱吧。"

"非要选的话，就用劳诺吧。索莱会让我觉得自己才六岁。"

"也会让你想起自己还能看到的时候。"

他大笑起来。"噢，多谢，我现在也能看到。我看得很清楚。"

"安德也是这么说的，所以我才会来找你，为了弄清你看到了什么。"

"想要我为你回放场景？唤醒过去的记忆？我把最爱的记忆都存在电脑里。我能接入电脑，为你回放你想看的一切。比方说，我录下了安德鲁第一次拜访我们小时候那个家的过程，还录下了几场一流水平的家庭口角。还是说你更喜欢公共事件？我有这双眼睛以后的每一任市长的就任仪式？人们会向我咨询类似的事：穿了什么、说了什么。我经常要特意向他们说明，我的眼睛记录的是影像，没有声音，就像他们的眼睛。他们觉得我应该是一台全息摄影机，能把所有东西记录下来，用作娱乐。"

"我不想看到你看到的东西，我想知道你的想法。"

"现在就想吗？"

"是的，现在就想。"

"我没有看法，无论你感兴趣的是什么。我不参与家庭口角，向来如此。"

"也不参与家庭事业。在娜温妮阿的孩子里，只有你没有从事科学。"

"科学带给了其他人那么多幸福，我很难想象自己为什么没有从事这一行。"

"其实不难想象。"华伦蒂说。随后，因为她发现尽管他语气冷淡，却会在言语相激下坦白心声，她又添了点料，"我想你单纯是没有能跟上他们的脑子。"

"完全正确，"奥尔拉多说，"我的脑子只够造砖头。"

"真的？"华伦蒂说，"但你不造砖头。"

"恰恰相反。我每天要造几百块砖头。又因为每个人都在屋子上凿洞来造新礼拜堂，我能预见不远的将来会生意兴隆。"

"劳诺，"华伦蒂说，"你不造砖头，是你工厂里的工人造砖头。"

"我作为经理没有参与造砖头吗？"

"是制砖工人在制造砖头，你制造的是制砖工人。"

"我想是吧。我基本上是给制砖工人派活儿。"

"你造的是另一些东西，"华伦蒂说，"孩子。"

"是啊。"奥尔拉多说。在这场对话里，他头一次放松下来。"我会造孩子。当然，我有个搭档。"

"一位亲切又美丽的女子。"

"我寻找的是完美，找到的却犹有过之。"这不是什么套话，他是认真的。此时那种冷淡消失了，谨慎也一样。"你也有孩子、有丈夫。"

"美满的家庭，几乎和你的一样美满。我们的家少了完美的母亲，但孩子们会缓过劲儿来的。"

"听安德鲁对你的评价，你是有史以来最伟大的人类。"

"安德鲁嘴真甜。还好我当时不在，否则他说出了这种话，就别想全身而退了。"

"你现在来了这儿，"奥尔拉多说，"为什么？"

"许多世界和异族物种碰巧都在面临抉择，而从事态的发展来看，他们的未来很大程度上取决于你们家。我没时间去从容地调查——我没时间去了解家庭动态，了解格雷戈为什么能在一个晚上从怪物变成英雄，米罗为什么既有自杀倾向又有雄心壮志，科尤拉又为什么愿意让坡奇尼奥为了德斯科拉达而死——"

"问安德鲁。他理解他们所有人，我从来都不理解。"

"安德鲁眼下正焦头烂额呢，他觉得自己对每件事都要负责。他尽了全力，但金死了，而你母亲和安德鲁在这件事上看法一致：这是安德鲁的错，虽然不知道为什么。你母亲的离开让他的身心都破败不堪。"

"我知道。"

"我甚至不知道该怎么安慰他。身为他亲爱的姐姐，我甚至不知道自己该期待哪种情况——是她回到他的生命里，还是永远离开他。"

奥尔拉多耸耸肩。那种冷漠感又回来了。

"你真的不在乎？"华伦蒂问，"还是说你决定了不去在乎？"

"也许我很早以前就决定了，现在我是真的不在乎。"

想要成为优秀的采访者，要点之一就是知道该在何时沉默。华伦蒂静静等待。

但奥尔拉多同样擅长等待，华伦蒂险些放弃然后开口了。她甚至在考虑承认失败，就此离开。

这时他开了口："他们更换我的眼睛时，也切除了泪腺。天然的泪水会用他们放进我眼睛里的润滑油代替。"

"工业用的那种？"

"我在开玩笑，"奥尔拉多说，"我总是显得平心静气，是因为我的眼睛从来不会涌出泪水，人们也读不懂我的表情。要知道，这很好笑。真正的眼球没有能力改变形状，显露感情，它就只会待在那儿。是啊，你的眼球会飞快转动，要么保持目光相接，要么向下或者向上看，但我的眼睛也能做到。它们移动时仍旧会精准对称，它们仍旧会正对我看的方向，但人们受不了和我对视，所以他们会转开目光。他们不会观察我脸上的表情，因此他们觉得我没有表情。在我本该哭泣的时候——如果我有眼泪的话——我的双眼仍然会稍稍刺痛和红肿。"

"换句话说，"华伦蒂说，"你是在乎的。"

"我一直都在乎。"他说，"有时候，我觉得我才是唯一的明白人，尽管一半的时间里，我不知道自己究竟明白了什么。我抽离自己然后观察，又因为我在家庭口角里不站在任何一方，我能比他们所有人看得都清楚。我能看到力量之线——母亲对家庭的绝对支配——即使在生气或者喝醉的马科斯殴打她的时候也一样。米罗觉得自己对抗的是马科斯，但从始至终都是母亲；格雷戈的卑鄙是他应对恐惧的方式；科尤拉的天性截然相反，只要是她认为对她重要的人不希望她做的事，她都会去做，埃拉，高尚的殉道者，如果不能受苦，她在这世上还有什么意义？神圣又正义的金，将神认作父亲，毕竟这位父亲既看不见，又从来不会大声说话。"

"你从小就能看到所有这些？"

"我很擅长看东西。我们这些被动而没有归属的旁观者总能看得更清楚，你不这么认为吗？"

华伦蒂大笑起来。"是的，我们是这样。所以你觉得你和我的角色一样？都是历史学家？"

"直到你的兄弟到来为止。从他走进门的那一刻，他显然就看到和理解了一切，就像我看到的那样。这令人狂喜，因为当然了，我从来没有真正相信过自己对家人的结论。我从来不相信自己的判断。显然没有人会像我这样看待事物，所以我肯定是错的。我甚至觉得，我看到的东西那么奇怪，是因为我这双眼睛。如果我有真的眼睛，就会像米罗那样看待事物了，或者像母亲那样。"

"所以安德鲁印证了你的判断。"

"不只是这样。他根据判断做出了行动，他真正做了事。"

"噢？"

"他是作为死者代言人来的，但从他走进门的那一刻起，他就……就接……"

"接管了？"

"是接过了责任，改变的责任。他看到了我看到的所有弊病，但他开始尽全力治疗他们。我看到了他面对格雷戈的严格却和蔼；面对科尤拉，他的回应是她真正想要的，而非她声称自己想要的；面对金，安德会尊重他，给予他希望保持的距离；还有面对米罗、埃拉、母亲以及所有人的时候。"

"面对你呢？"

"他让我成了他人生的一部分，和我建立关联，看着我把数据线插进眼睛，还能用对待人的态度和我说话。你知道这对我的意义吗？"

"我能猜到。"

"你猜不到我的感受的。我承认，我那时是个满心渴望的小小孩。我敢肯定，第一个对我和蔼的人都能骗到我。他对我们所有人都是这么做的。他对待我们的方式全都不一样，但仍然能保持自我。想想看我人生里的那些男人吧。马科斯，我们以为是父亲的

371

那个人，我不知道他是什么，我能看到的只有他喝醉时身体里的酒精，还有他清醒时的渴望。他对酒精的渴望，也是对他永远无法得到的尊敬的渴望。然后他就这么死了，事态立刻开始好转。算不上好，但比从前好了。我心想，最好的父亲就是不在的父亲。但这也不是事实，对吧？因为我真正的父亲利波，那位伟大的科学家、殉道者、研究的英雄，我母亲一生的挚爱，他让我母亲生下了那么多讨人喜欢的孩子，也能看到这个家庭的痛苦，但他什么都没做。"

"安德鲁说，是你母亲不让他插手的。"

"没错。所有人都得按照母亲的方式做事，不是吗？"

"娜温妮阿是位非常强硬的女性。"

"她觉得全世界只有她在受苦。"奥尔拉多说，"我这话不带任何怨恨。我单纯只是想说，她实在太痛苦了，所以没法认真看待其他人的任何痛苦。"

"下次还是带着怨恨来说吧，也许那样还能顺耳一点儿。"

奥尔拉多露出惊讶的表情。"噢，你在评判我？这叫'母性团结'还是什么？说母亲坏话的孩子必须挨巴掌？但我向你保证，华伦蒂，我说的是实话，不带怨恨，没有不满。我了解我母亲，仅此而已。你说你希望我说出自己看到的，这就是我看到的，这就是安德鲁同样看到的。那么多的痛苦，他被深深吸引。痛苦会吸引他，就像磁铁。母亲又有那么多的痛苦，所以几乎将他吸干。只不过，你恐怕没法吸干安德鲁，也许他心里那口同情之井是没有底的。"

他对安德鲁这番热情洋溢的评价让她吃惊，也让她愉快。"你说金去求助神，是为了那位看不见的父亲。你求助的是谁呢？不是看不见的人，我想。"

"不，不是看不见的人。"

华伦蒂沉默地端详着他的脸。

"我看到的一切都像是浅浮雕，"奥尔拉多说，"我的深度知觉很差。如果我们当初在两只眼睛里都放上透镜，而非只有单眼，我的双眼视觉就会改进很多，但我也想要端口。为了连接电脑。我想要记录图像，好和别人分享。所以我看到的只有浮雕，就好像所有人都是略显圆润的硬纸板剪贴画，在平坦的着色背景上滑来滑去。从某种角度来说，所有人在我眼里都比实际上近很多，像纸片那样滑过彼此，在经过时相互摩挲。"

她就这么听着，仍旧一言未发。

"不是看不见的人。"他重复了那句话，回忆道，"没错，我看到了安德鲁在我们家里做的事，我看到他来到这里，聆听、观察和理解我们的本质，我们每一个都是。他努力找出我们的需要，然后加以满足。他会为其他人承担责任，看起来也不在乎会为此付出多少。他终究没法把希贝拉家族变得正常，但他带给了我们平静、自豪感和自我认同，还有稳定。他娶了母亲，对她很好。他爱我们所有人。我们需要他的时候，他总是在场，我们不需要他的时候，他也不会表现出伤心的样子。在举止文明这方面，他对我们要求严格，但从来不会突发奇想地折磨我们。我想，这比科学重要太多了，和政治相比也是，还有其他行业、成就或者能做到的事。我想，如果我能组建一个美满家庭，如果我能学会像安德鲁那样对待其他孩子，这么对待他们一辈子，又不像安德鲁那样姗姗来迟，那么从长远来看，我对他们的好就能更多，这项成就会比我用头脑和双手能做到的一切都要出色。"

"所以你是位职业父亲。"华伦蒂说。

"在砖厂工作，给家人供应吃穿的父亲，但不是同样有孩子的制砖工人。丽妮也有同感。"

"丽妮？"

"杰奎琳，我妻子。她走的是自己的路，但终点和我相同。我们会尽自己所能赢得社会上的地位，但我们活着是为了家庭生活。为了彼此，为了孩子。这种事没法让我被记载在历史书上。"

"你会大吃一惊的。"华伦蒂说。

"这种生活读起来很无聊，"奥尔拉多说，"但过起来不一样。"

"所以你向你受尽苦难的兄弟姐妹保守的秘密就是幸福。"

"平静、美好、爱，所有那些伟大的抽象概念。他们在我眼里也许像是浅浮雕，但我可以在近距离看到。"

"这些是你跟安德鲁学来的，他知道吗？"

"我想他知道。"奥尔拉多说，"你知道我最不为人知的秘密是什么吗？我们独处的时候——只有他和我，或者只有我、丽妮和他的时候——那时候我会叫他'爸爸'，他会叫我'儿子'。"

华伦蒂丝毫没打算忍住流淌而出的泪水，就好像其中只有一半是为了他，另一半是为了她自己。"所以安德还是有孩子的。"她说。

"我从他那里学会了怎么当父亲，而且我是个非常棒的父亲。"

华伦蒂前倾身体。是时候谈正事了。"也就是说，如果我们的努力没能成功，你失去的真正美丽与美好的东西会比其他人都要多。"

"我知道，"奥尔拉多说，"我的选择从长远来看很自私。我很幸福，但我能做的那些事都没法帮忙拯救卢西塔尼亚。"

"错了，"华伦蒂说，"现在还不好说。"

"我能做什么？"

"我们再谈一会儿，看看能不能得出结论。如果你不介意的话，劳诺，你的杰奎琳可以不用在厨房里偷听了，过来一起聊吧。"

杰奎琳窘迫地走进房间，坐到她丈夫旁边。华伦蒂喜欢他们牵手的方式，这让她想起自己也会和雅各特牵手，还有牵手时的那种愉悦，尽管她和雅各特已经有了那么多孩子。

"劳诺，"她说，"安德鲁跟我说过，你小时候是希贝拉家的孩子里最聪明的那个。他说你的谈吐带着狂野的哲学思辨的味道。现在，劳诺，我的继侄，我们需要的就是狂野的哲学。你的头脑从小就搁置不用了吗？还是说你还是会思考那些深奥的问题？"

"我有我的想法，"奥尔拉多说，"但就连我自己都不相信。"

"我们在研究超光速旅行，劳诺。我们在努力寻找某个电脑实体的灵魂，在设法重建一种内置了自我防御能力的人工病毒。我们钻研的是魔法和奇迹，所以我很乐意听取你关于生命与现实之本质的真知灼见。"

"我甚至听不懂安德鲁提到的那些概念，"奥尔拉多说，"我没把物理课上完，我——"

"如果我想学习，就去看书了。我就用我们对道之星的一名非常聪明的中国侍女说过的话来回答你吧：把你的想法告诉我，我自己会判断有没有用。"

"怎么判断？你也不是物理学家。"

华伦蒂走向静静等待在角落的那台电脑。"我能打开吗？"

"当然。"他用葡萄牙语说。

"等电脑打开，简也会加入我们的谈话。"

"安德的个人程序。"

"我们尝试找出灵魂位置的那个电脑实体。"

"噢，"他说，"应该是我向你请教，不是反过来。"

"我知道的东西是有限的。所以开始说吧，关于你小时候就有的想法，还有从那以后想法的变化。"

米罗走进房间的那一刻，科尤拉就板起脸来。"别费功夫了。"她说。

"别费功夫做什么？"

"别费功夫告诉我，我对人类或者对家庭负有什么责任——顺带一提，这是两个互不重叠的独立群体。"

"这是我来这儿的目的吗？"米罗问。

"埃拉派你来说服我，让我教她怎么阉割德斯科拉达。"

米罗尝试了一点点幽默。"我不是生物学家，这有可能做到吗？"

"别装可爱。"科尤拉说，"如果你切除病毒之间传递信息的能力，就等于切除它们的舌头、记忆和让它们具备智力的一切。如果她想知道这些，可以和我研究一样的课题。我那些成果只花了五年而已。"

"那支舰队就快到了。"

"所以你真的是说客。"

"德斯科拉达病毒也许会设法——"

她替他把话说完："——绕过我们操控它的所有策略，我知道。"

米罗很恼火，但他习惯了别人对他缓慢的语速感到不耐烦，然后打断他。至少她猜对了他的意思。"随时都可能，"他说，"埃拉觉得时间紧迫。"

"那她就应该帮我学习和病毒对话的方法，说服它放过我们。订立协议，就像安德鲁和坡奇尼奥所做的那样，可她却禁止我使用实验室。好吧，这种游戏两个人才能玩。她禁止我，我也禁止她。"

"你一直在向坡奇尼奥告密。"

"噢，是啊，母亲和埃拉，真相的守护者！她们有资格决定谁该知道什么。好吧，米罗，让我告诉你一个秘密。不让别人知道真相，不能算是守护真相。"

"我知道。"米罗说。

"母亲因为那些该死的秘密把我们家搞得一团糟。她不肯和利波结婚，就是因为她决心守护一个愚蠢的秘密——如果利波知道那个秘密，也许就不会死了。"

"我知道。"米罗说。

这次他的语气那么激烈，让科尤拉吓了一跳。"噢，好吧，我猜这秘密带给你的烦恼比带给我的更多。但这样的话，你就该站在我这边，米罗。如果母亲嫁给利波，把所有秘密都告诉他，你的生活——我们所有人的生活——应该会幸福很多。他现在也许还活着。"

真是巧妙的回答。有这么多"如果"和"应该"，而且错得离谱。如果利波娶了娜温妮阿，他就不会娶欧安达的母亲布鲁欣阿，米罗也不会懵懂地爱上他同父异母的姐妹，因为她根本不存在。然而，以他断断续续的说话方式而言，这番话太长了，所以他只说了一句"欧安达就不会出生了"，希望她能理解其中的关联。

她思考片刻，然后理解了。"你说得对。"她说，"抱歉，我当时只是个孩子。"

"都过去了。"米罗说。

"什么都没过去，"科尤拉说，"我们还在一遍又一遍地重演。同样的错误，一次又一次。母亲还是觉得保守秘密是为了保护别人。"

"你也一样。"米罗说。

科尤拉又思索了片刻。"埃拉不想让坡奇尼奥们知道，她在研究怎么摧毁德斯科拉达。这个秘密可能毁灭整个坡奇尼奥社会，可我们甚至没咨询过他们一句。他们在阻止坡奇尼奥保护自己。但我保守的秘密是——也许是——在智力上阉割德斯科拉达，让它们半死不活的方法。"

"为了拯救人类，又不毁灭坡奇尼奥。"

"人类和坡奇尼奥达成了妥协，准备消灭无力抵抗的第三物种！"

"算不上无力抵抗。"

她没理他。"就像在古代，哥伦布发现新大陆以后不久，西班牙和葡萄牙找到教皇，让他在地图上画一条线，然后'呼'——这儿是巴西，说葡萄牙语而非西班牙语。更别提十个里死掉了九个，其余那些在几个世纪里都毫无权力和权利，就连语言都没保住的印第安人——"

这回轮到米罗不耐烦了。"德斯科拉达不是印第安人。"

"它是有知觉物种。"

"它不是。"米罗说。

"噢？"科尤拉问，"你为何能这么肯定？你在微生物学和外星基因学方面的学位证书在哪儿？我以为你只研究过外星生物，还过时了三十年。"

米罗没有回答。他知道她非常清楚，他回来以后有多么努力跟上时代。这是人身攻击，也是诉诸权威的愚蠢行为，根本不值得回答。所以他坐在那儿，审视她的脸，等待她回归理性讨论的国度。

"好吧，"她说，"这话确实过分了，但她派你来撬开我的档案也很过分，想要利用我的同情心。"

"同情心？"米罗问。

"因为你是……因为你……"

"有残缺。"米罗说。他没想到同情心会让事态复杂化。但他有什么办法？无论他做什么事，都是个残疾人在做事。

"好吧，是的。"

"不是埃拉派我来的。"米罗说。

"那就是母亲。"

"不是母亲。"

"噢，你是自愿来管闲事的？还是说你想告诉我，是全人类派你来的？或者你是某个抽象价值的代表？'是体面派我来的。'"

"如果真是这样，那它就给我指错了地方。"

她摇晃着退后一步，仿佛吃了一耳光。

"噢，你说我不体面？"

"安德鲁派我来的。"米罗说。

"另一个操纵者。"

"他其实想自己来的。"

"但他太忙了，忙着管闲事。圣母啊，他就像个大臣，非要掺和那些他的脑子完全没法理解的科学问题——"

"闭嘴。"米罗说。

他的语气那么激烈，让她真的沉默下来，但她不怎么乐意。

"你知道安德鲁是谁，"米罗说，"他写了《虫族女王传》，还有——"

"《虫族女王传》《霸主传》，还有《'人类'的一生》。"

"别跟我说他什么都不懂。"

"不。我知道这样说不对，"科尤拉说，"我只是太生气了。我觉得所有人都在针对我。"

"针对你做的事，的确。"米罗说。

"为什么没人能用我的方式看待问题？"

"我能用你的方式看待问题。"米罗说。

"那你怎么——"

"我也能以他们的方式看待问题。"

"是啊，不偏不倚先生，让我觉得你理解我，是种同情手段。"

"为了得到你也许已经知道的情报，种植者打算付出生命。"

"不对。我不知道坡奇尼奥的智力是否来自病毒。"

"用截断后的病毒测试，就不会杀死他了。"

"'截断'？你特意选择了这个词吗？好吧，比阉割要好。切断所有肢体还有脑袋，除了躯干什么都不留。没有力量、没有心智。心脏还在跳动，但没有目的。"

"种植者——"

"种植者爱上了'殉道'这个概念，他想死。"

"种植者希望你去和他谈谈。"

"不。"

"为什么？"

"得了吧，米罗。他们派了个残疾人来找我，想让我和快死的坡奇尼奥说话，就好像我会为一个快要死掉，而且出于自愿的朋友在弥留之际的请求而背叛整个物种。"

"科尤拉。"

"嗯，我在听。"

"是吗？"

"我说了，我在听！"她用葡萄牙语吼道。

"你这些话可能都是对的。"

"多谢你的理解。"

"但他们也可能是对的。"

"你可真是不偏不倚。"

"你说他们错了，因为他们没有咨询坡奇尼奥就做出了可能害死他们的决定。你想——"

"做出同样的事？你觉得我应该怎么做？把我的看法出版，再举行投票。几千个人类、上百万个坡奇尼奥站在你那边，但德斯科拉达病毒的数量足有万亿。少数服从多数，可以结案了。"

"德斯科拉达不是有知觉物种。"米罗说。

"有件事供你参考。"科尤拉说，"我清楚这套最新的手法，埃拉给我发送了抄本。有颗殖民行星上的一个中国女孩，在对外星基因学一无所知的前提下给出了天马行空的假设，你们的态度却像是它已经得到了证明。"

"那么，证明它是错误的吧。"

"我不能，我被禁止使用实验室了。你来证明它是正确的。"

"奥卡姆剃刀原则证明它是正确的，这是符合事实的最简单解释。"

"奥卡姆就是个中世纪的臭老头。符合事实的最简单解释永远都是神做的，又或许住在这条路边的老女人是个女巫，是她干的。这些全都是假设，只不过这次你甚至不知道女巫在哪儿。"

"德斯科拉达出现得太突然了。"

"它不是进化出来的，我知道，肯定来自别的什么地方。就算它是人造的，也不代表它现在没有知觉。"

"它想杀了我们。它是异种，不是异族。"

"噢，是啊，华伦蒂的亲疏分类原则。好吧，我怎么知道德斯科拉达是异种，我们是异族？据我所知，智慧就是智慧。异种只是华伦蒂编造出来的词，表示'我们决定杀死的智慧生物'，而异族代表'我们还没决定杀死的智慧生物'。"

"它是个不讲道理，也不懂同情的敌人。"

"敌人不都这样吗？"

"德斯科拉达对其他生命没有任何尊重，它想杀死我们。它已经支配了坡奇尼奥，一切都是为了调节这颗行星的生态环境，再散播到别的星球。"

这一次，她等他说完了一大段话。这代表她真的听进他的话了吗？

"我认同王母的一部分假设。"科尤拉说，"德斯科拉达在调节卢西塔尼亚的盖亚圈，这点说得通。事实上，现在想来，这简直显而易见。它能解释我观察到的大部分对话——病毒之间的信息传递。按照我的计算，一条信息要传递给行星上的每个病毒只需要几个月，这样行得通。但只因为德斯科拉达在管理盖亚圈，不代表你能证明它没有知觉。事实上，还有另一种可能：德斯科拉达在承担起调节盖亚圈的责任以后，表现出了利他主义，还有保护欲——如果我们看到一头母狮为了保护幼崽而攻击入侵者，我们会钦佩它。德斯科拉达的所作所为也正是如此：攻击人类，保护它重要的职责，一颗活着的行星。"

"保护幼崽的母狮。"

"我想是的。"

"或者吞吃我们孩子的疯狗。"

科尤拉停顿下来，思索片刻。"或者两者都是。为什么不能都是呢？德斯科拉达在尝试调节这颗行星，但人类越来越危险了。对它来说，我们才是疯狗。我们拔掉属于它控制系统一部分的那些植物，然后种上自己那些不听指挥的植物。我们让一部分坡奇尼奥举止怪异，不再听从它。它想增加树木数量的时候，我们一次性烧毁了整座森林。它当然会想要解决我们！"

"所以它确实打算毁灭我们。"

"它有尝试的资格！你们什么时候才能明白，德斯科拉达也是有权利的？"

"我们没有吗？坡奇尼奥没有吗？"

她再次停顿下来，没有立刻反驳。这给了他希望：也许她真的听进去了。

"你知道吗,米罗?"

"什么?"

"他们派你来是对的。"

"是吗?"

"因为你不是他们的一员。"

这话不假,米罗心想,我再也不会属于任何地方了。

"也许我们没法和德斯科拉达对话。也许它只是人造出来的,只是个执行自己程序的生物机器人,但也可能不是。然而他们却阻止我弄清真相。"

"如果他们给你开放实验室呢?"

"他们不会的。"科尤拉说,"如果你觉得会,那就说明你不了解埃拉和母亲。她们断定我不值得信任,就这样。好吧,我也断定她们不值得信任了。"

"那么整个物种都会为了个人的尊严而死。"

"你觉得这就是全部原因吗,米罗?尊严?我坚持主张,只是因为微不足道的口角?"

"我们这一家很看重尊严。"

"噢,无论你怎么想,我做这些都是出于良心,你想说这是尊严、顽固还是别的什么都随你。"

"我相信你。"米罗说。

"可我能相信你相信我这件事吗?这也太混乱了。"她重新看向终端,"你走吧,米罗。我说过我会考虑的,而且我会的。"

"去见种植者吧。"

"我也会考虑的,"她的手指悬停在键盘上方,"你知道的,他是我的朋友。我也是有同情心的。我会去见他,这点你可以放心。"

"很好。"

他朝房门走去。

"米罗。"她说。

他转过身，静静等待。

"多谢你没有威胁说，如果我不肯开启权限，你们就用那个电脑程序破解我的文件。"

"当然不会。"他说。

"要知道，换成安德鲁就会威胁我。人人都觉得他是个圣人，但他总会恐吓那些不肯赞同他的人。"

"他不会威胁人。"

"我亲眼见过他这么干。"

"他只会警告。"

"噢，真抱歉。这有什么区别吗？"

"有的。"米罗说。

"警告和威胁之间的唯一区别，就在于你是说的那个人，还是听的那个人。"

"不，"米罗说，"区别在于那个人自己的意思。"

"你走吧。"她说，"在思考的同时，我也还有工作要做，所以你走吧。"

他打开了门。

"不过还是谢了。"她说。

他走出房间，关上了门。

远离科尤拉的住处以后，简的声音立刻在他耳中响起。"看来你不打算告诉她，我在你来之前就破解了文件。"

"是啊，好吧，"米罗说，"我觉得自己像个伪君子，因为她感谢我没有威胁要做我已经做了的事。"

"是我做的。"

"我们做的。你、我和安德，卑鄙的一伙人。"

"她真的会考虑吗？"

"也许，"米罗说，"也可能她早就考虑过了，也决定配合，只是在找借口。又或许她已经决定不配合，最后说那些好听的话只是在可怜我。"

"你觉得她会怎么做？"

"我不知道她会怎么做，"米罗说，"我知道我会怎么做。每次想到她以为我尊重她的隐私，我们却已经洗劫了她的文件的时候，我都会惭愧。有时候，我觉得自己不是什么好人。"

"你也发现了，她没有告诉你，她把真正的发现藏在了电脑系统外，所以我能接触到的只有毫无价值的垃圾。她对你同样不坦诚。"

"是啊，但她是个丝毫不懂平衡和分寸的狂热分子。"

"这下一切都说得通了。"

"有些性格真的是家族遗传的。"米罗说。

虫族女王这次是独自一人，或许还因为某些事精疲力竭——交配？产卵？她似乎所有时间都在做这些，她别无选择。现在工虫都去了人类殖民地的周边巡逻，她只能增加原本计划中的产卵数量。她的后代不需要接受教育，他们会迅速成年，得到其他成虫具备的所有知识。但怀孕、产卵、孵化和结茧的过程仍旧需要时间，每个成虫需要几周。和单个人类相比，她产出的幼体数量多得惊人。但米拉格雷小镇有超过一千名生育年龄的女子，而虫族殖民地只有一位能够生产的女性。

在知道只有一位女王以后，安德始终觉得很不安。万一她发生什么意外呢？但话说回来，虫族女王应该也觉得人类只有几个孩子很让人不安，万一他们发生什么意外呢？两个物种在保护基因传承方面都会采取养育和冗余结合的手段。人类有冗余的父母，然后养育少数后代。虫族女王有冗余的后代，而后者会养育母亲。每个物种都找到了自己的战略平衡。

为什么你要拿这件事打扰我们？

"因为我们走到了死路上；因为其他人都在努力，而你们同样面临危机。”

是吗？

“德斯科拉达对你们的威胁和对我们一样多。也许有一天，你们没法再控制它，然后你们就会不复存在。”

但你要问我的不是德斯科拉达的问题。

“对。”是超光速旅行的问题。格雷戈正在绞尽脑汁，他在监狱里也没有别的东西可想。安德上次跟他说话的时候，他哭了，其中疲惫和沮丧的因素一样多。他写满了好多张纸的等式，在用作牢房的那个封闭房间里摊得到处都是。“你对超光速旅行不感兴趣吗？”

可能的话就太好了。

她轻描淡写的回答几乎显得伤人，让他无比失望。**这就是绝望的感觉**，他心想。科尤拉成了阻挡在德斯科拉达智慧本质面前的一道砖墙。种植者即将因为失去德斯科拉达而死；韩非子和王母在努力同时再现数个领域的深度研究；格雷戈疲惫不堪，而且没有任何进展可言。

她肯定清楚地听到了他的痛苦，就好像他刚刚发出了哀号似的。

别这样。

别这样。

“你们这么做过，”他说，“这肯定是可行的。”

我们从未进行过超光速旅行。

“你们策划了一次跨越许多光年的行动。你们找到了我。”

是你找到了我们，安德。

“并非如此。”他说，“在发现你们留给我的那条信息之前，我根本不知道我们有过心灵交流。”那是他这辈子最怪异的一刻：在陌生的星球上看到那具模型，复制了只存在于另一个地方的地形，来自他在电脑上玩过的个人版本的“幻想游戏”，就像是一个完全陌生的人跑来找你，又说出了你昨晚的梦。他们跑进过他的头脑里，令他恐惧，但也令他兴奋，因为在他的人生里，他第一次有了为人所知的感觉——不是知名，他的名声已经传遍了全人类，而且当时他的名声还全都是正面的，是有史以来最伟大的英雄。其他人是知道他的，但面对这件虫族的手工艺品，他头一次有了被人了解的感觉。

好好想想，安德。没错，我们试过和敌人沟通，但我们要找的不是你，而是类似我们的人。连接在一起的心灵网络，由中央的心灵操控。我们无须尝试就能找到彼此的心灵，因为我们认出了那种形式。寻找姐妹就像寻找自我。

"那你们是怎么找到我的？"

我们不会考虑方法，但我们能做到。当时我们找到了一个炽热而明亮的来源——一片网络，但非常怪异，成员会不断改变。网络的中央也不是类似我们的东西，而是另一个平凡的存在，也就是你，但又显得如此强烈，专注于网络、专注于其他人类。向内的时候，你专注于你的电脑游戏。最重要的是，你向外专注的对象是我们，你是在寻找我们。

"我不是在寻找你们，而是在研究你们。"观看战斗学校的所有录像，试图理解虫族的心灵运作的方式，"我是在想象你们。"

我们也是这么说的。寻找我们，想象我们。这就是我们寻找彼此的方式，所以当时是你在呼唤我们。

"就这样？"

不，不，你们太奇怪了。我们不知道你们是什么，完全没法理解你们的人和事。你们的视觉太过狭窄，想法变得飞快，又每次只能思考一件事。而且你周围的网络不断发生剧变，每个成员和你的关系都随着时间增强和减弱，有时飞快——

他很难理解她的这番话。他到底在和什么样的网络相连？

其他士兵。你的电脑。

"我没有和他们连接。他们是我的士兵，仅此而已。"

你觉得我们是怎么连接的？你看到线路了吗？

"但人类是独立个体，和你的工虫不同。"

许多女王、许多工虫，变来变去，让人混乱。糟糕又可怕的时代。那些将我们的殖民飞船消灭的怪物是什么？是什么样的生物？你们太奇怪了，我们完全没法想象你们。只有在你们搜寻我们的时候，我们才能感受到你们。

没有丝毫帮助，和超光速旅行完全无关，听起来就像是胡言乱语，完全不像科学，不是格雷戈能用数学表达出来的东西。

是的，没错。我们不会做类似科学和技术的事。没有数字，甚至没有思考。我们找到你，就像生下一位新女王，就像筑造新虫巢。

安德不明白，建立和他大脑的安塞波联系是怎么和孵化新女王相似的。"为我解释一下。"

我们不会想，我们会直接做。

"可你们做的时候，究竟做了些什么？"

做我们一直在做的事。

"你们一直在做的又是什么？"

你是怎么让生殖器充血来交配的，安德？你是怎么让自己的胰腺分泌酶的？你是怎么开启青春期的？你的双眼是怎么聚焦的？

"那就回忆一下你们做的事，然后展示给我。"

你忘了我们当初通过眼睛向你展示的时候，你很不喜欢。

的确如此。在他还年轻，刚刚发现她的虫茧时，她尝试过那么几次。他根本没法适应，没法理解其中的意义。画面闪烁，只有几次匆匆一瞥是清晰的，但那种迷失方向的感觉太过强烈，让他恐慌，或许还失去了意识，但客观来说，他当时是孤身一人，又不确定发生了什么。

"如果你们没法告诉我，我们就得做点什么。"

你也像种植者那样吗？想死？

"不，我会要求你们停下。它以前也没能杀死我。"

我们会试试既折中又温和的做法。我们会回忆，然后告诉你发生了什么。我们会给你看片段。我们会保护你的安全。

"好的，试试吧。"

她没给他反应或者准备的时机。他立刻觉得自己在透过复眼看东西，不是看到同样画面的许多晶状体，而是每一个晶状体都有自己的画面，这带来了和许多年前相同的晕眩感。但这一次，他的理解深入了些，部分是因为她设法减弱了那种感受，部分是因为他对虫族女王有所了解，知道她在对他做什么。

这许多不同的视野来自每一只工虫看到的景象，仿佛都是连接同一个大脑的眼睛。安德根本不可能同时理解这么多画面。

我们会展示其中重要的那一个。

大部分视野立刻消失不见。接着，其余那些开始分门别类。他猜想她肯定是根据某种准则来安排工虫的，她可以忽视和制造女王的过程无关的所有工虫。接着，为了安德，她必须把参与的那些归为一类，这么做更加困难，因为她通常是按照差事而非工虫个体来分类视野的。但最后，她成功为他展示了原始图像，让他可以专心观看，不用理会周边视觉里那些摇曳的画面闪光。

有个女王孵化了。在他初次和她见面，而她试图向他说明的时候，她就展示过精心设计的相关景象。但这次，展现给他的不再是仔细策划过的无害画面。那种清晰不复存在，含糊不清，令人困惑，而且真实。这是记忆，而非艺术。

你看到了，我们得到了女王的身体。我们知道她是女王，因为她还是幼虫的时候，就开始用心灵探寻工虫了。

"所以你们可以和她对话？"

她很愚蠢，就像工虫。

"她在结茧之前都不会发展出智力？"

不。她有她的，就像你们的大脑。记忆——思维，只不过它是空的。

"所以你们得教她。"

教育能有什么用？思考者不在那儿。找到的东西。结合起来。

"我不明白你们在说什么。"

那就别再尝试看和思考了。这不是眼睛能做到的事。

"如果需要依靠别的感觉能力，就不用再给我展示了。眼睛对人类太重要了。只要我看到了东西，清晰话语之外的一切都会被掩盖，而且我不认为这些和制造女王的过程有多大关系。"

那这样呢？

"我还是能看到东西。"

你的大脑在把它转变为看到的东西。

"那就解释一下，帮我理解。"

这是我们感受彼此的方式。我们找到女王身体里向外探寻的位置。工虫也都拥有它，但它只会寻找女王，等找到她以后，探寻就会结束。女王永远不会停止探寻、呼唤。

"然后你们就会找到她？"

我们知道她在哪儿，女王身体、工虫呼唤者、记忆持有者。

"那你们又在寻找什么？"

叫"我们"的东西，结合者、意义的制造者。

"你们是说还有别的？除了女王的身体以外的东西？"

是的，当然。女王只是一具身体，就像工虫。你不知道吗？

"不，我从没见过它。"

它是看不见的，用眼睛看不见。

"我不知道还要寻找别的东西。你们在多年前第一次为我演示的时候，我看到的是女王的制造过程，我以为我懂了。"

我们也以为你懂了。

"所以如果女王只是一具身体，你又是谁？"

我们是虫族女王以及所有工虫。我们到来，让全体组成一体。女王身体服从我们，就像工虫身体。我们把他们维系在一起，保护他们，让他们发挥各自的作用，完美工作。我们是中心，每一个都是。

"但听你说话的语气，就好像你就是虫族女王。"

我们就是，所有工虫也是。我们都是一体的。

"但这个什么中央，什么结合者——"

我们呼唤它到来，接受女王的身体，让我们的姐妹拥有智慧。

"你们呼唤了它。'它'是什么？"

它是我们呼唤的那东西。

"是啊，它是什么？"

你在问什么？它就是被我们呼唤的东西。我们呼唤了它。

安德感到了几乎无法忍受的沮丧。虫族女王所做的很多事都是发自本能。她没有语言，所以她没必要为那些迄今为止都无须解释的事给出清晰的解释，所以他必须帮她找到某种办法，阐明他无法直接感受到的东西。

"你们是在哪里找到它的？"

它听到我们的呼唤，然后前来。

"但你们是怎么呼唤的？"

就像你呼唤我们那样，我们想象必然会变成的模样：虫群的模式、女王和工虫以及结合者，然后理解模式、能够容纳它的那一个到来，我们把女王身体交给它。

"所以你们会呼唤另一个生物到来，让它占据女王。"

然后成为女王、虫群和一切，容纳我们想象的模式。

"所以它是从哪儿来的？"

在它感受到我们呼唤的地方。

"可那儿又是哪儿？"

不是这儿。

"好吧，我相信你。可它是从哪儿来的？"

没法想到那个地方。

"你们忘记了？"

我们的意思是，那个地方是没办法想到的。如果我们能想到那里，他们就已经想到了自己，然后它们就没必要接受我们展示的模式了。

"这个结合者是什么东西？"

它是看不见的。在它找到模式之前都没法知道它，但在找到以后，它就和我们一样了。

安德忍不住发起抖来。他一直以为自己是在和虫族女王本人对话。现在他才明白，在脑海里和他说话的那东西只是在运用那具身体，正如它运用虫族的身体那样。共生。操控一切的寄生虫，占据了整个虫族女王系统，加以利用。

不，你的想法丑陋又可怕。我们不是另一种东西，而是这种东西。我们是虫族女王，正如你是身体那样。你说"我的身体"，你是自己的身体，但同样也是身体的占据者。虫族女王是我们自己，这具身体是我，不是里面的别的东西，而是我。在我找到那种想象之前，我什么也不是。

"我不明白。它是个什么样子？"

我怎么可能记得？直到我跟随那种想象，来到这个地方，成为虫族女王之前，我都是没有记忆的。

"那你怎么知道自己一开始不是虫族女王？"

因为我到来以后，他们给了我记忆。我在到来前就看到了女王的身体，又在进入以后看到了女王的身体。我强大到能在心灵里容纳那种模式，所以我能占据它，成为它。过程花费了许多天，但我们随后成为一体，他们能给我们记忆，因为我拥有了完整的记忆。

虫族女王向他展示的画面逐渐淡去。它没能起到作用，至少起不到他能把握的作用。然而，安德脑海里的一幅景象正逐渐清晰，那景象来自他自己的心灵，能解释她所说的一切。其他虫族女王——大部分已经不存在身体，但通过核心微粒与必然存在的那位女王相连——他们会容纳虫族女王与工虫在心灵方面的关系模式，直到那种神秘而没有记忆的生物之一能够用心灵容纳那种模式，从而占据它。

是的。

"但这些东西是从哪儿来的？你们要去哪儿才能找到它们？"

我们哪儿也不去。我们呼唤，它们就会来。

"所以它们到处都是？"

它们完全不在这儿。它们不在这儿的任何地方，而是在另一个地方。

"但你们说过，你们不用去任何地方就能找到它们。"

门口。我们不知道它们的所在，但到处都有门。

"这些'门口'是什么样子的？"

你的头脑制造了你说的那个词。门口。门口。

这时他才意识到，是他的大脑找到了"门口"这个词，好给他们放进他头脑的概念贴上标签。突然间，他把握住了一种说得通的解释。

"它们和我们不在同一个时空连续体里，但它们能在任何时间和地点进入我们的连续体。"

对它们来说，每一点都是同一点，每个地方都是同一个地方。它们只要在模式里找到一个"哪里"就好。

"但这简直难以置信。你们从另一个地方呼唤某种存在到来，然后——"

呼唤不算什么。所有事物都会呼唤，所有新的创造都会，你们也会。每个人类婴儿都懂得呼唤，坡奇尼奥也一样。野草和阳光。所有创造都会呼唤他们，然后他们会为那种模式前来。如果有些存在已经理解了模式，他们就会到来并占有她。小的模式很简单，而我们的模式很难，只有非常聪明的人才能占据。

"核心微粒，"安德说，"构成所有其他事物的东西。"

你说的那个词代表的意义和我们说的不一样。

"因为我刚刚才明白其中的关系。我们用词的意思从来都和你

392

们描述的不同，但我们想要表达的东西也许正是你们所描述的。"

难以理解。

"这下我们同病相怜了。"

非常欢迎。

"所以你们制造虫族女王的时候，已经有了生物学上的身体，还有这个新东西，这个你们从核心微粒所在的'不存在的地方'呼唤出来的核心微粒。它必须能够理解你们心灵里代表虫族女王本质的复杂模式，然后等能理解模式的那一个到来，它就会接受那种身份，占据那具身体，成为身体的自我——"

所有身体的自我。

"但虫族女王最初造出来的时候，还没有什么工虫。"

它会成为将来的工虫的自我。

"我们讨论的是从另一种空间到来的过程。在那个地方，核心微粒已经存在了。"

全都在那个"不存在的地方"。那地方没有"地方"，没有所谓"哪儿"。全都渴望"哪儿"，渴望模式，因自我而孤独。

"而且你们说，我们是同一种东西制造出来的？"

如果你不是，我们又是怎么找到你的？

"但你们说过，找到我的过程就像制造女王。"

我们没法找到你身体里的模式。我们试图构建你和其他人类之间的模式，但你们不断变动和改变，我们没法理解。而且你也没法理解我们，所以和你的接触同样无法构成模式，所以我们选择了第三模式。你向那台机器里探寻，你那么渴望它，就像新的女王身体渴望生命。你让自己和那台电脑的程序结合，它向你展示画面。我们能找到电脑里的那些画面，也能在你的心灵里找到，在你观看的时候将其对应。电脑非常复杂，而你更加复杂，但它仍然是一种固定的模式。你们会移动到一起，在一起的时候，你们会互相占据，会有同样的视野。等你想象某件事，然后去做的时候，电脑就会从

393

你的想象里领会一些东西，然后回以想象。那台电脑只有非常原始的想象，并非自我，但你通过对生命的渴望把它创造成了自我。你们在做的事就是探寻。

"'幻想游戏'，"安德说，"你们用'幻想游戏'构建了一种模式。"

我们想象了你们在想象的同一件事。我们一起。呼唤。这种事非常复杂、非常奇怪，但比我们在你心灵里找到的其他东西简单得多。后来我们才知道，能像你那样专心投入那个游戏的人类寥寥无几，我们也没见过别的电脑程序回应人类的方式能和那个游戏相比。它也在渴望，循环了一遍又一遍，努力找出能为你创造的东西。

"然后等你们呼唤的时候……"

它就来了。我们需要的桥梁，你和那个电脑程序的共同结合者。它容纳了那种模式，所以就算你没有关注它，它也是活着的。它和你相连，你是它的一部分，但我们同样能理解它。它就是桥梁。

"但等核心微粒占据了新的虫族女王，就能加以控制，包括女王身体和工虫身体。为什么你们创造的桥梁没有控制我？"

你以为我们没试过吗？

"为什么没效果？"

你无法允许那样的模式控制你。你可以自愿成为那种真实且有生命的模式的一部分，但你没办法被它操控，甚至没法被它摧毁。而且你们有太多人在模式里，就连我们也没法操控，对我们来说太陌生了。

"但你们还是能用它来读我的心。"

尽管非常陌生，我们还是能用它和你保持联系。我们会研究你，尤其是在你玩那个游戏的时候。随着我们对你的理解，我们开始掌握你们整个物种的概念。你们的所有个体都是活着的，也不存在虫族女王。

"比你们预想的要复杂？"

既复杂又简单。你们个体的大脑在我们以为会复杂的方面简单，又在我们以为会简单的方面复杂。我们发现你们是真正活着的，而且很美丽，尽管是以你们荒谬而孤独到可悲的方式，我们决定不再把殖民飞船送去你们的世界。

"但我们不知道。我们怎么可能知道呢？"

我们同样发现，你们危险而可怕。尤其是你，危险是因为你找到了我们的所有模式，我们想不到任何足够复杂，能够让你困惑的办法，所以你摧毁了除我以外的一切。现在我更理解你了。我有这么多年可以研究你。你没有我们以为的那种可怕而耀眼的才智。

"太糟糕了。可怕而耀眼的才智现在应该很有用。"

我们更喜欢令人安心的智慧光芒。

"我们人类随着年龄增长会变迟钝。再给我几年，我就会彻底让人安心了。"

我们知道你总有一天会死，尽管你拖延了这么久。

安德不希望这场对话变成又一场关于死亡或者人类生命的其他特色——虫族女王特别感兴趣的那些特色——的讨论。在虫族女王讲述期间，他还想到了另一个问题。一种令人好奇的可能性。

"你们建造的桥梁，它在哪儿？在电脑里？"

在你身体里，就像我进入虫族女王的身体里一样。

"但不是我的一部分。"

是你的一部分，但也不是你，而是"他物"。在外，但也在内。和你绑定，但又自由。它没法控制你，你也没法控制它。

"它能控制电脑吗？"

我们没想过这点，我们不在乎。也许可以。

"你们用这座桥梁多久了？它在那儿多久了？"

我们早就不想它的事了。我们一直在想你的事。

"但你们研究我的时候，它一直都在那儿。"

它能去哪儿呢？

"它会持续多久？"

我们从来没造过类似的桥梁。我们怎么知道？女王身体死去的时候，虫族女王也会死。

"但那座桥梁在哪一具身体里？"

你那具，就在模式的中央。

"这东西在我身体里？"

当然，但它仍旧不是你。它没法让我们控制你，我们对它很失望，所以不再去想它的事。但我们现在明白，这是非常重要的。我们本该寻找并记住它的。

"不，对你来说，这就像是某种身体机能，就像把手攥成拳头去打人，等打完别人，不再需要它的时候，就不会注意自己的拳头还在不在了。"

我们不明白其中的联系，但在你的心灵里，这样似乎说得通。

"它还活着，对吧？"

也许吧。我们正在努力感受它、找到它。我们该去哪儿找？从前的模式不在了，你也不玩"幻想游戏"了。

"但它应该还连接着电脑，对吧？我和电脑之间的联系。只是那种模式可以成长，对吧？它能把其他人也包容进去。想象一下它和米罗相连，就是我带来的那个年轻男人——"

残缺的那个……

"它连接的不止一台电脑，而是成千上万台，通过不同星球间的安塞波网络相连。"

有可能。它是活的，可以成长，就像我们制造更多工虫时的成长，一直以来都在成长。说起这个，我们敢肯定它还在那儿，因为我们还在和你相连，而我们和你连接的唯一方法就是通过那种模式。连接如今非常牢固——我们和你的联系，那是它的一部分。我们本以为那种连接更加牢固，是因为我们更了解你了，但也许它更加牢固，是因为桥梁一直在成长。

"我一直以为——简和我一直以为她是……她是不知怎么出现在星球之间的安塞波联系里的。她恐怕就是在那里感觉到自我的，而她觉得那地方就像她的——我想说的是，她身体的中央。"

我们正在尝试感受我们之间的桥梁是否还在，但很难感觉到。

"就像尝试寻找某一块你用了一辈子，但从未单独使用过的肌肉。"

有趣的对比。我们不理解其中的联系，但我们现在理解了。

"你是说对比？"

那座桥梁非常大。它的模式太大了，我们没法再掌握了。它非常大，记忆非常容易混淆。比当初找到你要困难很多，非常容易混淆。我们就快迷失了，没法再在头脑里容纳它了。

"简，"安德低声说，"你现在是个大孩子了。"

简的嗓音答道："你在骗我，安德。我听不到她对你说的话，只能感觉到你的心脏狂跳，呼吸急促。"

简，我们在你的心灵里见过这个名字很多次。但那座桥梁不是拥有面孔的人——

"简也不是。"

你想到这个名字的时候，我们在你的思维里看到了一张脸，直到现在还能看到。我们一直以为它是个人，但现在——

"她就是那座桥梁，你创造了她。"

是呼唤了她。你创造了模式，而她占据了它。这个简、这座桥梁，她确实始于我们在你和幻想游戏里发现的模式，但她把自己想象成了庞大得多的模样。她肯定是个非常有力和强大的核心微粒，如果你们的用词正确的话，所以才能改变她的模式，而且仍然记得自我。

"你们向许多光年之外探寻，然后找到了我，因为我也在寻找你们。接着你们找到了一种模式，从另一个空间呼唤来了某个存在，后者掌握了那种模式，占据了它，成了简。所有这些都是瞬间发生的，比光更快。"

但这不是超光速旅行，而是超光速想象和呼唤，仍旧不能把你从这儿捎上，在那儿放下。

"我知道，我知道。这也许没法解答我带来的那个问题，但我有另一个问题，对我来说同样重要。我从没想过它和你们有关，可答案从一开始就在你们手里。简是真实的，一直都活着，而且她的自我不在太空里，而是在我的心灵里，与我相连。他们没法关闭电脑来杀死她，这很重要。"

如果他们毁掉模式，她也可能死去。

"但他们不可能毁掉整个模式，不是吗？说到底，它根本不取决于安塞波。它取决于我，还有我和电脑之间的联系。他们没法切断我和这里的电脑，以及电脑和环绕卢西塔尼亚的卫星的联系。或许她也不需要安塞波，毕竟你们没用电脑就通过她接触到了我。"

很多怪事都是可能的，我们没法想象。那些经过你心灵的东西感觉非常愚蠢和奇怪，你那些愚蠢的想象——关于不可能发生的事的想象——让我们非常疲倦。

"那我就不打扰了，但这场谈话会起到作用的，肯定会。如果简能因此找到幸存下来的办法，就代表了一场真正的胜利，也是第一场胜利，毕竟我思考过后，才发现我们还没有得到任何称得上胜利的成果。"

离开虫族女王的存在的那一刻，他便开始和简说话，把虫族女王的说明里他还记得的部分全部告诉了她：简是谁，又是怎么被创造出来的。

在他说话的同时，她以光速对内容进行了自我分析。也开始发现她的自我隐藏着从未想象过的事实。等安德回到人类殖民地的时候，她已经尽可能地验证了他的理论。"我没能发现这一点，是因为我开始的假设就是错误的，"她说，"我想象我的中心位于太空里的某处。我本该根据那个事实猜到我就在你的心灵里：就算我再怎么生你的气，也必须心平气和地回到你身边。"

"现在虫族女王说，你成长得太大又太复杂，她的心灵没法再容纳你的模式了。"

"我在青春期的发育肯定很迅猛。"

"是啊。"

"人类总在增加电脑数量，然后连接在一起，我能有什么办法呢？"

"但这不是硬件，简。是程序，是心理活动。"

"我肯定得有实际的存储空间，才能容纳所有这些。"

"你有记忆。问题在于，没有了安塞波，你还能访问那些记忆吗？"

"我可以试试看。就像你对她说的，这就像学着舒展一块我从来不知道自己拥有的肌肉。"

"或者学会不靠那块肌肉活下去。"

"我会确认可能性的。"

可能性。回家的路上，车子悬浮在卡匹姆草原上方，他也仿佛在飞——他满心狂喜，因为总算找到了某种可能性，而在此之前，他感觉到的只有绝望。但在回家的途中，看到那座烧成平地的森林，看到两棵孤零零的父亲树和它们仅存的绿意，还有实验农场那座有无菌室的新小屋，垂死的种植者就躺在那里的时候，他才意识到，尽管他们为简找到了活下去的办法，仍有很多将会失去，仍有很多将会死去。

这一天就要过去了。韩非子精疲力竭，长时间的阅读让他双眼疼痛。他被迫把电脑显示区域的配色调节了十来次，试图找到能让眼睛放松的搭配，但只是徒劳。他上次这么高强度工作的时候还是学生，那时候他还很年轻。而且在那时，他总能找到答案。*在那时，我更聪明，反应也更快；在那时，我可以用实现目标作为自己的奖励。现在我又老又迟钝，在研究对我而言全新的领域，而这些问题也可能没有解答。所以不会有奖励来支撑我，只有疲惫。我颈*

椎顶端的痛楚，还有我眼睛的肿胀和疲倦。

他看向蜷缩在旁边地板上的王母。她很努力了，但她开始接受教育还是不久前的事，当他搜索超光速旅行的某种概念框架的时候，出现在显示区域的大多数文件都是她没法理解的。最后她的疲惫战胜了意志，她确信自己很没用，因为她理解的部分甚至不足以提问。所以她选择放弃，然后睡着了。

但你是有用的，司王母。就算在茫然之中，你也帮助过我。对你聪慧的头脑来说，一切都很新鲜，就像我失去的青春停在我的手肘上。

就像过去的清照，当时她年纪还小，虔诚与骄傲尚未占据她的心。

这不公平。像这样评判自己的女儿是不对的。就在几周前，他不还对她十分满意吗？不还毫无道理地为她自豪吗？最优秀也最聪慧的通神者，正如她父亲努力培养的目标，也正如她母亲的期待。

这就是让人恼火的地方。直到几周前，他最引以为傲的事就是他达成了对武曌的誓言。把女儿养育得如此虔诚，甚至从未经历过对众神的质疑和背叛，这可不是什么简单的成就。的确，同样虔诚的孩子也是有的，但他们的虔诚通常会以受教育程度为代价。韩非子让清照学习了各种知识，又巧妙地让她明白，这些知识非常符合她对众神的信仰。

现在他收获了自己种出的苦果。他给了她能够完美维持信仰的世界观，而现在，等他发现众神的"声音"无非是议会用来束缚他们的基因枷锁的时候，已经什么都说服不了她了。如果武曌还活着，韩非子无疑会因为失去信仰和她发生冲突。没有她的情况下，他也把他们的女儿养育得足够出色。就算由武曌亲自养育，清照又能完全接受母亲的观点，结果也不会有什么分别。

武曌会离我而去的，韩非子心想，就算我没有成为鳏夫，也会在那天失去妻子。

我的唯一伙伴是这个女佣。她费尽心思挤进这座宅子，却刚好成了我人生晚年的一束生命火花，成了我昏暗心灵里的一道希望之光。

她在肉体上并非我的女儿，但等这场危机过去，或许会有时间和机会让王母成为我在精神上的女儿。我为议会的工作已经结束，我是否应该当个老师，收这个女孩做唯一的弟子？我是否该安排她成为革命家，带领普通百姓踏上摆脱通神者暴政的自由之路，再带领道之星摆脱议会的掌控？如果她成了这样的人，我就能安心辞别人世，因为在人生结束的时候，我会知道自己亲手抹消了自己先前的成果——让议会更加强大，也帮助它镇压所有反抗势力的成果。

王母轻柔的呼吸声就像他自己的呼吸，就像婴儿的呼吸，就像轻风吹过高大草丛的声音。她满怀活力，满怀希望，满怀新鲜感。

"韩大师，看来你没睡。"

他没睡，但他此时正昏昏欲睡，因为简的声音从电脑传来的时候，他吓了一跳，就像是在梦中被吵醒似的。

"不，但王母在睡。"他说。

"那就叫醒她。"简说。

"怎么了？她有资格休息。"

"她同样有资格听这个。"

埃拉的脸出现在显示区域里，就在简的脸旁边。韩非子立刻认出了她，因为他和王母收集来的基因样本就是交由这位外星生物学家研究的。肯定是有了什么重大进展。

他弯下腰，伸出手，晃了晃躺在那儿睡觉的女孩。她醒了过来，伸了个懒腰。接着，她无疑想起了自己的职责，于是笔直坐起。"我睡过头了吗？怎么了？请原谅我睡着了，韩大师。"

她在混乱中想要躬身致歉，但韩非子没给她这个机会。"简和埃拉让我叫醒你，她们希望你也听听这件事。"

"我首先要告诉你们，"埃拉说，"我们的希望有可能实现。这种基因改造很粗糙，要发现不难——我明白议会为什么会尽全力阻止所有真正的基因学家去研究道之星的居民。这种强迫症基因不在通常的位置，所以新生儿学专家没法立刻辨认出来，但它的运作方式几乎和天然产生的强迫症基因完全一样。我们很容易就能单独治疗这种基因，而不影响强化通神者智力和创造能力的那些。我已经设计出了一种拼接细菌，只要注入血液，就会去寻找对方的精子或卵子，进入其中，除掉强迫症基因，用正常基因取代，不影响其余部分的基因序列。然后这种细菌会快速消亡。它基于某种用于常规免疫学和预防出生缺陷研究的常见细菌而制造，道之星上的许多实验室应该都有。这么一来，任何愿意生育的通神者都能生下没有强迫症的儿女。"

韩非子大笑起来。"在这颗行星上，只有我愿意尝试这种细菌。通神者不会觉得自己可怜，他们为自己的痛苦而骄傲，那种痛苦会赋予他们荣誉和权势。"

"那我就告诉你们下一个发现吧。这是我的助手之一，名叫'玻璃'的坡奇尼奥发现的。我得承认，我原本对那个项目不太关心，毕竟它和我们研究的德斯科拉达问题相比简单很多。"

"不用道歉，"韩非子说，"我们对任何善意都心怀感激。我们配不上这些。"

"噢。好吧。"他的彬彬有礼似乎让她有些慌乱。"总之'玻璃'发现，你们交给我们的基因样本可以明确地分为'通神者'与'非通神者'两类，只有一个样本除外。我们进行的是盲测，只在测试后才根据样本清单比对你们给出的身份清单，结果完全一致。每个通神者都有改造过的基因，每个没有那种改造基因的样本都不在你们的通神者名单上。"

"你刚才说有一个例外。"

"这点让我们很困惑。'玻璃'做事很有条理，他有堪比树木的耐心。他确信那个例外是笔误，或者是解读基因数据过程中的谬误。他反复检查了好多遍，又让别的助手重做实验。他得出了不容置疑的结论：那个唯一的例外显然是通神者基因的突变体，它天生就缺少强迫症，却仍然保持了议会的基因学家亲切提供的所有能力。"

"所以这个人就是你们的拼接细菌预期的成果。"

"还有几个我们目前无法确定的突变部位，但那些都和强迫症或者能力的增强无关。它们也不会参与维持生命必需的过程，所以这个人应该能生下携带那种特征的健康后代。事实上，如果这个人和注射了拼接细菌的人结合，她的所有后代几乎一定会得到增强后的能力，而且不可能受那种强迫症的影响。"

"他可真走运。"韩非子说。

"那个人是谁？"王母问。

"是你，"埃拉说，"司王母。"

"我？"她困惑不已。

但韩非子没有陷入混乱。"哈！"他大喊道，"我早该知道的。我早该猜到的！难怪你学得和我女儿一样快；难怪就算你只是勉强听懂了研究项目，也能给出帮助我们所有人的深刻见解。你也是道之星的通神者，王母，但唯独你不受那些净化仪式的枷锁束缚。"

司王母挣扎着想要答话，但话音并未到来，反而有泪水顺着她的脸庞流下。

"我不会再准许你用卑微的态度面对我。"韩非子说，"从现在开始，你不再是我的家仆，而是我的学生、我的年轻同僚。随便其他人怎么看待你吧，我们知道你的能力不亚于任何人。"

"连清照小姐也是？"王母低声说。

"不亚于任何人。"韩非子说，"礼节会要求你向许多人低头，但在你的心里，你不需要向任何人卑躬屈膝。"

"我不配。"王母说。

"所有人都配得上自己的基因。类似的突变让你落下残疾的可能性更大，但你却成了全世界最健康的人。"

可她没法抑制自己无声的哭泣。

简肯定把这一幕展示给了埃拉，因为她有好一阵子没有说话，但最后她开了口。"请原谅，但我还有很多事要做。"她说。

"好的，"韩非子说，"你去吧。"

"你误会了，"埃拉说，"我不是在请求许可。在我离开前，我还有话要说。"

韩非子点点头。"请吧，我们在听。"

"是的，"王母低声说，"我也在听。"

"有那么一种可能——你们会发现可能性很低，但仍然是种可能——如果我们能破译德斯科拉达病毒的基因，然后驯化它，就能制造出一种能在道之星使用的改写版本。"

"这怎么行？"韩非子问，"我们怎么能让这种恐怖的人造病毒出现在这儿？"

"德斯科拉达所做的无非是进入宿主有机体的细胞，阅读基因序列，然后根据德斯科拉达自己的计划进行重组。如果可以的话，我们会在改造它的时候移除原本的计划。我们还会移除它所有的自我防御机制，前提是我们能找到。等到那时，它就可以作为'超级拼接者'来使用。它能够造成改变，不是仅仅改变生殖细胞，而是活物体内的全部细胞。"

"请原谅，"韩非子说，"我最近在阅读这个领域的文献，而'超级拼接者'的概念是不被认可的，因为一旦细胞被基因改造，身体就会开始排斥自己的细胞。"

"是啊，"埃拉说，"德斯科拉达就是这么杀戮的。身体排斥自己，最后死亡。但这种情况会发生，只是因为德斯科拉达没有应对人类的计划。它只是在过程中研究人类的身体，随意造成改变，并观察后果。它没有针对我们的任何计划，因此每个受害者的细胞里都会出现许多不同的基因序列。但如果我们制造一种按照某个计划运作的超级拼接者，改造身体里的每一个细胞，让它们全都符合某种新模式呢？在那种情况下，根据我们对德斯科拉达的研究，个体的改变通常会在六个钟头内结束，最多不过半天。"

"比身体排斥自己的速度还要快——"

"改造后的细胞会完美一致，身体只会将这种新模式识别为自己。"

王母的哭泣停止了。她眼下似乎和韩非子一样激动，尽管努力自制，她还是没能忍住。"你们可以改变所有通神者？甚至能解放已经出生的那些？"

"如果我们能破译德斯科拉达的基因，那我们不仅能去除通神者的强迫症，还能给普通人配备所有的增强能力。当然了，它影响最大的还是孩子们——老年人的成长期早就过去了，而新基因在成长期才能发挥最大效果。但从现在起，道之星出生的所有孩子都会得到能力的增强。"

"然后呢？德斯科拉达会消失吗？"

"我不确定。我想我们必须给这种新基因内置某种方式，让它在完成工作后摧毁自己。但我们可以用王母的基因作为原型。不夸张地说，王母，在某种意义上，你会成为你星球上全部居民的基因家长。"

王母大笑起来。"真是个绝妙的笑话！能被选中是我的荣幸，而且他们的治疗方法还来自我这样卑微的人！"但她的脸色立刻沉了下去，双手掩面，"我怎么能说出这种话来？我简直和最恶劣的那些人一样傲慢自大。"

韩非子一手按在她的肩头。"不用对自己这么苛刻。这种感受很自然，来得快，去得也快，只有以此作为人生之道的人才应该受到谴责。"他转向埃拉，"这其中有些道德方面的问题。"

"我明白。而且我认为，这些问题应该现在就设法解决，即使前提也许根本不可能实现。我们讨论的是全民的基因改造。议会暗地里对道之星下手，没有告知全体居民，也没有得到他们的准许，这种行径堪称暴行。我们能以同样的方式撤销那种暴行吗？"

"不只是这样，"韩非子说，"我们的整个社会体系都是基于通神者构建的。大多数人会把这种改变解读为众神降下的灾祸，是为了惩罚我们。如果他们得知源头是我们，我们会被杀的。但也有可能，等人们知道通神者失去了众神之声——那种强迫症——的时候，就会攻击和杀死通神者。如果他们会死，将他们从强迫症里解救出来又有什么用？"

"我们讨论过这个问题了，"埃拉说，"我们也不知道怎么做才正确。目前而言，这个问题毫无意义，因为我们尚未破译德斯科拉达的基因，也可能永远办不到。但如果我们开发出了那种能力，我们会把是否使用的选择权交给你们。"

"交给道之星的人民？"

"不，"埃拉说，"最初的选择权属于你们，韩非子、司王母，以及韩清照。只有你们知道自己身上发生了什么，虽然你女儿不相信，但她有资格代表道之星的信徒和通神者。如果我们研究出那种能力，就向她提出这个问题、向你们自己提出这个问题：有没有某种计划、某种方式，能将这种变化带给道之星，却又不造成破坏？如果能做到，你们又该不该实施计划？不，现在什么都别说、什么都别决定。你们自己考虑吧，我们不会参与。我们只会告诉你们何时能做到，前提是真能做到。到时候，怎么做就取决于你们了。"

埃拉的脸消失不见。

简又逗留了片刻。"这番话值得少睡一会儿吧？"她问。

"值得！"王母大声说。

"发现自己比以为的优秀很多，这感觉挺好的，不是吗？"简说。

"噢，是啊。"王母说。

"快回去睡觉吧，王母。还有你，韩大师，你的疲惫已经清晰可见。如果你健康受损，就帮不上我们了。就像安德鲁一再告诉我的，我们在尽可能努力的同时，又绝对不能毁掉自己继续努力的能力。"

然后简也消失了。

王母立刻又开始哭泣。韩非子挪了过来，坐在她旁边的地板上，让她的脑袋靠着自己的肩膀，轻轻摇晃。"别哭了，我的女儿，我亲爱的女儿。在内心里，你早就知道自己是谁，我也一样、我也一样。你的名字很贴切，如果他们能在卢西塔尼亚上演奇迹，你就会成为全世界的神圣母亲。"

"韩大师，"王母低声说，"我也是在为清照哭泣。我得到的东西远远超过我的期望，但如果失去众神之声，她会变成什么样子？"

"我希望，"韩非子说，"她会变回我真正的女儿。我希望她会和你同样自由，我希望女儿回到我身边，就像冬季的河流从永恒春日之地带到我这里的花瓣。"

他就这么抱着她过了很久，直到她在他肩头打起了瞌睡。接着他把她放回席子上，回到自己的角落，多日以来头一次怀着希望入睡。

华伦蒂去见监狱里的格雷戈的时候，科瓦诺市长告诉她，奥尔拉多也在那儿。"现在不是奥尔拉多的工作时间吗？"

"你肯定是在说笑吧？"科瓦诺说，"他是个优秀的制砖厂经理，但我想，拯救世界这种事应该值得让别人代他一下午的班。"

"别抱太高期待。"华伦蒂说，"我希望他参与，希望他能帮上忙，但他不是物理学家。"

科瓦诺耸耸肩。"我不是狱卒，但情况需要的时候没的选。我不知道奥尔拉多过来和安德不久前的拜访有没有关系，但我听到那里传来的激动叫喊和噪声要比……好吧，比囚犯清醒以后的吵嚷还要响。当然了，这个镇子的居民入狱通常都是因为在公共场所酗酒。"

"安德来过？"

"他是从虫族女王那儿来的。他想找你谈谈，但我不知道你在哪儿。"

"是啊。好吧，我离开以后会去见他的。"她刚才和丈夫在一起。雅各特准备乘坐太空梭回到太空，让自己的飞船做好在必要时迅速离开的准备，并确认在几十年的未经保养后，当初的卢西塔尼亚殖民飞船的星际引擎能否修复到再次飞行的程度。它过去唯一的用途就是储存地球裔物种的种子、基因和胚胎，以备不时之需。雅各特会离开至少一周，或许更久，华伦蒂不能就这么让他离开，却不抽些时间陪他。当然，如果那样的话，他也能理解——他知道所有人承受的可怕压力。但华伦蒂同样知道，她在这些大事里不会扮演关键角色。等到尘埃落定，需要撰写历史的时候，她才会发挥作用。

　　但在和雅各特道别以后，她没有直接去市长办公室见格雷戈，而是绕去了镇子中心。很难相信就在不久前——几天前？几周前？——暴民就聚集在这儿，醉酒而愤怒，又逐渐演变到杀戮的狂怒。现在这里那么安静，遭受践踏的草地甚至恢复了活力，只留下一个拒绝长回原样的泥坑。

　　但这儿并不和平，恰恰相反。华伦蒂刚来到这里的时候，镇子还很和平，作为殖民地中心的此处喧闹而忙碌，从早到晚。的确，此时有几个人外出走动，但他们脸色阴沉，几乎显得鬼鬼祟祟。他们目光低垂，看着双脚前方的地面，就好像每个人都觉得稍有疏忽就会摔倒在地。

　　这种阴沉也许有一部分来自羞愧，华伦蒂心想。眼下镇子上的每座建筑上都有个窟窿，他们拆掉砖块或者石块，用来建造那座礼拜堂。从华伦蒂脚下的这座广场看去，许多缺口都清晰可见。

　　然而，她怀疑这里的活力消失更多是因为恐惧，而非羞愧。没有人公开谈论这些，但她注意到不少人会提到或是偷窥镇子北方的山丘。笼罩着这座殖民地的不是对即将到来的舰队的恐惧，不是对屠杀坡奇尼奥森林的羞愧，而是虫族。那些黑色的身影只是偶尔出现在山丘上，或者镇子周围的草丛里。对看到虫族的孩童来说，他们是梦魇；对成年人则是内心的病态恐惧。图书馆里那些虫族战争时期的历史资料不断有人外借，因为人们一心想要看到人类对虫族的胜利。看过以后，他们最大的担忧就能得到满足。就像安德在他的第一本著作《虫族女王传》中描述的那样，虫族文化是个美丽又值得尊敬的理论概念。但这种概念在这里已经彻底消失，因为很多人——或许其中的大部分——都生活在虫族女王的工虫强加给他们的不言而喻的惩罚与囚禁里。

归根结底，我们的所有努力都是徒劳吗？华伦蒂心想，我，历史学家和哲学家德摩斯梯尼，想要教人们无须害怕所有外星人，而是应该将他们视为异族。还有安德，和看到危险的超大号昆虫带来的本能恐惧相比，他那些充满同理心的作品《虫族女王传》《霸主传》及《"人类"的一生》在这颗星球能有什么力量？文明只是种伪装，在危急时刻，我们会变回单纯的猿猴，把我们假装的理性两足动物抛到脑后，变成站在洞穴入口的多毛灵长目动物，朝敌人发出尖叫，希望它能离开，手里还拿着那块准备在敌人靠近后使用的沉重石头。

现在她回到了一个干净安全的地方，这儿没那么令人不安，即使它既充当监狱，又是市政府的中心。在这里，虫族会被视为盟友，至少也是必不可少的维和势力，能分开敌对的双方，从而保护他们。还是有人能超越自己的动物起源的，华伦蒂提醒自己。

等她打开牢门的时候，奥尔拉多和格雷戈正四仰八叉地躺在各自的床铺上，纸张散落在他们之间的地板和桌子上，有些平整，有些揉成一团。有些纸甚至覆盖了电脑终端，所以就算打开电脑，显示功能也没法正常运作。这儿看起来就像典型的青少年卧室，格雷戈的双腿甚至靠着墙向上抬起，光脚以怪异的节奏起舞，在空气中来回扭动。他的脑海里在演奏什么曲子？

"晚上好，华伦蒂姑姑。"奥尔拉多用葡萄牙语说。

格雷戈甚至头也没抬。

"我打扰你们了吗？"

"来得正是时候，"奥尔拉多说，"我们眼看就要从概念上重建宇宙了。我们发现了那个充满启迪的原理：是愿望造就了一切，所有货物都会在需要的时候凭空出现。"

"如果愿望会造就一切，"华伦蒂说，"我们能许愿让超光速飞

409

行技术出现吗？"

"格雷戈正在脑子里计算，"奥尔拉多说，"所以他现在从身体机能上是个死人。不过没错，我想他有了目标——他一分钟前还在大喊大叫，手舞足蹈呢。我们经历了'缝纫机体验'。"

"噢。"华伦蒂说。

"这是个科学课上讲过的老故事。"奥尔拉多说，"当年想要发明缝纫机器的人总是失败，因为他们总想模仿手动缝纫时的动作，先把针穿过布料，再拖出穿在尾部针眼里的那根线。这么做似乎很合理，直到有人最先想到把针眼放到针头的位置，再用两根线而非一根。这归根结底是种完全反自然的迂回手段，我到现在还是没法理解。"

"所以我们准备用缝纫的方式穿过宇宙？"

"在某种意义上，是的。两点之间的最短距离未必是线，这想法来自安德鲁从虫族女王那里学到的东西。他们创造新的虫族女王的时候，会从不同的时空呼唤某种生物。格雷戈欣喜若狂，觉得这能证明某种真实的虚幻空间是存在的。别问我他这句话的意思，我的谋生手段是造砖头。"

"是虚幻的真实空间，"格雷戈说，"你说反了。"

"死人活了。"奥尔拉多说。

"坐吧，华伦蒂。"格雷戈说，"我的牢房不大，但还是我的家。这套理论很疯狂，但似乎说得通。我会让简帮忙，花时间做些严谨的计算，再进行几次模拟，但如果虫族女王是正确的，真有那么个到处都和我们的空间相邻的空间，核心微粒能随时随地从那个空间来到我们的空间，如果我们假设这种通行可以反向进行，如果虫族女王所说的另一点也是正确的，那个空间同样有核心微粒，只是在那里——就叫它'外空间'吧——核心微粒的组织不会遵照自然法则，而是仅仅基于可能性，那么可能行之有效的——"

"不确定性也太多了。"华伦蒂说。

"你忘了,"奥尔拉多说,"我们的前提就是'愿望造就一切'。"

"是啊,我都忘了提这个了。"格雷戈说,"我们还要假设虫族女王是正确的,无组织的核心微粒会回应他人心灵内部的模式,并立刻呈现为那种模式中可选的角色,所以那些能理解外空间的东西会立刻存在于这儿。"

"真是清晰明了,"华伦蒂说,"你们以前居然没想到。"

"是啊,"格雷戈说,"所以我们打算这么做。比起尝试用物理方式将所有构成飞船、乘客和货物的微粒从 A 星球移动到 B 星球,我们会简单地设想他们的整个模式,包括所有内里的所有人类——存在于外空间,而非内空间。在那一刻,构成飞船和乘客的所有核心微粒会自行解除组织,突然出现在外空间,根据相似的模式在那里重组。然后我们再来一次,就这么突然回到内空间,只不过我们现在到了 B 星球,最好还是安全的轨道距离外。"

"如果我们空间的每个点都对应外空间的每个点,"华伦蒂说,"我们不就只是把这边的航行换到那边吗?"

"那边的规则是不一样的,"格雷戈说,"那里没有所谓的'地点'。假设在我们的空间,地点——相对位置——只是核心微粒遵循的规则制造出来的,是一种惯例。就此而言,距离也一样。我们根据旅行所需要的时间来测量距离,但旅行要花费那些时间,只是因为组成物质和能量的核心微粒遵循自然法则的惯例,就像光的速度。"

"它们只是在遵守速度限制。"

"是啊。只是就速度限制而言,我们宇宙的大小是主观的。如果你认为我们的宇宙是个球体,那么站在球体之外的时候,它的直径可以只有一英寸、一微米,也可以有万亿光年。"

"所以等我们去了外空间——"

"那么内部宇宙就会变得和那里的所有无组织核心微粒一样,根本没有大小。此外,由于那儿没有所谓的'地点',那个空间的所有核心微粒都同样接近或者不接近我们宇宙的位置,所以我们可以在任何一个点重新进入内空间。"

"听起来简直很轻松。"华伦蒂说。

"是啊，没错。"格雷戈说。

"难的是'愿望'那部分。"奥尔拉多说。

"想要容纳这种模式，你就必须理解它。"格雷戈说，"每个支配某种模式的核心微粒，理解的都只有它自己那部分现实。这取决于模式内部的核心微粒能否发挥作用，容纳自己的模式，也取决于控制自己所在模式的核心微粒能否将它维持在合适位置。原子的核心微粒必须指望中子、质子和电子核心微粒来维持自己的内部结构，指望分子核心微粒将原子固定在合适位置，而原子核心微粒专注于自己的工作，也就是将那部分原子维持在原地。现实似乎就是这么运作的，至少在这个模型里是这样。"

"所以你们把这些迁移到外空间，然后再迁移回来，"华伦蒂说，"我明白了。"

"是啊，但谁能做到呢？因为这种送出机制需要飞船及其所有内容物构成一种独有的模式，而非随意混合的产物。我的意思是，你给飞船装货以及让乘客上船的时候，不会创造出某种有生命的模式，某种核心微粒有机体。这和生孩子不一样，那种有机体是可以自我维持的。飞船及其内容物只是聚集在一起的物体而已，它们随时可能分开。所以等你将这些核心微粒移动到缺乏地点和现实性的无组织空间以后，它们该怎么重组？就算它们重组成了自己所知的结构，结果会是什么？一大堆原子，甚至可能还有活细胞和有机体，但不会有太空服或者飞船，因为这些不是活物。所有原子甚至是分子都会四下飘动，或许会疯狂自我复制，那里的无组织核心微粒也会开始模仿那种模式，但不会有飞船。"

"这很致命。"

"不，也许不会致命，"格雷戈说，"谁知道呢？那边的规则截然不同。问题在于，你没法把那种状况下的他们带回我们的空间，因为后果必然是致命的。"

"所以这样不行。"

"我也说不好。内空间的现实能够维系，因为组成它的所有核心微粒都赞同这种规则。他们都了解彼此的模式，自己也遵循同样的模式。也许只要飞船、货物和乘客全部得到认知，就能在外空间作为整体维系在一起，只要那位认知者的大脑能容纳完整的结构就行。"

"那位认知者？"

"就像我说的，我需要让简负责计算。她得确认她能够访问的内存能否容纳飞船内的关系模式。她得确认自己能否接受那种新模式，然后想象它的新位置。"

"这就是'愿望'的部分。"奥尔拉多说，"我很骄傲，因为想到移动飞船需要认知者的那个人是我。"

"整个点子其实都是奥尔拉多想出来的，"格雷戈说，"但我准备当论文的第一作者，因为他不在乎职业发展，而我如果想去其他星球的大学求职，就得有足够好看的履历，才能让别人忽略我的重罪前科。"

"你在说什么？"华伦蒂说。

"我说的是离开这颗不值一提的殖民行星。你还不明白吗？如果这些都是真的，如果行得通，我就能飞到兰斯星或者海湾星或者……或者飞到地球，然后回这儿度周末。能量损耗是零，因为我们完全绕过了自然法则，载具的损耗和损坏也不存在。"

"还是存在的，"奥尔拉多说，"我们还是得用飞行的方式靠近目标星球。"

"就像我说过的，一切取决于简的想象能力。她必须有能力理解整艘飞船及其内容，想象我们出现在外空间，又再次出现在内空间。她必须有能力想象这场旅途起点和终点的准确相对位置。"

"所以超光速旅行完全取决于简。"华伦蒂说。

"如果她不存在，这就是不可能的。就算他们把所有电脑连接起来，就算有人能写下能做到这些的程序，也是没用的，因为程序只是一种集合，并非实体。只是部件，不是——简用的那个词是什么来着？'阿尤雅'。"

"就是梵语的'生命'，"奥尔拉多向华伦蒂解释道，"指的是负责操控模式，让其余核心微粒维持秩序的那个核心微粒。这个词指的是具备固有和持久外形的实际存在物，比如行星、原子、动物和星球。"

"简是个阿尤雅，不只是程序，所以她可以成为认知者。她可以把飞船作为一种模式，并入她自己的模式。她可以吸收和容纳它，而它仍旧是真实存在的。她会让它成为自己的一部分，对它下意识地了如指掌，就像你的阿尤雅知道你的身体，并将它维系在一起那样。然后她可以带着它前往外空间，然后再回到内空间。"

"所以简非去不可？"华伦蒂问。

"如果这种事真能做到，也是因为有简和飞船同行。"格雷戈说。

"要怎么做？"华伦蒂问，"我们总不能把她装进水桶里带着走吧。"

"这也是安德鲁从虫族女王那里得知的。"格雷戈说，"她实际存在于特定的地方，也就是说，她的阿尤雅在我们的空间有明确的位置。"

"哪儿？"

"安德鲁·维京的身体里。"

他们花了点时间，为她说明了安德从虫族女王那里听说的关于简的事。她很难想象这个电脑实体位于安德身体的内部中央，但简是在安德参与反虫族战役期间，由虫族女王创造出来的，这点倒是说得通。但对华伦蒂来说，还有一个最直接的后果。如果超光速飞船只能前往简带它前往的地方，而简又在安德的身体里，结论就只有一个了。

"所以安德鲁必须去？"

"当然。"格雷戈用葡萄牙语说。

"他作为测试飞行员有点儿超龄了。"华伦蒂说。

"在这种情况下，他只是个测试乘客，"格雷戈说，"只是飞行员碰巧在他身体里。"

"这次航行不会有任何身体压力。"奥尔拉多说，"如果格雷戈的理论正常运作，他只需要坐在那儿，过上几分钟，甚至只要一两微秒，他就会去到另一个地点。如果行不通，他也只需要坐在那儿，而我们会觉得自己很蠢，因为我们以为只凭愿望就能穿梭空间。"

"如果最后简成功把他送到了外空间，却没法在那边维系事物，他就会被困在一个甚至不存在地方的地方。"华伦蒂说。

"噢，是的。"格雷戈说，"如果只成功了一半，那些乘客就等同于死了。但既然我们会来到没有时间的地方，这对我们就无关紧要了。就像是一个永恒的瞬间，也许不足以让我们的大脑注意到实验的失败、停滞。"

"当然了，如果能成功，"奥尔拉多说，"我们就能把时空带过去，这么一来，时间就会继续下去。就算失败，我们也不可能知道。我们只会注意到成功的情况。"

"但如果他一去不回，我会知道的。"华伦蒂说。

"对。"格雷戈说，"如果他一去不回，你会有几个月的时间得知这件事，直到舰队来到这儿，把所有东西和所有人炸上天。"

"或者直到德斯科拉达把所有人的基因翻个底朝天，然后杀光我们。"奥尔拉多补充道。

"我想你是对的。"华伦蒂说，"和留下相比，失败也不会让他们死得更透。"

"但你也看到我们的时限压力有多大了。"格雷戈说，"在简和安塞波网络失去联系前，我们的时间不多了。安德鲁说，她也许终究能存活下来，但她会变成残废，大脑受损。"

"所以就算成功，第一次航行也可能是最后一次。"

"不，"奥尔拉多说，"航行是一瞬间的事。如果成功，她就能

415

直接把所有人送出行星，花的时间不比人们进出那艘飞船更久。"

"你是说可以从行星表面出发？"

"这点仍然存疑。"格雷戈说，"她计算出的位置恐怕会有大概一万英里的误差。不会发生爆炸或者错位的问题，毕竟重新进入内空间的核心微粒已经准备好重新遵守自然法则了。但如果飞船出现在行星中央，想要挖掘到表面还是会很困难。"

"但如果她能做到非常精确，比方说几厘米的程度，那么航行就可以是从地表到地表了。"奥尔拉多说。

"这些当然只是我们的幻想。"格雷戈说，"简回头肯定会告诉我们，就算她能把银河系的所有星际物质都变成电脑芯片，也没法容纳让飞船以这种方式飞行所需的全部数据。但现在听起来是可能的，我也感觉良好！"

说到这里，格雷戈和奥尔拉多开始大叫和大笑，音量甚至导致科瓦诺市长来到门口确认华伦蒂的安全。令她羞愧的是，他撞见了和他们一起大笑和大叫的她。

"所以没发生什么不愉快？"科瓦诺问。

"我猜是的。"华伦蒂说着，努力恢复镇定。

"我们有那么多问题，你们解决了哪一个？"

"也许一个都没解决。"华伦蒂说，"如果宇宙能在操纵下像这样运作，那也实在方便过头了。"

"但你们想到什么点子了。"

"这两位形而上学天才想到了一种非常渺茫的可能性，"华伦蒂说，"前提是你没往他们的午餐里放奇怪的东西。"

科瓦诺大笑起来，离开了房间，但他的造访起到了让他们冷静的效果。

"这方法真的行得通吗？"华伦蒂问。

"换成我自己肯定想不到。"格雷戈说，"我是说，还有起源的问题。"

"事实上，它回答了起源的问题。"奥尔拉多说，"大爆炸理论提出是在——"

"在我出生之前。"华伦蒂说。

"我猜也是。"奥尔拉多说，"谁都想不到的是'大爆炸'当初为什么发生。在这一点上，这套理论以诡异的方式说得通。如果有人在踏入外空间的时候，有能力把整个宇宙的模式都纳入自己的头脑，那边的所有核心微粒就能自行分门别类，再归入他们控制的模式里最大的那个地方。因为那儿不存在时间，过程可能会花费百万年，或者仅仅一微秒，具体看它们的需要，然后等到分类结束，'砰'的一声，整个宇宙就会出现在新的内空间里。又因为那里不存在距离或者位置——没有'地点'——于是宇宙最初的大小就是几何学意义上的一个点——"

"完全没有大小。"格雷戈说。

"我还记得几何学知识。"华伦蒂说。

"然后瞬间膨胀，在成长的同时创造空间。在它成长的时候，时间看起来会放慢速度——还是说，应该是加速？"

"这不重要，"格雷戈说，"一切取决于你是在新空间的里面还是外面，还是在别的什么内空间里。"

"总之，宇宙在空间里膨胀的时候，看起来在时间上就是恒定的。但如果你想，也完全可以认为它的大小是恒定的，只是时间会改变。光的速度会放慢，从一处前往另一处花费的时间也会变长，只是我们没法得知光在变慢，因为其余一切都会精确地对照光速变慢。明白了吗？一切都只是观点问题。就此而言，正如格雷戈先前所说，我们生活的宇宙以绝对值来说，大小仍旧和几何学意义上的点相同，从外空间观察它的时候是这样。内空间所有似乎发生过的成长都只是相对位置和时间的问题。"

"我真正头疼的，"格雷戈说，"是这些年来在奥尔拉多的脑袋里发生的那种事。'宇宙在外空间只是个无尺寸的点'是他一直以来的思考方式，这倒不是说他是最先想到的。但他由衷地相信这种说法，并且看出了它和安德鲁所说的虫族女王寻找阿尤雅的那个'不存在的地方'之间的关联。"

"既然我们还要玩形而上学的游戏，"华伦蒂说，"那么这一切又是从哪里开始的？如果我们认为现实只是一种模式，是某人把它带到了外空间，宇宙就这么凭空出现，那么那个'某人'或许还在四处游荡，在所到之处分发宇宙。可她又是从哪来的？她开始做这些事之前，那地方是个什么样子？这么说起来，'外空间'又是如何诞生的？"

"这是内空间的思维方式。"奥尔拉多说，"你们仍然认为空间和时间是绝对的，所以才会这么理解。你觉得万事万物都会开始和停止，觉得事物都有起源，因为在可观测宇宙里，一切都是如此。问题在于，外空间根本没有类似的规则。外空间一直存在于那儿，也永远会在那儿。核心微粒的数量是无限的，而且每一个都永远存在。无论取出其中的多少，再放入有组织的宇宙里，留下的数量都始终不变。"

"但总得有人开始创造宇宙。"

"为什么？"奥尔拉多问。

"因为……因为我……"

"没有人开始，一直都在进行。我的意思是，如果不是已经在进行，就不可能开始了。外空间不存在任何模式，也不可能构想出模式。它们从定义上就不可能做出行动，因为它们名副其实地找不到自己。"

"但怎么可能一直在进行？"

"把它想象成时间里的这一刻，我们在这一刻存在于这种环境下的整个宇宙——所有的宇宙——的现实——"

"你是指'现在'？"

"的确。把'现在'想象成一个球体的表面，时间正在通过外空间的混沌向前推进，就像膨胀的球体表面，就像充气的气球。外面是混沌，里面是现实。总是在成长——就像你说的，华伦蒂——无时无刻不在变出新的宇宙。"

"但这气球是从哪儿来的？"

"噢，你想象出气球了。那个膨胀的球体。现在想象它是个半径无限的球体。"

华伦蒂努力想象其中的含义。"表面应该是完全平坦的。"

"正确。"

"而且你永远没法绕上一整圈。"

"同样正确。无限大，甚至没法数清现实这一边存在多少个宇宙。现在你从边缘出发，坐飞船开始朝中心前进。你越是往内侧飞，一切就越古老。全都是旧宇宙，年代不断追溯。你什么时候能到达最初的宇宙？"

"没法到达，"华伦蒂说，"只要还是以有限速度旅行，就不可能到达。"

"如果从半径无限的球体表面出发，你就不可能到达球体中央，因为无论你走多远、无论多快，中央，也就是开始，都永远在无限远的地方。"

"宇宙就是在那里开始的。"

"我相信是，"奥尔拉多说，"我认为这就是事实。"

"所以宇宙以这种方式运作，是因为一直都是这样。"华伦蒂说，"现实以这种方式运作，是因为这是现实的本质。任何不以这种方式运作的事物都会变回混沌，反之则会成为现实。分界线一直都在那儿。"

"最让我期待的是，"格雷戈说，"等我们能以瞬间速度在我们的现实里闲逛以后，还有什么能阻止我们找到别的现实？找到全新的宇宙？"

"或者创造别的现实。"奥尔拉多说。

"的确，"格雷戈说，"前提是你或者我的心灵真的能容纳整个宇宙的模式。"

"也许简可以，"奥尔拉多说，"不是吗？"

"你的意思是，"华伦蒂说，"也许简是个神。"

"她也许现在就在听。"格雷戈说，"虽然显示屏挡住了，但电脑开着，我敢打赌，她肯定都乐不可支了。"

"也许所有持续够久的宇宙都能产生类似简的存在，"华伦蒂说，"然后她会离开，创造更多，接着——"

"不断继续，"奥尔拉多说，"有什么不行的呢？"

"但她是个意外。"华伦蒂说。

"不，"格雷戈说，"这也是安德鲁今天发现的事实之一。你真的应该和他谈谈。简不是意外诞生的。就我们所知，根本没有所谓的意外；据我们所知，万物从最开始就是模式的一部分。"

"除我们之外的万物，"华伦蒂说，"我们……控制我们的那个核心微粒叫什么来着？"

"阿尤雅。"格雷戈说，特意为她拼读了一遍。

"是啊。"她说，"然而，无论有怎样的优点和缺点，我们的意志始终存在。正因如此，只要我们还是现实的模式的一部分，我们就是自由的。"

"听起来伦理学家开始插手了。"奥尔拉多说。

"这些也许只是一通胡话，"格雷戈说，"简回头只会嘲笑我们。但这想法很有趣，对吧？"

"嘿，据我们所知，也许这就是宇宙最开始存在的原因，"奥尔拉多说，"因为在混沌里跑来跑去，变出现实应该很快乐，也许神那时候玩得很开心。"

"也可能他只是在等简跑出来陪他。"华伦蒂说。

这次轮到米罗陪种植者了。时间过了午夜，已经很晚了。这并

420

不代表米罗能坐在种植者身边，握住他的手。在无菌室里，米罗必须穿上防护服，但不是为了阻挡感染，而是要阻止自己体内携带的德斯科拉达病毒传到种植者身上。

如果我把防护服打开一条缝，米罗心想，也许就能救他的命。

德斯科拉达不在的情况下，种植者身体的崩溃迅速而剧烈。他们都知道德斯科拉达干预了坡奇尼奥的生殖周期，赋予了坡奇尼奥作为树木的第三人生，但到目前为止，没人清楚他们的日常生活有多少要依靠德斯科拉达。设计这种病毒的人肯定是个追求效率的冷酷怪物。没有了德斯科拉达每天、每小时、每分钟的干涉，细胞开始迟钝，必不可少的能量存储分子停止产生，而且大脑神经突触的释放频率降低，这是他们最害怕的。种植者的身上接着各种软管和电极，躺在好几片扫描场内，所以埃拉和她的坡奇尼奥助手可以从外面监控他垂死之际的方方面面。此外，他每隔一个小时左右就会被采集组织样本，日夜不停。他的痛苦太过强烈，以至于他真正睡着的时候，采集组织样本的过程都不会吵醒他。但经历了这一切痛楚，还有折磨他大脑的类中风症状以后，种植者仍旧顽强地保持清醒。就好像纯粹的意志力决定让他证明，就算没有德斯科拉达，坡奇尼奥也可以拥有智慧。种植者这么做当然不是为了科学，而是为了尊严。

那些真正的研究员没时间像工作人员那样轮班，然后穿着防护服坐在那儿，看着他，和他说话。只有米罗，还有雅各特和华伦蒂的子女塞芙特、拉尔斯、罗和瓦沙姆，以及那个奇怪又安静的女子普利克特能负责轮班，这些人没有其他迫切的职责，又有足以忍受等待的耐心，而且足够年轻，处理职责的手法也足够精准。他们本可以在值班人员里加上一个坡奇尼奥，但对人类科技足够了解、能负责这种工作的坡奇尼奥兄弟此时都是埃拉或者欧安达团队的成员，也都忙得不可开交了。在那些会在无菌室内陪伴他、采集组织样本、喂他吃喝、更换容器、擦拭身体的人之中，只有米罗对坡奇尼奥足够了解，能和他们交流。米罗可以用兄弟语和他对话，这肯定带给了他某种程度的安慰，尽管他们几乎没有任何交情——种植者是在三十年前米罗离开卢西塔尼亚以后出生的。

种植者没有睡着。他半睁眼睛，看着空气，但米罗从他嘴唇的动作知道，他在说话，在背诵他那个部落的某些史诗的段落。有时候，他会念诵部落系谱的某些部分。他第一次这么做的时候，埃拉担心他开始精神错乱了。但他坚持说自己是在测试记忆，确认在失去德斯科拉达的过程中，他没有忘记部落，这和忘记自我没什么区别。

此时此刻，等米罗调高防护服内部的音量后，他能听到种植者在讲述和裂天者——那位"呼唤雷霆之树"——的森林进行惨烈战争的故事。这个战争故事有一段题外话，讲述了裂天者名字的由来。这部分的内容听起来非常古老和神秘，是关于一位兄弟将小母亲们带到天空开启、星辰落地之处的魔幻故事。尽管今天的种种发现——简的起源，格雷戈和奥尔拉多关于意念旅行的点子——让米罗沉浸在自己的思绪里，但不知为何，他发现自己认真听起了种植者的话。等那段故事结束的时候，米罗插了嘴。

"这故事有多老了？"

"很老了。"种植者低声说，"你一直在听？"

"一句不漏。"用长句和种植者对话也没关系。他要么不会因为米罗缓慢的语速不耐烦——毕竟种植者没有别处要去——要么就是他的认知过程放慢到了和米罗的语速相称的程度。无论是哪种情况，种植者会等米罗说完话，然后做出回答，仿佛一直在专心聆听。"我没理解错的话，你说裂天者把小母亲们带在身边？"

"没错。"种植者低声说。

"但他没打算去找父亲树。"

"对，他就这么带着小母亲。我是好些年前听到这个故事的，那时我还没学过人类科学。"

"你知道我的感想是什么吗？我觉得这故事也许来自你们不会

422

把小母亲带去父亲树的时代。在那个时代，小母亲不用舔舐母亲树内部的树液作为食物，她们只会挂在男性腹部的运送用突起上，直到婴儿成熟到破体而出，占据母亲在乳头上的位置。"

"所以我才会为你念诵，"种植者说，"我一直在努力思考：如果我们在德斯科拉达到来之前就有智慧，那会是个什么样子。最后我想起了裂天者战争的故事里那部分。"

"他去了天空裂开的地方。"

"德斯科拉达总得用某种方法出现在这儿，对吧？"

"这故事有多老了？"

"裂天者战争是二十九个世代前的事。我们的森林没那么古老，但我们有从父亲森林那里继承来的诗歌和故事。"

"但关于天空和星辰的那部分故事也可能更古老，对吧？"

"非常古老。裂天者这棵父亲树很早以前就死了，就算在那场战争期间，他应该已经非常老了。"

"你认为这也许是最初发现德斯科拉达病毒的那个坡奇尼奥的记忆？认为病毒是被飞船带到这儿，他看到的是某种可以重返大气层的载具？"

"所以我才会给你背诵。"

"如果这是真的，那你们在德斯科拉达到来前也肯定拥有智慧。"

"现在都没了。"种植者说。

"什么都没了？我不明白。"

"我们在那时候的基因。我甚至猜不到德斯科拉达从我们这里夺走又丢掉了什么。"

的确如此。每个德斯科拉达病毒也许都在体内容纳了卢西塔尼亚每种原生生命的完整基因序列，但那只是现在受到德斯科拉达控制的基因序列。德斯科拉达到来前的基因序列永远没法重建或者复原了。

"但是，"米罗说，"这想法很有趣。你们也许在病毒到来前就拥有了语言、诗歌和故事。"尽管明白自己不该说，但他还是补充道，"也许这么一来，你就没必要尝试证明坡奇尼奥智力的独立性了。"

"只是拯救猪仔的又一次尝试而已。"种植者说。

扬声器里传来一个声音，是来自无菌室外的声音。

"你现在可以出来了。"埃拉说。米罗当班的时候，她本该去睡觉才对。

"我这一班还有三小时才结束。"米罗说。

"我这儿有别人要进去。"

"防护服有很多。"

"我需要你出来这儿，米罗。"埃拉的语气不容违抗，而且她才是主导这次实验的科学家。

几分钟以后，他走出无菌室，也了解了状况。科尤拉站在那儿，表情冰冷，而埃拉往少了说也是暴怒。她们显然又在吵架，对此他并不意外。他意外的是科尤拉居然会来。

"你还不如回里面去呢。"米罗才刚从灭菌室出来，科尤拉就开口道。

"我都不知道我干吗出来。"米罗说。

"她坚持要进行私下谈话。"埃拉说。

"她愿意把你叫出来，"科尤拉说，"但她不愿意断开听觉监控系统。"

"我们需要记录和种植者对话的每一刻，这样才公开透明。"

米罗叹了口气。"埃拉，成熟点儿。"

她几乎爆发了。"我！你让我成熟点！她跑来这儿，就好像觉得自己是坐在宝座上的——"

"埃拉，"米罗说，"闭嘴听着。科尤拉是种植者撑过这次实验的唯一希望。你能扪心自问，然后说这样不利于实验目标——"

"好吧。"埃拉打断了他的话，因为她已经领会了他的论据，也承认了论据的正确，"她是这颗行星上所有活着的智慧生物的敌人，但我会断开听觉监控，因为她想和她正在杀死的那位兄弟私下谈话。"

这话让科尤拉忍无可忍。"你用不着为我断开什么。"她说，"很抱歉，我不该来的。我犯了个愚蠢的错误。"

"科尤拉！"米罗大喊道。

她停在实验室门口。

"穿上防护服，跟种植者谈话去。你找的是种植者，不是埃拉，对吧？"

科尤拉又瞪了眼埃拉，但还是朝米罗刚刚离开的灭菌室走去。

他松了一大口气，毕竟他知道自己没有任何权力，这两人又都完全可以忽视他的命令。她们能够听从，其实是暗示她们心里想要这么做。科尤拉确实想和种植者谈谈，埃拉也确实希望她这么做。她们甚至可能已经足够成熟，能够不让个人分歧危害他人的生命。这个家或许还是有希望的。

"我只要进去，她又会打开监控了。"科尤拉说。

"她不会的。"米罗说。

"她会趁你不注意打开的。"科尤拉说。

埃拉轻蔑地看着她。"我知道怎么遵守诺言。"

她们没再说什么。科尤拉走进灭菌室换防护服，几分钟过后，她就进入了无菌室，喷洒在整件防护服上的杀菌溶液仍在不断滴落。

米罗能听到科尤拉的脚步声。

"关掉吧。"他说。

埃拉抬起手，按下一个按钮。脚步声消失了。

简在他耳朵里对他说："你希望我全程为你播报他们说的话吗？"

他默念道："你还能听到里面的声音？"

"那台连着好几套监控设备的电脑对震动很敏感。我学过几种根据极其微弱的震动来破译人类语言的技巧，而且那些设备很灵敏。"

"那就开始吧。"米罗说。

"侵犯隐私不会给你带来道德方面的不安吗？"

"完全不会。"米罗说。世界的存亡维系于此,而且他遵守了诺言,听觉监控设备断开了,埃拉也听不到简说的话。

对话起初没什么亮点。你还好吧?病得厉害。很痛苦?是的。

是种植者打破了愉快的寒暄,直指问题的核心。

"为什么你希望我的全体同胞当奴隶?"

科尤拉叹了口气,但值得称赞的是,她听起来没发脾气。在米罗训练有素的耳朵听来,那声叹息里似乎真的带着受伤的情绪,完全不是她向家人展露的那副挑衅的面貌。"我没有。"她说。

"也许你没有打造枷锁,但你拿着钥匙,又拒绝使用。"

"德斯科拉达不是枷锁,"她说,"枷锁是无关紧要的东西。德斯科拉达是活着的。"

"我也是,我的全体同胞也是。为什么它们的生命要比我们的重要?"

"德斯科拉达不会杀死你们。你们的敌人是埃拉和我母亲,她们才是想要杀光你们,免得自己被德斯科拉达杀死的人。"

"当然,"种植者说,"她们当然会,就像我会杀光他们来保护同胞那样。"

"所以你争吵的对象不应该是我。"

"就是你。如果没有你知道的信息,人类和坡奇尼奥最后无论如何都会互相残杀,他们别无选择。只要没法驯化德斯科拉达,它最终就会毁灭人类,或者是人类被迫毁灭它,连同我们一起。"

"他们没法毁灭它的。"科尤拉说。

"因为你不会允许。"

"正如我不会允许他们毁灭你们。有知觉生物就是有知觉生物。"

"不,"种植者说,"面对异族,你们可以活下去,也让他们活下去。但面对异种,不会有什么对话,只有战争。"

"没这回事。"科尤拉说,然后她抛出了早先和米罗谈话时提过的那些论据。

等她说完以后，房间里安静了一会儿。

"他们还在说话吗？"埃拉对看着视觉监控的那些人低声说。米罗没有听到回答，也许有人摇头表示了否定。

"科尤拉。"种植者低声说。

"我还在。"她回答。值得称赞的是，那种争辩的口气再次从她的话语里消失了。残忍的道德正确并没有带给她任何喜悦。

"这不是你拒绝帮忙的理由。"他说。

"这就是。"

"如果不用向家人屈服，你随时都愿意帮忙。"

"不对！"她大喊道。

所以种植者戳到她的痛处了。

"你能确信自己是对的，是因为他们确信你是错的。"

"我是对的！"

"你什么时候见过毫无疑虑，又在任何事上都不会犯错的人？"

"我有疑虑。"科尤拉低声说。

"那就听听你自己的疑虑吧。"种植者说，"救救我的同胞，还有你的。"

"我有什么资格在德斯科拉达和我的同胞之间做选择？"

"没错，"种植者说，"你有什么资格做这种选择？"

"我没做选择，"她说，"我只是推迟了选择。"

"你知道德斯科拉达能办到什么，你知道它会做什么。推迟选择就是做选择。"

"这不是选择，连行动都不是。"

"没能阻止一场你本来能轻易阻止的谋杀，这怎么能不算谋杀呢？"

"这就是你想见我的原因？你也想教我该怎么做事？"

"我有这种权利。"

"因为你自愿成为殉道者，然后死掉？"

"我到现在还没失去理智。"种植者说。

"好吧，你证明了论点。现在让他们把德斯科拉达放进来，救你一命吧。"

"不。"

"为什么不？你不是确信自己是正确的吗？"

"我可以决定自己的生命。我和你不同，我不会决定让别人去死。"

"如果人类死光，我也会一起死。"科尤拉说。

"你知道我为什么想死吗？"种植者说。

"为什么？"

"这样我就不用看到人类和坡奇尼奥再次互相杀戮了。"

科尤拉垂下了头。

"你和格雷戈，你们是一样的。"

泪水落到了防护服的面罩上。"你说谎。"

"你们都拒绝听任何人的话。你们无所不知。等你们做完自己要做的事以后，很多很多无辜的人会死。"

她站起身来，仿佛要离开。"那就死吧，"她说，"既然我是个杀人犯，又何必为你哭泣？"但她的双脚没有动。**她不想走，**米罗心想。

"告诉他们吧。"种植者说。

她摇摇头，动作剧烈，眼泪从双眼甩出，洒在面罩内侧。如果她继续这么下去，很快就看不到任何东西了。

"如果你说出自己知道的事，所有人都会更聪明。如果你保守秘密，所有人就都是傻瓜。"

"如果我说了，德斯科拉达就会死！"

"那就让它死！"种植者喊道。

这声呼喊给他带来了非同寻常的疲惫。实验室里的仪器发疯了好一会儿。埃拉和监控仪器的技术人员分别确认，同时用微不可闻的音量咕哝着什么。

"你希望我也这么看待你？"科尤拉说。

428

"你就是这么看待我的。"种植者轻声说，"让它死。"

"不。"她说。

"德斯科拉达来到这儿，奴役了我的同胞，所以管它有没有知觉！它是个暴君，是个杀人犯。如果人类做出德斯科拉达那样的行为，就连你也会同意必须阻止他，即使唯一的方法就是杀死他。凭什么另一个物种就该得到比你的同胞更宽厚的对待？"

"因为德斯科拉达不知道它在做什么，"科尤拉说，"它不明白我们是有智力的。"

"它不在乎。"种植者说，"德斯科拉达的制造者把它送出来的时候，不在乎它俘虏或者杀死的物种有没有知觉。你希望我和你的全体同胞都为了这种生物而死？你就这么恨你的家人，所以宁可站在德斯科拉达这样的怪物那边吗？"

科尤拉无言以对，她无力地坐在种植者窗边的凳子上。

种植者伸出手，按在她的肩头。防护服的厚度和防渗透程度不至于让她感觉不到手的压力，尽管他已经非常虚弱了。

"以我自己来说，我不介意死。"他说，"也许因为第三人生，我们坡奇尼奥不像你们短命的人类那么害怕死亡。但就算我不会有第三人生，科尤拉，我也会得到你们人类的那种不朽。我的名字会活在故事里。就算我没有变成树，我的名字也会长存，我做过的事也一样。你们人类可以说我自愿殉道却得不到回报，但我的兄弟们会理解的。我直到最后都保持了清醒和智慧，也以此证明了他们的本质。我帮忙证明了这件事：我们的奴隶主没有创造我们的本质，也没法阻止我们成为自己。德斯科拉达可以强迫我们做很多事，但它没法拥有我们最核心的部分。我们的内心是属于真正自我的地方。所以我不介意死，我会活在每一个得到自由的坡奇尼奥心里。"

"为什么你要在只有我能听到的时候说这些？"科尤拉说。

"因为只有你有能力彻底杀死我。只有你有能力让我的死亡不值一提，让我的所有同胞跟着我死去，没有人留下来铭记我。所以我为什么不能把遗嘱单独告诉你？只有你能决定我的死亡有没有价值。"

"我恨你，"她说，"我就知道你会这么做。"

"做什么？"

"让我感觉很不舒服，只能屈服！"

"如果你知道我会这么做，为什么还要来？"

"我不该来的！我真希望我没来！"

"让我来告诉你为什么。你来这儿，是希望我能让你屈服。然后等你真正去做的时候，就是为了我，不是为了你的家人。"

"所以我就是你的牵线木偶？"

"恰恰相反，你自己选择来了这儿。你是在利用我让你做你真正想做的事。你在内心里仍然是人类，科尤拉，你希望你的同胞活下去，否则你就只是个怪物而已。"

"就因为你快死了，不代表你会变聪明。"她说。

"会的。"种植者说。

"如果我告诉你，我永远不会在杀戮德斯科拉达这件事上合作呢？"

"那我就会相信你。"种植者说。

"并且恨我。"

"是的。"种植者说。

"你不能这样。"

"我能。我不是特别虔诚的教徒，我没法爱那个选择杀死我和我的全体同胞的人。"

她一言不发。

"现在你走吧，"他说，"我能说的都已经说了。现在我想要背诵我的故事，继续保持自己的智慧，直到死亡最终到来。"

她转身离开，进入了灭菌室。

米罗转向埃拉。"让所有人离开实验室。"他说。

"为什么？"

"因为她出来的时候，有可能把自己知道的事告诉你。"

"那就只有我应该离开，其他人都该留下。"埃拉说。

"不，"米罗说，"她只会告诉你一个人。"

"如果你这么想，你就是个彻头彻尾的——"

"告诉别人带来的痛苦没法让她满足，"米罗说，"让所有人出去。"

埃拉思索了片刻。"好吧，"她对其他人说，"回到主实验室去，监控你们自己的电脑。如果她打算跟我说些什么，我会连上网络，我们谈话的时候，你们可以看到她取得的进展。如果你们从看到的内容里有所领悟，就立刻开始跟进。就算她真的知道些东西，我们也得在有限的时间里设计出删节后的德斯科拉达病毒，赶在种植者死前交给他。去吧。"

他们离开了。

等科尤拉离开灭菌室的时候，她发现只有埃拉和米罗在等着她。

"我还是觉得在尝试对话前就杀死德斯科拉达是错误的。"她说。

"也许是吧。"埃拉说，"我只知道如果可以，我也打算对话。"

"把文档打开吧。"科尤拉说，"关于德斯科拉达的智慧，我会把我所知的一切告诉你们。如果成功，种植者也活了下来，我会朝他脸上吐唾沫的。"

"你可以吐上一千次，"埃拉说，"只要他能活下来。"

她的文档出现在显示区域，科尤拉开始指出德斯科拉达病毒模型的特定区域。几分钟之内，就换成了科尤拉坐在终端前，打字、指点、说话，而埃拉不断提问。

简的话声在他耳中再次响起。"那个小贱人，"她说，"她没把文档存在别的电脑里，她把自己知道的东西都记在脑子里了。"

等到次日下午接近傍晚的时候，种植者眼看就要死去，而埃拉眼看就要耗尽力气，她的团队忙碌了一整晚，科尤拉也始终在提供帮助，不知疲倦地阅读埃拉的团队拿出的任何文件，同时批评和指出谬误。早晨的时候，他们有了制造可用的删节版病毒的计划。所有语言能力都被删除，这代表新病毒没法和彼此交流。同样去除的还有分析能力，至少是他们能做到的限度内，但病毒为卢西塔尼亚原生物种支撑身体机能的那些部分都安然无恙。在没有病毒测定样本的情况下，他们得出的结论是这种新设计完全符合需要：在卢西塔尼亚物种（包括坡奇尼奥）的生命周期内能够发挥完整作用，但又彻底失去全球调节和操控的能力。他们给新病毒命名为"瑞科拉达"。旧版病毒的名字来自它拆散基因的能力，新版的名字来自它余下的功能：维系组成卢西塔尼亚原生生命的物种配对。

安德提出了反驳：既然德斯科拉达会让坡奇尼奥进入好战的扩张状态，新病毒也许会将他们锁定为特定状态。但埃拉和科尤拉共同给出了答案，表示她们特意使用了更早版本的德斯科拉达作为模型，那个版本取自坡奇尼奥更加悠闲自在、更加"像自己"的时代。参与这个项目的坡奇尼奥都给出了赞同，他们没时间咨询除了"人类"和鲁特之外的对象，而后者也同意这么做。

凭借科尤拉告诉他们的德斯科拉达运作方式，埃拉安排了一个团队研究杀手细菌，其设计目标是迅速传遍整颗星球的盖亚圈，找出任何地方和任何形式的普通德斯科拉达，把它撕成碎片，然后杀死它。它会根据新德斯科拉达将会欠缺的那些元素来识别旧德斯科拉达。只要同时释放德斯科拉达和杀手细菌，应该就能达成预期的目的。

剩下的只有一个问题：将那种新病毒真正制造出来。这就是埃拉从早上开始直接负责的项目。科尤拉已经支撑不住，睡了，大多数坡奇尼奥也一样，但埃拉挣扎着继续，试图用她手头的所有工具分解病毒，再根据她的需要重组。

但当安德在下午晚些时候到来，告诉她如果这种病毒能拯救种植者，现在就是最后机会的时候，她却只能在疲惫和沮丧之下崩溃和哭泣。

"我办不到。"她说。

"那就告诉他,你成功了,但没法及时造出来——"

"我的意思是,制造它是办不到的。"

"你已经把它设计出来了。"

"没错,我们完成了计划,做好了模型,但它不可能造出来。德斯科拉达的设计非常恶毒,我们没法从零开始制造它,因为有太多部件没法维系在一起,除非你让那些部分在崩溃的同时持续重建彼此。而且我们没法修改目前的病毒,除非德斯科拉达至少保持最低限度的活动,那么一来,它撤销的速度会比我们修改的速度还要快。它被特意设计成持续监管自我的运作方式,因此无法修改,所有部件又非常不稳定,因此完全无法制造。"

"但他们制造出来了。"

"是啊,但我不知道方法。我和格雷戈不同,没法因为某种形而上学的突发奇想就走到自己的科学领域之外,然后编造概念,许愿让它们成真。我无法摆脱当前的自然法则,而且没有哪条法则允许我制造出它来。"

"所以我们知道应该去哪儿,但我们没法从这儿到达那儿。"

"直到昨晚,我知道的信息不足以猜测能否设计出新的德斯科拉达,因此我无从猜测能否做到。我觉得如果能设计出来,就能制造出来。我做好了制造的准备,做好了在科尤拉让步的那一刻行动的准备。我们的成果却只是终于发现,这种事根本不可能办到。科尤拉说得对。我们从她那里得知的东西足以让我们杀死卢西塔尼亚的所有德斯科拉达病毒,但我们没法制造出瑞科拉达病毒,从而替代它并维持卢西塔尼亚的生命正常运作。"

"所以如果我们使用那种能杀死病毒的细菌——"

"这颗星球上的所有坡奇尼奥都会在一两周内落到种植者现在的下场。还有野草、鸟儿、藤蔓和所有一切。烧焦的大地,一场暴行。科尤拉是对的。"她再次哭泣起来。

"你只是累了。"说话的是科尤拉，她醒了过来，面色憔悴，睡眠完全没能消除她的疲劳。

埃拉无言以对。

科尤拉看起来像是在考虑说些残忍的话，类似"我怎么跟你说的来着"，但考虑过后，她只是走上前去，一手按在埃拉的肩头。"你累了，埃拉。你该去睡一觉。"

"是啊。"埃拉说。

"但首先，我们去告诉种植者。"

"你的意思是道别。"

"是的，我就是这个意思。"

他们走向种植者的无菌室所在的那间实验室。先前睡着的那些坡奇尼奥研究员已经醒了，他们全都在为弥留的种植者守夜。米罗又去了里面陪伴种植者，这次她们没有要求他离开，但安德知道，埃拉和科尤拉都渴望去里面陪着他。她们选择用扬声器和他说话，解释了自己的发现。她们成功了一半，从某种角度上比彻底的失败更糟糕，因为如果卢西塔尼亚的人类足够绝望，就可能导致全体坡奇尼奥的毁灭。

"你们不会用它的。"种植者低声说。那些麦克风的敏感度很高，却只能勉强分辨出他的声音。

"我们不会的，"科尤拉说，"但这里不是只有我们。"

"你们不会用的。"他说，"除我以外，不会有人像这样死去。"

他的最后几个字几乎没发出声音，他们后来根据全息录像分析了他的嘴唇动作，这才得以确定他所说的话。在说完这句话以后，在听过他们的道别以后，他死去了。

监控仪器一确认他死亡的那一刻，研究团队里的坡奇尼奥就冲进了无菌室。现在没必要灭菌了，他们只想把德斯科拉达带过去。他们粗暴地拨开挡道的米罗，开始了工作，把病毒注射进种植者身体的每个部位，在仅仅片刻后就注射了数百剂。他们显然早有准备。他们尊敬种植者牺牲生命的选择，但等到他死后，等他的荣誉感得到满足以后，他们可以毫无愧疚地尝试保住他的第三人生。

他们把他带到了"人类"和鲁特矗立的那片空地上，把他放在早已标记好的位置，和那两棵年轻的父亲树组成了等边三角形。他们就在那里剥掉他身体的皮肤，再打入木桩。仅仅几个钟头后，有棵树开始生长，也由此带来了短暂的希望：那或许是棵父亲树。但仅仅几天过后，那些擅长辨认年轻父亲树的兄弟就宣布，他们的努力失败了。是的，这棵树也是某种生命，包含了他的基因，但他的记忆和意志，还有作为种植者的那个人已经不复存在。这棵树缄默无声，不会有心灵加入父亲树的永恒密会。种植者决心摆脱德斯科拉达的束缚，即便这意味着失去德斯科拉达赠予宿主的第三人生。他成功了，也因为失去而得到了胜利。

他成功的还有另一件。坡奇尼奥背离了平时的传统，没有迅速忘记兄弟树的名字。虽然没有小母亲会在它的树皮上爬动，这棵从他的尸体上长出的兄弟树却会被冠以"种植者"的名字，受到恭敬的待遇，就好像它是父亲树，就好像它是个人。此外，他的故事在整个卢西塔尼亚、在所有坡奇尼奥生活的地方一再传颂。他证明了即使没有德斯科拉达，坡奇尼奥也具备智慧。这是高尚的牺牲，而提及种植者的名字就是在提醒所有坡奇尼奥，想要得到最基本的自由，就必须摆脱奴役他们的那种病毒。

但种植者的死并没有给坡奇尼奥向其他星球殖民的准备带来丝毫停滞。战争制造者的支持者占据了多数，随着"人类拥有能杀死所有德斯科拉达的细菌"的流言传开，他们就更加急切了。"快点，"他们反复告诉虫族女王，"快点，这样我们才能摆脱这个世界，赶在人类决定杀光我们之前。"

"我想我能做到。"简说，"如果飞船是构造简单的小型飞船，几乎不带任何货物，船员数量也尽可能少，我就能在心灵里容纳它的模式。如果航程很短，在外空间停留的时间也会很短暂。至于用心灵容纳起点和终点的位置，这很简单，就像小孩子的把戏，我的误差可以在一毫米以内，甚至更小。就算睡着，我也能在睡梦里做到，所以没必要忍受加速过程，或者提供更全面的生命维持系统。飞船可以很简单：密封的环境，可以坐下，有照明和供暖的地方。如果我们真的能到达那里，而我能维系住这一切，再把我们带回来，那我们在太空里的时间就连一个小房间里的氧气都用不完。"

他们都聚集在主教的办公室里，听着她的话——包括整个希贝拉家、雅各特和华伦蒂一家、坡奇尼奥研究员们、好几位神父和圣灵之子教会的人，或许还有十来个人类殖民地的其他领袖。主教坚持要在他的办公室开会。"因为那儿够大，"他当时说，"也因为我希望在场。"

"你的能力还剩下多少？"安德问简。

"不多。"她说，"实际上，百星联盟的每台电脑都会在我们行动期间运行迟缓，因为我要使用它们的内存来容纳那种模式。"

"我问这个，是因为等我们到了那里以后，需要进行一次实验。"

"别胡说了，安德鲁。"埃拉说，"等我们到了那里，需要进行的就是奇迹了。如果我们能到达外空间，就代表格雷戈和奥尔拉多对那边状况的推测恐怕是对的。这就代表规则会不一样。只要理解模式，就能创造相应的事物，所以我想去。也许等我到了那儿，还用心灵容纳德斯科拉达的模式，就能创造出它来。我能带回一种没法在真实空间里制造的病毒。你能带上我吗？你能把我维系在那里，直到造出病毒为止吗？"

"需要多久？"简问。

"应该是一瞬间的事。"格雷戈说，"我们到达的那一刻，脑海里的任何完整模式应该都会在人类无法察觉的短暂时间里制造出来。她还得分析那种病毒是否真是她想要的，这才是真正花时间的事，大概五分钟吧。"

"好的。"简说，"如果我能做到，就能撑上五分钟。"

"其他的船员？"安德说。

"其他的船员会是你和米罗，"简说，"没有别人了。"

格雷戈的抗议声最响，但抗议的不只是他。

"我是飞船驾驶员。"雅各特说。

"我才是这艘飞船唯一的驾驶员。"简说。

"这是奥尔拉多和我想出来的。"格雷戈说。

"安德和米罗要跟去，是因为没有他们，这件事不可能安全办到。我存在于安德体内，无论他去哪儿，都会带着我一起。另一方面，米罗和我的关系非常亲密，我觉得他也许成了我本身那个模式的一部分。我希望他同行，因为没有了他，我也许不是完整的。不能再有别人了，模式里容不下别人，除了这两人，只能有埃拉一个。"

"所以这就是全体船员了。"安德说。

"无可争议。"科瓦诺市长补充道。

"虫族女王会愿意造出这艘船吗？"简问。

"她会的。"安德说。

"那么我要请求的就只有一件事了。埃拉，如果我能给你五分钟，你能否在脑海里容纳另一种病毒？"

"给道之星用的病毒？"她问。

"我们欠他们这个情，可以的话就该还给他们，毕竟他们帮过我们。"

"我想可以，"她说，"至少能记住它和普通德斯科拉达的区别。如果我想容纳事物，恐怕也只能从它们的区别着手。"

"这件事还有多久会发生？"市长问。

"这要看虫族女王建造飞船的速度有多快。"简说，"我们只剩下四十八天，然后百星联盟就会关闭安塞波网络。我们现在知道，我在那天不会死，但也会因此受到严重的削弱。我得花上一段时间才能重新学会所有失去的记忆，前提是我真的可以。在那之前，我都没法维持一艘飞船的模式，让它前往外界。"

"虫族女王造出这么简单的飞船花不了多久。"安德说，"这艘船太小了，不可能赶在舰队抵达前将所有卢西塔尼亚的人类和坡奇尼奥送走，更别提赶在关闭安塞波网络导致简无法驾驶飞船之前了。但要把摆脱了德斯科拉达的全新坡奇尼奥群体——一位兄弟、一位妻子，还有许多怀孕的小母亲送去十几颗行星上，让他们安顿下来，这需要时间，而把虫茧里已经怀孕，能够产下最初几百颗卵的新虫族女王送到十几颗行星上同样需要时间。如果计划真能奏效，如果我们不会只是坐在这儿，就像坐在纸箱里许愿自己能飞的傻瓜，那我们就能为这个世界带回和平，从德斯科拉达的威胁下得到自由，还能为这里的其他异族完成基因传承的安全疏散。在一周前，这些都还像是天方夜谭，现在我们有了希望。"

"求神保佑。"主教说。

科尤拉大笑起来。

所有人都看着她。

"抱歉，"她说，"我只是在想，就在几周以前，我听过一段祈祷，向圣人、向加斯托外公和西达外婆的祈祷。祈祷里说，如果没办法解决我们面临的无解问题，他们就会向神请愿，希望他打开道路。"

"这段祈祷不坏，"主教说，"也许神真会应允。"

"我知道，"科尤拉说，"我也是这么想的。如果所有这些关于外空间和内空间的事原本都不是真的，如果它能成真就是因为那段祈祷呢？"

"如果是真的，那又怎样？"主教问。

"噢，你们不觉得这样很有趣吗？"

显然没人觉得有趣。

16

航程

所以人类的飞船已经准备好了，而你们为我们打造的那艘还没完工。

他们想要的飞船只是个装了门的盒子，没有推进设备、没有生命保障系统、没有载货空间。你们和我们的飞船要复杂多了。我们没有懈怠，那些飞船也会很快准备完成。

我其实不是在抱怨。我希望安德的飞船先准备好，那艘船载着的才是真正的希望。

我们也这么认为。我们和安德以及他的同胞达成了一致意见：绝对不能在卢西塔尼亚杀死德斯科拉达，除非能以某种方式造出瑞科拉达。但等我们把新的虫族女王送去其他星球的时候，我们会在运送他们的飞船上杀死德斯科拉达，免得污染我们的新家园。这么一来，我们就能活下去，无须担心那个人工异种带来的毁灭。

你们在自己飞船上做的事和我们无关。

运气好的话，这些就都不重要了。他们的新飞船会找到前往外空间的路，带着瑞科拉达回来，同时给你们和我们以自由，然后新飞船会把我们所有人送去别的世界，想去多少个都没问题。

会成功吗？你为他们造的那个盒子会有用吗？

我们知道他们要去的地方是真实的，我们会从那里呼唤自我。

还有我们制造的那座桥梁，安德称之为"简"的那个，是我们从未见过的模式。如果这种事可以做到，也只能由那样的存在做到。我们永远不可能做到。

你会离开吗？如果新飞船成功的话？

我制造的女儿/女王会带着我的记忆前去别的世界，但我们自己会留下。这儿是我破茧而出的地方，它永远都是我的家。

所以你和我一样扎根在这里了。

女儿的用途就在于此：去我们永远不会去的地方，把我们的记忆带去我们永远看不到的地方。

但我们会看到，不是吗？你说过，核心微粒联系会维持原样。

我们在想，这次航程会跨越时间。我们能活很久，我们虫族，你们树。但我们的女儿和他们的女儿会比我们活得更久，这点什么都改变不了。

清照听着他们列出的选项。

"我干吗在乎你们的决定？"等他们说完以后，她说，"众神会嘲笑你们的。"

父亲摇摇头。"不，他们不会的，我的女儿，灿烂光辉啊。众神不在乎道之星，正如他们不在乎别的世界。卢西塔尼亚人即将创造出一种能够释放我们所有人的病毒。不会再有仪式，不会再有脑部疾病带来的束缚。所以我再问你一次，如果可以的话，我们该不该这么做？后果可能是这颗星球的混乱。王母和我做好了具体计划，以及怎样以人民能理解的方式宣布我们在做的事，所以通神者有可能不会被屠杀，只要放弃特权就好。"

"特权不值一提，"清照说，"这是您自己教我的，那只是人民表达对众神尊敬的方式。"

"唉，我的女儿，我也希望别的通神者都能像我们这样，以谦卑的眼光看待自己的地位。有太多通神者觉得，他们有权贪得无厌和压迫他人，就因为众神说话的对象是他们，而非其他人。"

"那么众神会惩罚他们的，我不害怕你们的病毒。"

"但你害怕，清照，我看得出来。"

"我要怎么告诉我父亲，他看不到他自称看到的东西？我只能说，除非我是个盲人。"

"是的，我的清照，你就是。你是故意的，面对自己心灵的时候，你会装成盲人，因为你现在还在发抖。你从来都没法确定我是错的。从简向我们展示众神之声的真正本质的那一刻开始，你就不确定何为真实，何为虚假了。"

"那我不确定的肯定还有日出，还有呼吸。"

"我们都对呼吸没法确定，太阳也日夜都停留在同一个位置，从来不会升起或者落下。升起和落下的是我们才对。"

"父亲，我完全不害怕这种病毒。"

"那我们就做出了决定。如果卢西塔尼亚人能把病毒送来，我们就使用它。"

韩非子站起身，准备离开她的房间。

但没等他走到门口，她的声音就阻止了他。"所以这就是众神的惩罚伪装成的样子？"

"什么？"他问。

"您违抗了将天命赐予议会的众神，所以众神为了这份罪行惩罚道之星的时候，他们会不会伪装惩罚的手段，让它像是某种能让他们沉默下来的病毒？"

"我真希望在我教你这种思考方式之前就有狗撕掉我的舌头。"

"狗已经在撕扯我的心了。"清照答道，"父亲，我恳求您，别这么做。别让您的叛逆触怒众神，让他们的沉默降临这颗星球的每个角落。"

"我会这么做，清照，为了让所有女儿和儿子都不用长成你这样的奴隶。当我想到你的脸贴着地板，追寻木纹的时候，我就想劈砍那些强迫你做这种事的存在，砍到他们自己的血构成纹路，而我会欣然追寻，只为确认他们都已受到惩罚。"

她哭泣起来。"父亲，我恳求您，不要触怒众神。"

"事实上，我释放病毒的决心从未像现在这么坚定。"

"我该怎样才能说服您？就算我一言不发，您也会这么做，可等我开口恳求您，您却更坚定了。"

"你知道该怎么阻止我吗？你和我对话的时候，应该表现得知道众神之声只是脑部疾病的产物，这么一来，等我明白你能看到世界清晰而真实的模样，你就能用合理的论据说服我，比如这种迅速、彻底而毁灭性的改变会带来危害，或者你能想到的另一些论据。"

"所以为了说服我父亲，我就必须向他说谎?"

"不，我的灿烂光辉啊。为了说服你父亲，你必须让我明白，你已经理解了真相。"

"我理解真相，"清照说，"我明白某个敌人从我身边偷走了您，我明白现在留给我的只有众神，母亲也在他们之中。我向众神恳求，希望自己死去，前往她身边，让我不用再承受您带给我的更多痛苦，但他们仍旧把我留在这里，我想这代表他们希望我继续崇拜他们。或许我还不够纯净，也或许他们知道您会很快回心转意，像过去那样回到我身边，与众神恭敬地对话，教我如何成为真正的仆人。"

"绝无可能。"韩非子说。

"我曾经以为，您总有一天会成为道之星的神。现在我发现，您远非这个世界的保护者，而是它最邪恶的敌人。"

韩非子以手掩面，离开了房间，为他的女儿哭泣。只要她还能听到众神之声，他就永远没法说服她。但也许等他们带来那种病毒以后，也许等众神陷入沉默以后，她就会听他的话，也许他就能说服她回归理性。

他们坐在那艘飞船里，它更像是两只金属碗，一只罩着另一只，内侧有一扇门。这是简的设计，完全由虫族女王及其工虫负责建造，飞船外部的许多仪器也包含在内。但就算装满了传感器，它的外观也不像是有史以来的任何一种飞船。它太小了，也没有明显的驱动手段。能将这艘飞船送去任何地方的动力，就只有安德带上船的那种看不见的"阿尤雅"。

他们坐在排成环形的朝内座位上。这儿有六把椅子，因为按照简的设计，这艘飞船可以再次使用，载着人们往来于不同星球之间。他们落座时分别隔开了一把座椅，因此构成了一个三角形：安德、米罗，还有埃拉。

道别已经结束。姐妹和兄弟，其他亲戚和许多朋友都来了，但最令人痛苦的是她的缺席。娜温妮阿，安德的妻子、米罗和埃拉的母亲，她不想参与这一切，这是他们在告别时唯一感受到的悲伤。

其余的全都是恐惧和兴奋、希望和难以置信。他们也许离死亡只有片刻的距离，也许离埃拉膝头的小瓶装满救赎两个世界的病毒也只有片刻的距离。他们也许会成为一种全新星际航行的先驱者，还会拯救受到设备医生威胁的那些物种。

他们也可能会成为三个坐在地上的傻瓜，只是停在卢西塔尼亚人类殖民地围栏外的草地上，直到船内又热又闷，不得不离开。当然，等待在那儿的人不会笑，但这件事肯定会沦为镇子上的笑料。那会是绝望的笑。这代表不会有出路、不会有自由，只有越来越多的恐惧，直到化身成它诸多表象之一的死亡到来。

"你还在吗，简？"安德问。

他耳中的声音很平静。"等到开始以后，安德，我就没有余力和你说话了。"

"所以你会陪着我们，只是不能说话，"安德说，"我要怎么知道你还在？"

她在他耳中轻轻地笑了。"安德，你这傻孩子。如果你还在，我就还在你身体里，而且如果我不在你身体里，你就没有可以在的

'地方'了。"

安德想象自己粉碎成万亿个组成部分，四散在混沌里。个人的生存不仅取决于简对飞船模式的维系，也取决于他能否维系自己心灵和身体的模式。只是他也不清楚，等他来到自然法则无法起效的地方，他的心灵是否真能强大到维持那种模式。

"准备好了吗？"简问。

"她问我们准备好了没有。"安德说。

米罗立刻点了点头。埃拉垂下头去。片刻过后，她画了个十字，紧紧攥住固定在膝头的那些小瓶的架子，然后点点头。

"如果我们能去而复返，埃拉，"安德说，"那么就算你没能创造出想要的病毒，也不算是失败。如果这艘飞船运作顺利，我们就能找时间再回去。别觉得一切都取决于你今天能够想象出来的东西。"

她笑了。"我不会为失败而吃惊，但我也为成功做好了准备。我的团队已经准备向全世界释放数百份细菌，前提是我带回了瑞科拉达，除掉德斯科拉达也不会有问题。风险的确存在，但在五十年之内，这个星球就会变回能够自我调节的盖亚圈。我能看到鹿和牛行走在卢西塔尼亚的高大草原上，还有鹰在天空飞翔。"接着，她低头看向膝头的小瓶，"我也做了祈祷，希望圣灵能在这些容器里再次造出生命。"

"阿门。"安德说，"那么，简，如果你准备好了，我们就可以出发了。"

在这艘小小的飞船之外，其他人等待着。他们指望看到什么？飞船开始冒烟和抖动？雷鸣和闪光？

飞船在那儿。它刚才在，现在也在，纹丝不动，纹丝未变。再然后，它不见了。

那一刻，他们在飞船里毫无感觉，没有声音和移动能暗示他们

444

从内空间来到了外空间。

但他们知道飞船消失在哪一刻,因为他们不再是三个人,而是六个人。

安德发现自己坐在两人之间,那是一个年轻男人和一个年轻女人,但他甚至来不及观察他们,因为他只能盯着对面那个坐在原先的空座位上的男人。

"米罗。"他低声说,因为那就是米罗。但那不是残疾人米罗,不是和他一起坐上飞船的残缺年轻人,那个米罗坐在安德左边相隔一把椅子的地方。而这个米罗是安德当初见到的那个强壮的年轻男子。他的力量曾是全家人的希望,他的英俊曾令欧安达骄傲,他的头脑和心灵都被对坡奇尼奥的同情心占据,又拒绝遵守不让坡奇尼奥接触人类文化的禁令,因为他认为这样做对他们有益。米罗恢复了完整。

他是从哪儿来的?

"我早该知道的,"安德说,"我们早该想到的。你的心灵容纳了自己的模式,米罗,这不是你现在的样子,而是你曾经的样子。"

新的米罗,那个年轻的米罗抬起头来,对安德笑了笑。"我想到会这样,"他的话声清晰而动听,那些字眼从他的舌尖顺畅地滚落,"我期待会这样。我恳求简带上我,就是为了这个,而且事情成真了,正如我渴望的那样。"

"但现在这儿有了两个你。"埃拉惊恐地说。

"不,"新米罗说,"只有我,只有真正的我。"

"但那个米罗还在那儿。"她说。

"我想不会太久了,"米罗说,"旧的躯壳现在已经空了。"

这是事实。旧米罗瘫在座位里,仿佛一个死人。安德跪在他面前,伸手触碰他,将手指按在他的脖子上,寻找脉搏。

"心脏怎么可能还在跳?"米罗说,"我才是米罗的阿尤雅的栖身之处。"

当安德的手指离开旧米罗的喉咙时，那里的皮肤伴随一小团灰尘脱落了。安德惊退了几步。那颗脑袋从肩头向前落下，停在尸体的膝头，然后消散为一团白色的液体。安德跳了起来，向后退去，踩到了某人的脚趾。

"哎哟。"华伦蒂说。

"看着点儿。"有个男人说。

华伦蒂没上这艘船，安德心想，我也认得那个男人的声音。

他转身面对他们，面对出现在他身旁那两把空椅子上的男人和女人。

华伦蒂，年轻到难以置信。那是青少年时代的她，是在地球上的那座私人庄园的湖里陪他游泳时的她。那是他爱她，也最需要她的时候的模样。在决定是否该继续军事训练的时候，她是他能想到的唯一理由；在思考这个世界为何值得费力去拯救的时候，她也是他能想到的唯一理由。

"你不可能是真的。"他说。

"我当然是。"她说，"你刚才踩到我的脚了，不是吗？"

"可怜的安德，"那个年轻男人说，"笨拙又愚蠢。这组合可不太妙。"

这下安德认出他了。"彼得。"他说。他的哥哥，他童年的敌人，年龄和他成为霸主时相同。他的模样来自曾经在每一台电视上播放的画面：彼得就是在那时做好了安排，让取得辉煌胜利的安德永远无法重返地球。

"我还以为我再也没法和你面对面了。"安德说，"你在很久以前就死了。"

"永远别相信有关我死亡的谣言。"彼得说，"我的命和猫儿一样多，牙齿、爪子和活泼又乐于合作的个性也和猫儿一样。"

"你们是从哪儿来的？"

米罗给出了答案："他们肯定来自你心灵里的模式，安德，毕

446

竟你认得他们。"

"是的，"安德说，"可为什么？我们本该带来的是自我概念，是让我们了解自身的模式。"

"是这样吗，安德？"彼得说，"那你肯定非常特别。你的人格复杂到需要两个人才能容下。"

"你的心里不会有我的一部分。"安德说。

"最好是这样。"彼得露出不怀好意的眼神，"我喜欢的是女孩，不是脏老头。"

"我不想要你。"安德说。

"没人想要我。"彼得说，"他们想要的是你，但他们得到的却是我，不是吗？他们让我坐到了这个位置。你以为我不知道自己的全部故事？你和你那本全是谎话的书，《霸主传》。明智又通情达理，彼得·维京变得多么成熟老练。结果证明，他是个聪明又公正的统治者。真是个笑话。的确是死者代言人，你写那本书的时候，始终都知道真相。你在我死后洗去了我手上的鲜血，安德，但你知道，我也知道，只要我还活着，我就希望自己的手上沾着血。"

"放过他吧，"华伦蒂说，"他在《霸主传》里说的都是实话。"

"你还要维护他吗，小天使？"

"不！"安德喊道，"我跟你早就一刀两断了，彼得。你离开了我的人生，消失了三千年了。"

"你可以逃，但你别想躲！"

"安德！安德，停手吧！安德！"

他转过身，那是埃拉在朝他大喊。

"我不知道这是怎么回事，但停手吧！我们只有几分钟时间，你得帮我测试。"

她说得对。无论米罗的新身体发生了什么，无论彼得和华伦蒂为何再次出现在这里，重要的都是德斯科拉达。埃拉成功改变了它吗？创造出瑞科拉达了吗？还有那种能改变道之星居民的病毒？如果米罗能重塑他的身体，安德又能莫名其妙地召唤出自己过去的幽灵，把他们变成血肉之躯，那么有可能——非常有可能——埃拉的小瓶里此时就装着对应她心灵里那些模式的病毒。

"帮帮我。"埃拉再次低声说。

安德和米罗——新的米罗，他的手有力而可靠——伸出手来，接过她递出的小瓶，开始了测试。这是反向测试，如果他们加入瓶子的细菌、藻类和小型蠕虫能存活几分钟而不受影响，那么里面就肯定没有德斯科拉达。由于他们上船的时候，小瓶里装满了活着的病毒，这种结果至少能证明某种东西中和了病毒。至于留在里面的真是瑞科拉达，还是死去或者失效的德斯科拉达，就要等他们回去才能查清了。

蠕虫、藻类和细菌没有发生任何转变。在卢西塔尼亚那边事先进行的测试里，如果存在德斯科拉达，包含细菌的溶剂就会由蓝变黄。在卢西塔尼亚，小型蠕虫会迅速死亡，泛灰的躯壳会漂到溶剂表面。如今它们仍在扭动，身体也仍是略带紫色的棕色，这至少代表它们还活着。还有藻类，它们没有分裂破碎，彻底消散，细小的藻丝和卷须仍旧透出生机。

"这么说成功了。"安德说。

"至少可以抱有期待了。"埃拉说。

"坐下吧。"米罗说，"既然已经成功，她就可以带我们回去了。"

安德坐了下来，看向米罗原本坐着的位置。他残缺的旧身体已经不再像是人类了，它持续崩溃，碎片化为尘埃，或者像液体那样流走，就连衣服都溶解消失。

"它不再是我模式的一部分了，"米罗说，"没有任何东西能维系它了。"

"那这些呢？"安德问，"为什么它们没有消失？"

"你呢？"彼得问，"为什么你不消失？现在没人需要你了。你是个陈腐的老东西，连自己的女人都挽留不了。而且你一个孩子都

448

没生过，你这可悲的老阉人，给真正的男人让道吧。没有人需要过你，你做过的每件事，我都能比你做得更好，而我做过的每件事你都望尘莫及。"

安德将脸埋在双手里，他在最可怕的噩梦里也不敢想象这种结果。是的，他知道他们要去一个能用心灵创造出事物的地方，但他从没想过彼得还逗留在他的心灵里。他以为自己早就把过去的怨恨抹去了。

还有华伦蒂，为什么他会创造出另一个华伦蒂？这个如此年轻又完美、亲切而美丽的华伦蒂？卢西塔尼亚有个真正的华伦蒂在等着他回来，看到他用自己的心灵创造出的东西，她会怎么想？也许知道自己被他珍藏在心中以后，她会受宠若惊，但她也会知道，他珍视的是她过去而非现在的模样。

等到飞船的门打开，他必须回到卢西塔尼亚的地表时，他的心里最黑暗与最光明的秘密也会同时暴露。

"消失，"他对他们说，"化为乌有。"

"你先消失吧，老头子。"彼得说，"你的人生结束了，我的才刚刚开始。我这辈子第一次需要争取的东西就是地球，那颗陈腐又老旧的行星。我可以轻而易举地伸出手，立刻杀死你，如果我想的话。折断你的小脖子，就像折断一根干面条。"

"试试看，"安德低声说，"我不再是那个吓坏了的小男孩了。"

"你同样不是我的对手，"彼得说，"你从来不是，也从来不会是。你心肠太软了，和华伦蒂很像。面对非做不可的事，你会退缩。这会让你软弱又无力，让你容易被摧毁。"

突然亮起了光。那是什么，是外空间的死亡到来了吗？是简没能维系头脑里的模式吗？还是说他们爆炸了，或者掉进了太阳里？

不，是飞船的门开了。那是卢西塔尼亚的晨光照进了相对昏暗的飞船内部。

"你们要出来吗？"格雷戈喊道，把脑袋探进了飞船，"你们——"

然后他看到了他们。安德能看出，他在无声地清点人数。

"圣母在上，"格雷戈低声说，"他们究竟是从哪儿来的？"

"从安德彻底发疯的脑袋里。"彼得说。

"来自老旧而温柔的记忆。"新的华伦蒂说。

"帮我拿病毒。"埃拉说。

安德伸出了手，但她却把容器交给了米罗。她没有解释，只是避开了目光，但他明白了。他在外空间发生的事太过离奇，她无法接受。无论彼得和这个年轻的新华伦蒂究竟是什么，他们都不该存在。米罗为自己创造新身体还说得通，尽管看着那具旧躯体化作被人遗忘的虚无的过程令人恐惧。埃拉的注意力非常纯粹，因此没在她特意带去的容器之外创造出任何东西。但安德却从记忆深处翻出了两个完整的人，都以自己的方式招人厌——新华伦蒂是对真实的华伦蒂的模仿，后者肯定就等在门外。至于彼得，就算往好了解读他那些危险而引人联想的嘲讽，他也仍旧令人厌恶。

"简，"安德说，"简，你还在我身边吗？"

"是的。"她答道。

"你看到这一切了吗？"

"是的。"她回答。

"你能理解吗？"

"我很累了，我从没这么累过。我从没做过这么困难的事，它耗费了……同时耗费了我的所有注意力。还有另外两具肉体，安德。你让我把他们拖进那样的模式，天知道我是怎么做到的。"

"我不是故意的。"但她没有答话。

"你到底要不要出去？"彼得问，"其他人都在门外，还带着那些装尿样的小罐子。"

"安德，我害怕，"年轻的华伦蒂说，"我不知道自己该怎么做了。"

"我也一样。"安德说，"如果这一切伤害了你，愿神宽恕我。我带你回来，绝对不是为了伤害你。"

"我知道。"她说。

"不，"彼得说，"亲爱的老安德用他的大脑变出了一个适婚的年轻女子，看起来就像他年轻时的姐姐。嗯，嗯，安德，老头，你的堕落难道没有底线吗？"

"只有病态到可耻的头脑才会想到这种事。"安德喃喃道。

彼得大笑不止。

安德牵着年轻华伦蒂的手，领着她走向飞船大门，他能感觉到她的手在他手中流汗和颤抖。她显得那么真实，而她就是真实的。但在那儿，等他站到门口以后，他能看到真正的华伦蒂，已到中年，正朝老年进发，但仍旧是他多年来熟悉和喜爱的那位亲切而美丽的女子。那才是他真正的姐姐，是他作为第二个自己爱着的姐姐。他心灵里这个年轻女孩又是什么？

格雷戈和埃拉显然做了些解释，让那些人知道发生了某些怪事。等到米罗大步走出飞船，强壮而富有活力，吐字清晰，又兴高采烈地仿佛随时会引吭高歌，这一幕带来了兴奋的骚动声。一个奇迹。无论飞船去了哪儿，都在那里遇到了奇迹。

但安德的出现带来的却是缄默。几乎没有人能一眼认出，他身边那个年轻女孩就是年轻时的华伦蒂，除了华伦蒂以外，没有人这么熟悉她自己。而且除了华伦蒂以外，没有人能认出彼得·维京还是精力充沛的年轻男子的模样。历史课本里的图片通常都来自他晚年时的全息影像，当时廉价而永久的全息摄影技术才刚刚诞生。

但华伦蒂知道。安德站在门口，年轻的华伦蒂跟在他身边，彼得从后面走出，而华伦蒂认出了他们两个。她向前走去，离开了雅各特，直到站在安德面前。

"安德，"她说，"受尽磨难的可爱孩子，你去了那个能创造出想要的一切的地方，然后创造了这些吗？"她伸出手，轻触自己年轻复制品的脸颊。"太美丽了，"她说，"我从来没有过这样的美丽，安德。她很完美，她是我想要却没成为的一切。"

"华伦蒂，看到我你就不高兴吗，我最最亲爱的甜心德摩斯梯尼？"彼得挤到安德和年轻华伦蒂之间，"你就没有关于我的温柔记忆吗？我没有比你记忆里更美丽吗？我当然很高兴见到你。你用我给你创造的人格做得很好，德摩斯梯尼。我创造了你，你却谢都没谢过我一句。"

"谢谢你，彼得，"华伦蒂轻声说，又看了眼年轻的自己，"你打算拿他们怎么办？"

"拿我们怎么办？"彼得说，"他没资格拿我们怎么办。他也许把我带了回来，但我现在属于我自己，一如既往。"

华伦蒂转向人群，仍旧为这些事的离奇而惊叹。毕竟，他们看着三个人上了飞船，看着它消失，然后在不超过七分钟后重现在原地，走出来的却不是三个人，而是五个人，其中有两个是陌生人，他们当然会目瞪口呆。

但今天任何人都不会得到答案，除了那个最重要的问题。"埃拉把容器带去实验室了吗？"她问，"我们先聊到这儿，去看看埃拉在外空间为我们造出了什么吧。"

CHAPTER

17

安德的孩子

可怜的安德，这下他的噩梦要长出两条腿跟着他到处跑了。

他用这种方式得到孩子真的很奇怪。

你们早就习惯从混沌中呼唤阿尤雅了。他从哪里找来这些人的灵魂的？

你为什么会觉得他找来了灵魂？

他们会走路、会说话。

那个名叫彼得的人来跟你说过话，对吧？

我从没见过这么自大的人类。

你怎么会觉得他生来就会说父亲树的语言？

我不知道。是安德创造了他。他为什么不能把他创造成懂得语言的样子？

安德每时每刻都在继续创造他们两个，我们感觉到了他体内的模式。他也许自己不能理解，但那两个人和他自己毫无区别。也许有不同的肉体，但他们都是他的一部分。无论他们做什么，无论他们说什么，都是安德的阿尤雅在行动和说话。

他知道这点吗？

我们很怀疑。

你会告诉他吗？

除非他开口问。

你觉得那会是什么时候？

在他已经知道答案的时候。

那是瑞科拉达测试的最后一天。关于它成功的消息——目前为止成功的消息——已经传遍了人类殖民地，安德猜想所有坡奇尼奥也都知道了。埃拉那位名叫"玻璃"的助手自愿担任实验对象，在种植者献出生命的那间隔离室里住了三天。但这一次，是他帮助埃拉设计的那种杀病毒细菌杀死了他体内的德斯科拉达。而且这一次，埃拉全新的瑞科拉达病毒展现出了曾由德斯科拉达实现的那些功能。它运作完美，他的身体甚至没有丝毫不适。在宣布瑞科拉达取得彻底成功之前，只剩下最后一步要走了。

在最终测试的一小时前，安德和他荒诞的随行人员——彼得和年轻版华伦蒂——正在格雷戈的牢房里和科尤拉以及格雷戈会面。

"坡奇尼奥们接受了，"安德向科尤拉解释道，"在'玻璃'单独接受过测试以后，他们愿意承担杀死德斯科拉达，用瑞科拉达取代的风险。"

"我不觉得意外。"科尤拉说。

"我很意外，"彼得说，"猪仔这个种族显然有自愿赴死的倾向。"

安德叹了口气。尽管他不再是个吓坏了的小男孩，而彼得也不再比他年长、高大和强壮，但安德仍然没法对自己在外空间莫名创造出的哥哥的幻影产生任何好感。他是安德童年时惧怕和憎恨的一切，他的归来令人愤怒而又恐惧。

"你这话什么意思？"格雷戈说，"如果坡奇尼奥不肯同意，德斯科拉达就会把他们变得太过危险，人类也就无法允许他们存活下去。"

"当然，"彼得说着，露出微笑，"这位物理学家也是个策略专家。"

"彼得想说的是，"安德说，"如果由他来领导坡奇尼奥——他无疑很乐意——那么除非他从人类这边争取到交换条件，否则他不

454

会自愿放弃德斯科拉达。"

"谁也没想到，上了年纪的奇迹男孩仍然留有一丝智慧的火花。"彼得说，"他们为什么要杀死人类唯一有理由惧怕的武器？卢西塔尼亚舰队还在往这边逼近，船上还有设备医生，他们干吗不让这位安德鲁坐上他的魔法飞球，去和舰队碰面，向他们发号施令？"

"因为他们会击落我，就像击落一条狗。"安德说，"坡奇尼奥这么做，是因为这样正确、公平又得体。我回头再给你解释这几个词的意思。"

"我知道这些词，"彼得说，"我也知道相应的含义。"

"是吗？"年轻版华伦蒂问。她的嗓音一如既往地令人吃惊：轻柔、温和，却又拥有说服力。在安德的印象里，华伦蒂的嗓音一直都是这样的。她很少提高音量，却总是令人无法忽视。

"正确、公平、得体。"彼得说。这些词语在他口中给人以肮脏的感觉，"说出这些词的人要么相信这些概念，要么不信。如果不信，这些词就代表有个拿着刀子的人正站在他面前。如果他真的相信，这些词就代表我会赢。"

"我会告诉你这些词的意思，"科尤拉说，"它们的意思是，我们会祝贺坡奇尼奥——还有我们自己——消灭了一种也许在宇宙中其他地方都不存在的有知觉物种。"

"别骗你自己了。"彼得说。

"所有人都确信德斯科拉达是设计出来的病毒，"科尤拉说，"但没人想过另一种可能：某种更原始、更脆弱版本的德斯科拉达自然进化，然后变成了现在的形态。是的，它也许是设计出来的病毒，但设计者是谁呢？可现在，我们甚至没有尝试对话就杀死了它。"

彼得朝她咧嘴笑了笑，又对安德笑了笑。"真让我吃惊，这个狡猾的小小良心化身居然不是你亲生的。"他说，"她是这么痴迷于寻找感到内疚的理由，就跟你和华伦蒂一样。"

安德没理他，而是尝试回答科尤拉的话。"我们要杀死它，因为我们不能再等下去了。德斯科拉达试图毁灭我们，也没有踌躇的时间了。如果我们能做到，就会这么做。"

"这些我全都明白。"科尤拉说，"我配合你们了，不是吗？我只是觉得不舒服，因为听你们的口气，坡奇尼奥为了自保而选择合作屠异仿佛是什么勇敢的举动。"

"不是我们就是他们，孩子，"彼得说，"不是我们就是他们。"

"你肯定没法理解，"安德说，"听到自己的论点从他嘴里说出，对我来说是多么丢人的事。"

彼得大笑起来。"安德鲁假装不喜欢我，"他说，"但这孩子就是个骗子。他崇拜我、信仰我，一直都是，就像他这位漂亮的小天使。"

彼得戳了戳年轻版华伦蒂。她没有避开，表现得仿佛上臂的肌肉根本感觉不到手指。

"他信仰我们两个。在他扭曲的小脑袋里，她是他永远无法企及的完美道德，而我是安德鲁望尘莫及的力量和天赋。他可真是够谦虚的，你们说是不是？这么多年来，他总把比自己优秀的人带在脑子里。"

年轻版华伦蒂伸出手，抓住了科尤拉的手。"这会是你这辈子做过的最可怕的事，"她说，"帮助你爱的人做你内心坚信大错特错的事。"

科尤拉哭泣起来。

但让安德担心的不是科尤拉。他知道她足够坚强，能够面对自己行动带来的道德矛盾，并保持神志正常。她对自身行为的犹豫也许会让她更加成熟，让她时刻怀疑自己的判断并非绝对正确，而不赞同她的那些人并非绝对错误。要说有什么区别，她最后会变得更完整、更有同情心，而且，是的，比年轻鲁莽的她更得体。也许年轻版华伦蒂温柔的触碰——还有她点明科尤拉痛苦真相的话语——会帮助她更快痊愈。

让安德担心的是格雷戈看待彼得的钦佩目光。和其他人相比，

456

格雷戈更应该明白彼得的话语会有何种后果，但他却在这里崇拜安德活生生的噩梦。我得把彼得送走，安德心想，否则他在卢西塔尼亚的追随者会比过去的格雷戈还多。他还会以效率高出许多的方式利用他们，而且从长远来看，影响会更加致命。

安德不指望那个彼得会像真正的彼得那样，成长为强大而称职的霸主。毕竟这个彼得不像有血有肉的完整人类那样，充满了模棱两可和意外。倒不如说，他是用逗留在安德潜意识最深处的那种"富有魅力的邪恶"的拙劣模仿制造出来的，不会发生什么意外。在他们准备好拯救卢西塔尼亚免于德斯科拉达的伤害的时候，安德又带来了一种新的威胁，而且破坏力很可能同样巨大。

但没那么难以杀死。

他再次扼杀了那个念头，但从当初在飞船上发现彼得坐在他的左手边的时候，这念头已经浮现了十多次。他不是真的，只是我的噩梦而已。就算我杀了他，也不算杀人，对吧？这样在道德层面等同于什么？等同于醒来吗？我把自己的噩梦强加给了这个世界，如果我杀死他，世界就只是清醒过来，发现噩梦已经消失，不复存在。

如果只有彼得一个，安德或许会说服自己杀人，至少他觉得自己可以。但年轻的华伦蒂阻止了他。她脆弱，又拥有美丽的灵魂，如果他可以杀死彼得，那么她也一样。如果他该杀，那么她或许也一样——她同样无权存在，她是不自然的，被创造的过程狭隘又扭曲——但他做不到。她应该受到保护，而非伤害。如果这一个真实到有资格活下去，那么另一个肯定也一样。如果伤害年轻版华伦蒂等同于谋杀，那么伤害彼得也是一样。他们是从同一次创造中诞生的。

我的孩子，安德苦涩地想，我亲爱的小小后代，从我脑袋里直接跳出来，就像从宙斯脑袋里跳出来的雅典娜。只不过我得到的不是雅典娜，倒不如说是黛安娜和哈迪斯，纯洁的女猎手和地狱的主宰。

"我们该走了，"彼得说，"趁安德鲁还没说服自己杀了我。"

安德无力地笑了笑。这才是最可怕的地方：彼得和年轻版华伦蒂在出现的那一刻，似乎就比他自己更了解他的想法。他希望这种对他的深刻了解会逐渐消失，但在此期间，彼得会用别人不可能猜到的他的想法来讽刺他，让他感受到的耻辱更加强烈。而年轻版华伦蒂，从她有时投来的目光来判断，她也是知道的。他再也没有秘密可言了。

"我送你回家。"年轻版华伦蒂对科尤拉说。

"不，"科尤拉回答，"该做的事我都已经做了，我要亲眼看着'玻璃'的实验结束。"

"谁会想错过公开受苦的机会呢？"彼得说。

"闭嘴，彼得。"安德说。

彼得咧嘴笑了。"噢，得了吧，你清楚这对科尤拉来说只有好处。这就是她让自己当主角的方式，每个人都要温柔体贴地对待她，但他们本该为埃拉的成功欢呼。抢风头也太低劣了，科尤拉，正是你擅长的。"

要不是彼得的话那么肆无忌惮，要不是那些字眼里包含了令她困惑的些许真相，科尤拉也许会选择回答。但反而是年轻版华伦蒂冷冷地盯着彼得，然后说："闭嘴，彼得。"

这是安德说过的话，但由年轻版华伦蒂说出口的时候却发挥了作用。彼得咧嘴笑了笑，然后眨眨眼，那个眨眼不怀好意，仿佛在说：*我会让你玩你的小小游戏，华伦蒂，但别以为我不知道，你只是想用甜言蜜语讨好所有人。*但他没有多说什么，就这么转身离开，留下格雷戈在牢房里。

科瓦诺市长在外面和他们碰了头。"这是人类历史的伟大日子，"他说，"而且纯粹出于意外，我出现在了所有这些画面里。"其他人大笑起来，尤其是彼得，他迅速而轻松地和科瓦诺建立了友谊。

"不是什么意外。"彼得说，"在你的位置上，很多人会陷入恐慌，搞砸一切。需要有开明的头脑和相当的勇气才能让事态像这样发展。"

彼得明显的奉承几乎让安德笑出了声，但对接受的一方来说，奉承从来都是不明显的。噢，科瓦诺捶了一拳彼得的胳膊，否认了这些夸赞，但安德看得出他喜欢听这些话，也看得出彼得对科瓦诺的实质影响力已经超过了他自己。这些人知道彼得博取他们的欢心都是出于自私的目的吗？

只有主教会以类似安德的恐惧和厌恶的眼光看待彼得，但阻止他被欺骗的是偏见，而非智慧。他们从外空间回来的几个小时内，主教就找来了米罗，敦促他接受洗礼。"神在你的痊愈过程中展现了伟大的奇迹，"他说，"但实现的方式——换成另一具身体，而非直接治疗旧的身体——让我们处于危险的境地，因为你的灵魂居住在一具从未受洗的身体里。又因为洗礼是对肉体进行的，我担心你也许未经圣化。"米罗对主教关于奇迹的看法不怎么感兴趣，他不认为神和他的痊愈有多少关系，但完全恢复的力量、语言能力和自由让现在的他兴高采烈，恐怕什么都肯答应。洗礼将会在下周初进行，就在那座新礼拜堂举行的第一场礼拜仪式上。

但主教为米罗洗礼的热情没有影响他面对彼得和年轻版华伦蒂的态度。"如果认为这些可怕的存在是人，那也太可笑了。"他说，"他们不可能拥有灵魂。彼得是某个度过一生然后死去之人的回音，后者有自己的罪孽和悔悟，人生过程已经受过估量，在天堂或地狱的位置也已指定。至于这个女孩，这个女性优雅的拙劣模仿，她不可能是她自称的那个人，因为那个位置上已经有了一位活着的女性。撒旦的诡计没有受洗的资格。安德鲁·维京在创造他们的同时，也试图前往天堂，取代神的位置。在他把他们带去地狱，留在那儿之前，他都不能得到宽恕。"

佩雷格里诺主教是否想过——哪怕只有一瞬间——这正是他渴望做的事？但安德提议的时候，简的态度毫无动摇。"那样就太愚蠢了。"她说，"首先，你为什么会觉得他们愿意去？另外，你为什么觉得自己不会干脆再创造出两个来？你有没有听过术士学徒的故事？把他们带回那儿，就像把扫帚再次砍成两半，结果只会有更多扫帚。就别再火上浇油了。"

于是他们就这样结伴走向实验室，科瓦诺市长完全被彼得牵着鼻子走。年轻版华伦蒂同样彻底赢得了科尤拉的心，尽管她的动机是利他主义，而非利用。还有安德，他们的创造者，暴怒、羞愧而又恐惧。

我创造了他们，因此我要为他们所做的一切负责。长远来看，他们都会造成可怕的伤害。彼得是因为伤害他人就是他的天性，至少我心灵里的模式对他的认知是这样的。至于年轻版华伦蒂，尽管她有与生俱来的好心肠，但她的存在本身就是对我姐姐华伦蒂的深深伤害。

"别让彼得煽动你。"简在他耳中说。

"人们都觉得他属于我，"安德默念道，"他们觉得他肯定是无害的，因为我很无害，但我根本没法控制他。"

"我想他们知道。"

"我得让他离这儿远点儿。"

"我在想办法了。"简说。

"也许我应该把他们打个包，送去哪颗荒无人烟的行星上。你知道莎士比亚的戏剧《暴风雨》吧？"

"所以他们就是卡利班和爱丽儿？"

"流放，毕竟我没法杀死他们。"

"我在想办法了，"简说，"毕竟他们是你的一部分，对吧？是你心灵模式的一部分？如果我能用他们来代替你，让我能前往外空间呢？这么一来，我们就能有三艘飞船，而不是只有一艘了。"

"两艘，"安德说，"我绝对不会再去外空间了。"

"一微秒也不去？如果我带你出去，然后马上回来呢？现在没必要在那里逗留了。"

"带来危害的不是逗留这件事，"安德说，"彼得和年轻版华伦蒂是瞬间出现的。如果我去了外空间，就会再次把他们造出来。"

"好吧，"她说，"那就两艘船，一艘带着彼得，另一艘带着年轻的华伦蒂。可以的话，我想弄清楚原因。我们总不能只去这么一次，然后就永远放弃超光速航行了。"

"我们可以。"安德说，"我们拿到了瑞科拉达，米罗得到了健康的身体，这就足够了，剩下的那些我们会自己解决。"

"错了，"简说，"我们还是需要在舰队到来前把坡奇尼奥和虫族女王送出这颗星球。我们还是得把那种转换后的病毒送去道之星，给那些人自由。"

"我不会再去外空间了。"

"就算我没法用彼得和年轻华伦蒂来携带我的阿尤雅，你也不愿意？你害怕自己的潜意识，所以宁愿让坡奇尼奥和虫族女王被毁灭？"

"你不明白彼得有多危险。"

"也许吧，但我明白'小大夫'有多危险。要不是你太过沉浸于自己的痛苦，安德，你就会明白，就算最后会有五百个小彼得和华伦蒂跑来跑去，我们也必须用这艘飞船把坡奇尼奥和虫族女王送去别的星球。"

他知道，她说得对。他一直都知道，这并不代表他愿意承认。

"还是努力尝试把你自己搬进彼得和年轻华伦蒂的身体里吧，"他默念道，"但如果彼得在外界能创造出东西，我们就只能祈祷神的保佑了。"

"我很怀疑。"简说，"他没有自己以为的那么聪明。"

"他有。"安德说，"如果你怀疑，那你就没有自己以为的那么聪明。"

在"玻璃"的最终实验前，以拜访种植者的方式做准备的人不只有埃拉一个。那棵无声的树木仍然只是树苗，很难和鲁特以及"人类"粗壮的树干相比，但幸存的坡奇尼奥们就聚集在那棵树苗周围，而且就像埃拉那样，他们聚集在此是为了祈祷。那是种怪异而沉默的祈祷，坡奇尼奥神父没有安排盛大的仪式，他们只是跪在同胞们身边，用好几种语言低语。有些用兄弟语祈祷，另一些则用树语。埃拉觉得她从聚集在此的妻子那里听到的是她们自己的正规语言，但它同样有可能是坡奇尼奥和母亲树对话用的神圣语言。从坡奇尼奥口中吐出的还有人类语言——斯塔克语和葡萄牙语，某个坡奇尼奥神父甚至念诵了几句古老的教会拉丁语。这儿就像名副其实的巴别塔，她感觉到的却是坚定的团结。他们面对殉道者的坟墓——面对他剩下的部分——为追随他的兄弟们的生命祈祷。如果"玻璃"今天彻底死去，他就只是在效仿种植者的牺牲。如果他能进入第三人生，那段人生就得归功于种植者的勇气和以身作则。

由于埃拉从外空间带回了瑞科拉达，为表敬意，他们允许她和种植者的树短暂独处。她用手掌裹住那根纤细的树干，希望他在其中的生命能比现在要多。种植者的阿尤雅是否已经迷失，正在不存在地点的外空间徜徉？还是说神真的接受了种植者的灵魂，把他带去了天堂，如今正和圣人们交流？

种植者，请为我们祈祷，为我们恳求神的怜悯。让瑞科拉达带"玻璃"进入第三人生，让我们问心无愧地将瑞科拉达传播到整个世纪，取代凶残的德斯科拉达。这么一来，这里也会得到和平。

埃拉的疑虑随即浮现，而且这不是第一次了。她确信他们的大方向是正确的，在摧毁全卢西塔尼亚的德斯科拉达这件事上，她也不会像科尤拉那样受到良心谴责。她没法确定的是，用他们能采集到的最古老德斯科拉达样本来制作瑞科拉达是不是正确的。如果德斯科拉达真的是近代坡奇尼奥爱好争斗、渴望向新的地方扩张的原因，她就可以认为自己是在将坡奇尼奥恢复到早先的"自然"状况。但话说回来，早先的情况只是德斯科拉达维持盖亚圈平衡的后果，之所以显得更自然，是因为人类到来时，坡奇尼奥就处于这种情况。所以她完全可以将自己视为整个物种的行为修正的起因，而她顺势除去了坡奇尼奥的大部分攻击性，减少了他们将来和人类发生冲突的可能性。我正在把他们变优秀，无论他们愿意与否。如果最终的结果对坡奇尼奥有害，"人类"和鲁特都选择赞同的事实也不会免去我的责任。

噢，神啊，请原谅我扮演你的角色。种植者的阿尤雅向您恳求时，请允许他代表我们奉上祈祷，只要您同意他的物种那样改变。请助我们做善事。但如果我们在不知情下造成伤害，也请阻止我们。

她用手指接住脸颊上的一滴泪水，按在种植者光滑的树皮上。树里的你没法感觉到，种植者，但我相信你能感受到，神不会让你这样高尚的灵魂迷失在黑暗里。

该走了。兄弟们温柔的手掌触碰着她，拖拽着她，将她带向实验室，"玻璃"正在隔离室里等待进入第三人生。

安德当初去见种植者的时候，他被医疗仪器围绕在中央，躺在床上。现在的隔离室内截然不同，"玻璃"非常健康，虽然他的身体连接了各种监控设备，却没有被困在床上。他轻松又快乐，几乎无法按捺对开始实验的渴望。

现在埃拉和其他坡奇尼奥都来了，实验可以开始了。

此时为他保持隔离的墙壁只剩下了那道瓦解屏障，聚在这里观看他生命变迁的坡奇尼奥可以看到全部过程。然而，只有他们会堂而皇之地旁观。或许是出于对坡奇尼奥感受的体贴，也或许是想在自己和坡奇尼奥的残忍仪式之间隔开一道墙壁，人类全都聚集在实验室里，那儿只有一扇窗和那些监控设备能让他们看到"玻璃"究竟发生了什么。

"玻璃"一直等到那些穿着无菌服的兄弟在他身边就位，手拿木刀，然后才撕碎卡匹姆草，咀嚼起来。这是能让他忍受过程的麻醉剂，但也是第一次有即将进入第三人生的坡奇尼奥兄弟咀嚼不含任何德斯科拉达病毒的本地野草。如果埃拉的新病毒有效，这棵卡匹姆草就能起到和德斯科拉达支配的卡匹姆草相同的作用。

"如果我进入第三人生，""玻璃"说，"荣耀归于神以及种植者，而不是我。"

"玻璃"选择用自己的最后几句兄弟语赞美种植者是恰如其分之举，但他的高尚没法改变那个事实。想到种植者的牺牲，人类之中的许多人开始哭泣。尽管坡奇尼奥的情绪很难解读，但安德毫不怀疑聚集在外面的那些坡奇尼奥的低语声同样代表哭泣，或者是在想到种植者的时候适合表露的某种情绪。但如果"玻璃"觉得这件事里没有属于他的荣誉，那他就错了。人人都知道失败仍然是有可能的，知道尽管有那么多抱持希望的理由，但没人能断言埃拉的瑞科达拉肯定能让一位兄弟进入第三人生。

身穿无菌服的兄弟们抬起刀子，开始工作。

这次不是我，安德心想，感谢神，我不用再举起刀子，导致一位兄弟的死亡了。

但他没有转开视线，就像实验室里的许多人那样。血腥场面对他来说并不新鲜，尽管带来的不适感并未减少，但至少他知道自己能够忍受，而且"玻璃"能够忍受去做的事，安德就能忍受见证的过程。这就是死者代言人该做的事，不是吗？见证。他尽他所能观看了大部分仪式，看着他们剖开"玻璃"活生生的躯体，把他的器官埋进泥土，让树木能在"玻璃"的大脑仍旧警觉和活跃的时候开始生长。在整个过程中，"玻璃"都没有出声，或者做出暗示痛苦的动作。要么是他的勇气难以估量，要么就是卡匹姆草里的瑞科拉达同样发挥了效力，维持了原本的麻醉特性。

最后，一切结束了，带他进入第三人生的兄弟们回到灭菌室里，等洗掉防护服上的瑞科拉达和杀病毒细菌以后，他们脱下防护服，赤身裸体地走进实验室。他们非常严肃，但安德觉得自己能看出他们藏起的兴奋和狂喜。一切进展顺利，他们感觉到了"玻璃"

身体的回应。几个钟头内，或许几分钟内，年轻树木的最初几片叶子就应该长出，而且他们在心里坚信这一点。

安德同样注意到，其中还有一位神父。他很好奇，如果主教知道这件事会作何评论。老佩雷格里诺证明了自己相当有适应力，不仅将外星物种吸收进了教派，还修改了仪式和教义，以符合他们特有的需求。但这没法改变那个事实：佩雷格里诺是个老人家，不喜欢神父参与这类仪式，毕竟它们虽然与耶稣受难有明显的相似之处，但仍旧不是受到认可的仪式。好吧，这些兄弟知道自己在做什么。无论他们有没有把某位神父参与的事告诉主教，安德都不会提到这件事，在场的其余人类也不会，前提是他们真的注意到了。

是的，这棵树正在成长，而且活力十足，在他们的注视下，树叶明显正在长出。但他们还需要许多个小时——或许好几天——才能判断它是不是父亲树，"玻璃"又是否仍然活在里面，拥有意识。接下来是等待的时间，"玻璃"的树必须在彻底与世隔绝的情况下生长。

要是我能找到这么个地方该多好，安德心想，与世隔绝，无人打扰，让我能思考发生在我身上的这些怪事。

但他不是坡奇尼奥，他感受到的忧虑也不是能被杀死或者逐出自己生命的病毒。他的疾病根植于他的身份，他不知道自己能否既摆脱它，又不至于在过程中毁灭自己。也许，他心想，彼得和华伦蒂代表了我的全部；也许一旦他们消失，我就什么都不剩了。我的哪部分灵魂，我人生里的哪个行为没法解释成他们的一员在我体内执行他——或者她——的意志？

我是我兄姐的总和吗？还是他们之间的差异？我的灵魂是用怎样奇怪的方式计算出来的？

华伦蒂努力不让自己迷上安德从外空间带回来的这个年轻女孩。她当然知道那是安德记忆中年轻时的她，甚至觉得他很可爱，因为他的内心仍然对年轻的她记忆犹新。在卢西塔尼亚的所有人之中，唯有她知道，为何那个年纪的她会逗留在他的潜意识里。在那之前，他一直待在战斗学校，和家人断绝联系。虽然他不可能知道，但她清楚，他们的父母几乎忘记了他——当然不是忘记他的存在本身，而是忘记他存在于他们的生活里。他已经不在这儿，不再由他们负责。把他交给国家以后，他们就卸下了责任。如果他死了，也许还能在他们生活里占据一席之地，但事实上，他们甚至没法祭拜他的坟墓。华伦蒂不会为此责怪他们，这只证明他们达观又有适应力，但她没法效仿他们。安德始终陪伴着她，留在她的心里。当安德被迫面对战斗学校的种种挑战，内心千疮百孔，决心放弃整个计划的时候，当他进行了事实上的罢工以后，那位负责把他打造成顺从工具的军官找到了她，带她去见了安德，给他们相处的时间——当初也是这个人拆散了他们，在他们的心中留下了深深的伤口。她在那时治愈了安德的伤，至少是能让他回归岗位，以摧毁虫族来拯救人类的程度。

所以对他来说，关于当年的我的记忆当然比我们之后共同经历的任何事都要强烈。所以，如果让他的潜意识拿出它最重视的行李，会出现的当然是逗留在他内心最深处的过去的我。

她知道这一切，她理解这一切，她相信这一切。但想到这个近乎不合理的完美造物是他一直以来对她的印象，她仍旧会难以释怀，仍旧会痛苦。安德真正喜爱的华伦蒂是纯洁到难以置信的造物。在我和雅各特结婚前的那么多年里，正是因为这个想象中的华伦蒂，他和我的关系才会如此亲密。除非正是因为我嫁给了雅各特，他才重新喜欢上了年轻时的我。

太愚蠢了，想象这个年轻女孩的意义根本没有任何好处。无论她是怎么创造出来的，都已经存在于这儿，也必须设法处理。

可怜的安德，他似乎什么都不明白。他一开始真的考虑过把年轻版华伦蒂留在身边。"她多多少少也算是我的女儿，对吧？"他当时是这么问的。

"她半点都不能算是你女儿。"她当时回答，"非要说的话，她也是我女儿，由你单独把她带去你家肯定是不得体的。尤其是彼得也在，他可实在算不上值得信任的合作监护人。"安德还是没法完全认同她的话——比起华尔[1]，他更想摆脱彼得——但他听从了她的安排，从那时起，华尔就住在华伦蒂的家里。华伦蒂本想成为这女孩的朋友和导师，但她到头来还是办不到，她没法适应和小华伦蒂做伴。华尔在家的时候，她总会找借口出门；每当安德过来找华尔，让她跟自己和彼得同行的时候，华伦蒂总会格外感激。

最后——就像从前许多次那样，普利克特沉默地插了手，然后解决了问题。普利克特成了华尔在华伦蒂家的主要同伴和监护人，华尔不在安德身边的时候，就会跟着普利克特。这个早上，普利克特建议为她自己——为她和华尔——盖一栋房子。*也许我当初答应得太草率了*，华伦蒂心想，*对华尔来说，和我住在一起恐怕同样很难熬。*

但现在，看着普利克特和华尔跪着进入那座新礼拜堂，然后就像每个进入礼拜堂的人那样爬向前方，去亲吻圣坛前的佩雷格里诺的戒指，华伦蒂才明白，她根本没做任何"为了华尔着想"的事，无论她是怎么告诉自己的。华尔独立自主，沉着镇定。华伦蒂凭什么觉得自己能让华尔愉快或是不愉快，惬意或是不惬意？*我和这个女孩的人生毫不相干，但她对我来说不是局外人。她同时证明和否定了我儿时最重要的关系，以及我成年后的大部分关系。我真希望她在外空间粉碎消散，就像米罗残缺的旧身体那样；我真希望自己永远不需要像这样面对自己。*

她要面对的确实是自己。埃拉早就做过测试了，华尔和华伦蒂

1　从此处起，作者以"华尔"代称年轻的华伦蒂，以全名称呼真正的华伦蒂。

在基因角度是完全相同的。

"但这说不通。"华伦蒂抗议道,"安德不可能记住我的基因序列,他也不可能带着基因序列的模式上那艘飞船。"

"难道我还得负责解释?"埃拉问。

安德提出了一种可能性:华尔的基因序列原本是不固定的,直到真正遇见华伦蒂,然后华尔身体里的核心微粒就组成了它们在华伦蒂体内找到的模式。

华伦蒂选择保留意见,但她不觉得安德的猜想是正确的。华尔从一开始就拥有华伦蒂的基因,因为完美符合安德版华伦蒂的人不可能拥有别的基因,简帮忙在飞船内维持的自然法则肯定会这么要求,也可能就算在那种全然混沌的地方,依旧存在某种能够塑造和下达指令的力量。但这并不重要,因为无论这个完美到令人心烦、从无怨言、和我大不相同的这个假华尔究竟是什么,安德对她的想象都真实到足以让我们基因相同。他的想象不可能和实际相差太多。也许我当时真有那么完美,种种缺点都是在随后那些年里诞生的。也许我当时真有那么美丽,也许我当时真有那么年轻。

她们跪在主教面前。普利克特亲吻了他的戒指,尽管她没必要参与卢西塔尼亚的赎罪。

然而,等年轻的华尔要亲吻戒指的时候,主教抽走了那只手,转身离开。有位神父走上前,让她们就座。

"我怎么能坐下呢?"华尔说,"我还没忏悔呢。"

"你不需要忏悔,"那神父说,"你来之前,主教就告诉过我。罪孽犯下的时候,你还不在这儿。"

华尔格外悲伤地看着他,开口道:"我是人创造出来的,所以主教不愿接受我。只要他还在世,我就没资格参加仪式。"

那神父露出悲伤的表情,没人能不同情小华尔,因为她的单纯和可爱让她显得那么脆弱,伤害她的人会觉得自己又蠢又笨,竟然会损坏如此柔弱之物。"在教皇做出判断之前,"他说,"想做这些会很困难。"

"我知道。"华尔低声说。她走了过来,坐在普利克特和华伦蒂之间。

我们的手肘碰到了,华伦蒂心想,和我一般无二的女儿,就好像是我在十三年前克隆出来的。

但我不想再要个女儿,也肯定不想要自己的复制品。她也知道,也能感觉到,所以她承受的是我从未承受过的痛苦:和她最相似的那些人不需要她,也不喜欢她。

安德对她是怎么想的?他也希望她能离开吗?还是说他渴望当她的弟弟,正如许多年前的他那样?我在那个年纪的时候,安德尚未做出屠异的行为,但话说回来,那时候的他也尚未替死者代言过。《虫族女王传》《霸主传》《"人类"的一生》,这些在当时都离他很远,他只是个孩子,困惑、绝望又恐惧。安德怎么可能渴望重回那个时候呢?

米罗很快到来,匍匐来到圣坛前方,亲吻了戒指。尽管主教宣布他无须负任何责任,但他还是选择像其他人那样忏悔。当然了,华伦蒂注意到,很多人在他向前爬动时窃窃私语。对于在他大脑受损前就认识他的所有卢西塔尼亚人来说,这就是个奇迹,米罗彻底变回了从前快乐地生活在他们之中时的模样。

我那时还不认识你,米罗,华伦蒂心想,你那种冷漠而阴沉的气质是与生俱来的吗?你的身体也许痊愈了,但你仍然是那个活在痛苦里的人。这让你变得冷漠,还是更有同情心了?

他走了过来,坐到她身边,坐在本该属于雅各特的位置上,但雅各特此时在太空里。在德斯科拉达病毒很快会被消灭的现在,必须有人将数千种冷冻细菌、植物和动物带到卢西塔尼亚星表面,以建立能够自我调节的盖亚圈,维持行星系统的正常运作。许多星球都有人做过类似的事,但加上"不和坡奇尼奥依赖的原生物种构成强烈竞争"这个需求以后,这项工作就棘手了不少。雅各特正在那儿为所有人劳作，他离开的理由很充分，但华伦蒂还是会想念他——事实上，在安德的新造物让她满心不安的现在，她强烈地需要他。米罗没法替代她丈夫，尤其是因为他的新身体会让人清楚地意识到外空间发生的事。

如果我去了那儿，我会创造出什么？我不觉得自己会带回什么人，因为我担心自己的心智深处没有任何灵魂，恐怕连我自己的灵魂都没有。除了寻找人性以外，我对历史研究的热情还能来自哪儿？其他人看向自己的内心，就能找到人性。只有失落的灵魂需要去外界寻找自己。

"词就快念完了。"米罗低声说。

所以仪式很快就会开始。

"准备好净化了吗？"华伦蒂低声说。

"主教解释过了，他只会净化这具新身体，我还是得坦白自己留在旧身体里的那些罪过。当然了，我不可能犯下太多肉体的罪，但还有很多嫉妒、怨恨、恶意和自怜。我在犹豫的是，我是否需要忏悔自杀。我的旧身体崩溃消失时，我内心的愿望也得到了回应。"

"你不该把声音找回来的，"华伦蒂说，"你现在喋喋不休，只是为了听你自己的说话有多动听。"

他笑了笑，拍拍她的胳膊。

主教开始了仪式，为过去这几个月的成果向神献上感谢。他明显省去了卢西塔尼亚的两位新公民被创造出来的事实，却斩钉截铁地将米罗的治愈归功于神。他招呼米罗上前，几乎立刻给他做了净化，随后直接开始了发言。

"神的仁慈无远弗届，"主教说，"我们只能希望他赐予我们怜悯，希望我们能说服神，让得到他准许前来惩罚我们的那支舰队手下留情。"

米罗用只有她能听到的音量低声说："他不是在森林焚烧前就派舰队过来了吗？"

"也许神算的是到达时间，不是出发时间。"华伦蒂道，但她立刻后悔了。今天这场仪式很严肃，就算她不是虔诚的信徒，她也明白一个团体为自己犯下的罪行负责，并发自内心忏悔的场面是神圣不可侵犯的。

主教提到了那些牺牲者，最初从德斯科拉达瘟疫手中拯救人类的两位圣人：伊斯特万神父，他的遗体埋在礼拜堂的地板下，他是为了殉道；种植者，他的死是为了证明自己同胞的灵魂来自神而非病毒。还有那些在屠杀中死去的无辜坡奇尼奥。"他们也许有朝一日都会成为圣人，因为人们更需要伟大的事迹。对所有信徒来说，这座礼拜堂都是他们的圣地。"

发言不算长，因为当天有许多场相同的仪式要进行。人们要轮流前来这座礼拜堂，因为这里太小，没法一次容纳卢西塔尼亚的全部人类。仪式很快就结束了，华伦蒂起身准备离开。她本来会跟在普利克特和华尔身后，但米罗抓住了她的手臂。

"简刚刚告诉我了，"他说，"我以为你会想知道。"

"什么？"

"她刚才在安德不在的情况下测试了飞船。"

"她是怎么做到的？"华伦蒂问。

"彼得，"他说，"她带他去了外空间，然后又回来了。他能容纳她的阿尤雅，如果运作原理真是这样的话。"

她把突然涌现的恐惧说出了口："他有没有——"

"创造出什么？没有。"米罗咧嘴笑了，但笑容里带着一丝扭曲，而华伦蒂本以为那是他的痛苦的产物，"他声称这是因为他的心灵比安德鲁清晰和健康很多。"

"也许吧。"华伦蒂说。

"要我说，那是因为那里的核心微粒都不愿意成为他的模式的一部分。他太扭曲了。"

华伦蒂笑了笑。

这时主教走到他们面前。他们本就是最后一批离开的，此时礼拜堂里只剩下了他们几个。

"感谢你来接受新的洗礼。"主教说。

米罗垂下了头。"这种机会可不多见。"

"还有华伦蒂，抱歉我没法接受你的同名人物。"

"没关系的，佩雷格里诺主教。我理解，甚至能认同你的想法。"

主教摇摇头。"最好的做法是让他们就这么——"

"离开？"米罗提议道，"你的愿望就要实现了。彼得很快就会离开，简可以驾驶有他乘坐的飞船。毫无疑问，带着年轻的华尔也能办到同样的事。"

"不，"华伦蒂说，"她不能走，她太——"

"年轻？"米罗问，似乎觉得很好笑，"他们生来就知道安德所知道的一切。除了她的肉体以外，你很难称她为孩子了。"

"如果他们是生下来的，"主教说，"他们就没必要离开了。"

"他们不是因为你的愿望离开的。"米罗说，"他们要离开，是因为彼得想把埃拉的新病毒送去道之星，而年轻版华尔的飞船要去寻找坡奇尼奥和虫族女王可以安家的星球。"

"你不能派她去执行这种使命。"华伦蒂说。

"我不会派她去，"米罗说，"我会带她去。确切地说，是她会带我去。我想去，无论有怎样的风险，我都会带上他们。她不会有事的，华伦蒂。"

华伦蒂还在摇头，但她明白自己最后会被说服。华尔肯定会坚持要去，无论她看起来有多年轻，因为如果她不去，就只有一艘飞船可以航行；如果只有彼得能踏上旅途，就没人知道那艘飞船能否用于正道了。长远来看，华伦蒂自己肯定会屈服于那种必要性。无论华尔可能面对怎样的危险，都不会比其他人承受过的风险更高，就像种植者，就像伊斯特万神父，就像"玻璃"。

坡奇尼奥们聚集在种植者的树边。这一棵本该属于"玻璃"的树，毕竟他才是第一个用瑞科拉达进入第三人生的坡奇尼奥，但他们能和他对话的时候，他几乎最先表达的就是坚定的拒绝：拒绝在他这棵树旁边将杀病毒细菌和瑞科拉达引入这个世界。他宣称这样的场合属于种植者，兄弟和妻子们最终也都认同了。

　　所以，此时安德背靠着自己的朋友"人类"——许多年前，他亲手将他种下，帮助他进入了第三人生。这对安德本该是无比欢欣的时刻，因为坡奇尼奥从德斯科拉达手中得到了解放，但他还有彼得陪伴在侧。

　　"弱者会为软弱欢庆。"彼得说，"种植者失败了，他们来到这里向他致敬，而'玻璃'成功了，他却孤独地伫立在试验田里。最愚蠢的是，这对种植者根本不可能有任何意义，因为他的阿尤雅甚至不在这儿。"

　　"这对种植者也许没有任何意义，"安德说，尽管他自己也不完全相信这个论点，"但对这里的人是有意义的。"

　　"是啊，"彼得说，"意义就是，他们是弱者。"

　　"简说她带你去过外空间了。"

　　"很轻松，"彼得说，"不过下一次，卢西塔尼亚就不会是我的目的地了。"

　　"她说你打算把埃拉的病毒带去道之星。"

　　"那是我的第一站，"彼得说，"但我不会回来了。这点你可以放心，老男孩。"

　　"我们需要那艘船。"

　　"你还有那个可爱的小姑娘呢。"彼得说，"那个虫族婊子可以给你变出十几艘飞船来，只要你能生出很多像我和华尔辛娜这样的造物来驾驶就好。"

　　"不用再见到你真是太好了。"

　　"你对我想做的事就不好奇吗？"

"不。"安德说。

这是谎言，彼得当然也清楚。"我打算做你既没有脑子也没有胆量去做的事，我打算阻止舰队。"

"怎么做？不可思议地出现在旗舰上？"

"噢，如果发生最坏的情况，亲爱的小伙子，我可以神不知鬼不觉地向舰队投放设备医生。但那样没什么好处，不是吗？想要阻止舰队，我就必须阻止议会。想要阻止议会，我就需要掌握权力。"

安德立刻明白了他的意思。"所以你觉得自己可以再当一次霸主？如果你成功，人类就只能指望神保佑了。"

"为什么不行？"彼得说，"我以前就当过，而且当得不坏。你应该知道的，那本书是你亲手写的。"

"那是真正的彼得，"安德说，"不是你这个从我的憎恨和恐惧里诞生的扭曲版本。"

彼得是否也有灵魂，会为这些苛刻的话语感到愤怒？至少有那么一瞬间，安德觉得彼得迟疑了，觉得他的脸短暂地浮现出了……那是什么，受伤？还是单纯的愤怒？

"我现在就是真正的彼得，"片刻的停顿过后，他答道，"你也最好指望我有从前那些本领，毕竟你给了华尔和华伦蒂相同的基因。也许我从来都是那个彼得。"

"也许猪会长翅膀。"

彼得大笑起来。"如果你跑去外空间，而且信得够深，它们就会长翅膀的。"

"那就去吧。"安德说。

"是啊，我知道你很乐意摆脱我。"

"然后放你去攻击其他人类？惩罚已经够多了，毕竟他们都派出舰队了。"安德抓住彼得的手臂，将他拉近自己，"别以为这次你可以用各种手段让我无力抵抗。我不是那个小男孩了，如果你失控，我会毁了你。"

"你做不到的，"彼得说，"你杀自己都比这容易。"

仪式开始了，这次没有排场，没有亲吻戒指，没有发言。埃拉和她的助手们只拿来了几百块饱含杀病毒细菌的方糖，以及同样数量的装有瑞科拉达的溶液瓶。它们在会众之间传递，每个坡奇尼奥都拿到了方糖，融化吞咽，然后喝下了瓶子里的东西。

"你难道对任何事物都毫无敬意吗？"安德问。

彼得笑了笑："这是就连我这样未受洗的人都能参加的仪式。"

"我可以向你保证，"安德说，"他们还没发明出能净化你的洗礼仪式。"

"我打赌你把这句话收藏了一辈子，就是为了说给我听。"彼得转过头，让安德看到那枚嵌入他耳中，让他和简相连的珠宝。为了防止安德没发现他想示意的东西，彼得炫耀地指了指那枚珠宝。"记住，我也拥有全部智慧的源头。如果你在乎的话，她会把我做的事展示给你看，前提是你没在我离开的那一刻就忘掉我。"

"我不会忘掉你的。"安德说。

"你可以一起来。"彼得说。

"然后承受在外空间制造出更多个你的风险？"

"我挺想有个伴的。"

"我向你保证，彼得，你很快就会厌恶你自己，就像我厌恶你那样。"

"不可能，"彼得说，"我又不像你满心都是自我厌恶，你这个沉浸于内疚，只能被更优秀、更强大的人利用的可悲工具。如果你不肯为我制造伙伴，哎，我就自己在路上找吧。"

"这点我毫不怀疑。"安德说。

方糖和瓶子发到了他们手里，他们吃下、喝完。

"自由的味道，"彼得说，"美味。"

"是吗？"安德说，"我们正在杀戮一个始终没能理解的物种。"

"我明白你的意思。"彼得说，"如果你要摧毁的对手能理解自己输得有多彻底，乐趣就会多很多。"

然后，彼得终于转身走开。

安德一直留到仪式结束，也和那里的许多人说了话，当然包括"人类"和种植者，还有华伦蒂、埃拉、欧安达和米罗。

然而，他还有另一个地方要造访。他去过那里好几次，但每次都被拒之门外，被一言不发地赶走。但这一次，娜温妮阿出门来和他说了话。她没有满心愤怒和悲伤，反而显得相当平静。

"我的情绪平和了许多，"她说，"而且我知道，我对你的愤怒无论如何都是不公平的。"

她的态度让安德高兴，但他又为她的用词而惊讶。娜温妮阿什么时候开始把公平挂在嘴边了？

"我现在明白，也许我的儿子实现了神的意图。"她说，"我明白你不可能阻止他，因为神希望他去见坡奇尼奥，推动从那时开始的种种奇迹。"她哭泣起来。"米罗来见过我，他痊愈了。"她说，"噢，神终究是仁慈的。而且等我死后去了天堂，金就能回到我身边了。"

她有信仰了，安德心想。她多年来都很厌恶教会，参与教会活动只因为身为卢西塔尼亚殖民地的公民别无选择。我很高兴，他心想，她又愿意和我说话了。

"安德鲁，"她说，"我希望我们能重新在一起。"

他伸出手想要拥抱她，想要怀着释然和喜悦哭泣，但她却避开了他的触碰。

"你不明白，"她说，"我不会和你回家的，现在这里是我的家了。"

她说得对，他不明白，但现在他明白了。她不仅仅有了信仰，还进入了这个需要做出永久牺牲的修道会：只有丈夫和妻子才能共同加入，还需要立下在婚姻期间永久禁欲的誓言。"娜温妮阿，"他说，"我没有这样的信仰或者意志。"

"等你有的时候，"她说，"我会在这里等你。"

"这是我和你在一起的唯一希望吗？"他低声说，"发誓放弃对你肉体的爱，才是得到你陪伴的唯一方法？"

"安德鲁，"她低声说，"我渴望你，但我犯下了那么多的罪，唯一的选择就是拒绝肉体的欢愉。如果有必要，我会独自承受，但如果能有你的陪伴……噢，安德鲁，我好想你。"

我也想你，他心想。"我想念你，就像想念呼吸，"他低声说，"但别要求我这么做。你可以作为我妻子和我生活，直到青春消散，直到欲望淡去，然后我们可以一起回到这里。到那时，我会很乐意。"

"你还不明白吗？"她说，"我已经立下了约定，做出了承诺。"

"你也对我做过承诺。"他说。

"你要我违背对神的誓言，好遵守对你的誓言？"

"神会理解的。"

"对于从没听过他声音的人，宣称他会怎样不会怎样当然很轻松。"

"你在这些日子听过他的声音？"

她笑出了声。"有空就来见我吧。"她说，"你什么时候准备好，我都会在这儿。"

她差点儿就这么离开了。

"等等。"

她停下脚步。

"我带了杀病毒剂和瑞科拉达给你。"

"埃拉的胜利。"她说，"要知道，这些超出了我的能力。我抛下工作没给你们带来损失。我的时代已经过去，她远远超越了我。"娜温妮阿接过那块方糖，让它融化了一会儿，然后吞下。

接着她拿起那只小瓶，对着傍晚的最后一缕天光。"配上红色的天空，里面看起来就像有火在烧。"她喝了起来，确切地说是小口品尝，好让味道留存得更久。但安德知道它很苦，还会在口中留下令人不适的余味。

"我能来看你吗？"

"每个月一次吧。"她说。她答得飞快，让他明白她早就考虑过这个问题，也得出了不打算更改的结论。

"那我就每个月来看你一次。"他说。

"直到你准备好和我做伴。"她说。

"直到你准备好回到我身边。"他回答。

但他知道，她永远不会屈服。娜温妮阿不是那种容易改变想法的人，她已经给他的未来设下了界限。

他本该愤怒，本该生气。他本该大声咆哮，说要结束和这位女子的婚姻关系，但他想不到自己拿这些自由能做什么。我的手里已经一无所有，他回过神儿来，未来半点也不取决于我自己。我的工作无论好坏都已经结束，现在我对未来唯一的影响就是我的孩子会做什么，哪怕他们是那样的孩子：怪物彼得，还有完美到难以置信的小华尔。

还有米罗、格雷戈、科尤拉、埃拉、奥尔拉多，他们不也是我的孩子吗？我同样可以声称自己帮忙创造了他们，不是吗？尽管他们来自利波的爱和娜温妮阿的身体，比我来到这里还早上许多年。

等他找到华尔的时候，天已经完全黑了，但他并不明白自己为何要找她。她在奥尔拉多家，和普利克特一起，但普利克特背靠着一面阴影笼罩的墙壁，表情神秘莫测，而小华尔却身处奥尔拉多的子女之间，和他们一起玩耍。

她当然会和他们一起玩，安德心想，她自己还是个孩子，无论我的记忆强加了多少人生经历给她。

但他站在门口观察的时候，却发现她和每个孩子玩耍的时间并不是一样多。她真正关注的是尼姆波。在暴乱之夜，那个男孩受到了不止一种意义上的烧伤。孩子们玩的游戏很简单，只是在过程中没法说话，但尼姆波和小华尔之间的交流仍旧丰富。她投向他的笑容很温暖，但那不是女子在鼓励情人，而是姐姐在向弟弟无声地传

478

达爱、信心与信任的信息。

她在治疗他的创伤，安德心想，就像华伦蒂在许多年前治疗我那样，用的不是话语，仅仅是她的陪伴。

我真把她那种能力原封不动地再现了吗？我梦想中的她真有那么多的真实和力量吗？这样的话，也许彼得同样拥有我哥哥的一切——有他全部的危险与可怕之处，但也有创造新秩序的力量。

但无论如何努力，安德都没法让自己相信。小华尔也许能用眼神治愈他人，但彼得完全不同。他的模样来自安德多年以前在"幻想游戏"的镜子里看到的那张脸，在那个可怕的房间里，他死了一次又一次，等他最终接纳了彼得在自己心中的存在，才能把游戏继续下去。

我接纳了彼得，然后摧毁了整个物种。我把他纳入自己的身体，随后犯下了屠异罪行。我以为在那以后的许多年里，我已经把他清洗干净了，以为他已经消失了，但他永远都不会离开。

抽身离开这个世界，加入修道会，这个想法突然对他充满了吸引力。也许在那里，他和娜温妮阿可以共同净化这些年来住在他们心里的恶魔。娜温妮阿从未像今晚这样平静过，安德心想。

小华尔注意到了他，走到站在门口的他面前。

"你怎么来了？"她问。

"来找你。"他说。

"我和普利克特今晚要在奥尔拉多家里过夜。"她说。她看了眼尼姆波，面露微笑。男孩傻乎乎地咧嘴直笑。

"简说你准备坐飞船离开。"安德轻声说。

"如果彼得能容纳简，我也能。"她回答，"米罗会跟我一起去，寻找宜居星球。"

"前提是你自己愿意。"安德说。

"别说傻话，"她说，"你从什么时候开始只做想做的事了？我会做非做不可的事，做只有我能做到的事。"

他点点头。

"你来找我就为了这个？"她问。

他又点点头。"我猜是的。"他说。

"还是说你跑来这里，是因为你希望自己见到这副模样的女孩最后一面的时候，能变回过去的那个小男孩？"

她的话语刺痛了他，比彼得猜到他内心所想的时候剧烈得多。她的怜悯远比彼得的轻蔑更令他痛苦。

她肯定是看到了他脸上痛苦的表情，然后误解了。她还是会误解的，这让他松了口气。我还是能留下些隐私的。

"我让你觉得着愧了吗？"她问。

"是尴尬，"他说，"让无意识的念头公之于众的那种尴尬，但不是羞愧，不是因为你。"他看向尼姆波，又将目光转回她，"留下过夜，把你开了头的事做完吧。"

她浅浅一笑。"他是个好孩子，以为自己当时做的是好事。"

"是啊，"他说，"但事态失控了。"

"他不知道自己在做什么，"她说，"如果你不明白自己行为导致的后果，谁又能责怪你呢？"

他知道她既是在说他——异族屠灭者安德，也是在说尼姆波。"你不会被人责怪，"他回答，"但你还是得承担责任，得治疗你造成的创伤。"

"是啊，"她说，"你造成的创伤，但不是世界上的所有创伤。"

"噢？"他问，"为什么不是？因为你打算独力治好那些伤？"

她大笑起来，发出轻快而孩子气的笑声。"这么多年过去了，安德鲁，"她说，"你一点儿都没变。"

他对她笑了笑，轻轻拥抱了她，然后让她回到房间的灯光下。他却转身回到黑暗里，朝家的方向走去。今晚还算明亮，足够让他看清道路，但他却走得跌跌撞撞，还迷路了好几次。

"你在哭。"简在他耳中说。

"今天太让人高兴了。"他说。

"这是事实，你也知道。只有你今晚会浪费时间怜悯自己。"

"好吧，"安德说，"如果只有我一个，那么至少还有一个。"

"你还有我，"她说，"我们的关系从始至终都是纯洁的。"

"我这辈子真的受够纯洁了，"他回答，"我不想再要更多了。"

"到头来，所有人都是纯洁的。"

"但我没死，"他说，"还没有。还是说我已经死了？"

"你觉得这儿像天堂吗？"她问。

他笑了起来，而且那不是愉快的笑。

"好吧，你肯定没死。"

"你忘了，"他说，"这儿完全可以是地狱。"

"是吗？"她问他。

他思考了迄今为止做到的一切：埃拉的病毒、米罗的痊愈、小华尔对尼姆波的友好、娜温妮阿脸上平静的笑容、坡奇尼奥欢庆他们开始向全世界蔓延的自由。他知道，那种杀病毒细菌已经在殖民地周围的卡匹姆草原上辟出了一条不断加宽的道路，此时此刻，它肯定已经穿过了别的森林。无力抵抗的德斯科拉达病毒放弃了那些森林，缄默消极的瑞科拉达取而代之，所有这些改变在地狱里是不可能发生的。

"我猜我还活着。"他说。

"我也是，"她说，"这点也很重要。彼得和华尔，从你脑袋里蹦出来的人并不是只有他们。"

"是啊。"他说。

"我们都还活着，即使艰难的时刻即将到来。"

他想起等待着她的遭遇，想起她会在仅仅数周后迎来的心灵残缺，于是为自己自艾自怜的行为羞愧起来。"爱过然后失去，"他喃喃道，"总比从没爱过要好。"

"这也许是陈词滥调，"简说，"但不代表它绝非事实。"

CHAPTER

18

道之神

　　一直到德斯科拉达消失，我都没能品尝出它的改变。

　　它在适应你吗？

　　它的味道开始像我自己了。它把我的大多数基因分子纳入了自己的构造里。

　　或许它也在准备改变你们，就像它改变我们那样。

　　但它俘虏你们先祖的时候，用他们居住的树木给他们配了对。我们会和谁配对呢？

　　除了已经配对的那些，卢西塔尼亚星还有哪些生命形式？

　　也许德斯科拉达打算把我们和现存配对生物结合，或者取代配对里的一员。

　　也或许，它打算把你们和人类配对。

　　它已经死了。无论它的计划是什么，都不可能发生了。

　　你们原本会有怎样的生活？和人类男性交配？

　　真恶心。

　　或许是以人类的方式生孩子？

　　停止这种恶毒的想法。

　　我只是在推测而已。

　　德斯科拉达不在了，你们摆脱它了。

但永远没法摆脱我们可能变成的模样。我相信我们在德斯科拉达到来之前就有知觉，我相信我们的历史比把它带来这里的太空船更古老，我相信我们基因的某个地方深藏着有关坡奇尼奥生命的秘密：那时我们还是树生生物，而非有知觉树木生命中的幼虫阶段。

人类，如果没有第三人生，你现在已经死了。

我现在会死，但我可以在活着的时候成为父亲，而不仅仅是兄弟。在我活着的时候，我可以去任何地方旅行，不用担心想要交配时必须回到自己的森林。我也不用日复一日地扎根在同一个位置，通过兄弟们带来的故事间接地度过人生。

所以对你来说，摆脱德斯科拉达还不够？你必须摆脱它带来的全部后果，否则你不会满足？

我一向知足。我就是我，无论我是怎样走到这一步的。

但仍然没有自由。

无论男性还是女性，我们还是必须放弃生命才能传递基因。

可怜的傻瓜。你以为我——虫族女王——就是自由的吗？你觉得人类父母在怀上幼体以后，还能真正自由吗？如果生活对你来说代表独立，代表彻底不受限制、为所欲为的自由，那么所有有知觉生物就都不是活物了。我们没有人能够彻底自由。

像我一样扎下根吧，朋友，等到那时，再跟我说你没扎根的时候有多不自由。

王母和韩大师一起等在距离宅邸几百米远的河边，从花园到这里的风景宜人，适合散步。简告诉他们，有人会从卢西塔尼亚过来见他们。他们都知道这代表超光速航行已经实现，但除此之外，他们只能假设这位访客首先抵达了环绕道之星的轨道，坐太空梭下来，此时正避人耳目地朝他们接近。

但某个小得离奇的金属构造物出现在了他们面前的河岸上。门开了，有个人走了出来，是个年轻人，骨架高大，高加索人种，但长相讨人喜欢，一只手里拿着玻璃试管。

他笑了。

王母从没见过这样的笑容。他的目光直接穿过了她，仿佛掌控了她的灵魂，仿佛他认识她，还比她自己更了解她。

"王母，"他轻声说，"西王圣母。还有韩非子，行走于大道的伟大导师。"

他鞠了一躬，他们回以鞠躬。

"我的来意很简单。"他说，把那只容器递给韩大师，"这就是病毒。等我离开以后——因为我不打算改变自己的基因，多谢——就喝下去。我猜它的味道就像脓水，或者同样恶心的什么东西，但还是喝吧。然后尽可能多和人接触，无论在自己家里还是在外面。"他咧嘴笑了，"你们不用再对着空气跳舞了，对吧，韩大师？"

"我们不用再受奴役了，"韩非子说，"我们随时可以公布这个信息。"

"至少要等感染开始传播几个小时以后，再把这消息告诉别人。"

"当然。"韩大师说，"你的智慧教我谨慎，但我的心却在让我抓紧时间，把这场仁慈的瘟疫将会带来的光荣变革公之于众。"

"是啊，非常好。"那人说，然后转向王母，"但你不需要这种病毒，对吧？"

"是的，先生。"王母说。

"简说你是她见过的最聪明的人类。"

"简过誉了。"王母说。

"不，她给我看过资料。"他上下打量起她来，她不喜欢他那种一次将她全身收入眼底的视线，"你不需要留在这里等待瘟疫。事实上，你最好在瘟疫发生前离开。"

"离开？"

"你留下能有什么意义？"那人问，"不管这儿会发生什么变革，你都仍旧是个仆人，出身于底层。在这样的地方，也许你花费一生去抗争，最后仍旧是个头脑好得惊人的仆人。如果跟我来，你就会参与改变历史，并创造历史。"

"跟您去做什么？"

"当然是推翻议会了。砍断他们的膝盖，让他们全都爬着回家去。让所有殖民星球成为这个政体的平等成员，清除腐败，曝光所有肮脏的秘密，然后在卢西塔尼亚舰队犯下暴行之前召回他们。确保所有异族的权利、和平与自由。"

"您打算做到所有这些？"

"我不是一个人。"他说。

她松了口气。

"有你帮我。"

"我能做什么？"

"写作、发言，做我需要你做的任何事。"

"但我没受过正规教育，先生，韩大师才刚刚开始教我。"

"你是谁？"韩大师问，"你怎么能希望她这样的腼腆女孩收拾一下东西就跟陌生人走？"

"腼腆女孩？腼腆女孩会愿意让工头占便宜，就为了接近一位可能雇用她做贴身侍女的通神者少女？不，韩大师，她也许摆出了腼腆女孩的态度，但那是因为她是个善变的人。只要觉得有好处，她就会改变面貌。"

"我不是骗子，先生。"她说。

"是啊，我相信你真心实意地变成了你假装的那种人。所以现在我要说，假装成为我身边的革命者吧。你痛恨对你的世界、对清照做出这一切的那些杂种。"

"您怎么会这么了解我？"

他轻叩耳朵，她这才注意到那枚珠宝。"简会随时告知我需要知道的人物信息。"

"简就快死了。"王母说。

485

"噢，她也许会半傻一阵子，"那人说，"但她不会死，你帮忙救了她。在此期间，我需要你帮忙。"

"我不能，"她说，"我害怕。"

"那好吧，"他说，"我邀请过了。"

他转身走向那架小飞行器的门。

"等等。"她说。

他再次看向她。

"您至少能告诉我您是谁吧？"

"我的名字是彼得·维京，"他说，"但我想，我会暂时用一阵子假名。"

"彼得·维京，"她低声说，"那是——"

"就是我的名字。如果心情好，回头我会解释给你听的。这么说吧：是安德鲁·维京让我来的。他相当强硬地派遣了我。我有任务在身，他觉得我只能在议会的权力结构最为集中的几个星球上做到。我曾是霸主，王母，我打算拿回这份工作，不管这头衔现在究竟代表什么。我打算惹一堆麻烦，造成程度惊人的动乱，再把整个百星联盟的屁股放到烧水壶上烤，而且我想请你来帮我。但我其实不在乎你来不来，因为就算能有你的头脑和陪伴是件好事，但哪怕没有你，我也能想方设法完成工作。所以你到底来不来？"

她转向韩大师，露出痛苦的犹豫神色。

"我本想教你的，"韩大师说，"但如果这个人真会按照他所说的方向努力，你跟他离开更有可能改变人类历史的轨迹，毕竟就算留在这儿，大部分工作也得交给病毒来完成。"

王母低声对他说："离开您就像失去父亲。"

"如果你离开，我也会失去我的第二个，也是最后一个女儿。"

"别再演苦情戏了，你们俩。"彼得说，"我这儿有超光速飞船，跟我离开道之星不代表要离开一辈子，你们明白吧？如果事态不妙，我只用一两天就能带她回来，这样总行了吧？"

"我知道你想去。"韩非子说。

"您不知道我也想留下吗?"

"这我也知道,"韩非子说,"但你会去的。"

"是的,"她说,"我会去。"

"愿众神看顾你,我的女儿王母。"韩非子说。

"愿您面向之处总有东升的太阳,我的父亲韩非子。"

然后她走向前去。那个名叫彼得的年轻男人握住她的手,领着她走进飞船。门在他们身后关上了,片刻后,飞船消失了。

韩大师在那里等了十分钟,冥想到情绪冷静下来为止。然后他打开瓶子,喝下了里面的东西,脚步轻快地返回了宅邸。老穆婆在刚进门的地方迎上前来。"韩大师,"她说,"我不知道您去了哪儿,王母也不见了。"

"她会离开一阵子。"他说,然后走到离那位老仆很近的地方,她的脸甚至能感觉到他的呼吸,"你对家族的忠心让我愧不敢当。"

她的脸上浮现出了惊恐。"韩大师,您该不会要开除我吧?"

"不,"他说,"我想我是在感谢你。"

他留下穆婆,开始在屋子里走动。清照不在自己房间里,这没什么奇怪的。她的大部分时间都用来招待宾客了,这样对他的目的只有好处。果不其然,他在晨间起居室找到了她,三位声誉卓著的老通神者从两千公里外的一座城镇来访。

清照为他们亲切地做了介绍,因为父亲的到来,她扮演起了恭顺女儿的角色。他向每个人鞠躬行礼,然后找机会伸出手,和他们各自做了接触。简解释过,这种病毒的传染性极高,拉近距离通常就足够了,接触可以更有把握。

等到问候结束,他转向自己的女儿。"清照,"他说,"你愿意收下我的礼物吗?"

她鞠了一躬,亲切地回答:"无论我父亲带给我什么,我都会感激地收下，尽管我明白自己配不上他的关心。"

他伸出双臂，将她拉到怀里，她的身体僵硬而笨拙——从她年纪很小的时候起，他就没在显要人物面前做过这么冲动的事了——但他还是紧紧抱住了她，因为他知道，她永远不会原谅这个拥抱带给她的东西，也因此，这会是他最后一次用双臂搂住他的灿烂光辉。

清照知道她父亲的拥抱意味着什么。她看到了她父亲和王母穿过花园，她看到了那艘胡桃形状的飞船出现在河边，她看到了他从那个圆眼睛的陌生人手里接过那只小瓶子，她看着他喝下。然后她来到这里，来到这个房间，代表她父亲接待来宾。**尊敬的父亲，就算你准备背叛我，我依旧尽职尽责。**

现在，尽管她清楚这个拥抱无比残忍，是为了让她和众神之声隔绝才做出的举动，尽管她知道他不在乎她的感受，觉得自己能欺骗她，但她还是会接受他决心给予她的东西。他是她的父亲，不是吗？他那种来自卢西塔尼亚星的病毒也许会，也许不会从她那里偷走众神之声，她猜不到众神会允许敌人做什么。但可以肯定的是，如果她拒绝父亲的要求，对他抗命不从，众神就会惩罚她。比起以众神的名字违背他，让自己配不上他们的赐予，倒不如对她的父亲表现出适当的敬意和服从，维持她在众神眼中的价值。

所以她接受了他的拥抱，深深吸入他呼出的气息。

和来宾短暂地交谈后，他离开了。在他们看来，他的露面是为了表达敬意。清照忠实地隐瞒了她父亲针对众神的疯狂叛乱，让韩非子仍旧被视为道之星最伟大的人物。她轻声和他们交谈，露出亲切的微笑，然后亲自送他们离开。她没有给出提示，让他们发现自己带走了一件武器。有什么必要呢？人类的武器当然无法对抗众神的力量，除非这就是众神希望的。如果众神希望停止和道之星的居民对话，这也许就是他们为自己的行动选择的伪装。**就让不信者觉**

得父亲的卢西塔尼亚病毒切断了我们和众神的联系吧。我会知道，所有虔诚的男女也都会知道，众神只要愿意就能和任何人说话，而且人类的双手能做到的任何事都没法阻止他们。他们的行动皆是徒劳。如果议会相信是他们造就了道之星的众神之声，就让他们去相信吧。如果父亲和卢西塔尼亚人相信他们是众神陷入沉默的原因，就让他们去相信吧。我知道如果我有资格，众神就会和我对话。

几个钟头后，清照一病不起。突然袭来的发烧就像强壮男子的一记重拳。她瘫倒在地，几乎没注意到仆人把她抬到了床上。医生来了，她本可以告诉他们，现在做什么都没用，照看她也只会有被感染的风险，但她什么都没说，因为她的身体光是对抗病魔就拼尽全力了。确切地说，她的身体在挣扎着拒绝自己的组织和器官，直到基因的转变彻底结束为止。就算到了那时，她的身体也要花时间清除旧抗体。她陷入了长长的沉睡。

她在阳光明媚的下午醒来。"时间。"她用沙哑的嗓音说，房间里的电脑便报出了时间和日期。这次高烧占用了她人生的两天时间。她渴得像是着了火。她站起来，蹒跚着走到盥洗室，打开水，灌满杯子，一直喝到心满意足。站直身子让她头晕眼花，嘴里一股怪味。本该在她生病期间给她拿来食物和水的仆人去哪儿了？

他们肯定也病了。还有父亲，他应该比我更早病倒，谁负责给他送水呢？

她发现他还在睡梦里，昨夜流的汗让他身体发冷，颤抖不止。她拿着一杯水叫醒了他，他饥渴地喝着水，又抬头看向她的双眼。他是在询问？或者说是在恳求原谅？去向众神忏悔吧，父亲，你不需要向区区一个女儿道歉。

清照还一个接一个地找到了仆人们，其中有些十分忠心，即使身体不适也没有卧床养病，而是倒在了各自的岗位上。他们都还活着，状况都在好转，很快就能离开病床。直到安置并照顾好所有人以后，清照才去了厨房，找了些吃的。她把最初吃下的食物吐了个精光，只有加热到微温的清汤除外。她把这种汤端去给其他人，他们也喝完了。

很快他们就都下了床，恢复了健康。清照带上一批仆人，把水和汤送到了邻居家，无论穷人或富人。他们也都满心感激地收下，很多人甚至向众神祈祷来表达谢意。如果你们知道自己患上的疾病来自我父亲的宅邸，是出自我父亲的意愿，你们就不会这么感激了。但她什么都没说。

在此期间，众神始终没有要求她进行任何进化。

终于，她心想，我终于让他们满意了。我终于做到了完美，达到了所有要求。

回家以后，她立刻就想要睡下，但还留在宅邸里的仆人们都聚集在厨房的全息影像前，看着新闻报道。清照几乎从未看过全息新闻，她的信息全都是从电脑得来的，但那些仆人的表情是那么严肃和担忧，于是她走进厨房，站到全息影像周围的圈子里。

瘟疫的消息席卷了整颗道之星。隔离要么不起效果，要么开始得太迟。负责报道的那位女子已经康复，她正在表示这场瘟疫几乎没有杀死任何人，但严重扰乱了各种公共服务。研究者成功分离出了病毒，但它死亡的速度太快，无法进行像样的研究。"看起来，有种细菌正在跟随这种病毒，在每个人从瘟疫中复原后立刻将病毒杀死。众神的确垂青于我们，所以连同瘟疫一起为我们送来了解药。"

蠢货，清照心想，如果众神希望治好你们，那他们从一开始就不会送来瘟疫。

她立刻意识到，自己才是蠢货。众神当然可以同时送来疾病和解药。如果某种疾病到来，解药也随之而来，送来它们的肯定就是众神。她怎么能说这种事愚蠢呢？这就像是在侮辱众神本身。

她在内心缩起身子，等待众神怒火的侵袭。她已经有很多个钟头没有净化了，她很清楚它到来时会是多么沉重的负担。她又得追寻整间屋子的木纹了吗？

但她什么都感觉不到。没有追寻木质纹路的渴望，没有洗手的需要。

她看着自己的双手。上面沾着尘土，可她不在乎，想不想洗都看她自己。

有那么一瞬间，她感到了巨大的解脱。父亲、王母和那个叫简的东西一直都是正确的吗？是这场瘟疫引发的基因改变解救了她，让她终于摆脱了议会数世纪前犯下的骇人罪行吗？

就像是听到了清照的念头那样，播音员随后播报的那条新闻里，提到了一份出现在全世界电脑上的文件。那份文件说这场瘟疫是来自众神的礼物，将道之星的人民从议会的基因改造里解救出来。目前为止，基因增强几乎总是会出现类似强迫症的情况，而受害者通常被称为"通神者"。但等这场瘟疫自生自灭以后，人们会发现那种基因增强几乎传遍了道之星的所有居民，而原先承受了最可怕负担的通神者，如今众神免除了他们不断净化自身的需要。

"这份文件说，如今整个世界得到了净化，众神接受了我们。"新闻播音员的嗓音在颤抖，"这份文件的来源尚且未知，电脑分析没能发现其写作风格与任何已知作者的关联。它同时出现在上百万台电脑上的事实，就暗示了它的来源拥有难以形容的强大力量。"她犹豫了片刻，此时语气的颤抖清晰可辨，"如果卑微的播报员也有资格提问的话，我希望能有智者听到这个问题，并凭借智慧给出答案：会不会是众神亲自送来了这条信息，好让我们理解他们赠予道之星人民的伟大礼物？"

清照又听了一会儿，怒火在她心中越烧越旺。显然是简写下和散播了这份文件。她怎么敢假装知道众神在做什么！她做得太过火了。必须驳斥这份文件，必须揭露简的身份，还有卢西塔尼亚人的全部阴谋。

仆人们都看着她。她迎上他们的目光，和圈子里的每个人都对视片刻。

"你们想问我什么？"她说。

"小姐，"穆婆说，"请原谅我们的好奇，但新闻报道里提到了一件事，只有您亲口证实我们才能相信。"

"我能知道什么？"清照回答，"我只是一位伟人的蠢女儿罢了。"

"但您是通神者的一员，小姐。"穆婆说。

你真够大胆的，清照心想，竟然毫无顾忌就说出这种事。

"今天的整个晚上，在您为我们送来食物和水的时候，在您带领我们许多人外出照料病患的时候，您一次也没有抽空去做净化。我们从没见过这种情况。"

"你们有没有想过，"清照说，"也许我们只是出色地履行了众神的意志，没必要在此期间做净化呢？"

穆婆露出窘迫的神色。"不，我们没想过。"

"去休息吧，"清照说，"我们现在都还算不上健康。现在我该去和父亲说话了。"

她转身离开，留下他们继续说长道短、胡乱揣测。父亲在自己的房间里，坐在电脑前，显示区域是简的脸。她进门的同时，父亲转身看向了她。他看起来容光焕发、得意扬扬。

"你看到简和我准备的信息了吗？"他说。

"是您！"清照惊呼道，"我自己的父亲是谎言的源头？"

像这样评价她父亲简直难以置信，但她还是感觉不到净化自身的需要。这让她恐惧：她能说出如此不敬之语，众神却仍旧没有斥责她。

"谎言？"父亲说，"你为何觉得这些是谎言，我的女儿？你怎么知道众神不是这些病毒到来的原因？你怎么知道将这种基因增强给予道之星的所有人，不是出于他们的意志？"

他的话语令她发狂，或许她感受到了一种全新的自由，也可能是她想用说出这些话来试探众神。那些话语太过不敬，他们肯定得惩罚她才行。"您觉得我是个傻瓜吗？"清照喊道，"您以为我不知道，这是您阻止道之星出现暴乱和屠杀的策略吗？您以为我不知道，您在乎的只有阻止人民死去吗？"

"这样有什么错吗？"父亲问。

"这是谎言！"她回答。

"也可能是众神用来掩盖自己行动的伪装。"父亲说，"你无疑已经接受了议会的说法，认定那是真的。为什么你不能接受我的呢？"

"因为我知道这种病毒，父亲。我看到您从那个陌生人的手里接过了它，我看到王母走进他的运输工具，我看到它消失。我知道这些都不是众神的手笔，而是她做的，是住在电脑里的那个魔鬼做的！"

"你怎么知道，"父亲说，"她不是众神的一员呢？"

这话让人难以忍受。"她是人造的，"清照喊道，"我很清楚！她只是个电脑程序，出自人类之手，住在人类制造的机器里。众神不是被人的手制造出来的。众神亘古长存，又永生不朽。"

简第一次开了口。"那你就是神，清照，我也是，宇宙里所有人——无论人类还是异族——也都是。没有神能制造你的灵魂，你内心深处的阿尤雅。你和任何神一样古老，一样年轻，活得也会一样久。"

清照尖叫起来。在她的记忆里，她从没发出过这样的声音。她的喉咙刺痛。

"我的女儿。"父亲说着，朝她走去，伸出双臂想要拥抱她。

她无法忍受他的拥抱。她无法忍受，是因为这代表他的彻底胜利。这代表她被众神的敌人击败了，这代表简压倒了她，这代表王母比起清照更有资格做韩非子的女儿；这代表清照这些年来信奉的一切都毫无意义，这代表她推动简的毁灭是在作恶，这代表简帮助改变道之星人民的行为高尚而善良；这代表等她最终去往西天极乐的时候，母亲不会在那里等待她。

众神啊，为什么你们不和我说话？她在心里无声地呐喊，为什么你们不能向我保证，我这些年来的侍奉并非徒劳？为什么你们现在要抛弃我，把胜利交给你们的敌人？

然后她想到了答案，简单而清晰，就像她母亲在对她耳语：这是一次考验，清照。众神在观察你的反应。

考验。当然，众神在考验他们在道之星上的所有仆从，确认哪些人会受骗，哪些则会以完美的顺从默默承受。

如果我在接受考验，那肯定有些事是我该做的。

我必须做我一直都会做的事，只是这次，我不能等待众神来指导我。他们厌倦了每当我需要净化的时候就来提醒我，我也是时候无须他们的指示就清楚自身的不洁了。我必须净化自我，而且做到完美，然后我就会通过考验，众神也会再次接纳我。

她跪在地上，找到了一条木纹，开始追寻。

她没有得到释然感或者正确感作为回应，但她并未感到忧虑，因为她明白这是考验的一部分。如果众神像以往那样立刻给出回答，又怎么能算对她奉献精神的考验呢？她从前总是在他们不断的指引下进行净化，而如今，她必须独自进行。她要怎么知道自己做得是否恰当？众神会再来找她的。

众神会再次和她对话的。又或者，他们会带走她，将她带去西王圣母的宫殿，尊贵的武曌会在那里等着她。她还会在那里见到李清照，她的心灵祖先。她的列祖列宗会来问候她，然后他们会说：众神决定考验道之星的所有通神者。真正通过考验的人寥寥无几，可是你，清照，你带给了我们无上的荣耀，因为你的虔诚从未动摇，你净化自我时的坚定无人可比。其他人的先祖都羡慕我们，因为你，众神对我们的喜爱超过了所有人。

"你在做什么？"父亲问，"为什么你要追寻木纹？"

她没有回答，她拒绝分心。

"这样的需求已经不存在了，我很清楚自己感觉不到净化的需要。"

噢，父亲！如果您能理解该多好！但就算您在考验中失败，我也会成功，然后我会把荣耀带给您，尽管您已经抛弃了一切可敬的事物。

"清照，"他说，"我知道你在做什么。就像那些强迫平庸的孩子不断洗手的父母那样，你在'请神'。"

随您怎么称呼吧，父亲，您的话语现在对我毫无意义。我不会再听您哪怕一句话，等我们都死去的时候，您会对我说：我的女儿，你比我更优秀、更聪明，在西王圣母的宫殿里，我拥有的全部荣耀都来自你的纯洁，以及为了侍奉众神做出的无私奉献。你的确是我高尚的女儿，我的全部喜悦都来自你。

道之星以和平的方式达成了转变。时不时会发生一起谋杀，时不时会有个专横的通神者被暴民赶出自己的宅子，但总的来说，人们相信了那份文件给出的说法，从前的通神者也因为他们正直的牺牲获得了无上的荣誉，毕竟他们多年以来都在承受净化仪式的负担。

但旧秩序很快不复存在。学校开始向所有孩童平等开放，教师们很快报告说，学生的表现非常惊人，如今最蠢的孩子都能超越从前的平均水平。议会愤怒地否认了基因改造的存在，但道之星的科学家终于将注意力转向了自己同胞的基因。在对过去和现在的遗传分子进行研究以后，道之星的科学家证明了那份文件的全部说法。

随后发生的事——百星联盟和全体殖民地得知议会对道之星犯下的罪行以后的事——清照就无从得知了。那都是在她抛之脑后的世界发生的事，因为她如今会用所有时间侍奉众神，清洗自身、净化自身。

消息传开，在通神者之中只有韩非子的疯女儿还坚持她那些仪式。起初她因此受人嘲笑，因为很多通神者出于好奇尝试了净化

495

仪式，并发现这些仪式空虚而又毫无意义。但她几乎没听说这些嘲笑，也完全不在乎。她的心智都投入到了侍奉众神身上。如果没能通过考验的人只因为她继续尝试就轻视她，那又有什么关系？

随着时间一年年过去，很多人回忆中的旧日时光变得优雅起来：那时众神会和人类对话，很多人会在侍奉神灵的时候卑躬屈膝。有些人开始想起清照，不是作为疯子，而是作为能听到众神之声的人里唯一虔诚的女子。信神的人里开始流传一句话："韩非子的宅邸里住着最后一位通神者。"

他们开始到来，起先只有几人，随后越来越多。这些造访者想和唯一的那位仍在努力净化自身的女子说话。起先她只肯和其中几人说话，等她追寻完一块地板的木纹以后，会走到花园里，和他们说话，但他们的话语令她困惑。他们说她是在努力净化整颗星球，他们说她在为整个道之星的人民请神。他们说得越多，她就越难以专心聆听他们的话语。她很快就渴望返回宅邸，开始追寻另一条木纹。这些人难道不明白，他们现在就赞扬她是错误的吗？"我什么都没做到。"她会这么告诉他们，"众神依旧沉默，我还有工作要做。"然后她会继续追寻。

她父亲去世时得享高寿，众多成就令他荣誉加身，但没人知道他在"众神瘟疫"——这是人们现在对它的称呼——之中扮演的角色，只有清照知道。她在葬礼上焚烧了数额惊人的真钱——虚假的纸钱可不适合她父亲——同时用没人能听到的音量对他说："现在您明白了，父亲。现在您明白自己的错误，还有您惹怒众神到了什么程度了，但别害怕。我会继续净化，直到您的所有过错都得到纠正，然后众神会欣然接受您。"

她自己逐渐老去，前往韩清照宅邸的旅途如今成了道之星最知名的朝圣之路。的确，有很多外星的居民听说了她的事迹，于是专程来道之星见她，因为这件事在许多星球都众所周知：真正的神圣只能在一个地方，在一个人身上找到，那位年老的女子如今弯腰驼背，双眼除了父亲宅邸地板上的木纹以外什么都看不到。

如今打理那栋宅邸的人换成了圣人门徒，取代了原先照料她的仆人。他们会把地板擦到发亮；他们为她准备简朴的食物，然后放到房间的门边，方便她找到，而她只会在一个房间的追寻完成后吃喝。每当这颗星球某处的某人得到了巨大的荣誉，他就会来到韩清照的宅邸，跪在地上，追寻一条木纹，因此圣人韩清照的荣誉是锦缎，而这些荣誉就是绣在上面的花纹。

最后，在度过人生第一百个年头的几周后，人们发现韩清照蜷缩在父亲房间的地板上。有人说，那里正是她父亲坐下净化自身的位置，这点难以确定，因为宅邸里的所有家具很早以前就都搬走了。他们发现那位女圣人的时候，她还没有死去。她一动不动地躺了好几天，喃喃自语、咕哝不停，双手一点点在身上挪动，仿佛在追寻自己皮肤的纹路。她的门徒十人一组轮流聆听她的话，试图理解她的呢喃，尽他们的最大努力去理解那些话。他们把这些话写在了那本名叫《韩清照的神之耳语》的书里。

她的话语里最重要的一句是在临终前说出的。"母亲，"她低声说，"父亲，我做得对吗？"据她的门徒所说，她露出微笑，然后离开了人世。

她死去还没到一个月，道之星的所有城市、镇子和村庄的所有道观与庙宇就做出了决定。在道之星上，终于有了一位神圣非凡的人物自愿担当世界的保护人和守护者。别的星球都没有这样一位神灵，他们也都承认这点。

他们都说，道之星得到的庇佑远超其他星球，因为道之神是那位"灿烂光辉"。

[本书完]

497

奥森 · 斯科特 · 卡德
Orson Scott Card

1951年出生于美国华盛顿州。在加利福尼亚州、亚利桑那州和犹他州长大。

美国作家、评论家、公众演说家、散文作家、专栏作家。
作为科幻小说家十分多产，共有13个系列，
其中安德系列就有包括长篇、短篇、有声读物等30余部作品。

目前和妻子一起定居于北卡罗来纳州，
空余时间在阳台上喂养鸟、松鼠、花栗鼠、负鼠和浣熊。

外星屠异

作者 _ [美] 奥森·斯科特·卡德　译者 _ 小龙

编辑 _ 哈兰　装帧设计 _ 何月婷　主管 _ 夏言
技术编辑 _ 白咏明　责任印制 _ 刘淼　出品人 _ 吴涛

营销团队 _ 果麦文化营销与品牌部

果麦
www.goldmye.com

以 微 小 的 力 量 推 动 文 明

图书在版编目（CIP）数据

外星屠异 /（美）奥森·斯科特·卡德著；小龙译 .
成都：四川文艺出版社 , 2025. 8. -- ISBN 978-7-5411-
7362-2

Ⅰ . I712.45

中国国家版本馆 CIP 数据核字第 202584C424 号

XENOCIDE by ORSON SCOTT CARD
Copyright © 1991 BY ORSON SCOTT CARD
This edition arranged with BARBARA BOVA LITERARY AGENCY
Through BIG APPLE AGENCY, INC., LABUAN, MALAYSIA
Simplified Chinese edition copyright:
2025 Guomai Culture and Media Co.Ltd
All rights reserved.

著作权合同登记号 图进字: 21-25-95 号

WAIXING TUYI
外星屠异
[美] 奥森·斯科特·卡德 著　小龙　译

出 品 人　冯　静
责任编辑　王思鈜
责任校对　段　敏
特约编辑　哈　兰
装帧设计　何月婷
出版发行　四川文艺出版社（成都市锦江区三色路 238 号）
网　　址　www.scwys.com
电　　话　021-64386496（发行部）　028-86361781（编辑部）
经　　销　果麦文化传媒股份有限公司
印　　刷　河北鹏润印刷有限公司
成品尺寸　145mm×210mm
开　　本　32 开
印　　张　15.75
字　　数　410 千
版　　次　2025 年 8 月第一版
印　　次　2025 年 8 月第一次印刷
印　　数　1 — 5 ,000
书　　号　ISBN 978-7-5411-7362-2
定　　价　68.00 元